okees

Allgemeines:

Dieses Kleinraumschiff dient als schneller Jagdaufklärer und Kurierschiff für die größeren Flotteneinheiten aus der Galaxis M 87, außerdem wird das Beiboot auch für Raumlandeunternehmen eingesetzt. Bei Explosionsgefahr kann das oberen 5 m durchmessende und 11 m lange Rettungsboot vom übrigen Teil des Beibootes abgesprengt werden, um die Besatzung zu retten.

Perry Rhodan

Das Zeitkommando

Perry Rhodan

Das Zeitkommando

Verlagsunion Erich Pabel-
Arthur Moewig KG, Rastatt

Redaktion: Horst Hoffmann
Druck und Bindung: Mohndruck
Graphische Betriebe GmbH, Gütersloh
Printed in Germany 1992
ISBN 3-8118-2060-5

Vorwort

Der Roman von Clark Darlton, dessen Titel wir für dieses Buch übernahmen, ist mal wieder eines jener prickelnden Abenteuer, die sich mit einer Zeitmaschine erleben lassen, frei nach dem Motto: Was war vorher da, Henne oder Ei? Faszinierend und von spekulativem Reiz sind sie, diese Geschichten, und gefährlich. Perry & Co reisen in die Vergangenheit, um die Ursache eines Übels zu eliminieren, das ihnen in ihrer Gegenwart bitter aufstößt. Natürlich gelingt ihnen das, wer wollte daran zweifeln. Als sie zurückkehren, sind alle Probleme gelöst. Aber wenn es sie nun niemals gegeben hat – wieso mußte man dann zurückreisen, um sie zu beheben?

Es werden sicher noch andere Fragen auftauchen, der Leser mag sich damit amüsieren oder auch herumschlagen. Er sollte nur eines vielleicht nicht vergessen: Science Fiction ist spekulative Literatur, sie lebt nicht zuletzt vom Reiz des »Was wäre, wenn?« oder »Wie wäre es, wenn?« Über Reisen in der Zeit haben sich fast alle namhaften SF-Autoren die Köpfe zerbrochen, das Ei des Kolumbus hat noch keiner dabei gefunden, auch nicht die beiden Paten von Darltons verhindertem lemurischen Zeitfahrer, Asi Movogt.

Außer dem genannten Heftroman fanden die folgenden in diesem Buch Berücksichtigung, ungeachtet notwendiger Kürzungen oder Neufassungen im Text: *Expedition zur verbotenen Welt* und *In der Todeszone* von *Hans Kneifel, Stimmen aus der Vergangenheit* von *Clark Darlton, Die Wüste der strahlenden Steine* und *Planet der Ungeheuer* von *William Voltz, Das Tor zur Hölle* von *Kurt Mahr.*

Wie stets, bedanke ich mich bei allen Lesern und Mitarbeitern, die durch ihre Anregungen zum Gelingen dieses Buches beigetragen haben.

Bergheim, im Sommer 1991 — Horst Hoffmann

Zeittafel

1971	Perry Rhodan erreicht mit der STARDUST den Mond und trifft auf die Arkoniden Thora und Crest.
1972	Mit Hilfe der arkonidischen Technik Aufbau der Dritten Macht und Einigung der Menschheit.
1976	Das Geistwesen ES gewährt Perry Rhodan und seinen engsten Wegbegleitern die relative Unsterblichkeit.
1984	Galaktische Großmächte (Springer, Aras, Robotregent von Arkon, Akonen) versuchen, die aufstrebende Menschheit zu unterwerfen.
2040	Das Solare Imperium ist entstanden und stellt einen galaktischen Wirtschafts- und Machtfaktor dar. Während der weiteren Expansion Kontakte mit bislang unbekannten Zivilisationen. Nach Kämpfen und Mißverständnissen Freundschaft und Verträge mit u.a. den Blues und den Posbis.
2400-2406	Entdeckung der Transmitterstraße nach Andromeda; Abwehr von Invasionsversuchen von dort und Befreiung der Andromeda-Völker vom Terror-Regime der Meister der Insel.
2435	Mächte aus der Großen Magellanschen Wolke versuchen, den Riesenroboter OLD MAN zum Werkzeug einer Bestrafungsaktion wegen angeblicher Zeitverbrechen der Terraner zu machen.
2436	Die Zweitkonditionierten erscheinen mit ihren Dolans. Perry Rhodan wird mit seinem Flaggschiff CREST IV in die 32 Millionen Lichtjahre entfernte Galaxis M 87 verschlagen und kann nach langer Odyssee die Konstrukteure des Zentrums zwingen, ihm und seinen Begleitern den Heimflug zu ermöglichen.

Prolog

Mitte September des Jahres 2436 findet die lange Odyssee der CREST IV doch noch ihr Ende. Perry Rhodans Flaggschiff, von ungeheuren Gewalten in die 32 Millionen Lichtjahre entfernte Galaxis M 87 geschleudert, bleibt die Rückkehr in die heimatliche Milchstraße jedoch versagt. Mit den beiden Haluterschiffen verläßt sie M 87, damit auf dem erdähnlichen Planeten Homeside im Halo der Kugelgalaxis die von den Konstrukteuren des Zentrums nach harten Verhandlungen überlassenen Paratronkonverter in die Haluterraumer eingebaut werden können. Am 15. September wechseln die rund fünftausend Besatzungsmitglieder des Ultraschlachtschiffs auf die entsprechend präparierten kleineren, schwarzen Schiffe über. Man startet gemeinsam, die CREST IV nur noch robotgesteuert. Als die Tabuzone von fünftausend Lichtjahren Radius um M 87, innerhalb derer kein Dimetransflug möglich ist, überwunden ist, ist auch der letzte Kalup-Konverter der CREST ausgebrannt. Das Schiff bleibt am 20. September hinter den beiden Haluterraumern zurück, die die restlichen 27 Millionen Lichtjahre zur Milchstraße mit Hilfe der Paratron-Konverter im Dimetransflug zu überwinden hoffen. Vom Autopilot gesteuert, treibt es als »Geisterschiff« allein in der Einsamkeit des intergalaktischen Leerraums, um vielleicht eines sehr fernen Tages ebenfalls die Milchstraße zu erreichen.

Die Haluterschiffe, an deren Bord katastrophale Enge herrscht, materialisieren im Milchstraßenzentrum. Um einer befürchteten Hinterlist der Konstrukteure des Zentrums zu entgehen, entschließt man sich zur schnellen Notlandung auf dem nahen Planeten »Wiederkehr«. Beide schwarzen Schiffe werden unmittelbar nach dem Aussteigen der Heimkehrer zur Umkehr nach M 87 gezwungen, wo sie zerstört werden.

Die fünftausend Raumfahrer sind auf »Wiederkehr« von den raumfahrenden Völkern der Galaxis und den Raumschiffsrouten abgeschnitten, ohne Schiff und ausreichend leistungsfähigen Funk. Der

Planet erweist sich als aggressiv und lebensfeindlich. Durst, Hunger und fehlende Medikamente machen das Überleben zur Qual. Als fast keine Hoffnung mehr besteht, taucht der Schlachtkreuzer ORINOCO unter dem Kommando von Oberstleutnant Vivier Bontainer auf. Die ORINOCO befand sich auf Dolan-Jagd in diesem unwegsamen Gebiet der Galaxis, und rein zufällig wurde der vom Superroboter Paladin abgestrahlte Funknotruf aufgefangen. Zwar muß Bontainer sein Schiff opfern, doch die Schiffbrüchigen von »Wiederkehr« können mit den Beibooten der ORINOCO gerettet werden.

Auf Terra und den Welten des Solaren Imperiums herrscht großes Aufatmen, als Perry Rhodan und die anderen Totgeglaubten plötzlich wieder auftauchen. Die Menschen fassen neuen Mut im Kampf gegen die gnadenlos zuschlagende Zeitpolizei. Denn noch ist kein Ende der Bedrohung durch diese und die hinter ihr stehende, geheimnisvolle »Erste Schwingungsmacht« abzusehen. Eine neue Großoffensive wird befürchtet, gegen die alle bisherigen Angriffe verblassen müssen. Doch wo sich schon Chaos breitzumachen begann, bewirkt Rhodans Rückkehr einen spürbaren Ruck. Die Menschheit ist wieder bereit zu kämpfen. Aufgrund der in M 87 gewonnenen Erkenntnisse verspricht sich Perry Rhodan wertvollste Informationen im Abwehrringen gegen die Zweitkonditionierten von einer Expedition nach Halut, von wo er sich entscheidende Hinweise auf eine ultimate Waffe gegen die Zeitpolizisten erhofft.

Nur ist dieser Plan vielleicht undurchführbar, denn noch nie wurde Angehörigen eines anderen Volkes von den Halutern erlaubt, einen Fuß auf ihre Welt zu setzen . . .

1.

26. OKTOBER 2436

Um den Raumhafen von Terrania verlief ein Kreisring von Gleiterpisten. Er mündete an der Nordostgrenze in drei verschiedenen Bahnen. Die westliche war der Administrations Way, der mittlere die Beteigeuze Road, die östliche schwang sich in einer gewaltigen Kurve herum und tangierte den Kreis der eigentlichen City. Sie hieß Fomalhaût Freeway. Wenn man die Beteigeuze Road entlangfuhr – oder die Röhrenbahn nahm, die fast genau darunter verlief –, dann gelangte man zu einem riesigen kreisrunden Platz, von dem aus in genau nördlicher Richtung eine Doppelfahrbahn abzweigte. Sie mündete in den Kreis, der die Ecken eines Vierecks schnitt. Auf diesem ebenfalls riesigen Platz standen sämtliche Bauten der Administration. Der Regierungspalast, die Solar Hall und eine Menge von Nebengebäuden, Archiven, Verwaltungseinrichtungen und Personalräumen.

Und dort, im letzten Stockwerk, einem Penthouse aus Glaswänden mit schweren Vorhängen, einem riesigen Raum, hielt sich Perry Rhodan auf. Einige Tage auf Terra, in Terrania City, hatten die harten Linien aus seinem Gesicht verschwinden lassen. Rhodan war wieder mitten in seinem Element, und er wußte, daß seine Kraft mit jeder Stunde wuchs, die er hier verbrachte.

Er saß, in einen eleganten, fast streng wirkenden Anzug gekleidet, in einem der schweren Sessel. Um ihn herum waren die Spitzen des Imperiums versammelt, soweit die Männer in der City waren.

Allan D. Mercant blieb sitzen, blickte von der messerscharfen Bügelfalte der Hose auf und sagte kurz:

»Es ist uns gelungen, in der kurzen Zeit seit der Rückkehr Perry Rhodans das durch die Aktivitäten der Zweitkonditionierten hervorgerufene Chaos innerhalb des Solaren Imperiums fast völlig zu beseitigen. Es war, wie wir alle wissen, eine harte Zeit, in der wir nicht gerade rücksichtsvoll handeln konnten. Diese Zeit scheint im Moment vorbei zu sein.«

Er nickte; ein unscheinbarer Mann, klein und mit einem unauffälligen Gesicht – wenn man ihn nicht zu genau anblickte. Je länger man Mercant kannte, desto mehr wußte man, daß der Chef der Solaren Abwehr wirklich seinen Beruf ausfüllte. Sein Beruf allerdings beinhaltete das Schicksal von mehr als tausend Planeten und deren Bewohnern. Und dennoch schien es immer so zu sein, daß es nichts gab, das Mercant nicht wußte.

»Wir alle hoffen«, sagte Rhodan und lächelte offen, »daß diese Zeit der Unsicherheit vorbei ist. Und wir alle freuen uns darüber. Aber das eigentliche Problem ist dadurch nicht gelöst.«

Reginald Bull, der Staatsmarschall, seufzte und kratzte sich ausdauernd über dem Ohr.

»Wir haben in M 87 Dinge erfahren, die uns neu waren. Es geht darum, diese Dinge auszuwerten. Nur dann, wenn sämtliche Daten in Bezug zueinander gebracht worden sind, können wir sehen, was uns erwartet. Daß wir allerdings einige Schwierigkeiten ahnen, steht auf einem anderen Blatt.«

Jeder wußte, worauf Rhodan hinauswollte.

Zentraler Punkt seiner Überlegungen waren die Haluter. Sie waren eindeutig die Nachkommen der sogenannten Bestien, mit denen sich Rhodan herumgeschlagen hatte. Hier bot sich eine ins Auge fallende Parallele zu den Zweitkonditionierten an.

»Wir sind also daran gegangen, festzustellen, warum die Haluter . . .«

Rhodan drehte seinen Kopf und lächelte der Reihe nach die vier schwarzen, regungslosen Kolosse an, die hinter den Sesseln standen; in der Administration hatte man keine geeigneten Sitzgelegenheiten gefunden, und eine Spezialherstellung hätte zu lange gedauert.

». . . warum die Haluter, von denen wir wissen, daß sie vor rund fünfzigtausend Jahren terranischer Rechnung noch extrem kriegerisch waren, scheinbar übergangslos friedfertig, milde und zahm wurden.«

»Nicht nur das!«

Die Stimme Icho Tolots, die aus einem klaffenden Rachen mit zwei Reihen von Zähnen kam, schien die Glaswände des Dachgeschosses sprengen zu wollen. Seine Augen leuchteten in tiefem Rot.

»Sondern auch, warum wir uns nach der Vernichtung des lemurischen Sternenreiches zurückgezogen haben, friedfertig wurden und uns auf einen unbekannten Planeten zurückzogen und nur dann, wenn wir eine Drangwäsche nötig hatten, in einzelnen Einsätzen sichtbar wurden. Das Rätsel ist für uns Haluter ebenso groß wie für unsere terranischen Freunde.«

»Wie weit sind wir, Allan?« fragte Rhodan kurz.

Mercant drehte seinen Kopf um wenige Millimeter, aber seine schnellen Augen blickten auf einen Visiphonschirm, der links neben seinem Sessel auf einem modernen Sockel stand.

»NATHAN rechnet«, sagte er kurz. »Ich sehe, daß er ungefähr noch zehn Minuten benötigen wird, um eine brauchbare Prognose abzugeben.«

Das hyperinpotronische Rechenzentrum, das in den Kavernen des irdischen Mondes ununterbrochen lief und arbeitete, rechnete die Daten durch. Diese »Daten«, wie sie fast abschätzig genannt wurden, waren eine überwältigende Menge von Fotos, Filmen, Kommentaren, mitgeschnittenen Unterhaltungen, Eintragungen in die Logbücher, Zeugenaussagen, Sternkarten, Entfernungen, gewaltigen Massen von Berechnungen fast sämtlicher bekannten wissenschaftlichen Disziplinen und von Einzelpersonen. Seit Tagen war ein gewaltiger Mitarbeiterstab damit beschäftigt, jedes einzelne Bit einzugeben. NATHAN »las«, seine Perzeptoren tasteten Filme und Bilder ganzer Speicherkristalle ab, zerlegten die Bildeindrücke in Zehntausende von Einzelinformationen und brachten diese wahrhaft umwerfende Menge von Informationen in Bezug zueinander. Nur die fast lichtschnelle Arbeitsweise dieses Superhirns war in der Lage, die Arbeit in einem Zeitraum durchzuführen, der die Wartenden nicht um Jahre altern ließ.

Und noch immer waren die Ergebnisse nicht restlos fertig – es würde noch Tage dauern.

»Sir?« fragte Julian Tifflor.

»Ja?«

»Ständig laufen Meldungen ein. Alle diese Meldungen besagen nur eines: Immer wieder erscheinen Dolans in unserem Einflußbereich. Sie tauchen nur vereinzelt auf, aber sie richten ungeheuren Schaden an. Es sollte etwas unternommen werden. Mehr, als wir bisher unternahmen – etwas, das den Kern der Auseinandersetzung trifft.«

Rhodan nickte zustimmend und sah wieder in Richtung der Haluter.

Icho Tolot schaukelte seinen Oberkörper hin und her und bewegte unruhig die vier Arme.

»Ich ahne, worauf Sie hinauswollen«, sagte er.

»Und ich glaube zu wissen, *wohin* Sie wollen!« dröhnte das gewaltige Stimmorgan Fancan Teiks.

Rhodan lächelte und schwieg.

»Hier eine Meldung«, sagte Mercant und hob den Arm. »Sie dürfte im richtigen Augenblick eintreffen und die Sache meinen, über die wir verhandeln.«

»Bitte!« Rhodan entspannte sich und lehnte sich zurück. Er betrachtete nachdenklich die dreidimensionale Wiedergabe der Galaxis, in der die Lichter die verschiedenen Zonen bedeuteten. Die weit auseinandergezogenen weißen Punkte – Sonnen, in deren Nähe man Kolonien oder Stützpunkte errichtet hatte – ließen die Ausdehnung des Imperiums erkennen.

»NATHAN hat eine Teillösung erarbeitet«, sagte Mercant. »Ich überblende auf den Mitschnitt der ersten Meldung, die das Rechenzentrum abgegeben hat. Sie dürfte für alle hier Anwesenden von größter Aktualität sein.«

Es war, als ob eine unsichtbare Hand zwischen die versammelten Terraner und Haluter gegriffen hätte. Urplötzlich stand die Spannung fast greifbar im Raum.

»Ich höre!« sagte Rhodan halblaut.

»Das hyperinpotronische Rechenzentrum sieht sich außerstande, jetzt schon eine Generallösung des Problems anzugeben. Die bisher erfolgten Informationen, etwa acht Zehntel, sind restlos verwertet worden. Ich biete eine Teillösung an, deren Wahrscheinlichkeitsgehalt zu vierundneunzig Prozent gegeben ist. Ich muß Sie alle warnen: Diese Teillösung besteht aus nur einem einzigen Satz.

Das Problem kann gelöst werden, wenn weitere Informationen von Halut geholt werden.

Ich wiederhole:

Der Fragenkomplex, dessen Aufgliederung und logische Erklärung ich anstrebe, kann im Moment nur teilweise gelöst werden. Da die noch ausstehenden Informationen nicht in der Schwierigkeitsklasse sind, in der ich sie benötige, brauche ich weitere spezialisierte

Informationen. Sie sind, nach meiner Erfahrung, nur auf dem Planeten Halut zu holen und auch nur dann, wenn dort kein Informationsverbot besteht. Ende.«

Rhodan, Bully, Mercant und Tifflor blickten sich schweigend an.

Sie wußten, was logischerweise kommen mußte. Und Rhodan holte tief Luft. Er starrte das regungslose Profil Atlans an, der neben ihm saß.

Die Augen der riesigen Wesen, die ihre Freundschaft zu Terra mehr als einmal unter Beweis gestellt hatten, konzentrierten sich auf den Mann, der vor ihnen saß. Rhodan stand auf, ging unruhig einige Schritte und sagte dann, als entschlösse er sich gegen seine bessere Überzeugung, in leisem Ton:

»Tifflor – meine Herren. Freunde von Halut. Sie haben alles gehört und miterlebt. Ständig werden uns schwere Verluste zugefügt. Es sind die Dolans mit ihren Kommandanten, den Zweitkonditionierten.

Diese Zweitkonditionierten sind zumindest biologisch mit Halutern identisch. Wenn es jemandem gelungen ist, die Haluter zu befrieden – wer immer das auch war oder ist! –, dann können wir durch das, was diesen Frieden hervorgerufen hat, auch die Zweitkonditionierten beeinflussen. Wir wollen sie keineswegs in abgeklärte Wesen, die ihre letzten Tage in stiller Betrachtung ausfüllen, verwandeln, beeinflussen oder zwingen. Wir wollen nur eines:

Ruhe innerhalb der Grenzen!

Keine Toten mehr, keine Materialverluste in Größenordnungen von Milliarden . . . nur eines: Ruhe und Frieden! Also müssen wir diese Waffe suchen. Ich nenne sie Waffe, weil mir kein anderes Wort sinngemäßer erscheint als dieses. Eine Waffe, mit der wir den Frieden erzwingen könnten. Wir müssen sie gegen die Zweitkonditionierten anwenden.«

Mercant wartete, bis Rhodan geendet hatte.

Dann sagte er:

»Wenn es gelänge, diese Waffe in unsere Hände zu bringen, dann könnten wir die latente Gefahr der Zweitkonditionierten als erledigt ansehen. Die Dolans für sich, ohne Lenkung, sind harmlos.«

Noch immer schwiegen die Haluter. Aber sie schienen eine riesenhafte schwarze Mauer zu bilden, an denen die Gespräche der Terraner abprallten wie Kieselsteine.

»Das, worüber wir bisher gesprochen haben, sind einzelne Angriffe«, sagte Julian Tifflor. »Wir haben eine entsetzliche Furcht im Nacken, die uns an der Wurzel bedroht, an der unmittelbaren Existenz. Icho Tolot! Stellen Sie sich vor, der erwartete Großangriff der Dolans erfolgt wirklich und wir haben nichts anderes als die FpF-Waffen.

Er wird erfolgen, wenn der Gegner eine Abschirmung gegen diese Waffen gefunden hat. Sie wie wir – wir wissen, in welch rasender Eile sich im fünfundzwanzigsten Jahrhundert Waffensysteme als veraltet herausstellen, überholt und durch neue, bessere ersetzt werden. Es kann praktisch jede Sekunde geschehen. Dann ist die Aufbauarbeit, die dieser Mann und wir seit rund einem halben Jahrtausend geleistet haben, ruckartig beendet. Dann wird nichts mehr existieren als verwüstete Planeten ohne jedes Leben. Terra wird vernichtet, und milliardenfacher Tod herrscht in der Galaxis. Dann wird die riesige Linse von Milliarden Sonnen eine Galaxis des Todes sein, eine Ansammlung diffuser Materie. Und selbst die Hilfe, die Sie, unsere Freunde von Halut, uns geleistet haben, war sinnlos und vergeblich. Alles wird tot sein.«

Tifflor machte eine Pause, holte Atem und schloß:

»Sie alle haben in der oberen Hälfte Ihres halbkugeligen Schädels eine Knochenplatte. Diese Platte trennt das Planhirn, also ein Instrument zum Erkennen der tiefen Logik und Wahrheit, von dem normalen Hirn. Führen Sie diesem Planhirn die Information zu, und Sie werden erleben, daß Ihr Widerstand sinnlos ist – oder besser: Sinnlos wird, wenn es sich um eine Tragödie dieses Ausmaßes handelt. Ich bezweifle, ob selbst Ihr Planhirn in der Lage ist, die Tragweite der Vernichtung zu erkennen. Sie würden vermutlich alle wahnsinnig vor Schmerz werden, vor geistigem Schmerz. Mehr kann ich zu diesem Thema nicht aussagen.«

Tifflor ließ sich schwer in seinen Sessel fallen, griff mit zitternden Fingern nach einem Glas, das, halb gefüllt, neben ihm stand. Er wischte den Schweiß von der Stirn und leerte das Glas.

Rhodan sagte, um einen Grad ruhiger:

»Wir alle vermuten, daß die Zweitkonditionierten bisher noch keine wirksame Gegenwaffe oder Abwehr gegen die FpF-Geräte gefunden haben. Oder aber sie sind im geheimen bereits mit der Herstellung beschäftigt. Das, was Tifflor eben ausgeführt hat, ist richtig. Ich halte diese vereinzelten Plänklereinsätze für die Ruhe vor dem großen Sturm. Für die Atempause, die wir noch vor dem endgültigen Ende haben.«

Schweigen entstand, lastend, schwer . . .

Dann ergriff Icho Tolot das Wort:

»Sie wollen, wenn ich Sie alle richtig interpretiere, daß wir vier Haluter mit einer terranischen Expedition in unsere Heimat einverstanden sind. Irre ich?«

»Nein. Sie irren nicht«, erwiderte Perry Rhodan.

»An einigen Aspekten dieses Vorhabens müssen wir zweifeln. Halut selbst ist noch niemals von einem Menschen oder dem Angehörigen eines anderen Volkes betreten worden.«

»Wir wissen das«, sagte Rhodan beschwichtigend. Seine Ohren hallten von dem lautstarken Brüllen, das der normale Unterhaltungston der Haluter war. »Und wir verstehen auch Ihre Bedenken. Halut galt bisher immer als Welt der Geheimnisse.«

»Jawohl. Als Domizil für die letzten noch lebenden Haluter. Es sind, uns eingerechnet, hunderttausend Individuen. Wir alle wollen dort unseren Lebensabend in Ruhe und Frieden verbringen. Wir sind, auch das ist Ihnen nicht neu, eingeschlechtlich und achten darauf, daß niemals mehr als hunderttausend Haluter den Planeten bewohnen.«

Fancan Teik fuhr fort:

»Wir scheuen uns, Städte zu bauen oder dicht nebeneinander zu wohnen, wie wir es von unseren terranischen Freunden kennen. Wir haben dank der Geburtenbeschränkung genügend topographischen Spielraum, um weit genug auseinander zu wohnen. Jeder Haluter, gleich, wer es auch sei, besitzt sein eigenes Reich. Dort lebt, wohnt und stirbt er.«

»Und sie können rund dreitausend irdische Jahre alt werden«, sagte Tifflor leise.

»Wahr!« sagte Rillos etwas leiser. »Selbst wenn wir vier hier zustimmen, dann gibt es ein Problem: Dürfen wir stellvertretend für den gesamten Planeten Halut sprechen?«

Rhodan sprang auf.

»Das sollte eine weitere Überlegung sein, die dem Planhirn zugeleitet werden müßte. Denken Sie an das, was Tifflor ausgeführt hat. Wägen Sie es ab. Und ich kann Sie weiter beruhigen, denn wenn wir diese Expedition starten, wird es nur mit einem Schiff geschehen. Innerhalb dieses Schiffes aber werden nur wenige Menschen wissen, wie die genauen Koordinaten lauten. Und diese Menschen werden, wenn ich sie darum bitte, schweigen wie die Steine oder wie Metall.«

»Metall schreit, wenn es verbogen wird«, sagte Rillos.

»Unser Metall bricht eher, als daß es schreit«, erwiderte Rhodan hart. »Ich bitte Sie, stellvertretend für alle lebenden Wesen, nicht nur Menschen, in dieser Galaxis! Entscheiden Sie sich, mit uns zusammen schnellstens Halut aufzusuchen. Gestatten Sie uns und unseren fähigsten Männern und Frauen, nach dem Geheimnis zu suchen. Sonst . . .«

Icho Tolots Augen schienen den Großadministrator verbrennen zu wollen.

»Sonst . . .?« fragte er dröhnend.

»Sonst sind Sie schuld, wenn unbeschreibliches Leid und Elend über unsere Galaxis kommen. Wir verlassen jetzt den Raum. Wir warten dreißig Minuten, dann werde ich Sie bitten, mir eine Auskunft zu geben. Ist dies ein fairer Vorschlag?«

»Das ist fair«, sagte Pinar Alto. »Fürchten Sie nicht, daß wir ›Nein‹ sagen?«

»Ich weiß es nicht«, sagte Rhodan. »Was ich hoffe, habe ich eindringlich genug gesagt. Wir gehen jetzt, und wir werden auch nicht versuchen, zu lauschen.«

Die Terraner verließen das riesige Büro des Großadministrators. Sie ließen die vier Fremden zurück, und die Kolosse bewegten sich endlich. Was in diesen dreißig Minuten – siebenundzwanzig Minuten und vierzig Sekunden waren es ganz genau – hier in diesem Raum gesprochen wurde, erfuhr niemals ein Mensch.

2.

Oberstleutnant Vivier Bontainer und sein »persönlicher Assistent«, John Sanda, standen vor Rhodan.

Der Großadministrator saß hinter einem Schreibtisch eines kleineren Büros des vorletzten Stockwerks. Jetzt stand er auf, kam um die Schreibtischplatte herum und schüttelte den beiden Männern die Hand.

»Nehmen Sie Platz«, sagte er halblaut. »Wir warten.«

Die Männer setzten sich.

Hier war es ruhig, aber diese Ruhe trog. Sie war auch nicht kennzeichnend oder stellvertretend für den Zustand der Milliarden Menschen des Imperiums.

»Sie haben Ihr Schiff verloren«, begann Rhodan und deutete in die Richtung des Flottenhafens, »als Sie die Überlebenden der CREST IV retteten. Seit dieser Zeit warten Sie auf einen neuen Auftrag. Sie haben eine kleine Wohnung eingerichtet und haben in der Bar des *Saturn Hill* auf meinen Anruf gewartet.«

Bontainer lächelte kurz.

»Das ist richtig, Sir«, begann er, »und während wir dort warteten, fragten wir uns, was Sie vorhaben.«

Rhodan betrachtete den hageren, kerzengerade sitzenden Oberstleutnant mit sarkastisch zusammengekniffenen Augen.

Bontainer war knapp sechsundvierzig Jahre alt, sein Gesicht voller Falten und Kerben, die nicht von den Jahren kamen. Bontainer wirkte wie ein Mann, der vom Schicksal gezeichnet war. Sein Haar war fast schwarzbraun und zeigte an den Schläfen breite, silbergraue Streifen, die sich bis in den Nacken zogen.

Mit der EX-2333 – Vivier Bontainer war in der Explorerflotte als Offizier berühmt-berüchtigt gewesen – und danach der ORINOCO hatte er bereits zwei Schiffe verloren, und zwei Kommandos.

»Während Sie warteten, haben wir hier einen schweren Kampf ausgefochten.«

»Mit wem, Sir?« erkundigte sich John Sanda leise. Der ehemalige Erste Offizier war fast ein Ebenbild seines Kommandanten. Deshalb nannte man sie auch die »Space-Twins«.

»Mit den vier Riesen von Halut«, sagte Rhodan.

»Ich verstehe.«

»Und worum ging es bei diesem Kampf?« fragte Bontainer.

»Wir versuchten, von den Halutern die Koordinaten Haluts und die Erlaubnis zu bekommen, dort zu forschen. Es geht, Sie beide wissen es, um die erwartete Großoffensive der Zweitkonditionierten.«

»Und wie ist dieser Kampf ausgegangen?« fragte Bontainer gespannt. Er glaubte zu wissen, worauf Rhodan hinauswollte und was seine eigene Rolle bei diesen Vorgängen sein würde.

»Die Haluter beraten noch. Ich warte auf das Ergebnis.«

John und Vivier nickten.

»Ich habe Sie beide als hervorragende Schiffsführer und Menschen kennengelernt«, sagte Rhodan. »Möchten Sie ein neues Kommando, Vivier? Zusammen mit diesem Junggesellen hier und in Ihrem alten Tätigkeitsbereich?«

»Selbstverständlich, Sir. Ein ›EX‹-Schiff?«

»Ja. Ein Explorerschiff, Nummer 3333. Es steht fertig am Rand des Flottenhafens. Die Besatzung, bis auf einige Dienstgrade, hat Ausgangssperre, und wir besitzen keinen Kommandanten. Mit diesem Schiff beabsichtige ich, zusammen mit Ihnen nach Halut zu starten. Sie können in zwei Stunden fertig sein?«

Bontainer nickte schweigend.

Seine Gedanken gingen zurück. Er hatte also zwei Schiffe verloren – Totalverlust durch Dolans. Er fürchtete sich ein wenig, ein drittes Kommando anzunehmen, aber er wußte, daß er diesmal kein Risiko eingehen würde. Selbst wenn er mit Höchstwerten vor einer dieser schwarzen Kugeln fliehen müßte, aber er würde das Schiff wieder heil hier landen.

»Gut«, sagte er laut. »Ich nehme Ihren Auftrag selbstverständlich an, Sir.«

»Betrachten Sie sich als eingesetzt. Ich muß Sie jedoch auf einiges aufmerksam machen. Ich habe es erfahren, als wir ein Schiff suchten, es schließlich fanden und entsprechend ausrüsteten.«

»Eine meuternde Besatzung, mangelnde sanitäre Anlagen und Ratten an Bord?« fragte John Sanda respektlos.

Rhodan kannte seine Schiffskommandanten und deren Erste Offiziere. So tüchtig sie waren . . . in gleichem Maße hatten sie den uneingeschränkten Individualismus auf ihre lustig flatternden Wimpel geschrieben.

»Nichts davon, und doch von allem ein bißchen«, erwiderte Rhodan blitzschnell. »Die EX-3333 ist eines unserer modernsten Schiffe der Explorerflotte, hochspezialisiert und supermodern; Sie kennen die Spezifikationen. Jede nur denkbare Laboreinrichtung ist an Bord und Einrichtungen für jede Disziplin möglicher Forschung. Aufgebaut auf der Kugelzelle eines Schlachtschiffes der Stardustklasse, achthundert Meter durchmessend, und dank der modernen Bauweise mit genau siebenhundert Besatzungsmitgliedern. Der bisherige Kommandant ist vor zwei Tagen tödlich verunglückt.«

Bontainer fühlte zum zweitenmal starkes Mißtrauen aufsteigen; er ahnte, warum Rhodan dies alles erklärte.

»Wer war Kommandant?«

»Noris Y. Galtama«, sagte Rhodan.

Gleichzeitig pfiffen die Space-Twins durch die Zähne.

»Sie kennen den Herrn?« fragte Rhodan kurz.

»Allerdings. ›Paps‹ Galtama«, sagte Bontainer. »Er war auf der Raumakademie einige Semester über mir. Er war vier Jahre älter als ich und bevorzugte bei allem, was er tat, die gemütliche Version. Seine Geduld war so dehnbar wie hochvisköses Öl, und regelmäßig war er von Junioren umlagert, die sich an seinen Schultern ausweinten. Wie lange flog er die EX?«

»Neunhundert Tage!«

»Verdammt«, sagte Bontainer. »Sie scheinen sehr von meiner Kunst überzeugt zu sein, Menschen zu beeinflussen? Ich traue mich kaum, an Bord zu gehen. Ich bin das genaue Gegenteil von ›Paps‹. Die Offiziere werden mich förmlich auf den Schultern tragen – mitten im All, aus der Luftschleuse.«

John Sanda kicherte anzüglich.

»Der Mensch wächst mit seiner Aufgabe«, sagte er. »Mit meiner und Ambers Hilfe wirst du noch vor der Landung auf Halut das Schiff für dich gewonnen haben, Vivier.«

»Dein Wort in Rhodans Ohr«, sagte Bontainer schnell, brach ab, blickte den Großadministrator an und sagte etwas verwirrt: »Verzeihen Sie, Sir.«

Jetzt grinste sogar Rhodan.

»Es freut mich, in Raumfahrerkreisen bereits als Sprichwortteil zu kursieren«, sagte er belustigt. »Aber, ohne jeden Spaß, Ihr Vorgänger war einer der beliebtesten Explorer-Kommandanten, die es je gab. Sie werden es schwer haben.«

»Der Erste Offizier führt im Moment das Kommando weiter?« erkundigte sich Sanda. »Welcher Art wird meine Stellung an Bord sein?«

»Um Roune Mareaux nicht zu düpieren, bleiben Sie persönlicher Assistent von Bontainer. Sie richten sich nur danach, was Bontainer Ihnen sagt. Klar?«

»Klar, Sir.«

In der Antwort Sandas lag uneingeschränkte Sicherheit. Er wußte, daß das Schiff mit Rhodan fliegen würde, daß sich Bontainer binnen kurzer Zeit durchsetzen und daß die Mannschaft ebenso arbeiten würde wie die der EX-2333 und der ORINOCO, der beiden Schiffe, die Bontainer verloren hatte. Aber es würde alles andere als leicht sein.

Rhodan blickte wieder auf die Uhr.

»So«, meinte er in einer fast unirdischen Ruhe und Gelassenheit, »jetzt werden wir dort hinaufgehen, die Haluter fragen und feststellen, ob wir in hundertzwanzig Minuten starten – oder ob das Imperium verloren ist. Kommen Sie bitte mit, meine Herren!«

Sie standen auf, Rhodan ließ eine verborgene Tür aufgleiten und betrat eine kurze Treppe, die sich in einer einzigen Windung von dreihundertsechzig Grad nach oben schwang, dann drückte er das Signal. Er wartete die Antwort nicht ab und ging in den saalartigen Raum hinein.

»Aha – zwei vertraute Gesichter!« sagte Hisso Rillos dröhnend.

Er meinte Bontainer und Sanda.

»Vier vertraute Gestalten!« gab Bontainer zurück. Er hatte sich als Weltraumpsychologe mit den vier Wesen beschäftigt und war immerhin zu einigen interessanten Schlüssen gekommen, was ihre merkwürdige Mentalität betraf.

»Sie können Ihre Antwort in zwei, oder was schlimmer wäre – in drei Worte kleiden, Icho Tolot«, sagte Rhodan.

Er stand vor den beiden Männern, etwas schräg vor ihnen. Kerzengerade, als könne er die furchtbare Spannung seiner Nerven nicht anders ertragen. Er wirkte, fand Bontainer, wie der Entwurf zu seinem eigenen Denkmal. Ein einziges Wort konnte den Mann, der die Verantwortung für Milliarden trug, fast tödlich verletzen, und niemand konnte ihm diese Position abnehmen, in der er sich befand. Allein und bereit, seine Entschlüsse persönlich durchzuführen.

Mercant, Atlan und Tifflor, hinter ihnen Reginald Bull, kamen hinzu.

Icho Tolot schwieg noch.

Dann sagte er die berühmten zwei Worte: »Sie dürfen.«

Schlagartig verließ die nervliche Anspannung, durch die halbe Stunde des Wartens hochgepeitscht zu einem zerstörerischen Wert, die Terraner. Sie liefen auf die Haluter zu und versuchten, ihnen die Hände zu schütteln. Die Finger befanden sich an den Handlungsarmen, die in einem Gelenk neben den kürzeren Sprungarmen drehten: Sie waren länger, befanden sich weiter außen, der mächtigen Schulter näher. Eine grenzenlose Erleichterung erfaßte sie.

»Vivier Bontainer?«

Bontainer drehte sich herum und blickte Rhodan an.

»Meine Freunde«, sagte Rhodan sehr laut in die entstandene Pause hinein, »diese beiden Männer – Vivier Bontainer und John Sanda – werden mit dem Schiff EX-3333 und mit uns die Expedition zum Planeten Halut durchführen. Für uns alle gilt:

Start in hundertzwanzig Minuten.«

Sie fuhren mit einem Robotwagen bis in die Nähe des Schiffes.

Dort blieben Sanda und Oomph Amber stehen, das Wesen vom Planeten Louren mit dem starken Hang zur Kleptomanie und zu den skurrilsten Wortschöpfungen. Amber gehörte sozusagen bei Bontainers Schiffen zum »Inventar«.

Vivier Bontainer ging weiter. Kein Muskel seines beherrschten Gesichts rührte sich. Bis zur ausgefahrenen Rampe des Schiffes waren es noch dreihundert Meter, über dem einsamen Mann, der schnell und zielstrebig weiterging, wölbte sich die silberglänzende Wandung der EX-3333. Bontainers Auftritt gehörte zu seinem genauen Programm, das er wegen der delikaten psychologischen Situation entwickelt hatte, die ihn an Bord empfangen würde.

Die Sonne stand dicht über dem Rand des westlichen Sichelwalls, und Vivier warf einen langen, dünnen Schatten. Er war in Zivil, nur die Rangabzeichen und der breite Streifen an der engen Hose deuteten auf seine Funktion hin. Zwei kleine Auszeichnungen waren unterhalb der Brusttasche befestigt. Jetzt betrat er den Anfang der Rampe, die zur Polschleuse emporführte.

Bontainer blieb stehen.

Er drehte sich um, sah den wartenden Wagen mit Sanda, Amber und dem Gepäck und ging die Rampe hinauf bis zum Ende. Ein Doppelposten stand in der Öffnung, und die beiden Männer blickten Bontainer schweigend an. Ihre Gesichter waren kühl und fast nichtssagend. Der Doppelposten salutierte schweigend.

Bontainer grüßte knapp zurück, dann wandte er sich an den Mann, der rechts von ihm stand und die Hand am Kolben der Waffe hatte.

»Ihr Name?« fragte er ruhig.

»Kelly, Sir«, erwiderte der Mann und sah an Bontainers Schulter vorbei. Bontainer war einen knappen halben Kopf größer als Kelly.

»Sergeant Kelly . . . ich habe vor kurzem einen kleinen Teil der Mannschaft in der Bar des *Saturn Hill* gesehen. Bitte, sorgen Sie dafür, daß diese Männer in fünfzehn Minuten an Bord und an ihren Plätzen sind. Wir starten in genau –« er blickte kurz auf die Uhr, »– neunundfünfzig Minuten. Wer bis dahin nicht an Bord ist, bleibt hier. Sie wissen, was das heißt.«

»Jawohl, Sir«, sagte der Posten.

Bontainer lächelte und entblößte dabei seine Zähne. Das Lächeln war so echt wie ein feuervergoldeter Verlobungsring.

»Es freut mich, wie reizend ich an Bord empfangen werde«, sagte er und ging ungerührt weiter.

»Jawohl, Sir«, erwiderte der Posten. Der andere Mann zog es vor, zu schweigen.

Bontainer schwang sich aus dem Antigravschacht und blieb mitten im offenen Schacht stehen. Die Besatzung der Kommandozentrale hatte sich vollzählig eingefunden. Bontainers Blick ging über die einzelnen Gesichter, und er hätte schwören können, daß der hagere Mann mit dem langgezogenen Schädel und dem kurzen Haarschnitt, mit unzähligen Falten in den Augenwinkeln und mit den nervösen Fingern Major Roune Mareaux war.

»Meine Herren«, sagte Bontainer kalt, »Sie dürfen es sich gemütlich machen. Aber bitte nicht so gemütlich wie unter Paps.«

Er traf Mareaux mitten in eine offene Wunde. Der Major zuckte zusammen, öffnete den Mund und beherrschte sich im letzten Moment. Seine Situation war klar: Major Mareaux hoffte darauf, wegen seiner Stellung als Erster Offizier zum Oberstleutnant befördert zu werden und das Schiff als Kommandant übernehmen zu können. Die Ankündigung aus der Administration, daß Rhodan mit seinem eigenen fliegenden Personal erscheinen würde, hatte ihn halb demoralisiert.

»Sie wollten etwas bemerken, Major?« fragte Bontainer ruhig.

»Meine Herren«, sagte er, als er keine Antwort erhielt, und setzte sich auf die breite Lehne des Kommandantensessels, »wir alle befinden uns in einer delikaten Situation. Sie haben eine Idealvorstellung von der Schiffsführung. Ich kenne sie, denn ich studierte gleichzeitig mit Paps Galtama, dessen Tod ich bedauere wie Sie auch. Das steht hoffentlich nicht zur Debatte.«

Er bemerkte eine leichte Unruhe in den Gesichtern; die Münder der Männer zuckten unbeherrscht und hochgradig nervös.

»Ihre ideale Schiffsführung heißt also Galtama. Nun bin ich Vivier Bontainer und demzufolge ein anderer Mensch. Ich habe von der Schiffsführung andere Vorstellungen als Galtama sie hatte und demzufolge auch als Sie alle. Ich habe mich nicht darum geschlagen, dieses Schiff zu übernehmen, aber unser oberster Chef, der bekanntlich Perry Rhodan heißt, hat mich dazu bestimmt. Unser aller Schicksal ist es also, miteinander auszukommen.«

Endlich öffnete Mareaux den Mund.

»Damit haben Sie vollkommen recht, Sir«, sagte er und räusperte sich vor den letzten Worten.

»Ohne Zweifel«, erwiderte Bontainer und sah ihm in die Augen. »Wir werden miteinander auskommen müssen. Und da ich glaube, dieses Schiff auch weiterhin zu führen, werde ich mich anstrengen müssen, um Ihrem sicherlich sehr hohen Niveau auf die Dauer entsprechen zu können.«

Niemand erwiderte etwas auf diese Provokation.

»Ich bin über Ihren eisigen Empfang weder erstaunt, noch beleidigt er mich«, sagte Bontainer. Alles noch in leichtem, unverbindlichem Plauderton. Die erfahrenen Männer unter der Crew erkannten die kühle, präzise Art, die dahinter steckte, und begannen sich zu wundern.

»Leider bin ich Major Roune Mareaux übergeordnet. Leider hat

Rhodan bestimmt, daß John Sanda mein persönlicher Assistent bleibt. Leider muß ich die Verantwortung auf den Großadministrator schieben. Ich hoffe aber, daß ich nicht zu den Maßnahmen greifen muß, zu denen ich als Schiffskommandant berechtigt bin; es würde kein schöner Flug werden. Es ist unproblematisch, eine dumme oder sture Mannschaft zu befehligen – wesentlich schwieriger ist es, eine derart hochspezialisierte Crew zu steuern, wie Sie es sind. Es würde mich wirklich freuen, wenn wir uns auf dem Umweg über die Sache näherkämen. Kennen Sie das Flugziel, Major?«

Schweigend schüttelte Mareaux den Kopf.

Bontainer lächelte sehr dünn und erklärte:

»Das Ziel dieses Fluges ist der Planet Halut.«

Er stand auf.

Betroffenheit zeichnete sich in den Gesichtern der Crew ab.

»Sie müssen natürlich annehmen, daß Rhodan auf einem solch wichtigen Flug nur einen Spitzenkönner brauchen kann«, sagte Bontainer lächelnd. Er spürte, wie die Befremdung über diese Äußerung ihm förmlich entgegenschlug wie eine Brandungswelle. »In der Tat bin ich nichts anderes als ein zaghafter, liebenswürdiger, oft von Skrupeln geplagter Kommandant, der förmlich um Ihr Mitleid und um Ihre Hilfe bittet. Der Geist des Toten schwebt hier im Schiff. Und wenn es in den nächsten Tagen zu okkulten Dingen kommt, werde ich mich zitternd in meiner Kabine verkriechen.«

Er stand auf, ohne zu lachen.

»Übrigens«, sagte er und wandte sich an den Major, der seinen Ohren nicht mehr zu trauen schien. »Würden Sie bitte die Liebenswürdigkeit besitzen, mir meine bescheidenen Räume zu zeigen und anzuregen, daß meine beiden Freunde, ohne die ich niemals reise, und das Gepäck ins Schiff gebracht werden?«

»Selbstverständlich, Sir!« sagte Major Mareaux halblaut. Bontainer machte neben ihm einige Schritte zum Antigravschacht, dann blieb er stehen, als habe er etwas vergessen.

»Noch etwas«, sagte er. »Es scheint Rhodan etwas zu pressieren. Wir müssen uns beeilen.«

Dann wurde seine Stimme plötzlich hart, gelassen und kalt wie Eis.

»Das Schiff ist in genau fünfundzwanzig Minuten startfertig. In sieben Minuten sind sämtliche Männer an ihren Posten, und in fünfunddreißig Minuten werden wir Rhodan und die vier Haluter entsprechend empfangen. Bitte, richten Sie sich nach den Zeitangaben. Ich müßte Ihnen sonst eine kleine Schau zeigen, und das möchte ich vermeiden.«

Er ließ fassungslose und dann nachdenkliche Männer zurück, sah auf die Uhr und deutete kurz auf den leuchtenden Bordchronometer. Dann ging er neben dem schweigenden Major in die Richtung, in der die Kapitänsräume lagen.

Wie alles, was Perry Rhodan plante, war auch diese kleine Expedition trotz der Schnelligkeit hervorragend durchdacht.

Noch während die Signale zur Startvorbereitung durch das Schiff gellten, während sich Bontainer umzog und dann hinüberstieg in die Kabine Sandas und Ambers, näherte sich ein schwerer Gleiter, dem einige Lastengleiter folgten. Vom Rand der Rampe bis hinauf zum Kommandoraum waren die Wachen aufgestellt, und in dem gewaltigen Schiff summte es wie in einem Wespennest. Bontainer nahm einen Anruf in Sandas Kabine entgegen und raste hinüber in die Zentrale, vergewisserte sich über den Stand der Vorbereitungen und schwebte dann den Antigravschacht abwärts.

Zehn Terraner und vier Haluter betraten die Rampe.

Robotkommandos schafften umfangreiche Gepäckstücke an Bord, und Bontainer sah zu, wie sich die beiden Gruppen näherten. Er begrüßte die Teilnehmer der Expedition mit Händedruck.

»Willkommen an Bord«, sagte er. »Wir sind so gut wie startfertig.«

Perry Rhodan. Der wissenschaftliche Chef der Expedition, mit dem Bontainer ebenfalls zusammenarbeiten würde, Dr. Geoffry Abel Waringer. Neben ihm ging sein Assistent Dr. Armond Bysiphere.

»Ihren Namen habe ich schon gehört«, sagte Bontainer kurz zum nächsten Mann, »aber ich kenne Sie leider zu wenig.«

»Anthropologe und Spezialist für lemurische Geschichte – Dr. Tomcho Spectorsky«, sagte der Mann und schüttelte Bontainers Hand.

»Ich hoffe, wir werden unsere Probleme lösen können«, erwiderte Bontainer.

Spectorsky lächelte zuversichtlich.

»Wir werden sie lösen müssen«, erwiderte er. »Nichts anderes bleibt uns übrig.«

Drei Mutanten folgten.

Der Orter und Telepath Fellmer Lloyd, der Späher Wuriu Sengu und der Teleporter Tako Kakuta.

Die Art der Gesichter jener Männer, die den Abschluß der ersten Gruppe bildeten, kannte Bontainer gut. Es waren harte, kantige Gesichter, braungebrannt und ohne ein Gramm Fett. Härte, blitzschnelle Augen. Durchtrainierte Gestalten, hochgewachsen und breitschultrig: Drei Männer der Solaren Abwehr Allan D. Mercants. Sie schienen die einzige Konzession Rhodans an den Wunsch seiner Leute zu sein, die ihn nicht ohne militärischen Schutz sehen wollten. Rhodan hatte bewußt darauf verzichtet, das Explorerschiff durch andere Einheiten der Flotte begleiten zu lassen. Icho Tolot hatte entsetzt abgelehnt, auch nur ein einziges bewaffnetes Flottenschiff mitzunehmen, denn er würde es, zusammen mit seinen drei Partnern, mehr als schwer haben, die Haluter zu überzeugen, daß Rhodans Forschungen auf dem Planeten notwendig waren. Bontainer wußte, daß die drei schweigsamen Männer Rhodan nicht eine Sekunde aus den Augen lassen würden.

»Ich bin Kommandant Bontainer«, sagte er und streckte die Hand aus.

»Alvarez«, erwiderte der erste Mann. »Stonewall«, sagte der zweite, und der dritte schloß: »DeKamp.«

Dann kamen die vier Haluter.

Dreieinhalb Meter hohe Riesen, in den Schultern zweieinhalb Meter breit. Ausgestattet mit plump erscheinenden Beinen und vier Armen, zwei längeren Handlungsarmen und zwei kürzeren Sprungarmen. In der Anziehungskraft der Erde wog ein Haluter fast vierzig Zentner; die Rampe begann zu beben, als sich die schwarzen Giganten näherten. Bontainer schaute auf die vier halbkugeligen Schädel, die haarlos waren und drei Augen enthielten. Die dunkelgrüne Kombination der Haluter verstärkte den Eindruck des Fremdartigen, Unbegreiflichen.

»Haben Sie für uns ein paar kleine Hangars als Aufenthaltsräume bereitgestellt?« fragte Hisso Rillos dröhnend.

Bontainer grinste und hob beide Arme.

»Es sind einige Laderäume geleert worden. Ich fürchte, Sie werden auf dem blanken Stahl schlafen müssen, mit einer stählernen Frachtkiste als Kopfkissen.«

Das brüllende Gelächter von vier Halutern verwandelte den Raum der Polschleuse in ein akustisches Inferno.

Bontainer drehte sich um; er wußte, daß die Mitglieder der Expedition vollzählig an Bord waren. Dann, kurz bevor er die Liftsäule betrat, sah er, daß sich ein Gleiter der Hafenverwaltung in einem fast schon verbrecherischen Tempo näherte und dicht vor der Rampe abbremste. Die Umwandler wimmerten überlastet.

»Gelegentlich«, sagte Bontainer zu dem Posten neben dem Schott, »bringen Sie mir bitte die Namen der fünf Männer, die jetzt angekommen sind. Anschließend starten wir.«

»Jawohl, Sir«, sagte der Posten und sah an Bontainer vorbei.

Noch vierundzwanzig Minuten zum Start.

Icho Tolot stand neben Rhodan, der in einem Kontursessel rechts von Bontainer saß. Während sich noch vor wenigen Tagen Kommandant Galtama nach Wünschen, Empfehlungen und Kritik seiner Offiziere gerichtet hatte, war in der Zentrale der Ton schärfer, kühler und wesentlich leiser geworden. Bontainer gab die einzelnen Anordnungen durch, das Schiff abzudichten, die Rampe einzufahren und nacheinander sämtliche Stationen in volle Bereitschaft zu bringen.

»Korvettenhangars – klar?«

Langsam kam die Antwort.

»Hangars sind klar, und sämtliche Einheiten sind gesichert.«

»Beim nächsten Kontrollanruf«, sagte Bontainer von seinem Platz aus ins Mikrophon, »bitte ich Sie, Ihre Meldung um drei Sekunden eher und um vier Sekunden kürzer abzugeben. Wir sind auf einem Explorerschiff, nicht in einem Paddelboot, junger Mann! Polschleuse?«

Sekundenschnell kam die Antwort.

»Polschleuse klar, gesichert, dicht.«

»Danke«, sagte Bontainer trocken.

Er wandte sich nach etwa drei Minuten an Rhodan.

»Sir«, sagte er, »wir können abheben. Wenn die Geheimhaltung so groß ist, wie es scheint, verlassen wir die Zentrale, wenn Icho Tolot die Koordinaten für den Anflug programmiert.«

Icho Tolot riß den Rachen auf, funkelte Bontainer und Rhodan mit seinen drei dunkelroten Augen an und sagte mit rund hundert Phon Lautstärke:

»Das ist nicht nötig.«

»Auch gut.«

Irgendwo in der Zentrale, unsichtbar hinter den Rücken der Männer und halb verborgen in einem schweren Kontursessel, der um vier Nummern zu groß war, kicherte jemand und sagte dann mit einer schrillen, hochnervösen Stimme:

»Wie *prytan*!«

Rhodan kannte den Lourener. Er sagte leise zu Bontainer:

»Wie schön! Griechisch kann Ihr Freund auch!«

»Er kann noch mehr, Sir«, erwiderte Bontainer. »Sie müssen wissen – er findet Sie sowohl *lüsker* als auch sehr *geimig*.«

»Das«, warf John Sanda halblaut ein, »soll ein Kompliment sein.«

3.

Halut: Ein uralter Planet. Eine Welt, die scheinbar zum Sterben verurteilt war, die unter dem matten, milden Licht einer dunkelrot durch die Atmosphäre leuchtenden Sonne lag. Die Anziehungskraft an der Oberfläche entsprach dem 3,6fachen Wert derjenigen Terras. Der Planet durchmaß knapp achtzehneinhalbtausend Kilometer und rotierte in 47 Stunden und 36 Minuten einmal um seine Achse.

Die Gebirge dieser Welt waren flach und abgetragen, von Bäumen und Büschen bestanden, die alle ein unglaublich hohes Alter zu haben schienen. Die Jahrtausende hatten aus schroffen Höhenrükken und spitzen Lavakegeln runde, konturarme Hügel geschliffen, zwischen denen sich hier und da ein Fluß oder ein Bach träge bewegte. Es war eine Welt, auf der die Stille und die Beschaulichkeit wohnten – eine heitere Welt der Gelassenheit. Nicht nur das wohltuende Sonnenlicht, auch das unmerkliche Spiel von Wolken, Wind und Regen, auch die endlosen Buschflächen, die Wälder und die weit auseinandergezogenen Bauten schufen nur einen einzigen Ausdruck: Abgeklärtheit.

Auf dem Planeten lebten genau einhunderttausend Haluter; alle Altersstufen waren vertreten. Die Haluter waren eingeschlechtlich, und sie regulierten das Maß ihrer Fortpflanzung dergestalt, daß die Anzahl der lebenden Individuen niemals diese Grenze überschritt, sie aber auch nicht unterschritt. Aber das wohltuend friedfertige Aussehen dieser Welt trog. Halut, deren hunderttausend Bewohner nicht wieder in die Politik der Galaxis eingriffen, war eine Festung allererster Güte. Die letzten Wesen dieser Welt wußten sich gegen jede Art von Angriff hervorragend zu schützen.

Nur einen Feind gab es, den sie nicht bekämpfen konnten, wenn er sich näherte. Es waren die eigenen Gedanken, die Erinnerungen aus einem unfaßbar langen Zeitraum. Die Haluter würden viele Dinge sehen müssen . . . aber das hing davon ab, in welcher Form diese Erinnerungen geweckt wurden.

»Das bedeutet also«, sagte Bontainer zu Rhodan und beugte sich über den Kartentisch, »daß dieser Planet neben der schwachen Sonne Haluta in der Nähe des galaktischen Zentrums steht.«

»Richtig«, warf Roune Mareaux ein. »Aber nicht in der Horizontalebene der Scheibe, sondern stark zum ›unteren‹ Punkt der zentralen Anhäufung versetzt.«

Das Schiff fegte durch das Solsystem, verließ dessen Grenzen und jagte in den freien Raum hinaus, in Richtung auf das Sternbild des Schützen. Dann, bei annähernder Lichtgeschwindigkeit, ging die EX-3333 in den Linearraum und verschwand von den Schirmen der Sicherheitssysteme, die um das System gruppiert waren.

An dem halbkugeligen Schädel des schwarzen Giganten, der mitten in der Zentrale stand und die Panoramagalerie anstarrte, war keinerlei Gefühlsregung abzulesen. Er wußte, daß er seiner Heimatwelt entgegenflog, denn von ihm stammten die Koordinaten. Was auch Icho Tolot nicht wußte, war, was ihn, seine drei Freunde und die Terraner auf Halut erwartete.

Bontainer wandte sich an Fancan Teik.

»Ich habe einiges über Ihre Heimatwelt gehört«, sagte er einschränkend, »aber um gewisse Schlüsse ziehen zu können, könnte es nicht schaden, wenn ich mehr darüber wüßte. Berichten Sie mir über Halut?«

Neben Bontainer saß Geoffry Abel Waringer. Groß und hager, fast knochig, wirkte Waringer meist etwas abwesend und verlegen, als leide er unter der hohen Ehre, Schwiegersohn des Großadministrators zu sein. Bontainer wußte inzwischen, wie sehr dieser Eindruck täuschte. Das hyperphysikalische Genie Waringer lebte in einer Welt, die kaum jemand kannte, und in eben dieser Welt fanden die intellektuellen Vorgänge statt. Waringer war passiv; er wartete darauf, daß Informationen an ihn herangetragen wurden, er suchte sie nicht bewußt selbst.

»Gern«, erwiderte Fancan Teik. »Wenn Sie auch in kurzer Zeit den Planeten selbst sehen werden. Sie werden unter den ersten Menschen sein, unter den ersten Nichthalutern, die diese Welt betreten.«

Bontainer nickte und fing einen schnellen, prüfenden Blick von Major Mareaux auf.

»Aus genau diesem Grund fragte ich, Teik«, sagte er.

»Halut hat eine gute atembare Sauerstoffatmosphäre und Temperaturen, die etwa um das Mittel von zwanzig Grad Celsius liegen. Die Landschaft ist Ihnen schon von Tolotos geschildert worden; aber ich kann Ihnen folgendes berichten: Es gibt bei uns keine Regierung, wie Sie sie kennen. Sie würden zu unserer Form vielleicht eine Individual-Autarkie sagen. Das bedeutet letztlich, daß jeder der Hunderttausend einzig und allein bestimmen kann, was er tun oder lassen will. Wir kennen keine Währung – jeder ist jederzeit für jeden da, auch sind sämtliche technischen Einrichtungen des Planeten für alle Haluter frei zugänglich.

Gleichgültig, ob es sich um die Erzeugnisse von Nahrungsmitteln handelt oder die gesamte Kapazität verschiedener Industrien, wir können nehmen und verbrauchen, was im Rahmen einer gewissen Norm möglich ist.«

»Ein durchaus soziales Staatsgebilde«, sagte Waringer.

»Nicht in der Art, wie es auf Terra verstanden werden muß. Da hunderttausend Haluter die Kapazitäten kaum jemals ausnützen können, sind die Verhältnisse grundlegend anders«, berichtete Teik. Wenn er sprach, klirrten die Abdeckungen der Skalen und der Lourener vergaß, seine großen Augen auf gewisse glitzernde Gegenstände zu heften.

»Sie haben nicht eine Einrichtung, die übergeordnete Funktionen besitzt?« fragte Major Mareaux.

»Doch. Es ist der *Rat der Alten*.«

Bontainer nahm die Hände von den Ohren und fragte halblaut:

»Erklären Sie uns diesen Begriff?«

»Es sind, wie der Name ausweist, die ältesten Haluter, also diejenigen Wesen mit der größten Lebenserfahrung. Sie haben unzählige Drangwäschen hinter sich, sind also weit herumgekommen. Sie treffen zusammen, wenn es geboten erscheint – unser Ersuchen wird sicher eine solche Zusammenkunft erfordern! – und erteilen den anderen Halutern Empfehlungen, aber niemals Befehle oder Anordnungen. Demjenigen, der diese Empfehlungen nicht beachtet, erwachsen daraus keine Nachteile, aber wir richten uns gewöhnlich nach diesen Empfehlungen.«

»Und was wird geschehen, wenn das Schiff über dem Planeten erscheint?«

»Wir werden große Mühe haben, die Landeerlaubnis durchzusetzen.«

»Das fürchte ich auch«, sagte Major Mareaux dumpf. »Das wird eine schwere Landung für Sie werden, Kommandant Bontainer.«

Vivier sah ihn an.

»Ich weiß«, sagte er. »Aber es wird unter Umständen eine reizvolle Aufgabe für Sie alle und auch für mich.«

Er sah auf das Bordchronometer.

»Es ist noch viel Zeit bis zur Landung. Vertrittst du mich, John?«

Sanda nickte und sagte:

»Natürlich! Du bist in deiner Kabine?«

»Ja, mit Oomph.«

Wieder hatte an Bord eines Schiffes das Rätselraten angefangen. Die Mannschaft, gemischt aus wissenschaftlichem Personal und der Schiffsbesatzung, sah den Lourener und wußte nichts mit ihm anzufangen, außer sich bei Bontainer zu beschweren, wenn ihnen etwas Kleines, Glitzerndes oder offensichtlich Wertvolles fehlte. Sanda hatte inzwischen angeregt, ein Komitee zu gründen, das Amber regelmäßig aufsuchte, seine Kabine leerte und die Gegenstände über Bordinterkom ausrufen lassen sollte. Bontainer hatte abgelehnt: Auf diese Weise würde eine Menge von Gesprächsstoff und Unruhe, die sich sonst auf ihn konzentrieren würde, unterbleiben. Welche Funktion Amber wirklich besaß, wußten nur insgesamt zehn Menschen.

Hätte jemand der Unterhaltung in Bontainers Kabine gelauscht, hätte er gewußt, warum der dürre, kichernde und Fremdwörter erfindende Lourener ständig im Schiff umherspazierte.

»Große Abenteuerlichkeit, ein neuiges Kommandieren, eh, Vivier?« fragte der Lourener. Er und Vivier hatten Kaffeebecher vor sich stehen, auf denen der Schriftzug des Schiffes eingepreßt war.

»Mein neues Kommando leidet unter den gleichen Krankheiten aller solcher Unternehmungen. Wie ist die Stimmung?«

»Von oben nach hinunter, Vivier?« fragte Oomph kichernd, dann hüstelte er und griff mit Spinnenfingern nach dem Becher. Er schlurfte geräuschvoll, rülpste diskret und sagte dann:

»Drei SolAb-Agenten, sie bestehen aus Muskeln, Knochen und Mißtraulichkeit.«

Das wußte Bontainer inzwischen sehr genau.

»Sie mißtrauen auch den Wasserhähnen der Duschen«, sagte er. »Richtet sich ihr Mißtrauen gegen mich?«

»Nicht richtig, Vivier. Sie weisheitlich, zu loyal und integer.«

»Wie schön. Und weiter?«

»Crew. Sie unterscheidlich. Teilweise begeisterlich von Kommando, weil knapp und klarheitlich, teilweise unsicherhaft, weil dich Fehleinschätzung.«

Bontainer lachte.

»Wie reagiert Mareaux?«

»Ein Wort: Nachdenklichkeit.«

»Erkläre das bitte etwas genauer und, wenn möglich, etwas weniger eigenwillig.«

Oomph Amber kicherte, die Federn seines Halsrings sträubten sich, dann fuhr er fort:

»Mareaux wissen, du unschuldig daran, ihn übergangen wurde. Er dich nicht lieben, aber er wissen, du guter Skipper, eh? Er glaubt, nicht in Haut Bontainer stecken müssen . . . können.«

»Du meinst also, er überlegt sich, ob meine Position nicht doch etwas zu unsicher wäre?«

»Richtiglich. Er dich nicht Beneidung um Kommando. Er schweigen wegen Rhodan, um nicht Auffälligkeit Nicht-Sympathie.«

»Er wartet ab, um Rhodan gegenüber nicht aufzufallen.«

»Recht, Vivier. Sieh hier . . . Beute!«

Der Lourener streckte seine schmale, knöcherne Hand aus und zeigte Bontainer den Gegenstand, der auf dem Handteller lag. Das war neu. Bisher hatte der unverbesserliche Kleptomane, seine Diebstähle unsichtbar durchgeführt und die Beute verborgen.

Bontainer machte eine blitzschnelle Bewegung und riß die schwere Pilotenuhr aus der Hand des Fremdrassigen. Er drehte sie um, bemerkte die federnde Metallspange, die sie hielt und las darauf in winziger Schrift den Namen des Ersten Offiziers.

»Mareaux' Uhr! Bist du wahnsinnig?«

»*Lüsker* ganzlich«, kicherte Oomph.

»Das macht uns so beliebt wie Schwefelwasserstoff im Wohnzimmer«, sagte Bontainer. »Du gestattest, daß ich Mareaux das Ding persönlich zurückgebe?«

Er trank seinen Kaffee aus und verließ die Kabine, nicht ohne sich vergewissert zu haben, daß jedes Fach verschlossen und gesichert war. Die Plastiktür würde Amber wohl nicht stehlen.

Schließlich fiel das Schiff in das Einstein-Kontinuum zurück.

Weit voraus, auf den Panoramaschirmen deutlich zu erkennen, schimmerte die rote Sphäre der Sonne Haluta.

»Hier spricht der Kommandant«, hallte es aus einem runden Dutzend von Interkomlautsprechern. »Wir stehen kurz vor Haluta, die Bremsverzögerung setzt bereits ein. Ich bitte alle diejenigen, die es angeht, in die Kommandozentrale.«

Sie erschienen nacheinander.

Zuerst die vier Riesen von Halut. Sie blieben vor den Panoramaschirmen stehen und starrten die Sonne an, in deren Nähe ihr Heimatplanet sich drehte.

»Jetzt, Icho Tolot«, sagte Bontainer laut, während Rhodan eintrat und hinter seinem Sessel stehenblieb, »wird es kritisch. Sie wissen, was wir alle von Ihnen erwarten.«

»Ich weiß es«, sagte Tolot.

Das Schiff raste, langsam abbremsend, durch einen gewaltigen kosmischen Raum. Die Lichtgeschwindigkeit trug es in die Nähe der roten Sonne, dann erfaßten die Instrumente den Planeten, und in einer leichten Korrekturparabel fegte die EX-3333 an der Sonne vorbei, ließ sie hinter sich und verzögerte weiter. Ortung und funktechnische Abteilung des Schiffes arbeiteten zusammen und richteten den Sender aus, dann stellten sie die Wellenlänge ein, die sie von den Halutern erhalten hatten.

»Technik?« fragte Bontainer kurz und halblaut in sein Mikrophon.

»Kommandant?«

»Legen Sie die Leitung hierher. Icho Tolot wird sprechen.«

»Eine Sekunde.«

Innerhalb erstaunlich kurzer Zeit hatten sich sämtliche Männer an die präzisen Befehle gewöhnt, die Bontainer gab. Jetzt wußten sie, daß sich Rückfragen oder langwierige Erläuterungen erübrigten. Bontainer wußte stets vorher sehr genau, was er wollte, und wie schnell er es wollte.

»Frei!« sagte er und nickte Tolot zu.

Hinter dem Giganten standen wie ein lebender Wall drei andere Haluter und sahen, wie die beleuchtete Halbkugel des Planeten aus der Anonymität der Schwärze hervortrat; vor einem Hintergrund aus Tausenden winziger Lichtpünktchen, die das Zentrum der Galaxis andeuteten.

»Hier spricht Icho Tolot an Bord eines terranischen Schiffes«, sagte der Haluter. Die Technik hatte die Empfindlichkeitsgrenze der Mikrophoneinrichtungen heraufgesetzt, so daß die Gefahr nicht bestand, daß Instrumente versagten, oder daß die Töne bis zur Unkenntlichkeit verzerrt wurden.

»Ich rufe Halut.«

Eine Pause entstand, in der nur das kosmische Rauschen störender Stellarstrahlungen aus den Lautsprechern drang. Dann, urplötzlich, stand fast greifbar eine dunkle, verhaltene Stimme im Raum:

»Hier Halut. Ich spreche mit Icho Tolot?«

Tolots Augen schienen aufzuleuchten, dann sagte er laut:

»Ich rede außerdem in Vertretung von Fancan Teik, Hisso Rillos und Pinar Alto; sie stehen neben mir. Wir sind in einem terranischen Schiff und ersuchen um Landeerlaubnis. Unsere eigenen Schiffe sind vernichtet worden, und es gab keinen anderen Weg als diesen.«

Der andere schien zu zögern.

»Ihren Worten kann ich entnehmen, Icho Tolot, daß Sie sich in Gesellschaft von Fremden befinden. Sie wissen, daß fremde Völker Halut nicht betreten dürfen.«

»Richtig. Ich erbitte deshalb Landeerlaubnis. Diese Terraner sind unsere besten Freunde. Wir haben zusammen viele Kämpfe bestanden. Sie haben ein großes Anliegen an uns. Abgesehen davon, daß wir den Boden unserer Heimat wieder betreten müssen, würden Verhandlungen außerhalb des Planeten lächerlich wirken. Ich appelliere an die starke Sympathie, die Terra bei uns Halutern seit Jahren genießt. Bitte antworten Sie schnell und, wenn irgend möglich, positiv.«

»Ist Perry Rhodan bei Ihnen?« fragte die Stimme des Unsichtbaren.

»Er sitzt hier und hört uns gespannt zu«, gab Tolot zur Antwort.

»Fragen Sie ihn, ob es für ihn keine andere Möglichkeit als die der Landung gibt. Besitzen die Terraner die Koordinaten unseres Planeten?«

»Rhodan hat eine Frage, die über die Existenz der Menschheit und anderer Völker entscheiden kann. Ich muß sein Ansinnen befürworten, zuerst zu landen und dann mit uns zu reden und zu verhandeln. Die Koordinaten sind nur einigen wenigen Männern an Bord dieses Schiffes bekannt, aber die gesamte Mannschaft weiß, daß das Schiff über Halut steht.«

»Warten Sie!« bekam er zu hören.

»Ich weiß«, erklärte Hisso Rillos, »daß jetzt ein vorläufiger Mehrheitsbeschluß eingeholt wird. Von ihm hängt es ab, ob sie ein Fährschiff hochschicken oder der EX die Landung gestatten.«

Die Pause war unerträglich und strapazierte die Nerven der Männer. Mareaux saß seitlich von Bontainer und sah seinen Vorgesetzten an; er wußte nicht, was er denken sollte. Einerseits mußte er Bontainer ob seiner eiskalten Ruhe bewundern, andererseits nahm er an, daß dies eine sorgfältige Maske für Crew und Besatzung darstellen konnte. Er würde versuchen, Bontainer auf die Probe zu stellen.

»Ich habe die Ergebnisse, aber ich muß eine Einschränkung machen«, sagte der Unsichtbare. »Sie alle wissen, daß wir Terra und den Terranern durchaus freundschaftlich zugetan sind. Seit vierhundert Jahren beobachten wir dieses Volk. Unsere Stimmung ist grundsätzlich positiv, aber die Preisgabe der Koordinaten mißfällt uns. Wir sehen ein, daß es schwer möglich war, ohne diese Koordinaten vier Mitglieder unserer großen Gemeinschaft hierher zu bringen, aber es hätte auch anders abgewickelt werden können. Die Lage ist also etwas angespannt. Sind Sie gewillt, Icho Tolot, die Verantwortung für eventuell entstehende unangenehme Entwicklungen zu übernehmen?«

»Selbstverständlich!« sagte Tolot.

»Dann landen Sie!«

»Wir danken!« erwiderte Tolot.

»Aber landen Sie auf dem kleinen Hafen in der Nähe Ihres Hauses, Icho Tolot.«

»Gut.«

Tolot wandte sich um, breitete seine vier Arme aus, als wolle er die Zentrale ausmessen, und sagte zu Rhodan:

»Sie haben alles gehört und verstanden?«

»Ja, natürlich. Niemand von uns wird etwas unternehmen, was Sie und Ihr Volk verärgern könnte. Schließlich wissen wir, was wir Ihnen verdanken.«

Die EX-3333 stand auf Halut.

Bontainer beugte sich etwas vor und schaltete die senkrechte Reihe der Tasten ab, die meisten Maschinen liefen aus und unterbrachen die Energieabgabe.

»Da die Luft atembar und frisch ist, öffne ich die Schleusen und die anderen Verbindungen nach außen«, sagte Bontainer durch die Bordsprechanlage.

Er stand auf, lächelte Rhodan kurz an und bemerkte in dessen Augenwinkeln die Belustigung, die ein großer Mann über einen sehr gelungenen Scherz empfand. John Sanda formte aus Daumen und Zeigefinger einen Kreis und reckte den Arm hoch.

»Ganz nett, Skipper«, sagte er. »Du wirst langsam besser. Der Mittelpunkt der Polschleuse ist zwei Meter neben dem absoluten Platzmittelpunkt. Jüngst waren es noch vier Meter.«

»Wir lernen, solange wir leben«, schloß Bontainer.

Rhodan stand auf und blieb vor Icho Tolot stehen.

»Was jetzt?« fragte der Haluter dröhnend.

»Bitte suchen Sie zunächst Ihr Haus auf. Dann sollten wir eine Verbindung zum Haus errichten, die diesen Raum hier – oder eines der historischen Labors – an das Kommunikationsnetz Haluts anschließt. Dann werden wir der Bevölkerung unsere Wünsche schildern.«

»Gut. Wir gehen jetzt von Bord. Dann sehen wir, was sich tun läßt. Unseren Dank an Sie alle –« Icho Tolot machte eine Geste, die das gesamte Schiff umfaßte, »– werden wir später und in entsprechender Form abstatten. Zuerst vielen Dank für den schwierigen Transport, Oberstleutnant.«

Bontainer lachte.

»Es war mir ein Vergnügen, Icho Tolot.«

Sie konnten es kaum erwarten. Es war nett, zu sehen, wie die vier Giganten zwischen Beherrschtheit und dem Wunsch schwankten, wieder in ihren ureigenen Lebensraum zurückzukommen. Für sie war ein herrliches, langes und aufregendes Abenteuer vorbei. Sie hatten es herbeigesehnt und hatten sich darin bewährt, aber die klassische Gefühlsaufwallung war vorbei. Jetzt ging es daran, die gewonnenen Erkenntnisse auszuwerten, für die Gemeinschaft der Hunderttausend. Auf einem Schirm verfolgten die Terraner, wie die vier Giganten über die ausgefahrene Rampe das Schiff verließen und in Richtung von Tolots Haus gingen, einem Gewirr auf- und nebeneinandergestellter fast kubischer Bauten in verschiedenen hellen Farben. Jetzt war die mächtige Kugel Halutas aufgegangen, und sie leuchtete trüb durch die Linsen und auf den Panoramaschirmen.

»Bontainer an alle«, sagte der Kommandant. »Wachen sind unnötig, aber ich möchte der Ortungsabteilung empfehlen, ihre Instrumente nicht zu vergessen. An Bord herrscht bis auf Abruf allgemeine Freizeit. Viel Vergnügen, Ende.«

In der Zentrale erloschen reihenweise Kontrollichter.

»Wir werden warten müssen«, sagte Bontainer. »Haben Sie einen Plan für Ihr Vorgehen, Sir?«

Rhodan nickte.

Die frische, kühle Luft des Planeten durchzog das Schiff, dessen Schleusen und Luken geöffnet waren. In die Räume, die keinen direkten Ausgang besaßen, pumpten die mächtigen Turbinen der Exhaustoren das kühle Gemisch. Geoffry Abel Waringer saß an einem der festgeschraubten Schreibtische der physikalischen Sektion des Schiffes, rechnete und las zum wiederholten Male seine Notizen durch. Bysiphere kontrollierte die Geräte, die man in der historischen Abteilung aufgebaut hatte, und sortierte das Bildmaterial, das seinen Vortrag untermauern sollte.

Bontainer hatte sich mit Archivmaterial beschäftigt, außerdem war er Psychologe, der zumindest die Hauptmerkmale sämtlicher in der Galaxis und außerhalb angetroffener Lebewesen kannte. Lange Gespräche mit Waringer, Rhodan, Spectorsky und Bysiphere hatten die Situation weiter erhellt, und auch Bontainer kannte jetzt die Fragen und einen Teil der Antworten.

Terraner und Haluter waren durch viele Ereignisse in ein Netz verstrickt, dessen Maschen unzerreißbar schienen. Das Netz schien eine wissenschaftliche Klärung bisher nicht zuzulassen, aber deswegen war die EX-3333 da. Und Bontainer schwor sich, jeden Grashalm auf Halut genau zu untersuchen. Er würde etwas finden, wenn es etwas gab.

Konnten die Fragen der Terraner beantwortet werden?

Und konnten Rhodans Männer die anschließenden Fragen der Haluter restlos beantworten?

Fand man das Geheimnis um Halut?

»Lauter Fragen . . .«, sagte er leise.

»Was meinten Sie, Sir?« erkundigte sich Mareaux, der ihm gegenüber am Tisch saß.

»Unsere Mission hier ist verteufelt unsicher und fragwürdig, Major«, sagte Vivier. »Ich habe den Verdacht, daß wir nur ein Zehntel von den Schwierigkeiten vorausahnen können, die uns hier erwarten.«

Das Kalenderfenster seiner Uhr zeigte den 29. Oktober 2436.

Der Interkom in der Nähe des Offizierstisches leuchtete auf, ein scharfes Knacken kam aus dem Lautsprecher.

»Hier Ortungszentrale«, meldete sich eine Stimme. »Wir haben Verbindung mit dem Haus von Icho Tolot. Die Herren werden gebeten, sich zu Doktor Waringer zu begeben.«

»In Ordnung!« rief Bontainer laut.

»Es geht los«, sagte Rhodan. »Jetzt hängt es von unserem Verhandlungsgeschick ab, welche Erfolge wir erzielen.«

Binnen weniger Minuten standen sie um den Tisch Waringers herum.

Vor dem Wissenschaftler war ein riesiger, vier Quadratmeter großer Bildschirm aufgestellt, dazu eine komplizierte Aufnahmeapparatur und Lautsprecher. Von hier führte eine Direktleitung in die Ortungszentrale, diese war durch einen Bildfunk-Laserstrahl mit Tolots Haus verbunden. Von dort wiederum gingen die Leitungen der Kommunikationsschaltung um den gesamten Planeten Halut und mündeten in allen übrigen Bauten.

Icho Tolot erschien auf dem Bildschirm.

Es konnte beginnen.

»Bereit, Geoffry?« fragte Rhodan. Waringer nickte schweigend.

Icho Tolot begann zu sprechen.

»Sämtliche Lebewesen des Planeten Halut hören und sehen, was in der folgenden Sendung geschehen und gesagt wird. Zuvor einige Erklärungen, von mir zusammengefaßt:

Unsere terranischen Freunde sind hierhergekommen, um nach einer Waffe zu suchen. Sie brauchen diese Waffe, um ihr Imperium und, darüber hinausgreifend, auch die Milchstraße schützen zu können. Die Alternative wäre der millionenfache Planetentod.

Sie suchen diese Waffe hier auf Halut. Aus welchen Gründen sie mit uns hierher kamen, und was sie sich davon versprechen, sollen die kommenden Gespräche zeigen. Ich schalte mich jetzt aus dem Netz. Der Mann, der dann vor Ihnen allen erscheint, ist Doktor Geoffry Abel Waringer, der beste Hyperphysiker des Imperiums. Bitte, Freunde, hören Sie gut zu und schließen Sie nicht vorschnell. Ich ahne, daß es für beide Völker gleich wichtig ist.«

Icho Tolots Bild verschwand, die Linsen richteten sich auf Waringer, und der linkisch wirkende Mann schien sich plötzlich zu verändern. Er wirkte scharf konzentriert, selbstsicher und kühl.

»Wir wissen, daß Haluter vor Zeiten wilde und unberechenbare Kämpfer waren. Dann trat etwas ein, das sie friedfertig und verständnisvoll machte. Nach unseren Informationen muß dies eine Waffe sein. Wie sie aussieht, wissen wir nicht. Wir können nur ahnen, daß sie – diese Erklärung bitte ich, vorsichtig aufzufassen – auf psychologischer Basis arbeitet. Wenn wir diese Waffe hier finden, ist das Imperium gerettet. Diese Waffe oder einen deutlichen Hinweis darauf, wie wir sie finden können, suchen wir hier auf Halut. Dabei erbitten wir Ihre Hilfe!«

Waringer senkte den Kopf.

Aus seinen Worten und deren Betonung hatte der Wunsch geklungen, die Bitte, den Terranern zu helfen. Die Techniker, denen das Programm geläufig war, schalteten um, nachdem Perry Rhodan einige Worte gesagt hatte.

»Wir bringen dafür«, sagte Rhodan halblaut und ebenso bittend, »eine Menge von Beweisen, die wir während unserer Odyssee in M 87 gesammelt haben. Da Icho Tolot und Fancan Teik fast die gesamte Zeit bei uns waren, werden sie jede Angabe bestätigen können. Das Wort hat jetzt Dr. Armond Bysiphere.«

Das Bild wechselte.

Alle Männer dieses Einsatzes waren zu Recht überzeugt, daß zumindest ab jetzt der gesamte Planet lauschte. Hunderttausend Haluter saßen an ihren Bildschirmen und betrachteten Bysiphere, der inmitten seiner vielfältigen Wiedergabegeräte thronte.

Was jetzt erfolgte, dauerte fünf terranische Stunden.

Dr. Armond Bysiphere schilderte in kurzen Sätzen, was die Terraner und die Haluter erlebt hatten. Nach jeder seiner Ausführungen erfolgte ein optisch-akustischer Beweis. Fotos, Filme, Diagramme, Computerauswertungen, Bilder und Aussagen.

Er schilderte das erste Treffen mit den galaktischen Philosophen, den mißgestalteten Okefenokees.

Dann folgten einige Schlüsse über die Natur dieser rätselhaften Zwerge, und dann die Bilder der Bestien von M 87.

Erneute Hypothesen, die mit jedem Bild mehr und mehr zu Beweisen wurden, zu empirisch gefestigten Erkenntnissen von höchster Aussagekraft und perfektionierter Überzeugung.

Wieder Bilder . . .

Schließlich die Geschehnisse im Wheel-System.

Die Experimente der Okefenokees . . . acht Monate einer beispiellosen Irrfahrt, die fünftausend Terraner und vier Haluter bis an die Grenzen der physischen und psychischen Leistungsfähigkeit strapaziert hatte, die zahllosen Opfer, die Vernichtung von Schiffen, fremden und eigenen, die endlosen Martern ebenso endloser und verschlungener Irrwege des Geistes und des Verstandes und schließlich die endgültige Erkenntnis, woher die Haluter eigentlich stammten.

Wer waren ihre Vorfahren?

Auch das konnte Bysiphere beweisen.

Wie wurden sie in diese Milchstraße verschlagen?

Auch hierfür lieferte der Mann eine Hypothese, die sehr stichhaltig, aber nicht zu hundert Prozent beweisbar war.

Wann war dies geschehen?

Anhand der Aufnahmen, der Auswertungen und der Ergebnisse zahlloser Untersuchungen, zusammengefaßt zu einem Analogieschluß von beängstigender Eindringlichkeit, nannte Bysiphere diese Zeit. Dann schwieg er und schaltete einen Teil seiner Geräte ab. In die ungeheure Stille, diese Lähmung der Erkenntnis, die über den hunderttausend Wesen von Halut lag, hinein, sagte Icho Tolot:

»Alles das, was dieser Terraner bisher behauptet hat, ist richtig. Ich persönlich verbürge mich für die Wahrheit. Ich kann keine Einschränkung finden. Ich muß die Erlebnisse und die daraus gewonnenen Erkenntnisse in jedem einzelnen Punkt restlos bestätigen.«

Wieder ergriff Bysiphere das Wort.

»Freunde von Halut!« sagte er. »Bis zu genau diesem Punkt sind meine Erklärungen als Tatsachen zu bewerten. Was ich jetzt berichte und Ihnen allen darlege, sind Hypothesen. Sie haben aber, wie man in einem alten irdischen Sprichwort sagt, ›Hand und Fuß‹.

Vor ziemlich genau fünfzigtausend Jahren haben sich die Vorfahren unserer halutischen Freunde von den Bestien getrennt. Auf alle Fälle haben sich die ersten Bewohner Haluts, die Ahnen von Ihnen allen, von den Wesen abgespalten, die heute von uns den Namen *Zweitkonditionierte* erhalten haben.«

»Auch das muß ich rückhaltlos bestätigen!« kommentierte Icho Tolot.

Die Männer im Raumschiff wurden müde und nervös, denn die Übertragung ging in die sechste Stunde. Und die Aussichten waren undeutlich.

Wieder schaltete sich Rhodan ein:

»Auf Terra gibt es eine wissenschaftliche Disziplin, die man Psychologie nennt«, sagte er. »Darüber hinaus, denn die Psychologie, die ich meine, beschäftigt sich mit den Menschen, gibt es eine Psychologie anderer Wesen. Wir nennen sie Weltraumpsychologie, Galaktopsychologie oder Kosmopsychologie. Vivier Bontainer, der Kommandant dieses Schiffes, ist Kosmopsychologe. Er wird jetzt zu Ihnen sprechen.«

Vivier, der die Blicke der gesamten Schiffsmannschaft im Rücken zu spüren glaubte, war hervorragend vorbereitet. Er sprach frei, fließend, und ohne eine einzige Notiz. Er hatte lediglich die einzelnen Stichworte auswendig gelernt, die jeweils einen Gedankengang einleiteten. Es hatte schon seine Vorteile, wenn man an wissenschaftliches Arbeiten gewöhnt war – Bontainer war alles andere als ein Amateur.

Nach einigen Vorbemerkungen kam er zum wesentlichen Punkt:

»Ein Volksstamm, gleichgültig wie zahlreich, der aus einem Volk von harten Kämpfern, von wilden, zerstörerischen Wesen stammt, wird plötzlich zurückgezogen und beschaulich, geruhsam und höchst achtsam. Die friedfertige und tolerante Haltung der heutigen Haluter steht im krassen Gegensatz zu der *nur* gewalttätigen Einstellung der Zweitkonditionierten und der Bestien von M 87.

Halut hat eine riesige Offensive gegen Lemuria gestartet und hat dieses Reich so gut wie zerstört.

Jetzt leben die Haluter hier – friedlich und zurückgezogen.

Und . . . wir alle haben die Haluter kämpfen sehen. Sie waren die geborenen Kämpfer, deren Einsatz rücksichtslos und schnell erfolgte und sehr wirkungsvoll war. Das uralte Vermächtnis, diese Wildheit, ist noch da. Sie wird aber von der allgemeinen Toleranz in normale Bahnen geleitet.«

Tolot meldete sich wieder zu Wort:

»Sie haben einen wunden Punkt unserer Geschichte aufgezeigt, Bontainer«, sagte er. »Wir selbst sind unsicher. Wir wissen weder, warum uns friedliche Haluter der Hang zur Drangwäsche plötzlich überkommt, noch können wir erklären, was zwischen Lemuria und unserer heutigen Erscheinungsform liegt. Ihr Rätsel ist unser Rätsel.«

Bontainer nickte zufrieden. »Wir bitten daher, hier forschen zu dürfen. Die Lösung betrifft beide Teile, Terra und Halut.«

Eine etwas unsichere Stimme, die aber noch immer laut genug war, um Membranen und Trommelfelle zu erschüttern, kam jetzt aus den Lautsprechern. Sie schien einem sehr alten Haluter zu gehören.

»Hier spricht Waxo Khana«, sagte die Stimme. Ein entsprechendes Bild blieb aus. »Ich habe eine Frage an den Mann, der jetzt zu uns spricht.«

»Bitte, fragen Sie mich«, erwiderte Bontainer.

»Warum wollen Sie hier auf Halut forschen?«

Bontainer lächelte zu dem blinden Schirm hin und erwiderte:

»Es müssen auf Halut aus seiner Frühgeschichte zweifellos Unterlagen vorhanden sein, die alles erklären. Und wenn sie nicht alles erklären, so können sie uns wenigstens deutliche Hinweise geben. Ich ersuche nochmals um die Erlaubnis, hier Untersuchungen durchführen zu dürfen.«

»Was versprechen Sie sich von der Lösung, selbst wenn sie hier zu finden ist?«

»Wir Terraner nehmen an, daß die damaligen Haluter durch eine Waffe befriedet worden sind. Durch eine unbekannte Waffe, die geheim war, ebenso geheim wie derjenige, der sie anwendete. Vielleicht ist auch eine psychologische Mutation durchgeführt worden . . . die Okefenokees hätten die Möglichkeit dazu gehabt.

Falls es uns gelingt, hier Klarheit zu schaffen, könnten auch sämtliche Zweitkonditionierten befriedet werden, ohne daß ein einziger Schuß abgefeuert werden müßte. Und da sowohl Terra als auch Halut Anhänger eines friedlichen Vorgehens sind, sollte hier das Verständnis für unsere Bitte vorhanden sein.«

»Gut«, sagte Waxo Khana. »Wir haben alles gehört. Wir werden beraten.«

»Wie lange?«

»Bis zur völligen Klärung«, sagte Khana.

»Wieviel Zeit werden Sie brauchen, bis diese Klärung herbeigeführt worden ist?«

»Sie werden es erfahren. Wir schalten uns jetzt aus dem Kommunikationsnetz aus und rufen Sie wieder, wenn wir uns entschieden haben. Danke.«

Das Warten war furchtbar.

Es zerrte an den Nerven der Terraner. Sie ahnten, daß die Entscheidung auf des Messers Schneide stand.

Major Roune Mareaux saß in der Ortungszentrale und hing düsteren Gedanken nach. Er begann langsam zu ahnen, aus welchem Grund Perry Rhodan Bontainer vor seine, Mareaux' Nase gesetzt hatte. Aber die Distanziertheit, die er gegenüber Bontainer empfand, wich nicht.

Die Stunden vergingen quälend langsam . . .

»Hier Bontainer. Ich suche den Großadministrator. Bitte, Sir, gehen Sie an einen Interkom und wählen Sie 15/03.«

Rhodan drehte den Sessel, schaltete den eingebauten Interkom ein und drückte die Knöpfe in der gewünschten Reihenfolge. Eine kleine positronische Vermittlung stellte die Weichen, und Bontainers Kopf erschien auf dem Schirm.

»Sir«, sagte er, »ich glaube, wir sollten die Initiative ergreifen. Es ist unglaublich, wie lange die Haluter brauchen, um sich zu entscheiden. Obwohl sie mit einem Planhirn ausgestattet sind, das die Entschlüsse beschleunigen müßte.«

Rhodan nickte.

»Wir warten noch eine Stunde, dann versuchen wir, etwas zu unternehmen. Einverstanden?«

»Selbstverständlich.«

In der neununddreißigsten Minute geschah es.

»Hier spricht Major Roune Mareaux aus der Ortungszentrale«, sagte eine Stimme aus sämtlichen Schiffslautsprechern. »Ein Boot nähert sich von Osten der EX-3333. Wir hatten soeben Funkkontakt. Ein Haluter kommt und bittet, das Schiff betreten zu dürfen. Ich habe die Erlaubnis erteilt.«

Bontainer und Sanda tauschten einen schnellen Blick.

»Er handelt trotz deiner Gegenwart, Skipper, sehr eigenständig.«

»Ich hätte ihn angeknurrt, wenn er zuerst rückgefragt hätte«, erwiderte Bontainer und aktivierte den Interkom.

»Sir?« erkundigte sich Mareaux kühl.

»Bitten Sie die Verantwortlichen in das Labor von Dr. Armond Bysiphere. Und bringen Sie den Haluter, wer er auch immer sei, ebenfalls dorthin. Sagen Sie ihm, Sie vertreten mich. Ende.«

Er nickte Spectorsky und Sanda zu und schloß:

»Okay – gehen wir!«

Fast gleichzeitig trafen sie mit Rhodan und den anderen in dem Labor ein. In fliegender Eile wurde Platz gemacht, ein Schirm flammte auf, der das Ende der Rampe zeigte und einen Teil des Platzes, über dem die EX-3333 gelandet war. Eine silberglänzende Spindel näherte sich ohne sichtbare Energieemission, während Mareaux mit zwei anderen Offizieren über die Rampe abwärts ging. Er würde die Rampe nicht verlassen, denn neben ihr herrschte bereits die mörderische Schwerkraft Haluts von 3,6 Gravos. Die Rampe war mit Schwerkraftprojektoren ausgerüstet, die mehr als zweieinhalb Gravos absorbierten.

Die Spindel landete dicht bei der Rampe.

Ein Segment zog sich zurück, und durch die Öffnung trat ein Haluter. Er bewegte sich nicht mit der kraftvollen Geschmeidigkeit Icho Tolots, sondern vorsichtig, fast langsam. Er schien sehr alt zu sein. Er sah die drei Terraner, ging das kurze Stück und betrat die Stahlkonstruktion.

»Das ist die Entscheidung«, sagte John Sanda leise. Niemand antwortete, aber alle hatten es gehört.

Der Haluter kam näher.

Mareaux hatte bewiesen, daß er ein ausgezeichneter Erster Offizier war. Er trug ein kleines Aufnahmegerät, das die Geräusche auffing und weiterleitete. Die Ortungsabteilung schaltete einen Verstärker dazwischen und leitete die Impulse in die Lautsprecher dieses Großlabors.

»Ich begrüße Sie im Auftrag von Kommandant Bontainer an Bord. Darf ich Ihren Namen erfahren?«

Der Alte kam näher.

»Ich bin Waxo Khana«, sagte er einfach. »Sie bringen mich zu Rhodan und zu Ihren Wissenschaftlern?«

»Selbstverständlich, Waxo Khana«, sagte Mareaux. »Bitte folgen Sie mir.«

Ihre Bilder auf den Schirmen kamen näher, dann glitten sie seitlich aus dem Aufnahmebereich der Linsen.

»Waxo Khana!«

Rhodan schüttelte fassungslos den Kopf.

»Es ist ernst, Sir«, sagte Spectorsky. »Sehr ernst. Und nicht gerade aussichtsreich.«

Rhodan nickte nur.

»Ortung. Wir haben Bildfunkverbindung mit unseren Freunden. Sie schalten sich erneut in das planetenweite Kommunikationsnetz ein. Wir stellen auf die Geräte des Labors um.«

»Danke.«

Icho Tolot, Fancan Teik, Hisso Rillos und Pinar Alto erschienen auf einem der großen, transportablen Schirme. Ihre Gesichter, sofern man in der Lage war, deren Ausdruck zu deuten, waren ernst.

»Sie wissen Bescheid?« fragte Rhodan in die Richtung der vier Haluter.

»Wir wissen. Wir alle haben allergrößten Respekt vor Waxo Khana. Er ist einer der ältesten noch lebenden Haluter. Sein Wort hat Gewicht. Man hört auf ihn, trotz oder gerade wegen der Individual-Autarkie. Natürlich kann er keine Befehle erteilen.«

Dann schwiegen die Haluter.

Drei Terraner und ein Haluter bewegten sich über laufende Bänder, durch Antigravschächte und entlang von Korridoren. Minuten später waren sie in dem Großlabor. Perry Rhodan stellte seine Männer und sich vor. Die Terraner bildeten einen Halbkreis und warteten schweigend, was der Haluter zu sagen hatte.

»Ich bin mittlerweile dreitausend Erdjahre alt geworden«, begann er unvermittelt in fließendem Terranisch und richtete seine roten, glühenden Augen auf Rhodan. »Und ich komme deswegen persönlich an Bord dieses Schiffes, weil das, was ich zu erklären habe, wichtig ist. Außerdem möchte ich damit betonen, daß unsere Freundschaft mit Ihnen und Ihrem Volk durch das, was ich zu sagen habe, nicht leiden soll. Es geht hier nicht um persönliche Abneigungen, sondern um ein halutisches Prinzip.«

»Tolot sagte, Sie trügen einen Ehrentitel?« fragte Bontainer kurz.

Ein langer Blick aus drei Augen traf ihn.

»Das ist richtig.«

Und, nach einer Pause von einer halben Minute:

»Ich werde *Wächter der Unberührbarkeit* genannt. Ich gestatte es Ihnen nicht, hier auf Halut Unruhe und Zwietracht zu stiften. Sie werden nicht untersuchen und forschen können, ohne unser Sozialgefüge zu erschüttern. Aus diesem Grunde spreche ich mich dagegen aus, daß Terraner auf Halut suchen. Gleichgültig, was sie suchen, gleichgültig auch, welche Vorteile oder Erkenntnisse es Ihnen und *uns* . . .«, das letzte Wort betonte er in merkwürdiger Eindringlichkeit, » . . . bringen würde. Ich, Waxo Khana, bin dagegen. Als Haluter, als ältestes Lebewesen dieses Planeten und als ›Wächter der Unberührbarkeit‹.

Wir sind nicht gewillt, in unserer Vergangenheit herumstöbern zu lassen. Das können wir nicht einmal den Terranern gestatten, denen wir durchaus freundschaftlich gesonnen sind. Das ist nicht persönlich gemeint, sondern dient einzig und allein der Sache. Ich bin zu alt, um persönliche Dinge als Teil einer Betrachtung zu verwenden.«

»Und . . . es ist nicht möglich, Ihre Meinung zu ändern?« fragte Bontainer und bemerkte die drückende Stille um sich herum. Die Männer schienen nicht zu atmen.

»Nein.«

Das war eine klare Antwort.

»Was sollen wir tun, Ihrer Meinung nach?« erkundigte sich Rhodan mit verschlossenem Gesicht.

»Eine Zeitlang unsere Gäste sein und dann abfliegen«, erwiderte der uralte Haluter. Seine vier Arme hingen regungslos herab.

»Das ist genau die Lösung, die wir nicht anstrebten«, bemerkte Dr. Bysiphere und beugte sich vor. »Sie vernichten mit Ihrem abschlägigen Bescheid unter Umständen eine halbe Galaxis, Waxo Khana!«

»Was unseren Planeten betrifft, so wird er nicht vernichtet werden«, sagte der Haluter. »Ich werde Sie jetzt verlassen. Ich bedaure, aber ich kann nicht anders. Zuviel steht auf dem Spiel.«

»Wir werden Sie hinausbegleiten, Waxo Khana«, sagte Bontainer. »Kommen Sie bitte.«

Bontainer blieb am Ende der Rampe stehen, grüßte kurz und sagte:

»Schade, Waxo Khana. Schade, daß Sie sich fürchten.«

Khana stieß ein kurzes, hartes Gelächter aus.

»Ich? Fürchten? Sie irren, Kommandant.«

Bontainer lächelte mit der ganzen Überlegenheit, die er aufbringen konnte. Seine Augen musterten den Alten von oben bis unten, dann sagte er halblaut:

»Sie fürchten sich, Waxo Khana. Sie zittern innerlich vor Furcht. Alle Ihre Empfindungen und Gedanken sind von Furcht diktiert. Vielleicht wissen Sie es nicht bewußt – fragen Sie Ihr Planhirn. Und irgendwann werden Sie einsehen müssen, daß Sie sich gefürchtet haben und daß es besser gewesen wäre, Sie hätten uns unterstützt.

Leben Sie wohl, Wächter. Hüten Sie sich, das Siegel vor den Türen der Unberührbarkeit zu zerbrechen. Es könnte passieren, daß Sie geblendet werden von einer beschämenden Einsicht.«

Bontainer drehte sich um und ging ins Schiff zurück; ein Mann, in dessen Hirn eine verwegene Idee langsam Fuß faßte.

»Unsere Expedition ist an einem toten Punkt angelangt«, sagte Rhodan, als Bontainer eintrat. »Die Kommunikation ist abgeschaltet, aber Tolot hat uns gebeten, ihn zu besuchen.«

»Wir nehmen am besten einen Gleiter«, sagte Bontainer. »Und Schwerkraftneutralisatoren.«

»Veranlassen Sie das bitte«, sagte Rhodan zu John Sanda.

Icho Tolots Haus war groß.

Es bestand, von außen gesehen, aus einem Konglomerat von würfelförmigen und langgestreckten Elementen von beträchtlicher Größe. Glas, Kunststoff und heller Stein, verschiedenfarbig überzogen mit einem samtartigen Material, bildeten Flächen zwischen Bäumen und Gewächsen, die auf verschieden hohen Plattformen angebracht waren. Das Haus wirkte von außen wie eine Festung, aber die Terraner wußten, daß es innen mit jedem nur denkbaren Komfort ausgestattet war.

Die Haluter hatten neben der Landeplattform des schweren Gleiters eine Zone reduzierter Schwerkraft geschaffen.

Die große, runde Halle im Zentrum des Hauses war mit einem weißen, teppichähnlichen Material ausgelegt, und die wenigen Möbelstücke besaßen halutische Dimensionen. Die Terraner verteilten sich vorsichtig innerhalb einer Sitzgruppe, nachdem Tolot sie begrüßt hatte.

Rhodan schaute zu Tolot hinauf.

»Sie sind unsere letzte Rettung, Tolotos«, sagte er leise.

»Die Warnung Khanas gilt viel. Bei mir auch, aber meine Freundschaft zu Terra ist tiefer.«

»Icho Tolot!« sagte Waringer plötzlich und deutete auf ein Bild, das konkav war, an der gerundeten Wand befestigt.

»Ja?«

»Die Oberfläche Haluts ist voller Natur, teilweise als Park, teilweise unberührt. Keine Felder, keine Fabriken, keine Straßen . . . nichts. Ich wette mit Ihnen um die Lizenzgebühren meiner neuesten Erfindung, daß Halut in Wirklichkeit wie ein Schwamm ist; ausgehöhlt und voller unterirdischer Einrichtungen. Stimmt das?«

Tolot riß seinen furchtbaren Rachen auf; jemand, der ihn nicht kannte, wäre zu Tode erschrocken.

»Sie haben recht.«

»Und diese Fabriken, Nahrungsmittelsilos, Energiestationen – dies alles ist unter der Oberfläche. Vielleicht haben Sie dort auch einen großen Saal, in dem die geschichtlichen Dokumente Haluts ausgestellt sind.«

»Ich glaube, das ist ein Weg!« sagte Rhodan und nickte Waringer dankbar zu.

»Ein Weg, den wir nicht betreten dürfen«, sagte Tolot.

Rhodan blieb dicht vor ihm stehen. Bontainer sah, daß sich Rhodan anstrengte, um etwas Besonderes zu sagen.

»Tolotos, Freund zahlloser Abenteuer und Kämpfe. Sie waren stets an unserer Seite. Wir haben zusammen geteilt, was wir hatten, Schlimmes und Gutes. Sie wissen, daß wir nicht wie übermütige

Kinder hier herumstöbern wollen, sondern daß wir sehr ernste Gründe haben, hier zu suchen. Zeigen Sie uns den Weg in dieses Museum oder die Museen! Ich weiß, daß dort Spuren zu finden sein werden. Kommen Sie mit uns! Erfahren Sie mit uns die Geheimnisse Haluts!«

Die Worte waren zugleich bittend und drängend gewesen. Der Rachen mit den beiden Zahnreihen schloß sich wieder, und Bontainer spürte, daß die beiden Hirne des Haluters einen lautlosen, erbitterten Kampf austrugen. Icho Tolot schwankte lange zwischen Ungehorsam und Freundschaft, zwischen Verantwortungsbewußtsein für Haluts Ordnung und für das Solare Imperium. Und dann fand sein Planhirn die Lösung. Seine roten Augen richteten sich auf Rhodan.

»Ich helfe Ihnen«, sagte er leise. »Ich werde mit Ihnen gegen den Willen des ›Wächters‹ und der anderen Haluter versuchen, in der Unterwelt Haluts zu forschen. Wir werden in aller Heimlichkeit starten.«

»Nachts?«

»Ja. Kommen Sie mit einem ausgesuchten und für alle Eventualitäten ausgerüsteten Kommando wieder. Und jetzt – jetzt gehen Sie bitte. Ich muß versuchen, den Anschein zu erwecken, daß ich mich in meinem Haus aufhalte und mit Ihnen diskutiere. Niemand darf uns sehen, niemand darf etwas ahnen.«

»Einverstanden«, sagte Rhodan.

»In dem Augenblick, in dem Haluta hinter dem Horizont verschwunden ist, landet unser Gleiter wieder hier auf der Plattform«, erklärte John Sanda. »Wir danken Ihnen schon jetzt, Tolot!«

»Ja«, sagte Tolot. »Es ist gut.«

Er brachte die Terraner bis zur Tür, schaltete dann an verschiedenen Knöpfen und sah nachdenklich zu, wie sich der Gleiter erhob und auf das riesige Schiff zuschwebte. Aus einigen der offenen Luken kam ein leichter Lichtschimmer. Der Gleiter verschwand hinter der Rundung des Kugelschiffes.

Dann war wieder Stille um Tolots Haus.

Zuerst schliefen sie alle einige Stunden, dann begannen die Männer sich auszurüsten. Da sie keinen Kampf erwarteten, wollten sie nur wenige Waffen mitführen. Dafür war ihre sonstige Ausrüstung entsprechend reichhaltig.

»Es ist mein letztes Wort«, sagte Dr. Abel Waringer und schnallte den breiten Gürtel um. »Sie gehen nicht mit, Großadministrator. Und wenn ich Sie mit einem Paralysator bedrohen müßte.«

Rhodan lachte kurz.

»Natürlich«, erwiderte er. »Ich werde hier im Schiff bleiben und die Sache überwachen. Vielleicht gelingt es mir einzugreifen, wenn etwas schiefgehen sollte. Alvarez!«

Einer der SolAb-Männer sah hoch.

»Die Gruppe besteht aus elf Terranern und aus Icho Tolot. Ich bitte Sie, diese Expedition als Forschungsauftrag aufzufassen, nicht als militärischen Einsatz. Klar?«

Alvarez salutierte schweigend.

Zwischen dem Schiff und den Männern würde eine Funkverbindung bestehen, sofern sie nicht durch besondere Isolationsschichten unmöglich gemacht wurde. Bontainer wußte, daß die drei Mutanten ihnen entscheidende Vorteile bringen würden.

Bontainer verabschiedete sich von Rhodan.

»Unsere Aufnahmegeräte werden jeden Millimeter des Erkundungsganges aufzeichnen. Hoffentlich finden wir schnell, was wir suchen. Andernfalls sehe ich Komplikationen.«

Dann verließ der Gleiter das Schiff, schwebte ohne Lichter hinüber zum Haus, und die elf Terraner kamen wieder in die Halle. Tolot erwartete sie bereits; er trug seine Einsatzkombination. Es war eine neuartige Konstruktion.

»Gut«, sagte Tolot. »Lassen Sie die Schwerkraftneutralisatoren eingeschaltet. Ist die Energiereserve genügend groß?«

»Ja«, sagte Waringer. »Neuentwickelte Hochenergiekraftanlagen.«

Er deutete auf den flachen Tornister auf seinem Rücken.

Sie verließen das Haus.

4.

Über dem Land funkelten die Sterne des galaktischen Zentrums. Zwischen ihnen, einer riesigen Masse engstehender Pünktchen, sah man die Wasserstoffringe, die diffus leuchteten. Überall war es ruhig, nur hin und wieder huschten Tiere durch die Dunkelheit. Bontainer zog die Infrarotbrille über die Augen.

Die Stimme des Haluters grollte auf.

»Wir gehen noch einige Meter. Hinter dieser Baumgruppe ist ein Eingang; dahinter liegen die Schleusentore. Der Schacht, der an die Schleusen anschließt, führt in die Tiefen des Planeten. Ich bin einige Male dort gewesen, aber nicht sehr tief eingedrungen. Ich glaube, wir sollten diesen Weg nehmen.«

Die zwölf Wesen gingen wie Verschwörer weiter.

Sie gelangten über Kiesflächen, über Plattenrundungen und über Wiesen mit einem schwarzen, moosartigen Gras bis zu einem kleinen Wald aus merkwürdigen Bäumen. Sie sahen aus, als litten sie unter der Schwerkraft, aber das war natürlich falsch. Knorrige Stämme mit breiten Ästen, an denen viele lederartige Blätter hingen, die nach unten deuteten und sich leicht in einem ebenso milden Wind bewegten.

Es waren etwa zweihundert Meter, die sie in der völligen Dunkelheit des mondlosen Planeten zurücklegten. Über ihnen die Sterne, um sie nur die Geräusche, und in ihnen eine ungewisse Spannung, die sie nicht wieder verlassen sollte.

»Hier sind wir«, sagte Tolot.

Er machte sich an einer Säule zu schaffen, die wie ein utopischer Grabstein aus dem Boden ragte. Kurz darauf hörten die zwölf Teilnehmer ein schleifendes, lautes Geräusch, und vor ihnen kippte eine viereckige Stahlfläche, teilweise mit Moos und Gräsern bewachsen, nach unten. Eine diffuse Helligkeit erschien, als die Platte vorn anschlug. Die Männer erkannten einen kuppelähnlichen Raum.

»Dort hinunter?« fragte Stonewall laut.

»Ja.«

Sie bewegten sich vorsichtig die schiefe Ebene hinab, die unter den wuchtigen Schritten des Haluters leicht vibrierte. Dann kippte die Schleuse wieder in die vorherige Lage zurück.

Der erste Eindruck war der einer absoluten Stille.

Nichts rührte sich, keine Geräte knisterten oder ließen Arbeitsgeräusche erkennen. Die grollende Stimme des Riesen zerstörte diese vollkommene Ruhe.

»Ich verrate Ihnen ein weiteres Geheimnis dieses Planeten«, erklärte Tolot. Der Klang seiner Stimme bewies, daß sein innerer Kampf noch nicht entschieden war.

»Vor fünfzigtausend Jahren war Halut nicht nur eine kosmische Festung, sondern auch ein Gigant, was die Industrie betraf. Inzwischen sind die Kapazitäten drastisch gesenkt worden. Die Räume aber müssen noch vorhanden sein. Die Haluter, von denen Sie sprachen, haben von hier aus die großen Angriffe eingeleitet, und sie zogen sich auch nachher wieder hier auf Halut zurück. Also werden wir zumindest riesige Hohlräume mit ebenso ausgedehnten Industrieanlagen finden.«

»Das hatten wir vermutet, Tolot«, gab Bontainer zurück.

Tolot nickte.

»Sie sind alle mit Flugaggregaten ausgerüstet?«

»Selbstverständlich.«

»Dann – los!«

Ein Ausschnitt der kuppelartigen Halle öffnete sich vor Icho Tolot, dahinter lag ein leerer, aber erleuchteter Korridor. Er führte absolut gerade mindestens eintausend Meter schräg abwärts, in einem Winkel von etwa fünfzehn Grad.

Zwölf Wesen erhoben sich vom Boden und flogen in einzelnen Gruppen vorwärts. Dicht hinter Tolot flogen Bontainer und Sanda, den Schluß bildeten Alvarez, Stonewall und DeKamp. Kein Wort wurde gesprochen, bis die Gruppe das Ende des Korridors erreichte. Dann hielt Tolot an, schwebte hinunter zum Boden und blieb stehen. Die Terraner versammelten sich um ihn, und er deutete nach vorn.

Der Eindruck war aus zwei Gründen überwältigend.

Vor Urzeiten mußten wahrhaft gigantische Maschinen diese Höhle hergestellt haben. Sie bestand aus schierem Fels, der mit einem glasähnlichen Material überzogen war. In einigen Kilometern Entfernung sahen die Terraner eine einzige Säule, die Hunderte von Metern dick sein mußte, sonst war diese riesige Höhle geformt wie eine sehr flache Kuppel, wie eine Kalotte, ausgeschnitten aus einer Kugel von unvorstellbaren Dimensionen.

»Faszinierend«, sagte Sanda. »Groß wie alles auf Halut.«

Die Stille riß ihm die Worte vom Mund und verschluckte sie augenblicklich.

»Was suchen wir eigentlich, Tolot?« fragte Bontainer.

»Einen Weg oder Hinweise. Sie sollen uns zum Raum der *Unberührbarkeit* führen. Ich kenne diesen Weg selbst nicht.«

Sie begannen zu schweben, formierten sich und schalteten die Triebwerke ein.

Sie flogen mit einer Durchschnittsgeschwindigkeit von sechzig Stundenkilometern genau eine halbe Stunde lang, dann hatten sie das jenseitige Ende der Halle erreicht. Unter ihnen standen Maschinen, die sich nicht regten. Sie waren in einen grauen, konservierenden Kunststoff eingesponnen – ein gespenstischer Eindruck großartiger Verlassenheit. Die Gruppe schwebte durch ein kurzes Stück Korridor, dann hielt Tolot wieder an. Überwältigt und sprachlos versammelten sich die Terraner. Endlich sagte Bontainer:

»Das scheint eine gigantische Fabrikationsanlage gewesen zu sein. Was stellte sie her?«

»Ich weiß es nicht. Hier sind wir an einer Abzweigung.«

Tolots Handlungsarm deutete auf einige unverständliche Zeichen, die in vier verschiedene Richtungen wiesen.

»Dort geht es zu den Nahrungsfeldern«, sagte er. »Weiter!«

Er deutete nach Süden, wie Bontainer nach einem Blick auf die Instrumente feststellte. Noch immer bestand Funkverbindung, noch immer lief eines der Aufnahmegeräte siganesischer Konstruktion.

Nach weiteren zwanzig Minuten gelangten sie an die Felder.

»Mein Gott«, sagte Bysiphere erschüttert, »das ist wirklich unfaßbar. Ich kenne ja großzügige subplanetarische Anlagen, aber das hier . . .« Er ließ den Satz unbeendet.

Zwei viereckige Hallen, dicht nebeneinander, durch eine mächtige Barriere aus Glas getrennt, Kantenlänge rund eineinhalbtausend Meter.

Von den Decken strahlten hellrote Beleuchtungskörper in einem derartig intensiven Licht, daß die Männer geblendet wurden. Sie standen auf einer gewaltigen Plattform, von der aus mehrere schräge Rampen in die Hallen hinunterführten. Die Decken der Hallen waren siebzig, achtzig Meter von den Pflanzen entfernt, die hier wuchsen.

Vor ihnen war die Glaswand, rechts und links waren die Hallen.

»Nahrung für Halut?« fragte Tako Kakuta ruhig.

»Ja. Wir brauchen nicht viele solcher Hallen, aber wir züchten sämtliche Pflanzen, aus denen Nahrungsmittel erzeugt werden, hier unten. Wir können uns zwar von fast jedem Material ernähren, ziehen aber diese Art meistens vor. Es ist angenehmer.«

Bontainer stützte sich schwer auf ein Geländer, das für Haluter gemacht war; der Terraner blickte durch die Aussparungen hindurch nach unten, dann drehte er sich halb um und winkte John Sanda herbei. Zwei der Agenten kamen mit und blieben stehen.

»Dort unten sind Lebewesen . . .«, sagte Wildcat Alvarez. »Oder sind es Robots?«

Der Haluter warf einen langen Blick auf die Felder, die in verschiedenen Farben zu glühen schienen. Auch hier: Tödliche Stille, obwohl von irgendwoher ein Wind kam und die Pflanzen bewegte.

»Humidors«, erwiderte Tolot.

»Humi – was?« fragte DeKamp.

»Humidors. Es sind die friedfertigsten Wesen in der Galaxis, die uns bekannt sind.«

»Maschinen?« fragte Sanda ein zweites Mal.

»Nein. Lebewesen, etwa zwei Meter groß. Sie wurden niemals in unsere Kampfhandlungen eingeschaltet, sie haben nicht einmal Lust, die Oberfläche Haluts zu betreten. Sie sind außerordentlich lärmempfindlich und verrichten seit Urzeiten die einfachen Arbeiten für uns. Sie sind nicht gerade hochintelligent. Sie lieben Stille und Dunkelheit.«

»Ich verstehe«, sagte Bontainer. »Was bedeutet dieser Schriftzug?«

»Wissenschaftliches Zentrum«, erwiderte der Haluter.

»Dort sollten wir weitersuchen.«

»Selbstverständlich.«

Die Terraner flogen weiter, und ihre Spannung nahm zu. Bisher hatten sie die riesenhaften Säle gesehen, unbekannte Maschinen und Produktionsanlagen für technische Dinge, und jetzt die unterirdisch wachsenden Nahrungspflanzen. Und die weißen Gestalten, winzig klein, die zwischen den Pflanzen umhergingen und sie aberntcten und pflegten. Eine Welt voller Geheimnisse.

Und sie waren erst eingetreten . . .

Wieder eine Flugstrecke von Kilometern. Wieder und überall dieses Schweigen des Todes, jene absolute Ruhe, in der jeder Satz, jedes kurze Kommando Bontainers und das dumpfe Brummen der winzigen Triebwerke, die mit verdichteter, erhitzter Luft arbeiteten, untergingen, einfach verschwanden. Und dann kamen sie an ein Treppenbauwerk von verwirrender Konstruktion.

»Halt!« sagte Icho Tolot.

Sie blieben auf der obersten der fünfundzwanzig Plattformen stehen. Der Schacht, der einem Kegel glich, war mehr als einen Kilometer tief, und an seinen Wänden befanden sich Vorsprünge in Form runder Plattformen. Sie alle waren durch ein Netz von Treppen mit Stufen verbunden, mit glatten Rampen und mit schmalen Rolltreppen. Der halutischen Version einer Rolltreppe natürlich.

»Das ist eine riesige Kreuzung«, sagte Icho Tolot. »Ich ahne, daß der Eingang zum Geheimnis sehr tief liegt; ich hörte ein ungenaues Gerücht. Außerdem ist etwa hier Waxo Khanas Haus – natürlich weit über uns. Lassen wir uns auf den Grund des Schachtes fallen, ja?«

Er schaltete Antigrav und Triebwerk ein und machte den Anfang.

Bontainer und John Sanda folgten, dann schwebte der Rest langsam wie in einem terranischen Antigravschacht eintausend Meter abwärts in die Stille und durch ein mildes, gelbrotes Licht. Nur die Ränder der Plattformen waren heller ausgeleuchtet.

Sie landeten in der Mitte des Bodens.

»Irgendwo hier muß der Eingang zum Raum der Unberührbarkeit liegen, und ich hoffe, daß wir bald darauf stoßen«, sagte Icho Tolot. Dann deutete er, neben Bontainer stehend, nach links.

»Ein Humidor!« entfuhr es Alvarez.

Sie drehten sich herum und musterten das Lebewesen.

»Ein Ding aus der Tiefe, das selten Licht sah und kein Geräusch zu vertragen scheint«, sagte Alvarez hart. Seine Lippen bildeten einen schmalen Strich in einem bronzefarbenen Gesicht.

Das Wesen wirkte annähernd humanoid.

Ein weißer, weicher Körper, in der Mitte von einem rockartigen, kurzen Ding aus fließendem Stoff umhüllt. Rund zwei Meter groß, stand der Humidor in einem der kleineren Eingänge jenseits der Kanzel. Zwei sehr lange Arme und zwei ziemlich kurze Beine mit großen, flossenähnlichen Füßen waren weiß und nackt. Sein haarloser Kugelkopf trug auf der Stirn, nach oben ausgerichtet, weiße, etwa zwanzig Zentimeter lange Stielaugen, die wie Fühler von fremdartigen Schnecken wirkten. Dieses Wesen wirkte friedlich und unfähig, mehr zu tun, als zu arbeiten und zu dienen.

Der Humidor wich zurück, scheu wie ein Tier in der Wildbahn. Die Stielaugen richteten sich verwirrt auf die Terraner, und Bontainer hätte etwas darum gegeben, auf dem Umweg über den Gefühlsorter Oomph Amber die Gefühle des weißen Wesens festzustellen.

»Seitdem wir die Kapazitäten der industriellen Anlagen drastisch gesenkt haben, sorgen die Humidors dafür, daß keine der Maschinen verrottet«, erklärte Tolot. »Sie haben alles konserviert, reparieren die ausgefallenen Teile und überprüfen ständig jede Kleinigkeit. Es gibt einige Hunderttausend von ihnen unter der Oberfläche Haluts. Die gewaltigen Werften, Bandstraßen, Anlagen und Felder, die Gewächshallen und die Anlagen für die künstliche Witterung hier unten – das alles liegt in den Händen der Humidors. War die Erklärung ausreichend?«

»Ja«, erwiderte Bontainer, »danke.«

Langsam begann sich in ihm eine Idee zu formen; je mehr Fakten er bekommen würde, desto sicherer konnte er sein. Vorläufig aber war noch alles unklar. Haluts Geheimnisse waren tief verborgen und durch fünfzig Jahrtausende verschüttet, von der Zeit überwuchert.

»Wir müssen weiter!« erinnerte DeKamp.

Als das zornige Aufbrummen der Triebwerke ertönte, wandte sich der Humidor endgültig ab und floh mit schnellen, kleinen Schritten. Er war bald in der Nische des Korridors verschwunden.

»Sengu«, sagte Bontainer, nachdem er langsamer geworden war und gewartet hatte, bis der Späher aufgeschlossen hatte, »sehen Sie vor uns irgendwelche kennzeichnenden Hohlräume, die Ähnlichkeit mit einer musealen Anlage haben könnten?« Wuriu Sengus Parasinne konnten Wände durchdringen.

»Am Ende dieses Korridors«, sagte er schnell, »gibt es eine Anlage. Sie besteht aus neun Räumen, kubisch geformt, die nebeneinander und übereinander liegen. Dahinter sind wieder riesige Hallen.«

Bontainer deutete nach vorn.

Der Zug schwebte weiter, mit auf Hochleistung gebrachten Triebwerken. Wie lebende Geschosse bohrten sie sich in den lichterfüllten Tunnel. Minuten vergingen, dann endete die letzte Windung des Korridors vor einem labyrinthischen Treppenhaus, das aus lauter schrägen Flächen bestand. Man sah von hier aus mindestens fünf der neun Eingänge.

Bontainer deutete auf eine Aufschrift.

»Übersetzen Sie, Tolot!« bat er.

»Historische Labors. Nummer eins bis neun«, sagte der Haluter kurz. Er wirkte etwas bedrückt, unsicher, fand Bontainer. Er machte sich keine Gedanken darüber, denn er kannte die ungeheuer große Widerstandskraft des Haluters. Er schaltete an seinem Schwerkraftneutralisator, schwebte höher und höher und blieb an der Kante des fünften Eingangs stehen. Es war das Labor, genau im Mittelpunkt der merkwürdigen senkrechten Anordnung.

»Sehen Sie etwas, Chef?« schrie John Sanda nach oben.

»Ja. Hunderte von Humidors. Sie weichen zurück, wenn ich mich ihnen nähere. Los, hierher!«

Zehn Terraner und ein Haluter folgten und landeten bei ihm.

Der Eingang bestand aus einem System drehbarer Glasplatten oder riesiger Tafeln eines absolut durchsichtigen Materials. Sie waren jeweils fünf Meter breit, und dahinter erkannten die Terraner undeutlich Gegenstände, die für Haluter gemacht waren. Gelbes, fast schattenloses Licht herrschte jenseits des Glases. Und vor dem Eingang standen etwa zweihundert der weißen Diener der Haluter, schwiegen und starrten das Kommando aus langen Stielaugen an. Als sich Icho Tolot näherte, wichen sie seitlich aus. Tolot bewegte einen Schalter, unterhalb dessen ein Duplikat – wohl für die Arme der Humidors – angebracht war, und die Glasplatten drehten sich geräuschlos um neunzig Grad. Man konnte zwischen ihnen hindurchgehen wie durch Lücken in einem Zaun.

Eine Hand legte sich schwer auf Bontainers Schulter, als der Psychologe vorwärtsgehen wollte. Er drehte sich halb um und erkannte Dr. Bysiphere. Bysiphere trug ein viereckiges, sehr flaches Instrument an einem federnden Halteband am Unterarm. Dort sah Bontainer mehrere kleine Lichter, verschiedene Farben, und einen Zeiger, der sich über eine vielfarbige Skala bewegte. Drei der Lichter, grün, gelb und violett, brannten, und der Zeiger deutete auf den Maximalwert.

»Wissen Sie, was das ist?«

Bontainer nickte.

»Energieortung?« fragte er.

»Ja.«

»Wie weit von uns?«

»Fast geradlinig anderthalb Kilometer. Also wahrscheinlich jenseits dieser Labors.«

»Gut. *Achtung*!«

Bontainers Stimme war laut und schneidend. Der Tonfall bewirkte, daß die gesamte Gruppe schlagartig stehenblieb. Er bewirkte weiterhin, daß die Humidors leise wimmernd davonstoben, sich über die Schrägflächen verteilten und binnen weniger Minuten nicht mehr sichtbar waren.

»Ja?«

Icho Tolots Stimme war nicht leiser.

»Vor uns wurde Energieemission festgestellt. Also gibt es dort etwas, das noch nicht mit stumpfgrauer Kunststoffmasse überzogen ist und somit funktioniert. Es muß unmittelbar hinter den Labors liegen.«

»Gut. Sehen wir, was es hier gibt.«

Der Zug setzte sich wieder in Bewegung.

Irgend etwas schien die Terraner und den Haluter gleichermaßen anzutreiben. Es lag etwas in dieser keimfreien Luft, das sie stark beunruhigte. War es das Gefühl, der Lösung mancher Rätsel näher gekommen zu sein? Die Glaswände drehten sich wieder zurück, schlossen sich. Vor der Expedition standen Maschinen und lange Arbeitstische mit unbeweglichen Einrichtungen. Alles glich verblüffend einem terranischen Labor, nur waren die Größenverhältnisse anders. Hier befanden sich, hinter dem Plastikschutz schwach sichtbar, Maschinen, mit denen historische Forschung betrieben werden konnte: Aufnahmeanlagen, Abspielanlagen und eine gigantische positronisch orientierte Bibliothek aus breiten Spulen. Es konnte ein maschinelles Archiv sein, das sie hier entdeckt hatten. Langsam und staunend und mit eingeschalteten Aufnahmegeräten bewegten sich die Terraner hindurch. Die Schritte von vierundzwanzig Füßen blieben ohne Echo. Trotzdem wurden die Stille und die Unberührtheit der Szene brutal unterbrochen – ein Vorgang, der Angst und Schrekken unter die hilflosen Humidors bringen konnte.

Wird einer von ihnen die anderen Haluter warnen? dachte Bontainer kurz, zuckte dann die Schultern und ging weiter dem fernen Eingang zu. Schließlich schaltete er die Aggregate ein und flog weiter.

Wieder kam eine gläserne Barriere, die Bontainer öffnete.

Er blieb stehen und ging dann einige Schritte auf einen gläsernen Steg hinaus, der sich in einer kühnen Konstruktion über den Boden einer runden, zylindrischen Halle schwang.

»Energieortung deutlicher«, sagte Dr. Bysiphere.

»Danke«, erwiderte Bontainer. Sein Gesicht hatte jetzt einen unerwartet harten Zug bekommen.

»Was ist das?«

»Ich fühle mich mehr und mehr als Verräter«, sagte Icho Tolot leise und blieb hinter Bontainer stehen. »Das ist ein Park. Gleichzeitig lagern hier, entsprechend konserviert und zubereitet, Teile der Nahrungsmittelvorräte meines Volkes. Des Volkes, dessen Tradition ich verrate, indem ich Fremden die Geheimnisse zeige.«

Bontainer drehte seinen Kopf und schaute auf.

»Was haben Sie, Tolot? Plötzlich diese Selbstvorwürfe?«

»Ich fühle mich schuldig – irgendwie. Hier überall befinden sich riesige Hallen mit Nährkulturen. Die seltsamen Gewächse, die Sie hier sehen, sind teilweise verwertbar. Dort oben schweben in Antigravfeldern künstliche Sonnen. Halut ist unschlagbar und hat gewaltige Reserven. Es gab Zeiten, in denen das hier alles lebensnotwendig war. Bombensicher, strahlungssicher und unentdeckbar. Und jetzt sehen terranische Augen diese Anlagen. Ich handle ohne jede Verantwortung. Ich . . .«

»Sie handeln wie ein vernunftbegabter, guter Freund, Tolot!« sagte Bontainer mit Bestimmtheit. »Reden Sie keinen Unsinn!«

»Außerdem sehen die terranischen Augen auch, daß die Humidors ihnen in einem sicheren Abstand folgen. Wenn sich die Herren umdrehen würden . . .«

Fellmer Lloyd hatte gesprochen.

Zwischen dem gläsernen Eingang des fünften Labors und der Rampe, die in den stillen grünen Park mit den gläsernen Gewächstürmen hinausführte, stand eine lebende Mauer aus Humidors. Sie schwiegen, wedelten mit den Augenstielen und kamen langsam näher. Aber es lag Zögern in den Bewegungen, nicht Angriffslust. Sie beobachteten den seltsamen Zug aus der Ferne.

»Sie sind ungefährlich«, erklärte Tolot. »Gefährlich sind nur Verräter wie ich. Verräter an der Kultur des eigenen Volkes, obwohl Waxo Khana sich dagegen ausgesprochen . . .«

Er schwieg plötzlich, und die Muskeln seiner Arme zuckten wild. Dann begann er zu schweben und startete von der Rampe aus, flog auf das erkennbare Ende der Halle zu. Geradeaus, wie ein Geschoß.

»Ihm nach, Männer!« sagte Bontainer.

Sie flogen weiter. Sie waren beunruhigt und schweigsam, und die Hände der drei SolAb-Männer lagen auf den schweren, stumpfläufigen Hochenergiestrahlern an den Hüften. Von einem Ende der Halle bis zum anderen brauchten sie fünfzehn Minuten.

Was dann kam, erstaunte sogar Bontainer.

Zuerst öffneten sich wieder die bekannten Glasplatten, ließen die zwölf Individuen hindurch und schlossen sich wieder, während durch die Ferngläser die Bewegung der Humidors zu sehen war, die über die Treppen an den Seiten des Stegs in den Park glitten und dort weiterhin den Terranern folgten. Dann öffnete sich eine Halle, wohltuend klein, in der an drei Seiten schlanke, kannellierte Säulen mit viereckigen Kapitellen standen. Ein reichgeschmückter Architrav verband die schneeweißen aufstrebenden Steinpilaster.

»Wie ein griechischer Tempel«, sagte Dr. Abel Waringer erstaunt.

Hinter den zwölf Säulen im Blickfeld, also in Fortsetzung der Geraden aus der Richtung des Glasvorsprungs, befand sich eine riesige Pforte. Sie bestand aus zwei plangeschliffenen, verhalten glühenden Kupferplatten, die jeweils zwanzig zu zehn Meter groß waren. Diese beiden Platten trugen in einer Höhe von rund fünf Metern je die Hälfte einer Kugel, die als Flachrelief aus dem Metall herausgearbeitet worden war. Diese Kugel, durch den Trennspalt geteilt, stellte einen Planeten dar.

Spectorsky trat fünf Meter vor, starrte die Kugel an und drehte sich dann um. Die Gliederung der Expeditionsteilnehmer hatte jetzt etwas von einem sorgfältig einstudierten Ballett.

»Icho Tolot – meine Herren!« sagte Spectorsky laut und mit der hundertprozentigen Überzeugung des Fachmannes, »diese Kugel stellt einen Planeten dar, den Sie alle kennen.«

»Aber doch nicht Halut!« donnerte Icho Tolot. Einer seiner Handlungsarme fuhr zu seinem Schädel empor, als habe der Haluter Kopfschmerzen.

»Nein«, sagte Tomcho. »Es ist nicht Halut. Es ist Lemuria.«

»Eine Darstellung der Erde vor fünfzigtausend Jahren, Doc?«

»Sie haben recht«, sagte der Fachmann. »Wir sind vermutlich in der Nähe des großen Geheimnisses gelandet. Icho Tolot! Würden Sie uns diese Türen öffnen? Bitte!«

»Ich verrate immer mehr, und ich weiß nicht, weswegen«, schrie der Haluter. Die Terraner duckten sich unwillkürlich, als die Schallwellen sich in dem kleineren Raum brachen und wie ein Gewitter klangen. Langsam ging Tolot vorwärts, und es schien immer deutlicher zu werden, daß er litt. Er bewegte sich plötzlich unkontrolliert, seine stämmigen Beine gehorchten ihm nicht mehr, und als er den Punkt überschritt, an dem eben der Anthropologe gestanden hatte, knickte Tolot in den Kniegelenken ein.

»Was haben Sie, Tolot . . .?« Bontainer stürzte nach vorn.

Der Haluter hatte sich wieder gefangen. Das riesige Wesen wankte langsam bis zur Säule vor ihm, stützte sich mit drei Armen ab und streckte einen Handlungsarm aus. Die Finger zitterten wie im Fieber. Aus dem Rachen des Riesen kam ein dumpfes Grollen, es klang wie das Stöhnen eines verletzten Ungeheuers. Dann klappten die Finger ein Fach auf, drückten dort einen Knopf, und die beiden Türflügel schwangen majestätisch, indes ohne jedes noch so kleinste Geräusch, nach innen. Dahinter brannte ein fahles, stechendes Licht von gletschergrüner Farbe.

»Ich spreche aus«, schrie Tolot und torkelte zurück. Terraner sprangen zur Seite, eine Verwirrung entstand sekundenlang. Dann hatten sich die Männer wieder gefangen. »Ich sage, was mein Planhirn übermittelt. Quer durch diesen Vorraum läuft . . . eine unsichtbare Grenze. Sie ist für mich gefährlich . . . ich kenne dies.«

Jetzt befand sich Icho Tolot dicht vor dem Ausgang der kleinen Halle. Er war weit genug von der Barriere entfernt.

»Stimmt das, Lloyd und Kakuta?«

Die Mutanten stimmten zu.

»Parapsychische Schwingungen. Für uns außergewöhnlich schwach spürbar, aber für den Haluter müssen sie eine wahre Hölle sein.«

»Was bedeutet die Grenze für Sie?« fragte Bontainer.

Die anderen Männer beobachteten atemlos und unsicher die beiden Partner dieses Fragespiels. Der Haluter schien noch immer stark angeschlagen, aber er erholte sich schnell.

»Ich kann sie nicht überschreiten, weil ich es nicht darf. Das, was dahinter liegt, ist tabu.«

»Was liegt dahinter?«

Bontainer deutete nach links.

»Ich weiß es nicht. Dort ist wahrscheinlich der Raum der Unberührbarkeit, von dem Waxo Khana sprach. Khanatos . . . er will nicht, daß ich Halut verrate, er will das Geheimnis . . .«

Der Rest des Satzes verlor sich in undeutlichem Murmeln.

Bontainer schrie jetzt, um nicht mehr miterleben zu müssen, wie Tolot sinnlose Auskünfte gab. Er versuchte, den Haluter in Bann zu halten, ihn zu zwingen, weiterzumachen.

»Sie haben einen starken Schuldkomplex, Tolot?«

»Ja. Und je mehr ich mich der Barriere nähere, um so stärker wird er. Ich kann es jenseits dieser unsichtbaren Wand nicht aushalten, das haben Sie miterlebt.«

»Könnten Sie jetzt gegen jemanden kämpfen?«

Der Haluter brüllte kurz auf, dann brach er zusammen. Es war, als würde selbst der gewachsene Fels beben. Die Stirn des Haluters berührte den kalten Boden, und die Augen waren geschlossen. Der Oberkörper vollführte, vom Willen losgelöst, sinnlose Bewegungen. Es wirkte, als bete Icho Tolot einen unsichtbaren Götzen an.

»Erlischt Ihr Kampfgeist?« schrie Bontainer.

»Ja. Ich bin unwürdig und unfähig, zu kämpfen. Ich bin ein Verräter, und die Schuld meines Volkes erdrückt mich.«

Die langen Handlungsarme lagen neben den Sprungarmen flach auf dem Boden, und die Stirn des Giganten stieß immer wieder, in einer monotonen Bewegung, gegen das harte Material. Die Terraner versammelten sich um Tolot, aber sie konnten ihm nicht helfen.

»Aktivieren Sie Ihr Planhirn!« schrie Bontainer. »Können Sie mich noch verstehen, Tolot?«

»Ja«, sagte der Haluter dumpf.

»Sie werden sich jetzt langsam zurückziehen, bis Sie in dem Bereich des grünen Parks sind. Einer der Männer bleibt hier und wird versuchen, Ihnen zu helfen. Sie werden sich dank Ihrer Konstitution rasch erholen. Stonewall!«

Der schlanke SolAb-Mann trat vor und blieb einen Meter neben Bontainer stehen.

»Sir«, erkundigte er sich leise, »was haben Sie vor?«

Bontainer wies durch den offenen Eingang.

»Wir dringen dort ein. Wir versuchen, die Quelle der parapsychischen Strahlung festzustellen und deren Natur. Sie bleiben bitte bei Tolot. Sie werden beruhigend auf ihn einreden, aber auf keinen Fall, gegen wen auch immer, die Waffe einsetzen. Klar?«

Stonewalls Augen verengten sich, dann nickte er gleichmütig.

»Selbstverständlich.«

»Gut. Gehen Sie zu ihm, bitte!«

Bontainer winkte und sagte:

»Wir sehen nach. Schalten Sie bitte ein, was Sie haben – ich habe das Gefühl, als würden wir einiges erleben. Sengu . . . sehen Sie um uns etwas Gefährliches?«

Der Späher schüttelte den Kopf.

»Nein.«

Als die Terraner die ebenfalls unsichtbare Grenzlinie überschritten, die sich zwischen den verborgenen Angeln der Kupfertore befand, unterbrachen sie einen Kontakt und lösten eine Schaltung aus, die schlagartig das Museum in Tätigkeit setzte.

»Eine Stätte des Wahnsinns!« flüsterte John Sanda entsetzt.

»Ein Museum des Schreckens«, sagte Waringer.

Bontainer blieb vor ihnen allen stehen, breitete kurz die Arme aus und sagte scharf:

»Wir suchen Lemuria. Wir sehen hier andere Völker. Wir fliegen langsam durch diese Gasse hier, und wir beobachten scharf. Aber diese Völker hier gehen uns im Grunde wenig an. Ich werde das Signal zum endgültigen Halt geben. Los, aber nicht zu schnell.«

Zehn Gestalten erhoben sich vom Boden, schwebten einige Meter darüber hinweg, immer geradeaus. Sie erlebten das gewaltigste Spießrutenlaufen, das ein lebendes Wesen sich vorstellen konnte. Die Hirne, von den Eindrücken überlastet, weigerten sich, mehr zu sehen. Augen schlossen sich gequält. Ohren wurden zugehalten, und auf den Schirmen in der EX-3333 begann ein einmaliges Schauspiel abzulaufen, das Rhodan und die anderen erschütterte.

Was sahen sie?

Akt um Akt eines langen, grausigen Dramas, Regisseur war der Krieg. Darsteller waren die Haluter, Hauptdarsteller – denn die Charakterrollen und die Statisterie hatten zahlreiche andere Völker übernommen, die man angegriffen hatte.

»Sie haben ihre Schreckenstaten in Bild und Ton verewigt«, schrie Dr. Bysiphere durch den Lärm der Projektoren und durch die wechselnden Bilder und Farben hindurch Bontainer zu.

Das hatten sie.

Mit wissenschaftlicher Genauigkeit.

Endlosen Filmberichten über Kämpfe, die auf verwüsteten Planeten stattfanden und diese furchtbaren lebenden Kampfmaschinen von Halut in den Einsätzen zeigten, folgten Bilder und Figuren der bekämpften und ausgerotteten Bewohner. Sie standen auf Sockeln und wirkten so echt, daß die Terraner erschraken, wenn sie zu nahe daran vorbeiflogen.

»Jeder Planet, der vor diesen fünfzigtausend Jahren angegriffen worden ist, wurde hier katalogisiert!« rief John Sanda und deutete auf die Kugeln, die sich langsam drehten, und auf Schirme, auf denen die Landschaften gezeigt wurden. Es waren Zonen reiner Zerstörung.

Bontainer hielt vor einem der Standbilder an.

Es zeigte einen humanoiden, langgliedrigen Typ, in eine Mischung zwischen Raumanzug und Ritterrüstung gekleidet. Zwei Zentimeter, bevor die Fingerspitzen des Psychologen die Gestalt berühren konnten, stießen sie auf ein unsichtbares Hindernis. Die Gestalt war durch ein energetisches Feld geschützt.

Gigantische Schirmwände wechselten mit schnellen Projektionen ab.

Kriegsgerät, eigenes und erbeutetes, stand auf Sockeln. Daneben liefen Filme, die diese Dinge in voller Aktion zeigten.

Es mußte eine Art Selbstquälerei gewesen sein, die jene Vorfahren der heutigen Haluter getrieben hatte, dieses grauenerregende Museum einzurichten. Und die lebenden hunderttausend Haluter scheuten sich, dieses Museum zu betreten. Sie würden es auch nicht betreten können, denn die Ausstrahlungen hinderten sie daran.

»Die Ausstrahlungen . . .« sagte Bontainer leise zu sich selbst.

Welche Ausstrahlungen?

Jene, die den klaren Verstand Icho Tolots dazu gebracht hatten, Schuldgefühle und Reue zu fühlen für Dinge, die er nicht getan hatte. Aus einem Wesen, dessen Hang zur Auseinandersetzung sprichwörtlich war, war ein hilfloses Häufchen geworden, das vor der unsichtbaren Barriere auf dem Boden lag und sein Elend hinausschrie. Bontainer wußte, daß diese parapsychische Strahlung *die Waffe* sein konnte.

War sie es auch?

Nacheinander sammelten sie sich jenseits dieser Halle.

»Es ist erstaunlich«, sagte Alvarez. »Das ist Kriegsgeschichte in Perfektion. Und ich komme nicht dahinter, aus welchem Grund die Haluter diese Greuel konserviert haben. Außerdem sind mir in der Halle Dinge eingefallen, die ich längst vergessen hatte. Kindheitserlebnisse. Heute tut es mir leid.«

»Eine schwache Ausstrahlung dieser unssichtbaren Psychobeeinflussung hat auch uns erreicht«, sagte Fellmer Lloyd. »Vielleicht wird sie schwächer, vielleicht stärker. Dort ist noch ein solcher Saal, teilte mir Sengu eben mit.«

»Das würde bedeuten, daß wir die gleichen Symptome zeigen, die auch der Haluter aufwies?« Es war Sanda, der gefragt hatte.

»Das ist gut möglich, John«, erwiderte Bontainer. »Geben wir uns mit dem Erreichten zufrieden, oder dringen wir weiter vor?«

»Was haben wir im Grunde erreicht?« fragte Bysiphere düster. »Einige Thesen, aber keine Beweise. Außerdem trugen die Kupfertore das Bild unseres Planeten. Können Sie sich entsinnen, hier etwas von Lemuria gesehen zu haben?«

Er schüttelte den Kopf.

»Abstimmung«, sagte Bontainer. »Wer dafür ist, daß wir weitergehen, hebt den Arm.«

Sie entschieden sich alle dafür.

»Machen Sie sich unter Umständen darauf gefaßt«, warnte Bontainer, »daß wir ebenso leiden müssen wie Icho Tolot. Wer es nicht mehr aushalten kann, bleibt zurück, beziehungsweise fliegt wieder hierher.«

Hinter ihnen liefen die Projektoren aus, hörten die Flammen und Farben auf zu spielen und erstarben die Geräusche, die pausenlos die Darstellungen begleitet hatten.

Hundert Meter . . . zweihundert.

»Mein Kopf!« sagte Tako Kakuta. »Ich spüre, wie dieses Schuldgefühl stärker wird, aber ich halte es noch aus.«

Bontainer nickte ihm zu.

»Weiter!«

Schließlich erreichten sie die Halle, von der Sengu gesprochen hatte. Die geschauten Dinge und Geschehnisse hatten eine gewisse Größenordnung überstiegen und langsam, aber sicher waren die zehn Terraner abgestumpft. Die Schwelle der Empfindlichkeit war heraufgesetzt worden. Ein organisches Hirn kann sich gegen zu großen Einfluß nur dadurch schützen, daß es vorübergehend abschaltet oder eine Schranke aufrichtet.

»Wann endet das hier endlich – dieses Kavernensystem ist ja planetenweit angelegt!« sagte Abel Waringer laut.

Quer durch eine kuppelförmige Halle spannte sich in kühnem Bogen ein gläserner Steg. Dort, wo Hallenboden und Rundung ineinander übergingen, sahen die Terraner ein dünnes Band aus Helligkeit, über ihnen standen die Sterne und der irdische Mond. Eine vollkommene, dreidimensionale Projektion. Sämtliche Terraner befanden sich jetzt auf dem Steg, der länger als zwei Kilometer war und ohne jede Stütze. Entweder war es das Gewicht, oder eine Fotozelle wurde unterbrochen. Jedenfalls begann das Bild plötzlich zu leben.

Lärm schallte aus verborgenen Lautsprechern. Ein Heulen erscholl, als nähere sich von allen Seiten zugleich eine riesige Menge von Meteoren. Dann zog eine aufleuchtende Kugel eine schräge Bahn, flog einen engen Kreis . . . ein Raumschiff . . . und wurde größer und größer.

»Ein halutisches Schiff!« schrie jemand gellend.

Die Illusion war perfekt, und sie verwandelte sich gleichzeitig mit der aufgehenden Sonne in Wirklichkeit. Gebannt und zu keiner Bewegung mehr fähig, betrachteten die Mitglieder der Expedition die Vorgänge. Sie sahen, wie sich unter ihnen der Boden in eine Landschaft verwandelte, sahen die geflogenen Einsätze gegen die Bauwerke und erkannten die Konturen der Erdteile, wie sie vor fünfzigtausend Jahren gewesen waren.

Verkehrsadern . . . riesige Ansiedlungen . . . weiße Fabriken und grüne Wälder . . . endlose Wälder . . . Eisflächen und Flammen.

Überall griffen die Haluter an.

Der Himmel war durchfurcht von den Strahlen der Geschütze. Überall tobten Kämpfe zwischen Raumschiffen. Die Sterne verblaßten im Licht greller Feuerbälle. Es waren lemurische Schiffe, die explodierten oder verglühten. Es regnete Trümmer.

Die Schwingungen der Reue, des Mitleides und der Einsicht wurden gleichzeitig stärker.

Das Chaos begann.

In den Gedanken der Terraner und um die Männer herum.

Eine Materialschlacht riesigen Ausmaßes begann sich abzuzeichnen. Es waren kämpfende Schiffe. Donner krachte und die Blitze der Kanonen tauchten die Bilder in flackernde Helligkeit. Dann wieder jagte ein Schiff dicht über die Köpfe der Betrachter hinweg, und sie spürten den ungeheuren Winddruck und die aufgewirbelten Luftmassen.

Der Steg senkte sich langsam, entließ die Männer auf die Fläche eines Raumhafens, irgendwo im heutigen Afrika. Schiffe starteten überhastet, schraubten sich hoch und wurden im feindlichen Feuer zerstört. Formlose, weißglühende Metallmassen krachten zurück auf den Platz. Plötzlich erschien ein kleines schwarzes Schiff, zerstörte zwei lemurische Boote und landete mitten auf dem Platz.

»Die Haluter!«

Der Schrei zerrte an den Trommelfellen der Terraner.

Sirenen begannen zu heulen und schwiegen plötzlich, als die riesige Nadel des Kontrollturms in Trümmer zerfetzt wurde. Ein Haluter sprang aus dem Schiff. Er ließ sich auf seine Sprungarme nieder, hob seine Waffe und begann loszurennen. Er raste mit mehr als hundert Stundenkilometern Geschwindigkeit auf das Kontrollgebäude zu, in dem sich die zehn Terraner jetzt zu befinden schienen.

»Er greift an!« schrie Alvarez und riß den schweren Strahler hervor. Er kniete nieder, legte die Waffe auf den linken Unterarm und drückte den Auslöser. Bontainer warf sich herum, machte drei, vier Sätze und riß den Fuß hoch. Sein Stiefel traf die Hand des Agenten, und der Strahler überschlug sich. Bontainer fing ihn auf und gab ihn gesichert zurück.

Jetzt stürzte der Haluter durch sie hindurch, oder so nahe an ihnen vorbei, daß sie sich in Deckung warfen. Nur Sanda und Bontainer blieben stehen; sie waren irgendwie nicht genügend beeinflußt. Es war dieses bohrende Gefühl in ihren Schädeln, das sie aufmerksam machte.

Die Terraner durchlebten zitternd die Katastrophe, die ihren Planeten vor fünfzigtausend Jahren befallen hatte.

Die verzweifelte Gegenwehr der Lemurer wurde geschildert.

Das unaufhaltsame, brutale Vorgehen der Haluter.

Landstriche versanken unter den Feuerstürmen und den Detonationen unterirdischer Kraftwerke. Und schließlich ging der gesamte Erdteil Lemuria unter. Er verschwand in einem Inferno aus Wasser, Feuer, Dampf und ausbrechenden Vulkanen, bröckelte ab, wurde überspült und zerbrochen. Spalten taten sich auf, aus denen glühende Lava hervorbrach und die Gebäude und deren Bewohner verschlang. Dr. Bysiphere übergab sich würgend.

Bontainer winkte Stonewall, DeKamp und Sanda zu sich heran.

»Wir müssen weiter«, erklärte er laut schreiend durch den Lärm, mit dem der Raumhafen in einzelne Platten zerbrach. »Wir werden sonst wahnsinnig. Treibt die anderen an!«

Die Männer rannten an ihre Plätze, und die Karawane setzte sich in Bewegung.

Es war eine Illusion, aber sie wirkte teuflisch.

Die zehn Terraner krochen über schräge Platten, wanden sich zwischen Trägern hindurch, wichen Bränden aus und spürten die wiederholten Erdstöße. In Wirklichkeit geschah nichts. Nur Sanda und Bontainer, und wenige Sekunden später auch Stonewall und DeKamp gingen gerade und schnell weiter. Allerdings mußten sie sich unablässig einhämmern, sich auf einer glatten, auf beiden Seiten begrenzten Fläche zu befinden, die sich nicht um einen Millimeter bewegte. Und dennoch bückte sich Bontainer unter jedem Trümmerrest, und Sanda warf sich einmal seitlich in Deckung, als ein gezacktes, weißglühendes Metallstück heranheulte und in einen gewaltigen Schuttberg einschlug.

Schließlich schwebten sie alle dicht über dem Steg. Die Geschwindigkeit vergrößerte sich. Und Sanda erblickte, als er unmittelbar vor sich das Ende der Halle erkannte und sich umdrehte, wie ein Haluter aus einer Mauer brach, anlegte und zielte und ihnen einen vernichtenden Strahl rotglühender Energie nachschickte. Das Röhren der schweren Waffe in seinen Armen wirbelte Sanda, der den Schluß der Kolonne bildete, förmlich aus dem Raum.

Glasplatten drehten sich.

Dann schlug eine ungeheure Stille wieder nach ihnen.

Das Glas drehte sich wieder zurück. Bontainer griff an seinen Kopf und sah, wie auch die anderen Männer unter den mysteriösen Schwingungen litten.

Jeder machte sich heftige Vorwürfe für alles Schlechte, das er jemals getan hatte. Und wie vorhin Icho Tolot, fühlten sie eine schreckliche Verantwortung für ihr ganzes Volk und dessen Taten.

Waringer verbarg sein Gesicht in beiden Händen und schluchzte auf. Die anderen standen mit versteinerten Gesichtern um ihn herum. Bontainer lehnte gegen den kühlen Stein der Mauer, sah durch halbgeschlossene Augen auf den viereckigen Raum, der in einigen Ebenen angelegt war, und bemerkte die Ausstellungsstücke.

»Hier! Menschen!« rief Alvarez plötzlich. Er schwebte dreißig Meter von der Gruppe entfernt vor einer Statue.

Bontainers Stimme wirkte jetzt wie zerbrechendes Glas. Sie war von einer Härte, die selbst den anderen Space-Twin erschrecken ließ.

»Wir durcheilen diese Halle. Ich breche, nachdem wir das hier gesehen haben, diese Expedition ab. Ich möchte nicht riskieren, daß einer von uns wahnsinnig wird. Wir gehen dann zu Tolot zurück. Zeit: Dreißig Minuten insgesamt.«

Dieser Saal war angefüllt mit den Erzeugnissen der ehemaligen lemurischen Technik und Kunst. Bilder sah man neben Robots, Kampfwagen standen neben zarten Statuetten. Sphärische Kunstwerke wechselten mit Menschen ab, die ebenso konserviert waren wie die anderen Wesen im ersten Saal des Museums.

Die Lemurer standen da, als wären sie vor einer Stunde mitten in einem Lachen, in einer Bewegung oder in einer Geste erstarrt. Ungeheuer echt, fast wie lebend.

Während die Gruppe alles betrachtete, fühlten die Männer, daß es immer mehr zu einem Problem wurde, Kopfschmerzen und die hochsteigenden Gefühle zu unterdrücken.

Streit brach aus.

Bontainer und Sanda griffen schlichtend ein und nahmen Bysiphere die Waffe weg, die er in der Hand hielt. Er kicherte hohl und schrie undeutliches Zeug in die Luft.

»Die Strahlung wird zu stark, Bontainer«, schrie Sanda und rang mit Spectorsky. Beide schwebten in Schlangenlinien durch den Saal.

»Wir beginnen uns grundlos gegenseitig anzuklagen!« schrie Wildcat. »Zurück, Bontainer!«

»Eine Energiemauer am Ende der Halle!«

Die Stimmen überschlugen sich, und die herausgeschrienen Beschuldigungen und Rechtfertigungen erfüllten die Halle mit Lärm.

»Energiemauer?« schrie Bontainer zurück.

Sengu und Lloyd nickten.

»Kakuta, versuchen Sie, hindurchzuspringen.«

Bontainer sah zu, wie Kakuta entmaterialisierte. In der gleichen Sekunde war der Teleporter wieder da. Er rematerialisierte schreiend in der Luft und krümmte sich. Mit wild aufbrummendem Flugaggregat stieg er steil auf. Er überschlug sich, raste auf die Gruppe zu und fing sich ab.

»Ich kann nicht . . . undurchdringbar . . .«, keuchte er.

»Los! Zurück. Aber nicht auf dem gleichen Weg!« brüllte Bontainer John zu. Der Erste Offizier nickte und raste davon. Zusammen mit Alvarez entdeckte er neben der unsichtbaren Mauer, deren Ausdehnung mit einer dicken, milchigen Scheibe zusammenfiel, einen Ausgang.

Bontainer trieb seine Leute dorthin.

Bisher hatten sie die Humidors übersehen. Die Wesen standen jetzt in der Nähe des Ausgangs. John sah sie nicht einmal an, als er sich mit Alvarez neben den Türpfosten aufbaute, die ebenfalls Erzeugnisse lemurischer Schnitzkunst waren. Er konzentrierte sich auf Alvarez, dessen entschlossene Bewegungen immer langsamer geworden waren und zielloser.

Plötzlich hatte der SolAb-Mann, verzerrten Gesichtes, seine Waffe in der Hand, deutete mit dem blauschimmernden Lauf auf die durchs Tor schwebenden Männer, dann schoß er. Er zielte auf kleine, weiße Kuppelvorsprünge in der leuchtenden Wand. Flammen knisterten, und das helle, krachende Röhren der schweren Hochenergiewaffe peitschte durch die Halle.

Kreischend rasten Humidors zwischen den Terranern hin und her, wichen seitlich aus. Irgendwo ertönte ein Summer. John Sanda startete, rammte Sengu zur Seite und stürzte sich auf Alvarez. Das Heulen der Waffe hörte ruckartig auf.

Bontainer bremste mit umgekehrter Propulsionsdüse neben Sanda und Alvarez.

»Humidors . . . Alarm . . . oh, mein Kopf!« wimmerte der SolAb-Mann auf.

»Dieser Gang hier, sagt Sengu, führt dorthin zurück, woher wir gekommen sind!« rief Bontainer.

Die beiden Männer, denen die Tränen über die Wangen rollten, schlossen sich ihm an. Das markerschütternde Brummen der zehn Triebwerke brach sich an den Wänden des relativ engen Korridors, der von goldbraunem Licht erfüllt war.

An der rechten Wand befanden sich Darstellungen aus dem Leben Haluts; endlose Reihen schwarzer Riesen beim Bau von Häfen und unterirdischen Hallen. Es dauerte eine Stunde, bis sich die zehn Männer einigermaßen erholt hatten, aber diese neunundfünfzig Minuten waren eine rasende Flucht an den Ausgangspunkt des Wahnsinns zurück.

Und dann war alles beendet.

»Schluß«, sagte Bontainer. »Wir haben hoch gespielt und verloren. Keine Gegenwehr, Männer.«

Sie waren in der Säulenhalle, vor den geschlossenen Kupfertoren.

Hinter Icho Tolot und DeKamp standen ungefähr hundert Haluter im Kampfanzug. Sie waren bewaffnet, richteten die Waffen aber nicht auf die Terraner; sie wirkten auch so genügend furchteinflößend.

Dicke Stahlbänder lagen um die Arme Tolots, und dem SolAb-Mann hatten sie den Minikom abgenommen.

»Das Schiff«, sagte Waxo Khana, »hat Startverbot. Sie sind alle festgenommen. Geben Sie die Waffen ab und folgen Sie uns.«

Die Terraner waren dem Tod oder dem Wahnsinn entgangen, dafür waren sie jetzt Gefangene, Gefangene wie Icho Tolot. Schweigend wurden sie entwaffnet, schweigend eskortierten sie die hundert Riesen zu einem Antigravschacht, der sie an die Oberfläche brachte. Lautlos schlossen sich energetische Wände um die zwölf Gefangenen. Jetzt, hier im zentralen Raum von Khanas Haus, waren sie wieder vollzählig; keiner fehlte.

Niemand dachte an Ausbruch – man brauchte nur Icho Tolot durch die klaren Energiewände anzusehen. Er atmete schwer, saß innerlich gebrochen zwischen seinen Freunden, die er hören, aber nicht berühren konnte. Endlich erschien Waxo Khana wieder. Er setzte sich auf einen stuhlähnlichen Gegenstand, dessen vier Armlehnen Schalter und Knöpfe enthielten und blickte schweigend die Gefangenen an. Er begegnete Bontainers Lächeln, und dann plötzlich, als habe es dieses Anstoßes bedurft, begann der »Wächter der Unberührbarkeit« zu sprechen.

Er klagte an.

5.

Die Energiezellen waren zwei mal zwei Meter groß. John Sanda lehnte neben Bontainer an der anderen Seite der durchsichtigen Wand und sagte:

»Bonnie – ich schätze gesundes Selbstvertrauen, aber dein Grinsen macht mich mehr als nervös. Könntest du nicht etwas weinen oder so?«

Sie hatten die Anklage gehört, hatten erfahren, daß die EX-3333 mit Energiefesseln an den Planeten gebunden war und daß sie sich eines todeswürdigen Vertrauensbruches schuldig gemacht hatten. Sie wußten, daß sämtliche Haluter zusahen.

»Warte noch etwas«, sagte Bontainer. »Ich will den Alten eine Zeitlang schmoren lassen.«

»Sie«, unterbrach Khana, »den man Bontainer nennt. Sie scheinen nicht zu wissen, in welcher Lage Sie sich befinden?«

Bontainer sagte so laut, daß es niemand auf dem Planeten überhören konnte:

»Ihre Lage, Waxo Khana, ist wesentlich ungünstiger als unsere. Denn Sie sind in diesem makabren Prozeß der Hauptangeklagte. Nur wissen Sie es noch nicht.«

Khana sprang auf, dann besann er sich seiner Würde und setzte sich wieder.

Bontainer bedauerte die geringe Anzahl des sichtbaren Auditoriums.

Er wußte: Jeder Haluter und jeder Terraner auf diesem Planeten hörte und sah ihn genau, auf riesigen, vergrößernden Schirmen. Und seit einer Stunde wußte er genau, was er sagen mußte.

»Sie reden große Worte mit großer Gelassenheit, Terraner!«

Bontainers Lächeln war eine reine Herausforderung; nichts anderes bezweckte er.

»Sie sind alt, Khana«, sagte er. »Und da Sie alt sind, sind Sie würdig. Ihre Partner in dieser Verhandlung glauben es wenigstens. Sie sind aber nicht würdig, sondern Sie haben Angst. Angst vor uns, weil wir das Unberührbare antasteten. Ist das richtig?«

»Der letzte Satz ist richtig. Fahren Sie fort.«

»Ich habe Ihre Gefühlsregungen durchschaut, und der Besuch in den Museen des Grauens war eine gute Schulung für meine Verteidigungsrede. Denken Sie zurück – rufen Sie sich die Ereignisse vor fünfzigtausend Jahren in ihr perfektes Plangedächtnis zurück. Was geschah damals?

Ihre Ahnen wurden von einer Waffe angegriffen, die mit der parapsychischen Wirkung in den Hallen dort unten identisch ist. Da aber Tolot inzwischen wieder von seinen unangebrachten Selbstvorwürfen geheilt ist, stellt diese Strahlung eindeutig eine Waffe dar, der man für eine sehr viel längere Zeit ausgesetzt sein muß, damit sie eine dauerhafte Wirkung erzielt. Sobald man sich aus ihrem Wirkungskreis entfernt hat, verschwindet der Einfluß sonst restlos.

Wenn diese Parastrahlung gegen die Zweitkonditionierten angewendet werden würde, hülfe sie für Sekunden, nicht länger. Es hat schließlich Jahrhunderte oder Jahrtausende gedauert, bis aus den wilden Halutern friedliche Haluter geworden sind. Dank dieser dort eingebauten Langzeitwaffe, die sich wahrscheinlich – inzwischen sinnlos, da der Erfolg eingetreten ist – auch an anderen Stellen dieses Planeten befindet. Ich fasse zusammen: Ihre Ahnen sind durch Jahrhunderte hindurch von den Strahlungen zu friedlichen Wesen gemacht worden. Aber – jetzt bitte ich alle Haluter, gut zuzuhören:

Warum wurden die lemurischen Flüchtlinge, also die heutigen Akonen, niemals angegriffen? Weder auf der langen Flucht von meiner heutigen Heimat, noch auf ihren Fluchtplaneten?

Es hat damals eine Waffe gegeben, die einen *schlagartigen* Wandel hervorrief. Diese Waffe suchten wir dort unten. Bisher fanden wir sie nicht, aber wir fanden Hinweise genug.

Und jetzt, Khana, mein Vorwurf:

Sie alle, außer Icho Tolot, sind schuld, wenn neues Elend über die Galaxis gebracht wird. Wenn Sie sehen wollen, wie groß es ist, gehen

Sie dort hinunter, wo wir waren, sehen sich die Taten Ihrer werten Vorväter an und multiplizieren dies mit zehntausend. An dem zehntausendfachen Elend und an der Vernichtung unschuldigen Lebens sind Sie alle schuld!«

»Terraner!« donnerte Khana. »Sie machen, daß ich mich vergesse!«

»Sie sind alt und würdig. Ehe Sie sich vergessen, hören Sie lieber zu, denn ich bin gleich fertig.

Sie alle unterstützen die bevorstehende Großoffensive der Zweitkonditionierten direkt, wenn sie sich unserem Forschungsersuchen nicht beugen. Sie tun dann nichts anderes, als die gleiche Vernichtung zu fördern, wie sie Ihre Ahnen aktiv betrieben. Darüber sollten Sie erhaben sein. Ist es für die friedliebenden, klugen Wesen von Halut, die unsere Freunde sind, nicht besser und richtiger, sie helfen uns, damit wir die Galaxis vor Wesen retten, die aussehen wie Haluter, die töten wie Haluter – wie jene gestorbenen Haluter vor fünfzigtausend Jahren in der Vergangenheit?

Das ist Ihrer, Khana, nicht würdig.

Und ich halte keinen der anderen Haluter für fähig, auch nur ernsthaft daran zu denken, an milliardenfachem Massenmord schuld zu sein. Wenn Sie unter den Völkern der Milchstraße als Mörder gelten wollen, verbieten Sie uns den Aufenthalt hier, bestrafen Sie uns. Wenn Sie Halut als Symbol des Friedens in die Galaxis projizieren wollen, dann helfen Sie uns!

Khana – denken Sie! Helfen Sie sich und uns. Helfen Sie der Galaxis.«

Waxo Khana schwieg genau fünf Minuten lang, dann antwortete er auf seine Art, indem er einen Knopf in den kostbar verzierten Armlehnen seines Sessels berührte. Innerhalb einer Sekunde verschwanden die energetischen Mauern. Das bedeutete: Freiheit.

Bontainer ging hinauf zu ihm.

»Ich danke Ihnen, Waxo Khana«, sagte er halblaut. »Die Terraner danken Ihnen. Wir werden zusammen, Haluter und Terraner, jene Waffe suchen, die Ihre Ahnen so plötzlich friedfertig machen konnte. Und wir werden sie finden, egal wie. Dafür haben Sie sich, Waxo, die Anerkennung eines jeden Terraners eingehandelt. Ihre Weisheit wird nur noch von Ihrer Freundschaft übertroffen.«

Er streckte Khana die Hand entgegen.

Waxo Khana ergriff sie nach kurzem Zögern.

John Sanda sagte eine Stunde später, als sie dem Großadministrator gegenübersaßen, daß dies wohl der merkwürdigste Händedruck seiner gesamten Flottenkarriere gewesen sei.

6.

Sechs Tage später . . .

»Sind Sie fertig, Vivier?« fragte Perry Rhodan gelassen, obwohl ihn die Gedanken und die Überlegungen zur Eile zwangen.

»Fast, Sir«, erwiderte der Space-Twin.

Die energetischen Fesseln um das Schiff waren sofort nach dem Urteil des alten Haluters zurückgezogen worden. Perry Rhodan hätte ohne weiteres starten können, hätte er dies gewollt.

Waxo Khana hatte in einem langen Gespräch mit Rhodan versprochen, ihnen nun nichts mehr in den Weg zu legen; er würde in der Nähe seines Hauses auf die zwölf Terraner warten, von denen die meisten bei der ersten Expedition bereits mit von der Partie gewesen waren.

Die dicken Isolierstoffe der vielfarbigen Anzüge glänzten im Licht der Tiefstrahler. Die verchromten Drehgelenke um die Knie, die Ellenbogen und die Handgelenke warfen Reflexe. Je drei der Männer trugen gleichfarbige Anzüge, und auf den Energietornistern standen viermal die Nummern Eins bis Drei. Falls die Funkgeräte ausfielen, besaß man eine zusätzliche Orientierungshilfe. Die Hochenergiekraftanlagen in den Tornistern, die flach anlagen und fast nicht sichtbar waren, waren noch nicht eingeschaltet worden.

Die Männer waren wieder hervorragend ausgerüstet. Niemand hatte mit Gegenständen und Waffen gespart. Die Antischwerkraftprojektoren halfen mit, so daß die Männer unter der Last nicht zusammenbrachen; ihre Ausrüstung wog mehr als fünfzig Pfund. Schwerkraftneutralisator mit Verstärkerzusätzen, Deflektorschirmfeldprojektor, Energieabwehrschirm, schwere Handwaffen, Seile und Haken, Pulsatortriebwerke . . . Alles war wiederholt getestet worden, die wichtigsten Ersatzteile steckten in Taschen der gekreuzten Brustgurte.

Vivier Bontainer sah auf die Uhr.

»Noch zehn Minuten«, sagte er leise. Jeder verstand ihn. »Dann müssen wir den Gleiter besteigen.«

Rhodan deutete mit dem Kinn auf das schwere Expeditionsfahrzeug, das an der Wand des Raumes stand, dicht neben dem zugeschraubten Schott.

»Ich fliege Sie zu Waxo Khanas Haus«, sagte er kurz.

Bontainer sah sich um und musterte die Gesichter der elf anderen. Waringer, Dr. Bysiphere, Spectorsky, Kakuta, Sengu, Lloyd, John Sanda, sein Vertrauter, »Wildcat« Alvarez, DeKamp, Stonewall und der Ingenieur Peter Shark. Sie waren bereit.

Bontainers Stellung an Bord der EX-3333 hatte sich in den wenigen Tagen, die zwischen dem erbitterten Dialog mit dem Wächter der Geheimnisse Haluts und jetzt lagen, entschieden gebessert. Heftige Diskussionen waren im Gang; die Hälfte der Mannschaft war begeistert von Bontainers Verteidigungsrede, die andere Hälfte hielt seine Redegewandtheit für einen Ausdruck der Schwäche. Die Männer, die mit ihm zusammen in dem merkwürdigen Museum gewesen waren, wußten es besser.

Roune Mareaux schwieg.

Er hatte den Sieg über die Halsstarrigkeit der Haluter mit einigen Gläsern Alkohol in Bontainers Kabine mitgefeiert, und sein Bild von Vivier war etwas ins Wanken geraten. Mareaux war unschlüssig – er wollte noch warten. Immerhin herrschte zwischen ihnen ein gelokkerter freundschaftlicher Tonfall.

»Die Fahrzeuge«, sagte er zu Bontainer, »sind gestern nacht bereits an Ort und Stelle gebracht worden.«

»Gut.«

Das Schott rollte auf, dahinter lag ein flacher, breiter Korridor aus Stahl und Plastik, der in einen kleinen Schleusenraum führte. Der Gleiter schwebte hoch, die Männer kletterten auf ihre Plätze, und Rhodan bewegte das schwere Fahrzeug vorwärts.

Neben Rhodan saß Bontainer und starrte konzentriert auf die Apparaturen des Lastengleiters.

»Sie, Bontainer, haben durch Ihre geschickte Verhandlungsführung bewiesen, daß Sie mit Halutern gut auskommen. Ich bitte Sie, zu forschen und zu suchen, aber nichts zu zerstören. Wir befinden uns bei Freunden.«

»Ich weiß dies alles, Sir«, gab Bontainer zurück. »Ich habe, bevor wir gestern die Bodenfahrzeuge hinunterschafften, ein genaues Konzept entworfen. Sanda kennt es, und die drei SolAb-Leute kennen es auch. Wir werden tun, was wir können – die Schwierigkeiten werden nicht darin liegen, daß die Haluter davon betroffen sind.«

»Was immer es ist«, schloß Rhodan, »diese Waffe muß gefunden werden. Sie oder etwas wie ein Bauplan.«

»Sie wird von zwölf Mann gesucht«, bestätigte der Space-Twin.

Die Schleuse öffnete sich.

Der schwere Gleiter schwebte hoch über dem Triebwerkswulst aus dem Schiff, als die ersten Sonnenstrahlen das Tal in eine milde Glut badeten. Der Bodennebel stieg hoch und löste sich unmerklich auf.

»Dreißig Kilometer«, murmelte Rhodan und beschleunigte.

Zwanzig Meter über dem dunkelgrünen Boden des Planeten schwebte der Gleiter nach Nordosten, Waxo Khanas Haus entgegen. Die Gesichtshaut der Männer wurde vom Fahrtwind eiskalt, und einige Mitglieder des Kommandos schlossen die Klapphelme. Die Minuten vergingen, und weit vor den Terranern tauchten die Würfel des Hauses auf; weiße Flächen, schattenbedeckt und im Licht der roten Sonne verhalten leuchtend. Einige spitzkegelige Bäume stachen zwischen den Kuben in den Himmel, der sich mit einem silbernen Ton überzogen hatte, wie man ihn selten auf einem Planeten sehen konnte.

»Dort unten«, sagte Sanda, »stehen Bodenfahrzeuge.«

»Dort unten«, erwiderte Bontainer laut, »stehen Haluter. Es sind Tausende.«

Jetzt sahen es auch die anderen.

Auf dem Raumhafen neben dem Haus des Uralten standen die beiden niedrigen Bodenfahrzeuge; sie waren amphibisch und konnten mit den Antischwerkraftprojektoren immerhin wenige Zentimeter über dem Boden schweben, selbst hier in der hohen Gravitation des Planeten. Zwischen den schweren halbrobotischen Maschinen standen zwei Haluter – es mußten Khana und Tolot sein, der zusammen mit den Terranern freigelassen worden war. Und rund um diese Gruppe standen mindestens zehntausend Haluter. Eine lebendige Mauer, hundert Glieder tief. Niemand sprach ein Wort – ein großes, dunkles Schweigen gespannter Erwartung lag über der Versammlung.

»Tiefe Besorgnis«, sagte Fellmer Lloyd. »Sie hoffen mit uns, wissen aber genau, was uns bevorsteht. Sie kennen die Gefahr, nicht aber deren Ausdruck.«

Vorsichtig zog Rhodan den Gleiter herunter, schlug einen Kreis ein und blieb dicht neben den beiden Halutern stehen. Die Antigravprojektoren der Kampfanzüge wurden nacheinander eingeschaltet.

»Wir werden Sie führen, Freunde!« sagte Icho Tolot laut und deutete auf Waxo und sich selbst. »Verteilen Sie sich bitte auf die Fahrzeuge; wir laufen vor Ihnen her.«

Schweigend umgaben die Tausende Haluter den Kreis. Rhodan stand im Gleiter und begrüßte die beiden Haluter; das künstliche Schwerefeld verhinderte, daß ihn die Gravitation zu Boden zwang. Die Terraner teilten sich in zwei Gruppen und bemannten die Gleiskettenfahrzeuge; Bontainer setzte sich an das Steuer der ersten Maschine, Sanda nahm den anderen Platz in Maschine zwei ein. Funkgeräte erwachten, Bildschirme wurden hell, und dann sprangen die mächtigen Maschinen an.

»Wohin geht es?« fragte Rhodan den jüngeren Haluter.

»Dort hinüber«, sagte Icho Tolot. Er war in seinen overallartigen Anzug gekleidet, trug aber nicht einen einzigen Ausrüstungsgegenstand bei sich. Neben ihm stand schweigend der Alte.

Der Rachen Waxo Khanas öffnete sich, und die zuhörenden Terraner vernahmen:

»Dort, vor dem Gebirge.«

Das Gebirge war ein breiter Wall aus zackigen, schwarzen Felsen, die aus riesigen Schutthügeln hervorstachen wie seltene Gewächse, wie schwarze Stalagmiten. Jahrzehntausende hatten einstmals riesige Gebirge verwittern lassen, hatten die schwarzen Felsnadeln übriggelassen. Sonnenlicht spiegelte sich undeutlich auf ihren Flanken.

»Dort?«

»Ja. Die Zone des lautlosen Todes«, sagte Waxo Khana.

Die Ketten bewegten sich wie rasend.

Rasselnd, als ob riesige Metallmassen über den Boden gezerrt würden, liefen die beiden Fahrzeuge über die steinernen Platten des Raumhafens. In der schweigenden Mauer der Haluter hatte sich eine

Gasse geöffnet. Bontainer führte, dann kam Sandas Wagen. Langsam schlossen sich die durchsichtigen Kuppeln über den Sitzen.

Dann lag freies Land vor ihnen.

Von rechts nach links überholten die beiden Haluter. Tolot lief aus Rücksicht auf den alten Waxo Khana langsam; nicht schneller als siebzig Stundenkilometer. Der zweite Wagen rückte auf und blieb zwei Meter, also eine halbe Fahrzeuglänge, rechts neben Bontainers schwerem Transporter. Vor den Fahrzeugen bewegten sich die Körper der beiden Riesen. Diese seltsame Karawane strebte nach Norden, den schwarzen Schuttbergen zu.

»Vier Kilometer!« zählte Sanda laut mit.

Seine seltsam unbetonte Stimme, die kühl und gelassen klang, kam aus den Lautsprechern von insgesamt zwölf Helmfunkgeräten.

»Wir sind gleich angelangt«, erwiderte Bontainer.

Ungefähr zehn Kilometer von Waxo Khanas Haus entfernt begann das Gebirge, das seinen Namen nicht mehr verdiente. Aus den Schuttablagerungen waren im Laufe der Jahrtausende abgetragene und runde Hügel geworden, die wie die Rücken riesiger Wale in einer stillen See aussahen, von Moos, Büschen und runden Bäumen überwuchert. Der Planet der Haluter verfügte nur noch über Spuren der einstigen vulkanischen Tätigkeit; seit Jahrhunderten hatte sich die Erde nicht mehr gespalten, war keine Lava mehr ausgeschüttet worden. Sie allein hätte hier neue Berge bilden können. Das war nicht geschehen.

»Es waren vor Ewigkeiten riesige Bergzüge, mehr als zehntausend Meter hoch, Terraner!«

Icho Tolot schrie es, während er neben Waxo lief und versuchte, über die Schulter zu sprechen. Es sah ungewöhnlich aus.

Und dann, Minuten später, waren sie angelangt.

Die Terraner hatten bisher geschwiegen und sich auf die Umgebung konzentriert. Sie sahen die Bäume, das milchig-neblige Licht zwischen ihnen und die tautriefenden Gräser und Blätter, in die schwere Gleisketten breite Spuren gepflügt hatten. Eine abwegige Szene bot sich, als die beiden Wagen mit rutschenden Ketten und Maschinen, die im Rückwärtsgang knirschten und abbremsten, auf dem höchsten Punkt eines der ersten Hügelrücken standen.

»Das sieht phantastisch aus!« murmelte Spectorsky. »Haben Sie die Aufnahmegeräte des Wagens eingeschaltet?«

Bontainer grinste ihn an.
»Die Geräte laufen, Tomcho.«
Der Hügelkamm war mit einem breiten glasierten Steinstreifen markiert. Als sich die Terraner rechts und links aus den olivfarbenen Fahrzeugen beugten, sahen sie, daß dieser Streifen, etwa hundert Meter tief, sich nicht nur über diesen Hügelkamm hinzog, sondern etwa halbkreisförmig hinunter in die Täler glitt und irgend etwas im Mittelpunkt zu haben schien.
Die beiden Haluter standen dicht vor dem Streifen.
»Was ist los, Vivier? Fahren wir weiter?«
John Sanda entfernte sein Gesicht wieder von dem eingebauten Mikrophon; er hatte den Helm nicht geschlossen. Unterhalb der abdichtenden Halsblende des schweren Anzugs liefen die Kühlaggregate und absorbierten den Schweiß.
»Einen Moment.«
Vivier Bontainer schaltete auf Außenlautsprecher um, winkte mit der Hand hinter der Windschutzscheibe hervor und fragte:
»Waxo Khana – Icho Tolot . . . Dieser schwarze, verbrannte Streifen. Was bedeutet das?«
Langsam drehten sich die schwarzhäutigen Kolosse um.
»Es tut mir leid, Bontainer«, sagte Tolot laut, »aber hier endet unsere Führung. Wir können nicht mehr weiter.«
Bontainer war erstaunt.
»Wie kann ich das verstehen, mein Freund?« fragte er.
»Das ist die Zone des schwarzen Todes«, fuhr Khana fort. »Wir können diesen Streifen glasierten Steins nicht überschreiten. Für sämtliche Haluter ist dieses Gebiet innerhalb des Streifens tödlich. Niemand kann hinein, ohne zu sterben.«
Tolot hob seine vier Arme und machte eine bedauernde Geste.
»Es wird Sie überraschen, aber diese Einschränkung ist absolut. Schon einige von uns, tollkühne Männer mit hervorragenden Ausrüstungen, haben versucht, diese Barriere zu überwinden. Sie starben qualvoll.«
»Es waren also einige Wagemutige, die es probierten, Tolot?«
Tolot beugte seinen wuchtigen Oberkörper.
»Es waren mehrere. Sie kamen nicht mehr zurück – wir trauerten lange um sie. Es ist für uns unmöglich, jetzt, ab diesem Punkt hier, Ihnen weiter zu helfen. Sie werden gemerkt haben, wie besorgt

meine Freunde waren, als wir aufbrachen. Unsere Gedanken werden unaufhörlich bei Ihnen sein, wenn Sie weiterfahren.«

»John?« fragte Bontainer kurz.

Der Motor des zweiten Fahrzeugs hämmerte dröhnend los, die Gleisketten ruckten an, und der Wagen fuhr in Position.

»Vivier?«

»Wir fahren weiter. Zuvor aber ein kleiner Test. Wir versuchen, die Natur der Barriere zu erkennen. Ich brauche einen Freiwilligen.«

»Hier – Peter Shark.«

Peter, ein gedrungener Mann von riesigen Körperkräften, schaltete seinen Schwerkraftneutralisator ein und schwang sich aus dem Fahrzeug. In den Händen, durch dünne schwarze Handschuhe aus widerstandsfähigem Material, trug er eine fast mannslange Brechstange, die zur Ausrüstung der Fahrzeuge gehörte.

»Shark! Sie gehen sehr langsam auf den Streifen zu, halten die Stange waagrecht vor sich her und lassen sie augenblicklich fallen, wenn etwas geschehen sollte. Klar?«

Sharks Stimme klang aufgeregt.

»Klar, Sir.«

Er kam aus dem rötlichen Schatten der Fahrzeuge, stieß die schwere Stange wie eine Turnierlanze von sich weg und ging zwischen den beiden Halutern hindurch bis an den Rand des glasierten Streifens. Der verglaste Stein war glatt wie dunkles Glas, und der Mann spiegelte sich undeutlich wider. Dann durchschnitt die Spitze der Stange die Senkrechte, an der die Barriere beginnen mußte. Elf andere Terraner und die beiden Haluter hielten den Atem an und warteten auf etwas, das den Mann zu Boden strecken würde . . . sekundenlang.

Bontainer fühlte, wie seine Zähne schmerzten, so fest preßte er die Kiefer aufeinander. Shark, noch immer mit offenem Helm, ging ruhig weiter. Jetzt befanden sich hundertfünfzig Zentimeter der Stahlstange im Einflußbereich der Todesschranke, jetzt setzte der Mann den Fuß auf das Glasmaterial.

»Soll ich weitergehen?«

Sharks Stimme war jetzt etwas weniger zitternd, fester und zuversichtlicher. Abel Waringer fühlte, wie Schweiß in einer breiten Bahn entlang des Rückgrats sickerte, sich im Stoff festsaugte und absorbiert wurde. Die Haut beschlich ein Gefühl eisiger Kälte.

»Spüren Sie etwas, Peter?« fragte Bontainer vorsichtig, als fürchte er, mit dem Klang seiner Stimme eine Katastrophe auszulösen.
»Nichts, Sir. Außer etwas Furcht.«
»Gehen Sie bitte langsam weiter. Und – zurück, sobald Sie etwas spüren. Gleichgültig, was es ist.«
Zwei Meter, vier Meter, dann vergrößerte sich die Distanz. Der Mann ging, perspektivisch kleiner werdend, weiter über den pechschwarzen Streifen. Langsam kletterte Haluta am Himmel empor, langsam wurden die Sorgen der Männer geringer.
»Sir?«
Die Stimme kam aus sämtlichen Helmempfängern.
»Ja?«
»Ich bin jetzt etwa hundert Meter weit. Ich spüre etwas.«
Bontainer fühlte die alte Unruhe, die wie eine Brandungswoge auf ihn zudonnerte.
»Was spüren Sie?« schrie er fast.
Shark lachte leise.
»Einen leichten Niesreiz, Sir.«
Die Spannung der Männer löste sich in brüllendem Gelächter.
»Sie Witzbold«, sagte Bontainer. »Ich danke Ihnen für Ihren Mut. Werfen Sie die Stange weg und bleiben Sie stehen. Wir nehmen Sie an Bord. Registrieren Sie weiter, was geschieht.«
Dann schaltete er auf Außenlautsprecher um.
»Meine halutischen Freunde«, sagte er. »Ich danke Ihnen für alles. Wir sehen, daß die Todeszone nur für Haluter tödlich ist, aber nicht für Terraner. Wir riskieren es, weiter vorzudringen. Gehen Sie zurück, halten Sie uns die Daumen; Sie haben einige mehr als wir.«
Auch die Maschine von Bontainers Wagen lief lauter, wurde eingekuppelt, und die kunststoffbeschichteten Gleisketten ratterten los. Das Tempo wurde schneller, als die Geröllschluchten unter dem Gras und dem Moos zurückblieben und die Ketten auf das glasähnliche Material trafen. Kleine Sprünge, Risse und hochgewirbelte Splitter, die geräuschvoll gegen die schweren Abdeckbleche schlugen, blieben zurück. Bontainer erhöhte die Geschwindigkeit, und das niedrige, vollbesetzte Gefährt führte an, überwand die Hügelkuppe und nahm Richtung auf einen der abbröckelnden Berghänge, die vor ihnen lagen wie eine uralte, verwitterte Mauer um einen geheimnisvollen, schweigenden Garten.

Sanda bremste kurz, rutschte etwas und hielt an, und Peter Shark schwang sich an Bord. Langsam schloß sich hinter ihm eine gekrümmte Fläche aus Panzerglas. Verloren lag die blauschimmernde Stahlstange da, während die beiden Amphibienfahrzeuge lärmend den Abhang des runden Hügels hinunterratterten.

Die beiden Haluter sahen den Wagen nach, wandten sich dann um und gingen langsam zurück. Sie konnten nichts mehr tun.

Die Terraner würden entweder die Geheimnisse aufdecken oder bei diesen Versuchen sterben müssen.

»Bontainer – Energieortung«, sagte Spectorsky nach etwa einer halben Stunde.

»Wo?« fragte Vivier.

»Direkt in Fahrtrichtung. Moment . . . genau fünfzehn Kilometer. Also dicht vor dem Berghang.«

Bontainer sah auf seine Instrumente, bremste rechts etwas ab und fuhr dann schräg über eine riesige, aber ungefährlich aussehende Geröllhalde hinauf, die aus Würfeln, Rhomboiden, Tetraedern und langen, scharfkantigen Splittern dieses dunklen Urgesteins bestand. Sandas Wagen folgte, zehn Meter zurück und ein paar Meter weiter unten. Das Geräusch der schweren Turbinenmaschinen erfüllte die Stille auf Haluts Oberfläche mit störendem Lärm. Das Echo wurde von der Schranke der schwarzen Berge zurückgeworfen.

Natürlich konnten sie nicht geradlinig fahren, denn die Struktur der Landschaft machte dies unmöglich. Unter der Oberfläche des verwitterten, alten Bergzuges lauerte geheimnisvolles, halbtechnisches Leben auf die Terraner. Da niemand wußte, von welcher Seite sie – wenn überhaupt – angegriffen oder zurückgewiesen werden konnten, konzentrierten sich die Augen und die Linsen und Detektoren der zahlreichen Instrumente auf die gesamte Umwelt. Niemand sprach, nur hin und wieder hörte Bontainer den anderen Space-Twin unterdrückt murmeln; offensichtlich war ein Raumschiff leichter zu steuern als diese schweren Amphibienfahrzeuge.

Ein blauschwarzer Wall, darunter schräge, grün und blau getigerte Halden, die nach allen Seiten abfielen, breite Schwemmringe zeigten, durchsetzt mit riesigen Findlingen und seltsam ausgewaschenen Monolithen, darüber die Hochnebel, durch die das Sonnenlicht gefiltert wurde, bis es sich in Bodennähe in ein diffuses dunkelrotes Medium verwandelt hatte, durch das die Fahrzeuge mit malmenden Ketten und wippenden Antennen donnerten. Die Wagen fuhren einen Hang schräg an, verharrten kurz an seiner Oberkante und traversierten einen Schräghang, der zu einer flachen Querrinne führte; sie zog sich unmittelbar vor dem fast senkrechten Abfall der schwarzen Felsmauer hin. Bontainer drosselte ruckhaft seinen Wagen, als er erkannte, was sie gefunden hatten.

»Ein Tor, Skipper!« rief Sanda.

Ein rechteckiges Stahltor aus einem offensichtlich nicht rostenden Material, das blauschwarz schimmerte und nur zu erkennen war, weil sich das Licht in der rasterförmigen Oberfläche in anderer Weise brach.

»Richtig. Ein Tor.«

Das Tor war fast übergangslos in den Fels eingearbeitet und sah an dieser Stelle deplaciert aus; neu und unberührt inmitten einer Umgebung, die von Verwitterung und Zerstörung bestimmt war. Neben dem Fahrzeug bremste jetzt der zweite Wagen, und Bysiphere sagte scharf:

»Das Tor scheint ungesichert zu sein, obwohl wir latente Energie anmessen konnten.«

In der gleichen Sekunde spannte sich vor dem Tor ein konvexes Ding; ein durchsichtiger Schirm aus reiner Energie. Zeiger auf Instrumenten schlugen aus, und die beiden Physiker lasen die Werte ab.

»Abstand?« fragte jemand.

»Hundertdreißig Meter«, erwiderte Bontainer und wartete gespannt auf die Feststellung der zwei Hyperphysiker.

»Ich habe etwas . . .«, meldete Bysiphere zögernd.

»Ja?«

Der Ton in Bysipheres Stimme gab Bontainer Grund zu ernsthaften Befürchtungen, aber dieser Energieschirm schien nicht als Angriffswaffe eingerichtet worden zu sein, sondern zur Verteidigung des Tores und dessen, was dahinter lag. Bysiphere sprach weiter.

»Die Energie entspricht bis auf winzige Abweichungen jener, die auch für die Erstellung von Paratron-Schirmen verwendet und moduliert wird. Unser weiteres Vorgehen ist somit blockiert.«

»Ist das sicher?« fragte Bontainer.

»Sie trauen wohl niemandem?« erkundigte sich Dr. Bysiphere etwas spöttisch.

»Am wenigsten den Mechanismen, die wir hier ständig auf Halut antreffen. Wir werden diesen Schirm nicht als Endpunkt unserer Expedition ansehen können. Zuerst werden wir versuchen, ihn zu durchstoßen. Erst dann, wenn nichts hilft, können wir an Kapitulation denken.«

Dann, einige Sekunden später, hatte Bontainer eine zusätzliche Idee. Während die Gleisketten über den flachen Abhang schlitterten, sagte er zu Sanda:

»John – aktiviere bitte einen der Robots, die wir mitführen.«

Zwanzig Meter vor der schillernden Energieblase hielten die beiden Fahrzeuge an. Das scharfe Knacken, mit dem die Schalter der Schwerkraftneutralisatoren umgelegt wurden, setzte die aufhörenden Maschinengeräusche fort. Die zwölf Männer und ein schwerer Kampfrobot kletterten aus den Sitzen.

»Was haben Sie vor?« fragte »Wildcat« Alvarez.

»Abwarten«, erwiderte Bontainer.

7.

Der Bordrobot, durch einige schnelle Änderungen mit Waffengelenken versehen und genau programmiert, hatte von Alvarez einen Befehl erhalten. Er marschierte zwischen den wartenden Expeditionsteilnehmern hindurch, näherte sich langsam der Barriere und stieß dagegen.

Im gleichen Moment schien sich der annähernd humanoid aussehende Körper in fünf verschiedene Zonen flüssigen Feuers zu verwandeln. Binnen weniger Sekunden, in denen man klirrende, knisternde und heulende Geräusche hörte, wurde der Robot zerstört und in flüssiges Metall verwandelt, das am Fuß des Schirms eine Lache bildete.

»Jetzt wissen wir es ganz genau«, sagte Bontainer trocken. »Nicht jeder Gast ist gern gesehen.«

Dr. Waringer sagte bedauernd:

»Die Geheimnisse wehren sich dagegen, aufgedeckt zu werden.«

Stonewall deutete auf sein Handgelenk.

»Ja«, sagte Bontainer langsam. »Das wäre noch eine Möglichkeit – Dr. Waringer, gehen Sie bitte an die Funkgeräte unseres Fahrzeugs, sagen Sie Rhodan, was unser Problem ist und bitten Sie ihn, eine Verbindung mit Waxo Khana herzustellen. Es muß einfach einen Ausweg geben!«

Etwa zwei Minuten später übertrugen die wuchtigen Außenlautsprecher die Worte des alten Haluters.

»Ich habe mich jetzt erinnert, daß vor unendlich vielen Jahren zwei Haluter, die in unstillbarer Abenteuerlust versuchten, in die Tiefen vorzudringen, diesen Schirm gesehen und umgangen haben, aber weit außerhalb des ersten Todesgürtels. Sie umgingen das gesamte Massiv, indem sie rechts auswichen und vorstießen. Sie gingen über die Täler der kochenden Wasser.«

Waxo Khana machte eine kurze Pause.

»Sie gingen zuerst nach Osten, dann, als sie den Rand des Tales erreichten, wandten sie sich nach Norden. Seit ihrer letzten Meldung haben wir nichts mehr von ihnen gehört oder gesehen. Also – seien Sie mehr als vorsichtig, Freunde!«

»Keine Sorge«, knurrte Alvarez. »Das ist unsere Spezialität.«

»Wir haben keinen Grund zum Verzweifeln«, sagte Bontainer laut und deutete auf die offenen Ausstiege der Kettenfahrzeuge. »Wir machen weiter. Was die beiden Haluter geschafft haben, werden wir sehen. Los, Sanda, schnell!«

Binnen kurzer Zeit schlossen sich die durchsichtigen Flächen, und die Maschinen grollten auf. Die Amphibienfahrzeuge wendeten halb und fuhren schnell an. Sie ratterten entlang des Berghanges nach Osten, der Sonne entgegen. Bontainer fuhr so schnell, wie er es gerade noch verantworten konnte und versuchte, mit den Antigraveinrichtungen das Schlingern des Fahrzeuges etwas zu mildern. Schräg neben dem Hagel aus Schotter und Erdreich, das die Gleisketten hochwirbelten, fuhr Sandas Wagen.

Eine Stunde verging.

Motorengedröhn, hochgerissene Steine, prasselnder Schutt, die Sonnenstrahlen und links die schwarze, schweigend drohende Wand der Felsen, die wie hoffnungslos zerstörte Riesenzähne in den nebligen Himmel stachen, vor sich die einödhafte Landschaft, die aus Büschen, Moosen, Schutt und Halden bestand, in den Ohren die Motorengeräusche, die scharfen Atemzüge einzelner Männer und die wenigen Worte der Unterhaltung . . . So fuhren die beiden Raupenfahrzeuge dahin. Kilometer um Kilometer wurde zurückgelegt.

Die zweite Stunde – insgesamt dreißig Kilometer waren überwunden seit dem Paratronschirm.

»Eigentlich wollten wir in die Tiefe vorstoßen«, spöttelte Dr. Bysiphere. »Und nicht in die merkwürdigen Gebirgstäler einer uralten Gegend.«

»Eigentlich hätte ich Ihnen eine Kleinigkeit mehr Geduld zugebilligt«, erwiderte Sanda trocken.

Der Entfernungsmesser zeigte fast siebzig Kilometer, als sich plötzlich hinter einer scharfen Kehre und unterhalb einer verwitterten Gesteinsbrücke, von der es ständig Splitter hagelte, der Blick öffnete.

»Jetzt verstehe ich auch den Ausdruck ›Tal der kochenden Wasser‹«, entfuhr es Tako Kakuta.

»Ein phantastischer Anblick!«

»Also doch Vulkane auf Halut? Unglaublich!«

Knirschend hielten die beiden Wagen. Bordwand an Bordwand. Vor den vierundzwanzig Augen öffnete sich ein riesiger Talkessel. Er war wie ein flacher Teller mit fünf Kilometern Durchmesser geformt, genau im Norden gab es eine breite, massiv erscheinende Gebirgswand. Von der Gebirgswand fiel ein breiter, silberfarben aussehender Wasserfall riesigen Ausmaßes herab, zerstäubte und hüllte die Stelle des Auftreffens in einen dichten weißen Nebel. Der Rand des feinverteilten Wassers schimmerte rosafarben wie auf einer schlechten Fotografie.

Wichtig war jedoch etwas anderes.

Der gesamte, fast kreisrunde Kessel schien, so weit man es sehen konnte, aus glasiertem, geschmolzenem Gestein zu bestehen. Er wirkte wie ein großer Teller aus blauschimmerndem Email.

»Können Sie Strahlungen anmessen, Dr. Bysiphere?« fragte Bontainer und drehte sich schwerfällig in dem starren Anzug um.

Dr. Bysiphere betrachtete die trägen Nadeln und die stumpfen Leuchtflächen seiner Instrumente, die er an den Klappverschlüssen der Bordwand angebracht hatte, und schüttelte dann den Kopf.

»Seit der Schirm aufgeflammt ist und das Tor versperrte, habe ich keinerlei andere Energie feststellen können«, sagte er. »Außer einigen Aggregaten hier bei uns ist auch dort im Tal nichts zu spüren. Diese Auskunft ist verbindlich.«

Er grinste Bontainer an; die beiden Männer schätzten sich und bewiesen es dadurch, daß sie sich gegenseitig zu ärgern versuchten, wo und wann immer es ging.

»Ihre eigene Energie eingerechnet?« fragte Bontainer und wandte sich wieder dem grandiosen Bild zu.

»Selbstverständlich.«

Das Charakteristische dieses Talkessels war zweifellos, daß er wahrscheinlich den Ort mit der einzigen spürbaren vulkanischen Tätigkeit des gesamten Planeten darstellte. Tausende von Geysiren mußten es sein, die hier in die Luft fauchten, verschieden gefärbten Dampf ausstießen, versanken und in gewissen Intervallen und unbestimmbarem Rhythmus wieder aufflackerten. Kleine Fontänen, riesige Wasserfackeln, von denen Dampf wegwehte wie ein bizarrer Schleier, kochende und gurgelnde Quellen und schräg seitlich ausfauchende Dampfstrahlen. Sie alle erfüllten das große Tal mit Wasserdampf, Farben und Geräuschen. Die Fontänen machten einen Lärm, der wie das Murmeln von hunderttausend Halutern klang.

Der Wasserfall wurde, nachdem er die Zone aufgewirbelter Tropfen und des dichten Nebels durchflossen hatte, wieder sichtbar; er ergoß sich über eine Reihe von natürlichen Treppen im ungefähren Mittelpunkt des Talkessels in ein Loch. Dieses Loch wirkte wie ein Trichter, und entlang der Ränder sah man einen gewaltigen Strudel; im Mittelpunkt herrschten aufgewühlte, schaumbedeckte Wellen. Der Durchmesser des Loches betrug rund zweihundertfünfzig Meter, vermutlich verkleinerte sich der Durchlaß an einer tieferen Stelle noch wesentlich.

»Alvarez!«

Bontainers Stimme unterbrach die staunenden Gedanken der Expeditionsteilnehmer.

»Sir?«

Seit dem ersten Einsatz wußten die drei SolAb-Männer, wie hart der Kommandant der EX-3333 wirklich sein konnte, und bewunderten ihn dafür.

»Versuchen Sie bitte, über Rhodan herauszufinden, ob die beiden

Haluter diesen Strudel als Eingang benutzt haben könnten. Er möge Waxo Khana fragen.«

»Selbstverständlich, Sir.«

Die Männer blieben in den beiden Wagen, die langsam zwischen den Löchern und Spalten hindurchfuhren und innerhalb ihrer Route zahllose Richtungsänderungen durchführten. Schon nach fünfzig Metern schlossen sich auch die letzten Öffnungen: Die Fahrzeuge befanden sich in einem vielfarbigen, tosenden Nebel aus Dampf und kochendem Wasser.

Bontainer schaltete die riesige Infrarotanlage ein, die zwei Handbreit hoch war und sich vom rechten Ende des Armaturenbrettes bis zum linken erstreckte, also fast zwei Meter breit war.

»Funkkontakt. Waxo sagt, Sie mögen fragen, Sir!« sagte Alvarez und stellte auf das Armaturenbrett um. Jeder der zwölf Männer konnte mithören.

»Ist es möglich oder wahrscheinlich, Waxo Khana, daß die beiden Haluter den Strudel als möglichen Weg in die Tiefe des Planeten genommen haben?« fragte Bontainer. Waxo Khana sagte:

»Es ist sogar sehr wahrscheinlich. Vor mir liegen Luftbilder, die den Talkessel sehr genau zeigen. Soweit ich sehen kann, ist dies die einzige größere Öffnung. Ich vermute, und Tolot und Teik pflichten mir bei, daß es als sicher angenommen werden kann, daß . . .«

Bontainer unterbrach.

». . . daß die Wassermassen ablaufen, sich sammeln und einen unterirdischen See mit Abflüssen bilden? Diese Abflüsse verbinden sich irgendwie mit dem Magma der Tiefe und werden hier oben wieder als Geysire ausgestoßen? Meinen Sie, daß es so sein könnte, Khana?«

Khanas Stimme klang sehr ernst, als er erwiderte:

»Das meine ich.«

»Ich danke Ihnen. Ende.«

Irgendeine Schaltung knackte.

»Das ist doch blanker Irrsinn, Bontainer!« sagte Dr. Waringer. »Wir können doch nicht in einem Mahlstrom aus heißem Wasser in den Planeten einfahren wie ein Satan in eine subplanetare Wasserhölle!«

»Warum nicht?« fragte Bontainer trocken und fuhr über eine Bodenspalte, die einen derart starken Dampfstrahl gegen die wasserdichte Unterseite des Fahrzeugs jagte, daß die Ketten kurz abhoben und leer durchdrehten. Waringers Antwort ging in den Vibrationen und dem Höllenlärm unter.

Wenige Minuten später durchstießen beide Fahrzeuge die wehenden Schleier aus Dampf und Wassertropfen und standen am Rand der Senke, in der sich der riesige Strudel drehte.

»Licht!« sagte Peter Shark ehrfürchtig. Bontainer schaltete auf Direktsicht um und runzelte die Stirn, als er den jenseitigen Rand des Trichters sah und die Geschwindigkeit bemerkte, mit der sich die Wassermassen drehten.

Nacheinander stiegen die Männer aus und blieben am Rand des Mahlstromes stehen. Bysiphere schüttelte den Kopf und wandte sich um. Er sah durch die Windschutzscheibe des gedrungenen Fahrzeugs Bontainer am großen Funkgerät sitzen. Er und Bontainer wußten, daß der Versuch, mit dem Schiff Funkverbindung zu halten, in den letzten Tagen oft fehlgeschlagen war – teilweise hatte die EX-3333 den Text empfangen, teilweise nicht, da sich die schweren Gewölbedecken störend über die Funkbrücke gelegt hatten.

Von hier aus hörte man die Expedition, aber nach dem Verschwinden von der Planetenoberfläche riß die Verbindung so gut wie sicher ab. Vielleicht schlug hin und wieder ein kurzer Satzfetzen durch, aber das war Zufall.

»Kein Funkverkehr mehr, wenn wir eintauchen?« fragte Bysiphere und brachte es im schweren Anzug fertig, sich lässig an die offene Tür neben dem Fahrersitz zu lehnen. Bontainer schaute kurz auf und schüttelte den Kopf.

»Letzte Gelegenheit für einige letzte, markige Worte. Sie wollen das Mikrophon?«

Bysiphere mußte grinsen.

»Nein«, sagte er langsam. »Reden können Sie besser als ich.«

»Danke.«

Rhodans Gesicht zeichnete sich auf dem kleinen Schirm mitten zwischen den Apparaturen ab. Man konnte den Interkom als Ganzes herausziehen und von einer Energiezelle aus betreiben, aber jetzt lief er am Bordstrom mit.

»Wir melden uns zum letztenmal, Sir«, sagte Bontainer und sah aus dem Augenwinkel, daß sich die elf anderen Teilnehmer langsam um das Fahrzeug versammelten. »In wenigen Minuten werden wir die letzten Funktionskontrollen durchführen, dann schweigen wir notgedrungen. Vielleicht hören Sie ab und zu ein Wort, sicher nicht mehr, wie schon gehabt.«

Rhodan starrte Bontainer unverwandt in die Augen.

»Bleiben Sie um der Galaxis willen ruhig und besonnen. Und kommen Sie alle zurück. Wenn möglich, bald.«

»Wir tun unser Bestes«, versprach Bontainer grimmig.

Ab jetzt waren sie auf sich selbst gestellt.

»Erstens«, sagte Alvarez, »sollten wir das, was wir mitnehmen, in die vorsorglich mitgebrachten Kunststoffsäcke verpacken. Diese Säcke können mit den kleinen Strahlern versiegelt werden. Anschließend schlage ich eine generelle Kontrolle sämtlicher Geräte vor.«

»Vorschlag angenommen«, sagte Bontainer.

Zwölf Mann überlegten und suchten aus. Sie schalteten die Geräte ein und aus, stapelten die Rationen und die Reserven an Essen, Energiezellen und Magazinen auf die Kunststoffplanen, schlugen das Material um und verschweißten es mit dem fein eingestellten Strahl der Waffen. Dann testeten sie die eigenen Aggregate; die verstärkt arbeitenden Generatoren hielten die Schwerkraft in Grenzen und würden im Wasser als Ballast und Auftrieb dienen können, da man durch stufenlose Regulierung auftreibende oder drückende Kräfte simulieren konnte.

Innerhalb überraschend kurzer Zeit lagen vierundzwanzig etwa kniehohe Ballen neben den Männern, mit Seilschlingen umwunden und mit Handgriffen ausgerüstet.

»Fertig?« fragte Bontainer.

Nacheinander kamen die Fertigmeldungen.

Bontainer setzte sich neben Sanda auf den breiten Metallschutz der Raupenketten. Sie sprachen die einzelnen Phasen ihres Vorgehens ab. Das technische Verständnis war gegeben; nicht einer der Männer war nicht voll an den schweren Kampfanzügen und an dem Instrumentarium ausgebildet.

»Achtung!« sagte Waringer. »Bitte alle herkommen.«

Sofort bildete sich um ihn herum ein dichter Kreis von Männern. Sie sahen den Hyperphysiker an und schlossen auf sein Zeichen die Helme.

Die dabei entstehenden Geräusche wurden undeutlich, als sich die breiten Schutznähte schlossen. In den Lautsprechern waren scharfe, knackende Geräusche zu hören.

Bontainer stieß die Hand hoch und sagte laut:

»Individualschirme an!«

In der weit auseinandergezogenen Kette der Männer erschienen zwölf leicht irisierende Kugeln aus reiner Energie.

»Ein Gravo einstellen.«

Zweieinhalb Erdschweren wurden jetzt von den Geräten absorbiert.

»Hintereinander ins Wasser. Los!«

Bontainer stieg vorsichtig in das Wasser. Er hielt inne, schaltete die Energiesphäre kurzfristig aus, streckte die Hand bis über das Handgelenk hinein und las das runde Thermometer ab.

»Bontainer an alle. Wassertemperatur fünfzehn Grad.«

Langsam versank Bontainer und sah dankbar, daß der Schirm funktionierte. Er befand sich in einer Hohlkugel von zweihundert Zentimetern Durchmesser, die sich jetzt zu bewegen begann, immer schneller wurde und langsam versank. Das donnernde Geräusch des Wasserfalls wurde durch das Medium Wasser und dann, als sich auch die Luft innerhalb der Blase bewegte, undeutlich durch das Anzugmaterial übertragen. Die Anzüge waren so gut wie schalldicht, aber boten kaum Schutz vor langen schwingenden Vibrationen unterhalb der Fünfhundert-Hertz-Grenze.

Nacheinander gingen die Männer in den Strudel.

Nacheinander wurden sie von dem gewaltigen Sog erfaßt, der sie und ihre schwere Ausrüstung herumwirbelte und tiefer zog. Wie eine Perlenschnur gläserner Kugeln bewegten sich die zwölf Gestalten in einer engen Spirale nach unten. An ihnen huschten zuerst noch die durch Jahrtausende hindurch plangeschliffenen Wände des Kessels vorbei, die vom Wasser in Fels mit glasartig wirkender Oberfläche verwandelt worden waren. Dann, als die zwölf Männer tiefer hinuntergerissen wurden, entfernten sie sich vom Rand des Kessels und drehten sich schneller. Das Wasser, das sich hier in einem Abfluß mit geringerem Durchmesser staute, wirkte wie eine Zentrifuge. Die Kugeln drehten sich langsam, und der schwerste Punkt innerhalb ihres Feldes wurde vom Mittelpunkt der Rotation weggedreht.

Schneller . . . schneller.

Tiefer.

»Verdammtes Zeug!« schrie einer.

Dann erfolgte, noch während sich die Kugeln um die Polachse drehten, ein wütender Ruck, der die Männer an das letzte Frühstück erinnerte. Sie fielen wie in einem riesigen Lift nach unten, und ihre Hände ruckten zu den Schaltern, um die Antigravkräfte zu verstärken. Die aufgebrachten Mägen beruhigten sich schnell wieder, aber die Fahrt abwärts dauerte Minuten.

Überlastete Trommelfelle und strapazierte Gleichgewichtsorgane, das gesamte System der Innenohr-Bogengänge lehnte sich auf. Ähnliches hatten die Raumfahrer bei den Prüfungen durchgemacht, bei denen man sie um drei Achsen gleichzeitig gewirbelt hatte, um ihre Raumtauglichkeit zu testen.

»Abwärts!« schrie jemand würgend. Er schien eine makabre Auffassung von Humor zu haben. »Kellergeschoß – Lebensmittel und Konserven!«

Tiefer und tiefer . . . schneller.

Zuerst schien es eine relativ breite, fast senkrechte Fallinie gewesen zu sein. Jetzt krümmte sie sich etwas, und gleichzeitig verringerte sich der Durchmesser. Bontainer versuchte auszurechnen, wie lange sie fielen und mit welcher Geschwindigkeit. Er kam auf einen Wert von rund tausend Metern, aber jetzt verlief der Stollen ziemlich waagrecht. Tiefes Dunkel herrschte, und aus den Lautsprechern dröhnten die Atemzüge der Männer. Wie gut, dachte Waringer plötzlich, daß nicht jemand einen klaustrophobischen Anfall bekam.

»Achtung«, sagte Bontainer scharf, als er sah, was geschehen würde, »das Wasser tritt hoch über einem See aus. Antigrav hochfahren!«

Sämtliche Glieder schmerzten, aber die Erregung überdeckte die Gefühle.

Die Männer wurden an der Decke eines Felsendomes ausgespien wie Fremdkörper. Der Schacht verlief in den letzten Metern waagrecht und mündete in der glatten Wand einer riesigen Kuppel. Als Bontainers Augen sich beruhigt hatten, sah er tief unter sich, etwa achttausend Meter, den Spiegel eines unterirdischen Sees.

»Ein zweiter . . . Wasserfall!« keuchte jemand.

»Wir müssen fliegen, sonst wird uns der Aufprall töten!« schrie Bontainer und regelte die Gravitationskräfte. Der Schalter befand sich im äußersten Bereich, und ein rasender Fall wurde aufgehalten.

Endlich schwebte er.
Bontainer orientierte sich.
Zwei- und dreihundert Meter unterhalb der Felsendecke. Achttausend Meter darunter der See, in den das Wasser fiel, nach einem langen Weg, der es halb in Nebel verwandelte. Grelles, gelbliches Licht, fast wie das der irdischen Sonne.
»Antigrav nicht überlasten!« warnte Waringer schreiend.
Während Bontainer sich etwa dreitausend Meter weit fallen ließ, blickte er nach oben und sah seine Kameraden. Sie wurden nacheinander, wie Seifenblasen, aus dem mächtigen Wasserstrahl ausgeworfen, torkelten wie Regentropfen herum und fingen sich mühsam ab. Drei . . . sieben . . . elf. Bontainer war beruhigt. Jeder von ihnen hatte die Engpässe, die spitzen Felsen und den langen Weg durch die tobende Dunkelheit überstanden.
Nacheinander sanken sie durch die gelbe Helligkeit nach unten. Sie verständigten sich durch Zurufe: jeder war bei Besinnung, keiner war verwundet.
Die gewölbte Kuppel der Decke, nicht ganz halbrund, strahlte das kalte Licht aus, das unzweifelhaft erzeugt wurde, um Besuchern dieses verwirrenden Labyrinths die Umgebung zu zeigen. Brannte es seit Ewigkeiten, oder hatten es die Terraner eingeschaltet, indem sie eine Sensor-Schranke durchbrochen hatten?
Die zwölf Männer sanken schnell nach unten, dann schalteten sie die Geräte höher und fingen sich ab. Schnell versuchte Abel Waringer eine Abstandsmessung. Sie befanden sich jetzt, auseinandergezogen zu einem angedeuteten Viertelkreis, zweihundert Meter über der Seeoberfläche. Bontainer schätzte den Durchmesser dieses subhalutischen Gewässers auf rund zwanzig Kilometer.
»Alles ist klar«, sagte er. »Wir versuchen, dicht über dem Wasser ans Ufer zu schweben. Macht die Triebwerke klar.«
Hundert Meter . . .
Sie alle waren mit dem Schrecken davongekommen. Jeder der zwölf Männer war bereit, in Sekundenbruchteilen zu handeln. Es war um sie herum niemand zu sehen, weder ein lebendes Wesen wie die Humidors noch robotische Einrichtungen. Nur der rauschende Strahl Wassers, der, hundert Meter durchmessend, von der Decke fiel und niederklatschte; und das gelbe, stechende Licht.
Fünfzig Meter . . .

»Dort, rund um das Ufer, scheint ein flacher Streifen zu laufen«, sagte Waringer schnell. »Darauf halten wir zu. Noch einige Meter . . .«

»Verdammt!« rief Sanda.

Er sackte plötzlich durch und krachte ins Wasser, die Energieblase mit der eingeschlossenen Luft versank halb, dann tauchte sie wieder auf. Der Schock, der sie erfaßte, lähmte die Männer. Einige Meter über der Wasseroberfläche versagten plötzlich sämtliche Antigravitationsgeräte.

»Einfluß von außen. Das wird ja immer interessanter«, sagte Bysiphere.

Bontainer hütete sich, Arme oder Beine zu schnell zu bewegen und sagte mit aller Besonnenheit, deren er fähig war:

»Bontainer an alle . . .«

»Shark an alle – Rettungsschwimmer her!«

Leichtes Gelächter.

Verwundert merkte Bontainer, wie der Bordingenieur durch seinen Scherz die ernste Lage scheinbar entspannt hatte; ein uralter Trick, aber noch immer und zu jeder Zeit wirksam.

»Zwölf Männer im Wasser. Ich sagte bereits, daß unser Eindringen am Ende nichts anderes als eine riesige Intelligenzprüfung darstellt. Frage an unsere Experten: Wie können wir das Ufer erreichen, das rund acht Kilometer entfernt ist, ohne die Antigravitationsgeräte zu verwenden?«

Schweigen.

»Und das ist nur eine von vermutlich einer nicht abreißenden Kette von Überraschungen«, sagte Spectorsky. »Können wir nicht mit den Propulsatoren . . .«

Waringer unterbrach ihn scharf.

»Lassen Sie mich nachdenken!« sagte er.

Sekunden vergingen. Die Energiekugeln, Projektionen des Individualschirmfeldgeräts, trieben nahezu bewegungslos im Wasser. Über ihnen das Licht, hinter ihnen der donnernde Wasserfall.

Es schien, als ob es keinen Ausweg gäbe.

Paddelboote, dachte Bontainer grimmig, hatten sie leider nicht mitgenommen. Er begann lautlos zu fluchen.

»Hier Waringer. An alle!«

Die Stimme war ruhig; der geniale Fachmann schien einen Ausweg gefunden zu haben.

»Verstanden. Wir hören.«

»Zuerst die Antigravgeräte abschalten, so daß keine Energiestreuung erfolgen kann. Dann bitte folgendes überlegen:

Im freien Raum geschieht der Vortrieb des Trägers eines Kampfanzuges durch ein Mikro-Impulstriebwerk siganesischer Bauart. Normalerweise ist die Verwendung dieses Triebwerkes höchst gefährlich, in einer Gasatmosphäre, meine ich. Der glühendheiße Partikelstrom kann zurückschlagen und den Träger verletzen. Wir nehmen diese Triebwerke.

Unterbrechen Sie mich nicht.

Sie richten zuerst den Schwerpunkt so aus, daß eine Position wie beim Wasserski entsteht. Dann schalten Sie das Triebwerk ein und gleichzeitig den Individualschirm ab. Die Partikel werden sich in unschädlichen Dampf verwandeln, und wir müßten uns halb aufrecht, halb im Wasser, fortbewegen können. Ich versuche es zuerst!«

Waringer umklammerte Schalter und Richtungshebel des Triebwerkes, das wie eine Spindel an einem kurzen Träger am Rücken untergebracht war, richtete die Düse auf die Wasseroberfläche aus und warf das Triebwerk an. Ein markerschütterndes Heulen erscholl.

»Er ist wahnsinnig!« schrie Shark. »Er bringt sich um.«

So sah es aus.

Waringer befand sich am Ende eines glühenden, weißen Strahls verdichteten Gases, der aufs Wasser aufschlug, und dort Dampfwolken hervorrief. Dann begann sich der Mann zu bewegen, aufrecht, wie ein Wasserskiläufer oder einer auf dem Surfbrett. Er hatte die Beine gespreizt, die Sohlen des Anzugs boten eine relativ große Angriffs- und Auftriebsfläche. Als sich, nur einen Sekundenbruchteil später, die Energieblase auflöste, stob Waringer wie eine mittelalterliche Hexe ohne Besen, die beiden schweren Säcke mit der Ausrüstung hinter sich, über das Wasser.

Er lachte durch das Funkgerät, schlug eine Kurve ein und umrundete im Fünf-Kilometer-Tempo die Schwimmenden, dann raste er wie ein Katamaran-Motorboot dem Ufer zu. Das Heulen, der gleißende Lichtstrahl und die Dampfwolken verloren sich irgendwo geradeaus – es sah beängstigend und irgendwie irrsinnig sportlich aus.

Bontainer probierte in Gedanken die Griffe aus, schaltete mehrmals und fühlte sich plötzlich von einer unsichtbaren Hand um die Hüften gefaßt und vorwärtsgeschoben, ritt auf dem Strahl und dem Wasser und zerrte die Säcke hinter sich her wie eine besonders verrückte Art von Seitensteuerung.

Das Lachen Bontainers, der sich nicht besonders lustig fühlte, ermutigte die anderen Männer. Nacheinander schalteten sie die Triebwerke ein, die Schirme aus und rasten über das Wasser.

Achttausend Meter weit.

Der Rest war einfach: Sie schalteten einfach ab und ließen den Projektor wieder wirken. Die kugelförmigen Energiehüllen wurden von dem Schwung der Männer vorwärtsgetrieben und stießen an die Rampe aus Felsen.

Senkrechte, glattgeschliffene und leuchtende Seitenwände machten den See zu einer Falle ohne Ausgang. Aber zwischen dem Wasser und den rechtwinklig hochstrebenden Wänden befand sich eine Art Uferstreifen, etwa neunzig Meter breit. Er umlief, soweit man es sehen konnte und von oben bemerkt hatte, den gesamten See.

An der Kante dieses Ufers zog sich Waringer hoch, warf Bontainer, nachdem er die Säcke abgestellt und aus der Umschnürung gelöst hatte, ein Seil zu und zog den Expeditionsleiter aus dem Wasser.

»Fabelhaft, Waringer!« sagte Bontainer, der triefend an Land kletterte und zusah, wie das Wasser an dem Anzug abperlte.

»Das ist der Vorteil, wenn man etwas von Physik versteht«, gab das Genie zurück.

»Sicher. Das war die dritte Hürde.«

Nacheinander rasten die anderen zehn Männer wie phantastisch geformte Schnellboote heran, schalteten den Gasstrahl ab und die Schirme ein und ließen sich am Rand des Ufers aus den Wellen helfen. Bontainer und Waringer blickten in grinsende Gesichter – das improvisierte Wasserskirennen hatte den Expeditionsteilnehmern die gute Laune wiedergegeben.

»Also«, sagte Bontainer, während er versuchte, das Erlebte und Gesehene in ein vernünftiges Schema zu bringen. »Wir haben uns bis hierher vorgekämpft. Die Gefahren waren an sich nicht groß, es kam mehr auf die Leistung hoher, praktischer Intelligenz an. Der See ist bisher ohne mechanische Haie gewesen. Das Licht beleuchtet unseren Vormarsch. Der Uferstreifen ist künstlich angelegt, und durch Einwirkung von versteckten Projektoren arbeiten die Geräte nicht mehr. Ich glaube, das nächste Problem kann geteilt werden.«

Um ihn versammelten sich die farbigen Anzüge mit den großen Nummern auf den Tornistern.

»Erster Teil: Dr. Bysiphere und Dr. Waringer prüfen, was außer den Antigravprojektoren noch ausgefallen ist.

Zweiter Teil: Wir öffnen die Folien, nehmen sie aber mit. Dann untersuchen wir den Rest der Ausrüstung.«

»Gut.«

Bontainer öffnete seine beiden Säcke, dann testete er das schwere Hyperfunkgerät durch.

»Es funktioniert nicht mehr, Armond«, sagte er bedauernd. Auch er hatte den Helm zurückgeklappt. Während die Energieversorgung durch den Rückentornister einwandfrei arbeitete und auch die Neutralisatoren versorgte, waren sämtliche Geräte ausgefallen, die auf hyperfrequenter Basis arbeiteten. Das war Glück im Unglück; die Terraner brauchten nicht die Schwerkraft von dreieinhalb Gravos zu ertragen. Aber sie konnten eines nicht mehr: schweben.

»Wir sortieren sämtliche Hyperfunkgeräte aus und alle ähnlichen Geräte, die uns nur behindern würden.«

Dies war ein Befehl.

Während Bontainer seine Waffen testete, während er die kleinen Beutel und Elemente am Gürtel und den Brustgurten befestigte, einige flache Dinge in die Schenkeltaschen und die Taschen steckte, die seitlich an den Unterschenkeln angebracht waren, überlegte er.

Hundert Meter hinter ihnen ragte aus der sonst glatten Wand ein Felsbruchstück hervor; es schien bei den Bauarbeiten damals ausgespart worden zu sein oder hatte sich hervorgeschoben, irgendwann einmal. Zu dem schräg überhängenden Felsblock, der nicht mit diesem grell leuchtenden Material bedeckt war, führten zackige, brüchige Felsentreppen hinauf. Ein Weg für einen Bergsteiger in voller Ausrüstung.

Sanda drehte sich um und musterte seinen Freund.

Wortlos deutete Vivier nach oben.

Sanda schaute hoch, betrachtete skeptisch das überhängende Felswerk und nickte dann.

Waffensicherungen knackten, das Geräusch eines herunterfallenden Gegenstandes, das Rauschen des entfernten Wassers . . . und dazwischen die besorgten Stimmen der Männer. Die Tests dauerten einige Minuten lang. Bontainer war mit seiner Durchprüfung fertig und setzte sich auf den unbrauchbaren Hypersender.

Er überlegte . . .

Einige Millimeter war er schon in die Überlegungen und in die eigenartige psychologische Beschaffenheit der alten Haluter eingedrungen. Was er jetzt durchdachte, erhärtete seine vage gehegte Theorie mehr und mehr, machte sie für ihn zur Gewißheit. Er schwieg noch – er wußte, daß unsichere Männer schlechte Kämpfer waren. Und Kämpfe oder weitere Fallen würde es hier zuhauf geben.

. . . Vor undenkbaren Zeiten hatten die alten Haluter sehr viel Wert darauf gelegt, eventuell eindringende Fremdlinge zu warnen, indem sie das Vordringen vom Überspringen der Intelligenzhürden abhängig machten. Gleichzeitig bezahlten die neuen Haluter, also die Nachfolgegeneration, ihren Versuch, hier zu suchen, mit dem Leben. Sie würden an jeder der Sperren scheitern können, und besonders an jenen, die ihren Metabolismus beeinträchtigten . . .

. . . Schwierigkeiten und Fallen waren eingebaut worden. Das war ein Eignungstest auf psychologischer Basis, der alle Werte mobilisierte, vor allem die Intelligenz der Suchenden. Jeder, der in den *Tempel der Unberührbarkeit* eindringen wollte, prallte gegen diese Schranken.

Bontainer schwieg und behielt seine Erkenntnisse für sich.

Er sah sagenhafte Schwierigkeiten auf sich und seine elf Kameraden zukommen. Er würde sich keine Sekunde der Unaufmerksamkeit leisten können, konnte es aber auch nicht riskieren, die Männer unruhig zu machen. Er war in einer verdammt kritischen Situation.

Er stand auf.

»Alvarez – DeKamp!«

»Sir?«

Die beiden SolAb-Männer näherten sich.

Bontainer deutete nach vorn und sagte leise:

»Gehen Sie bitte ein Stück dorthin und versuchen Sie festzustellen, ob und wie wir diesen Uferstreifen verlassen können. Anruf über Funk, verwenden Sie die Gläser.«

Die beiden Männer liefen langsam an den anderen vorbei und entfernten sich in einem schweren Trab, der seltsam unbeholfen wirkte. Es ging etwas schneller, als sie die Wirksamkeit der Neutralisatoren kurzfristig erhöhten.

Fellmer Lloyd und Bontainer bewegten sich in die entgegengesetzte Richtung. Sie kamen nach ungefähr hundert Metern an einen kleinen Stollen, der zentral vom Seeufer wegführte, geradeaus in den Berg hinein. Breite etwa zehn Meter, und vier Meter hoch. Dahinter sahen sie einen wesentlich breiteren und höheren Stollen.

Sie verständigten sich rasch mit den anderen Männern.

So weit die Gläser reichten, sah die Situation ähnlich aus. Zwischen zwei der breiten Stollen lagen jeweils vier kleinere. Man errechnete fünf der großen, ebenfalls in einem grellgelben Licht strahlende Stollen.

Bontainer blieb mit Lloyd stehen und sagte leise:

»Ein neues Testverfahren. Gelingt es Ihnen, telepathische Impulse aufzufangen? Haben Sie in den letzten Minuten bewußt ›gehorcht‹?«

Lloyd konzentrierte sich.

Dann sagte er mit einem bedauernden Ausdruck:

»Ihre Gedankenimpulse kann ich ziemlich genau wahrnehmen. Die der anderen Männer wesentlich schwächer. Und über allem liegt eine schwer bestimmbare Welle, die ich als Gefahr identifizieren würde, obwohl ich unsicher bin. Ich habe meine Fähigkeit fast eingebüßt. Sollte eine riesige, durchschlagende Impulsmenge hier irgendwo abgestrahlt werden, würde ich sie vermutlich schwach identifizieren können – wenn ich mich sehr anstrenge.«

Bontainer nickte betroffen. Wieder eine Chance weniger. Die anderen Mutanten würden unter Umständen auch versagen, aber das kam auf einen Versuch an.

Langsam ging er mit Lloyd zurück zu den anderen Männern.

»Tako Kakuta«, sagte er und blieb vor dem Mutanten stehen. »Sie sind Teleporter. Versuchen Sie bitte, zum gegenüberliegenden Ufer zu springen und sich dort umzusehen.«

Kakuta bemerkte das verzerrte Grinsen im Gesicht Lloyds und nickte.

Er versuchte es, aber er prallte sofort gegen eine unsichtbare Schranke und rematerialisierte. Er drehte sich um und breitete bedauernd die Arme aus.

»Nichts!«

Die Mutanten hatten ihre Fähigkeiten hier unten so gut wie verloren. Die anderen Expeditionsteilnehmer erkannten, daß hier irgendwo eine unsichtbare Parafalle eingebaut worden war, aber die Mutanten merkten es am eigenen Leibe.

»Sengu – wie steht es mit Ihnen?«

Bontainer heftete seine Augen auf den Späher.

»Ich merke es schon seit dem Ausfall unserer Geräte. Ich kann nichts mehr wahrnehmen. Ich wollte es nur nicht laut sagen, um niemanden zu entmutigen. Ich kann Ihnen nicht sagen, was hinter den Felswänden liegt.«

»Schade«, sagte John Sanda.

»Und wir hatten gedacht, wir wären für die Expedition von Vorteil«, schränkte Wuriu Sengu ein.

»Machen Sie sich nichts daraus. Ich bitte . . .« Bontainer fuhr mit erhöhter Stimme fort, » . . . alle Gegenstände, soweit möglich, einzustecken und an den Anzügen zu befestigen. Die ausgefallenen Geräte lassen wir hier auf einem Haufen zurück.«

Minuten nach diesem Kommando gruppierten sich die elf Männer um Bontainer.

»Es wird schwieriger«, sagte Vivier. »Nicht deshalb, weil wir Ausfälle haben, sondern weil wir nicht wissen, in welche Richtung wir uns wenden sollen. Hat jemand von Ihnen besondere Beobachtungen gemacht? Ich persönlich schlage diesen Stollen dort vor, etwa zweihundert Meter vor uns, den Alvarez entdeckt hat.«

Er entsicherte seine Waffe und schob sie wieder in die wasserdichte Tasche zurück, befestigte den Magnetverschluß aber nur leicht.

»Wenn es mit System gebaut worden ist, dieses Labyrinth«, sagte Waringer zu Bontainer, »dann schlage ich ebenfalls einen der weniger großen Stollen vor. Sie sind interessanter.«

Bontainer winkte Peter Shark zu sich heran.

»Wir beide machen die Spitze, die SolAb-Leute sichern hinten. So schnell wir mit den starren Anzügen können – los!«

Sie setzten sich in Bewegung.

Entlang des steinigen Ufers, von dem fernen Tosen des riesigen Wasserfalls begleitet, im scharfen Schrittempo, gingen die zwölf Terraner dem Eingang zu, der etwa dreihundert Meter vor ihnen schwach zu erkennen war, zur linken Hand, aus dem glatten, leuchtenden Fels herausgeschnitten.

Die Bewegungen in den schweren Anzügen strengten an.

Niemand sprach.

Sie waren in einem fremden Medium, auf einem unbekannten Planeten und überdies in einer Zone, die von Gefahren und tödlichen Geheimnissen vollgepfercht schien. Die Augen der zwölf Männer suchten den Weg ab, betrachteten den Felsen, die Ohren lauschten auf Geräusche.

8.

Sie sahen mehr und genauer, als sie näher gekommen waren; ein rechteckiger, gerader Schacht in die Tiefen des Gesteins. Auch hier leuchteten Decke und Wände.

Sie alle bedauerten, nicht mehr schweben zu können.

Das Gehen in den schweren Anzügen strengte an und erschöpfte die Männer sehr. Nach zwanzig Minuten waren sie direkt im Stollen, sahen die merkwürdige perspektivische Verkürzung, die den Ausgang zu einem undefinierbaren Punkt in der Ferne machte.

Jetzt gingen sie nebeneinander und noch immer in dem Tempo, mit dem sie gestartet waren. Ihre Schritte waren noch das einzige Geräusch. Je mehr sie sich dem Ende des Stollens näherten, desto lauter wurde ein brausender Ton, der eine andere Frequenz aufwies, als die des Wasserfalls. Die Lautstärke nahm mit jedem Schritt zu, aber sie war noch nicht so groß, daß man die Helme schließen mußte. Dr. Bysiphere, der ziemlich in der Mitte ging, streckte plötzlich seinen Arm aus und sagte in überraschend ruhigem Ton:

»Dort vorn – vier Gegenstände, die sich nicht rühren.«

Irgend etwas schimmerte weiß und dunkelgrau im Licht der geraden Wände und der relativ niedrigen Decke.

»Können Sie es erkennen?«

Bontainer beschleunigte seine Schritte, zog die Waffe und entsicherte sie.

»Nein.«

»Es sieht wie ein großes Skelett aus«, sagte Spectorsky.

»Unsinn«, meinte Peter Shark. »Wie käme ein Skelett hierher?«

Fünfzig Meter trennten sie noch. Mit fassungslosem Staunen sahen die Männer, daß Tomcho Spectorsky die Wahrheit gesagt hatte. Es war wirklich ein Skelett, und die anderen drei Gegenstände sahen ähnlich aus. Weißes Knochengerüst, verwitterte Kleiderfetzen und eine seltsame, verrostete Waffe. Die Skelette der Haluter, die vor unbestimmbarer Zeit hier eingedrungen waren und bis hierher gekommen sein mußten, sahen unfaßbar fremd und ungewöhnlich aus. Es war ihnen augenscheinlich nicht gelungen, ihren Metabolismus umzupolen, also zu widerstandsfähigen Felsklötzen zu werden, schwarzen Ansammlungen besonderer Kristalle. Oder sie hatten sich im Tod wieder zu Wesen aus Fleisch und Blut verwandelt.

»Niemand weiß es«, sagte Bontainer.

»Was . . .?« fragte Stonewall.

»Niemand weiß, wie diese Skelette hierher gekommen sind, auf welchen Wegen und wann die Haluter hier vorgedrungen sind. Was hat sie umgebracht?«

Der Ring der Männer um das rätselhafte Skelett löste sich, die Expedition ging weiter.

»Was sie umgebracht hat, ist klar«, sagte Kakuta. »Es ist diese Strahlung, die wir schon kennen. Sie hat verhindert, daß Icho Tolot das Museum mit uns betreten konnte. Unter uns ist sie *Metabolikstrahlung* genannt worden.«

»Eine besonders gelungene Wortschöpfung«, sagte Spectorsky spöttisch.

Weiter.

Die drei anderen Skelette, die unregelmäßig über die Breite des Stollens verteilt waren, als wären die lebenden Wesen mit letzter Kraft getaumelt und schließlich niedergebrochen, um zu sterben, glichen dem ersten. Sie waren sehr alt.

Langsam näherten sich die zwölf Männer dem Ende des Tunnels. Das Brausen wurde lauter und lauter, und in dem hellen Gelb der Beleuchtung erschien ein roter Punkt. Er wurde größer und größer und deutlicher, und als man das Ende des Tunnels erreicht hatte, sah man, daß es Flammen waren. Vor den Flammen erstreckte sich ein durchsichtiges Energiefeld, das deutlich auf den Anzeigen der wenigen noch intakten Instrumente anzumessen war. Hundert Meter breit, verschloß es den Stollen.

»Ende.«

»Eine neue Schikane der Ahnen«, erklärte Bontainer.

»Von hinter dem Feld, aus diesen Flammen, kommt das brausende Geräusch, das unsere Ohren quält«, erklärte Dr. Bysiphere. »Gehen wir näher heran.«

Sie blieben zwei Meter vor dem Tunnelabschluß stehen.

Eine Hölle lodernder Flammen, undurchsichtig und ohne jede Rauchentwicklung war vor ihnen. Die Flammen schienen direkt aus einer Wasseroberfläche zu kommen, aber dies war eine Unmöglichkeit.

»Wozu ist das Kraftfeld nötig? Preisfrage an die Physiker«, sagte Bontainer laut.

»Ganz einfach. Dort drinnen wird Sauerstoff verbrannt. Und Dampf entsteht. Also herrscht dort Überdruck. Dieser Druck würde in den Gang hier entweichen und uns in den See zurückblasen.«

»Tadellos. Also müßte der Schirm von hier aus zu durchstoßen sein.«

Bontainer machte zwei Schritte und streckte seinen Arm durch den Schirm. Er traf auf leichten Widerstand, dann war er hindurch. Das schwere Material seiner Montur verhinderte, daß er sich die Hände verbrannte, aber als er den Arm zurückzog, merkte er, daß der Schutzanzug heiß war.

»Wo Feuer ist, ist auch Wärme«, sagte er lakonisch. »Wie kommen wir hier hindurch? Denn . . . hindurch müssen wir, uns bleibt nichts anderes übrig.«

Aufmerksam betrachteten die beiden Physiker das Material des Anzugs. Es zeigte keinerlei Schäden.

»Kennt jemand die genauen Daten unserer Kampfanzüge? Wieviel Grad Celsius können sie aushalten?«

Es schien letzter Lehrstoff der SolAb-Kurse gewesen zu sein, denn Alvarez erwiderte in Sekundenschnelle:

»Dreißig Sekunden lang Maximalwert achtzehnhundertvierzehn Grad.«

»Verstehe.«

DeKamp trat vor und sagte laut:

»Wir können aber unsere Individualschirme einschalten. Es wird zwar etwas schwierig sein, sich dort zu orientieren, aber es müßte gehen. Auch die Energiesperre hier ist dann unwichtig geworden.«

Er langte mit den Fingern an den Gürtel und legte, nachdem er sich umgesehen hatte, den Hebel herum. Er wollte nicht, daß sein Nachbar durch das sich ausbreitende Feld einen Schlag bekam.

Nichts geschah.

»Verdammt!« sagte DeKamp. »Der Schalter . . . ist kaputt.«

Er bewegte den schweren Plastikschalter hin und her. Ein und aus. Keine einzige Kontrollampe leuchtete auf, und der Projektor des Individualschirms blieb stumm.

»Meine Anlage ist ausgefallen«, sagte er.

»Meine auch!« sagte jemand.

»Vermutlich sind alle ausgefallen«, sagte Waringer. »Eine neue Falle. Bonnie, das wird ein Hindernisrennen.«

Bontainer starrte dem Hyperphysiker einige Sekunden lang in die Augen, dann fuhr er sich übers Kinn und sagte deutlich:

»Bisher war es uns möglich, alles zu überwinden, weil unsere Ausrüstung unserer Intelligenz entsprach. Diese Norm wird auch hier beibehalten. Die Konstrukteure dieser Anlagen haben uns weniger einen Weg offengelassen, als eine Möglichkeit, *diesen Weg* zu gehen. Es stellt sich die Frage: Können wir mit unserer Ausrüstung, also ohne Schirme, dieses Inferno überwinden?«

»Dante hätte seine helle Freude«, kicherte John Sanda. »Mein Vorschlag lautet: Schnelligkeit!«

Die Warnung war mehr als deutlich gewesen. Zuerst fielen die Maschinen und Geräte aus, die mit Hyperenergie betrieben wurden, jetzt sogar die klassischen normalenergetischen.

»Stellen wir zuerst fest, welche Bedingungen die Ausrüstung erfüllen muß«, schlug Fellmer Lloyd vor.

»Auf welche Weise?« erkundigte sich Sanda.

»Indem wir einen Mann kurz hineinschicken.«

»Und Sie glauben, Mister Waringer, daß es der Betreffende übersteht?«

Waringer nickte entschlossen.

»Ich werde dieser Betreffende sein. Allerdings mit geschlossenem Anzug.«

Er begann methodisch, seine Taschen auszuleeren und alles auf einen kleinen Haufen zu schichten. Dann schloß er die Taschen, übergab einem SolAb-Mann seine Waffe und klappte den Helm nach vorn, schloß ihn sorgfältig. Der Außenlautsprecher knackte scharf.

»Systeme kontrolliert und eingeschaltet. Ich gehe hinein, laufe einen Halbkreis mit geringem Durchmesser und komme sofort wieder zurück. Ich habe einen Detektor dabei, einen Satz Thermometer, einen Tester für Gaskonzentration und ein eingeschaltetes Außenmikrophon.«

»Einverstanden«, sagte Bontainer.

Waringer nahm Anlauf, warf sich durch den Schirm und raste, so schnell er konnte, in einem Halbkreis durch die Zone, die zwischen Schutzschirm und Flammenwand lag. Das Brüllen des Flammenmeeres wurde vom Mikrophon übertragen und heulte aus den Lautsprechern der Helmfunkgeräte. Drei Sekunden später wurde er durch die von ihm selbst geschaffene Öffnung der Energiewand geschleudert, zusammen mit einem Schwall heißer, stinkender Luft.

»Ich hielt es leicht aus«, sagte Waringer. »Im Anzug war nichts zu spüren, aber die psychologische Belastung ist nicht gerade gering.«

»Das glaube ich gern«, erwiderte Bontainer.

Die Männer stürzten sich auf die Instrumente und lasen die ermittelten Werte ab. Zwei Minuten später standen einige wichtige Betrachtungspunkte fest.

»Es ist eine riesige Höhle, Basisdurchmesser zirka fünfhundert Meter, halb so hoch.«

Das waren die Auswertungen eines stark angesengten Mikroradargerätes, das die ermittelten Werte gespeichert hatte.

Die Männer hörten atemlos zu.

»Die Temperatur beträgt vierzehnhundertachtzig Grad Celsius. Der Druck der expandierenden Luftmassen entweicht irgendwo an der Oberfläche. Es müssen Schächte vorhanden sein.«

Jetzt hatten die Terraner auch die Erklärung für die riesigen Mengen von Geysiren im Tal des Strudels. Aber niemand machte den Fehler, sich vorzustellen, daß dieses Tal senkrecht weit über ihnen lag. Jedenfalls konnte hier die Hitze erzeugt werden, die jene Fontänen und Dampfsäulen speiste.

»Das Wasser wird ständig mit einer spezifisch leichteren Flüssigkeit durchsetzt. Sie schwimmt auf, breitet sich über die Oberfläche aus und brennt dort ab, ohne Rauch. Vermutlich Kohlenwasserstoffe, die gereinigt worden sind.«

Waringer öffnete langsam seinen Helm und sagte:

»Mein persönlicher Beitrag lautet folgendermaßen. Ich konnte schemenhaft die dunkle Stollenwand eines Korridors erkennen. Möglicherweise habe ich mich geirrt, aber ich glaube es nicht.«

»Also führt der einzige Weg durch dieses Flammenmeer«, stellte Bontainer fest.

Sanda und Stonewall standen neben Bontainer und redeten mit Waringer.

»Ja«, sagte er. »Es geht nicht anders. Wir müssen sämtliche Dinge, die explodieren können, innerhalb der Anzüge tragen; natürlich nur die notwendigsten Dinge.«

»Es ist nur vorn an der Brust etwas Platz dafür.«

»Dann werden wir sie dort aufbewahren.«

Die Männer begannen, die Energiemagazine, die wichtigsten Teile der Waffen und einige Nahrungsmittelkonzentrate hinter den breiten Sicherheitssäumen zu verstecken. Ausrüstungsgegenstände, die unter der Hitze leiden würden, wurden abgestellt.

»Das Wichtigste an dem Verfahren ist Schnelligkeit«, sagte Sanda. »Mit einem Spurt durch die Energiewand, schnell über die heiße, aber flammenfreie Zone und mit einem steilen Hechtsprung durch die Flammen und unter das Wasser. Dann müssen wir unter Wasser fünfhundert Meter weit schwimmen. Das Auftauchen kann mit den Triebwerken unterstützt werden – aber es ist und bleibt ein Spiel mit dem Tod.«

Bontainer deutete durch den durchsichtigen Vorhang reiner Energie.

»Zuerst einmal im Wasser sein. Dort können wir annehmen, daß wir sicher sind, denn ich habe ausgerechnet, daß der Auftrieb der Anzüge groß genug ist, uns weder absinken noch aufsteigen zu lassen. Wer will sich als erster opfern?«

Sanda hob die Hand.

»Ich«, sagte er einfach.

»Warum gerade du?«

»Weil der Einfall von mir stammt. Ich fühle mich frisch genug, um eine Weltrekordzeit im schweren Kampfanzug herauszulaufen. Alles klar?«

Sie alle waren durch die vorangegangenen Ereignisse gewarnt. Man einigte sich auf einige Geräte, die man unbedingt mitnehmen mußte, zerlegte sie, soweit möglich, und verteilte sie. Außer den Waffen und der energetischen Ausrüstung befand sich jetzt nicht einmal mehr ein Konzentratwürfel außerhalb des schützenden Materials der Anzüge.

»Helme schließen, Systeme an und auf volle Kraft schalten.«

»Funkverbindung durchtesten.«

Alles funktionierte tadellos.

»Ich versuche es«, sagte Sanda. Er warf seine schwere Waffe über die Schulter, schätzte die Entfernung ab und begann zu rennen. Er hatte die größte Geschwindigkeit erreicht, als er den Energieschleier durchbrach, in einer halben Sekunde die flammenfreie Hitzezone überwand und sich mit einem Hechtsprung schräg abwärts in das Feuermeer warf. Eine Sekunde hörten sie nichts, dann kam seine Stimme:

»Nachkommen! Ich bin unter Wasser. Aber ich fürchte, es hätte nicht viel länger dauern dürfen. Wer schnell ist, überlebt.«

»Spare deine Kräfte, John«, sagte Bontainer. »Fünfhundert Meter sind eine verdammte Entfernung.«

»Ich weiß«, antwortete Sanda nüchtern. »Ein halber Kilometer.«

Waringer begann zu rennen, stürzte sich vorwärts und raste ins Wasser hinein. Dann meldete er sich und keuchte schwer. Dr. Bysiphere folgte. Es sah lange so aus, als sei er der Schnellste gewesen, dann aber fegte Spectorsky heran, hechtete durch die Flammen.

Kakuta folgte, dann Sengu.

Lloyd . . . Alvarez . . . DeKamp.

Stonewall . . . Shark.

Schließlich, als letzter der Expedition, raste Bontainer durch die Sperre und fühlte nach einem Flug von unbestimmbarer Dauer, wie er in das neue Medium eintauchte. Er atmete tief durch, hörte sich die Klarmeldungen an und begann dann in langen, ruhigen Zügen zu schwimmen.

Es war eine Tortur . . .

Keiner der zwölf Männer war ein Supersportler. Sie schwammen langsam. Einige Male waren sie versucht, aufzugeben, aber die entsprechenden Beruhigungen, Befehle oder harten Angriffe brachten sie dazu weiterzumachen. Nach fast einer Stunde war es nur noch der reine Wille, der sie antrieb.

»Verdammt – können wir nicht die Triebwerke einschalten?«

Waringer keuchte eine Weile, dann erwiderte er:

»Es ist zu riskant. Ich würde es nicht riskieren, obwohl ich fast am Ende meiner Kräfte bin. Bis jetzt haben wir es geschafft.«

Schweigen.

Sie schwammen weiter. In den Lautsprechern waren nur die Atemzüge, das Geräusch der Luftversorgung und die leisen Arbeitsgeräusche der Schweißabsorber.

Nach einer kleinen Ewigkeit meldete sich Sanda.

»Ich habe eben meinen Kopf aus dem Wasser gestreckt. Ungemütlich, aber schön hell. Wir sind dicht vor dem Stolleneingang.«

Die Flammen erhellten das Wasser so gut, daß sich die Männer gegenseitig sehen konnten.

Wieder nach einer unbestimmbar langen, quälenden Zeit sagte Sanda:

»Ich bin eben an den Rand gestoßen. Dr. Waringer . . . wie kommen wir hier heraus, ohne geröstet zu werden?«

Langsam sammelten sich die Männer, stellten die Schwimmbewegungen ein.

Waringer machte sich die Entscheidung nicht leicht.

Er kannte die Schwierigkeiten, die entstanden, wenn im Wasser die Mikroimpulstriebwerke eingesetzt wurden. Vorhin, auf dem offenen See, war es vergleichsweise harmlos gewesen. Die Glut der Partikel konnte hier schwerste Zerstörungen hervorrufen, und die Energieanlagen konnten durchbrennen. »Das war das Risiko«, sagte er. »Wenn ich draußen bin, gebe ich durch Funk genaue Anweisungen.«

Er visierte den Rand des künstlichen Sees an, der aus einer breiten Metallblende bestand, die am oberen Rand weißglühend war. Dann brachte er seinen Körper in eine Schräglage, deren Verlängerung über diesen Rand hinwegführte und irgendwo dahinter endete.

»Das Triebwerk muß natürlich streng nach hinten ausgerichtet sein«, sagte er. »Und vollen Schub werde ich schalten müssen.«

Durch die verzerrenden, brechenden Schleier der unterschiedlich warmen Wasserströmungen und durch das klare Kunstglas der Helmscheiben sahen ihm die Männer zu.

Plötzlich schien Waringer zu detonieren.

Hinter ihm entstand Dampf, entstanden riesige Luftblasen, dann schoß er wie ein lebender Torpedo schräg aus dem Wasser, fauchte knapp über die glühende Kante und durch die heiße Zone, dann hörten die Männer einen Fluch von außergewöhnlicher Länge. Dem Fluch war eine Reihe von polternden Geräuschen vorausgegangen.

»Bauchlandung«, sagte Waringer. »Das Verfahren funktioniert. Aber – ihr müßt die Hand am Knopf behalten und, sobald ihr die Energiemauer seht, augenblicklich abschalten. Ich bin zehn Meter weit auf dem Bauch dahingerutscht.«

Nacheinander verließen die Männer das Wasser. Sie starteten wie unterseeische Raketen, verwandelten das Wasser in Dampf und kamen mehr oder weniger gut an. Es gab Schreie, lautlose Verwünschungen, Flüche und bissige Kommentare. Wieder war Bontainer der letzte.

Er fühlte, wie ihn eine Kraft nach vorn riß, zog den Kopf zwischen die Schultern, sah die Flammen, sah, wie sie hinter ihm zurückblieben, prallte gegen die Barriere und schaltete ab. Der Schwung trug ihn in den Korridor hinein, seine Geschwindigkeit war größer als die Fähigkeit, die Beine schnell bewegen zu können. Er schaffte es irgendwie, über einen gelben Anzug zu springen und krachte dann seitlich gegen die Wand.

Die Männer rissen sich die Helme von den Köpfen und blieben liegen, wo sie lagen.

»So«, sagte jemand. »Ich gehe auf alle Fälle weiter. Die Vorstellung, von hier aus rückwärts gehen zu müssen, ist irreal wie sonst etwas.«

Jemand hustete qualvoll und lange.

Die Konzentratwürfel wurden verteilt, man trank etwas aus dem Anzugvorrat, öffnete die schweren Anzüge und packte sämtliche Gegenstände wieder aus. Die Haut auf der Brust der meisten Männer war stellenweise blutunterlaufen und wundgerieben, und Bontainer opferte seine Spezialsalbe. Einige Aggregate und Schalter der Brustgurte und des breiten Hüftgurtes waren verschmort oder angesengt.

»Wenn Bonnie jetzt sagt, wir sollen weitermachen, erschieße ich ihn!« versprach Alvarez.

»Keine Sorge«, sagte Bontainer. »Eine Stunde Pause.«

Die Männer atmeten erleichtert auf.

Es gelang den zwölf Männern, sich ein zweites Mal zu erholen. Die kurze Ruhe schien ein kleines Wunder gewirkt zu haben – die Konzentrate stillten den Hunger und die koffeinhaltige Flüssigkeit, hochgradig traubenzuckerhaltig, munterte sie auf.

»Weiter!« sagte Bontainer.

Er und Sanda hatten sich dazu gezwungen, als erste wieder fertig zu sein. Sie steckten im geschlossenen Anzug, die Helme waren zurückgeschlagen. Die Waffen waren gesichert, und man hatte die unbrauchbaren Instrumente und Ausrüstungsgegenstände aussortiert.

»Einen Vorteil haben diese Intelligenzhürden«, stellte Waringer knapp fest.

»So? Welchen?« fragte DeKamp.

»Unser Gepäck wird immer leichter.«

»Damit haben Sie recht.«

Der Stollen war diesmal nicht länger als ein Viertelkilometer. Innerhalb von zehn Minuten standen die Terraner staunend vor einer zylindrisch geformten Halle, deren runde Decke in einem harten, grünen Licht brannte. Das Grün fiel auf die Figur in der Hallenmitte.

»Wie hoch, Sanda?«

»Ich schätze fünfzig Meter, Dr. Bysiphere.«

Ein riesenhafter Haluter, der aus Stahl zu bestehen schien. Er war rund fünfzig Meter hoch, und auf dem schwarzen Metall spiegelten die grünen Lichtstrahlen. Der Rachen war weit aufgerissen; er war so groß, daß man bequem zwischen den Mahlzähnen hätte stehen können.

»Vermutlich«, sagte Peter Shark trocken, »wird er uns in fehlerfreiem Interkosmo begrüßen.«

»Vermutlich nicht«, erwiderte Bontainer und grinste den Ingenieur an.

Die Halle hatte einen Durchmesser von weniger als fünfunddreißig Metern und wirkte seltsam kalt, irgendwie tot. Wenige Minuten später erkannten die Terraner, daß das aufgerissene Maul des Giganten der einzige Weg war, abgesehen von dem Stollen, der wieder aus dieser Halle herausführte. Zumindest äußerte Bontainer diesen Verdacht.

»Nicht ein einziges Anzeichen dafür, daß sich Türen in der Hallenwandung verbergen.«

»Nichts.«

»Wie kommen wir dort hinauf?«

»Langsam«, sagte Alvarez. »Klettern. Langsam klettern – das ist die einzige Lösung.«

»Wer ist professioneller Bergsteiger?«

Keiner von ihnen war es.

»Es dürfte gehen, aber es wird eine mühsame Arbeit.«

Sanda und Shark machten sich an den Aufstieg. Sie verwendeten dazu jeden Quadratzentimeter, der Platz für Finger oder Sohlenkanten bot. Die sehr echt modellierte Kleidung mit den vielen Einzelheiten eines der Einsatzanzüge half ihnen dabei. Sie brauchten eine halbe Stunde, bis sie sich schweißtriefend an den Zähnen anlehnen konnten.

Dann fiel eines der letzten Seile nach unten.

Die anderen Männer hatten es etwas leichter. Während sie sich an der Außenfront des Haluters abmühten, leuchtete Sanda mit dem Gürtelscheinwerfer in den Rachen hinein.

»Sieh an«, sagte er. »Es war eine erneute Hürde.«

Neben ihm starrte Shark nach innen.

»Kann dies ein Lift sein, John?«

»Ich halte es für sehr wahrscheinlich«, erwiderte Sanda dem Ingenieur.

Sie kletterten über die Zähne und befanden sich auf einer stählernen Plattform, die durch starke Gleitelemente an etwa zehn senkrechten Schienen gehalten wurde. Ein breites Geländer trennte den Boden von den glatten Wänden, an denen die Laufschienen festgeflanscht waren.

»Eine Sache für ungefähr dreißig Personen«, schilderte Shark seine Eindrücke.

»Oder für weniger Wesen, wenn sie größer sind.«

»Richtig.«

Sie entdeckten auch die Steuerung, noch ehe Bontainer sich zu ihnen hineinschwang. Sie bestand aus zwei großen, nicht zu übersehenden Knöpfen, die an einer kleinen Säule aus Stahl befestigt waren: Sonst gab es nichts.

Nacheinander kamen die anderen Männer.

»Auch hier haben wir keine Alternative. Es geht senkrecht nach unten, und vermutlich ziemlich tief. Achtung – jeder stellt sich mit dem Gesicht zur Wand und nimmt die entsicherte Waffe hoch. Es kann sein, daß sich auf dem Boden dieses Liftschachtes eine mörderische Überraschung für uns befindet. Sind wir schon aus der Zone draußen, in der die Schutzfelder nicht funktionieren?«

Entweder waren die entsprechenden Schaltungen zerstört worden, oder auch hier funktionierte der Individualschutzschirm nicht.

»Abwärts!« sagte Waringer und drückte den entsprechenden Knopf.

Augenblicklich setzte sich die Plattform in Bewegung. Sie fiel fast wie ein Stein in die Tiefe, kaum abgebremst und mit beträchtlicher Geschwindigkeit. Die Ohren begannen zu knacken, und die Männer schluckten krampfhaft.

»Ich rechne«, sagte Abel Waringer. »Vierhundert Meter bis jetzt – ungefähr.«

Er bewegte lautlos die Lippen und starrte auf seine Uhr.

Nach kurzer Zeit hielt der Lift an.

»Rund einen Kilometer«, sagte Waringer. »Inzwischen sind wir ziemlich tief gesunken.«

»Aber unsere Moral leidet nicht darunter«, lächelte Bontainer zuversichtlich.

Gitter aus breiten Stahlbändern glitten zurück, dann bewegte sich eine Platte, deren Rückseite die Männer sehen konnten. Ein breiter Eingang führte in eine kleinere Halle, die innen mit spiegelndem, hochverchromtem Stahl ausgeschlagen war.

»Aussteigen, meine Herren«, sagte Bontainer und witterte augenblicklich eine neue Teufelei.

Er sollte nicht irren.

Nacheinander, sehr wachsam, traten die zwölf Männer aus dem Lift. Hier unten war es totenstill, und die Sohlen der Stiefel machten merkwürdige, scharrende Geräusche auf dem glatten Metall. Nichts rührte sich bis auf die undeutlichen Spiegelbilder an den Wänden.

Dann: Ein schleifendes Geräusch.

Lloyd, der den Lift als letzter verlassen hatte, fuhr herum.

Ein Stahlschott fuhr langsam, aber mit unerbittlicher Genauigkeit aus dem Boden. Zwischen dem Metall und der Kante des langen Einschnitts war weniger als ein Millimeter Toleranz. Der Mutant taumelte zurück, als sich ein Energieschirm vor das Schott legte, das noch nicht ganz die obere Kante der Liftöffnung erreicht hatte.

»Wir sind eingeschlossen.«

John Sanda traf diese Feststellung.

Er und seine Kameraden merkten gleichzeitig die andere, teuflische Wirkung dieser Falle. Sie spürten es zuerst als einen ziehenden, kurzen Schmerz im Kopf, dann an der schlagartig wechselnden Natur der Gedanken. Es war die »Friedfertigkeitsstrahlung«.

Gleichzeitig mit diesen Gedanken, mit dieser fast erdrückenden Stimmung von Reue und Mitleid, begannen die Arbeitsgeräusche schwerer Projektoren. Singend und summend streuten sie ihre Wellen über die Menschen und regten einen Prozeß an, der sie alle umbringen konnte.

»Es ist tödlicher Ernst, Männer«, sagte Waringer.

»Ja. Wir wissen inzwischen, daß wir rund sechzig Minuten lang diese Friedfertigkeitsstrahlung aushalten können. Diesmal wäre ein Haluter im Vorteil. Dann aber werden die Hirnzellen angegriffen, und das mindeste, das uns zustoßen kann, ist reiner Wahnsinn. Es gilt also, innerhalb der nächsten Stunde einen Fluchtweg zu entdecken.«

Bontainer ahnte, daß Ausbruchsversuche der herkömmlichen Art sinnlos sein würden. Aber allein der Versuch würde die Männer beschäftigen und sie von der aussichtslosen Lage ablenken.

»Dr. Bysiphere und Abel – kommen Sie bitte zu mir. Die anderen versuchen, mit den Waffenkolben eine hohle Stelle der Metallwände zu entdecken. Schnell!«

Einige Männer begannen augenblicklich, die anderen zögerten noch.

Bontainer schaltete sein Mikrophon ab, bedeutete den beiden Wissenschaftlern, das gleiche zu tun und begann zu flüstern:

»Waringer – was sagen Sie?« fragte Bontainer.

»Anscheinend eine hoffnungslose Situation. Aber wir müssen einen Gedankengang finden, der die Lösung beinhaltet. Der Weg hierher war so schwer, daß es vom Standpunkt eines riesigen Tests idiotisch und unlogisch wäre, das Opfer hier sterben zu lassen.«

Bysiphere senkte den Kopf und starrte zu Boden.

»Das ist auch meine Überzeugung. Es gibt einen Weg hinaus, aber wir werden ihn sicher nicht finden, indem wir die Wände abklopfen.«

»Das hatte ich auch keine Sekunde lang angenommen«, gab Bontainer zu.

Vier erstaunte Augen betrachteten ihn.

»Wir müssen reden«, sagte Bontainer schnell. »Viel reden. Nur dadurch kommen wir auf die Lösung. Schutzschirme und Stahlwände – das ist nichts für eine denkende Intelligenz. Falltüren und ein Transmitter . . . Auch das wäre zu simpel. Was wir brauchen, ist ein psychologischer Trick.«

Waringer nickte.

»Der Psychologe sind Sie«, sagte er. »Was schlagen Sie vor?«

»*Denken*«, sagte Bontainer scharf. »Die alten Haluter, denen wir die Erbauung dieser riesigen Anlage zuschreiben, wollen nicht, daß ihre Nachkommen, die friedlichen Haluter, dieses Labyrinth besuchen.«

»Das ist klar.«

»Eventuelle Besucher oder Hilfesuchende – also etwa wir – sind bisher pausenlos getestet worden. Unsere normale Ausrüstung überstand den Test mit einigen Ausfällen, die beabsichtigt waren. Unsere Intelligenz hat uns bis hierher gebracht. Sie wird uns auch hier herausbringen.«

»Vorausgesetzt, sie wird nicht unter Mitleid und Reue begraben und unter dem Wunsch, nichts mehr zu unternehmen.«

Bontainer stimmte zu.

»Richtig«, sagte er. »Unsere inzwischen vermoderten Freunde werden also nur solche Lebewesen durchlassen, denen es gelingt, die Fallen zu umgehen. Wir werden jemanden rufen müssen, der uns hier herausläßt. Das ist jetzt Ihr Problem – den Weg dorthin habe ich aufgezeigt.«

Er wandte sich an Alvarez, der auf ihn zuging.

»Folgendes«, sagte der hagere SolAb-Mann. »Gegenüber dem Lift befindet sich ein weiteres Schott. Wir haben hinter einem markierten Metallstück Hohlräume festgestellt, aber wir sehen nicht einmal einen feinen Haarriß, der die Fugen andeuten würde.«

»Gut, danke.«

»Rufen«, sagte Waringer, nachdem Alvarez wieder gegangen war und nun versuchte, mit seiner schweren Waffe den Energieschirm aufzuschießen, was natürlich mißlang. »Rufen . . . das ist die Lösung. Womit ruft man? Mit unseren Stimmen?«

»Sinnlos«, erwiderte Bysiphere. »Zu schwach und unbekannt. Wenn schon, dann mit der Lautstärke von Halutern.«

Bontainer grinste kühl.
»Haluter führen wir hier keine. Aber mit etwas, das haluterähnlich ist. Was verwenden unsere Freunde?«
Bysiphere zuckte die Schultern.
»Funkverkehr«, sagte er leise.
Bontainer brüllte auf und packte Bysiphere bei den Brustgurten.
»Jawohl!« schrie er. »Das ist es.«
Bysiphere wich erschrocken zurück und schüttelte verständnislos den Kopf.
»Waringer! Wir müssen das Funkgerät, dessen Einzelteile wir haben, zusammensetzen. Kennen Sie die Frequenz, auf der hier gesendet wird?«
»Natürlich«, sagte Waringer. »Ich habe doch ständig die Leitungen überprüft und mich entsprechend lange mit Tolot unterhalten.«
»Niemand verachte die Physiker!« sagte Bontainer. »Wir setzen das Gerät zusammen, nehmen ein Mikrophon und . . . Spectorsky?«
Er war sehr laut.
Mißmutig, mit gefurchter Stirn, kam der Anthropologe zu ihnen.
Bontainer deutete auf Tomchos Brust und fragte:
»Sie sind Fachmann für lemurische Geschichte, Spectorsky. Beherrschen Sie die Sprache ebenfalls? Ich erinnere mich dunkel, Sie hätten es in meiner Kabine zu mir gesagt . . .«
»Ich spreche Lemurisch, beziehungsweise Tefroda besser als Sie Terranisch.«
Die beiden Physiker setzten das Funkgerät zusammen. Sie saßen auf dem Metallboden und testeten die Fragmente, dann schlossen sie die Teile aneinander an und schoben eine der kostbaren vollen Energiezellen in die Vertiefung. Eine Lampe leuchtete auf.
»Stellen Sie die Frequenz ein, Waringer«, sagte Bontainer. »Ich nehme an, daß auf dem Umweg über die Zeit und die Zweckmäßigkeit unsere Botschaft eine technische Einrichtung der Alten deswegen erreichen wird, weil auch die heutigen Haluter genau diese Frequenz brauchen. Solche Dinge haben Jahrtausende der Tradition unbeschadet überstanden.«
Andere Männer versuchten, die Umrisse des festgestellten Schotts mit den Waffen zu zerstören. Es erwies sich, daß ebenfalls unsichtbare Projektoren ein Energiefeld direkt auf der Oberfläche des Stahls erzeugt hatten, das sämtlichen Waffen mühelos standhielt.

Die Kopfschmerzen nahmen zu.

Das Gefühl der Friedfertigkeit begann merklich, aus den harten Männern schlaffe Nervenbündel zu machen.

»Fertig?« fragte Bontainer.

Er kauerte neben Bysiphere, Waringer und Spectorsky.

»Sendefertig.«

»Spectorsky! Von Ihrem Geschick hängt jetzt der Erfolg unserer Sendung ab. Richten Sie einen Hilferuf an die unbekannten Haluter. Schnell. Und wiederholen Sie den Text mehrmals, aber nicht im gleichen Wortlaut. Vollbringen Sie ein Meisterwerk der Dialektik, bitte.«

Etwas steif sagte Tomcho Spectorsky:

»Ich tue immer mein Bestes!«

Er nahm das Mikrophon in die Hand, ein Finger im schwarzen Handschuh drückte die Sendetaste, dann sagte Spectorsky:

»Hier sprechen die Erben von Lemuria. Die Toten, die unermeßlich vielen Opfer der halutischen Zerstörungswut, klagen euch an. Wir sind hier eingeschlossen, weil wir die Rettung suchen! Die Nachkommen von Lemuria klagen euch an!

Sie warten.

Sie suchen die Rettung. Sie stehen vor einem erneuten Angriff der wütenden Haluter, der grauenhaften schwarzen Riesen. Wenn ihr uns nicht helft und uns hier unter den Impulsen der mörderischen Strahlung sterben laßt, dann werdet ihr auch die letzten Nachkommen der überlebenden Lemurer getötet haben. Dann aber werden es Milliarden von ihnen sein, und Tausende von Planeten. Also helft uns.«

»Ausgezeichnet!« flüsterte Bontainer, obwohl er nur ein Drittel davon verstanden hatte. Er beobachtete den Gesichtsausdruck des Anthropologen.

Spectorsky wiederholte.

Zehn Minuten vergingen.

Bontainer fühlte, wie die Schmerzen zunahmen, und wie eine gewaltige Apathie ihn überkam. Aus schläfrigen Augen sah er sich um. Zwei der Männer wanden sich am Boden in lautloser Qual, zwei andere versuchten, der Strahlung zu entgehen, indem sie die Anzüge schlossen und versuchten, die Individualschirme einzuschalten. Der Beschuß der markierten Stelle war sinnlos und vergebens.

Nichts half.

Die anderen lehnten am Metall, hielten sich den Kopf, wimmerten leise vor sich hin. Die Szene hatte etwas Gespenstisches, und nur die vier Männer um den Sender waren derart abgelenkt, daß sie den Zustand eine Spur besser ertragen konnten. Auch die Stimme Spectorskys wurde langsamer, schläfriger, konzentrierte sich nicht mehr und sank in der Tonhöhe und in der Dringlichkeit des Appells ab.

Bontainer setzte sich neben Spectorsky hin, versuchte nachzudenken und sammelte seine letzten Energien.

»Ich hätte nicht gedacht«, sagte er schneidend scharf und ziemlich laut, »daß Sie ein solch willensschwacher, unintelligenter Mensch sind, Tomcho. Sie taugen nichts. Sie sind für uns nur eine Belastung.«

Tomcho richtete sich auf, als habe er einen Schlag ins Gesicht erhalten, und starrte Bontainer begriffsstutzig an.

»Was . . .« lallte er.

»Sprechen Sie, Sie Narr. Anthropologe! Daß ich nicht lache.«

»Hier sprechen die Erben von Lemuria . . .« begann Spectorsky. Irgendwie schien er sich vorübergehend gefangen zu haben.

Zehn fürchterliche Minuten vergingen, in denen er die Sendung dreimal wiederholte. Dann langte der Irrsinn mit seinen unsichtbaren Krallen nach den Terranern. Bontainer fühlte in seinem Kopf einen Schmerz, als würde ein glühender, sehr feiner Stacheldraht durch beide Ohren hin und her durch das gesamte Hirn gezogen. Er glaubte, bewußtlos werden zu müssen, als der Schmerz plötzlich nachließ.

»Wahnsinn«, murmelte er leise.

Er war erstaunt, sich derart wohl zu fühlen, obwohl er erkannt hatte, daß der Irrsinn ihn in seinem unerbittlichen Griff hielt.

Dann begriff er. Sie waren gerettet.

Er sah sich langsam, mit schmerzenden Nackenmuskeln, in der kleinen Halle um und begegnete zuerst dem spöttischen Blick aus John Sandas verzerrtem Gesicht. Der Space-Twin hatte Tränen in den Augenwinkeln; ein Zeichen der absoluten Erschöpfung. Die anderen Männer richteten sich langsam auf, und ebenso langsam kam das Begreifen in ihre Gesichter.

»Gerettet!« schrie Spectorsky, ließ das Mikrophon fallen und sprang auf.

Dann wirbelte er herum und starrte Bontainer an, der vor ihm saß und zu grinsen begann.

»Ich kann mich nicht mehr genau erinnern – aber könnte es sein, daß ich in der letzten Zeit von Ihnen mehrmals schwer beleidigt worden bin?«

Bontainer streckte die Hand aus und ließ sich von Spectorsky hochhelfen.

»Ich mußte versuchen, Sie aus Ihrer Lethargie zu reißen«, sagte er. »Entschuldigung.«

Er legte kurz seinen Arm um die Schultern des Mannes und sah fast desinteressiert zu, wie Dr. Abel Waringer seinen überschweren Strahler hob, auf Desintegratorwirkung schaltete, genau zielte und vier breite Streifen aus dem Material der gekennzeichneten Platte gegenüber dem Lift schnitt.

Zuerst unten, einige Zentimeter über dem Boden, dann in drei Metern Höhe, schließlich links und rechts die Senkrechte. Mit einem donnernden Getöse krachten rund zehn Quadratmeter schwerster Spezialstahl halutischer Fertigung auf den Metallboden der kleinen Halle. Der Lärm sprengte fast die Trommelfelle der zwölf Männer.

»Es geht weiter!« schrie er triumphierend und legte den Sicherungshebel um.

Hinter der Öffnung sah man ein kurzes Stück Korridor.

Diesmal schienen die Terraner dem Zentrum dieses verwirrenden Systems tief unter den Wäldern Haluts um einen gewaltigen Schritt näher gekommen zu sein. Auf dem Boden dieses Ganges spannte sich teppichartiges, dunkelrotes Material.

Die Männer drangen vor.

»Seltsam«, sagte John Sanda und blieb stehen. »Das hier . . . ist es Absicht oder eine Sache, die unbekannt bleiben mußte?«

Quer über den Belag, von der rechten vorderen Kante des Eingangs bis zur linken des Ausgangs, verlief eine deutlich sichtbare, schwarze Spur, als sei jemand mit sehr schmutzigen Stiefeln auf dem Teppich gegangen. Die Spuren waren unverkennbar menschlich, aber etwa fünfzig Zentimeter lang. Es sah aus, als sei ein Riese vor einigen Minuten hier entlang gegangen. Es gab für diese Spur keinen Anfang und – als sie im Eingang zu einer weiteren Halle standen – auch kein Ende. Sie sollten es niemals herausbekommen.

Eine Halle.

Genau kuppelförmig, also halb so hoch wie durchmessend. Der Durchmesser betrug etwa fünfhundert Meter. Vier Meter über dem Streifen, an dem Boden und Wand zusammentrafen, zog sich um den gesamten Kreis ein seltsames Muster hin; genau rechteckige, an den Kanten leicht gerundete Flächen – weiß auf einem tiefschwarzen Grund. Es waren nicht viel weniger als ein halbes Hundert.

»Verzierung oder Zweckbestimmung?« fragte sich Waringer laut.

Der Boden der Halle bestand aus einem Mosaik, das ebenfalls schwarz in weiß war. Schwarz war der Grund, und wie ein verwirrendes System von runden, kurvenreichen Gartenpfaden zogen sich breite weiße Streifen hindurch. Oberhalb des Wandstreifens aus lauter Rechtecken leuchtete die Decke – ein mildes, beruhigendes Licht. Die Luft roch nach Pflanzen und nach Wasser.

»Vermutlich liegt den Platten ein genauer Zweck zugrunde.«

Bontainer beeilte sich, den Vorsprung der anderen aufzuholen.

Das eigentlich Verwirrende in dieser Halle aber waren die Schalen. Sie standen auf drei Meter hohen Steinsockeln, waren sehr flach und kuppelförmig mit einem Schutzschirm abgedeckt. Etwa zweitausend, errechnete Bontainer überschlägig.

»Sanda!«

»Hier.«

Augenblicklich war John neben ihm.

»Ich möchte sehen, was diese Schalen enthalten.«

»Ich helfe dir in die Höhe.«

Die Wege führten zwischen den Steinsockeln hindurch, und über den Terranern wölbten sich die metallenen Schalen hoch wie exotische Pilze. Bontainer ließ sich von Sanda hochstemmen, stieg auf die Schultern des Freundes und erkannte in den nächsten drei Schalen unverkennbar Kassetten mit Mikrotonträgern, kleinen Bildwürfeln und Speicherkristallen.

Er sprang wieder auf den Boden.

»Hier, in der Mitte des Saales«, kam die Stimme Sharks aus den Lautsprechern, »steht etwas, das wie ein Schaltpult aussieht.«

»Nicht berühren, Peter!« riefen Waringer und Bontainer gleichzeitig.

Wieder ein Museum.

Die Terraner versammelten sich in den nächsten Minuten – sie waren zwischen den Säulen und unter den Schalen umhergestreift, hatten aber nichts anderes finden können – um die Stufen, die zu dem Schaltpult hinaufführten. Zehn Stufen, für Wesen gemacht, die kleiner waren als Haluter. Auf dem höchsten Punkt des Podestes war das winzige Pult befestigt, das aus insgesamt zwanzig breiten, viereckigen Feldern bestand. Und als die zwölf Männer dieses Podium betreten hatten, begann der Spuk.

Schlagartig erlosch jedes Licht in der gewaltigen Halle.

Und dann erhellten sich die Vierecke. Sie wurden zuerst kalkweiß, dann huschten einige Farben darüber, schließlich begannen gleichzeitig rund fünfzehn Filme abzulaufen. Die Wiedergabe war diesmal nur zweidimensional.

»Die Farben wirken wie Irrlichter«, sagte DeKamp.

Plötzlich standen plastisch und greifbar die Gestalten angreifender Haluter auf den fünfzehn Schirmen. Ein ungeheurer Lärm erhob sich, und die Wiedergabe wurde stereoskopisch.

9.

Natürlich wurde ein einzelner Mann restlos überfordert, wenn er sich jede Bildfolge hätte merken sollen, die auf den fünfzehn Schirmen geschildert wurde. Bontainers Befehl war kurz, laut und klar.

»Jeder von uns betrachtet einen anderen Schirm und versucht, sich die wichtigsten Dinge zu merken.«

»Verstanden.«

Die Geräusche langer, erbitterter Kämpfe tobten durch die riesige Kuppel. Die starken Farben und die dreidimensionalen Bildfolgen zeigten ausnahmslos Planeten und Schiffsverbände, die von angreifenden Halutern in schnellen und erbarmungslosen Schlachten zerstört und vernichtet wurden. Es war eine Sinfonie des Grauens, eine nicht abreißende Kette von Angriffen, Verteidigung, Feuer und Flammen, von schwersten Waffen und von dahinschießenden Schiffen aller Größen und Formen.

Die Szenenfolgen wechselten sehr schnell; es war ermüdend für die Augen, und sie begannen bald zu schmerzen.

Wieder erlebten die Terraner, wie die alten Haluter in der Galaxis wüteten, und es war kaum weniger eindringlich als bei ihrer ersten Expedition in die Tiefe.

Eine qualvoll lange Stunde verging. Pausenlos verwirrten die Bildfolgen die Augen und Hirne der zwölf Männer. Aus allen Seiten des ungeheuren Saales strömten unaufhörlich optische und akustische Informationen auf die Expeditionsteilnehmer ein.

»Hoffentlich hören sie bald auf!« stöhnte Dr. Bysiphere gequält auf.

Fellmer Lloyd drehte sich herum und schloß betäubt die Augen.

»Im Gegenteil«, sagte er. »Sie fangen jetzt erst richtig an.«

Es stimmte.

Der Szenenlauf wechselte schneller, und die Bilder wurden ebenfalls schneller. Die Geschwindigkeit der Handlungen nahm zu, aber noch wirkten die Bewegungen nicht verzerrt, höchstens noch eindringlicher. Die Geräusche kletterten die Tonleiter weiter hinauf und wurden greller, erbarmungsloser und lauter. Das Inferno lief erst richtig an.

Noch schneller!

Raumschiffe rasten zwischen den Sternen hin und her wie Weberschiffchen. Die Haluter, auf allen vieren wie biologische Kampfmaschinen rennend, rasten durch fremdartige Straßen, brachten fremdartige Bauten zum Einsturz und rannten weiter, unaufhörlich auf alles schießend, was sich bewegte.

»Nein!« schrie Peter Shark auf.

Die Belastung war fast so groß wie in dem Kessel neben dem Liftausgang, der letzten Hürde dieses verwirrenden Rennens um die Erkenntnis.

Statt einer Reaktion, die begreifbar gewesen wäre, erhöhten die Geräte ihre Geschwindigkeit.

»Noch schneller!« rief Bontainer.

Inzwischen wurden die Bilder so schnell, daß das menschliche Auge nicht mehr in der Lage war, einzelne Dinge und Gegenstände, Geschehnisse und Orte zu differenzieren. Die Zäpfchen und Stäbchen wurden überfordert, der Sehnerv begann zu schmerzen. Öfters mußten die Männer die Augen schließen, um nicht zu taumeln.

»Bontainer!« rief Spectorsky durch den Lärm der Schlachtschilderungen.

»Was ist los?«

»Sehen Sie auf meinen Schirm. Ich glaube, Lemuria entdeckt zu haben.«

Bontainer wirbelte herum und blickte auf den Schirm, auf den der Anthropologe deutete. Der Planet rotierte ziemlich schnell – eine Folge der übertriebenen Wiedergabe. Gleichzeitig wurde er größer und größer, also war die Passage aus einem anfliegenden Schiff gefilmt. Dieses Schiff hatte eine wahnwitzige Geschwindigkeit und zielte anscheinend gerade auf die Fläche des Mittelmeeres, dessen Umrisse anders aussahen als jetzt, im fünfundzwanzigsten Jahrhundert.

»Das ist Terra!« sagte Bontainer.

Jetzt drehte sich der Hauptkontinent unter dem Schiff hinweg. Asien erschien und Japan, die Inselwelt und die Nordspitze Australiens mit dem Golf von Carpentaria.

»Unzweifelhaft ist dies Terra. Diesmal ohne Terrania City!«

»Also handelt es sich um den Angriff – einen von vielen – auf Lemuria. Das könnte ein Signal sein«, sagte Abel Waringer.

Bontainer drehte sich herum und starrte auf die Tasten des kleinen Schaltpultes.

»Diese Tasten . . . sicher kann man mit ihnen irgendwie die Sendungen beeinflussen!«

Er zuckte die Achseln und sah in die fragenden Augen Waringers.

»Erkennen Sie ein System?« fragte er den Hyperphysiker.

»Nein. Tut mir leid.«

Bontainer war sicher, aber er besaß keine Beweise. Er legte einen Finger auf den ersten Knopf, blickte den Schirm an, der Lemuria zeigte, und drückte den Knopf bis zum Anschlag in das Pult hinein.

Sofort erhellten sich auch die fehlenden, stumpfen Schirme. Farben und Formen erschienen. Bontainer machte die Schaltung augenblicklich rückgängig.

»Fehlanzeige!« knurrte er wütend.

Er preßte den zweiten Schalter hinein. Vier Schirme, in jeder Himmelsrichtung einer, verblaßten daraufhin.

»Dieser Knopf bleibt drinnen«, sagte er laut. »Auswahlprogramm.«

Der dritte Knopf rief keine sichtbaren Veränderungen hervor, aber der vierte schien der richtige zu sein.

»Sie haben es, Skipper!« sagte Spectorsky dicht neben Bontainer.

Das Bild:

Aus der rasenden Bewegung, die den Planeten in Stücke gerissen hätte, wenn sie auch nur annähernd entsprechend gewesen wäre, wurde eine Drehung, die sehr filmwirksam aussah, sie verlangsamte sich mehr und mehr, bis der Planet förmlich stillstand. Nur an den Wolkenformationen sah man, daß das Bild lebte und keine starre Photographie war.

Dann hörten auch die weißen Wolken auf, sich zu bewegen.

»Gut, Bonnie«, sagte Sanda zufrieden.

Der Knopf, den Bontainer jetzt drückte, löschte sämtliche anderen Projektionen aus. Bis auf ein Lichtviereck, darinnen eine vielfarbige Planetenkugel, herrschten Dunkelheit und Stille im Raum.

»Fabelhaft!« knurrte Wuriu Sengu. »Ich dachte schon, mein Kopf würde detonieren wie die halutischen Bomben, die wir so ausdauernd betrachten mußten.«

Wohltuende Stille und Dunkelheit.

Das Licht von dem einzelnen Bild tauchte den Saal in Finsternis mit langen, farbigen Lichtbalken. Dieses Licht spielte auf den seifenblasenähnlichen Rundungen der Paratronschirme, die über den Schalen lagen. Waringer hatte festgestellt, daß diese Energie für terranische Waffen undurchdringbar war. Die historischen Kostbarkeiten waren somit dem Zugriff der Expedition entzogen, und jeder Versuch, sich ihrer mit Gewalt zu bemächtigen, mußte fehlschlagen.

Der Planet verschwand, das Bild wurde stumpf.

Bontainer zuckte zusammen, als sich in der Verlängerung des Eingangs, über dem Pult, ein perspektivisch verschobenes Feld in der Hallenwand erhellte.

Es begann unmittelbar über dem Streifen der Bildschirme und endete knapp unterhalb des Deckenmittelpunktes. In der Breite nahm es ein Viertel der Fläche ein.

Grelles, weißes Licht blendete die Terraner, dann stand plötzlich und ohne jeden Übergang das dreidimensionale Bild eines Haluters vor ihnen. Die Wiedergabe war ohne jede Verzerrung, fast glasklar perfekt und sehr drohend. Drei leuchtende Augen starrten die Terraner an, einer der Handlungsarme schien auf jeden einzelnen von ihnen zu deuten, dann riß das Wesen den Rachen auf. Ein dunkles, heiseres Geräusch ertönte, wie die Startgeräusche einer Korvette.

»Sicher spricht er lemurisch«, sagte Waringer.

Spectorsky hielt bereits sein winziges Aufnahmegerät in den Händen und richtete das eingebaute Mikrophon auf das Bild aus.

»Ihre große Stunde, Spec!« sagte Bontainer ohne jeden Respekt.

Der Haluter sprach ein sehr gut betontes und sehr verständliches *Tefroda*!

»Ich begrüße die Eindringlinge. Sie sind jetzt, da sämtliche Sperren überwunden wurden, keine Fremdlinge mehr, sondern Gäste. Es wird jetzt kein Test mehr erfolgen.

Ich begrüße die Nachkommen von Lemuria.«

Die Männer blickten sich triumphierend an.

Nicht jeder von ihnen verstand diese Sprache, aber da sie alle eine wissenschaftliche Ausbildung genossen hatten, verstanden sie Teilbegriffe und einzelne Wörter. Sowohl die Technik als auch die Kommunikationsmethoden bedienten sich eines Konglomerats von Begriffen, die aus sämtlichen lebenden und vielen toten Sprachen der galaktischen Völker bestand. Außerdem war der Tonfall, in dem die Projektion gesprochen hatte, ausnehmend höflich und ruhig.

»Zuerst eine Erklärung, auf die Sie gewartet haben:

Alle Fallen, die Sie in bewundernswerter Weise überwunden haben, wurden nach einem strengen Ausleseprogramm eingebaut. Sie sollten zunächst die neuen Haluter davon abhalten, in ihrer eigenen Vergangenheit herumzusuchen.

Wir haben die Sperren eingerichtet, um zu gewährleisten, daß nur geistig und körperlich hochstehende Lebewesen, deren Ausrüstung einen vorher festgelegten Standard besitzt, daß also nur Lebewesen, die in höchster Not sind und diese Risiken eingehen wollen, ja müssen, hier Einlaß fanden. Sie haben es geschafft, und dafür bewundere ich Sie alle. Sollte Ihnen etwas zugestoßen sein, so bitte ich um Verständnis für unsere Maßnahmen; sie dienten Ihrer Gewißheit und unserer Sicherheit und Verantwortung.«

Der Haluter machte eine Pause und betrachtete die zwölf Männer.

»Ich sehe, daß Sie alle ausnahmslos Lemurer sind. Außerdem haben Sie ein anderes Motiv als bloße Neugierde, also muß ein starker Zwang hinter Ihnen stehen. Wir sind sicher, daß Neugierige durch die Natur und die Schwierigkeiten der Prüfungen zurückgehalten werden. Sollten sie es dennoch versucht haben, würden sie getötet worden sein.«

»Fragen Sie, ob uns das Bild – oder der Mechanismus, der es projiziert – als Nachfahren der Lemurer anerkennt, die vor fünfzigtausend Jahren nahezu ausgerottet worden sind, Spectorsky.«

Der Fachmann für lemurische Geschichte nickte Waringer zu, holte tief Luft und begann laut zu übersetzen.

»So ist es«, sagte das Bild. »Ich bin die von einem riesigen Robotgehirn projizierte Wiedergabe eines der halutischen Ahnen. Die Maschine sieht und spricht durch mich. Ich verkünde nur die Entscheidungen. Sie haben ein Problem. Ich bitte Sie, es uns mitzuteilen.«

Bontainer sprach, und Spectorsky übersetzte Satz für Satz.

»Ich weiß«, sagte Vivier langsam, »daß wir hier eine spezialisierte Maschine vor uns haben, die sämtliche Daten gespeichert hat, die zu einer Erklärung notwendigerweise gebraucht werden. Ich versuche jetzt, Ihnen mitzuteilen, aus welchem Grund wir hier eingedrungen sind.«

Zunächst schilderte Bontainer die Schwierigkeiten, die Terra und das Solare Imperium mit den Zweitkonditionierten hatten.

Dann ging er auf die Ereignisse in M 87 ein.

Schließlich schilderte er die verzweifelte Situation der Menschheit, die pausenlos wegen eines Zeitverbrechens, das sie niemals begangen hatte, von den Zweitkonditionierten angegriffen wurde.

Und abschließend sagte er aus, daß ein großer Angriff erwartet wurde, der große Teile der Galaxis verwüsten würde. Er schilderte die milliardenfache Zerstörung und den Massenmord, der dem Imperium drohte, abgesehen von den pausenlosen Schlachten gegen die technisch überlegenen Gegner.

»Das alles ist klar«, sagte das Robotgehirn. »Ich habe verstanden, die Informationen integriert und bitte um weitere Schilderungen. Was haben Sie noch zu sagen?«

Bontainer wischte über seine Stirn und begann:

»Wir haben durch unsere Erlebnisse und Untersuchungen, die uns riesige Mengen von Informationen einbrachten, folgende Theorie über das Entstehen oder besser über die Herkunft der Haluter, so wie wir sie heute kennen.«

»Ich werde bestätigen und korrigieren«, versprach der Roboter.

»Gut. Auch die Haluter sind letzten Endes das Ergebnis einer Reihe von biologischen Forschungen und Versuchsreihen, die etwa vor siebzigtausend Jahren von den Okefenokees unternommen worden sind. Wenige Jahrhunderte nach ihrer Erzeugung, als sie mächtig genug waren, griffen sie ihre Herren und Erzeuger an. Dieser Krieg in M 87 dauerte endlos lange – über dreitausend Jahre unserer Zeitrechnung.

Durch die Errichtung der Sonnenhohlkugel, eines gewaltigen Lebensraumes im Zentrum von M 87, gerieten die sogenannten Bestien in die Defensive. Sie waren hochintelligent, bauten im Laufe der Zeit Raumschiffe und flohen damit, ehe das Leuchten des Zentrums als Falle wirksam werden konnte. Sie erreichten mit ihren Schiffen, die einen Verkehr zwischen den Galaxien ermöglichten, die Magellanschen Wolken. Diese Bezeichnung stammt von uns und meint die beiden neben dieser Galaxis lokalisierten Sternenansammlungen. Dort siedelten sie sich zunächst an.«

Die folgenden Minuten gehörten dem Robot und Spectorsky.

Der Anthropologe übersetzte einige Fachbegriffe und führte nach entsprechenden Fragen des Robots etwas mehr aus. Unklarheiten wurden bereinigt, bis die Schilderungen mit dem verwertbaren Speicherinhalt des Robots übereinstimmten. Dann sprach, nach einem Zeichen Spectorskys, der Robot weiter.

»Einige Jahrtausende vergingen dort. Die Bestien gründeten eine eigene Kultur und Zivilisation. Sie wurden aber beherrscht von unbekannten Lebewesen, denen wir die Bezeichnung *Erste Schwingungsmacht* gegeben haben. Es mußten ungefähr fünfzig Millionen Exemplare jener Bestien dort in der Großen Magellanschen Wolke leben, haben wir errechnen können.

Dann – vor etwa sechzigtausend Jahren – geschah folgendes:

Diese Lebewesen, hervorgegangen aus den Eiern der Skoars aus M 87, wurden von der Schwingungsmacht gezwungen, die Symbionten anzunehmen, die Ihnen als die Symboflex-Partner der Zweitkonditionierten bekannt sind. Ehemals künstlich gezüchtete, aber fortpflanzungsfähige Wesen wurden unterjocht und versklavt. Wir kennen diese Symbionten – sie wurden von der Ersten Schwingungsmacht ebenso gezüchtet und machten aus den Bestien die Zweitkonditionierten, gegen die Sie kämpfen müssen, um zu überleben.«

»Ich frage den Robot, ob unsere Ermittlungen mit der von ihm festgestellten Wahrheit übereinstimmen?« unterbrach Bontainer.

Spectorsky übersetzte, und es gab eine lange Pause.

Minuten vergingen, während die drei Augen auf den Terranern ruhten und das verborgene Gehirn rechnete und verglich. Endlich öffnete die Projektion dieser Maschine den Rachen und sagte laut:

»Das alles ist unbedingt richtig und logisch. Es entspricht der Wahrheit. Alles stimmt, Lemurer!«

»Ich muß hier eine Schilderung einschieben«, erklärte Bontainer. »Wir haben . . .«

Er schilderte in insgesamt zwölf Sätzen die Vernichtung des quallenähnlichen Ungeheuers in der Paratronblase, die im Hyperraum lokalisiert worden war.

»Ich fahre fort, Ihnen Informationen zu übergeben«, sagte der Robot.

Die Terraner hörten verwundert zu und fanden ihre eigenen Thesen, die stellenweise Gewißheiten waren, von der Maschine bestätigt.

Diesmal übersetzte Spectorsky für die Terraner.

»Etwa eine halbe Million der Bestien haben sich gegen die Übernahme der Symboflex-Partner gewehrt. Es gelang den Anführern, die hochintelligent und fähig waren, sich ohne Schaden und unerkannt von der Ersten Schwingungsmacht abzusetzen. Sie flogen in die nahegelegene Große Galaxis, also in den Raum, in dem Sie und wir leben, beziehungsweise lebten. Dort wurde, nahe des Zentrums, der Planet Halut gefunden und zu einer Keimzelle eines neuen Volksstammes ausgebaut. Das geschah schnell und unbemerkt und mit einem riesigen Aufwand – lange blieben wir hier unentdeckt.

Aber wir brachten einen verhängnisvollen Bazillus mit uns.

Die genetische Formung, der wir eigentlich entsprossen sind, führte im Laufe der Geschichte zu bestienhaftem Verhalten. Aus diesem Grund brachen die Haluter erneut auf und vernichteten oder dezimierten in einem Feldzug ohnegleichen viele Völker der Galaxis. Schilderungen haben Sie sehen können – es war grauenhaft. Unsere härtesten Gegner waren Ihre Vorfahren, die Lemurer.

Wir kämpften lange mit ihnen, wir fochten harte und verlustreiche Schlachten mit Lemuria und dessen Kommandos. Jahre später, als wir Lemuria fast vernichtet hatten, gelang unserem Gegner ein kluger und großartiger Schachzug:

Sie fanden eine Waffe gegen uns.

Es war die Formungsstrahlung.«

Spectorskys Zwischenfrage, die sich auf die Strahlung innerhalb des Irrgartens bezog, ergab in einer Minute die Gewißheit, daß die von Rhodan »Friedfertigkeitsstrahlung« genannten Energiefronten identisch waren mit dem, was der Robot mit Formungsstrahlung bezeichnete.

»Wir wissen folgendes: Diese Formungsstrahlung arbeitet mit einer Umstellung der biologisch-physikalischen Basis im Zellgefüge der Haluterkörper. Die Metabolismen dieser Körper werden beeinflußt. Da die Umstellung im Zellgefüge, die von den Okefenokees herbeigeführt wurde, im Zustand der Reife und der einsetzenden Alterung der Individuen angegriffen wird, verformt sich alles wie bei einem Embryo.«

»Das soll ein einzelner Mensch verstehen!« wunderte sich John Sanda.

»Du sollst auch nicht verstehen, sondern zuhören«, sagte Bontainer. »Das sind Zusammenhänge, die du nicht ergründen kannst.«

»Herzlichen Dank, Bonnie«, sagte Sanda und schwieg.

»Das Resultat«, fuhr die Projektion dröhnend und mit aufgerissenem Rachen fort, während die Handlungsarme kleine, erläuternde und unterstreichende Bewegungen ausführten, »war ein totales Erlöschen sämtlicher Haßgefühle und der Wut der Bestien, die zur Vernichtung zahlloser Kulturen und Völker geführt hatten.

Zum Vorschein trat durch die Formungsstrahlung der Lemurer die klare Logik, traten die Vernunft und große Toleranz anderen gegenüber. Diese Charaktermerkmale waren in den Eiern der Skoars, die für die Bioexperimente verwendet wurden, vorhanden. Das wurde von den lemurischen Wissenschaftlern herausgefunden.«

Bontainer brauchte nicht mehr nachzudenken.

»Übersetzen Sie bitte«, bat er Spectorsky eindringlich.

»Die Waffe der Lemurer wirkt aber nicht innerhalb von Stunden, sondern kann als eine Langzeitwaffe angesprochen werden. Sie könnte in Jahren die geschilderten Vorgänge bewirken, aber keineswegs in einer kürzeren Zeit.«

Der Robot erwiderte:

»Sie haben völlig recht. Es ist eine Waffe, die bis zum Punkt der vollen Wirkung einen Zeitraum benötigt, der etwa fünfzig vollen lemurischen Jahren entspricht. Bis zu diesem Zeitpunkt sprachen sämtliche Haluter darauf an und zogen sich in tiefer Reue und einschneidender Demut aus dem Kampfgeschehen zurück. Sie bedauerten, was sie getan hatten, besaßen aber keine Mittel mehr, es zu ändern oder gar rückgängig zu machen.«

Die Pause, die jetzt eintrat, war länger.

Die Gesichter der zwölf Männer, die sich seit sieben Stunden hier in der Unterwelt von Halut aufhielten, waren ausgezehrt und trugen die Spuren der Anstrengungen. Die Augen lagen in tiefen Höhlen, Bartwuchs zeichnete sich ab, und die Linien der Aufregungen und Entbehrungen schnitten tiefe Kerben in die Gesichter.

»Machen wir weiter, Spec«, sagte Bontainer. »Ich frage, Sie reden.«

»Einverstanden. Thema?«

»Übersetzen Sie: Wodurch wurden die Haluter primär gezwungen, ihre wütenden Angriffe zu beenden? Es erscheint mir unmöglich, daß diese Strahlung die gesamte Galaxis durchzogen hat und alle Haluter, wo auch immer sie gerade ein paar Planeten vernichteten, zur Rückkehr bewegte. Es muß eine Waffe gegeben haben, die schnell, überzeugend und blitzartig wirkte. Was ist dies für eine Waffe?«

Langsam und deutlich kamen die Worte Spectorskys.

Der Robot machte eine Pause.

Die Terraner hatten gehört, was Bontainer gefragt hatte. Sie wußten, was auf dem Spiel stand und welchen Erfolg Terra mit dieser unbekannten Waffe haben würde.

»Ich kann Ihnen nicht sagen, wodurch die Ahnen der heutigen Haluter gezwungen wurden, ihre Angriffe einzustellen. Sie wurden, das ist bewiesen, gezwungen, ihre wütenden Vernichtungsangriffe einzustellen. Eine solche Waffe war damals vorhanden, hat existiert, aber ich kann Ihnen nicht sagen, wie sie wirkte und wie sie funktionierte. Es tut mir leid.«

Bontainer senkte den Kopf und fragte etwas leiser:

»Können Sie es nicht sagen, weil die Auskunft tabu ist, oder können Sie es uns nicht sagen, weil keine Informationen vorliegen?«

Die Antwort kam augenblicklich.

»Letzteres ist der Fall. In meinen Speichern und Archiven befindet sich nichts, das auf die Konstruktion hindeutet. Ich weiß, daß diese Waffe existierte, aber das ist auch alles.«

»Womit«, erklärte Waringer düster, »unsere Expedition gescheitert wäre.«

Bontainer schien sich gefangen zu haben.

»Nein«, sagte er scharf. »Ich bin noch nicht fertig. Fühlen Sie sich noch in der Lage, weiter zu übersetzen, Spec?«

Der Anthropologe nickte schweigend, dann murmelte er:

»Natürlich.«

»Gut. Fragen Sie ihn, ob er weitere Informationen über die Zeit erteilen kann, die rund um das mysteriöse Zahmwerden der Haluter lag. Genaueste Schilderungen möchte ich.«

»Gut.«

Einige Minuten lang schwieg der Robot. Dann sagte er langsam:

»Nach der nahezu vollkommenen Vernichtung des lemurischen Sternenreiches geschahen merkwürdige und unbegreifliche Dinge. Die Schiffseinheiten der Haluter wurden angegriffen und vernichtet. Das geschah in einer solchen Schnelligkeit und Perfektion, daß niemals eine genauere Nachricht eintraf, die etwas über die Funktionen dieser unbekannten Waffe aussagte. Von keinem der zahlreichen Schiffe, die angegriffen und vernichtet wurden, gab es auch nur einen einzigen Überlebenden. Wir registrierten nur die Verluste, niemals aber die Ursachen. Es führte so weit, daß fast sämtliche Einheiten der Haluter, die nicht auf dem Zentralplaneten lagen, völlig aufgerieben wurden. Das geschah vor etwa fünfundvierzigtausend Jahren Ihrer Rechnung.«

Also hatte es eine ultimate Waffe gegeben.

»Dieses Ding muß von Lemurern hergestellt und auf breitester Ebene eingesetzt worden sein«, sagte Abel Waringer. »Und niemand kam zurück, um zu berichten. Das ist eine mehr als niederschmetternde Nachricht.«

»Nein.«

Der Psychologe war noch immer zuversichtlich.

»Das menschliche Gehirn ist besser als jeder Robot«, sagte er. »Und auch ein organisches Gehirn, wie das der Haluter, ist diesem Robot hier überlegen. Was uns fehlt, sind Informationen. Und wir sollten versuchen, aus der Maschine so viele Informationen herauszuholen, wie es geht.«

»Einverstanden«, sagte Waringer.

»Bleiben wir bei der Friedfertigkeitsstrahlung – also der Formungsstrahlung. Wie kommt es, daß wir sie hier auf Halut antreffen?«

Langsam übersetzte Spectorsky die Antwort.

»Es ist nach dem Einsatz der neuen Waffe und der Vernichtung der meisten Haluter einem Spezialkommando der Lemurer ein unvergleichlicher Schachzug gelungen.

Sie landeten auf Halut. Nicht nur hier, sondern auch auf einigen anderen damaligen Stützpunktplaneten.

Sie landeten im geheimen und schafften es, Projektoren einzubauen, die energieautark waren. Diese Projektoren erzeugten ununterbrochen die Formungsstrahlung. Das führte dazu, daß sämtliche landenden Haluterschiffe mit deren Besatzungen in den Bereich der Strahlung gerieten und die Angriffslust verloren.

Das alles dauerte Jahre, nicht Tage.«

»Bedeutet das, daß es auch noch andere Planeten gab, auf denen Haluter lebten?«

Bontainer war wieder einmal einer neuen Sache auf der Spur. Der Mensch gibt die Hoffnung nicht auf, bevor er nicht gestorben ist, dachte Waringer voller Bewunderung. Er selbst fühlte sich niedergeschlagen; für ihn war die Expedition bereits gescheitert.

»Ich komme sofort auf die Frage zurück. Ich fasse zusammen: Die Einsicht aus der langen und bewegten Geschichte der Haluter ist diese, daß sich ungefähr vierzigtausend Jahre vor dem gegenwärtigen Zeitpunkt sämtliche Haluter auf diesen Planeten hier zurückgezogen haben, um hier friedfertig zu leben, ein Leben voller Beschaulichkeit und Ruhe. Das ist geglückt.

Nur manchmal, wenn die alte Abenteuerlust sie ergreift, starten sie, um sich in einer sogenannten Drangwäsche von den Impulsen aus der fernsten Vergangenheit zu befreien, also sich freiwillig einer Katharsis zu unterwerfen. Ich nehme an, auf diese Art und Weise sind Sie selbst mit Halutern zusammengetroffen.«

»Das trifft hundertprozentig zu«, sagte Spectorsky. »Aber da ist noch die Auskunft über die übrigen ehemaligen Halutplaneten . . . wie immer sie auch geheißen haben mögen.«

»Diese Planeten sind längst leer und verlassen«, sagte der Robot. »Den heutigen Halutern sind auch die Koordinaten nicht mehr gegenwärtig, und ich habe sie nicht in den Speichern. Brauchen Sie weitere Informationen?«

Bontainer sah ihn kurz an, deutete dann in den Saal hinein und auf die Schalen mit den darübergespannten Paratronschirmen.

»Diese Dinge dort – sind es Informationen über Planeten, die Haluter vernichtet haben?«

Der Robot bejahte.

»Es sind Dokumente und Fundstücke, zusammengetragen von den Halutern während ihrer Einsätze und nachher.«

Bontainer lächelte grimmig.

»Fragen Sie, Spec, ob eine dieser rund zweitausend Schalen auch die Informationen über das Reich der Lemurer enthält.«

Die Antwort war kurz. »Dort sind derartige Informationen.«

»Wir bitten«, sagte Bontainer, »als Nachkommen der ermordeten Lemurer, als Erben des lemurischen Imperiums, daß uns diese Informationen ohne jede Einschränkung ausgehändigt werden.«

»Diesem Wunsch kann entsprochen werden.«

Etwa einen Viertelkilometer vom Podest entfernt, auf dem sich die Terraner befanden, brach ein kleiner Paratronschirm auseinander und schlug in die Ränder seiner Schale zurück. Langsam, wie in Zeitlupe, versank der Steinsockel im Boden, und die Schale saß mit dem Unterteil auf dem Boden auf. Ihre obere Kante war rund zwei Meter vom Boden entfernt.

»Sie können diese Schale entleeren«, sagte der Robot.

Bontainer dachte an seine Männer und an die Mengen von Gegenständen, die auf der Schale lagen. Es war unmöglich, alles einzustekken oder in den Armen wegzutragen. Was hier stattfinden mußte, war ein organisierter Abtransport.

»Robot«, sagte er, »wir danken dir. Wir nähmen auch gern alle diese Speicherkristalle und andere Datenträger mit, aber wir sind nur zwölf Männer, die obendrein erschöpft sind und keine Möglichkeit haben, dies alles zu tragen.«

»Was verlangen Sie?«

»Wir müssen mit unseren Freunden sprechen, die oberhalb dieses Systems auf uns warten. Dann müssen wir mit genügend Laderaum oder entsprechenden Behältern hier erscheinen und alles einladen. Das dauert eine gewisse Zeit.«

Der Haluter auf dem riesigen Bild bewegte sich unruhig und drückte damit ein Zögern der Maschine aus.

»In einem solchen Fall«, sagte er schließlich, »ist folgendes vorgesehen: Die Zugänge in diese Halle bleiben genau zwei Stunden Ihrer Zeit geöffnet.«

»Danke. Und an welcher Stelle werden wir, wenn wir hier herauskommen, die Oberfläche Haluts betreten?«

Es war der Stimme nicht anzumerken, ob sich der Formulierende wunderte.

»Natürlich dort, wo sich die einzigen Tore zu unserem unterirdischen Reich befinden. Die Stahltore, die Sie vergeblich zu berennen versuchten. Ich habe Rezeptoren dort oben.«

Waringer und Sanda blickten sich an.

»Donnerwetter«, sagte John Sanda. Auch ihm war die Erschöpfung deutlich anzusehen. Jetzt, wo alles vorüber war, wo keine Gefahren mehr drohten, schienen die Männer förmlich zu verfallen und in sich zusammenzusinken.

»Wir betreten also Halut durch die geöffneten Tore. Sie müssen hier ziemlich senkrecht über uns liegen, aber niemand weiß, in welcher Höhe. Wir sind sehr tief unten.« Bontainer stieß Spectorsky an.

»Wo befindet sich der Ausgang für unsere Expedition?« fragte Spectorsky.

»Gehen Sie geradeaus. Dort, wo das Fußende meiner Projektion ist, wird sich bei Ihrer Annäherung eine Pforte öffnen. Dahinter liegen Lifte, die Sie sicher nach oben bringen werden. Ab dem Zeitpunkt, an dem Sie das obere Tor durchschreiten, läuft die Zeit!«

»Hundertzwanzig Minuten?«

»Ja. Danach werden Sie, um diesen Saal betreten zu können, den gesamten Anmarsch wiederholen müssen; es führt kein anderer Weg hierher.«

»Das ist ein Grund, daß wir versuchen sollten, einen letzten Spurt einzuschalten«, sagte Alvarez.

»Richtig. Aber die Arbeit wird ein anderer tun müssen.«

Bontainer hob beide Arme und sagte laut:

»Gut. Wir werden jetzt gehen und uns an die Zeit halten. Wir danken für die Informationen, die leider nicht so vollständig waren, wie wir es erhofft hätten. Sehen Sie keine Möglichkeit, uns mehr zu helfen?«

»Ich habe nur mein Programm erfüllt. Nein, ich sehe keine Möglichkeit mehr. Sähe ich sie, würde ich Ihnen sagen, was immer ich weiß. Ich bedaure. Die Projektion wird jetzt abgeschaltet. Das Licht in der Halle soll es Ihnen ermöglichen, hinauszufinden. Ende.«

Gleichzeitig mit dem Verschwinden des riesigen Haluters begann wieder die gesamte Kuppel zu leuchten.

»Gehen wir – schnell!« sagte Bontainer. »Haben Sie das Funkgerät noch, Waringer?«

»Natürlich.«

Die Terraner bewegten sich schnell und mit letzter Kraft zwischen den Schalen hindurch, in dem diffusen Schatten, der hier am Boden herrschte. Sie folgten den weißen Schlangenlinien, die um die zahllosen Steinsockel herumführten, und Bontainer merkte sich den Standort der offenliegenden Schale.

»Wieviel, Bonnie, schätzt du, daß wir wegschleppen müssen?«

Sanda fragte, während er neben Bontainer auf den Ausgang zulief.

»Ich glaube, daß es mehr als fünfzehn Kubikmeter sind. Gewicht unbekannt. Wir würden es nicht einmal zu einem Zehntel schaffen.«

»Was schlägst du vor?«

»Warte«, sagte Bontainer, der plötzlich eine unüberwindliche Sehnsucht nach dem Schlaf, einem heißen Bad und einem kleinen, kalorienreichen Essen verspürte. »Warte, bis wir oben sind.«

Endlich erreichten sie die Wand des Saales, das gegenüberliegende Ende. Vor ihnen, als sie eine unsichtbare Schranke passiert hatten, glitt ein wuchtiges Portal zur Seite und verschwand in einem schmalen Einschnitt, der vorher nicht sichtbar gewesen war. Dahinter lagen zehn Meter eines hohen, ebenfalls ausgelegten Korridors, dann sah man zwei Antigravschächte oder Öffnungen, die so wie diejenigen von Antigravlifts aussahen.

Nacheinander gingen die Terraner in den Schacht hinein, wurden von dem latenten Feld erfaßt und langsam nach oben gezogen.

»Helme zu, Versorgung an!« sagte Bontainer.

Sie gehorchten augenblicklich, viel zu apathisch, um sich ernsthafte Gedanken zu machen. Nur Sanda und Waringer, Bontainer eingeschlossen, waren in der Lage, der Erschöpfung standzuhalten. Während sie nebeneinander hochschwebten und sich gegenseitig an den Brustgurten festhielten, um nicht auseinandergetrieben zu werden, unterhielten sie sich leise.

»Wir haben viel Erfolg gehabt«, sagte Bontainer. »Wenn wir auch ohne die erwartete Waffe zurückkommen, so haben wir einige Kubikmeter Informationen, die außer uns und dem Robot niemand kennt, haben die Daten der halutischen Geschichte, die zugleich auch eine faszinierende Studie galaktischer Zusammenhänge ist und haben bewiesen, daß wir in der Lage sind, härteste Strapazen auf uns zu nehmen. Sehen Sie sich um, nicht einer der Männer ist verletzt. Ein paar blaue Flecken, das wird alles sein.«

Sie schwebten nach oben, und in den Lautsprechern hörten sie die schweren Atemzüge der anderen Männer. Bontainer erhöhte den Anteil reinen Sauerstoffs in seiner Anzugsatmosphäre und zählte ab. Sie waren vollzählig.

Irgendwie fühlte er sich glücklich.

10.

Sie bewegten sich durch die Halle, einige von ihnen überschritten die Linie zwischen Licht und Schatten. Schlagartig erlosch der riesige Paratronschirm, der dicht vor dem Ausgang gespannt gewesen war.

Zwei der Gestalten blieben innerhalb des Lichts stehen, schienen etwas in den Händen zu halten, während die anderen zehn Terraner, die aus den Kavernen des Todes kamen, weitergingen, durch die Zone des Todes, vor der die Haluter schweigend warteten.

Bontainer und Sanda, die Space-Twins, standen in der Halle hinter den Toren.

»Ich ahne, was du willst, aber ich weiß es nicht genau. Was hast du vor, Bonnie?« fragte Sanda. Sie waren allein und hatten die Helme wieder geöffnet, hatten geschluckt, um das dumme Gefühl in den Gehörgängen loszuwerden.

»Ich bin zu müde, es dir zu erklären, John – höre zu.«

Bontainer setzte sich auf das blanke Metall, auf dem nicht ein einziges Staubkörnchen zu finden war, und schaltete das Funkgerät ein. Er drehte an dem Abstimmknopf, bis er einrastete. Schiffsfrequenz.

»Hier Bontainer. Ich rufe Rhodan«, sagte er und schwieg dann, die Augen in die Ferne gerichtet.

Er sah den breiten glasierten Streifen, der über Hügel und durch Täler lief, und dahinter den Wall wartender Haluter. Es konnten

Tausende sein oder noch mehr. Es war ihm ziemlich gleichgültig; er fühlte sich ausgebrannt, hohl und erschöpft.

Rhodan war drei Sekunden später am Mikrophon.

»Bontainer«, sagte er leise. Erleichterung klang aus seiner Stimme.

»Ja, Bontainer. Gesund, aber total erschöpft. Alle leben.«

Rhodans Erleichterung war noch deutlicher. Bontainer bewunderte ihn eine Sekunde lang, weil er zuerst nach den Männern fragte, beziehungsweise mit der Frage nach dem Erfolg entsprechend lange wartete.

»Schicken Sie bitte zwei schwere Gleiter hierher – wir sind hinter der Zone des Todes, an der Stelle des Paratronschirmes. Die Gleiter sollen die Männer abholen. Sie sind alle am Ende.«

»Die Besatzungen rennen bereits in die Schleusen. Gut. Weiter, Bontainer.«

»Dann brauchen wir fünfzehn Transportrobots oder besser zwanzig. Wir haben ungefähr fünfzehn Kubikmeter Informationen gefunden, schön in Kassetten verpackt. Die Waffe aber, Sir, haben wir nicht. Es tut uns unendlich leid, Sie alle enttäuschen zu müssen.«

Eine Pause entstand.

»Das ist schlimm, aber ich wagte nicht zu hoffen, daß wir so schnell Glück haben würden, Bontainer. Was tun Sie?«

Bontainer lachte freudlos.

»Ich sitze hier am Boden und warte auf Sie und die Roboter, um Ihnen zu zeigen, wo die Informationen zu holen sind. Inzwischen sind fünf Minuten vergangen; wir haben nur noch hundertfünfzehn Minuten Zeit, dann wird hier alles zugeschlossen. Eile wäre vonnöten, Sir.«

»Ich bin in vier Minuten bei Ihnen. Bleiben Sie, wo Sie sind!«

Etwas lauter sagte Bontainer:

»Ich hatte auch nicht vor, mehr als einen einzigen Schritt zu machen.«

Zwei Minuten später sahen die beiden Männer die Positionslampen zweier schwerer Gleiter. Sie jagten scharf über dem Boden heran, heulten dicht über den Köpfen der regungslosen Haluter dahin und nahmen Kurs auf die Männer, die müde die Arme in die Luft warfen. Dann landeten die beiden Gleiter, den Männern wurde an Bord geholfen.

Rhodan schaffte es in dreieinhalb Minuten.

Dann orgelte eine Space-Jet mit aufgeblendeten Landescheinwerfern heran, fuhr fauchend die Landestützen aus und setzte etwas zu hart auf.

Rhodan, im Kampfanzug, mit offenem Helm, sprang aus der Schleuse.

Er lief auf Bontainer zu, der sich ächzend erhob.

»Ich danke Ihnen«, sagte Rhodan. »Alles in Ordnung?«

Bontainer gähnte und sah zu, wie Rhodan Sandas Hand schüttelte, als wolle er John den Arm abreißen.

»Ich bin müde«, sagte er.

Aus der Polschleuse kamen die silberglänzenden Leiber der schweren Arbeitsmaschinen. Sie trugen die zusammengefalteten Leichtmetallkisten mit sich und stellten sich hinter Rhodan auf. Dann kam eines der Besatzungsmitglieder mit einem kleinen Gleiter auf die Männer zugeschwebt.

»Führen Sie uns an?« fragte Rhodan.

»Gerne«, sagte Bontainer.

Sanda, Rhodan und er nahmen in dem Gleiter Platz, und die Robots marschierten schweigend neben dem Fahrzeug in den anderen Antigravschacht hinein. Gleiter und Robots sanken langsam nach unten.

»Wie war es, Vivier?« fragte Rhodan leise.

»Grauenhaft«, sagte Bontainer. »Es war ein Spießrutenlaufen, das uns alle jede Sekunde hätte umbringen können. Wir arbeiteten mit sämtlichen Tricks, die es gibt.«

»Die Summe der Einzelteile ist mehr als das Ganze«, sagte Sanda. »Wir haben viel zu erzählen.«

Rhodan winkte ab.

»Später«, sagte er. »Dort draußen warten mehr als siebzigtausend Haluter auf euch. Sie stehen seit vier Stunden dort, begannen sich zu versammeln und wurden immer mehr. Die beiden Schlepper sind inzwischen geholt und ins Schiff zurückgebracht worden. Icho Tolot und Waxo Khana sind noch im Schiff. Als Sie sich meldeten, war ihre Freude schrankenlos.«

»Das freut uns.«

Endlich waren sie unten.

Der Gleiter schwebte in die Halle hinein, und Rhodan ließ sich alles erklären. Er staunte und schüttelte den Kopf und bekam einen deutlichen Begriff von den Größenordnungen, mit denen es die zwölf Männer der Expedition zu tun gehabt hatten.

Der Gleiter hielt neben der abgesenkten Schale an.

Bontainer gab den Robots die Befehle. In rasender Geschwindigkeit wurden die verschiedenen Datenträger verladen und sorgfältig übereinandergeschichtet. Die Robots behandelten sie trotz der eigentümlichen, fehlerfreien Geschwindigkeit, mit der sie arbeiteten, wie kostbare Schätze. Und kein Schatz der Galaxis, dachte Rhodan, war im Augenblick kostbarer als der Inhalt dieser Mikrospeicher.

»Das hier war der Abschluß des langen Weges?« fragte Rhodan und deutete auf die Halle.

»Ja. Ich bin weder zimperlich noch feige, aber ich möchte dies alles kein zweites Mal durchmachen müssen. Ich bin überzeugt . . .« Bontainer lachte ein wenig, » . . . ich spreche auch im Namen der anderen Männer.«

»Und in einigen Tagen, wenn wir in der Messe davon berichten, werden wir aufschneiden und uns gegenseitig versichern, welch ein amüsanter Spaziergang es war.«

John Sanda nickte langsam und sah zu, wie die letzten Gegenstände von der Schale verschwanden.

»Fünfzig Minuten«, sagte Rhodan, nachdem er auf die Uhr gesehen hatte. »Wir verlassen diese Gruft. Sicher ist sicher – ich möchte nicht riskieren, eingeschlossen zu werden.«

»Einverstanden.«

Die Robots arbeiteten sich auf Antigravfeldern vorwärts und schwebten mit ihrer Fracht in den Antigravschacht hinein. Der Gleiter folgte ihnen, und als sich Bontainer umdrehte, sah er, wie in der riesigen Halle das Licht erlosch. Wieder senkte sich das Dunkel der Jahrtausende über diese verwirrende unterhalutische Anlage. Sie diente den Völkern, die von den Halutern vernichtet worden waren – und ein einziges war erschienen und hatte sein Erbe geholt.

»Eines Tages werde ich das alles schreiben«, sagte Sanda und lehnte sich bequem in den Sitz des Gleiters zurück. »Und dann wird mich alle Welt als den größten Lügner aller Zeiten bezeichnen.«

»Dieses Risiko, John, gehen wir mit vielen Unternehmungen ein, die von uns gesteuert werden. Glücklicherweise lassen sich die meisten Dinge beweisen.«

Bontainer sah zu, wie Sandas Gesicht sich plötzlich entspannte. Der Mann schlief im Sitzen ein, und Bontainer erwiderte langsam:

»Aber nicht alles ist zu beweisen. Zum Beispiel nicht die Spuren, die menschlich aussahen und die wir hier unten irgendwo entdeckten. Sie scheinen von einem Riesen oder einem Roboter zu stammen.«

Er zuckte die Schultern.

Irgendwann schwebte der Gleiter aus der Öffnung, schraubte sich nach einigen gewagten Manövern in die Polschleuse der Jet. Die Männer stiegen aus, und das erste, was Sanda und Bontainer taten, war, sich des schweren Anzugs zu entledigen.

Sie schliefen, als die Jet an Bord der EX-3333 einschwebte.

Waxo Khana und Rhodan saßen sich gegenüber.

Der alte Haluter saß auf einem der Kontursessel, von dem man die breiten Armlehnen abgeschraubt hatte. Dennoch waren einige Metallteile verformt. Zwischen diesen beiden verschiedenartigen Wesen bestand eine stumme Übereinkunft.

Beide sahen sie die Ereignisse in der richtigen Perspektive.

Aber sie mußten noch über die Zukunft sprechen.

»Die mitgebrachten Forschungsunterlagen bedürfen einer sehr sorgfältigen Prüfung, Khana«, sagte Rhodan. »Wir werden sie zuerst sichten müssen, was eine lange Zeit dauern und viele Männer beschäftigen wird. Dann müssen wir sie prüfen. Sind Sie an den Auswertungen interessiert?«

»Ja«, sagte der Haluter. »Senden Sie ein kleines Schiff mit wenigen, ausgesuchten Männern. Die Koordinaten Haluts sollen nicht bekannt werden.«

Rhodan nickte verständnisvoll.

»Natürlich. Ich hätte nichts anderes getan. Unter Umständen werden wir in diesen vielen Unterlagen Hinweise finden, die uns die Waffe finden helfen können. Vielleicht erfahren wir alles, vielleicht nichts.«

Die drei Augen ruhten ruhig und gelassen auf Rhodan.

»Schade, daß im Tempel der Unberührbarkeit keine nähere Auskunft erteilt werden konnte. Ich hätte es Ihnen allen so gewünscht. Ihnen und . . . uns Halutern.«

Der Alte schwieg wieder.

»Wir werden gleich starten«, sagte Rhodan. »Waringer, Bontainer und die anderen Wissenschaftler sind der übereinstimmenden Meinung, daß wir indirekt einen sehr großen Erfolg errungen haben. Das Geheimnis der Haluter ist geklärt. Wir wissen nun, daß die Symboflex-Partner erst von der Ersten Schwingungsmacht den heutigen Zeitpolizisten angesetzt wurden. Es sind fürchterliche Tyrannen, wie wir wissen. Lassen Sie sich von Icho Tolot darüber berichten, zu welchen Dingen die Parasiten fähig sind. Diese Lebewesen hat es damals in M 87 noch nicht gegeben.«

»Ihr wart so mutig und so gerissen«, sagte der alte Haluter fast traurig. »Ich wünschte, ich wäre jung und könnte mit Ihnen gehen. Aber ich kann nicht mehr.«

Aus dem Rachen kam das, was bei Halutern ein kurzes Lachen war.

Rhodan stand langsam auf und ging vor dem Haluter hin und her. Seine Unruhe übertrug sich auf den schwarzen Giganten.

»Unsere Männer sind also auf die Oberfläche zurückgekehrt, ohne die Konstruktionsprinzipien des Formungsstrahlers zu kennen. Außerdem sagte mir der Anthropologe Spectorsky, wurde ihm erklärt, daß die Formungsstrahlung unter keinen Umständen in der Lage ist, einen Paratronschirm zu durchdringen.«

Waxo Khana erhob sich auf seine Säulenbeine und sah auf den Terraner herunter.

»Das wird der Grund dafür gewesen sein, daß die alten Lemurer Sonderkommandos einsetzten, die hier die Projektoren in aller Stille montierten. Hier konnten die Projektoren innerhalb der planetenumspannenden Paratronschutzschirme arbeiten. Auf diese Weise wurden die Alt-Haluter umgeformt.«

Langsam ging der Terraner neben dem Haluter, dem greisen Wächter von Geheimnissen, die jetzt keine mehr waren, aus dem Laborraum des Physikers hinaus und auf den Korridor weiter. Nebeneinander sanken sie durch den langen Antigravschacht nach unten in die Polschleuse.

Überall liefen Männer und Frauen an ihre Posten, überall klangen Signale, leuchteten Lampen auf, wurden Gegenstände raumfest verankert.

Auf der Rampe blieben sie stehen.

Perry Rhodan sagte halblaut:

»Für uns alle wird es jetzt darauf ankommen, diese geheimnisvolle

Offensivwaffe zu finden, die sofort wirkt und die damals die halutischen Flotten davon zurückhielt, sämtliche Lebewesen in der Galaxis auszurotten. Das ist unsere vordringlichste Aufgabe.«

Der Haluter streckte Rhodan eine Hand entgegen.

»Das ist Ihre Aufgabe. Wenn wir irgendwie helfen können, so lassen Sie es mich wissen. Sie können in dem Bewußtsein abfliegen, daß der gesamte Planet Halut den Terranern freundschaftlich gegenübersteht.«

Rhodan schüttelte die Hand mit beträchtlichem Kraftaufwand.

»Ich danke Ihnen.«

»Icho Tolot, Fancan Teik, Hisso Rillos und Pinar Alto bleiben hier. Sie werden sich auf ihrer Heimatwelt von den Strapazen der Drangwäsche erholen. Ich gehe jetzt.«

Langsam bewegte sich der alte Haluter die Rampe hinunter und verschwand in Richtung auf Icho Tolots Haus. Rhodan sah ihm nach, bis er in dem schwindenden, letzten Licht der Sonne Haluta nichts mehr erkennen konnte. Dann drehte er sich um und ging zurück. Hinter ihm schloß sich das Schott, die Rampe wurde eingezogen.

Verschiedene Gedanken schossen Rhodan durch den Kopf.

Er dachte an die Dinge, die ihm von den Männern erzählt worden waren, bevor sie erschöpft einschliefen. Er dachte an die Tatsache, daß die Haluter, die vor sechzigtausend Jahren aus der Großen Magellanschen Wolke geflohen waren, dies in normalen Raumschiffen getan hatten und nicht in Dolans. Diese biotechnischen Flugkörper kannten sie damals nicht.

Dann startete die EX-3333.

Major Roune Mareaux leitete den Start ein, gab ebenso präzise Kommandos wie Bontainer und schaffte es mühelos, das Schiff in den Raum zu bringen und zu beschleunigen. Die EX-3333 verschwand im Linearraum.

11.

Das gerade aus der Werft gelieferte Ultraschlachtschiff CREST V legte bei seiner ersten Linearetappe nur zehn Lichtjahre zurück. Als der große Panorama-Bildschirm wieder aufleuchtete, stand die Sonne als winziger gelber Stern auf dem Heckteil. Der gigantische Kugelraumer mit einem Durchmesser von zweitausendfünfhundert Metern hatte natürlich kein Heck im eigentlichen Sinn, aber noch immer wurde die der Flugrichtung entgegengesetzte Seite des Schiffes so genannt.

In der Galaxis-Klasse gab es kein besser ausgerüstetes Schiff, und drei zusätzliche FpF-Geschütze sollten dafür sorgen, daß selbst die Zweitkonditionierten mit ihren Dolans vergeblich angriffen.

Die ehemalige Besatzung der CREST IV hatte das neue Schiff mit Freude und Stolz übernommen. Der erste Testflug sollte seine Tüchtigkeit unter Beweis stellen.

Oberst Merlin Akran nickte seinem Ersten Offizier, dem Afroterraner Oberstleutnant Ische Moghu, befriedigt zu.

»Nun, was sagen Sie, Erster?«

Der fast zwei Meter große Neger mit den grauen Haaren und dem sonnigen Gemüt nickte zurück.

»Guter Kahn, Kommandant. Möchte behaupten, daß ich von dieser Sekunde an unserer alten CREST IV nicht mehr so sehr nachtrauere. Besonders die FpF-Geräte beruhigen mich. Damit schlagen wir jeden Dolan in die Flucht.«

Akran, der kompakte Epsaler, grinste.

»Nicht an Dolans denken, Erster. Wir machen einen Testflug und haben den Auftrag, dabei auf irgendeinem Planeten probezulanden.« Er sah auf den Bordkalender. »Wir haben eine Woche Zeit. Sehen wir uns die Karten mal an. Im Umkreis von zwanzig Lichtjahren gibt es genug Kolonialplaneten, denen wir einen Freundschaftsbesuch abstatten können. Kann aber auch ein unbewohnter Planet sein.«

Der Erste ging gleich hinüber zum Navigationsoffizier und ließ sich von ihm die entsprechenden Sternkarten geben, mit denen er zum Kommandanten zurückkehrte. Es handelte sich dabei um Klarsichtfolien, auf denen alle wichtigen Angaben deutlich zu erkennen waren. Die entsprechenden Programmierungskarten für den Kurscomputer waren mit ihnen identisch.

Die beiden Männer beugten sich über den Tisch, während die CREST V mit fast Lichtgeschwindigkeit durch den Raum raste.

»Wir liegen genau auf Kurs Wega«, stellte Ische Moghu fest. »Wir sollten vielleicht General Pera Isigonis einen Besuch abstatten. Habe den alten Polterer schon lange nicht mehr gesehen.«

»Lieber nicht. Das Wega-System gehört zum ersten Verteidigungsgürtel der Erde. Eine Landung dort kann nur unter bestimmten Voraussetzungen erfolgen. Ich schlage vor, wir versuchen es da . . .«

Er deutete auf eine Sonne mit vier Planeten, die scheinbar dicht neben Wega stand, in Wirklichkeit jedoch mehr als zwanzig Lichtjahre von ihr entfernt war.

General Pera Isigonis war froh, als sich der Inspektionsflug seinem Ende näherte. Er unternahm fast wöchentlich solche Flüge und besuchte die Einheiten der Flotte, die auf die zahlreichen Planeten der Wega verteilt worden waren. Er legte bei den künstlichen Raumfestungen an, die noch zusätzlich die Sonne umkreisten und den Sicherheitsgürtel verstärkten. Der Wega-Stützpunkt galt als einer der stärksten Flottenstützpunkte Terras, und er lag im Vorfeld der unmittelbaren Verteidigungszone des Solaren Imperiums.

Vor zwei Tagen erst hatte Isigonis eine persönliche Botschaft von Rhodan erhalten. In ihr wurde er zur verstärkten Wachsamkeit angehalten und ihm höchste Alarmbereitschaft empfohlen.

Der General wurde aus düsteren Gedanken aufgeschreckt, als ein Funkoffizier aufgeregt in die Zentrale kam und Meldung erstattete.

»Notruf von Station W-47, Sir. Dolans gesichtet.«

Isigonis kam mit verblüffender Geschwindigkeit aus seinem Sessel hoch.

»Dolans . . .? Wie viele?«

»Fünfhundert, Sir. Sie kamen aus dem Linearraum und scheinen sich zu sammeln. Weitere Flugrichtung unbekannt.«

»Geben Sie Alarm für alle!«

Der Offizier verschwand.

Isigonis setzte sich wieder. Im Augenblick konnte er nicht mehr tun. In wenigen Minuten würden die Meldungen eintreffen, und aus ihnen konnte er sich dann ein Bild formen. Ein Bild, das zu schlimmsten Befürchtungen Anlaß geben würde – das wenigstens wußte er mit Sicherheit.

Die Dolans waren an verschiedenen Stellen ins Normaluniversum zurückgefallen. Sie sammelten sich zur neuen Startformation, und diesmal wies der Frontteil genau in die Richtung, in der die gelbe Sonne Sol stand, siebenundzwanzig Lichtjahre entfernt.

Damit wurde General Isigonis auch der Rest klar.

Der Angriff auf die Erde begann.

Isigonis flog die nächste Hyperfunkstation an und ließ einen Bildkontakt mit OLD MAN herstellen, wo Perry Rhodan sich zur Zeit aufhielt, nachdem er von der Halut-Expedition zurückkehrt war. OLD MAN befand sich in einer weiten Umlaufbahn um Terra. Schon Minuten später blickte er in die Augen Rhodans.

»Sir, fünfhundert Dolans sammeln sich zum Angriff auf die Erde. Sollen wir eingreifen? Vielleicht gelingt es uns, den ersten Angriffskeil zu zerschlagen. Die neuen FpF-Geräte . . .«

»Warten Sie ab, General. Beobachten Sie die weiteren Vorbereitungen. Wissen Sie, wo die CREST V steckt? Sie hatte den Auftrag, einen Testflug durchzuführen, und meldete sich nicht mehr . . .«

»Sir, wir hatten vor zwei Stunden Kontakt mit der CREST. Oberst Akran bestätigte eine Landung auf der Kolonialwelt Pyros II.«

»Können Sie Verbindung zu Akran aufnehmen?«

»Jederzeit, Sir.«

»Gut. Informieren Sie Akran und bitten Sie ihn, sofort hierher zurückzukehren. Ich erwarte das Schiff auf OLD MAN. Sie selbst greifen noch nicht ein. Es sind die Dolans, die angreifen und den Krieg wollen, nicht wir.«

»Ich bleibe mit Ihnen in Verbindung, Sir«, sagte Isigonis und verließ die Funkstation, denn einen Funkkontakt mit der CREST konnte er auch von seinem Schiff aus herstellen.

Als das geschehen war, kümmerte sich Isigonis wieder um die Dolans, die in ihrer Abflugformation verharrten, ohne etwas zu unternehmen. Es sah ganz so aus, als warteten sie auf etwas.

Und genau das bestätigte sich dann auch. Fünfhundert weitere Dolans kamen aus dem Linearraum, orientierten und formierten sich. Nun war der Angriffskeil, auf die Erde gerichtet, schon tausend Dolans stark. Die Chance, diese Streitmacht zurückzuschlagen, sank auf Null.

Die Hiobsbotschaft wurde an Rhodan weitergeleitet.

Während Isigonis weiterhin auf Horchposten blieb, während Oberst Akran mit der CREST V von Pyros II startete und Kurs auf OLD MAN nahm, löste Rhodans Großalarm die Abwehrreaktion der Erde aus. Noch wußte niemand, ob die Dolans aus der berechneten Richtung angreifen oder ein Täuschungsmanöver fliegen würden. Die Verteidigung des Solaren Imperiums staffelte sich tief in den Raum aber dreidimensional. Das bedeutete eine Aufsplitterung der Kräfte, die sich unter Umständen verhängnisvoll auswirken konnte. Aber es blieb keine andere Wahl.

General Isigonis meldete zwei Stunden später, daß nun insgesamt zweitausend Dolans zum Angriff bereitstünden.

Allan D. Mercant, Chef der Solaren Abwehr, war kurz zuvor auf OLD MAN eingetroffen. Es war, als habe er den bevorstehenden Angriff geahnt und wollte die Verteidigung zusammen mit Rhodan von OLD MAN aus leiten.

»Was sagt Isigonis?«

»Zweitausend bis jetzt. Angriffskeil Richtung Erde. Es ist bald soweit.«

»Verteidigung steht bereit. Sobald die Dolans bei Wega verschwinden, wissen wir mehr. Sie können bei dieser geringen Entfernung nur die Lineartriebwerke einsetzen, und die lassen sich orten. Wenn sie hier auftauchen, ist alles zu ihrem Empfang bereit.«

Rhodan warf Mercant einen prüfenden Blick zu.

»Glauben Sie wirklich im Ernst, daß wir mit zweitausend Zeitpolizisten fertig werden? Ich, ehrlich gesagt, nicht.«

Mercant versuchte zu lächeln.

»Vergessen wir lieber nicht, daß es nicht der erste Angriff ist, den wir abschlagen. Wir können mit den FpF-Geräten ihre Schutzschirme durchschlagen. Das wissen sie.«

»Eben, weil sie es wissen, rechne ich mit neuen Abwehrwaffen, die sie vielleicht überraschend einsetzen. Aber alle Spekulationen helfen uns nicht weiter. Wir müssen abwarten.«

Eine neue Meldung aus dem Wega-System traf ein:

Die zweitausend Dolans waren verschwunden. Außerdem hatte Oberst Akran den Rückflug zur Erde angetreten.

Rhodan nickte Mercant zu.

»Es ist soweit – bald werden wir wissen, ob wir es schaffen.«

Als die Dolans in das Einsteinuniversum zurückkamen, lag das Sonnensystem direkt unter ihnen, viele Lichtstunden entfernt. Damit wurde auch klar, welche Taktik sie bei ihrem Angriff verfolgten. Sie wollten vermeiden, die einzelnen Planetenbahnen zu überqueren und statt dessen unmittelbar von »oben« her auf die Erde vorstoßen. Anscheinend rechneten sie so mit schwächerem Widerstand. Zugleich bestätigte sich Rhodans Vermutung, daß man es diesmal ernst meinte. Man wollte nicht das Sonnensystem, sondern vor allen Dingen die Zentralwelt des Solaren Imperiums, die Erde, angreifen und vernichten.

Als Rhodan und Mercant diese Taktik erkannten, konnten sie ihre Befehle geben.

Die neuen Positionen wurden eingenommen.

General Ems Kastori stand mit seinem Schlachtkreuzerverband genau so, daß er den angreifenden Dolans den Weg zur Erde abschnitt. Das war ein reiner Zufall, und Kastori zeigte sich darüber alles andere als erfreut. Er galt als umsichtiger und tapferer Offizier, was jedoch durchaus nicht bedeutete, daß er sich als Held fühlte oder besonderen Wert darauf legte, sich und seine Leute unsinnig zu opfern.

Das änderte aber nichts daran, daß er die erste Wucht des feindlichen Angriffs zu spüren bekam.

Der Lagebericht besagte, daß die zweitausend Dolans nicht zugleich angriffen. Aus dem Verband lösten sich nur etwa tausend der halborganischen Flugkörper und nahmen mit halber Lichtgeschwindigkeit Kurs auf die Erde. Die übrigen warteten.

Tausend Dolans!

Und ein einziger genügte, um einen Planeten zu vernichten.

Ems Kastori wußte, daß alle seine Schiffe mit dem zusätzlichen FpF-Gerät ausgerüstet waren. Es handelte sich dabei um Frequenzmodifikatoren, die in der Art eines Antiortungsschirms die Frequenzmodulation eines räumlich übergeordneten Paratronfeldes anmaßen. Mit Hilfe eines synchron geschalteten Zustandswandlers war es dann möglich, den Paratronschirm der Dolans polarisierend zu durchdringen. Da die FpF-Geräte mit den üblichen Transformkanonen gekoppelt waren, konnte so die Bombe durch den Schirm ins Ziel transportiert werden.

Das FpF-Gerät galt als die einzige Waffe gegen die Zeitpolizisten.

Aber das wußten diese auch.

Dann kam ein Funkbefehl, der Kastori ein wenig in Panik versetzte. Vom Stab auf OLD MAN aus erging die Anordnung an den vorgeschobenen Flottenverband, den Dolans entgegenzufliegen und den Versuch zu unternehmen, eine Verständigung mit den Invasoren herbeizuführen.

Auf keinen Fall sollte Ems Kastori als erster das Feuer eröffnen. Fast wider alles bessere Wissen, wollte Rhodan die winzige Chance ergreifen, vielleicht doch noch zu einer Verständigung mit den Zweitkonditionierten zu gelangen.

Wohl oder übel gab der General den Befehl an die Kommandanten der anderen Kreuzer weiter, und mit geringer Beschleunigung setzte sich dann der Verband in Bewegung, genau auf die heranjagenden Dolans zu.

Senkrecht zur Ekliptik standen zwei weitere Flottenverbände, und zwar die von General Wallerson und Generalmajor Tschenkow. Beide erhielten die Anweisung, sich zwischen die Angreifer und die Erde zu schieben, um jene Dolans abzufangen, die Kastori umflogen oder überrannten.

Für Kastori selbst war das nur ein schwacher Trost.

Er wartete, bis die Dolans nur noch Lichtsekunden entfernt waren, und paßte sich ihrer Geschwindigkeit und ihrem Kurs an, um Kontakt aufzunehmen. Die Translatoren wurden dazwischengeschaltet, um die Verständigung zu erleichtern.

Keine Antwort erfolgte.

Wenigstens keine, die von Rhodan gewünscht und erhofft wurde, im Gegenteil. Die ersten Dolans eröffneten das Feuer.

General Kastori war natürlich nicht überrascht. Er hatte mit einer derartigen Reaktion der Zeitpolizisten gerechnet und seine Kommandanten darauf vorbereitet. Der Verband schwärmte sofort auseinander, ohne die Geschwindigkeit zu verändern. Der General selbst erwiderte das Feuer mit den FpF-Geräten, und dann entbrannte das erste Gefecht, noch Lichtstunden von der Erde und OLD MAN entfernt.

Als Rhodan den Bericht erhielt, wurden seine Lippen ganz schmal. Das, was sein Schwiegersohn Abel Waringer schon befürchtet hatte, schien sich zu bewahrheiten.

Kastoris Kreuzer hatten versucht, die angreifenden Dolans aufzuhalten, aber es war ihnen nicht gelungen. Der Bericht besagte weiter, daß die FpF-Geräte versagten. Die Bomben wurden von den Transformkanonen nicht in ihr Ziel gebracht, sondern detonierten vor dem Paratronschirm der Dolans. Sie durchdrangen das Hindernis nicht und blieben somit wirkungslos. Kastoris Verband hatte schreckliche Verluste erlitten, bevor er sich seitwärts in Sicherheit bringen konnte. Er war nicht verfolgt worden.

Die Dolans selbst flogen weiter, auf die Erde zu.

Während Kastoris seine fast zerschlagene Einheit zu sammeln versuchte, griff Tschenkow in die Geschehnisse ein. Er war auch kein Held, aber ein kalt überlegener Draufgänger mit dem festen Willen, zu retten, was noch zu retten war. Und dazu gab es nur eine einzige Möglichkeit: den Gegenangriff.

Über die Bildschirme verfolgte Rhodan von OLD MAN aus, was geschah. Deutlich waren die Silberpunkte der terranischen Schiffe zu erkennen, die sich den kleineren aber weitaus gefährlicheren Dolans entgegenstellten. Tschenkow hatte inzwischen erfahren, daß die FpF-Geräte nutzlos geworden waren, aber so schnell gab der erfahrene Fuchs nicht auf. Wenn ein einziges Gerät nicht vermochte, den Paratronschirm der Dolans zu knacken, dann mußten es eben vier oder fünf schaffen.

Rhodan erriet den Plan des Generalmajors.

»Das wäre die letzte Möglichkeit«, murmelte er und starrte wie gebannt auf die Bildschirme. Mercant, der neben ihm saß, gab keine Antwort. »Dadurch verschlechtert sich allerdings auch das Verhältnis der Schiffe gegen die Dolans.«

Der erste der Angreifer verging in einer Detonation. Vier Schlachtkreuzer Tschenkows hatten es geschafft, ihn zu vernichten.

Das Prinzip war mehr als nur einfach. Mehrere Großkampfschiffe, die von einem guten Dutzend kleinerer Einheiten gegen einen

Angriff abgeschirmt wurden, eröffneten mit den normalen Transformkanonen das Feuer auf einen Dolan. Und zwar ein gezieltes Punktfeuer auf eine bestimmte Stelle des Paratronschirmes. Dadurch entstand eine derartige Belastung, daß der Paratronschirm die auftreffende Normalenergie nicht mehr in den Hyperraum ableiten konnte. Er brach zusammen. In derselben Sekunde wurde mindestens eine Gigabombe in das Innere des Dolans befördert, was seiner Vernichtung gleichkam.

Das war natürlich ein relativ umständliches Verfahren, aber es führte zum Ziel. Leider blieb es nicht aus, daß inzwischen andere Dolans die entsprechende Gruppe angriffen und einen Teil der Schiffe vernichteten. So kam es, daß die Verlustquote der Terraner verhältnismäßig hoch wurde. Auf einen vernichteten Dolan kamen zehn beschädigte oder vernichtete terranische Einheiten.

Rhodan ließ sich nicht aus der Ruhe bringen. Alle zur Verfügung stehenden Daten wurden an NATHAN gesendet. Als erste Grobauswertung gab NATHAN bekannt, daß die Zeitpolizisten eine neue Abwehrwaffe gegen das FpF-Gerät entwickelt und nun eingesetzt hatten. Allerdings, so fügte das Gehirn hinzu, ließe das Zögern der Dolans beim Angriff darauf schließen, daß sich die Zeitpolizisten der Wirkung ihrer neuen Gegenwaffe noch nicht sicher waren. Daher auch der nur langsam vorgetragene Angriff.

Immerhin waren es noch neunhundert Dolans, die Tschenkows Flottenverband schließlich durchbrachen und mit halber Lichtgeschwindigkeit weiter der Erde zustrebten.

Die anderen tausend Dolans warteten noch immer.

General Wallerson erlebte eine Überraschung, als er die befohlenen Zielkoordinaten erreichte. Was er vorfand, war nur ein kläglicher Rest von Tschenkows Verband, der von den Dolans überrannt worden war. Aber Tschenkow hatte sein Draufgängertum noch nicht eingebüßt. Über Telekom gab er einen kurzen Bericht und schloß:

»Nichts ist verloren, General! Sie kennen mich und wissen, daß ich ein vorsichtiger Mann bin. Und hin und wieder denke ich auch nach. Wissen Sie, was ich beobachten konnte? Nein? Dann will ich es Ihnen verraten: Es ist mir persönlich gelungen, zwei Dolans abzuschießen, und zwar ohne Hilfe, nur mit meinem FpF-Gerät. Wissen Sie, was das bedeutet?«

»Ich höre«, sagte General Wallerson skeptisch.

»Es bedeutet, daß die neue Abwehrwaffe der Dolans gegen unsere FpF-Geräte noch nicht vollkommen ist. Sie funktioniert, aber eben nicht vollkommen. Es gibt Versager, und mit denen sollten wir rechnen.«

»Kann man sich aber ganz schön verrechnen«, gab Wallerson zu bedenken. »Ihre Verluste beweisen das nur zu eindeutig.«

»Schon gut, schon gut. Aber ich meine, wir sollten nicht aufgeben.«

»Wer spricht von Aufgeben? Sammeln Sie Ihre Schiffe, und dann folgen Sie mir. Wir fassen die Dolans von hinten und aus der Flanke.«

Rhodan, der das Gespräch verfolgen konnte, nickte Mercant zu.

»Eine Chance, wenn auch nur eine geringe. Sie müssen ihre Gegenwaffe noch ausprobieren. Damit hat NATHAN recht: Sie zögern, weil sie uns noch fürchten. Hoffentlich bringt uns das weiter.« Er sah wieder auf die Bildschirme. »Was geschieht inzwischen auf der Erde?«

Mercant sagte tonlos:

»Es ist alles eingeleitet . . .«

12.

Tausende von Großraumschiffen landeten auf der Erde, um die Bevölkerung in Sicherheit zu bringen. Die Planung für einen Dolan-Großangriff, der nur der Erde galt, sah die Evakuierung der Erdbevölkerung auf die anderen solaren Planeten und auf Kolonialwelten vor. In kürzester Zeit sollten durch Großraumer und Transmitter so viele Terraner wie irgend möglich aus der Gefahrenzone gebracht werden. Rhodan selbst wußte, wie aussichtslos dieser Versuch sein mußte, aber er durfte auf keinen Fall darauf verzichten. In erster Linie wollte er eine Panik unter der Zivilbevölkerung vermeiden, die unabsehbare Folgen haben konnte.

Bully hatte seine Kommandostation auf dem Pluto längst verlassen, um sich über die Transmitterverbindung nach OLD MAN bringen zu lassen. Dort platzte er mitten in eine Besprechung zwischen Rhodan, Mercant und Solarmarschall Tifflor. Einige Offiziere und Mutanten waren ebenfalls zugegen, während über Hyperkom eine Verbindung zu Atlan hergestellt wurde.

Rhodan nickte Bully zu, der neben ihm Platz nahm.

»Es ist gleich soweit. Wollen sehen, was er unternimmt.«

»Ist Atlan nicht mehr in Quinto-Center?«

»Zurückbeordert«, erwiderte Rhodan kurz, denn in diesem Augenblick leuchtete der Bildschirm auf. Atlans Gesicht wurde sichtbar. Der Arkonide sah müde und abgespannt aus.

»Ich bin sofort nach dem Alarm gestartet. Wie steht es?«

Rhodan übernahm es, ihn zu informieren. Er schloß: »Vorerst besteht keine Möglichkeit, die Dolans aufzuhalten. Sie erreichen in wenigen Stunden die Erde, wenn kein Wunder geschieht. Noch habe ich darauf verzichtet, ihnen die ganze Flotte entgegenzuwerfen. Bei der Abschußquote von zehn zu eins ist das zu riskant – und außerdem wäre es sinnlos, alle unsere Schiffe zu opfern.«

»Ich habe zehntausend Einheiten und bin mit ihnen zur Erde unterwegs. Das bedeutet die Vernichtung der Hälfte aller angreifenden Dolans.«

Rhodan starrte ihn fassungslos an.

»Willst du damit andeuten – nein! Das kommt niemals in Frage. Angreifen – ja, aber nicht mit dem Ziel, deine Flotte vernichten zu lassen. Es muß noch eine andere Möglichkeit geben.«

»Verrate sie mir, Perry, dann verzichte ich auf meinen Plan.«

»Wir haben noch zwanzigtausend Posbischiffe. Wenn wir die einsetzen, werden keine Menschenleben gefährdet. Aber die Dolans überrennen alles. Sie haben etwas gegen die FpF-Geräte gefunden, noch nicht perfektioniert, aber trotzdem wirksam genug.«

»Es wäre besser gewesen, wenn wir in der Zwischenzeit etwas gegen die Paratronschirme der Dolans gefunden hätten. Und nun haltet die Ohren steif, Terraner, ich bin in zwei Stunden dort.«

»Hoffentlich ist das nicht zu spät«, erwiderte Rhodan tonlos.

»Es ist nie zu spät«, versicherte Atlan, bevor der Bildschirm erlosch.

»Hm«, knurrte Bully. »Auch eine Art Philosophie – ich frage mich nur, was sie einbringen soll. Was ist mit Paladin?«

»Er wartet noch auf seinen Einsatz. Du meinst, er soll zur Erde?«

»Da hat er schon einmal bewiesen, was er gegen gelandete Dolans auszurichten vermag.«

»Richtig, aber diesmal werden die Dolans gar nicht erst landen. Sie haben die Absicht, die Erde vom Raum her zu vernichten. Die Evakuierung läuft. Transportschiffe und Transmitterstationen sind alarmiert. Auf den anderen Planeten des Sonnensystems sind die Menschen vorerst in Sicherheit.«

»Wie lange?«

Darauf wußte auch Rhodan keine Antwort.

John Marshall beugte sich vor und fragte:

»Was ist mit der CREST V?«

»Sie hat inzwischen Verbindung zu uns aufgenommen und ist unterwegs. Kleiner Aufenthalt auf Pyros II, wie Akran mitteilt. Aber das hat nichts mit den Dolans zu tun.« Rhodan lächelte flüchtig. »Gucky hat auf Pyros II so ganz nebenbei eine planetarische Selbstzerstörungsanlage außer Betrieb gesetzt. Seltsame Art von Beschäftigung während eines Testflugs.«

»Wäre gut, wenn er bald hier sein könnte«, murmelte Bully.

Rhodan warf ihm einen erstaunten Blick zu.

»Warum? Traust du ihm soviel zu?«

Bully nickte ernst. »Ja, und noch ein ganz klein wenig mehr . . .«

Der Posbi-Fragmenter gehörte zu Tschenkows Einheit.

Ohne den Befehl dazu erhalten zu haben, hatte er sich aus dem Kreuzerverband gelöst und selbständig gemacht. Er nahm Kurs auf die Dolans, die, in loser Formation und in Einzelkämpfe verwickelt, unbeirrt der Erde entgegenflogen, ohne über halbe Lichtgeschwindigkeit zu gehen.

Das Kommandogehirn des riesigen Würfels mit einer Kantenlänge von rund zweitausend Metern hatte die Lage der terranischen Verbündeten registriert und analysiert. Es kannte die Angst vor der Vernichtung nicht, ebensowenig wie es Tapferkeit oder Mut kannte. Wichtig war nur die Aufgabe, und die bestand in erster Linie darin, den Feinden Terras Schaden zuzufügen.

Auf der Frontseite des Würfels waren fünf Transformkanonen mit ihren entsprechenden FpF-Geräten angebracht. Bei richtigem

Anflug war es dem Kommandogehirn möglich, alle fünf Geschütze zugleich einzusetzen. Das Ergebnis der bisherigen Kampfhandlungen hatte es auf die einzig logische Idee gebracht. Was fünf Kreuzer schafften, mußte ein Posbi-Fragmenter auch allein schaffen.

Über die automatisch arbeitende Hyperfunkstation stand der Kommandant mit den anderen Posbi-Raumern in ständiger Verbindung. Sie mußten über das Ergebnis des Versuchs unterrichtet werden, ehe auch sie sich zu einem Angriff entschlossen.

Die Dolans kamen in Sicht.

Sie waren schwarz und hoben sich kaum gegen die Tiefe des Weltraums ab, aber auf den Spezialbildschirmen waren sie deutlich zu erkennen. Sie flogen in geschlossener Formation, nach allen Seiten abgesichert. Der Stoßkeil zeigte noch immer auf die Erde.

Der Robotkommandant hoffte darauf, daß sich einzelne Dolans aus dem Verband lösten und ihn angriffen. Er würde sein Ziel erreichen, wenn er es nur mit einem einzelnen Exemplar zu tun hatte. Aber seine Hoffnung ging nicht in Erfüllung.

Die Dolans ignorierten den Würfel.

Natürlich konnte ein Robotkommandant weder Wut noch Ärger empfinden, Emotionen also, die ihn zu einem Angriff verleitet hätten. Aber das Gehirn reagierte viel schneller als das eines Menschen. Es erkannte Notwendigkeiten und zog logische Schlüsse im Verlauf von Sekundenbruchteilen. Wenn die Dolans nicht angriffen, mußte es selbst angreifen.

Einer der Dolans flog allein, wahrscheinlich Seitensicherung. Ihn nahm sich das Robotgehirn als Ziel und flog genau darauf zu. Die Entfernung betrug noch zwanzigtausend Kilometer, als es das Feuer aus allen fünf Kanonen zugleich eröffnete.

Der Erfolg war verblüffend und bestätigte die Berechnungen des Kommandanten. Der Paratronschirm des Dolans war nicht in der Lage, die zentral auftreffenden Energiemengen in den Hyperraum abzuleiten. Der Schirm brach zusammen. Gleichzeitig transformierte der Posbi zwei atomare Bomben in das Innere des Dolans, der in derselben Sekunde in einer gewaltigen Doppelexplosion verging.

Noch ehe das Robotgehirn sich ein zweites Opfer suchen konnte, wurde es von seinem Schicksal ereilt. Die am weitesten vorgedrungenen Dolans in der Keilspitze eröffneten das Feuer aus ihren Intervallkanonen, deren Reichweite drei Millionen Kilometer betrug. Das war bekannt, seit Rhodan aus M 87 zurückgekehrt war. Der Posbi-Fragmenter wurde wie von Titanenhämmern regelrecht zermalmt, aber nicht, bevor die Warnmeldung abgestrahlt war.

Eine gigantische Feuerwalze vor sich herschiebend drangen die Dolans weiter vor.

Rhodan war am Bildschirm Zeuge des Geschehens geworden.

»Kein Schiff darf sich den Dolans bis auf mehr als drei Millionen Kilometern nähern. Die Reichweite unserer Transformgeschütze ist mehr als doppelt so groß, nämlich sieben Millionen Kilometer. Das ist unsere Chance, die Verluste zu reduzieren. Was in den Bereich der Intervallkanonen gerät, ist unrettbar verloren. Wenn die Posbis sich entsprechend vorsichtig verhalten, könnten sie aufräumen.«

Bully stand auf.

»Ich werde entsprechende Anordnungen weitergeben«, sagte er und ging zur Tür. »Wo steckt Atlan inzwischen?«

»Er muß bald eintreffen.«

Mercant und Tifflor sahen hinter Bully her, bis sich die Tür geschlossen hatte. Mercant seufzte:

»Er ist noch immer Optimist – und wird es bis zum Ende bleiben. Ich sehe keine Möglichkeit mehr, die Dolans aufzuhalten. Übrigens ist der Marstransmitter ausgefallen. Eine behelfsmäßige Anlage wurde in Betrieb genommen, um die Evakuierung nicht zu verzögern. Sonst keine Neuigkeiten von der Erde.«

Rhodan sah Tifflor an.

»Und bei Ihnen?«

»Mars und Venus alles in Ordnung. Die vorbereiteten Unterkünfte beginnen sich zu füllen. Jupitermonde klar. Die Außenstationen kümmern sich in erster Linie um die Schiffstransporte. Ich glaube, daß wir den größten Teil in drei bis vier Stunden in Sicherheit gebracht haben.«

»Nicht alle?«

Tifflor schüttelte den Kopf.

»Das ist so gut wie unmöglich. Wir können froh sein, wenn es keine Panik gibt. Nur glaube ich, damit ist das Problem nicht gelöst.« Er erwartete keine Zwischenfrage, sondern fuhr gleich fort: »Was geschieht, wenn das Unfaßbare Tatsache geworden ist, wenn die Erde nicht mehr existiert? Glaubt denn jemand im Ernst, daß die

Dolans dann ganz einfach fortfliegen, ohne auch die anderen Planeten zu vernichten? Ich wenigstens glaube nicht daran.«

Rhodan schüttelte den Kopf.

»Ich auch nicht, Julian.«

Bully kehrte zurück.

»Atlan steht ein Lichtjahr entfernt mit zehntausend Einheiten in Warteposition und sieht Anweisungen entgegen. Er hält es für besser, noch nicht einzugreifen. Willst du mit ihm sprechen, Perry?«

»Noch nicht. Er soll auf Empfang bleiben.«

Sie widmeten sich wieder den Bildschirmen und den einlaufenden Berichten. Sie waren alles andere als ermutigend.

Die gewaltige Feuerwalze vor sich her schiebend, stießen die Dolans weiter von »oben« herab auf die Erde zu. Diese Taktik, so klug sie auch sein mochte, hatte für die Verteidiger den Vorteil, daß die anderen Planeten nicht in Mitleidenschaft gezogen werden konnten. Der Angriff galt einzig und allein der Erde, das war nun sicher.

Immer wieder konnten die Männer an den Schirmen Einzelaktionen von Schlachtschiffen, Kreuzern, Jägern und Posbi-Fragmentern beobachten, die sich dem Gegner entgegenstellten und Verwirrung in dessen Reihen brachten. Es wurden dabei sogar Dolans vernichtet, aber die übrigen ließen sich nicht aufhalten.

Die Lage war hoffnungslos.

Daran konnte auch die Tatsache nichts ändern, daß Bully mit der Meldung in die Bildzentrale kam, die CREST V sei gut an den wartenden Dolans außerhalb des Systems vorbeigekommen, habe die Feuerwalze passiert und sei auf Plattform III gelandet.

Noch ehe Rhodan darauf reagieren konnte, materialisierte Gucky in dem Raum und nahm wortlos in einem freien Sessel Platz. Er nickte Rhodan und den übrigen zu, bedachte Bully mit einem entsagungsvollen Blick und sah auf die Bildschirme.

»Besteht noch Hoffnung, daß wir die Dolans zurückschlagen?« fragte der Ilt.

Rhodan schüttelte den Kopf.

»Kaum, Kleiner, es sei denn, wir opfern die gesamte Flotte.«

Gucky bedachte ihn mit einem Blick, der Bände sprach.

Er schüttelte den Kopf. »Nein, das kann ich nicht glauben, und ich will es auch gar nicht. Du hast mehr als vierhundert Jahre gebraucht, um die Menschheit zu einem interstellaren Volk zu formen. Wir haben alle Gegner besiegt oder zu unseren Freunden gemacht. Wir haben sie davon überzeugen können, daß wir den Frieden lieben, aber auch zur Abwehr jeden Angriffs bereit sind. Und nun werden wir von Wesen angegriffen, die uns für etwas bestrafen wollen, das wir niemals begingen. Kann es soviel Ungerechtigkeit geben?«

Rhodan sah ihn lange an, ehe er antwortete:

»Das Schicksal fragt nicht nach Schuld oder Unschuld. Die Dolans greifen an, von den Zweitkonditionierten gelenkt, von der Ersten Schwingungsmacht auf den Weg geschickt. Dahinter steckt vermutlich Panik und Furcht. Aber wir haben nicht die Macht, sie aufzuhalten. Ich bin am Ende, Gucky, verstehst du das nicht?«

»Und die Flotte . . .«

»Es wäre sinnlos und verantwortungslos, sie zu opfern. Selbst wenn sie und die Dolans sich gegenseitig vernichten würden, so wären wir schutzlos dem nächsten Angriff ausgesetzt. Ist es da nicht besser, die Erde zu evakuieren und die Mannschaften der Flotte zu retten?«

Gucky gab keine Antwort. Er starrte nur düster vor sich hin. Dann sagte er:

»Ich bin der Meinung, du solltest an dich denken. Die Menschen brauchen dich noch. Geh auf die CREST, Perry, du und die anderen.« Er sah Bully, Mercant und Tifflor an. »Die Menschen brauchen dich noch. OLD MAN wird in die Vernichtungszone der Intervallkanonen geraten. Auch der Mond. Du mußt dich in Sicherheit bringen, Perry. Du hast keine andere Wahl.«

Rhodan stand auf und ging zu dem Mausbiber. Er legte ihm beide Hände auf die Schultern.

»Du weißt, Kleiner, daß ich das niemals tun würde oder könnte. Mein Platz ist hier, wo die letzten Entscheidungen getroffen werden. Ich werde die Erde und die Menschen niemals im Stich lassen. Das mußt du verstehen.«

»Aber die Logik . . .«

»Das hat nichts mit Logik zu tun. Versuche, mich zu verstehen.«

»Perry hat recht, Gucky«, sagte Mercant sanft. »Er kann nicht anders handeln. Wir können es alle nicht.«

Gucky nickte, als habe er die Entscheidung schon gekannt.

»Also gut, dann bleibe ich auch hier. Vielleicht geschieht doch noch ein Wunder.«

Es sah nicht danach aus.

Die Dolans schoben die Feuerwalze weiter vor sich her, vernichteten alles, was sich ihnen in den Weg stellte, und waren schließlich nur noch wenige Lichtminuten von der Erde entfernt.

Sie wurden langsamer.

Und als sie sich der Erde näherten, näherten sie sich gleichzeitig auch der Robotfestung OLD MAN . . .

Die Trägerkuppel OLD MANS glich einer gigantischen Halbkugel mit einer Schnittfläche von zweihundert Kilometern Durchmesser. Im Scheitelpunkt maß die Höhe einhundert Kilometer. An ihrem unteren, völlig flachen Rand waren zwölf Plattformen befestigt, von denen jede fünfzig mal fünfzig Kilometer groß war und deren Dicke zehn Kilometer betrug.

Die Stammbesatzung der Festung bestand aus fünfzigtausend Mann, und im Inneren der Plattformen fanden rund fünfzehntausend Ultraschlachtschiffe Platz. Kommandant des Riesenroboters war zur Zeit General Janos Ferenczy. Es war ihm innerhalb der zur Verfügung stehenden Zeit noch nicht gelungen, alle auf OLD MAN stationierten Großkampfschiffe völlig zu bemannen.

Rhodan und sein Stab hatten sich in die Kommandozentrale des Roboters begeben. Immer wieder mußten sie daran denken, wem sie dieses Geschenk aus der Vergangenheit zu verdanken hatten. Vielleicht gehörte auch das zu den »Zeitverbrechen«, die ihnen von den Zweitkonditionierten vorgeworfen wurden.

»Von hier aus ist eine bessere Beobachtung möglich«, erklärte Rhodan, nachdem er General Ferenczy begrüßt hatte. »Ich bin auch nicht ganz sicher, ob die Dolans OLD MAN direkt angreifen werden. Es ist möglich, daß unser Schutzschirm selbst von den Intervallgeschützen nicht durchbrochen werden kann.«

»Ich fühle mich wie in einem Gefängnis«, bekannte Gucky nüchtern.

Die Kommandozentrale von OLD MAN lag mitten in der Trägerkuppel.

»Es ist ein sicheres Gefängnis«, beruhigte ihn Rhodan. »Niemand kommt herein, den wir nicht hereinlassen wollen. Aber wir können jederzeit hinaus, besonders du.«

»Die CREST steht hundert Kilometer von hier entfernt auf Plattform III und wartet, Perry. Oberst Akran ist startbereit. Hat es wirklich keinen Sinn, wenn ich versuche, dich davon zu überzeugen . . .?«

»Nein, es hat keinen Sinn«, winkte Rhodan ab.

Gucky schwieg. Er war vielleicht der einzige von ihnen, der Rhodans Verzweiflung richtig erfaßte und in ihren Ausmaßen erkannte. Er spürte den Impulsstrom der Panik und fing ihn mit seinem telepathischen Gehirn auf. Er war so intensiv, daß er schmerzhaft wirkte. Rhodan wußte, daß es keinen Ausweg mehr gab.

Und er weigerte sich entschieden, an ein Wunder zu glauben.

Und doch geschah dieses Wunder . . .

Die erste Welle der Dolans hatte sich inzwischen bis auf zehn Millionen Kilometer der Erde genähert. Ihre Geschwindigkeit war so stark abgesunken, daß sie nur noch wenige tausend Kilometer in der Sekunde zurücklegten. Schuld daran war vielleicht die Tatsache, daß annähernd dreißigtausend Schiffe der Terraner einen Feuervorhang in die Bahn der Dolans legten, der auch von diesen nicht ignoriert werden konnte. Schließlich hatten ihre Intervallgeschütze eine geringere Reichweite als die terranischen Transformkanonen.

Es waren noch achthundertfünfzig Dolans, die schließlich zum entscheidenden Angriff ansetzten.

Und genau in diesem Augenblick geschah es.

Überall in OLD MAN dröhnten plötzlich Lautsprecher auf – Lautsprecher, von denen niemand gewußt hatte, daß sie überhaupt existierten. Eine metallisch klingende Stimme ertönte, in reinstem Terranisch, laut und deutlich zu verstehen. Sie war in jedem Raum des gigantischen Gebildes und konnte von niemandem überhört werden. Es handelte sich zweifellos um die Stimme eines Automaten, seit Jahrzehntausenden für diesen ganz speziellen Fall programmiert und nun durch irgend etwas ausgelöst.

Damit auch der Schlafende die Stimme nicht überhören konnte, ging ihr das Schrillen von Sirenen voraus. Erst als das Schrillen allmählich verebbte, kam die Stimme.

Und sie sprach:

»Sonderbedarfsschaltung Verteidigung spricht. Fall ›Schwarzer Mond‹, ist eingetreten. Verlassen Sie das Trägerschiff mit allen Kampfeinheiten. Ich übernehme.«

Die Botschaft wurde dreimal wiederholt, dann trat Schweigen ein.

Vollkommenes und tödliches Schweigen.

Rhodan saß unbeweglich auf seinem Platz und suchte die Blicke seiner Freunde. Es war Mercant, der schließlich sagte:

»Die Dolans müssen eine Notschaltung ausgelöst haben. Wir wollen nicht vergessen, daß OLD MAN damals zum Schutz der Erde konstruiert wurde, wenn auch ursprünglich gegen die Meister der Insel.«

Bully erhob sich und drückte auf einen Knopf an der Kontrolltafel.

Nichts geschah. OLD MAN reagierte nicht mehr.

Und dann ertönte abermals das schrille Heulen der Sirenen. Die Automatenstimme wiederholte ihren Text, und diesmal empfahl sie Eile, da sonst keine Rücksicht mehr auf die an Bord verbleibenden Terraner genommen werden könne.

Rhodan versuchte, die Interkomanlage in Betrieb zu nehmen, und er konnte sein Erstaunen kaum verbergen, als das auch gelang. Er befahl die Räumung der Robotstation.

Tifflor strich sich über das Kinn.

»Vielleicht waren es nicht die Dolans, sondern ganz einfach unsere Gehirnimpulse, die eine Notschaltung auslösten. Wir dürfen nicht vergessen, daß in dieser hoffnungslosen Situation unsere Gedanken besonders intensiv abgestrahlt werden. Sie können also auch leichter aufgefangen werden.«

Ehe jemand etwas darauf erwidern konnte, sagte Gucky:

»Tifflor hat recht – zum Teil wenigstens. Aber wenn ich mich recht entsinne, fand schon einmal ein gefährlicher Angriff der Dolans auf die Erde statt, und damals reagierte OLD MAN nicht. Warum wohl? Ich will es euch verraten: Damals war Rhodan nicht an Bord von OLD MAN. Also sind es nur seine Gehirnimpulse, die jene Schaltung aktivierten. Das ist doch logisch, oder . . .?«

Niemand konnte dem widersprechen. Es war logisch, allzu logisch. Die Erbauer von OLD MAN hatten alle Vorsicht walten lassen, um die unvorstellbar mächtige Kampfmaschine, die sicherlich noch viele Geheimnisse in sich barg, nicht in falsche Hände fallen zu lassen. Für sie war es Rhodan allein, der das Solare Imperium und die Menschheit vertrat. Alles war auf ihn und seine Persönlichkeit abgestimmt.

»Angenommen, Gucky, deine Vermutung stimmt. Was sollen wir tun?«

»Der Anordnung Folge leisten, und zwar so schnell wie möglich. Da werden auch die anderen meiner Meinung sein.«

Sie waren es ausnahmslos, selbst Rhodan gab seinen Widerstand auf. Schließlich hatte er auch nicht die Absicht, sich seiner Verantwortung zu entziehen und sich auf die CREST in Sicherheit zu bringen. Er befolgte nur den Befehl des Verbündeten der Erde.

Natürlich war zuwenig Zeit, und nicht die Terraner traf daran die Schuld. Die Aufforderung, OLD MAN zu räumen, war viel zu spät gekommen. Noch während die Besatzung in allen Abteilungen auf die Fluchtkorridore rannte, um zu den Plattformen und Schiffen zu gelangen, erklang die warnende Automatenstimme das drittemal.

Der Text hatte sich nicht verändert, aber zum Schluß seiner Durchsage fügte der unbekannte Warner hinzu, daß die »Aktion zur Verteidigung« in fünf Minuten beginne. Zu diesem Zeitpunkt solle sich niemand mehr außen auf den Plattformen aufhalten. Von der Trägerkuppel war nicht die Rede.

»Die CREST muß starten«, rief Gucky erregt. Er deutete auf Bully und die anderen. »Ihr seid ihr in Sicherheit, aber Perry kommt mit mir . . .«

Ehe es jemand verhindern konnte, packte er Rhodan bei den Händen und teleportierte mit ihm in die Kommandozentrale der CREST, die immer noch auf Plattform III auf neue Anordnungen wartete.

Die Feuerwalze der Dolans hatte sich OLD MAN bis auf einige Millionen Kilometer genähert. Sie drang weiter vor. Als Gucky mit Rhodan in der CREST rematerialisierte, war sie noch eine Million Kilometer entfernt. Wenn die Geschwindigkeit konstant blieb, würde es noch zehn Minuten dauern, bis die Titanenhämmer OLD MAN vernichteten.

Oberst Akran ließ es bei einer knappen Meldung bewenden, dann sah er wieder auf den Panoramaschirm. Rhodan konnte ihm das nicht übelnehmen, denn ihren Augen bot sich ein grandioses Schauspiel. Ein Schiff nach dem anderen startete von den Plattformen und befolgte so den Befehl der Automatenstimme. Sie sammelten sich in geringer Entfernung von OLD MAN und warteten weitere Anweisungen ab.

Rhodan nickte Akran zu.

»Starten Sie, Oberst. Es wird hier bald etwas geschehen – in etwa drei Minuten –, aber ich kann Ihnen nicht verraten, was. Es ist besser, wir sehen uns das aus sicherer Entfernung an. Ich nehme an, OLD MAN wird in das Geschehen eingreifen.«

Die CREST V hob leicht ab und nahm Fahrt auf. Die Telekomverbindung zu Bully, Mercant und Tifflor blieb bestehen. Alle Terraner, die sich noch in OLD MAN aufhielten, wurden angewiesen, Ruhe zu bewahren und nichts zu unternehmen, was immer auch passierte.

Als die CREST in etwa tausend Kilometern Entfernung die Fahrt aufhob, stand die Robotfestung gut erkennbar auf dem Bildschirm. In Rhodans Gesicht erschien ein gespannter Ausdruck, als er sich davon überzeugte, daß die angekündigte Frist verstrichen war. Neben ihm saß Oberst Akran aktionsbereit im Kommandosessel. Die Offiziere warteten auf Befehle, starrten aber auch alle wie gebannt auf den Schirm. Gucky hatte es sich auf dem Kontrolltisch bequem gemacht.

Auf einem seitlichen Bildschirm war die Front der angreifenden Dolans zu erkennen. Sie stießen durch den Feuervorhang der Verteidiger und ließen sich nicht beirren. Mit genau der gleichen Geschwindigkeit, mit der sie vordrangen, wichen die terranischen Schiffe zurück.

Plötzlich beugte Rhodan sich vor und hielt unwillkürlich die Luft an. Was er beobachtete, konnte keine Täuschung sein, außerdem zeigten Oberst Akran und seine Offiziere ebenfalls Überraschung.

OLD MAN begann sich zu teilen.

Die zwölf Sektions-Plattformen lösten sich von der Trägerkuppel.

Es geschah ganz langsam und mit einer Präzision, wie sie nur durch positronische Steuergehirne durchgeführt werden konnte. Natürlich war bekannt, daß sich die Plattformen von der Trägerkuppel lösen lassen konnten, aber niemand hatte es gewagt, in dieser Hinsicht zu experimentieren. Und nun geschah es vollautomatisch.

Die Plattformen, zehn Kilometer dicke Metallgebilde mit einer Kantenlänge von fünfzig Kilometern, schwebten von Triebwerken bewegt von der Trägerkuppel fort, die in ihrer Kreisbahn um die Erde blieb. Sie bildeten eine Keilformation, deren Spitze in Richtung der Dolans wies.

»Sie greifen die Dolans an«, flüsterte Rhodan. Ungläubigkeit und zugleich Hoffnung in der Stimme. »Mein Gott . . .!«

Gucky rückte ein wenig zur Seite, um den Männern, die hinter ihm saßen, nicht die Sicht zu nehmen. Oberst Akran lag förmlich in seinem großen Spezialsessel und rührte sich nicht. Über Telekom kam Bullys Anfrage, was denn nun eigentlich los sei.

Gucky übernahm es, ihn aufzuklären:

»Die Plattformen haben sich abgetrennt und greifen an. Sie werden von einem uns verborgen gebliebenen Positronengehirn von der Trägerkuppel aus gesteuert. Sie fliegen den Dolans entgegen. Verhaltet euch ruhig. Euch passiert nichts – aber bestimmt den Dolans.«

Eine Minute später teilte Bully mit:

»Die Bildschirme hier funktionieren wieder. Wir können alles beobachten. Was aber geschieht, wenn die Plattformen auf unsere Schiffe stoßen? Wir sollten sie zurückziehen.«

Rhodan schien aus seiner Lethargie zu erwachen. Er nickte Akran zu, der ohne ein Wort begriff, was er wollte. Mit wenigen Handgriffen stellte er die Ringverbindung zu den Kommandanten der terranischen Einheiten her, die den Versuch unternommen hatten, die Dolans aufzuhalten. Dazu gehörten auch die Verbände Kastoris, Wallersons und Tschenkows.

Als die Bestätigungen eintrafen, sagte Rhodan:

»Die zwölf Sektionen von OLD MAN greifen, von einem uns unbekannten Gehirn gesteuert, in die Geschehnisse ein. Ziehen Sie sich zurück und geben Sie den Weg frei. Bilden Sie für alle Fälle mit den anderen Flottenteilen einen letzten Verteidigungsgürtel um die Erde.«

Abermals kam die Bestätigung.

Auf dem Panoramaschirm wirkte sich der neue Befehl insofern aus, als man die Rückwärtsbewegung der Schiffe deutlich beobachten konnte. Und während die Solare Raumflotte zurückwich und Platz machte, beschleunigten die zwölf Plattformen, von OLD MAN gelenkt, und rasten auf die Front der hämmernden Intervallimpulse zu.

Rhodan konnte einige Funksprüche auffangen, die zweifellos aus diesen Plattformen stammten. In ihnen standen noch einige tausend bemannte Schlachtschiffe, die nicht mehr hatten starten können. Man wußte nicht, was inzwischen geschehen war. Rhodan informierte sie und bat die Kommandanten, nichts zu unternehmen, die Schiffe aber startbereit zu halten.

Die CREST nahm abermals Fahrt auf und folgte langsam der Formation der zwölf Sektionen, die sich rasend schnell den Dolans näherten. Dabei schalteten sich die grünen HÜ-Schirme ein. Der Funkverkehr zu den eingeschlossenen Schiffen jedoch blieb aufrechterhalten.

Als die Front der Intervallgeschütze noch hunderttausend Kilometer von den heranstürmenden Plattformen entfernt war, schoß plötzlich aus diesen fächerförmig ein ungeheures, dunkelrotes Glühen heraus, den anfliegenden Dolans entgegen. Es durchbrach die Feuerwalze und hüllte die Dolans ein, die sofort ihre Geschwindigkeit verringerten und wesentlich langsamer wurden. Das Feuer jedoch stellten sie noch nicht ein.

Rhodan, Oberst Akran, Gucky und die Offiziere starrten gebannt auf den Panoramaschirm, der das Geschehen plastisch und in Farben naturgetreu wiedergab. Noch war nicht zu erkennen, welcher Natur der dunkelrote Vorhang war oder welche Wirkung er zeigte, aber Rhodan nickte Oberst Akran zu, ohne seinen Blick vom Schirm zu nehmen.

»Anweisung an Kastori, Wallerson und Tschenkow: Bereithalten! Auf keinen Fall weiterer Rückzug in Richtung Erde.«

Akran erledigte das, ohne mit der Wimper zu zucken. Dann kehrte er in seinen Sessel zurück. Vorsichtshalber hatte er eine Direktverbindung von der Funkzentrale zum Kommandoraum angeordnet.

Rhodan beugte sich weiter vor, damit ihm nichts von dem entging, was draußen an der Front der Dolans geschah. Das rote Glühen durchbrach die Formation der halborganischen Flugkörper, ohne sichtbaren Schaden anzurichten.

Dafür jedoch geschah etwas anderes, mit dem selbst Rhodan nicht gerechnet hatte. Das fächerförmige Glühen vereinigte sich zu einer breiten, flimmernden Front, die sich auf die Paratronschirme der Dolans konzentrierte. Sie begannen sich aufzublähen, flatterten unstet – und wehten dann davon wie Staubfahnen, die der Wind davontrug.

Aber im Weltraum gab es keinen Wind.

Dafür klaffte das Einsteinuniversum auf. Risse öffneten sich zum Hyperraum, und die staubähnlichen Fahnen der verwehten Paratronschirme wurden von ihm aufgesogen, wie trockener Sand das Wasser aufsaugte.

Damit waren die Dolans von einer Sekunde zur anderen ihres wirksamsten Schutzes beraubt.

Rhodan reagierte sofort.

Er erteilte den Kommandanten der Solaren Flotte den Befehl, die Dolans erneut anzugreifen, ohne die Sicherheitsentfernung von drei Millionen Kilometern zu unterschreiten. Er hatte begriffen, worin die Hilfe OLD MANS lag. Der Roboter beseitigte die Paratronschirme mit einer neuen, geheimnisvollen Waffe, ohne die Dolans selbst anzugreifen oder gar zu vernichten. Das blieb den Terranern überlassen.

Kastori, Wallerson und Tschenkow sahen ihre Chance. Aus drei verschiedenen Richtungen preschten ihre Verbände vor, unmittelbar bis an die Grenze der noch immer intakten Intervallfront. Dann eröffneten sie das Feuer aus ihren Transformgeschützen auf die ihres Schutzes beraubten Dolans.

Nur zwanzig der Zweitkonditionierten überstanden den ersten Ansturm. In heller Panik wandten sie sich zur Flucht und waren Sekunden später im Linearraum untergetaucht.

Der Angriff war abgeschlagen, denn das nicht mehr erhoffte Wunder war eingetreten. OLD MAN, das Erbe aus der Vergangenheit, besaß eine Waffe gegen den undurchdringlichen Paratronschirm.

Und OLD MAN war der Freund der Terraner.

Ehe Rhodan weitere Anweisungen geben konnte, schwenkten die zwölf Plattformen auf neuen Kurs.

Als sie Geschwindigkeit aufnahmen, wurde ihr Ziel deutlicher.

Sie flogen in Richtung der wartenden Trägerkuppel von OLD MAN zurück.

In der gigantischen Kommandozentrale der Trägerkuppel hatten Bully, Mercant und Tifflor miterlebt, was geschehen war. Als die Plattformen in Richtung Systemoberrand verschwanden, kam Abel Waringer mit ruhigen und aufreizend langsamen Schritten zu den Männern.

»Nun, meine Herren, was sagen Sie dazu?« erkundigte er sich.

Bully warf ihm einen wütenden Blick zu.

»Sie tun natürlich so, als hätten Sie das alles schon mal wieder vorher gewußt, nicht wahr? Haben Sie das vielleicht?«

»Natürlich nicht. Wie sollte ich auch? Aber ich habe die Angewohnheit, hin und wieder nachzudenken. Und dabei bin ich manchmal zu Ergebnissen gekommen. Was ich Ihnen aber nun zu sagen habe, ist keine Tatsache, sondern nur Vermutung. Verstehen Sie mich richtig, auch Vermutungen tragen oft den Kern der Wahrheit in sich.«

»Ist mir klar. Schießen Sie los. Was ist passiert?«

»Davon wollte ich eigentlich weniger reden, denn wir haben ja gesehen, was geschehen ist. OLD MANS Geheimschaltung hat eine neue Waffe eingesetzt, mit der die Paratronschirme der Dolans in den Hyperraum gejagt wurden. Dadurch wurden sie wehrlos und konnten von unseren Schiffen vernichtet werden. Aber ich fragte mich, wie es dazu kam. Gut, ich nehme an, es waren Rhodans Panikimpulse, die eine Zeitschaltung auslösten. Aber wenn es *eine* dieser Schaltungen gibt, gibt es vielleicht auch noch andere. Wir sollten sie suchen, dann werden wir auch mit den Zeitpolizisten fertig. Wir müssen die anderen Geheimwaffen finden. Ich bin davon überzeugt, daß sie vorhanden sind und daß mit ihnen die Gefahr endgültig zu beseitigen ist.«

»Vielleicht haben Sie recht«, gab Bully zu. »Aber wie sollen wir solche Geheimschaltungen, falls vorhanden, finden? OLD MAN ist ein riesiges Gebilde. Wir kennen nicht einmal die Hälfte der Gesamtanlage.«

»Wenn Rhodan zurück ist, werden wir weiterüberlegen. Ich glaube nämlich, daß eine solche Suche nur dann einen Sinn hat, wenn Rhodan dabei ist. Im übrigen ist die Gefahr noch nicht vollständig beseitigt. Außerhalb des Sonnensystems warten noch immer tausend Dolans.«

»Die werden die Nase voll haben«, vermutete Tifflor trocken.

Dr. Waringer warf ihm einen undefinierbaren Blick zu.

»Vielleicht«, sagte er dann. »Vielleicht auch nicht.«

Ein Funkoffizier überbrachte die Nachricht, daß sich die zwölf Plattformen der Trägerkuppel näherten und die grünen Schutzschirme abgeschaltet hatten. Etwas weiter entfernt wurde die CREST geortet.

Was dann geschah, erfolgte ebenfalls wieder vollautomatisch und ohne Mitwirkung der Terraner. Die Plattformen ordneten sich kreisförmig an und senkten sich so von oben auf die Trägerkuppel hinab. Jede Plattform kannte ihren Platz. Bully und die anderen Männer beobachteten das Anflanschmanöver auf den Bildschirmen. Zehn Minuten nach dem Anflug war OLD MAN wieder vollkommen. Die Terraner in den Plattformen, die den Einsatz unfreiwillig mitgemacht hatten, konnten aufatmen.

Im gleichen Augenblick meldete sich die CREST. Oberst Akran teilte mit, daß er das Schiff wieder auf Plattform III landen werde.

Noch bevor das geschah, materialisierte Rhodan mit Gucky in der Kommandozentrale der Trägerkuppel OLD MANS.

Er begrüßte seinen Schwiegersohn, den er schon seit Tagen nicht gesehen zu haben schien. Waringer wiederholte seine These. Er schloß:

»Was wir brauchen, ist Sicherheit. Sicherheit, die Abwehrwaffe jederzeit einsetzen zu können, wann und wo wir wollen. Und darum müssen wir diese Waffe finden.«

»Es widerstrebt mir, in den Geheimnissen eines wahren Freundes herumzuschnüffeln«, sagte Rhodan langsam. »Wir haben erlebt, daß er uns nicht im Stich läßt. Sollte das nicht genügen?«

»Ich bin davon überzeugt, daß OLD MAN – oder die Erbauer – selbst wünschen, daß du seine Geheimnisse ergründest. Meine Meßgeräte haben aus dem Zentrum der Kuppel parapsychische Impulse aufgefangen, die einwandfrei als Wegweiser dienen sollen. John Marshall und einige seiner Mutanten haben meine Meinung bestätigt, daß es sich um Hinweise handelt. Wir sollten versuchen, die Quelle dieser Strahlungen zu finden, und ich bin sicher, dann eine Überraschung zu erleben.«

»Strahlungen? Hinweise?« Rhodan schüttelte den Kopf. »Warum dann erst jetzt und heute? Warum nicht früher?«

»Die Situation war noch nie so ernst wie heute, Perry. Darum.«

Rhodan sah Bully an, der unschlüssig die Achseln zuckte. Lediglich Mercant nickte entschlossen.

»Ich muß Dr. Waringer recht geben. Wir wären dumm und leichtsinnig, wenn wir einem Hinweis nicht folgten. Ich schlage vor, daß wir sofort beginnen. Vorher aber, würde ich vorschlagen, unterbrechen wir die Evakuierung der Erde. Es besteht keine unmittelbare Gefahr mehr. Wenn die restlichen tausend Dolans angreifen, ist immer noch Zeit, die Aktion fortzusetzen.«

»Außerdem«, meinte Tifflor überzeugt, »wird uns dann OLD MAN abermals helfen.«

Gucky piepste dazwischen:

»Unser Kleiner war schon immer ein Optimist – und recht hat er.«

13.

Dr. Abel Waringer führte den Suchtrupp an, der aus den leitenden Personen des Solaren Imperiums bestand. Es war damit zu rechnen, daß die Erbauer von OLD MAN alle automatischen Identifizierungsanlagen gerade auf diese Männer oder Rhodan allein abgestimmt hatten.

Rhodan, Mercant, Bully, Tifflor, John Marshall und Gucky.

Von der Kommandozentrale aus drangen sie in die Tiefen der zum Teil noch unbekannten Trägerkuppel vor. Meßinstrumente hatten schon immer Türen angezeigt, die mit bloßem Auge nicht als solche zu erkennen gewesen waren. Es hatte auch niemand gewagt, derartig getarnte Türen mit Gewalt zu öffnen. Der Roboter würde sie öffnen, wenn es an der Zeit war.

Es schien an der Zeit zu sein.

Dr. Abel Waringer trug ein Gerät in der Hand, das mit einem Riemen zusätzlich an seinen Schultern befestigt war. Neben ihm ging John Marshall, der ständig versuchte, telepathische Impulse aufzufangen. Es war durchaus möglich, derartige Impulse durch Maschinen zu speichern und nach Belieben so wieder abzustrahlen, daß sie wie die Gedankenmuster ihrer ursprünglichen Erzeuger wirkten. Gucky unterstützte Marshalls Bemühungen mit all seinen Kräften. Rhodan, Bully, Tifflor und Mercant bildeten den Abschluß der Gruppe.

Sie drangen in Regionen ein, die niemand von ihnen kannte. Es lagen Berichte vor, daß einzelne Kommandos der Terraner Expeditionen in diesen Teil der Trägerkuppel durchgeführt hatten, aber immer wieder waren sie vor Metallwände gestoßen, die ein weiteres Vordringen ohne Gewalt unmöglich machten. Und Gewalt war verboten.

Nun gab es diese Wände plötzlich nicht mehr.

Es war so, als hätte es sie niemals gegeben.

»Spiegelungen, Schutzschirme, Tarneffekte«, murmelte Waringer verblüfft. »Hier hat es niemals feste Wände gegeben. Unsere Leute haben sich täuschen lassen. Immerhin ist es ein gutes Zeichen, daß alle diese Dinge nun plötzlich nicht mehr existieren. Es ist der Beweis dafür, daß man uns empfangen möchte.«

»Wer?« fragte Rhodan mit belegter Stimme.

Sein Schwiegersohn drehte sich nach ihm um, ohne seine Gangart zu verlangsamen.

»Wer? Captain Rog Fanther vielleicht, der wirkliche Kommandant von OLD MAN, auch wenn er schon seit Jahrzehntausenden tot ist. Sein Geist lebt noch in dieser Festung, und er hat dafür gesorgt, daß er in der Automatik unsterblich wurde.«

Weder Rhodan noch einer seiner Freunde hatte darauf etwas zu erwidern.

Kein Mensch begegnete ihnen. Das ungeheure Labyrinth der Gänge, Hallen und Gleitkorridore lag leer und verlassen vor ihnen. Die automatischen Transportbänder funktionierten ebenso wie das Licht, das mit ihnen durch die gewaltigen Hohlräume wanderte. Dumpf hallten ihre Schritte von den Wänden zurück.

»So weit ist noch nie jemand vorgedrungen«, stellte Dr. Waringer fest, als sie eine Verteilerstelle erreichten. Er zog seine Meßinstrumente zu Rate und deutete in einen breiten Korridor hinein. »Dort geht es weiter. Die Strahlung ist intensiver geworden. Wir nähern uns unserem Ziel.«

John Marshall und Gucky bestätigten, daß die Paraschwingungen stärker geworden waren. Selbst ohne die Meßinstrumente hätten sie jetzt die Quelle finden können, die nicht mehr weit entfernt sein konnte.

»Wir haben nun zwanzig Kilometer zurückgelegt«, stellte Mercant fest. »Wie weit ist es noch bis zum eigentlichen Zentrum der Trägerkuppel?«

»Knapp fünfzig Kilometer«, sagte Rhodan. »Ich glaube nicht, daß wir noch so weit müssen. Was meinst du, Gucky?«

»Noch vier bis fünf Kilometer schätze ich. Mehr werden es wohl kaum sein.«

Das Transportband bewegte sich mit hoher Geschwindigkeit den Korridor entlang. Es rollte völlig geräuschlos dahin, von dem aufflammenden Licht begleitet. Wenn die Gruppe vorbei war, erlosch das Licht wieder. Die Wände waren glatt und kahl.

»Hier ließen sich noch eine Menge Maschinen und Geräte unterbringen«, meinte Abel Waringer. »Sieht so aus, als wäre das auch beabsichtigt gewesen. Vielleicht fehlte ihnen damals die Zeit.«

Niemand bestätigte seine Vermutung. Der Korridor machte eine leichte Rechtsbiegung, und als dann das Transportband plötzlich anhielt, standen sie am Eingang zu einer riesigen Halle mit hoher und gewölbter Decke.

Keiner sprach ein Wort, denn instinktiv wußte jeder, daß sie am Ziel waren.

Sie konnten auf den ersten Blick erkennen, daß es sich um eine gigantische Kontrollstation handelte, denn die Wände waren mit Instrumenten und Skalentafeln bedeckt, mit Reihen von Bildschirmen und anderen Installationen.

Die Paraschwingungen kamen aus der Mitte der Halle, mehr als zweihundert Meter vom Eingang entfernt. Dort stand eine Pyramide aus rotleuchtendem Material, gut dreißig Meter hoch und mit einem Grunddurchmesser von etwa zwanzig Metern.

Von ihr gingen die Schwingungen aus.

»Die positronische Schaltanlage ›Schwarzer Mond‹ – das muß sie sein«, murmelte Abel Waringer und deutete auf die Kontrollwände mit den Instrumenten. »Wichtig ist jene Pyramide, aus der die Paraschwingungen stammen. Sehen wir sie uns einmal an. Es war so beabsichtigt.«

Sie legten die Strecke zu Fuß zurück, denn es gab kein Transportband in der Halle. John Marshall und Gucky spürten die Impulse so stark, daß sie fast schmerzhaft wirkten. Sie kamen eindeutig aus der Pyramide.

Das rot leuchtende Metall war unbekannt. Das konnte Waringer nach kurzer Untersuchung bereits feststellen. Direkt berühren allerdings konnte er die Pyramide nicht, weil sie von einem transparenten Energiefeld umgeben war, dessen Generator im Innern des Gebildes stehen mußte.

»Ein Feld, das sich der Materie anschmiegt«, stellte Mercant erstaunt fest. »Es wirkt wie eine zweite Haut. Wahrscheinlich würde sogar Gucky nichts ausrichten können.«

»Werden wir gleich wissen«, piepste Gucky selbstsicher und starrte auf die Vorderfront der Pyramide. »So ein kurzer Sprung kann kein Unheil anrichten.«

Für den Bruchteil einer Sekunde verschwand er vor den Augen seiner Freunde, um dann wimmernd am Fuße der Pyramide wieder zu erscheinen. Er rieb sich das Hinterteil und stand langsam auf.

»Blöder Energieschirm«, schimpfte er wütend. »Möchte wissen, was wir hier sollen, wenn man uns nicht hineinläßt.«

»Du bist ja auch nicht Rhodan«, klärte Waringer ihn ruhig auf.

Rhodan stand ein wenig abseits und, wie es schien, tief in Gedanken versunken. Ihm war klar, daß Waringer recht haben mußte, aber wahrscheinlich genügte es nicht, sich einfach hierherzustellen, um die Geheimschaltung auszulösen. Er würde etwas tun müssen, um sich zu identifizieren.

Noch ehe er seinen Gedanken in die Tat umsetzen konnte, ertönte plötzlich leise Musik. Gleichzeitig erloschen die Paraschwingungen. Die Musik drang aus der Pyramide hervor und war so verhalten, daß von einer Melodie kaum etwas zu erkennen war. Und doch kam sie Rhodan bekannt vor. Irgendwo, irgendwann hatte er sie schon einmal vernommen.

Waringer hob die Hand und gebot völlige Ruhe.

Jetzt war zu hören, daß Frauenstimmen die Melodie summten. Wenn das Lied einen Text besaß, so wurde er nicht gesungen und blieb damit unbekannt. Rhodan begann zu ahnen, daß ihm ein Test bevorstand.

Bully, der völlig unmusikalisch war, brummte:

»Was soll denn der Quatsch? Bin ich in ein Konzert gegangen?«

»Ruhe bitte!« fuhr Waringer ihn empört an. »Versuchen Sie lieber sich zu erinnern. Haben Sie die Melodie schon einmal gehört?«

Bully schüttelte den Kopf. Seine Miene drückte deutlich aus, daß er beleidigt war. Gucky, der neben ihm stand, flüsterte ihm zu:

»Du nix Kultura, Dicker. Selbst ein Tauber merkt, was das ist.«

»Was denn?« flüsterte Bully trotz Waringers warnendem Blick zurück.

»Ein Lied«, eröffnete ihm Gucky mit geheimnisvoller Miene.

Bully verzog das Gesicht, als hätte ihm jemand auf die Zehen getreten, aber er schwieg verbissen. Es war sinnlos, jetzt mit dem Mausbiber diskutieren zu wollen.

Rhodan war es inzwischen gelungen, einige Melodiefetzen deutlich herauszuhören. Immer klarer wurde ihm, daß er das Lied kannte. Aber so phantastisch sein Verstand auch funktionierte und so gut sein Erinnerungsvermögen auch sein mochte, er konnte sich beim besten Willen nicht erinnern, wann und wo er das Lied schon einmal gehört hatte. Schließlich war er fünfhundert Jahre alt.

»So eine Schnulze von früher«, meckerte Bully.

Rhodan warf ihm einen forschenden Blick zu und nickte langsam.

Waringer ging noch näher an die Pyramide heran und legte die Hand auf das Metall, beziehungsweise den Energieschirm. Nichts geschah. Das leise Summen der Frauenstimmen blieb unverändert.

»Das Ding vibriert«, sagte Waringer. »Vielleicht ist es aber auch nur der Schirm. Immerhin wissen wir nun, daß er ungefährlich ist.«

»Nicht leichtsinnig werden«, warf Rhodan ihm vor. Er zögerte einige Sekunden, dann fuhr er fort: »Ich bin sicher, die Melodie schon gehört zu haben, aber ich weiß nicht, wann das war. In meiner Jugend, vor knapp fünfhundert Jahren. Wie soll man das behalten?«

Mercant griff in die Tasche und holte ein winziges, aber sehr leistungsstarkes Aufzeichnungsgerät hervor. Er schaltete es ein und hielt es mit der Mikrophonseite gegen die Pyramide.

»Wir werden es unseren Leuten vorspielen, vielleicht erkennt einer das Lied. Muß doch einen Sinn haben, wenn man uns eine Vorstellung gibt.«

Waringer war zurückgetreten und ging zu Rhodan.

»Tritt vor die Pyramide, Perry. Rog Fanther hat alle automatischen Schaltungen auf dich programmiert, das wenigstens wissen wir. Warum nicht auch die im Innern der Pyramide fraglos vorhandenen Individualabtaster? Du kannst es immerhin versuchen.«

Rhodan nickte, ohne zu antworten. Er machte drei oder vier Schritte, bis er unmittelbar vor der Pyramide stand. Die anderen Männer und Gucky zogen sich ein paar Meter zurück. Der leise Gesang blieb, und nichts veränderte sich.

Es war eine leicht zu behaltende Melodie, einschmeichelnd und sehr harmonisch in ihrem Aufbau. Der ursprüngliche Text, durch das Summen ersetzt, mußte auf elektronischer Basis gelöscht worden sein, um die Identifikation des Liedes zu erschweren.

Plötzlich verstummte die Melodie.

Das konnte als erstes Anzeichen dafür gelten, daß die Taster auf Rhodans Individualschwingungen und Gehirnmuster reagierten. Sie hatten ihn erkannt. Waringer stand wie gebannt auf seinem Platz und ließ Rhodan nicht aus den Augen.

Irgend etwas in der Pyramide arbeitete. Ein Aggregat begann zu summen, und dann ertönte eine Stimme.

Es war abermals die Stimme eines Roboters in einwandfreiem Terranisch. Sie verriet keinerlei Gefühl, und gerade dieser Mangel an Emotion war es, der die Bedeutung der Botschaft noch mehr betonte. Die Stimme sagte:

»Der Großadministrator des Solaren Imperiums, Perry Rhodan, wurde soeben identifiziert. Die schwingungstechnischen Daten stimmten mit der Programmierung überein. Aber es ist ein weiterer Test erforderlich, damit kein Fehler begangen werden kann. Individualimpulse können technisch nachgeahmt und von jeder beliebigen Person abgestrahlt werden. Sie haben von dieser Sekunde an sechsunddreißig Terrastunden Zeit, die abgespielte Melodie zu identifizieren, oder das Trägerraumschiff, auf dem Sie sich aufhalten, wird sich selbst vernichten. Teilen Sie uns innerhalb der angegebenen Frist mit, um welches Lied es sich handelt, und singen Sie uns persönlich den exakten Text vor.«

Als die Robotstimme verstummte, begannen die unbekannten Frauen wieder die geheimnisvolle Melodie zu summen, diesmal etwas lauter. Mercant nahm noch immer auf. Rhodan trat ein paar Schritte zurück und sah Waringer fragend an. Im Hintergrund begann Gucky plötzlich verhalten zu kichern. Bully stieß ihn an.

»Was hast du denn? Möchte wissen, was daran so lächerlich ist.«

Gucky gab den Rippenstoß nicht zurück, hörte aber auf zu kichern.

»Lächerlich? Na, eine ganze Menge, würde ich sagen. Ich habe ja schon allerhand erlebt, komische und weniger komische Dinge. Aber der absolute Höhepunkt meiner Karriere wird zweifellos jener Augenblick in nicht ferner Zukunft sein, wenn Perry hier an dieser Stelle steht und die Pyramide ansingt.«

In Bullys Gesicht begann es zu zucken. Aber tapfer unterdrückte er die aufkeimende Heiterkeit und blieb gespielt ernst.

»Was ist daran komisch? Es geht schließlich um die Existenz von OLD MAN und damit auch um unsere eigene. Dafür kann er ruhig mal ein Liedchen singen.«

»Hoffentlich bekommt er bis dahin den Text heraus, sonst muß er auch summen.«

Diese Vorstellung schien für Bully besonders erheiternd zu sein, denn er begann ganz offen zu grinsen. Waringers Stimme rief ihn jedoch in die Gegenwart zurück.

»Wir haben anderthalb Tage. In dieser Zeit muß es möglich sein, das Lied zu identifizieren. Vielleicht wäre es ein wertvoller Hinweis, wenn wir die Interpreten des Liedes kennen würden. Es sind Frauen, daran kann kein Zweifel bestehen. Und aus welchem Jahrhundert das Ding stammt – das wäre auch noch wichtig zu wissen.«

»Zwanzigstes Jahrhundert«, sagte Rhodan bestimmt. »Da bin ich ganz sicher. Ich muß noch sehr jung gewesen sein, als ich es hörte. Aber beim besten Willen kann ich mich nicht mehr entsinnen, wie der Chor hieß. Es gab zu jener Zeit eine regelrechte Überschwemmung durch Gesangsgruppen, die alle ihren eigenen Stil besaßen . . .«

»Die Beatles!« piepste Gucky. »Aber das waren ja Männer.«

»Und sie hatten lange Haare«, entsann sich Bully.

Waringer ging nicht darauf ein.

»Zwanzigstes Jahrhundert also . . . Gut. Es wäre dann Ihre Aufgabe, Mercant, Ihren Abwehrapparat in Bewegung zu setzen. Es gibt Sammler, das wissen wir. Viele von ihnen besitzen noch die alten Platten oder zumindest deren Aufzeichnungen. Und einer von ihnen kennt bestimmt dieses Lied. Es müßte doch mit dem Teufel zugehen, wenn wir den Text nicht finden. Die plötzliche Evakuierung wird die Suche erschweren, aber wir müssen es schaffen. Wir sollten keine Zeit mehr verlieren.«

Mercant schob das Aufzeichnungsgerät in die Tasche zurück.

»Ich stimme Ihnen zu, Doktor. Wir haben die Melodie, und ich werde dafür sorgen, daß sie im ganzen Sonnensystem, auf allen Planeten, Stationen und Schiffen bekannt wird. Es gibt Sammler, das kann ich bestätigen. Einer von ihnen wird uns helfen können. Und nun schlage ich vor, daß wir in die Kommandozentrale zurückkehren, um alles Notwendige in die Wege zu leiten.«

Rhodan warf noch einen letzten Blick auf die Pyramide, ehe er ihr entschlossen den Rücken zudrehte und die Führung übernahm. Bully bildete mit Gucky an der Hand den Abschluß.

»Unser guter Perry hat schreckliche Angst«, verkündete der Mausbiber, sprach aber dabei so leise, daß nur sein Freund ihn verstehen konnte. »Er hat Angst vor seinem eigenen Gesang.«

»Ach? Kann er denn nicht singen?«

Gucky schüttelte den Kopf.

»Nur in der Badewanne – und wie soll er das vor der Pyramide anstellen?«

Über Hyperfunk erhielt Atlan die letzten Informationen. Auf den Bildschirmen seiner zehntausend Schiffe standen die tausend Dolans abwartend und unverändert im gleichen Sektor. Sie griffen nicht an. Der Arkonide übergab einem bewährten General das Kommando über die USO-Flotte und setzte sich mit seinem eigenen Schiff in Richtung Erde ab. Er umflog die Dolans, um sie nicht herauszufordern, und landete zwei Stunden später neben der CREST V auf Plattform III.

Während die Suche nach dem Text des Liedes anlief, führte Rhodan seinen Freund zu der Pyramide. Er wollte, daß Atlan sich an Ort und Stelle von der seltsamen Methode überzeugte, mit der eine Identifizierung vorgenommen werden sollte.

Schon nach wenigen Minuten nickte Atlan Rhodan zu.

»Mein Extrahirn hat die Eigenschaft, alle Erinnerungen zu speichern. Ich kann niemals etwas vergessen, wenn es auch manchmal nicht leicht ist, eine vorhandene Speicherung ins Bewußtsein hervorzuholen. Das da aber . . .«, er deutete auf die Pyramide, » . . . ist eindeutig. In den Jahren 1955 bis 1960 etwa gab es eine Gesangsgruppe, die auf der ganzen Welt beliebt und bekannt war. Man nannte sie die ›Clark-Sisters‹. Ich könnte dir fast alle ihre Titel aufzählen, sogar die Texte der Lieder hersagen, Perry, aber in einem einzigen Fall muß ich dich enttäuschen. Dieses Lied, das nur gesummt wird, kenne ich auch nicht. Wohl die Melodie, daran besteht kein Zweifel. Aber ich habe niemals den Text gehört. Tut mir leid.«

Rhodan winkte ab.

»Nichts braucht dir leid zu tun, Atlan. Die Clark-Sisters also! Ich erinnere mich. Sangen Sie nicht den ›One o'Clock Jump‹ oder ›Opus One‹? Und andere Titel, die es in veränderter musikalischer Form noch heute gibt?«

»Ganz richtig. Wir werden sie bald alle zu hören bekommen, und ich hoffe, auch dieser mir unbekannte Titel ist dabei. Hat Mercant schon etwas erreicht?«

»Noch nicht, obwohl er seine Leute angewiesen hat, sämtliche Archive durchzuwühlen. Über Videofunk wird die hier aufgenommene Melodie ständig gesendet. Die Chance, daß sie jemand erkennt, wird mit jeder Minute größer, denn viele der Evakuierten kehren über die Transmitter zurück.«

»Befürchtest du keinen neuen Angriff?«

»Nein. Die Zweitkonditionierten müssen annehmen, daß wir ein Mittel haben, ihre Paratronschirme auszuschalten. Damit müssen sie erst einmal fertig werden. Das kann Tage oder Wochen dauern, auf keinen Fall nur Stunden. Und wenn sie angreifen, dann werden sie sich auf OLD MAN konzentrieren.«

»Ich bin auch deiner Meinung. Gehen wir, denn wir haben keine Zeit zu verlieren. Wie lange noch?«

Rhodan sah auf die Uhr.

»Noch sechsundzwanzig Stunden . . .«

Zwischen OLD MAN und Mercants Hauptquartier in Terrania war eine direkte Leitung eingerichtet worden. So erfuhr Rhodan laufend, was auf der Erde geschah und welche Ergebnisse die fieberhafte Suche nach dem Text des Liedes ergab.

Es blieben schließlich noch acht Stunden. Vorsichtshalber hatte General Janos Ferenczy den Befehl erhalten, alles zur Räumung der Robotstation vorzubereiten. Rhodan wollte kein Risiko eingehen.

Mercant hatte inzwischen dafür gesorgt, daß die lebenswichtige Umfrage nicht nur innerhalb des Solsystems verbreitet wurde. Über entsprechende Relaisstationen der Hyperfunksender ging die Melodie über Hunderte und Tausende von Lichtjahren hinweg zu den Kolonialwelten und den verbündeten Systemen.

So kam sie nach Aralon, der Zentralwelt der Galaktischen Mediziner.

Faro Den hatte im Verlauf seines langen Lebens manche wertvolle Entdeckung gemacht und gehörte zur Elite der Aras. Inzwischen lebte er im wohlverdienten Ruhestand. Mehrmals schon war er auf der Erde gewesen, und mit den Terranern verband ihn gegenseitige Hochachtung und sogar so etwas wie Freundschaft.

Das lag in erster Linie daran, daß Faro Den das gleiche Hobby hatte wie viele Terraner: er liebte und sammelte alte Musik.

Nun war es für ihn unmöglich, sich alle Titel und Melodiefolgen zu merken. Um aber ein ganz bestimmtes Stück herausfinden zu können, hatte er sich eine akustische Kartei angefertigt, die nichts zu wünschen übrig ließ. Oft genügten wenige aufeinanderfolgende Töne, Lied, Komponist, Text und Erscheinungsjahr zu identifizieren.

An diesem Tag – auf Aralon war Spätsommer – hatte Faro Den einen guten alten Freund besucht, den Chefmediziner einer Forschungsgruppe. Die beiden Männer kannten sich schon lange, wenngleich Dens Freund für Musik nichts übrig hatte. Er war auch noch nicht pensioniert worden.

Sie saßen auf der Veranda des außerhalb der Stadt gelegenen Landhauses und genossen die laue Abendluft. Im Hintergrund flimmerte der Bildschirm des Videogerätes, aber niemand achtete auf das Programm.

»Und ich sage dir, Perla, es wird niemals gelingen, sämtliche schlummernden Sektionen eines intelligenten Gehirns zu wecken. Wir haben das schon versucht, als ich noch jung war. Sicher, es gab Teilerfolge, die zur Weiterarbeit ermutigten, aber das war auch alles.«

»Wir sind heute ein gutes Stück weiter, Faro. Wir haben experimentiert, auch im Auftrag der Terraner, die uns ihre Mittel dazu zur Verfügung stellten. Ihre Erkenntnisse halfen uns weiter, und wir kombinierten sie mit den Ergebnissen unserer eigenen Forschung. Ich kann dir verraten, daß es uns bereits gelungen ist, durch einen einfachen operativen Eingriff einen parapsychisch veranlagten Mutanten zu schaffen. Kein Mutant im eigentlichen Sinne, aber eben einen Ara, der plötzlich geistige Fähigkeiten besitzt, die er nie zuvor bewußt besessen hat.«

»Erstaunlich, sehr erstaunlich«, gab Faro Den zu. »Das ist mehr, als ich erwarten konnte. Aber diese Fähigkeiten waren schon von Geburt an vorhanden?«

»Selbstverständlich. Wir weckten sie nur, das ist alles.«

»Grandiose Aussichten«, murmelte Faro Den, dann verstummte er plötzlich und hielt den Kopf schief, als lausche er auf etwas. Im ersten Augenblick wußte er nicht, woher die altvertraute Melodie kam, die da so unverhofft an seine Ohren drang, aber dann fiel sein Blick auf das Videogerät. Das Schauspiel, das über den Schirm gelaufen war, schien beendet zu sein. Dafür war das Hypersendezeichen einer terranischen Videogesellschaft zu erkennen. Es kam nur selten vor, daß man auf Aralon Sendungen der Terraner direkt übernahm, aber heute war das zweifellos der Fall.

Die Melodie verstummte, und dann erschien das Gesicht eines terranischen Offiziers mit hohen Rangabzeichen. In knappen Worten schilderte er, was geschehen war. Der Überfall der Zweitkonditionierten mit ihren Dolans auf die Erde, das Eingreifen OLD MANS und schließlich der Test. Als die Melodie wieder erklang, zusammen mit der Bitte um Identifizierung, lehnte sich Faro Den in seinen Sessel zurück und schloß die Augen.

»Die Terraner . . .! Sie haben noch vier Stunden Zeit – und ich kenne das Lied. Es liegt in meiner Hand, ob sie die Robotfestung verlieren oder nicht.« Er sah seinen Freund an. »Sage mir offen, Perla, wer ist dir lieber: die Zeitpolizisten oder die Terraner?«

Perla Ken, der Chefmediziner, gab den Blick forschend zurück.

»Ich weiß, welche Entscheidung du von mir verlangst, und du sollst sie haben. Uns haben die Zeitpolizisten nie etwas getan, aber wenn ich ehrlich sein soll, so bin ich mir nicht ganz sicher, ob sie nicht eines Tages doch mal ihre Meinung ändern. Dann sind wir verloren, und nur die Terraner könnten uns helfen. Es ist also nur zu logisch, wenn ich für sie plädiere. Hilf ihnen, wenn du kannst.«

»Danke, Perla. Mehr wollte ich nicht wissen. Du weißt, daß ich ein Freund der Terraner bin, und ich bin froh, daß du mich verstehst. Ja, ich kenne die Melodie. Sie befindet sich in meiner Sammlung, zusammen mit allen Liedern dieser Clark Sisters. An den Text erinnere ich mich nicht, aber wozu besitze ich die akustische Kartei? Allerdings muß ich dazu nach Hause. Mein Gleiter ist nicht der modernste . . .«

»Ich bringe dich in meinem, Faro. Dann schaffen wir es in einer halben Stunde. Komm, wir müssen uns beeilen, wenn die Hilfe noch rechtzeitig eintreffen soll.«

Sie verloren weder Zeit noch Worte. Dreißig Minuten später landeten sie auf dem Waldgrundstück nahe der Stadt, auf dem Dens Wohnhaus stand. Sie eilten ins Innere des palastähnlichen Gebäudes, auf dessen Dach eine Kugelantenne die moderne Funkanlage verriet.

Faro Den schaltete das Videogerät ein. Die Sendung von der Erde lief noch immer, und abermals erklang die Melodie. Sie wurde von der akustischen Kartei aufgenommen, sortiert und ausgewertet. Keine zehn Minuten später spie das Gerät eine Karte aus.

Faro Den nahm sie in die Hand, las die ersten Zeilen und hielt sie dann hoch.

»Das ist es, Perla Ken. Des Rätsels Lösung. Weißt du, was ich hier in meiner Hand halte?«

»Den Text des Liedes, nehme ich an.«

»Ja, natürlich. Und damit das Schicksal der Erde. Von mir wird es abhängen, ob der nächste Angriff der Dolans auf Terra zum Scheitern verurteilt ist oder nicht. Ob Rhodan sich erkenntlich zeigen wird?«

Perla Ken zuckte die hageren Schultern.

»Das kann er nur, wenn er lebt. Verliere keine wertvolle Zeit, Faro. Dort steht der Sender . . .«

14.

Bis auf Rhodan und seinen engsten Stab hatten alle Terraner die Robotfestung OLD MAN verlassen. Es bestand kaum noch Hoffnung, daß der Text des Liedes gefunden werden konnte. Die Erbauer des Riesenroboters hatten ihre Vorsicht zu weit getrieben. Mit einer schier unlösbaren Aufgabe sorgten sie nun dafür, daß die Menschen ihre größte Hilfe im Kampf gegen einen tödlichen Gegner verloren.

Mercant war ebenfalls in der Kommandozentrale anwesend.

»Es ist nichts mehr zu tun, und wir haben noch genau neunzig Minuten Zeit. Wenn innerhalb dieser Frist der Text nicht gefunden wird, können wir OLD MAN aufgeben. Und ich fürchte, uns auch.«

»Sie haben alles getan, was zu tun war, Mercant. Mehr konnte niemand von uns tun. Aber wir haben noch Zeit.«

Gucky saß neben Bully in einem breiten Sessel. Eine Hand behielt er ständig in der Tasche, als sei sie dort festgewachsen. So hoffnungslos die Lage auch war, er schien den Mut noch immer nicht verloren zu haben. In der Tasche befand sich ein winziges Tonbandgerät. Auf keinen Fall wollte er versäumen, Rhodan bei seiner unfreiwilligen Gesangsübung aufzunehmen.

Atlan war zu seiner Flotte zurückgekehrt. In dem Augenblick, in dem OLD MAN explodierte, würde er die tausend wartenden Dolans angreifen und, wie er hoffte, zum größten Teil vernichten können. Er sah keine andere Möglichkeit, die Erde vor einem zweiten Angriff zu schützen.

Die Minuten rannen dahin.

Tifflor sprang auf.

»Ich halte das nicht mehr aus, so untätig hier herumzusitzen. Wir müssen etwas unternehmen, ganz egal, was.«

»Du kannst ja auch mal singen«, schlug Bully ruhig vor.

Tifflor warf ihm einen giftigen Blick zu, schwieg aber.

Rhodan sah zum zehntenmal auf die Uhr.

»In genau einer Stunde starten wir mit der CREST. Sie wartet noch immer auf Plattform III. Und nun behaltet die Nerven. Sechzig Minuten sind eine lange Zeitspanne, in der viel passieren kann.«

Kein Gespräch wollte mehr aufkommen. Die letzte Hoffnung, daß jemand das Lied kannte, hatte sich bis zur Stunde nicht erfüllt. Und die letzte Stunde war bereits angebrochen.

Gerade als Mercant über die direkte Leitung mit seinen Leuten in Terrania sprechen wollte, wurde die Tür zur Funkzentrale aufgerissen. Einer der dort noch stationierten Offiziere stürzte in den Kommandoraum, in der Hand einen Zettel schwenkend.

»Sir . . .!« keuchte er und lief zu Rhodan. »Sir – das kam eben über den Haupttransmitter. Ich glaube, es ist das Lied.«

Rhodan nahm ihm den Zettel ab. Bully und John Marshall waren aufgesprungen und kamen näher. Mercant kehrte ebenfalls auf seinen Platz zurück, der neben Rhodan gewesen war.

»Von einem Ara-Mediziner namens Faro Den«, las Rhodan ungläubig. »Er sammelt terranische Alt-Melodien und wohnt auf Aralon. Er hat den Text gefunden und stellt ihn zur Verfügung, damit OLD MAN den zivilisierten Völkern der Galaxis erhalten bleibt.« Rhodan sah auf und begegnete den Blicken seiner Männer. »Wir haben Freunde, das beruhigt mich.« Er las weiter. »Faro Den bittet, einen Wunsch äußern zu dürfen, wenn alles vorbei ist. Wir sollen ihm für seine Musiksammlung eine Rarität besorgen, und die Auswahl überläßt er uns.«

»Wie heißt das Lied?« fragte Bully aufgeregt.

»Der Text jedenfalls lautet: *I'm forever blowing bubbles*.«

Mercant starrte Rhodan fassungslos an.

»Bubbles?« dehnte er.

Rhodan nickte.

»Ganz richtig – bubbles. So, und nun wollen wir keine Sekunde mehr verlieren. Wenn der Text stimmt, haben wir es geschafft. Gucky, bring mich zur Pyramide!«

Der Mausbiber gab keinen Kommentar. Längst hatte er das Aufnahmegerät eingeschaltet, ohne sich bei Marshall durch seine Gedanken zu verraten. Er nahm die Hand aus der Tasche und reichte sie Rhodan, die andere Bully.

Eine Sekunde danach standen sie vor der Pyramide.

Die Melodie war noch immer nicht verstummt. Wie vor fünfunddreißig Stunden erfüllte sie die nähere Umgebung der Pyramide mit ihrem harmonischen Klang, aufreizend und beruhigend zugleich. Während Bully und Gucky sich einige Meter zurückzogen, trat Rhodan vor das rotschimmernde Bauwerk und wartete, bis die Musik leiser wurde.

Das war das Zeichen, daß die Individualabtaster ihn erkannten.

Er hielt den Zettel hoch und sang, genau wie Text und Rhythmus es vorschrieben:

»I'm forever blowing bu-bubbles,
pretty bubbles in the air.
They fly so high,
they nearly reach the sky . . .«

Hier endete der Text. Es war anscheinend dem Ara Faro Den nicht gelungen, in der Eile mehr zu senden. Aber vielleicht genügten die ersten vier Zeilen.

Rhodan, Bully und Gucky stockte fast der Atem, als die Musik aus der Pyramide plötzlich wieder lauter wurde. Die Frauenstimmen summten nicht mehr nur, sondern sie sangen. Und sie sangen genau den Text, den Rhodan ihnen vorgesungen hatte. Der Energieschirm erlosch, das blanke, rote Metall lag frei. Das Flimmern verstärkte sich, aber noch blieb die Pyramide geschlossen.

Schnell warf Rhodan einen Blick auf seine Uhr.

Noch fünfzehn Minuten bis zur Vernichtung von OLD MAN.

Da erklang die Stimme des Roboters. Sie erklärte in wenigen Sätzen, daß der Test zur Zufriedenheit ausgefallen sei und bat Rhodan, näher an die Pyramide heranzutreten.

Gucky und Bully blieben stehen, wo sie gerade waren.

In der Pyramide öffnete sich in zwei Metern Höhe ein Luk. Ein runder Bildschirm mit knapp fünfzig Zentimetern Durchmesser wurde sichtbar, schob sich vor und hielt dicht vor Rhodan an. Dann begann der Schirm zu leben. Er flimmerte und wurde stabil. Sekunden später war auf ihm ein Gesicht zu erkennen.

Captain Rog Fanther, dessen Botschaft fünfzigtausend Jahre überdauert hatte. Der wahre Kommandant von OLD MAN, verankert in der Automatik des gigantischen Roboters.

Der längst Tote begann zu sprechen:

»Ich darf Sie, Großadministrator, im Namen der Terraner begrüßen, die das Trägerraumschiff erdachten und erbauten. Sie wissen inzwischen, daß es für Sie und das Solare Imperium bestimmt ist. Die Sonderbedarfsschaltung hat inzwischen angesprochen und wurde durch Ihre Gehirnschwingungen ausgelöst. Diese Schwingungen konnten nur dann ansprechen, wenn Sie vor Sorge um den Weiterbestand der Menschheit nahezu vergingen. Das ist geschehen, und ich kann nur hoffen, daß unser Eingreifen erfolgreich war. Die Feinde der Menschheit wurden ihres Schutzes beraubt und konnten vertrieben werden. Ich gebe zu, daß der Test nicht einfach war, aber die Tatsache, daß Sie, Sir, nun meine Stimme hören und mein Gesicht sehen, beweist Ihnen, daß Sie ihn erfolgreich bestanden. Und nun hören Sie, was ich Ihnen mitzuteilen habe . . .«

Es entstand eine kurze Pause, die sicherlich von der Automatik eingeplant war. Sie diente wahrscheinlich dazu, Rhodan Gelegenheit zu geben, ein Aufzeichnungsgerät einzuschalten. Gucky überzeugte sich unauffällig davon, daß sein Gerät noch lief. Er wollte nicht, daß ihm die wertvollste musikalische Rarität zum guten Schluß noch weggenommen wurde.

Die Stimme Rog Fanthers fuhr fort:

»Dies ist ein Bericht aus der Zeit der sogenannten Ersten Menschheit, vor mehr als fünfzigtausend Jahren. Wir wurden aus Ihrer Gegenwart in diese Vergangenheit verschlagen, unternahmen jedoch den Ihnen bereits bekannten Dilatationsflug, um fünfhundert Jahre Zukunft zu gewinnen. So fanden wir schließlich jenen Planeten, auf dem wir das Trägerraumschiff, auf dem Sie sich nun befinden, mit Hilfe der alten Lemurer erbauten.

Sie waren vor den Halutern geflüchtet, weigerten sich aber, die

Galaxis in Richtung Andromedanebel zu verlassen. Mit ihnen zusammen planten, entwarfen und konstruierten wir schließlich den Riesenrobot, mit dem Ziel, ihn in etwa fünfzigtausend Jahren automatisch starten zu lassen, damit er dem Solaren Imperium, das dann existiert, zu Hilfe eilen kann.

In erster Linie sahen wir die Gefahr durch die Meister der Insel. Um Ihnen aber eine wirklich umfassende Waffe anhand zu geben, wurde der Robot auch mit den Waffensystemen ausgestattet, die die Lemurer im Überlebenskampf gegen die Haluter entwickelten. Sie sind gegen alle Angreifer gerichtet, die von einem Paratronschirm geschützt werden.«

Rog Fanther fuhr fort:

»Mir selbst ist die Funktion der Abwehrwaffe gegen den Paratronschirm unbekannt, ich kann sie nicht einmal annähernd erklären. Wir wissen nur, daß es sich bei dieser Waffe um einen sogenannten Kontrafeld-Strahler handelt. Er wurde von den hervorragenden lemurischen Wissenschaftlern konstruiert und fertiggestellt, aber tragischerweise viel zu spät. Wäre der Kontrafeld-Strahler rechtzeitig fertig geworden, hätte es niemals eine Flucht der Ersten Menschheit von der Erde in den Raum und schließlich und endlich zum Andromedanebel gegeben. Immerhin dürfen wir uns als die Erben der Lemurer ansehen, und darum auch erhielten wir die Waffe.

Aber ich muß Sie warnen. Zwar befindet sich die Waffe an Bord des Trägerraumschiffes, aber niemand kann sie ungestraft untersuchen. Auch Sie nicht, Sir, und wenn Sie die besten Wissenschaftler des Solaren Imperiums darum bäten. Eine Sicherheitsschaltung sorgt dafür, daß die ganze Sektion gesprengt wird, wenn eine Untersuchung stattfindet. Die Waffe an sich jedoch und die Pläne werden auf dem Planeten aufbewahrt, auf dem das Trägerschiff erbaut wurde. Noch einige Worte zum Kontrafeld-Strahler: Er erzeugt eine hyperinstabile Zone vor dem Paratronschirm. Damit verschwindet automatisch die Stützstabilität zum normalen Einsteinuniversum. Das Paratronfeld, ein energetischer Bestandteil des Hyperraums, wird dadurch explosionsartig in seinen natürlichen energetischen Bereich abgeleitet und verschwindet damit aus dem Normaluniversum.

Mehr kann ich nicht sagen, wenn ich es auch wüßte. Sie müssen sich mit dieser hyperphysikalischen Erklärung vorerst zufriedengeben. Finden Sie den Planeten, auf dem wir fünfzigtausend Jahre in der Vergangenheit weilten, und alle Rätsel sind gelöst. Sie werden dann eine Waffe besitzen, mit der Sie jeden Gegner vernichtend schlagen können.

Wir alle wünschen Ihnen viel Glück, Perry Rhodan.«

Die Stimme verstummte, dann erlosch der Bildschirm.

Zusammen mit Bully und Gucky war Rhodan in die Kommandozentrale von OLD MAN zurückgekehrt. General Janos Ferenczy erhielt den Befehl, die Robotstation wieder zu bemannen. Die ausgeschleusten Schiffe kehrten zurück, und mit ihr die Besatzung und das technische Personal.

Rhodan berichtete. Anwesend waren außer Bully und Gucky noch Dr. Waringer, Tifflor, Mercant, Marshall, Atlan und einige Offiziere.

Atlan war zurückgekehrt, denn die Dolans unternahmen nichts. Sie standen unbeweglich im alten Sektor und warteten.

Rhodan wurde im Verlauf seiner Schilderung kein einziges Mal unterbrochen, und Gucky verzichtete auch darauf, ihm mitzuteilen, daß er alles mit seinem Gerät aufgenommen hatte. Zuerst mußte er Rhodans Lied in Sicherheit bringen, dann würde er die Aufnahme übergeben.

Als Rhodan fertig war, sagte Atlan:

»In wenigen Stunden also, wurde dir mitgeteilt, öffnet sich endgültig die Pyramide. Dann werden wir erfahren, wo wir die Waffe finden. Ich würde schon jetzt mit den Vorbereitungen zu einer Expedition beginnen, Perry. Je eher wir die Möglichkeit haben, die Paratronschirme jederzeit und nach unserem Willen zu entfernen, desto besser für uns alle. Mit dem FpF-Gerät sind wir dann jederzeit in der Lage, die Dolans abzuwehren und unschädlich zu machen. Wenn die Zweitkonditionierten das einmal gemerkt haben, werden sie auch zu Verhandlungen bereit sein – falls sie dürfen.«

Rhodan sah ihn forschend an.

»Du spielst auf die Erste Schwingungsmacht an?«

»Genau. Und wir werden auch noch herausfinden, wer sich hinter diesem mysteriösen Ausdruck verbirgt. Aber ich meine auch, die Symboflex-Partner der Zeitpolizisten, die im Auftrag der Ersten Schwingungsmacht handeln. Sie alle kontrollieren die Zeitpolizisten. Du siehst, wir haben eine recht schwierige Aufgabe vor uns.«

»War mir immer klar. Im Augenblick machen mir die tausend Dolans Sorge, die außerhalb des Sonnensystems warten.«

»Um die würde ich mir an deiner Stelle keine Sorgen machen, Perry. Den neuesten Meldungen nach formieren sie sich neu. Diesmal jedoch zeigt der Keil nicht in Richtung Erde, sondern zur Wega. Es ist also anzunehmen, daß sie bald verschwinden, und ich habe nicht die Absicht, sie daran zu hindern.«

»Ich auch nicht.« Rhodan sah auf die Uhr. »Die Zeit vergeht überhaupt nicht, und als wir die Frist von sechsunddreißig Stunden hatten, verging sie viel zu schnell. Es ist eben alles relativ.«

Gucky stand betont langsam auf. Die linke Hand hielt er wieder in der Tasche, als habe er dort einen Schatz zu hüten. Das war allerdings auch der Fall. Es wurde Zeit, die wertvolle Musikaufnahme in Sicherheit zu bringen.

»Ich habe noch etwas zu tun, Perry. Im Augenblick bin ich ja wohl nicht so wichtig hier. In Kürze stehe ich wieder zur Verfügung.«

»Urlaub genehmigt«, meinte Rhodan und nickte ihm zu. »Hast du etwas Besonderes im Sinn?«

»Eigentlich nicht. Es handelt sich wohl mehr um die Rettung eines wichtigen Kulturdokumentes. Nein, John, es hat keinen Sinn. Ich habe den Gedankenblock errichtet. Geht dich auch nichts an, was ich so denke . . .«

» . . . falls du denkst!« konterte John Marshall, etwas verärgert.

Gucky bedachte ihn mit einem halb triumphierenden und halb verächtlichen Blick, dann watschelte er siegesbewußt aus der Kommandozentrale. Er wußte schließlich, was er in der Tasche hatte.

Sonst niemand!

Rhodan sah hinter ihm her.

»Er ist so komisch. Nichts herausgefunden, John?«

Marshall schüttelte den Kopf.

»Leider nicht. Sie wissen, daß es unmöglich ist, seinen Block zu durchdringen, wenn er nicht will. Aber fest steht, daß er etwas im Schilde führt, doch ich weiß beim besten Willen nicht, was das sein soll.«

Sie hatten nicht Zeit oder Muße, sich weiter um Gucky zu kümmern, der in die CREST V teleportierte und von dort aus ein wichtiges Funkgespräch mit Terrania führte. Dabei überspielte er auch die Tonbandaufnahme, die er vor der Pyramide gemacht hatte. Nach einer Stunde etwa kehrte er mit zufriedenem Gesichtsausdruck in den Kommandoraum von OLD MAN zurück, grinste stillvergnügt vor sich hin und nahm wieder in seinem freigebliebenen Sessel Platz.

Bully stieß ihn in die Seite.

»Wo warst du denn, alter Knabe?«

»Na, wo schon? Jeder muß doch schließlich einmal . . .«

»Komm, erzähle keine Märchen. Du bist nicht nur deswegen hier verschwunden.«

»Abwarten. Du wirst schon sehen – oder besser: hören!«

»Was denn?«

»Pst!« machte Gucky geheimnisvoll und widmete sich ganz den Ausführungen Mercants, der die künftigen Abwehrmaßnahmen Terras mit Rhodan besprach.

Bully zuckte die Achseln und verschwand fast in seinem Sessel.

Er wußte, wie sinnlos es war, etwas aus Gucky herausholen zu wollen, wenn der nichts sagen wollte.

Äußerlich unverändert stand die Pyramide in der Halle.

Bully ging neben Gucky, als sie die Halle betraten.

»Eigentlich bin ich ja dein Freund«, eröffnete Bully das Gespräch.

»Ja, warum?« erkundigte sich Gucky scheinheilig.

Bully druckste herum.

»Na, wegen eben. Als du verschwunden warst. Hast du geschlafen?«

»Nee, bestimmt nicht. Ich hatte zu tun. Geschäftlich.«

»Geschäftlich?« Bullys Gesicht war ein einziges Fragezeichen. »Was hast du denn jetzt geschäftlich zu tun? Auf der Erde geht alles drunter und drüber . . .«

»Mein Manager ist ein tüchtiger Kerl, Dicker. Dem macht so eine dumme Invasion oder Evakuierung nichts aus. Das Geschäft lebt weiter, mein Lieber. Und wie! Du wirst dich wundern, was ich eben in der einen Stunde so nebenbei verdient habe.«

»Hä . . .?«

»Mann, hätte ich jetzt eine Kamera, wäre das zweite Geschäft fällig. Ich verdiente Millionen damit. Die Stereozeitschriften würden sich darum reißen.«

Bully sah ein wenig verdutzt aus, dann hellte sich sein Gesicht auf.

»Ah, ich beginne zu verstehen . . . Du, sei vorsichtig! Ich verrate ja nichts, aber solltest du zufällig daran gedacht haben, Perrys Vorstellung hier vor der Pyramide . . .«

»Noch ein Wort, und du klebst oben an der Decke!« drohte er.

Bully grinste ihm vertraulich zu.

»Ehrlich, ich habe auch an so etwas gedacht, aber dann vergaß ich den Aufnahmeapparat. Ein Vorschlag, Kleiner: Ich halte den Mund, und wir machen halbe-halbe.«

Gucky holte tief Luft.

»Also gut, um des lieben Friedens willen. Aber wehe, du machst den Mund auf. Ich vierteile dich telekinetisch . . .«

Bully erschauerte und beobachtete Rhodan, der auf die Uhr sah und dann auf die Pyramide deutete.

An der Frontseite war eine Veränderung zu bemerken. Ein Spalt zeigte sich, wurde breiter, bis er eine regelrechte Öffnung bildete, durch die ein Mann leicht in das Innere des Bauwerkes eindringen konnte. Licht flammte auf. Ein schmaler Gang führte in die Pyramide hinein.

Rhodan gab seinen Leuten einen Wink und ging voran.

Der Gang endete bereits nach wenigen Metern in einer rechteckigen Kammer, die hell erleuchtet war. Es erfolgten keinerlei Informationen über Bildschirm oder Lautsprecher mehr. Rhodan hielt an und wartete, bis die anderen bei ihm waren. Er zeigte stumm auf die Fächer mit den Aufzeichnungen. Es handelte sich um Sternkarten und andere kosmonautische Unterlagen, das war auf den ersten Blick zu erkennen. Tifflor nahm sie aus den Fächern, sah sie flüchtig durch und verstaute sie in einer Tasche, die er vorsichtshalber mitgenommen hatte.

»Kein Hinweis auf den Kontrafeld-Strahler?« erkundigte sich Mercant enttäuscht.

»Nein, das war auch kaum zu erwarten«, erwiderte Rhodan. »Sie hätten hören sollen, was Rog Fanther in dieser Hinsicht sagte und wie verzweifelt seine Stimme dabei klang. Schade, wir hatten leider kein Aufnahmegerät dabei und . . .«

»Doch, hatten wir«, piepste Gucky und blinzelte Bully, der neben ihm stand, vertraulich zu. Schließlich waren sie ja jetzt Geschäftspartner. »Und ich habe alles aufgenommen. Hier . . .«, er griff in die Tasche und förderte das kleine Gerät zu Tage, » . . . da hast du es.«

Rhodan nahm den Kasten und drückte auf die Wiedergabetaste.

Durch den kleinen Raum innerhalb der Pyramide klang es:

». . . pretty bubbles in the air . . .«

Rhodan schaltete blitzschnell ab.

»So!« machte er und sah Gucky scharf an.

Aber der Mausbiber war nicht so schnell aus der Fassung zu bringen.

»Weiterlaufen lassen«, empfahl er. »Dann kommt Fanthers Aufnahme.« Er grinste. »Übrigens war dein Gesang gar nicht so schlecht. Du müßtest dich mal selbst hören.«

»Hm, ich habe das dumpfe Gefühl, die Gelegenheit werde ich bald haben . . .«

Gucky gab keine Antwort.

Rhodan schob das Aufnahmegerät in seine Tasche.

»Wir nehmen alles mit, Tifflor, Mercant. Niemand weiß, wann sich die Pyramide wieder schließt, und durch den Schutzschirm kommt selbst ein Teleporter nicht hindurch. Wir müssen uns beeilen.«

Zehn Minuten später standen sie wieder draußen in der Halle.

»OLD MAN birgt noch viele Geheimnisse und Überraschungen«, sagte Mercant und betrachtete die Pyramide mit abschätzenden Blikken. »Aber zuerst wird es unsere Aufgabe sein, diesen Herkunftsplaneten des Roboters zu finden und aufzusuchen. Eine Waffe gegen die Zweitkonditionierten, das ist alles, was ich mir im Augenblick wünsche.«

Am Handgelenk Atlans summte der Telekom. Er drückte auf einen Knopf. »Ja, was ist?«

Eine Stimme meldete sich. Sie sagte laut und deutlich, so daß jeder es hören konnte:

»Die Dolans, Sir! Sie haben in der gemeldeten Formation Fahrt aufgenommen und sind im Linearraum verschwunden. Die Halbraumspürer haben festgestellt, daß sie die Wega bereits passiert haben.«

»Danke, General. Bleiben Sie weiterhin in Alarmzustand. Ich melde mich wieder.« Er schaltete das Gerät ab. »Nun? Ich glaube, damit dürfte auch dieser Angriff der Zweitkonditionierten abgeschlagen sein. An Ihrer Stelle, Mercant, würde ich die Rückführung der Bevölkerung nach Terra beschleunigen. Betrachten wir das alles als eine ausgezeichnet gelungene Übung.«

Rhodan schüttelte den Kopf.

»Übung? Immerhin haben wir Schiffe verloren.«

»Leider hast du recht. Aber die Verluste sind geringer, als wir angenommen haben. Und wir wissen jetzt, was wir den Dolans entgegenzusetzen haben.«

»Wir wissen es *bald*!« berichtigte ihn Rhodan und ging auf den Korridor zu, der zurück zur Kommandozentrale führte.

15.

Die Tagung fand in der kleinen Stadt Moghura auf dem Planeten Aralon statt. Aus allen Teilen des Systems und auch von außerhalb waren die Liebhaber der alten Musik herbeigeeilt, um ihre kostbaren Schätze den anderen Sammlern für Aufnahmen zur Verfügung zu stellen.

Auch Faro Den hatte sich ein Hotelzimmer genommen und die relativ kurze Anreise nicht gescheut. Zwar hatte er nur wenige Aufnahmen alter terranischer Musik mitgenommen, aber er glaubte doch, damit einigen Liebhabern eine große Freude bereiten zu können. Je seltener eine Aufnahme im Original war, um so wertvoller war sie auch.

In dem riesigen Saal hatten sich etwa dreihundert Sammler eingefunden. Jeder saß vor einem kleinen Tisch, der mit Übersetzeranlage und Kopfhörern ausgestattet war. Ein kleiner Bildschirm ermöglichte es jedem Teilnehmer, mit einem anderen im Saal Direktverbindung aufzunehmen, wenn er ihm etwas mitteilen wollte. Das war besonders für die später stattfindende Versteigerung musikalischer Kostbarkeiten notwendig.

Der Redner begrüßte die Versammelten und hieß sie auf Aralon willkommen. Er führte aus, daß es versierten Sammlern in den letzten Jahren gelungen sei, längst vergessene Schätze der musikalischen Vergangenheit aller bewohnten Welten zutage zu fördern und versprach in dieser Hinsicht einige erstaunliche Kostproben.

Danach fanden etliche musikalische Vorführungen statt. Wer

wollte, durfte Aufnahmen davon machen. Schon allein deshalb lohnte sich für viele Teilnehmer die meist lange Anreise zu dem Kongreß.

Am zweiten Tag fand die erste Versteigerung statt. Mitten hinein in diese für die Sammler äußerst wichtige Angelegenheit platzte der Aufruf des Tagungsleiters. Er gab bekannt, daß über den Transmitter der Regierung ein als »Sehr wichtig« deklariertes Päckchen für den Tagungsteilnehmer Faro Den von Aralon angekommen sei, mit der Bitte, es diesem sofort auszuhändigen. Ein Kuriergleiter habe das Päckchen bereits in Moghura abgeliefert. Faro Den könne es beim Festkomitee in Empfang nehmen.

Noch während der spannenden Versteigerung verschwand Faro, um das Päckchen abzuholen. Es stammte in der Tat von der Erde. Es war so flach wie ein Brief und auch nicht viel schwerer. Als Faro es auspackte, bestätigte sich seine Vermutung.

In dem Päckchen befand sich eine kleine Schallplatte.

Sie wirkte fabrikneu, obwohl Schallplatten nicht mehr hergestellt wurden. Eine Beschriftung konnte Faro nicht entdecken, nur die beiden Zahlen 1 und 2. Das war alles.

Er nahm die Platte und eilte in den Tagungssaal zurück. Nach einer kurzen Unterredung mit dem Leiter der Versteigerung erhielt er die Erlaubnis, die Platte öffentlich abspielen zu dürfen. Faro versprach sich davon eine Sensation. Vorher jedoch erklärte er den gespannten Teilnehmern, wie er zu der Schallplatte gekommen war.

»Ich weiß nicht, worum es sich handelt, aber sicherlich wird man mir keine Banalität zusenden, schon gar keine moderne. Wir alle dürfen gespannt sein, welchen Dank sich Terra für meine Dienste ausdachte. Darf ich nun bitten . . .«

Der nachkonstruierte Plattenspieler begann anzulaufen.

Eine etwas schrille und piepsig klingende Stimme teilte mit:

»Lieber Faro Den, hier spricht Sonderoffizier Guck von Terra. Ihre Bitte um eine musikalische Sammlerrarität hat mich so gerührt, daß ich die Ihnen nun vorliegende Platte mit einem einzigen Exemplar herstellen ließ, und zwar nach einer Live-Aufnahme, die ich selbst machte. Ich darf Ihnen leider den Interpreten nicht nennen, aber sicherlich wird Ihnen die Aufnahme auch so genug Freude bereiten. Und wenn Sie glauben, gewisse Zusammenhänge zu erkennen, so glauben Sie mir, daß Sie sich irren. Mit dieser Platte erreicht Sie zugleich der Dank Rhodans für Ihre Hilfe bei der Erfüllung des Testes. Wenn wir einmal etwas für Sie tun können, so lassen Sie es uns wissen. Bis dahin aber viel Spaß mit der Platte. Sie sind der einzige Mensch im ganzen Universum, der sie besitzt.«

Mit zitternden Händen wurde die Platte umgedreht.

Und dann sang eine etwas rauhe, kehlige Männerstimme, vom Chor der Clark-Sisters dezent begleitet, und natürlich um einen halben Ton zu tief:

»I'm forever blowing bu-bubbles . . .«

Dem verdutzten Schweigen der Zuhörer folgte schließlich rauschender Beifall. Man hatte die Melodie natürlich erkannt, dafür war man Fachmann und Sammler. Aber die Männerstimme kannte niemand. Eine heftige Diskussion entbrannte, während Faro Den seinen kostbaren Schatz eiligst in Sicherheit brachte und im Hotelsafe einschließen ließ. Dann erst kehrte er in den Saal zurück, um sich an der Aussprache zu beteiligen.

Jemand stieß ihn vertraulich an.

»Wissen Sie überhaupt, was Sie da besitzen?« erkundigte er sich.

Faro Den nickte.

»Es muß sich um eine Variation des Liedes handeln, zur Zeit der Clark Sisters aufgenommen. Ging sicherlich verloren. Der Mausbiber hat sie irgendwo aufgetrieben und extra für mich eine neue Platte herstellen lassen. Hat Sinn für Tradition, der Kleine.«

Der andere schüttelte den Kopf.

»Ich wette, Sie irren sich. Gucky sagte selbst, es handele sich um eine Live-Aufnahme. Na, wer mußte denn das Lied vor der Pyramide singen, um einen Test zu bestehen . . .?«

»Sie meinen doch nicht etwa . . .?« Faro Den starrte den Mann verblüfft an. »Rhodan?«

»Wer sonst? Sie haben Rhodans Gesang, mein Lieber. Unschätzbar!«

Faro Den sackte in sich zusammen und verlor fast das Bewußtsein. Das war zuviel für ihn. Sein Sammlerherz wäre fast vor Stolz zersprungen, aber dann siegten sein Lebenswille und die Freude. Er sprang auf und verkündete der Versammlung, wessen Stimme sie soeben gehört hatten.

Eine Schallplatte mit einem Lied, von Rhodan selbst besungen!

16.

Vor einer halben Stunde erst war die PERLE DES PAZIFIKS durch die große Westschleuse nach Wylings Seatown gekommen, und schon hatten sich einige hundert Zuschauer im Hafen eingefunden, um einen Blick auf das Tiefseetauchboot zu werfen. Die großen silberfarbenen Fähren der Corbin a. S. Company lagen unbeobachtet am Pier.

Die Außenhülle der PERLE DES PAZIFIKS war von Schlick und Algen bedeckt, so daß kein Mensch erraten hätte, daß die ursprüngliche Farbe des tropfenförmigen Tauchbootes ein strahlendes Blau war. Lediglich der Schleusenturm und das große Bullauge am Bug wurden vom Besitzer der PERLE DES PAZIFIKS saubergehalten, nicht aus Reinlichkeitsgründen, sondern weil es eine unerläßliche Sicherheitsmaßnahme war.

Die Landebrücke der PERLE DES PAZIFIKS war aufgeklappt; eine vom Rost zerfressene Metallplatte ohne Geländer.

Das ölige Wasser des Hafenbeckens schwappte gegen die Außenfläche des Tauchbootes und erzeugte gurgelnde Geräusche, wenn es zwischen Kaimauer und Bootshülle hochschlug. Aus dem offenen Schleusenturm hörte man ab und zu die sich überschlagende Stimme eines Mannes, der sich über Sprechfunk mit irgend jemanden in Wylings Seatown unterhielt. Ein penetranter Geruch nach Maschinenöl, Tran und verdorbenem Fisch ging von der PERLE DES PAZIFIKS aus, was die Zuschauer auf der Kaimauer jedoch nicht daran hinderte, geduldig auszuharren.

Im Hafengebiet hatte sich die Nachricht vom Eintreffen der PERLE DES PAZIFIKS mit Windeseile verbreitet, und niemand, der sich für ein bis zwei Stunden frei machen konnte, ließ sich die Chance entgehen, eventuell Prof. Dr. Sergej Chuzijew sehen zu können. Chuzijew kam selten in eine der überseeischen Städte. Er hielt sich fast immer an Bord seines schmutzigen Schiffes auf, mit dem er ausgedehnte Tauchfahrten unternahm, um nach Überresten des vor fünfzigtausend Jahren versunkenen Erdteils Lemuria zu suchen. Chuzijew war Anthropologe und galt als der beste Kenner der lemurischen Frühgeschichte. Das war jedoch das einzig Positive, was man über den Wissenschaftler berichtete.

Er war eine geheimnisumwitterte Persönlichkeit. Mehr als einmal hatte man ihn totgesagt, doch dann war sein Spezialboot jedesmal wieder aufgetaucht, und Chuzijew hatte der Fachwelt von neuen phantastischen Entdeckungen berichtet.

Seit dreißig Jahren lebte der Anthropologe praktisch tief auf dem Grund des Pazifiks. Er war ein menschenscheuer Sonderling, von dem man nicht wußte, ob er ein Genie oder ein Verrückter war.

Als Allaby Proscowe sich einen Weg durch die am Pier versammelten Menschen bahnte, rief er sich alles ins Gedächtnis zurück, was er innerhalb der letzten Stunden über Chuzijew erfahren hatte. Man hatte Proscowe empfohlen, den Anthropologen behutsam zu behandeln.

»Benutzen Sie Ihr Einfühlungsvermögen«, hatte Allan D. Mercant zu Proscowe gesagt.

Proscowe fragte sich, wie Mercant dazu kam, ihm Einfühlungsvermögen zuzutrauen, denn er hatte sich bisher in dieser Richtung noch nicht ausgezeichnet.

Proscowe erhielt einen derben Rippenstoß, der ihn in die Wirklichkeit zurückrief. Er blickte in das Gesicht eines jungen Mannes, der ihn wütend anstarrte.

»Hören Sie auf zu drängen«, sagte der Mann. »Sie sind erst vor wenigen Augenblicken gekommen.«

»Das ist richtig«, sagte Proscowe und wollte weitergehen.

Die Zurufe der Umstehenden stachelten den jungen Mann auf, und er packte Proscowe am Arm, um ihn zurückzuziehen.

»Ich sagte, daß Sie sich nicht vordrängen sollen.«

Proscowe blickte den jungen Mann an.

»Ich bin Inspektor der Hafenbehörde«, sagte er.

Der junge Mann lächelte unsicher und ließ ihn los. Er blickte sich verlegen um.

»Das konnte niemand wissen«, sagte er. »Warum haben Sie es nicht sofort gesagt?«

Proscowe beachtete ihn nicht länger, sondern ging weiter. Über die Metallplatte gelangte er zum Schleusenturm der PERLE DES

PAZIFIKS. Als er zum Luk hinaufkletterte, vernahm er Chuzijews Stimme.

»Ich werde herausfinden, wer für diesen Unsinn verantwortlich ist«, schrie der Anthropologe.

Proscowe grinste und schwang sich in den Schleusenturm. Er ließ sich ins Innere des Tauchbootes hinab. Hier stank es noch stärker nach Fisch als draußen. Der Boden war schmutzig. Von den Wänden blätterte der Lack ab.

Proscowe folgte den Geräuschen und gelangte in die Zentrale des Tauchbootes.

Prof. Dr. Sergej Chuzijew saß vor dem Funkgerät und hieb ab und zu mit einer Faust gegen die Verkleidung des Gerätes. In unregelmäßigen Abständen stieß er einen wilden Fluch aus. Offenbar wartete er auf eine Antwort seines Gesprächspartners.

Proscowe blickte sich um. In der Zentrale des Schiffes herrschte eine derartige Unordnung, daß er sich fragte, wie Chuzijew sich noch zurechtfinden konnte. Die verschiedenen Einrichtungsgegenstände waren in einem miserablen Zustand. Alle Meßgeräte sahen alt und reparaturbedürftig aus. Auf dem Boden häufte sich altes Gerümpel: Fundsachen, die Chuzijew von seinen Erkundungsfahrten mitgebracht hatte, und die er wie Juwelen bewachte.

Sergej Chuzijew selbst war wie geschaffen für eine solche Umgebung. Er war klein und dürr. Seine Kleidung bestand aus einem ehemals weißen Tropenanzug und einem Paar vom Salzwasser zerfressenen Riemensandalen. Sein fuchsrotes Haar war von grauen Strähnen durchsetzt und reichte ihm bis auf die Schultern. Sein Gesicht wurde von einem ebenfalls roten Vollbart eingerahmt.

Chuzijews Gesichtshaut ähnelte Pergament. Seine Augen waren klein und von einem leuchtenden Blau.

Chuzijew schien zu ahnen, daß er nicht mehr allein an Bord seines Bootes war, denn er drehte sich plötzlich um.

Obwohl die Beleuchtung alles andere als gut war, sah Proscowe, wie dem Anthropologen das Blut ins Gesicht stieg.

»Wie, zum Teufel, kommen Sie hier herein?« schrie Chuzijew.

Proscowe, der befürchtete, daß sein Gegenüber jeden Augenblick einen Schlaganfall erleiden könnte, blieb vollkommen ruhig. Er deutete mit dem Daumen hinter sich.

»Durch den Schleusenturm«, sagte er.

Chuzijew sprang auf und stürmte mit schnellen Schritten durch die Zentrale. Dabei blieb er mit einem Fuß in einem Gewirr von Bodenkabeln hängen und kam fast zu Fall.

»Wollen Sie mich veräppeln?« tobte er. »Was wollen Sie überhaupt?«

»Mein Name ist Allaby Proscowe«, sagte Proscowe. »Ich bedaure sehr, wenn ich Sie stören muß, Professor.«

»Professor, Professor!« äffte ihn Chuzijew nach. »Glauben Sie nicht, daß Sie mir damit beikommen können. Sind Sie vielleicht einer der Burschen, die veranlaßt haben, daß ich mit meinem Schiff nach Wylings Seatown kommen mußte?«

»Nein«, sagte Proscowe mit stoischer Ruhe.

»Verdammt, was wollen Sie dann?«

»Das werde ich Ihnen gern erklären, wenn Sie mir einen Augenblick zuhören.« Proscowe griff in die Brusttasche seiner Jacke und zog einen hellblauen Umschlag mit dem Siegel der Großadministratur heraus. »Ich soll Ihnen ein Schreiben des Großadministrators überreichen.«

Chuzijew riß ihm den Umschlag förmlich aus der Hand. Er schlitzte ihn mit seinen langen und schmutzigen Fingernägeln auf und entnahm ihm einen Briefbogen. Proscowe wußte von Mercant, was in diesem Schreiben stand, und er fragte sich, wie dieser Halbverrückte darauf reagieren würde.

Chuzijews Blicke glitten über das Schreiben.

»Das lasse ich mir nicht bieten!« schrie er und zerfetzte das Papier.

Proscowe sah zu, wie die Überreste zu Boden sanken.

Chuzijews Lippen bebten.

»Verschwinden Sie!« forderte er Proscowe auf.

Proscowe schüttelte den Kopf.

»Wir werden zusammen gehen, Doc«, sagte er gelassen. »Wenn ich ohne Sie zurückkomme, werde ich entlassen.«

Das war gelogen, aber Proscowe hoffte, daß er Chuzijew auf diese Weise gefügiger machen konnte. Die Reaktion des Wissenschaftlers bewies ihm jedoch, daß Chuzijew nicht gewohnt war, auf jemand Rücksicht zu nehmen.

»Das interessiert mich nicht«, fauchte Chuzijew. »Verlassen Sie sofort mein Schiff.«

»Im Interesse der gesamten Menschheit ist es wichtig, daß Sie mit

Allan D. Mercant nach OLD MAN fliegen«, beharrte Proscowe. »Wenn Sie mich nicht begleiten, werden andere Männer kommen und Sie zum Verlassen dieses Schiffes zwingen.«

»Was würde die Presse dazu sagen, wenn sie erfährt, daß der Großadministrator anständige Menschen entführen läßt?« knurrte Chuzijew.

»Was würde die Presse dazu sagen, wenn sie erfährt, daß Professor Chuzijew in der Lage ist, der Menschheit einen Dienst zu erweisen, sich aber dagegen sträubt?« konterte Proscowe.

»Also gut«, sagte Chuzijew. »In ein paar Tagen habe ich meine jüngsten Untersuchungen abgeschlossen. Dann gebe ich Ihnen Bescheid.«

»Sie müssen mich sofort begleiten«, sagte Proscowe.

Der Anthropologe stieß eine Verwünschung aus, die an Eindeutigkeit nichts zu wünschen übrigließ. Dann jedoch änderte er unverhofft seine Meinung.

»Los, los!« sagte er zu Proscowe. »Gehen wir.«

Proscowe nickte zufrieden und kletterte aus dem Schleusenturm. Als Chuzijew hinter ihm auftauchte, wurde sein Erscheinen von der wartenden Menge mit einem erregten Gemurmel quittiert.

Chuzijew spie verächtlich auf den Landesteg.

»Sehen Sie sich diese Idioten an«, sagte er zu Proscowe. »Bin ich ein seltener Fisch, daß sie mich auf diese Weise anstarren?«

Proscowe zuckte mit den Schultern. Er hatte gehofft, daß er dem Fischgeruch entkommen könnte, sobald er die PERLE DES PAZIFIKS verlassen hatte. Jetzt mußte er feststellen, daß Prof. Dr. Sergej Chuzijew ebenso stank wie sein Boot. Er schien sich seit Wochen nicht mehr gewaschen zu haben.

Proscowe deutete zu einem bereitstehenden Wagen.

»Dort drüben steht mein Fahrzeug«, sagte er. »Ich bringe Sie zum Haupthafen. Von dort aus bringt Sie ein Privatboot an Land. Alles ist vorbereitet. In ein paar Stunden wird Perry Rhodan Sie an Bord von OLD MAN empfangen.«

»Pah!« machte Chuzijew.

»Dringlichkeitsspruch von Sektion Sieben, General!« rief einer der Ortungsoffiziere.

General Janos Ferenczy warf dem Großadministrator einen fragenden Blick zu. Perry Rhodan nickte. Die Landung der TORINO stand unmittelbar bevor. Rhodan nahm an, daß das Schiff bereits in eine Kreisbahn um OLD MAN gegangen war.

Ferenczy nahm das Interkomgespräch von Sektion Sieben entgegen. Der verantwortliche Hangaroffizier meldete sich und fragte um Landeerlaubnis für die TORINO nach.

»Erteilen Sie Landeerlaubnis, General«, sagte Rhodan und erhob sich.

Während Ferenczy noch sprach, verließ er die Zentrale von OLD MAN. Er hoffte, daß er in wenigen Augenblicken mit dem Mann zusammentreffen würde, den Dr. Tomcho Spectorsky als den besten Anthropologen und Spezialisten für lemurische Geschichte bezeichnet hatte. Aus dem Munde eines Mannes wie Spectorsky war das ein beachtliches Lob.

Rhodan ignorierte die Tatsache, daß Sergej Chuzijew ein Einzelgänger war, der bisher kaum in der Öffentlichkeit in Erscheinung getreten war.

»Im Vergleich zu Chuzijew bin ich ein Dilettant«, hatte Spectorsky behauptet. »Wenn es Ihnen gelingt, ihn aus dem Pazifik zu fischen, haben Sie den besten Mann, den Sie für Ihre Aufgabe überhaupt bekommen können.«

Das, was Spectorsky als Rhodans Aufgabe bezeichnet hatte, war, den Planeten zu finden, auf dem OLD MAN entstanden war. Inzwischen waren alle Daten, die man aus den Geheimarchiven OLD MANS erhalten hatte, ausgewertet.

Perry Rhodan dachte nicht daran, die Menschheit bereits als Sieger im Kampf gegen die Zweitkonditionierten anzusehen. Zwar waren die Dolans mit Hilfe der Kontrafeld-Strahler diesmal zurückgeschlagen worden, aber die geheimnisvolle Erste Schwingungsmacht plante wahrscheinlich bereits den nächsten Angriff. Außerdem konnte OLD MAN nicht überall sein. Die zahlreichen Kolonien des Solaren Imperiums waren weiterhin bedroht, und es verging kaum ein Tag, an dem nicht Meldungen von rücksichtslos geführten Angriffen der Dolans auf terranische Kolonien eintrafen.

Perry Rhodan wollte nicht auf die Hilfe Chuzijews verzichten, denn aus den Unterlagen, die sie von OLD MAN erhalten hatten, ging einwandfrei hervor, daß sie mindestens einen Planeten anfliegen würden, der vor fünfzigtausend Jahren den Lemurern als Stützpunkt gedient hatte. Wenn Chuzijew nur einen Teil jenes Wissens über Lemuria besaß, das Spectorsky ihm attestierte, war er unersetzlich.

Rhodan hatte sich alle über Chuzijew vorliegenden Informationen beschafft. Der Anthropologe galt als einer der größten Sonderlinge Terras. Daran störte Rhodan sich nicht. Er war gewohnt, mit seltsamen Menschen zusammenzuarbeiten. Trotzdem war er auf sein erstes Zusammentreffen mit Chuzijew gespannt.

»In diesem Aufzug können Sie nicht auf OLD MAN herumlaufen«, sagte Allan D. Mercant zu seinem seltsamen Begleiter. »Ich lasse Ihnen eine Uniform bringen.«

Mercant hatte zusammen mit Chuzijew die TORINO verlassen. Der Wissenschaftler hatte beträchtliches Aufsehen erregt, so daß Mercant froh war, als sie den zu Sektion Sieben gehörenden Konferenzraum erreicht hatten. Mercant hatte die anwesenden Offiziere unter einem Vorwand hinausgeschickt.

Chuzijew saß in trotziger Haltung in einem der breiten Sessel und verbreitete Fischgestank.

»Sie werden nicht erleben, daß ich eine Uniform anziehe«, erklärte er mit Nachdruck. »Sobald Rhodan erscheint, werde ich ihm sagen, was ich von dieser Sache halte, und zur Erde zurückfliegen.«

Mercant ließ sich nicht irritieren. Er trat an die Interkomanlage und ließ sich mit dem nächstgelegenen Lager verbinden.

»Schicken Sie eine Kadettenuniform in den Konferenzsaal von P-Sieben«, sagte er. »Die kleinste Größe, die Sie haben.«

Er wandte sich um und lächelte Chuzijew zu.

»Sicher wollen Sie baden und sich rasieren, bevor Sie die neuen Kleider anlegen.«

Chuzijew blickte ihn nur finster an.

Ein paar Minuten später kamen Geoffry Abel Waringer und Dr. Armond Bysiphere in den Konferenzraum. Waringer, der ein vollkommen vorurteilsloser Mann war, ging auf Chuzijew zu und wollte ihm die Hand schütteln.

»Ich freue mich, Sie hier begrüßen zu dürfen.«

»Meinetwegen freuen Sie sich«, knurrte Chuzijew und blickte an Waringers ausgestreckter Hand vorbei. »Lassen Sie mich jedoch in Ruhe.«

Waringer blickte verwirrt von Mercant zu Bysiphere.

Mercant lächelte.

»Der Professor muß sich erst noch an die neue Umgebung gewöhnen«, sagte er.

»Ich habe viel über Ihr Tauchboot gelesen«, sagte Bysiphere, bevor Chuzijew einen Wutanfall bekommen konnte.

Chuzijew blinzelte.

»Das glaube ich kaum«, sagte er.

»Es wird berichtet, daß die Ausrüstung Ihres Schiffes geradezu antik sei«, sagte Bysiphere liebenswürdig. »Man bezeichnet es als Wunder, daß Sie immer wieder auftauchen.«

Chuzijews Barthaare sträubten sich, als er den Kopf in den Nacken warf und einen fürchterlichen Fluch ausstieß. Mercant sah Waringer erröten.

Der Türsummer ertönte, und auf dem Bildschirm über dem Eingang wurde ein junger Mann sichtbar, der ein Kleiderpaket über dem Arm hatte.

»Ah, da kommt Ihre Uniform«, sagte Mercant und öffnete.

Chuzijew blickte den Überbringer der Uniform an, als wollte er ihn umbringen.

Mercant nahm die Kleider entgegen und breitete sie auf einem Tisch aus.

»Diese Uniform wird Sie ausgezeichnet kleiden«, sagte er.

»Sie werden schwarz, bevor ich sie anrühre«, brüllte der Wissenschaftler.

»Was ist das nur für ein Mensch?« flüsterte Waringer seinem Assistenten hinter der vorgehaltenen Hand zu.

»Ein sehr schmutziger, würde ich sagen«, erwiderte Bysiphere lächelnd.

»Ich werde zwei Sanitätsoffiziere bestellen, die Sie baden und rasieren«, kündigte Mercant an.

Chuzijew sprang auf.

»Ich brauche nicht gebadet zu werden«, kreischte er in höchster Erregung. »Ich bringe jeden um, der mich anfaßt.«

Er stürmte auf den Tisch zu, auf dem die Uniform lag, riß sie zu Boden und trampelte darauf herum.

Im gleichen Augenblick trat Perry Rhodan ein.

Chuzijew hielt inne und starrte den Großadministrator an.

»Sind Sie für alles verantwortlich, was man mir angetan hat?« erkundigte er sich.

»Ich nehme an, Sie sind Professor Sergej Chuzijew?« fragte Rhodan dagegen. »Ich freue mich, Sie auf OLD MAN begrüßen zu können.«

Chuzijew versetzte der zusammengeknüllten Uniform einen Tritt, daß sie durch die Luft flog und vor Mercant liegenblieb.

»Ich wurde entführt!« schrie er. »Nun will man mich zwingen, diese Lumpen anzuziehen.«

»Ich habe Sie zu mir gebeten, weil Sie mir von Tomcho Spectorsky als Fachmann für lemurische Geschichte empfohlen wurden«, sagte Rhodan.

»Spectorsky«, wiederholte Chuzijew. »Was fällt diesem Stümper ein, über meine Forschungsarbeiten zu berichten?«

»Von Ihrer Forschungsarbeit ist uns nichts bekannt«, sagte Perry Rhodan. »Deshalb bezweifle ich, daß Spectorsky recht hat.«

Chuzijew ließ sich seufzend in einen Sessel fallen.

»Ich verbringe seit dreißig Jahren den größten Teil meines Lebens in einem Tauchboot«, sagte er unvermutet ruhig. »Ich habe auf dem Grund des Pazifiks Dinge entdeckt, die Sie wahrscheinlich für unmöglich halten würden. Ich weiß genau über die Lemurer Bescheid. Ich kann Ihnen beschreiben, wie ihre Städte ausgesehen haben, welche Kleidung sie trugen und welche Fahrzeuge sie benutzten.«

»Es müßte doch interessant für Sie sein, Planeten anzufliegen, die vor fünfzigtausend Jahren Kolonien der Lemurer waren«, sagte Rhodan.

»Ja«, murmelte Chuzijew, »das würde mir gefallen. Aber nicht«, seine Stimme nahm wieder die übliche Lautstärke an, »wenn ich in einer Uniform herumlaufen muß.«

»An Bord eines Raumschiffs muß auf Hygiene geachtet werden«, erklärte Rhodan. »Sie können dort nicht in diesem Aufzug herumlaufen.«

»Ich habe gerade zwei Sanitätsoffiziere bestellt«, warf Mercant ein. »Sie werden den Professor abholen.«

Rhodan nickte beifällig.

»Sobald Sie einigermaßen menschlich aussehen, werde ich Sie über unser Vorhaben informieren«, versprach er dem Anthropologen.

»Das können Sie mit mir nicht machen!« begann Chuzijew zu toben. »Ich protestiere gegen diese Behandlung. Zum Teufel mit Ihren Sanitätsoffizieren! Halten Sie mir diese Reinlichkeitsfanatiker vom Hals.«

Er steigerte sich in eine derartige Erregung, daß Rhodan sich zu fragen begann, ob eine Zusammenarbeit mit diesem Mann überhaupt möglich war. Chuzijew bedachte alle Anwesenden mit phantasievollen Schimpfnamen.

Als die beiden Sanitätsoffiziere auftauchten, mußten sie ihn fast mit Gewalt davonschleppen. Sein Gebrüll hallte durch die Gänge von Sektion Sieben. Er schwieg auch nicht, als man ihn unter die Dusche stellte und einseifte. Während der Badeprozedur gelang es ihm, für ein paar Minuten zu entkommen, und er rannte, nur mit Seifenschaum bedeckt, auf den Gang hinaus. Dort stieß er mit einer Gruppe Techniker zusammen, die zu einem Hangar unterwegs waren. Die Männer hielten ihn für einen Wahnsinnigen und paralysierten ihn vorsichtshalber. So wurde er in die Baderäume zurückgebracht. Da er nun wehrlos war, fiel es den Sanitätern leicht, ihn zu säubern und zu rasieren.

Als die Lähmung nachließ, lag Chuzijew in einer kleinen Kabine auf dem Bett. Er rümpfte die Nase. Er stank seiner Meinung nach entsetzlich nach Seife. Seine dürren Finger tasteten über ein kahles Kinn. Er richtete sich auf und stellte fest, daß er eine Uniform trug.

Mit wilden Blicken stürmte er auf den Gang hinaus. Es war jedoch niemand in der Nähe, an dem er seine Wut auslassen konnte. So kehrte er in die Kabine zurück.

»Ich werde es ihnen zeigen«, sagte er verbissen. »Das werden sie mir bereuen.«

Bei jedem Wort, das er hervorstieß, hieb er mit der Faust auf den Tisch.

»Ich habe dem Professor die Auswertungen der USO-Rechengehirne übergeben«, sagte Atlan.

Der Arkonide war vor zwei Stunden zusammen mit Melbar Kasom auf OLD MAN angekommen. Unabhängig von den Ermittlungen, die Perry Rhodan in die Wege geleitet hatte, war Atlan nach Quinto-Center geflogen, um seinerseits alle Daten auswerten zu lassen, die man von der Pyramide erhalten hatte.

»Der Anthropologe grollt noch«, sagte Rhodan lächelnd. »Er hat uns nicht vergessen, daß wir ihn in einen ansehnlichen Menschen verwandelt haben. Ich bin jedoch sicher, daß er an der Expedition teilnimmt. Es ist unverkennbar, daß er sich für unsere Unterlagen interessiert, auch wenn er es nicht zugeben will.«

Perry Rhodan rief sich die wichtigsten Daten noch einmal ins Gedächtnis zurück. Nachdem er *I'm forever blowing bubbles* gesungen hatte, waren ihnen von der Pyramide die Koordinaten eines Planeten auf der Eastside der Galaxis angegeben worden. Außerdem hatten sie erfahren, daß die Haluter nach einem 92 Jahre dauernden unerbittlichen Krieg den Lemurern unterlegen waren.

Was Rhodan am meisten belastete, war die Tatsache, daß jene 31 Männer, die den Bau von OLD MAN veranlaßt hatten, sich ausschließlich auf Rhodan konzentriert hatten. Alle Sicherheitsmaßnahmen deuteten darauf hin, daß die Männer des Flottentenders DINO-III hatten verhindern wollen, daß ein anderer als Perry Rhodan die Kontrolle über die fürchterlichen Waffen OLD MANS erlangte.

Der längst verstorbene Captain Rog Fanther hatte über die Pyramide jedoch dringend davor gewarnt, mit einem Raumschiff auf dem angegebenen Planeten zu landen.

Die Lemurer, so besagten die Auswertungen, hätten dafür gesorgt, daß der Planet sofort explodieren würde, sobald ein Raumschiff auf der Oberfläche aufsetzte.

Ausschließlich Perry Rhodan sei es gestattet, in einem winzigen Rettungsboot auf der unbekannten Welt zu landen. Das einzige Zugeständnis war die Erlaubnis, daß er einen Begleitroboter mitbringen konnte.

»Man könnte auf den Gedanken kommen, daß der Umgang mit Chuzijew dich in einen melancholischen Menschen verwandelt hat, wenn man dich grübeln sieht«, bemerkte Atlan.

Rhodan blickte auf.

Sie befanden sich bereits an Bord des neuen Flottenflaggschiffs CREST V, das in einem Hangar OLD MANS startbereit gemacht wurde. Außer der normalen Besatzung waren hundert hochspezialisierte Wissenschaftler an Bord gegangen, auf deren Hilfe Rhodan bei der bevorstehenden Expedition nicht verzichten zu können glaubte. Auch Geoffry Waringer und sein Assistent Bysiphere würden an dem Flug teilnehmen.

Rhodan deutete auf die Unterlagen, die Atlan mitgebracht hatte, und die nun auf dem Kartentisch lagen.

»NATHAN ist zu ähnlichen Ergebnissen gekommen«, sagte er. »Danach dürfte es feststehen, daß das gesamte Hilfsprogramm Captain Fanthers und seiner Männer auf mich zugeschnitten ist.«

»Kein Rhodan – keine Hilfe«, sagte Atlan mit sanftem Spott.

»Ich bin nicht stolz darauf«, erwiderte Rhodan ärgerlich. »Wenn mir etwas zustößt, bleiben wichtige Fragen ungelöst, abgesehen davon, daß wir dann nicht in den Besitz jener Waffen kommen, die wir brauchen, wenn wir nicht von den Zweitkonditionierten vernichtet werden wollen.«

Atlan verschränkte die Arme über der Brust.

»Wie ich dich kenne, macht es dir nichts aus, allein auf einem unbekannten Planeten zu landen«, sagte er.

»Nein«, gab Rhodan zu. »Du weißt, daß ich schon immer bereit war, die Verantwortung allein zu tragen.«

»Das wußten auch die Männer von der GOOD HOPE«, sagte Atlan. »Wir müssen uns mit den Tatsachen abfinden. Schließlich wurde uns nicht verboten, mit der CREST V jenen geheimnisvollen Planeten zu umkreisen. Du kannst also ständig mit den Wissenschaftlern an Bord in Funkverbindung bleiben.«

»Da es sich zweifellos um einen ehemaligen lemurischen Stützpunkt handelt, hoffe ich, daß Chuzijew uns begleitet«, sagte Rhodan. »Andernfalls müssen wir auf Spectorsky zurückgreifen, der trotz seiner unbestrittenen Qualitäten nicht die gleichen Voraussetzungen wie Chuzijew mitbringt.«

Sie wurden unterbrochen, als Paladin die Zentrale betrat. Der große Roboter hatte alle Thunderbolts an Bord.

Atlan blickte zu ihm hinüber.

»Ich dachte mir, daß Dephin und seine Männer an Bord kommen würden«, sagte er zu Rhodan.

Perry lächelte.

»In der Pyramidennachricht wurde von einem Begleitroboter gesprochen, der mir zugestanden wird«, erinnerte er.

»Da hast du sofort an Paladin gedacht.«

»Lag das nicht nahe?« Rhodan stand auf und gab dem Roboter ein Zeichen.

»Guten Tag, Sir!« rief Harl Dephin über die Sprechanlage des

Paladins. »Ich komme von Professor Chuzijew. Wir haben uns sofort angefreundet.«

Rhodan und Atlan blickten sich an.

»Wie ist das möglich?« erkundigte sich Rhodan verblüfft.

»Ich kann noch besser fluchen als der Professor«, sagte Dephin.

17.

Der Planet hieß Satyat und war 47519 Lichtjahre von Terra entfernt. Zunächst hatten sich Perry Rhodan und seine Mitarbeiter über diese Angabe der Pyramide gewundert, denn es hatte als sicher gegolten, daß sich die Männer des Flottentenders DINO-III nicht weiter als zweihundertfünfzig Lichtjahre von der Sonne E-CK-121 288-31 entfernt hatten. Es war jedoch undenkbar, daß die in OLD MAN gespeicherten Daten falsch waren. Schließlich war einer der Wissenschaftler auf den Gedanken gekommen, daß die Männer, die in der Vergangenheit mit dem Beiboot GOOD HOPE losgeflogen waren, mit halutischen Verbänden zusammengetroffen und geflohen waren. NATHAN, dem man diese Vermutung programmierte, bestätigte die Wahrscheinlichkeit eines solchen Ereignisses. NATHAN ging sogar noch weiter. In seiner Berechnung wurde darauf hingewiesen, daß die GOOD HOPE einen Treffer erhalten hatte. Das Beiboot hatte dreitausend Lichtjahre vom Flottentender DINO-III entfernt notlanden müssen. NATHAN gab an, daß der Planet, auf dem die GOOD HOPE damals gelandet war, mit Satyat identisch sein konnte.

Nach einem anstrengenden Flug durch das Zentrum auf der Eastside der Galaxis erreichte die CREST V am 2. Dezember 2436 das Satys-System. Es bestand aus einer kleinen gelben Normalsonne, die von zwei Planeten umlaufen wurde. Die innere Welt war fast glutflüssig. Das bedeutete, daß nur der zweite Planet Satyat sein konnte.

Bereits die erste Fernmessung machte deutlich, was die Männer der CREST V erwartete.

Auf Satyat herrschte eine Schwerkraft von 7,2 Gravos.

Die Bartstoppeln in Chuzijews Gesicht zeigten deutlich, daß der Anthropologe nicht gewillt war, sich der allgemeinen Schiffsdisziplin zu fügen. Auch seine Uniform wies bereits Falten und Flecken auf.

»Die Lemurer dachten praktisch«, sagte er und richtete sich im Sessel auf. »Es ist kaum anzunehmen, daß sie auf einer Welt mit einer so hohen Schwerkraft einen Stützpunkt errichtet haben.«

Damit schien das Thema »Satyat« für ihn erschöpft zu sein, und er machte Anstalten, die Zentrale zu verlassen.

Rhodans Stimme hielt ihn zurück.

»Hiergeblieben, Professor«, sagte Perry. »Ich will nicht bestreiten, daß Sie mit Ihrer Einschätzung der Lemurer recht haben. Aber ist es nicht möglich, daß es für dieses Volk notwendig war, auf Satyat einen Stützpunkt zu errichten?«

Chuzijew kehrte an die Kontrollen zurück und blickte auf den Bildschirm. Wie immer war sein Gesichtsausdruck verbissen.

»Sehen Sie sich Satyat genau an«, empfahl Rhodan dem Wissenschaftler. »Glauben Sie wirklich, daß diese Welt für uns uninteressant ist?«

Chuzijew rief sich ins Gedächtnis zurück, was sie bisher über den zweiten Planeten dieses Systems wußten. Satyat durchmaß trotz seiner hohen Schwerkraft nur 16718 Kilometer. Der Planet benötigte zehneinhalb Stunden, um sich einmal um seine eigene Achse zu drehen.

Das bedeutete, daß ein satyatischer Tag nur etwas länger als fünf Stunden dauerte. Satyat besaß eine Sauerstoffatmosphäre von ungewöhnlicher Dichte. Langgezogene, verhältnismäßig flache Gebirge waren auf den Bildschirmen zu erkennen. Die vier Meere waren auffallend still. Das größte Gewächs, das man über Fernortung ausmachen konnte, war eine dreißig Zentimeter hohe Pflanzenart.

Inzwischen waren Sonden in die Atmosphäre geschossen worden, die wertvolle Meßergebnisse und Bilder zur CREST V funkten.

»Ich weiß nicht, weshalb Sie sich dem Risiko aussetzen und auf dieser Welt landen wollen«, sagte Chuzijew zu Rhodan. »Nichts deutet darauf hin, daß es dort unten Gebäude oder andere Anlagen gibt, die die Anwesenheit der Lemurer vor fünfzigtausend Jahren bestätigen würden.«

»Denken Sie daran, daß Gucky und ich ständig Mentalimpulse intelligenter Wesen wahrnehmen«, sagte John Marshall.

Chuzijew warf dem Telepathen einen bösen Blick zu.

»Sie orten Mentalimpulse, gewiß, aber Sie vermögen uns nicht zu sagen, welche Wesen sie ausstrahlen.«

»Die Sonden werden uns weiterhelfen«, sagte Atlan.

Chuzijew fuchtelte mit seinen dürren Armen in der Luft herum.

»Machen wir uns doch nichts vor«, sagte er zornig. »Angeblich explodiert der Planet, wenn außer Perry Rhodan noch jemand auf ihm landet.

Was soll ein Mann allein auf dieser Welt ausrichten?

Er ist unter den dort herrschenden Schwerkraftverhältnissen nahezu unbeweglich, weil er einen großen Antischwerkraftprojektor mitschleppen muß. Dieser Projektor verschlingt so viel Energie, daß es unmöglich sein wird, den Mann mit einem Schutzschirm und einem Flugprojektor auszurüsten.«

»Auch daran scheinen die Lemurer gedacht zu haben«, wandte Rhodan ein. »Sie gestehen mir einen Begleitroboter zu. Wahrscheinlich nur deshalb, damit ich eine Hilfe habe.«

»Es ist nicht mein Leben, das dort unten aufs Spiel gesetzt werden soll«, erklärte Chuzijew und wandte sich ab.

Rhodan war versucht, den Anthropologen zu besänftigen, aber er wurde von einem Funker unterbrochen, der die ersten Bilder der Sonden brachte.

Rhodan nahm die stark vergrößerten Aufnahmen entgegen. Die ersten Bilder zeigten satyatische Landschaften. Es gab große Wälder jener dreißig Zentimeter hohen Pflanzen. An den Meeresküsten wuchsen ausgedehnte Flechtenteppiche.

Dann hielt Rhodan die Aufnahme eines achtbeinigen Wesens in den Händen. Durch die Markierungsstriche auf den Bildern war leicht zu errechnen, daß der Achtbeiner zwei Meter lang und fast eineinhalb Meter breit war. Das Wesen war höchstens dreißig Zentimeter hoch und wurde von einer Panzerschale geschützt. Auf einer anderen Aufnahme konnte Rhodan den Kopf eines solchen Wesens sehen.

Er ragte nur wenig unter der Panzerschale hervor. Der Satyataner besaß außerdem zwei bewegliche Arme, die in sechsfingrigen Klauen endeten.

»Zweifellos sind diese Wesen intelligent«, sagte Rhodan, als er die Bilder an Atlan weitergab.

Inzwischen waren Kopien angefertigt worden. Die Männer in der Zentrale waren mit der Auswertung der Aufnahmen beschäftigt.

»Wenn die Bilder nicht trügen, bewegen sich diese Eingeborenen trotz der hohen Schwerkraft ungewöhnlich schnell und gewandt«, sagte Melbar Kasom.

»Jetzt wissen wir, woher die Mentalimpulse kommen«, warf Gucky ein.

Rhodan hielt Chuzijew ein paar Aufnahmen entgegen.

»Wollen Sie sich die Bilder nicht ansehen, Doc?«

Chuzijew riß sie ihm mit einem unwilligen Brummen aus der Hand. Er warf nur einen kurzen Blick darauf und schleuderte sie dann auf einen Kartentisch.

»Die Anwesenheit dieser flunderähnlichen Eingeborenen beweist überhaupt nichts«, sagte er. »In den Schriften, die ich in den versunkenen Städten am Grund des Pazifiks gefunden habe, werden solche Wesen nicht erwähnt.«

»Auf jeden Fall werde ich dieser Welt einen Besuch abstatten«, kündigte Perry Rhodan an. »Da man mir einen Begleitroboter zugesteht, werde ich Paladin mitnehmen.«

»Wir könnten zuvor einen Test machen und eine unbemannte Korvette auf Satyat landen«, schlug Abel Waringer vor.

»Nein«, lehnte Rhodan ab. »Wenn die Angaben der Pyramide stimmen, würde das den Untergang Satyats einleiten. Wir wollen uns so lange an die Bestimmungen halten, bis wir sicher sein können, daß sie nicht den Tatsachen entsprechen.«

Der Kampfanzug, den Perry Rhodan angelegt hatte, war von den Technikern der CREST mit einem Spezialenergietornister ausgerüstet worden. Das Gerät besaß die fünffache Kapazität eines normalen Projektors und war entsprechend groß. Es reichte vom Nacken bis zum Gesäß. Rhodan würde für die Dauer seines Aufenthalts auf Satyat ständig die gesamte Energie des Tornisters dem Antigravprojektor zuführen müssen, um die hohe Schwerkraft auszugleichen. Er konnte daher weder fliegen, noch den Schutzschirm des Kampfanzugs aktivieren.

Atlan und Chuzijew waren mit in den Hangar gekommen, um ihn zu verabschieden. Rhodan wollte eine Space-Jet benutzen, um Satyat anzufliegen.

»Ich werde ständig mit Ihnen in Funkverbindung bleiben, um Sie sofort informieren zu können, wenn ich auf Spuren eines lemurischen Stützpunkts stoßen sollte«, sagte Rhodan zu Chuzijew.

»In Ordnung«, sagte Chuzijew mürrisch.

Rhodan hob den Arm. Er hatte erwartet, daß Atlan noch ein paar Einwände vorbringen würde, doch der Arkonide schwieg beharrlich. Dem Gesichtsausdruck seines Freundes konnte Perry Rhodan jedoch entnehmen, daß Atlan dem Unternehmen skeptisch gegenüberstand.

Rhodan wartete, bis Paladin sich auf dem diskusförmigen Beiboot verankert hatte. Als er danach das Schiff betrat, wußte er, daß er in wenigen Augenblicken einer unbekannten, gefährlichen Welt entgegenfliegen würde, von der es für ihn vielleicht keine Rückkehr geben würde.

Durch die Kuppel des kleinen Schiffes sah Rhodan einen Teil Satyats. Der Planet erinnerte ihn an eine gigantische Seifenblase.

Im Innern des Beiboots war es still. Rhodan hätte jederzeit Verbindung mit den Männern in der Zentrale der CREST V aufnehmen können, aber er zog es vor zu schweigen. Wenige Augenblicke später füllte Satyat das gesamte Blickfeld hinter der Kuppel aus. Rhodan wußte, daß man seinen Flug von der CREST V aus gespannt beobachtete. Er hoffte, daß die Schaltstation auf dem Planeten den Paladin als Begleitroboter akzeptierte und nicht herausfand, daß sich in seinem Innern sechs Siganesen befanden.

Rhodan warf einen Blick auf die Kontrollgeräte. Die hohe Schwerkraft Satyats machte sich bereits bemerkbar. Die Triebwerke arbeiteten mit erhöhter Kraft. Der Autopilot war eingeschaltet, aber Rhodan war bereit, sofort die manuelle Steuerung zu übernehmen, wenn es sich als notwendig erweisen sollte.

Wenn Rhodan sich erhob, konnte er den Oberkörper Paladins sehen. Die Thunderbolts hatten den haluterähnlichen Robotkörper flach auf der Außenhülle des Beiboots verankert und den Schutzschirm eingeschaltet. Die siganesische Besatzung war dadurch gegen die äußeren Einflüsse des Weltraums geschützt.

Rhodan schaltete sein Sprechfunkgerät ein.

»Hallo, Major!« rief er. »Alles in Ordnung dort draußen?«

»Ja, Sir«, erwiderte Harl Dephin. »Soll Ihnen der Paladin ein paar Klopfzeichen geben?«

»Besser nicht«, antwortete Rhodan. »Ich möchte keine Löcher in der Außenhülle des Schiffes haben.«

Die Siganesen lebten in einer eigenen Welt, und es war für Außenstehende nicht immer ganz einfach, sich vorzustellen, was sich im Innern des vier Meter großen Robotkörpers aus Super-Atronital abspielte. Dephin und seine Männer hatten sich den Roboter nach eigenem Gutdünken eingerichtet. Gemessen an den luxuriösen Gegenständen, die immer wieder auf der Bestelliste der Thunderbolts standen, mußte es in den Quartierräumen des Paladins aussehen wie in einem Palast. Um so unbequemer wurde es für die Siganesen, wenn sie sich im Einsatz befanden. Vor allem Harl Dephin saß dann bewegungsunfähig in seinem Sessel, die schwere SERT-Haube auf dem Kopf. Gunneroffizier und Waffenwart Dart Hulos hatte es in der Waffenleitzentrale im oberen Kopfdeck nicht viel besser.

Die Space-Jet erreichte die obersten Schichten der Atmosphäre, und Rhodan konzentrierte sich auf die Kontrollanlage. Er wollte in einem Gebiet landen, wo sich die flunderähnlichen Wesen aufhielten, von denen die Sonden Aufnahmen zur CREST V gefunkt hatten. Da man keine Anzeichen für das Vorhandensein anderer Intelligenzen entdeckt hatte, wollte Perry mit den »Flundern« Kontakt aufnehmen. Er ahnte, daß das mit Schwierigkeiten verbunden sein würde, denn diese Wesen hatten, bedingt durch die hohe Schwerkraft des Planeten, wahrscheinlich völlig andere Lebensgewohnheiten als Menschen.

Rhodan war jedoch zuversichtlich. Er glaubte nicht, daß die Männer des Flottentenders DINO-III und die Lemurer Fehler gemacht hatten. Irgendwie waren die Eingeborenen von Satyat in die Pläne der Baumeister von OLD MAN einbezogen worden.

Rhodan hatte seinen Zeitplan so eingeteilt, daß er während des Vormittags landen würde, der auf Satyat nur knapp zwei Stunden dauerte. Der erste Kontakt zu den Eingeborenen sollte bei Tageslicht hergestellt werden.

Die Space-Jet flog jetzt unregelmäßig. Rhodan hatte mit einem solchen Verhalten des kleinen Schiffes gerechnet. Im Augenblick konnte nichts passieren. Bei der Landung mußte Rhodan jedoch vorsichtig sein.

Der Terraner blickte auf die Bildschirme. Unmittelbar unter ihm lag ein flacher Gebirgszug, der auf der einen Seite bis zu einem Meer reichte. Der Küstenstrich war unbewohnt, aber fünfzig Kilometer landeinwärts waren Erdlöcher zu erkennen; die Höhlen der Eingeborenen. Der sichelförmige Gebirgszug schloß mehrere Wälder und einen aus dieser Höhe fast rechteckig aussehenden See ein. Auf der anderen Seite des fruchtbaren Tales erstreckte sich ein kilometergroßes Geröllfeld.

Der vorhergesehene Landeplatz der Space-Jet lag am Rand eines ausgedehnten Waldes. Die nächsten Erdhöhlen waren vom Landeplatz ein paar Kilometer entfernt. Rhodan wollte mit dem Beiboot auf keinen Fall Zerstörungen anrichten.

Rhodan setzte sich wieder mit Harl Dephin in Verbindung.

»Major, Sie bleiben nach der Landung vorläufig an Ihrem Platz«, befahl er dem Siganesen. »Wir wollen die Eingeborenen behutsam an unseren Anblick gewöhnen. Greifen Sie nur ein, wenn es gefährlich wird.«

»In Ordnung, Sir«, erwiderte Dephin bereitwillig.

Rhodan fragte sich nur, warum sie noch immer keine Anzeichen für das Vorhandensein einer ehemaligen lemurischen Station entdeckt hatten. Vielleicht lag sie unter der Oberfläche und konnte nur nach sorgfältigen Ortungen entdeckt werden.

Rhodan überzeugte sich, daß das als Landeplatz vorgesehene Gebiet verlassen war, bevor er die Steuerung übernahm. Die siebenfache Schwerkraft zerrte an der Space-Jet. Die volle Schubkraft der Triebwerke und die Antigravprojektoren des kleinen Schiffes waren nötig, um es mit vertretbarer Geschwindigkeit zu landen.

Rhodan atmete auf, als das Manöver beendet war. Ein unheilvolles Knirschen war durch das Schiff gelaufen, aber jetzt stand es ruhig und sicher auf dem harten Boden.

Rhodan blickte durch die Kuppel nach draußen. Kein Lüftchen schien sich zu regen. Die dreißig Zentimeter hohen »Bäume« erinnerten Rhodan an aufrecht stehende Tannenzapfen. Der Boden war von Flechten überzogen, die wie rote Adern aussahen. Ein Tier, das wie ein Seestern aussah, kroch langsam auf den Wald zu. Rhodan beobachtete es einige Zeit. Es nahm keine Notiz von der Space-Jet, sondern strebte beharrlich seinem Ziel entgegen.

Auf der anderen Seite wirkte das Land noch trostloser. Auch hier gab es ein paar Pflanzen, die alle dicht am Boden wucherten.

Rhodan setzte sich mit der CREST V in Verbindung.

»Die Landung verlief ohne Zwischenfälle«, meldete er. »Draußen ist alles ruhig. Ich verlasse jetzt die Space-Jet.«

»Sei vorsichtig, Perry!« ermahnte ihn Atlan.

Rhodan antwortete nicht, sondern ließ die Schleuse aufgleiten. Der Energietornister auf Rhodans Rücken arbeitete einwandfrei und verringerte die herrschende Schwerkraft auf 1,2 Gravos. Rhodan las die Werte von seinem Armbandgerät ab. Obwohl er sich fast unter den gleichen Gravitationsverhältnissen wie auf der Erde bewegen konnte, wirkten seine Schritte unbeholfen. Der Kampfanzug mit dem großen Tornister behinderte ihn stark.

Entgegen Atlans Rat ließ Rhodan alle Waffen an Bord der Space-Jet zurück. Wenn die Eingeborenen jemals Besuch aus dem Weltraum bekommen hatten, dann würden sie eine Waffe als solche erkennen und zumindest mißtrauisch werden.

Als Rhodan aus der Schleuse trat, hatte Paladin sich aufgerichtet. Auf dieser Welt wirkte der Roboter noch gewaltiger.

»Bleiben Sie, wo Sie sind, Major«, sagte Rhodan.

Rhodan entfernte sich ein paar Meter von dem kleinen Schiff, um eventuellen Beobachtern Gelegenheit zu geben, ihn genau in Augenschein zu nehmen.

»Wir bekommen Besuch!« rief Dephin, der über die Bildschirmgalerie des Paladins wesentlich weiter als Perry Rhodan blicken konnte.

»Von welcher Seite kommen sie?« erkundigte sich Rhodan.

»Es sind vierzehn Eingeborene«, berichtete Dephin. »Sie bewegen sich links vor Ihnen am Waldrand entlang. Ab und zu bleiben sie stehen und beobachten. Eine zweite Gruppe nähert sich aus der Richtung des Sees.«

»Wann werden sie hier sein?«

»Schwer zu sagen«, antwortete Dephin. »Sie bewegen sich mit unterschiedlicher Geschwindigkeit.«

Rhodan blickte in die von Dephin angegebenen Richtungen, vermochte jedoch nichts zu erkennen. Er gestand sich ein, daß er der Begegnung mit den Eingeborenen mit einer gewissen Nervosität entgegensah. Er hatte schon oft Kontakt mit fremden Intelligenzen aufgenommen, aber das leichte Unbehagen gegenüber dem Unbekannten verlor sich anscheinend nie. Diesmal kam noch dazu, daß es um wichtige Entdeckungen ging.

»Haben die Eingeborenen Waffen dabei?« fragte er Dephin.

»Das ist schwer zu beantworten«, sagte der siganesische Major. »Diese Wesen scheinen keinerlei Ausrüstung zu besitzen, aber es ist durchaus möglich, daß sie Waffen oder andere Dinge unter ihren breiten Panzern verbergen.«

Vier weitere Minuten verstrichen, bevor Rhodan die ersten »Flundern« sehen konnte. Ihre Körper hoben sich kaum gegen den Waldrand ab. Obwohl Rhodan von den Aufnahmen her wußte, wie beweglich die Fremden waren, so erstaunte ihn die Geschicklichkeit doch, mit der sie auf ihren kurzen Beinen vorankamen.

Die Eingeborenen hielten direkt auf die Space-Jet zu.

»Ich kann sie jetzt sehen«, informierte Rhodan die Thunderbolts.

»Ich bin kampfbereit«, antwortete Harl Dephin.

»Machen Sie keinen Unsinn, Major!« warnte ihn Rhodan. »Ich entscheide, wann Sie eingreifen.«

Zehn Meter von Rhodan entfernt blieben die Eingeborenen stehen. Obwohl Rhodan über das Außenmikrophon nichts hören konnte, war er sicher, daß die Wesen beratschlagten.

»Sie unterhalten sich in einer fast ultrahohen Sprache«, berichtete Harl Dephin. »Es klingt wie ein Zirpen. Der einzig verständliche Laut klingt wie *urth.*«

»Dann haben wir immerhin einen Namen für unsere neuen Freunde«, meinte Rhodan. »Wir wollen sie Urths nennen.«

Die vierzehn Eingeborenen setzten sich wieder in Bewegung. Sie verteilten sich und begannen Rhodan einzukreisen. Rhodan verfolgte das Manöver aufmerksam, aber ohne Besorgnis. Er wußte, daß der Paladin ihn jederzeit befreien konnte, wenn ihn die Urths zu umzingeln versuchten.

Der Kreis der Eingeborenen schloß sich allmählich um Rhodan. Als einer der Fremden nur noch wenige Schritte von ihm entfernt war, hielt Rhodan den Zeitpunkt für gekommen, die Initiative zu ergreifen.

Er trat einen Schritt vor und hob den Arm.

Seine Bewegung mußte auf Wesen, die ständig unter hohen Schwerkraftverhältnissen lebten, wie ein Schock wirken. Die Urths hielten wie erstarrt inne. Ihre flachen Köpfe mit den starr blickenden Augen verschwanden unter den Panzerhüllen.

»Es sieht so aus, als hätte ich sie erschreckt«, bemerkte Rhodan.

Da meldete sich Sergej Chuzijew von Bord der CREST V aus.

»Eine der ausgeschickten Sonden steht nur fünfzig Meter über Ihnen«, sagte der Anthropologe. »Wir sehen genau, was sich in Ihrer Nähe abspielt.«

»Ausgezeichnet«, gab Rhodan zurück. »Und was empfehlen Sie mir?«

»Gehen Sie in die Knie«, sagte Chuzijew. »Ihre Größe und Ihre Bewegungen machen den Urths angst.«

Trotz des schweren Kampfanzugs gelang es Rhodan, sich in die Hocke sinken zu lassen.

»Bewegen Sie sich ein paar Minuten überhaupt nicht«, sagte Chuzijew. »Noch besser wäre es, wenn Sie sich flach auf den Boden legen könnten.«

Schweigend befolgte Rhodan auch diesen Rat.

Die Urths erholten sich schnell von ihrem Schreck. Ihr Anführer kroch auf Rhodan zu und machte mit seinen Greifarmen unverständliche Zeichen. Rhodan blickte ihn verständnislos an.

Täuschte er sich, oder waren die Gesten des Urths herausfordernd gemeint? Der achtbeinige Fremde preßte seine Greifklauen immer wieder zusammen und ließ die Gelenke knacken. Dann kroch er weiter auf Rhodan zu.

»Vorsicht, Sir!« rief Major Dephin.

»Der Urth hat etwas vor«, sagte Rhodan. »Er will mir etwas verständlich machen.«

»Wahrscheinlich will er gegen Sie kämpfen«, klang Chuzijews Stimme in Rhodans Helmlautsprecher auf.

Rhodan wölbte die Augenbrauen. Wie kam der Anthropologe auf diese Idee? Es war lächerlich! Der Urth und er waren viel zu verschieden, um einen Kampf austragen zu können.

»Er ist der Anführer der Eingeborenen« fuhr Chuzijew fort. »Sie haben seinem Ansehen geschadet, als Sie vor den Augen seiner Begleiter Bewegungen gemacht haben, die auszuführen er nicht in der Lage ist. Um sein Selbstbewußtsein wiederherzustellen, muß er Sie besiegen.«

»Aber das ist doch Unsinn«, sagte Rhodan und bewegte sich vorsichtig zurück. »Er muß doch erkennen, daß ich friedliche Absichten habe.«

»Darauf kommt es jetzt nicht an«, sagte Chuzijew lakonisch.

Einen Augenblick hatte Rhodan den Verdacht, daß Chuzijew mit Absicht falsche Angaben machte, um einen Kampf zu inszenieren. Dann sagte er sich, daß der kleine Mann viel zu sehr Wissenschaftler war, um in einem Augenblick wie diesem seinen Rachegefühlen freien Lauf zu lassen.

Der Urth folgte Rhodan beharrlich. Ab und zu stieß er einen schrillen Zirplaut aus, den Rhodan gerade noch wahrnehmen konnte. Inzwischen war auch die zweite Gruppe Eingeborene eingetroffen und umringte den Schauplatz.

»Ein Wort genügt, und ich greife ein, Sir«, erbot sich Harl Dephin.

»Nein«, sagte Rhodan.

Er war entschlossen, nicht weiter zurückzuweichen. Vielleicht wollte der Urth nur seinen Mut prüfen.

Das unheimliche Wesen kam jetzt schnell näher. Es ließ den Terraner nicht aus den Augen. Es gab schleifende Geräusche, wenn sein schwerer Panzer den Boden berührte. Rhodans Erwartung, daß der Urth anhalten würde, erwies sich als falsch. Rhodan mußte sich mit einem schwerfälligen Sprung in Sicherheit bringen, als die Greifklauen nach ihm schnappten.

»Major, ich werde mit diesem aufdringlichen Kerl ohne Waffen nicht fertig«, sagte Rhodan. »Der Anzug behindert mich zu stark. Vielleicht ist es doch gut, wenn Sie ihm eine Lektion erteilen.«

»Mit Vergnügen, Sir«, entgegnete Dephin und ließ den Paladin von der Oberfläche der Space-Jet gleiten.

Sofort richtete sich die Aufmerksamkeit des Urths auf den großen Roboter.

Rhodan fragte sich, was jetzt geschehen würde.

»Gehen Sie behutsam vor!« rief er Dephin zu. »Ich möchte nicht, daß wir uns diese Wesen für alle Zeiten zu Feinden machen.«

Der Kopf des Eingeborenen fuhr unter dem Panzer blitzschnell hin und her, dann streckte er seine Greifklauen nach dem neuen vermeintlichen Gegner aus.

Dephin steuerte den Paladin direkt auf den Urth zu.

»Der Mut des Eingeborenen ist beispiellos«, klang Chuzijews Stimme auf. »Er hat sich ein Wesen von der Größe Paladins wahrscheinlich noch nicht einmal in seiner Phantasie vorstellen können. Und nun kommt ein Riese ungeachtet der ungeheuren Schwerkraft auf ihn zu.«

Rhodan wunderte sich, daß der Anthropologe soviel Mitgefühl für den Angehörigen eines fremden Volkes aufbrachte.

Der Paladin stand jetzt dicht vor dem Urth. Die Greifarme des gepanzerten Wesens zuckten vor und wollten die Beine des Paladins umklammern. Dephin, der den Riesenkörper jetzt mit der SERT-Haube steuerte, ließ den Oberkörper des Paladins nach vorn sinken.

Der Urth wurde von zwei unwiderstehlich zupackenden Händen festgehalten.

Dann hob Paladin den Eingeborenen hoch.

Rhodan vernahm einen schrillen Schrei voll höchster Not.

»Absetzen!« schrie Chuzijews Stimme im Helmlautsprecher.

Der Urth lag schon wieder auf dem Boden, aber er schien wie betäubt zu sein.

»Ich glaube, das genügt, Sir«, meldete sich Major Dephin über Sprechfunk.

»Ich befürchte, daß die Urths einen schweren Schock erlitten haben. Für ein Wesen, das unter hoher Schwerkraft dicht am Boden lebt, muß es schrecklich sein, plötzlich hochgehoben zu werden.«

»Er lebt noch, Sir«, erwiderte Dephin.

»Warten wir ab, was jetzt geschieht«, meinte Rhodan. »Ziehen Sie sich wieder zur Space-Jet zurück, Major.«

Der Chef der Thunderbolts gab ein enttäuschtes Brummen von sich, kam aber dem Befehl nach. Rhodan beobachtete die Urths. Die Zuschauer erholten sich allmählich von ihrem Schrecken und liefen ziellos durcheinander. Lediglich der Urth, den Paladin einen halben Meter hochgehoben hatte, kauerte noch wie gelähmt am Boden. Rhodan empfand Mitleid mit dem Eingeborenen.

»Was haben Sie jetzt vor?« fragte der Anthropologe.

Rhodan dachte einen Augenblick nach.

»Ich will versuchen, einen Urth in die Space-Jet zu locken und mit zur CREST V zu bringen«, sagte er dann.

Chuzijew gab sich keine Mühe, sein ungläubiges Lachen zu unterdrücken. Rhodan achtete nicht darauf, sondern näherte sich dem Eingeborenen, der die ungewöhnliche Stärke des Roboters kennengelernt hatte.

Ohne Translator war eine sprachliche Verständigung mit den Satyatanern undenkbar.

Rhodan war wieder in die Hocke gesunken und kroch Zentimeter um Zentimeter auf den Satyataner zu. Die Zuschauer hatten sich wieder beruhigt und beobachteten nun, wie sich ihr Anführer verhielt.

Rhodan glaubte, daß die Urths von Natur aus friedfertig waren. Wenn sie kämpften, dann nur, wenn irgendwelche Regeln verletzt wurden.

Rhodan öffnete seine Gürteltasche und breitete ein paar Geschenke vor dem Urth aus. Es handelte sich um Gegenstände, die man an Bord der CREST V in aller Hast ausgewählt hatte, nachdem die ersten Aufnahmen der Eingeborenen eingetroffen waren. Solche Geschenke wurden von Galakto-Psychologen in Zusammenarbeit mit Anthropologen entwickelt. In Raumfahrerkreisen nannte man sie »Psycho-Spielzeug«, weil sie in erster Linie Gefallen erwecken sollten und nur wenig praktischen Wert besaßen.

Der Urth starrte auf die bunten Kugeln und Scheiben, die Rhodan vor ihm ausbreitete.

»Das scheint ihm zu gefallen«, bemerkte Rhodan.

Noch während er sprach, hatte der Urth eine Scheibe ergriffen und zu sich herangezogen.

»Er hält eine Scheibe in den Klauen und beleckt sie«, informierte Rhodan die Männer in der Zentrale des Flottenflaggschiffs.

»Er glaubt, daß Sie ihm etwas Eßbares gegeben haben«, sagte Harl Dephin.

Rhodan nahm eine Kugel und stieß sie in Richtung der Space-Jet.

Dann bewegte er sich in Richtung des Beiboots und machte lokkende Bewegungen. Wenn der Urth nur halb so intelligent war, wie Rhodan annahm, mußte er diese Geste verstehen.

Aber würde er überhaupt den Mut aufbringen, sich dem fremden Raumschiff zu nähern? Mußte es ihm nicht wie eine Falle vorkommen?

»Wie kommen Sie voran?« fragte Chuzijew.

»Überhaupt nicht«, gestand Rhodan. »Vorläufig kümmert sich mein Freund nur um die Geschenke.«

»Sie und Ihre Tricks!« sagte Chuzijew unfreundlich. »Man könnte glauben, Sie stünden zum erstenmal in Ihrem Leben vor einem extraterrestrischen Wesen.«

Rhodan ließ sich durch die Unverschämtheiten des Wissenschaftlers nicht irritieren. Er sah, wie der Urth einen Ball packte und in

Richtung seiner Begleiter stieß. Die Kugel rollte nur langsam, aber der Sinn der Handlung war klar: Rhodan sollte die Satyataner begleiten.

Rhodan wußte, daß er so nicht weiterkam. Er sah keinen Sinn darin, den Eingeborenen zu folgen, solange er keinen Translator besaß. Es widerstrebte ihm jedoch, ohne die Begleitung eines Urths zur CREST V zurückzufliegen und seine Ausrüstung zu vervollständigen. Während seiner Abwesenheit konnten die Eingeborenen zahlreiche Entschlüsse fassen, die unter Umständen den Interessen der Terraner entgegengesetzt waren.

Schließlich sah er keine andere Möglichkeit, als dem Paladin zu befehlen, den Urth in die Space-Jet zu heben.

Rhodan hörte ein paar schrille Rufe der zuschauenden Urths, dann lag der Satyataner bebend in der Schleusenkammer.

»Treten Sie zurück!« befahl Rhodan den Thunderbolts. »Wir müssen jetzt schnell zur CREST.«

Paladin ließ sich wieder auf der Oberfläche der Space-Jet nieder, während Rhodan die Zentrale des kleinen Schiffes betrat und die Schleuse zugleiten ließ. Er konnte sich jetzt nicht um den Urth kümmern, denn jede Sekunde war kostbar. Der Eingeborene mußte schnell in eine Hochdruckkammer.

Als die Space-Jet vom Boden abhob, wußte Rhodan, daß er mindestens hundert angstvoll wartende Urths zurückließ.

»Beobachten Sie die Eingeborenen mit der Sonde«, befahl er Chuzijew. »Ich will wissen, was während meiner Abwesenheit auf Satyat vorgeht.«

Der Anthropologe verlieh seiner Zustimmung mit einem derben Fluch Ausdruck.

»Bereitet eine Hochdruckkammer vor«, sagte Rhodan zu Atlan. »Ich befürchte, daß unser Freund bewußtlos ist, wenn wir ankommen. Dephin wird ihn zur Kammer transportieren.«

»Wir haben bereits dafür gesorgt, daß unser Gast ein paar angenehme Stunden an Bord unseres Schiffes verleben kann«, erwiderte Atlan. »Du mußt ihn nur lebend zu uns bringen.«

Hinter dieser Bemerkung verbarg sich die tiefe Sorge des Arkoniden über die Weiterentwicklung des Satyat-Projekts. Rhodan kannte seinen Freund lange genug, um den Unterton in dessen Stimme herauszuhören. Auch Atlan war sich darüber im klaren, daß sie nur weiterkamen, wenn sie sich mit den Urths einigten. Die Eingeborenen waren zweifellos der Schlüssel zum Erfolg.

Rhodan fieberte dem Augenblick entgegen, da er sich mit den Urths mit Hilfe eines Translators unterhalten konnte.

18.

Perry Rhodan wartete ungeduldig, bis die Techniker die Kamera innerhalb der Druckkammer justiert und den Translator in die dafür vorgesehene Vertiefung eingebaut hatten. Als sie den Urth in die Druckkabine getragen hatten, war er nicht bei Besinnung gewesen. Rhodan hatte den Ärzten nicht erlaubt, den Eingeborenen von Satyat zu untersuchen, weil er befürchtet hatte, daß jeder längere Aufenthalt unter für Menschen normalen Schwerkraftbedingungen für den Satyataner tödlich sein konnte.

Die Techniker schalteten den Bildschirm ein. Die Direktübertragung aus der Kabine funktionierte einwandfrei.

Rhodans Unruhe wuchs, als er den Urth bewegungslos am Boden liegen sah.

»Er scheint noch bewußtlos zu sein«, bemerkte Geoffry Waringer unsicher.

»Er ist tot!« behauptete Sergej Chuzijew. »Es war Wahnsinn, ihn hierher zu bringen.«

»Er lebt noch«, widersprach John Marshall, der ebenfalls vor dem Bildschirm stand. »Ich kann seine schwachen Mentalimpulse spüren.«

Rhodan atmete erleichtert auf.

»Ich bin sicher, daß die Eingeborenen uns weiterhelfen können«, sagte er. »Sie kennen sich auf ihrem Planeten aus. Ich nehme an, daß sie ein sehr hohes Alter erreichen. Sie müssen also auch über die Erlebnisse vergangener Generationen gut informiert sein.«

»Verbreiten Sie keinen Zweckoptimismus«, sagte Chuzijew. »Mich interessieren nur Tatsachen.«

Rhodan beachtete den Wissenschaftler nicht.

»Er bewegt sich!« rief einer der Ärzte, die vor dem Bildschirm standen.

Der Urth hatte seinen Kopf unter dem Panzer vorgeschoben und blickte sich in der Kabine um. Die Einrichtung der Kabine war spärlich, so daß die Aufmerksamkeit des Eingeborenen sofort von dem Bildschirm in Anspruch genommen wurde, auf dem er die Menschen außerhalb seiner Kabine sehen konnte. Rhodan fragte sich, wie das flunderähnliche Wesen auf bewegliche Bilder reagieren würde.

Die Greifarme des Urths wurden sichtbar. Sie streckten sich in Richtung des Bildschirms aus.

»Er hat den Bildschirm entdeckt«, sagte Atlan leise.

»Hoffentlich beginnt er zu sprechen, damit der Translator Daten speichern kann«, sagte Rhodan. »Ich will versuchen, etwas nachzuhelfen.«

Er trat direkt vor die Kamera. Er bezweifelte, daß der Urth ihn ohne den schweren Anzug erkannte. Der Satyataner beobachtete ihn aufmerksam. Es war nicht festzustellen, ob er körperliche Schäden davongetragen hatte. Seinem Verhalten glaubte Rhodan jedoch zu entnehmen, daß er sich einigermaßen wohl fühlte. Rhodan war entschlossen, den Urth während des Rückflugs nach Satyat in einen Druckzylinder zu packen, um ihm die Unannehmlichkeiten der geringen Gravitation zu ersparen.

Plötzlich begann der Urth zu sprechen. Zunächst kamen nur unverständliche Geräusche aus dem Lautsprecher des Translators. Auch das positronisch gesteuerte Gerät brauchte einige Zeit, bis es den Aufbau einer fremden Sprache »begriffen« hatte.

Rhodan begann sofort zu sprechen. Der Translator konnte seine Worte zwar noch nicht exakt übersetzen, aber er würde ultrahohe Schwingungen aussenden und den Satyataner damit zu weiteren Äußerungen veranlassen.

Der Urth hatte sich verblüffend schnell mit der für ihn ungewohnten Situation abgefunden. Nachdem er erkannt hatte, daß sein Leben nicht gefährdet war, überwog sein Interesse an der fremden Umgebung seine Furcht vor dem Unbekannten. Vielleicht war er sogar in der Lage, sich ein einigermaßen zutreffendes Bild von den Ereignissen zu machen. Rhodan wollte ihm dabei nach besten Kräften helfen.

Die Übertragung des Translators funktionierte immer besser;

bereits die ersten verständlichen Worte zeigten, daß der Urth pausenlos Fragen stellte.

»Er ist neugierig«, sagte Waringer.

»Wir werden ihm nicht alles erklären können«, sagte Atlan. »Es ist jedoch wichtig, daß er begreift, woher wir kommen, und was wir von seinem Volk erwarten.«

Der Translator arbeitete immer besser, und die Terraner erfuhren, daß ihr Gast Riyollon hieß. Er war der *Zyopblechenor* seines Volkes, wobei der Translator offenließ, was dieses Wort bedeutete.

Riyollon gab sofort zu erkennen, daß er stolz darauf war, mit den Fremden gegangen zu sein. Sein Mut würde ihm neues Ansehen verleihen und seine Position auf lange Dauer untermauern.

Rhodan war erleichtert, als er merkte, daß der Satyataner ein verhältnismäßig unkompliziertes Wesen war, das seine Empfindungen ohne viele Umschweife darzulegen pflegte. Das konnte für die weiteren Verhandlungen nur ein Vorteil sein.

Rhodan nannte die Namen der Männer, die der Satyataner auf dem Bildschirm der Kabine sehen konnte. Er erklärte dem Eingeborenen, woher sie kamen, vermied es aber, auf ihre Absichten zu sprechen zu kommen. Noch wußten sie nicht, wie die Urths auf solche Äußerungen reagieren würden. Rhodan hielt es für besser, ihre Wünsche allmählich zur Sprache zu bringen und die Urths zu veranlassen, von sich aus zu berichten, was sie von Ereignissen wußten, die fünfzigtausend Jahre zurücklagen.

Vielleicht waren die Urths vor fünfzigtausend Jahren schon einmal durch Besucher aus dem Weltraum aufgeschreckt und in ihrer Entwicklung beeinflußt worden. Daran, daß das Erscheinen der Terraner die Zivilisation der Urths beeinflussen würde, bestanden keine Zweifel. Das Auftauchen eines raumfahrenden Volkes bedeutete für die intelligenten Eingeborenen eines Planeten immer eine einschneidende Veränderung. Nicht immer war eine solche Veränderung von Vorteil – viele Völker waren untergegangen, weil sie damit nicht fertig wurden.

»Riyollon, glaubst du, daß dein Volk uns helfen wird?« fragte Rhodan.

»Wenn ich es sage«, antwortete der Satyataner selbstbewußt.

»Wir machen euch Geschenke«, versprach Rhodan. »Du kannst jetzt schon sagen, was ihr von uns erwartet.«

»*Staym*«, sagte Riyollon. »Wir wollen *Staym*.«

»Was, bei allen Planeten, ist *Staym*?« knurrte Chuzijew.

Rhodan richtete eine entsprechende Frage an den Satyataner.

»Das, was auf den Scheiben war«, erwiderte Riyollon.

Rhodan runzelte verwirrt die Stirn. Sprach der Urth etwa von den bunten Scheiben, die Rhodan als Geschenk mitgebracht hatte? Was war auf den Scheiben? Meinte der Urth die Farbe?

»Holen Sie Salz«, sagte Chuzijew plötzlich.

Rhodan wandte sich zu dem Wissenschaftler um.

»Salz?« fragte er erstaunt. »Wie kommen Sie darauf?«

Chuzijew zupfte an seinen erstaunlich schnell nachwachsenden Barthaaren.

»Weil ich nachdenke«, erklärte er herablassend. »Ich erinnere mich, daß der Urth die bunten Scheiben abgeleckt hat. Wenn ich richtig vermute, bestehen diese Scheiben aus Strobalon. Strobalon besitzt einen leichten Salzgeschmack.«

Rhodan blieb skeptisch, aber er befahl über Interkom, Salz herbeizuschaffen. Wenn Chuzijew sich täuschte, war das nicht tragisch, denn in ein paar Stunden würde der Translator das richtige Wort für »Staym« gefunden haben.

»Bekomme ich *Staym*?« fragte der Urth ungeduldig.

»Sofort«, versicherte Rhodan. »Wenn es das ist, was wir vermuten, kannst du ein paar Säcke davon haben.«

»Was sind Säcke?« fragte Riyollon sofort zurück. Offenbar hatte der Translator keinen entsprechenden Ultralaut gefunden.

»Große Behälter«, erklärte Atlan.

»Das hört sich gut an«, sagte Riyollon zufrieden.

Das Salz wurde gebracht und von einem Roboter durch die Druckschleuse ins Innere der Kabine gebracht. Die Männer beobachteten, wie Riyollon den Beutel geschickt aufriß. Er stieß einen entzückten Laut aus, als die ersten Salzkörner sich auf seiner Zunge auflösten. Innerhalb weniger Augenblicke hatte er den gesamten Beutelinhalt verschlungen.

»Verfressenes Biest«, sagte Chuzijew, und aus seiner Stimme war herauszuhören, daß er auf die Richtigkeit seiner Vermutung stolz war.

»Ich möchte mit den großen *Staym*-Behältern zu meinem Volk zurückkehren«, forderte Riyollon.

»Ich hatte gehofft, daß wir uns noch unterhalten könnten«, sagte Rhodan enttäuscht.

»Wir können uns auf unserer Welt noch lange genug unterhalten«, meinte Riyollon ungeduldig.

»Es war ein Fehler, ihm das Salz jetzt schon zu geben«, sagte Atlan. »Er kann an nichts anderes mehr denken, als seinem Volk ein paar Säcke Salz zu bringen. Das wird seine ohnehin große Popularität noch erhöhen.«

Rhodan ahnte, daß es unmöglich sein würde, den Urth zu einer längeren Unterhaltung zu veranlassen. Solange Riyollon so aufgeregt war, konnte er sich nicht auf ein Gespräch konzentrieren.

»Ich muß sowieso wieder nach Satyat fliegen«, sagte Rhodan zu Atlan. »Ich kann dem Urth alle wichtigen Fragen auch auf der Oberfläche seines Planeten stellen.«

»Wir verlieren Zeit«, stellte Atlan mit der ihm eigenen Sachlichkeit fest. »Außerdem lebt der Urth in dieser Druckkabine wesentlich bequemer als du in einem Schutzanzug auf Satyat.«

Sie stellten dem Eingeborenen noch einige Fragen, um ihm Informationen zu entlocken, aber Riyollon erwies sich als unkonzentriert und verstand offenbar nicht, worum es ging. Mit einem Schulterzucken gab Rhodan auf und bereitete sich auf seine Rückkehr nach Satyat vor.

Rhodan erklärte dem Urth, daß er den Rückflug in einem Druckzylinder besser überstehen würde, und Riyollon war mit allen Vorschlägen einverstanden. Fünf Zentner Salz wurden in die Space-Jet verladen, mit der Rhodan bereits einmal auf Satyat gelandet war. Paladin trug den Urth in einem Stahlbehälter in den Hangar. Dort wurde Riyollon verladen.

Als Rhodan den schweren Kampfanzug erneut anlegte, tat er es mit einem gewissen Unbehagen. Er konnte nicht erklären, worunter seine Zuversicht litt, zumal sich jetzt eine Zusammenarbeit mit den Eingeborenen abzeichnete.

Die Space-Jet schien plötzlich wegzusacken, und ein ohrenbetäubendes Krachen folgte. Rhodan klammerte sich an den Armlehnen des Sitzes fest und wartete, bis der Schiffskörper zur Ruhe kam.

»Bruchlandung, Sir!« rief Harl Dephin von draußen. »Die Landestützen sind weggeknickt, und der Diskus steht schief.«

Rhodan erhob sich mühsam. Obwohl unter dem Einfluß einer so hohen Schwerkraft mit Zwischenfällen zu rechnen war, machte Rhodan sich Vorwürfe. Er hätte die Landung noch vorsichtiger ausführen sollen. Hoffentlich war außer den Landestützen nichts beschädigt worden, sonst war ein späterer Start in Frage gestellt.

Rhodan sah seine düsteren Vorahnungen bereits jetzt bestätigt. Solange er zurückdenken konnte, hatte ihn ein solches Gefühl niemals getrogen. Er wußte, daß noch mehr passieren würde. Draußen versammelten sich die Urths, um ihren *Zyopblechenor* zu begrüßen. Rhodan bezweifelte, daß die Eingeborenen verstanden, was sich während der Landung abgespielt hatte. Er befreite Riyollon aus dem Druckzylinder und ließ ihn von Dephin draußen absetzen. Der Paladin schleppte auch das Salz hinaus und legte die Säcke vor den Urths auf den Boden. Riyollon kroch auf seine Freunde zu. Rhodan hatte einen eingeschalteten Translator umhängen und konnte hören, wie Riyollon mit begeisterten Zurufen empfangen wurde.

»Ich habe euch viel *Staym* mitgebracht«, erklärte Riyollon. Seine weiteren Worte gingen in Freudenrufen unter. Mit ihren Greifklauen rissen die Urths die Säcke auf, und das Salz ergoß sich über den Boden. Mit gemischten Gefühlen sah Rhodan zu, wie die Urths über das Salz herfielen. Er blieb völlig unbeachtet.

Einige Eingeborene streuten Salz auf den Boden und krochen darüber hinweg. Dabei sonderten sie eine Flüssigkeit ab, so daß eine Art Lauge entstand, die sie dann mit Genuß schlürften.

»Uns bleibt nichts erspart«, seufzte Harl Dephin. »Ich bin gespannt, wie lange diese Salzorgie dauert.«

»Können Sie diesen Quatsch nicht unterbinden«, fragte Chuzijew über Funk. Er und die anderen Männer in der Zentrale der CREST verfolgten die Ereignisse auf Satyat wieder mittels einer der steuerbaren Kamerasonden.

»Was soll ich tun?« fragte Rhodan. »Irgendwann werden die Urths damit aufhören, dann kann ich Fragen stellen.«

Das Salz war rasch aufgebraucht. Immer neue Urths kamen aus den »Wäldern«, um sich ihren Anteil zu holen. Rhodans gute Meinung von den Urths wurde bestätigt, als er sah, daß der Salzvorrat gerecht aufgeteilt wurde. Es kam nicht zu Streitigkeiten.

»Die Eingeborenen sind wie berauscht«, berichtete Rhodan den 3000 Meilen entfernten Männern in der CREST V.

»Hoffentlich sind sie nachher nicht verkatert«, sagte Chuzijew.

Diese Befürchtung erwies sich als unbegründet. Riyollon kam mit salzverkrustetem Maul zu Rhodan, um sich für das Geschenk zu bedanken. Er ließ durchblicken, daß sein Volk und er weiteren Lieferungen nicht abgeneigt wären.

»Ihr könnt noch mehr *Staym* haben«, sagte Rhodan. »Zunächst müssen wir uns jedoch unterhalten. Riyollon, ich würde gern mit den Ältesten deines Volkes sprechen.«

Riyollon war enttäuscht, aber er schien einzusehen, daß er nur dann neues Salz bekommen würde, wenn er auf Rhodans Wünsche einging. Rhodan sah ihn davonkriechen und auf einige Urths einreden.

»Glauben Sie, daß uns die Eingeborenen immer die Wahrheit sagen, Sir?« fragte Harl Dephin. »Vielleicht lügen sie uns etwas vor, um möglichst schnell mehr Salz zu bekommen.«

»Warten wir ab«, sagte Rhodan.

Riyollon hielt ein halbstündiges Palaver mit den anderen Eingeborenen ab, dann kehrte er in Begleitung zweier Urths zu Rhodan zurück.

»Das sind Pseidlor und Loynssnar«, stellte er vor.

Die Panzer der beiden alten Urths waren vernarbt und rissig. Ihre Köpfe waren mit faltiger Haut überzogen, und ihre Greifarme machten keinen so kräftigen Eindruck wie die Riyollons. Außerdem wirkten die beiden Satyataner im Gegensatz zu Riyollon gerissen.

Rhodan begrüßte die Ankömmlinge höflich und erkundigte sich nach ihrem Befinden.

»Es geht uns nicht gut«, erklärte Pseidlor. »Wir brauchen mehr *Staym*.«

»Ja«, sagte Rhodan. »Das dachte ich mir. Zunächst müßt ihr mir einige Fragen beantworten.«

Er war überzeugt davon, daß die beiden Alten keineswegs krank oder geschwächt waren. Sie genossen bei den Urths ein gewisses Ansehen und konnten es sich erlauben, schlechte Laune zu haben und die anderen Eingeborenen zu ärgern.

Pseidlor kratzte mit einer Greifklaue auf dem Boden herum. Ein Seitenblick auf Riyollon zeigte Rhodan, daß der *Zyopblechenor* die beiden Alten voll Respekt beobachtete.

Als keiner der Urths sprach, ergriff Rhodan wieder das Wort.

»Ich interessiere mich für die Geschichten über Wesen, die von den Sternen kamen«, sagte er. »Es müssen Fremde gewesen sein, die mir ähnlich sehen.«

Er unterbrach sich. Hoffentlich übersetzte der Translator einwandfrei. Inzwischen mußte das Gerät genügend Daten gesammelt haben, um auch schwierigere Begriffe verständlich machen zu können.

»Das sind die *psydeisidischsten* Geschichten, die es gibt«, erwiderte Loynssnar.

Rhodan starrte die beiden alten Urths an. Es gab also Geschichten von fremden Raumfahrern. Aber was bedeutete *»psydeisidisch«*?

»Achthundert *Vylargs* von hier liegt *Sayn*-Land«, fuhr Loynssnar fort. »Dort darf kein Urth und kein Fremder den Inneren Zirkel betreten.«

Rhodan hielt unwillkürlich den Atem an. Das war der erste Hinweis auf eine lemurische Station. Rhodan hoffte, daß der Translator bald berechnen konnte, wieviel Meter ein *Vylarg* war.

»Wer hat den Inneren Zirkel erbaut?« fragte er.

Er kannte die Antwort, noch bevor sie ausgesprochen wurde.

»Fremde, die von den Sternen kommen«, sagte Pseidlor.

»Hören Sie das, Professor?« fragte Rhodan.

»Ich bin nicht taub«, sagte Chuzijew. »Fragen Sie, wie diese Fremden ausgesehen haben.«

»Nein« lehnte Rhodan ab. »Ich werde anders vorgehen.«

Er wandte sich wieder an die Satyataner.

»Ich bin einer der Baumeister des Inneren Zirkels«, sagte er. »Ich bin gekommen, um alles zu überprüfen. Meine ersten Fragen sollten nur eure Ehrlichkeit testen. Leider ist bereits viel Zeit seit meinem ersten Besuch auf dieser Welt verstrichen, und ich habe inzwischen auf vielen Planeten Station gemacht. Ihr werdet deshalb verstehen, daß ich nicht mehr genau weiß, wo Sayn-Land liegt. Bringt mich dorthin.«

»Wir glauben dir«, erwiderte Loynssnar. »Und wir werden dir helfen.«

Rhodan deutete auf die Space-Jet.

»Ich muß feststellen, ob das Sternenschiff noch flugfähig ist«, erklärte er. »Andernfalls müssen wir überlegen, wie wir die achthundert *Vylargs* auf andere Weise überwinden können.«

Er wartete nicht darauf, daß die Urths ihren Entschluß ändern konnten, sondern bewegte sich schwerfällig auf die Space-Jet zu. Wenn der Start mißlang, konnte er kein zweites Beiboot nach Satyat beordern, weil er nicht wußte, wie die geheime Schaltstation darauf reagieren würde. Es konnte sein, daß Satyat explodierte, wenn noch ein Schiff auftauchte.

Er fühlte, daß er vor Erregung feuchte Handflächen bekam. Wenn die Jet nicht flugfähig war, bedeutete das schließlich nicht nur einen beschwerlichen Marsch nach dem geheimnisvollen *Sayn*-Land, sondern auch, daß er diese Welt vorläufig nicht verlassen konnte. Erst, wenn er die Station gefunden und alle Prüfungen bestanden hatte, konnte ein zweites Schiff die Landung wagen. Rhodan hoffte, daß sein Energietornister ausreichen würde, ihn während der kommenden Stunden zu versorgen.

Mühsam überwand er die durch die Bruchlandung schräg in der Luft hängende Gangway. Er lehnte es ab, sich von Paladin helfen zu lassen. Es würde bei den Urths einen schlechten Eindruck machen, wenn er wie ein Schwächling wirkte.

»Bleiben Sie vorläufig draußen, Major«, befahl er Dephin. »Ich will versuchen, ob ich starten kann.«

Er erreichte den Kommandosessel in der Zentrale. Die Kontrollen zeigten an, daß die Space-Jet zu voller Energieleistung fähig war, doch als er die Triebwerke anlaufen ließ, merkte er sofort, daß etwas nicht in Ordnung war. Die Schubkraft reichte nicht aus, um gegen die hohe Schwerkraft bestehen zu können, und die Antigravprojektoren arbeiteten unregelmäßig. Einige Zuleitungen waren offenbar durch die Erschütterung des Aufschlags beschädigt worden.

»Nun, wie sieht es aus?« erklang Atlans Stimme im Helmlautsprecher.

»Wenn man den Kontrollen vertrauen könnte, wäre dieses Schiff flugfähig«, antwortete Rhodan. »Aber es bewegt sich nicht von der Stelle.«

»Soll ich dich mit einem Teleportersprung abholen?« fragte Gucky.

»Die Station würde auf dein Erscheinen wahrscheinlich ebenso reagieren, wie auf die Landung eines zweiten bemannten Beiboots«, lehnte Rhodan den Vorschlag des Ilts ab.

Er wußte, daß er nur Proteste herausfordern würde, wenn er seine Absichten jetzt schon offenbarte. Noch einmal unternahm er einen

Versuch, den Schub der Triebwerke zu verstärken und die Felder der Antigravprojektoren gleichmäßig aufzubauen. Er mißlang.

Rhodan verließ die Zentrale. In der Schleuse blieb er stehen und blickte zu den Urths hinaus. Was würden die Eingeborenen denken, wenn das Schiff eines Wesens, das sie für unendlich überlegen ansahen, plötzlich nicht funktionierte? Alte Satyataner wie Loynssnar und Pseidlor würden anfangen, sich Gedanken zu machen und Vergleiche anzustellen.

Rhodan ging die Gangway hinab.

»Bleiben Sie bei mir, Major«, befahl er Dephin. »Wenn Sie in meiner Nähe sind, werden die Eingeborenen abgelenkt und denken nicht intensiv über meine Worte nach.« Er ging auf die Eingeborenen zu.

»Ich habe mir alles überlegt«, sagte Rhodan, als er vor den beiden Alten und Riyollon stand. »Wenn es eine andere Möglichkeit gibt, *Sayn*-Land zu erreichen, werde ich das Schiff zurücklassen.«

Loynssnars Kopf bewegte sich unter dem Panzer hin und her. Für Rhodan war es unverständlich, was diese Bewegung ausdrücken sollte, dazu kannte er die Urths noch nicht lange genug.

»Warum?« fragte Pseidlor direkt.

Der Translator gestattete es kaum, irgendwelche Gefühlsregungen der fremden Gesprächspartner zu erkennen, trotzdem war Rhodan sicher, daß Pseidlor sehr heftig gesprochen hatte.

»Riyollon wurde krank, als ich ihn mit an Bord meines Schiffes nahm«, sagte Rhodan. »Ich habe nur einen Druckzylinder« – hoffentlich gab es eine Entsprechung für dieses Wort – »und möchte aber mehrere von euch nach *Sayn*-Land mitnehmen.«

Diese Erklärung schien die beiden Alten zu befriedigen, zumal Riyollon bestätigte, was Rhodan sagte. Rhodan hatte ein Gefühl, als würde ihn mit Riyollon bereits ein freundschaftliches Verhältnis verbinden; er wußte nicht, warum sich diese gegenseitige Sympathie so rasch entwickelt hatte, aber er war froh darüber.

»Riyollon soll entscheiden, wer dich begleitet«, sagte Pseidlor. »Riyollon ist der *Zyopblechenor*.«

»Es wäre mir recht, wenn uns einer der beiden alten Burschen nach *Sayn*-Land begleiten könnte«, sagte Rhodan zu Riyollon. »Pseidlor und Loynssnar wissen mehr über die Baumeister des Inneren Zirkels als die anderen Urths.«

Riyollon versprach, daß er die beiden Alten beeinflussen wollte, aber es stellte sich schnell heraus, daß die erfahrenen Urths es ablehnten, an einer so beschwerlichen Reise teilzunehmen. Sie fühlten sich zu alt. Sie zogen es vor, die Rückkehr des Fremden abzuwarten und dann ihre Belohnung in Form einiger Säcke Salz entgegenzunehmen.

»Ich werde dich auf jeden Fall begleiten«, versicherte Riyollon.

»Wie viele Tage werden wir brauchen, um die achthundert *Vylargs* zurückzulegen?« fragte Perry Rhodan gespannt.

»Vier Tage«, sagte Riyollon. »Vier Tage unserer Zeitrechnung.«

Rhodan überlegte einen Augenblick. Wenn er Glück hatte, reichte der Energievorrat seines Rückentornisters für diesen Zeitraum. Wenn nicht . . . nun, darüber konnte er noch nachdenken, wenn es soweit war.

Der Schlitten war flach und rechteckig. Er bestand aus mehreren Segmenten, so daß er in sich beweglich war. Die Kufensegmente waren lose aufgehängt, konnten aber nur in einem Winkel bis zu zehn Grad aus der Spur abweichen.

Rhodan schätzte, daß der Schlitten acht Meter lang und zwei Meter breit war. Seine Höhe betrug etwa zehn Zentimeter. Er war ein erstaunliches Gefährt, mit großer Geschicklichkeit gefertigt. Zwei geflochtene Grasstricke dienten als Zugseile. Auf dem Schlitten lagen ein paar Salzbrocken, die offenbar als zusätzliche Verpflegung für Rhodans Begleiter gedacht waren.

»Was halten Sie davon, Sir?« fragte Major Harl Dephin, der den Schlitten über die Bildgalerie des Paladins betrachtete.

»Sieht stabil aus«, antwortete Rhodan. »Ich frage mich nur, wie schnell wir damit vorankommen werden.«

»Die Urths werden nicht auf den Proviant verzichten wollen«, meinte der Siganese. »Das bedeutet, daß sie auf jeden Fall den Schlitten mitnehmen.«

»Vergessen Sie nicht, daß die Urths eine kleine Weltreise unternehmen«, meldete sich Sergej Chuzijew von Bord der CREST V aus. »Für diese Wesen bedeutet der Vorstoß ins *Sayn*-Land ein unerhörtes Abenteuer.«

Rhodan antwortete nicht, denn seine Aufmerksamkeit wurde von einem faustgroßen Brocken grünleuchtenden Materials abgelenkt, den er zwischen den Salzbrocken auf dem Schlitten entdeckte. Der seltsame Gegenstand war mit einem Strick umwickelt und festgebunden.

Rhodan näherte sich dem Schlitten. Riyollon war damit beschäftigt, die Zugseile zu überprüfen.

»Was ist das?« fragte Rhodan und deutete auf das leuchtende Stück Materie.

Riyollon warf nur einen gleichgültigen Blick nach hinten.

»*Eclisse*«, sagte er.

Mit dieser Erklärung konnte Rhodan nichts anfangen. Er bückte sich mühevoll und griff nach dem Brocken.

Er war so schwer, daß er ihn kaum bewegen konnte!

»Major!« rief er Dephin zu. »Kommen Sie zu mir und untersuchen Sie dieses Ding. Riyollon nennt es Eclisse. Es muß sich um ein strahlungsfähiges Mineral von ungeheurer spezifischer Schwere handeln.«

Der Paladin kam mit ungelenk wirkenden Schritten heran. Er hob den Brocken hoch. Die Siganesen nahmen ein paar schnelle Tests vor.

Riyollon kam um den Schlitten herum.

»Du interessierst dich für Eclisse?« fragte er erstaunt. »Es liegt überall in großen Mengen herum. Wir benutzen diesen Brocken als Anker, wenn wir einen See überqueren.«

»Ich verstehe«, sagte Rhodan, obwohl er sich nicht vorzustellen vermochte, wie die Urths auf dem Schlitten kauerten, der auf einem See schwamm.

»Sir!« rief Dephin aufgeregt. »Eclisse hat erstaunliche Eigenschaften.«

»Natürlich«, gab Rhodan leicht gereizt zurück. »Ein Mineral mit einer solchen spezifischen Schwere muß . . .«

»Ich spreche nicht davon, Sir«, unterbrach ihn der Major erregt. »Es ist die Eigenstrahlung dieser Materie, die uns Rätsel aufgibt. Mit den Ortungsgeräten des Paladins haben wir festgestellt, daß Eclisse ähnliche Schwingungen erzeugt wie die Kontrafeld-Strahler OLD MANS.«

»Was?«

»Ich täusche mich nicht, Sir!« ereiferte sich der Siganese. »Die Ähnlichkeit ist unbestreitbar.«

Rhodan fühlte, daß er erschauerte. Sie waren einem der größten Geheimnisse der alten Lemurer auf der Spur. Die Pyramide in OLD MAN hatte nicht gelogen. Auf Satyat konnten sie die ersten Hinweise auf das Wirken der Lemurer finden. Der Paladin war mit erstklassigen Geräten ausgerüstet, und Dephin war nicht der Mann, der eine so schwerwiegende Behauptung aufstellte, ohne sicher zu sein, daß er recht hatte.

Rhodan benutzte sein Helmfunkgerät, um mit den Männern in der CREST V Verbindung aufzunehmen. Abel Waringer meldete sich.

»Ich habe mitgehört«, sagte der Wissenschaftler. »Du hast dort unten eine erstaunliche Entdeckung gemacht.«

»Schickt eine kleine Sonde herunter, damit ich eine Probe dieses Minerals für euch sicherstellen kann«, bat Rhodan. »Eclisse muß sofort untersucht werden, damit wir herausfinden, ob die Ähnlichkeit seiner Strahlung mit der des Kontrafeld-Strahlers so groß ist, daß wir einen Zufall ausschließen können.«

»Glaubst du nicht, daß das gefährlich für Satyat sein könnte?« mischte sich Atlan ein.

»Nein«, sagte Rhodan. »Die Schaltstation hat auf die Beobachtungssonden in keiner Weise reagiert, und sie wird auch eine kleine Transportsonde dulden.«

Atlan versprach, alles in die Wege zu leiten. Waringer und sein Team sollten die Probe untersuchen, die Rhodan schicken würde.

Inzwischen hatten die Urths die Vorbereitungen abgeschlossen. Riyollon, der aufgeregt war wie ein Kind, kam zu Rhodan, um ihm mitzuteilen, daß die Reise ins *Sayn*-Land beginnen konnte. Außer Riyollon wollten noch zwei junge Satyataner an der Expedition teilnehmen. Sie hießen Broynlaar und Jynx, zwei kräftige und zuverlässig wirkende Urths.

Wieder sprach Rhodan mit den Männern in der Zentrale der CREST:

»Achtet darauf, daß ständig eine Beobachtungssonde in der Nähe ist«, sagte er.

»Wir werden uns das Schauspiel nicht entgehen lassen«, sagte Chuzijew.

Die Urths hatten ihre Ausrüstung und den Proviant verladen. Riyollon würde die Führung übernehmen, während Broynlaar und Jynx den Schlitten ziehen sollten. Rhodan, der durch den schweren

Kampfanzug nicht in der Lage gewesen wäre, das von den Urths vorgelegte Tempo einzuhalten, wollte sich von Paladin tragen lassen.

Als sie aufbrachen, war es fast dunkel, aber Riyollon behauptete, daß dies die beste Zeit für einen Aufbruch war. Außerdem würde es in knapp fünf Stunden terranischer Zeitrechnung bereits wieder hell werden.

Rhodan wußte, daß er eine Reise ins Ungewisse antrat.

19.

Die Kufen des Schlittens knirschten auf dem harten Untergrund. Satyat besaß keinen Mond, aber die zahlreichen Sterne des galaktischen Zentrums genügten, um die gleichen Lichtverhältnisse zu schaffen, wie Rhodan sie von einer Mondnacht auf der Erde her kannte.

Sie bewegten sich am Rande eines Gebirgszugs. Broynlaar hatte jetzt die Führung übernommen und seinen Platz am Zugseil Riyollon übergeben. Der *Zyopblechenor* begründete diese Änderung damit, daß Broynlaar Jäger und oft nachts unterwegs sei. Rhodan fragte sich, auf was für ein Wild Broynlaar Jagd zu machen pflegte, aber er verkniff sich eine Frage, weil er von den Urths nicht als Unwissender angesehen werden wollte.

Rhodan wurde von Paladin getragen, der keine Mühe hatte, dem Schlitten zu folgen. Der Roboter hätte sich sogar weitaus schneller bewegen können, aber Rhodan konnte auf die Begleitung der Satyataner nicht verzichten.

Der Paladin mit Rhodan auf den Armen ging neben dem Schlitten her. Bisher hatten die Urths keine Pause eingelegt. Rhodan befürchtete jedoch, daß sie einen großen Umweg machten, um das Gebirge zu umgehen.

Er blickte in den Nachthimmel hinauf. Über ihnen, für Rhodan nicht sichtbar, schwebte die Beobachtungssonde, die jetzt mit der Infrakamera arbeitete. Von Bord der CREST V aus konnte genau festgestellt werden, welchen Weg die Expedition einschlug. Rhodan würde daher bald erfahren, ob die Urths direkt auf das Ziel zumarschierten oder nicht.

Doch zunächst war ein etwa dreißig Meter breiter Fluß zu überqueren, der nach den Aussagen der Urths tückisch war. Sie fürchteten sich davor. Der Paladin trug zuerst Rhodan und danach den Schlitten mit den drei Eingeborenen hinüber.

Auf der anderen Seite lag ein »Wald«. Rhodan vermutete, daß die Urths zwischen diesem und den Ausläufern des Gebirges hindurchmarschieren wollten.

Sie benötigten zwei Stunden, um die Engstelle zu erreichen, hinter der sich fast flaches Land erstreckte. Die Urths hielten an.

»Weiter als bis hierher ist noch niemand von uns gegangen«, informierte Riyollon den Terraner. »Auch Broynlaar der Jäger nicht.«

Rhodan hatte von seinem Platz auf den Armen des Paladins einen weiten Blick. Am Horizont lagen einige schattenhafte Erhebungen im Dunst, wahrscheinlich Berge. Die Geröllandschaft vor ihnen wurde nur von vereinzelten Flechten bewachsen. Rhodan konnte auch einige Erdspalten erkennen.

»Woher kennt ihr dann den richtigen Weg?« erkundigte sich Rhodan.

»Die Alten haben ihn uns erklärt«, antwortete Riyollon. »Wir können *Sayn*-Land nicht verfehlen.«

Jynx reckte eine Greifklaue.

»Es ist gefährlich, diesen Weg einzuschlagen«, sagte er.

»Was soll an dieser Wüste gefährlich sein?« fragte Rhodan erstaunt.

Jynx hüllte sich in Schweigen. Auch die beiden anderen vermieden es, ihre Köpfe zu zeigen und Rhodan anzublicken.

»Wir hatten ausgemacht, daß ihr mich nach *Sayn*-Land bringt«, sagte Rhodan. »Wovor habt ihr plötzlich Angst?«

»Eclisse«, sagte Riyollon und deutete zur Wüste hinüber. »Es gibt nur einen schmalen Weg durch die Wüste. Wer ihn verfehlt, wird von den Strahlen getötet.«

»Offenbar gibt es in diesem Gebiet besonders viel von diesem Mineral, Sir«, sagte Harl Dephin.

Rhodan nickte und dachte nach. Er konnte die Furcht der Urths verstehen. Wahrscheinlich waren schon ein paar Jäger ihres Volkes in die Wüste eingedrungen und nicht mehr zurückgekehrt. Nur die Alten, die den Weg der Baumeister kannten, hätten dieses Gebiet ungefährdet durchqueren können. Riyollon und die beiden anderen waren auf die Berichte der alten Urths angewiesen.

»Leider können wir mit der Kamerasonde nicht feststellen, wo viel Eclisse lagert«, sagte Rhodan, »sonst brauchten wir nur die Sonde vorauszuschicken.«

»Ich kann das Problem vielleicht lösen, Sir«, erbot sich Drof Retekin über die Sprechanlage des Paladins. »Die Ortungsgeräte des Paladins reagieren auf die Eigenstrahlung des Eclisses.«

»Wir könnten dieses Gebiet durchqueren«, sagte Rhodan zu den Urths. »Mein Geisterauge wird uns führen. Ihr braucht keine Angst zu haben.«

Riyollon konnte seine Begleiter schließlich zum Weitergehen überreden. Jetzt übernahm Paladin mit Rhodan auf den Armen die Spitze. Drof Retekin gab seine Auswertungen laufend an Harl Dephin weiter.

»Die Strahlung ist hier tatsächlich sehr stark, Sir«, berichtete Retekin. »Der Weg, den wir eingeschlagen haben, scheint nur sehr schmal zu sein.«

»Ich weiß nicht, ob es richtig ist, wenn du die Wüste durchquerst«, meldete sich Atlan von der CREST aus. »Wir wissen noch zu wenig über die Strahlungseigenschaften dieses Minerals.«

»Und Waringer?« fragte Rhodan.

»Er und seine Helfer untersuchen noch immer die Probe, die wir mit der Sonde abgeholt haben«, antwortete der Arkonide. »Es ist ein schwerer Brocken für die Wissenschaftler – im wahrsten Sinne des Wortes.«

Jetzt, da sie sich mitten im Todesstreifen befanden, legten die Urths ein schnelles Tempo vor. Sie hatten ein drittes Zugseil am Schlitten befestigt, so daß sie zu dritt ziehen konnten.

Sie kamen gut voran, bis sie eine Botschaft von der CREST V erhielten.

»Sir, achthundert Meter vor Ihnen befindet sich eine breite Bodenspalte«, gab der verantwortliche Techniker bekannt.

»Anhalten!« befahl Rhodan und glitt aus den Armen des Paladin. Er gab den Urths ein Zeichen, und Riyollon verließ seinen Platz am Zugseil, um zu Rhodan zu kommen.

»Warum gehen wir nicht weiter?« fragte der Urth.

»Achthundert Meter von hier entfernt hat mein Geisterauge eine Bodenspalte entdeckt«, sagte Rhodan und hoffte, daß der Translator inzwischen gelernt hatte, Meter in *Vylargs* umzurechnen.

»Vielleicht führt unser Weg an ihr vorbei«, meinte Riyollon.

»Wir wollen es hoffen«, sagte Rhodan. »Aber es muß eine sehr lange Bodenöffnung sein.«

Riyollon kehrte zum Schlitten zurück. Broynlaar und Jynx zeigten sich wegen der Entdeckung niedergeschlagen und forderten ihren *Zyopblechenor* zur Umkehr auf. Aber Riyollon kümmerte sich nicht um ihre Proteste, sondern nahm das Zugseil wieder auf.

»Wir können allein umkehren«, drohte Broynlaar.

»Wirklich?« höhnte Riyollon. »Wer soll euch den Weg zeigen? Nur ich bekam ihn von den Alten ausführlich erklärt.«

Das wirkte. Die beiden Urths griffen schweigend nach den Zugseilen.

»Es kann losgehen, Major«, sagte Rhodan zu Dephin. »Seien Sie vorsichtig.«

Sie bewegten sich weiter auf der schmalen »Schneise«, wo die Strahlung geringer war als im übrigen Gebiet des Geröllfelds. Bald darauf konnte Rhodan die Bodenspalte sehen. Sie war mindestens zehn Meter breit und beschrieb eine weite Kurve. Ihr Ende war in beiden Richtungen nicht zu erkennen.

Als sie noch zwanzig Meter von der Spalte entfernt waren, blieben die Urths mit dem Schlitten stehen. Sie wagten sich nicht näher an die Bodenöffnung heran. Der Paladin trug Rhodan bis zum Rand.

»Messen Sie die Tiefe, Major«, befahl Rhodan dem Siganesen.

Drof Retekin benutzte das Radarlot.

»Unterschiedliche Tiefe, Sir«, gab er bekannt. »Die günstigste Stelle in unserer Nähe ist zwanzig Meter tief.«

»Verdammt!« sagte Chuzijews Stimme im Helmempfänger.

Rhodan starrte in die dunkle Öffnung hinab.

»Die Alten haben die Bodenspalte in ihren Berichten nicht erwähnt«, rief Riyollon vom Schlitten aus. »Sie muß erst kürzlich entstanden sein.«

Es war vollkommen gleichgültig, wann dieses Hindernis entstanden war, überlegte Rhodan. Sie mußten eine Möglichkeit finden, es zu überwinden.

»Wir haben die Sonde in beide Richtungen geschickt«, meldete sich Atlan über Funk. »In südwestlicher Richtung erstreckt sich die Spalte dreißig Kilometer, im Nordwesten sind es fast dreihundert Kilometer.«

»Dreißig Kilometer«, wiederholte Rhodan gedehnt. »Das kann bei der herrschenden Strahlung den Tod bedeuten.«

»Soeben hat Waringer die ersten Auswertungen vorgelegt«, sagte Atlan. »Du mußt dir einen Dreißig-Kilometer-Marsch aus dem Kopf schlagen. Ohne Schutzschirm würdest du auf jeden Fall eine tödliche Dosis abbekommen.«

Rhodan starrte auf die andere Seite der Schlucht. Er mußte irgendwie hinübergelangen. Eine Umkehr bedeutete seinen Tod, denn er konnte mit der beschädigten Space-Jet nicht zur CREST V zurückfliegen, und die Landung eines zweiten Bootes würde mit großer Wahrscheinlichkeit das Ende des ganzen Planeten einleiten.

»Ich gebe zu, daß du in einer schwierigen Lage bist«, sagte Atlan. »Wir halten jetzt eine Konferenz ab, um zu überlegen, wie wir dir helfen können.«

Rhodan antwortete nicht. Er wollte das Ergebnis dieser Besprechung nicht abwarten, sondern selbst die Initiative ergreifen. Er ging zum Schlitten und schilderte den drei Urths die Situation.

»Wir müssen umkehren«, sagte Broynlaar sofort. »Eine Ausweichmöglichkeit gibt es nicht, und die Öffnung ist zu tief und zu breit, um überquert zu werden.«

»Wir können es trotzdem schaffen«, sagte Perry.

Er konnte sehen, wie die Köpfe der drei Satyataner hin und her zuckten. Allein der Gedanke, einen solchen Abgrund zu überqueren, versetzte sie in Angst.

Rhodan kehrte zum Rand der Schlucht zurück und suchte eine Stelle, wo ein spitzer Eclissebrocken aus dem Boden ragte.

»Bindet die Zugseile vom Schlitten los und knotet sie zusammen«, befahl er den Urths. Dann setzte er sich mit der CREST V in Verbindung. »Landet eine ferngelenkte Sonde am Rand der Bodenöffnung«, befahl er.

»Wenn ich einen genügend großen Anlauf nehme, könnte ich die Spalte überspringen, Sir«, meldete sich Harl Dephin.

»Schon möglich«, gab Rhodan zu. »Aber wir brauchen auch die Urths, wenn wir ihr Heiligtum finden wollen. Bisher haben die

Sonden nichts entdeckt, was auch nur annähernd wie eine lemurische Station aussieht.«

Rhodan wartete geduldig, bis die Sonde gelandet war. Inzwischen hatten die Satyataner alle Zugseile miteinander verbunden. Rhodan nahm das Ende des langen Strickes und befestigte es an der Sonde.

»So«, sagte er befriedigt. »Fliegt die Sonde auf die andere Seite der Schlucht.«

Die Techniker an Bord des Flottenflaggschiffs begriffen sofort, worum es ging, und starteten die Sonde. Der kleine Flugkörper landete wohlbehalten auf der anderen Seite.

»Jetzt brauchen wir nur noch jemand, der den Strick drüben befestigt«, sagte Chuzijew spöttisch.

Rhodan achtete nicht auf die Stimme in seinem Helmlautsprecher. Er näherte sich dem Eclissefelsen, an dem das Seil festgebunden war, und prüfte seine Haltbarkeit.

»Sir«, sagte Dephin argwöhnisch. »Sie haben doch nicht etwa vor, hinüberzuklettern?«

Rhodan antwortete nicht. Er ging in die Hocke und ergriff den Strick mit beiden Händen. Der Kampfanzug schien eine Tonne zu wiegen. Mühevoll ließ Rhodan seine Beine über den Abgrund rutschen. Seine Füße tasteten nach einem Vorsprung. Dann wagte er es, das Seil mit seinem vollen Gewicht zu belasten. Es bog sich nach unten durch, schien aber zu halten.

Der Paladin beugte sich über den Rand der Schlucht.

»Sir, Sie werden die Sonde mit sich in die Tiefe reißen«, prophezeite Harl Dephin.

»Lassen Sie die Sonde mit voller Schubkraft arbeiten, bis ich drüben bin«, sagte Perry Rhodan zu den Technikern an Bord der CREST.

»Ich sollte Sie festhalten, Sir«, sagte Dephin mit krächzender Stimme. »Sie setzen Ihr Leben aufs Spiel.«

Rhodan spürte, wie das Seil auf der gegenüberliegenden Seite nachgab, und er verhielt sich einen Augenblick still. Er konnte sich vorstellen, was ein Sturz mit dem schweren Kampfanzug bedeutete. Am besten überhaupt nicht daran denken, schoß es ihm durch den Kopf. Er benötigte seine gesamte Kraft, um sich am Seil zu halten. Vorsichtig hangelte er sich weiter. Er wagte nicht, einen Blick in die Tiefe zu werfen.

»Die Sonde rutscht immer weiter auf den Rand der Spalte zu!« erklang die panikerfüllte Stimme eines Technikers in Rhodans Empfänger. »Wir können sie nicht halten, Sir.«

Rhodan antwortete nicht. Seine Kraft ließ allmählich nach. Er begann zu zweifeln, ob er die andere Seite jemals erreichen würde. Das Seil sank immer weiter nach unten.

Auf der anderen Seite wirbelte Staub auf; durch die hohe Schwerkraft wirkte er wie eine breiige Masse, die zähflüssig über den Boden glitt. Rhodan erkannte, daß die Sonde nur noch wenige Zentimeter vom Rand des Abgrunds entfernt war. Da handelte Harl Dephin.

Er raste dreißig Meter zurück, um einen genügend großen Anlauf zu haben. Dann stürmte er vorwärts. Rhodan sah den riesigen Körper des Paladins über sich hinwegfliegen und schloß die Augen. Er wollte nicht sehen, wie der Roboter am Boden der Schlucht zerschmettert wurde. Der Aufschlag blieb jedoch aus. Rhodan drehte den Kopf und beobachtete, wie der Paladin sich auf der anderen Seite hinaufzog.

Ein paar Meter neben dem Roboter lag die Sonde, nunmehr schon mit dem Heckteil über den Abgrund ragend.

Dephin ließ den Paladin aufspringen. Mit zwei Schritten erreichte der Gigant die Sonde und hielt sie fest.

»Ich habe das Seil, Sir«, sagte Dephin triumphierend. »Sie können sich jetzt Zeit lassen.«

Rhodan hörte sich aufatmen. Der Erfolg der Siganesen verlieh ihm neue Kräfte, und er legte die letzten Meter in wenigen Minuten zurück. Der Paladin half ihm herauf.

»Das ist eine recht primitive Brücke«, klang Chuzijews Stimme auf. »Für die Urths ist sie völlig ungeeignet.«

Rhodan achtete nicht auf den Wissenschaftler.

»Sie müssen noch einmal auf die andere Seite, Major«, sagte er zu Dephin. »Trauen Sie sich zu, das zu schaffen?«

»Es macht mir Spaß, Sir«, behauptete Dephin gelassen.

Rhodan bezweifelte, daß das der Wahrheit entsprach, aber er war dankbar, daß die Siganesen noch einmal ihr Leben aufs Spiel zu setzen bereit waren.

»Wir brauchen ein zweites Seil«, sagte Rhodan. »Es muß im gleichen Abstand über die Schlucht gespannt werden, den die Kufen des urthschen Schlittens zueinander haben.«

»Ich verstehe«, sagte Dephin. »Die Eingeborenen haben Ersatzstricke dabei, die wir benutzen können.«

Ein Knacken im Empfänger lenkte Rhodans Aufmerksamkeit ab. Jemand von der CREST V schaltete sich dazwischen.

»Wir haben einen Plan«, sagte Atlan. »Mit Hilfe der Sonden können wir die Einzelteile eines zusätzlichen Antigravprojektors nach unten schicken. Du brauchst ihn nur zusammenzubauen und am Schlitten der Urths zu montieren.«

»Wie viele Stunden würde die Ausführung dieses Planes in Anspruch nehmen?« erkundigte sich Rhodan.

Er spürte, daß der Arkonide zögerte, und lächelte schwach. Die Männer an Bord des Schiffes meinten es gut, aber sie übersahen immer wieder, daß er unter Zeitdruck stand. Mit jeder Minute verringerte sich der Energievorrat seines großen Rückentornisters.

»Selbst wenn es Ihnen gelingen sollte, eine Seilbahn für den Schlitten zu bauen – wie wollen Sie die Urths dazu bringen, daß sie den Abgrund überqueren?« erkundigte sich Chuzijew.

Das war zweifellos ein Problem, gestand sich Rhodan ein. Er mußte darauf bauen, daß sich zumindest der tapfere Riyollon auf dieses Wagnis einlassen und seine beiden Begleiter überreden würde.

Rhodan schüttelte den Kopf. Es war müßig, darüber nachzudenken, solange nur ein Seil über die Schlucht führte.

Er gab dem Paladin ein Zeichen, und Dephin lenkte den Roboter von der Schlucht zurück. Diesmal nahm er einen noch größeren Anlauf. Wie von einer Sehne geschnellt, hob sich der mächtige Körper vom Boden ab und flog über die Spalte. Diesmal landete der Paladin sicher.

Rhodan beobachtete, wie Dephin mit den Urths verhandelte und schließlich die Ersatzstricke ausgehändigt bekam. Die Sonde flog zu Dephin hinüber. Der Paladin band das Strickende in der von Rhodan angegebenen Entfernung zum ersten Seil fest. Das andere Ende befestigte er an der Sonde, die sofort zu Rhodan zurückflog. Rhodan suchte nach einem geeigneten Eclissefelsen und verknotete das Seil.

Alles in Ordnung! signalisierte er dem Paladin.

»Was haben Sie jetzt vor?« fragte der siganesische Major.

»Wie lang ist das Seil, mit dem die Urths den Eclisseanker festgebunden haben?« fragte Rhodan.

»Fünfzig Meter«, antwortete Dephin.

»Ausgezeichnet«, sagte Rhodan. »Ziehen Sie den Schlitten bis an den Rand der Schlucht, wo die Seile befestigt sind. Dann werfen Sie den Anker zu mir herüber.«

Die Urths hinderten den Paladin nicht daran, ihren Schlitten bis zur Spalte zu ziehen. Mühelos schleuderte der Roboter den schweren Eclissebrocken über den Abgrund. Der Anker landete dicht neben Rhodan.

»Stellen Sie den Schlitten so, daß er genau auf den Stricken zu liegen kommt, wenn Sie von dieser Seite aus ziehen«, ordnete Rhodan an.

Dephin hatte begriffen, was Rhodan vorhatte, und sich bereits über das beladene Gefährt gebeugt. Als er mit der Stellung des Schlittens zufrieden war, ließ Dephin den Paladin wieder auf die andere Seite der Bodenöffnung springen.

»Jetzt brauchen wir nur noch die Urths zu veranlassen, auf den Schlitten zu klettern«, sagte Dephin.

»Riyollon!« rief Rhodan und winkte den Eingeborenen zu. »Kannst du mich hören?«

»Ja«, gab der Satyataner zurück. »Warum hast du uns den Schlitten abgenommen?«

»Ich habe ihn euch nicht abgenommen«, bestritt Rhodan. »Ich habe jetzt eine Möglichkeit gefunden, euch sicher über die Schlucht zu bringen. Legt euch auf den Schlitten.«

»Das wagen wir nicht«, gab Riyollon zurück. »Ihr wollt uns über den Abgrund ziehen.«

Der kluge Satyataner hatte begriffen, wie man ihn und seine beiden Begleiter auf die andere Seite bringen wollte.

»Ihr könnt nicht zurück, Riyollon. Wir Baumeister würden euch das nie verzeihen!« rief er.

»Ich kenne den Weg durch das Eclissegebiet«, erwiderte Riyollon. »Ich habe mir eingeprägt, welche Richtung dein großer Begleiter einschlug, als wir hierher kamen.«

An den Bewegungen der Urths glaubte Rhodan zu erkennen, daß Jynx und Broynlaar ständig auf Riyollon einsprachen, um ihn zu einer Umkehr zu veranlassen.

»Riyollon!« rief Rhodan mit Nachdruck. »Beweise, wie tapfer du bist.«

»Was nützt mir Tapferkeit, wenn ich tot bin?« fragte der Urth.

Gegen diese Logik war nichts einzuwenden. Rhodan begann allmählich zu verzweifeln. Sollte die Expedition an dieser Stelle scheitern? Nötigenfalls würde er mit dem Paladin ohne die Urths weitermarschieren, überlegte Rhodan. Es war zwar mehr als unwahrscheinlich, daß er ohne die Hilfe der Eingeborenen *Sayn*-Land finden würde, aber er mußte es versuchen.

Am Ende der zahllosen hitzigen Worte, erklärten sich die drei Eingeborenen bereit. Nicht zuletzt schien zu ihrem Entschluß die bald hereinbrechende Nacht beizutragen.

Doch diesmal war das Glück gegen sie.

Als die Aktion fast schon zu gelingen schien, rutschten die rechten Kufen des Schlittens vom gespannten Seil ab. Der Schlitten kippte. Er verlor dabei sämtliche Proviantsäcke – und Jynx, der am Boden der Spalte zerschmettert wurde.

Perry Rhodan schloß für Sekunden erschüttert die Augen, während Paladin den Schlitten hielt und langsam an Land zog. Die beiden anderen Urths klammerten sich daran fest.

»Ihr könnt die Augen öffnen«, sagte Rhodan. »Jetzt seid ihr in Sicherheit.«

Sie schienen ihn nicht zu hören, denn sie bewegten sich nicht.

Sie werden doch nicht vor Angst gestorben sein, dachte Rhodan bestürzt.

»Riyollon«, sagte er und strich dem Satyataner mit einer Hand über den Panzer. »Es ist vorbei, Riyollon.«

Der flache Kopf mit den großen Augen kam langsam unter dem Panzer hervor. Rhodan fühlte die Blicke des Eingeborenen auf sich ruhen, und Schuldbewußtsein wegen Jynx' Tod stieg in ihm auf. Der Schlitten krachte, als Riyollon sich langsam herunterschob. Nun streckte auch Broynlaar den Kopf unter dem Panzer hervor und blickte sich um.

»Wo ist Jynx?« fragte er.

Rhodan blickte zur Schlucht.

»Wir konnten nichts für ihn tun«, sagte er.

»Ist er abgerutscht?« erkundigte sich Riyollon sachlich.

»Ja«, sagte Rhodan bedrückt. »Es tut uns leid.«

»Es wäre nicht passiert, wenn wir umgekehrt wären«, sagte Riyollon leidenschaftslos. Nicht die Spur einer Anklage schwang in seiner Stimme mit.

»Das ist richtig«, sagte Rhodan.

Mein Leben gegen das von Jynx, dachte er. Der Urth mußte sterben, damit ich rechtzeitig die Station erreiche. Waren diese Selbstvorwürfe richtig? Jynx hatte eine uralte Angst besiegt und war in den Tod gegangen. Ist das meine Schuld? fragte sich Rhodan.

»Warum kann ein Baumeister des Inneren Zirkels den Tod nicht aufhalten?« fragte Broynlaar.

»Ich bin nicht allmächtig«, sagte Rhodan.

»Unser Proviant ist verloren«, stellte Riyollon fest. »Jetzt können wir den Schlitten zurücklassen.«

»Gut«, stimmte Rhodan zu. »Dann kommen wir schneller voran.«

Die beiden Urths übernahmen die Führung, und die kleine Gruppe marschierte der beginnenden Nacht entgegen.

In der Dunkelheit leuchteten die Eclissefelsen mehrere Dutzend Meter weit. Jetzt hätte Rhodan auch ohne die Ortungsgeräte des Paladins einen sicheren Weg durch die Eclissewüste gefunden. Rhodan war dankbar, daß die Urths keine Pause beanspruchten. Riyollon und Broynlaar schienen froh zu sein, wenn sie die Wüste hinter sich lassen konnten. Beide waren ungewöhnlich schweigsam. Ohne den Schlitten kam die kleine Gruppe wesentlich schneller voran. Ab und zu meldete sich ein Techniker von der CREST V, um die Expedition vor größeren Eclisseansammlungen zu warnen. So konnte Rhodan solchen Anhäufungen des gefährlichen Minerals frühzeitig aus dem Weg gehen.

Bei Anbruch des Morgens erreichten sie das Ende der Wüste. Sie waren auf ihrem Weg noch auf mehrere Bodenspalten gestoßen, aber keine war groß genug gewesen, um sie aufhalten zu können.

Rechts von ihnen lag jetzt eine langgezogene Hügelkette im Dunst des frühen Morgens. Auf der anderen Seite wuchsen vereinzelt Pflanzen zwischen zwanzig und dreißig Zentimeter Höhe. Rhodan vermutete, daß Riyollon den Weg durch die flechtenbewachsene Ebene wählen würde, die sich direkt vor ihnen ausbreitete.

Die beiden Urths blieben jedoch stehen und preßten ihre Köpfe dicht gegen den Boden, als suchten sie nach Spuren.

»Warum gehen wir nicht weiter?« fragte Rhodan und ließ sich aus den Armen des Paladins gleiten. »Wenn ihr müde seid, können wir eine kurze Pause einlegen.«

»Wir sind hungrig«, informierte ihn Riyollon. »Unsere gesamten Vorräte liegen in der Schlucht, in der Jynx sein Leben ließ.«

Rhodan fand es wenig angenehm, auf diese Weise an den Tod des Urths erinnert zu werden. Sein Schuldgefühl war noch frisch, und jede Bemerkung der beiden Urths über Jynx trug dazu bei, es noch zu vergrößern.

»Ich kann mit einem Geisterauge etwas *Staym* kommen lassen«, schlug Rhodan vor.

»Das klingt verlockend, aber von *Staym* allein werden wir nicht satt«, erwiderte Riyollon.

»Hm«, machte Rhodan nachdenklich. »Sagt mir, wonach ihr Appetit habt, vielleicht kann ich euch helfen.«

Riyollon sagte es ihm, aber die Übersetzungen des Translators bestanden aus unaussprechlichen Wörtern.

Rhodan setzte sich mit der Zentrale der CREST in Verbindung.

»Du hast gehört, worum es hier unten geht«, sagte er zu Atlan. »Ich schlage vor, daß ihr ein Menü für meine beiden Freunde zusammenstellt und es mit einer Sonde zu uns schickt. Vergeßt das Salz nicht.«

Atlan versprach, sofort alles in die Wege zu leiten.

Nachdem Rhodan den beiden Urths versprochen hatte, daß er ihnen Nahrung beschaffen würde, erklärten sie sich bereit, den Marsch fortzusetzen. Sie bewegten sich auf die große Ebene zu. Geräuschlos ging der schwere Paladin über den flechtenbewachsenen Boden. Zwanzig Minuten später landete vor ihnen eine raketenförmige Sonde. Rhodan öffnete sie.

»Sandwiches!« stieß er überrascht hervor. »Na, ich weiß nicht, ob das das Richtige ist.«

Er nahm die belegten Scheiben heraus und breitete sie vor den beiden Urths auf dem Boden aus. Abschließend holte er die Salzpäckchen aus der Sonde.

Riyollon schnupperte mißtrauisch an den Sandwiches. Dann schnappte er sich eines und verschlang es. Sofort begann auch Broynlaar zu essen. Rhodan lief das Wasser im Mund zusammen. Er war auf die Konzentrate angewiesen, die ihm der Anzug lieferte.

»Wir gehen jetzt weiter«, sagte Riyollon, nachdem sie gegessen hatten.

Rhodan nickte. Als er auf Paladin zuging, hatte er plötzlich das

Gefühl, als würden seine Schritte langsamer. Der Anzug schien noch schwerer zu wiegen. Einer inneren Eingebung folgend, warf Rhodan einen Blick auf die Meßgeräte an seinem linken Arm.

Seine augenblickliche Schwerkraftbelastung betrug trotz des Antigravprojektors 1,7 Gravos. Das bedeutete, daß die Leistung des Rückentornisters um ein halbes Gravo gesunken war.

Der Energievorrat kann noch nicht aufgebraucht sein, überlegte Rhodan. Bestürzung breitete sich in ihm aus. Was, wenn die Belastung weiter anstieg? Mit der vollen Belastung würde er die Schaltstation niemals erreichen.

Dephin hatte gemerkt, daß etwas nicht in Ordnung war.

»Warten Sie, Sir«, sagte er eifrig. »Wir holen Sie ab.«

Rhodan wartete schweigend, bis der Paladin neben ihm stand. Dann hob er den linken Arm, so daß Dephin über die Bildschirmgalerie die Meßgeräte sehen konnte.

Dephin gab einen bestürzten Laut von sich.

»Still!« zischte Rhodan.

Der Siganese verstand sofort. Rhodan wollte vermeiden, daß man an Bord der CREST V von dieser Entwicklung erfuhr.

»Heben Sie mich auf«, sagte Rhodan.

Behutsam nahm ihn Paladin auf die Arme. Sie folgten den Urths, die sich bereits ein paar Meter entfernt hatten. Rhodan dachte angestrengt nach. Was rief den plötzlichen Energieverlust hervor? Unter normalen Umständen hätte der Rückentornister noch einwandfrei arbeiten müssen. Hätte eine schwere Beschädigung vorgelegen, wäre die Belastung sofort auf den vollen Wert gestiegen.

Es gab nur eine Erklärung: Eclisse!

Das strahlende Mineral mit dem hohen spezifischen Gewicht mußte sich auf den Energietornister auswirken.

Wie würde es weitergehen? fragte sich Rhodan besorgt. Zweifellos würde die Leistung des Antigravprojektors weiter nachlassen. Es hatte keinen Sinn, sich dieser Tatsache zu verschließen. Wie viele Gravos konnte er unter den gegenwärtigen Bedingungen aushalten? Obwohl ihn der Paladin trug, bereitete es Rhodan jetzt schon Mühe, sich aufrecht zu setzen und festzuhalten.

Sie bewegten sich durch ein schmales, mit Flechten bewachsenes Tal. Es war spät am Abend, und die Eclissefelsen an den Gebirgshängen leuchteten in der zunehmenden Dunkelheit.

Rhodan fühlte sich wie zerschlagen. Inzwischen war die Belastung auf 1,9 Gravos angestiegen, so daß er es vermied, die Arme Paladins zu verlassen. Immer wieder kam es jetzt vor, daß sein Oberkörper gegen die Brust des Roboters sank. Er befürchtete, daß er sich früher oder später auch auf den Armen des Paladins nicht mehr halten konnte. Jetzt bedauerte er, daß sie den Schlitten zurückgelassen hatten, denn sobald die Belastung weiter anstieg, hätte er sich darauf niederlegen und von Paladin ziehen lassen können.

An Bord der CREST V schien man zu ahnen, daß etwas nicht in Ordnung war. Rhodan sprach so wenig wie möglich mit Atlan und den Wissenschaftlern. Er fürchtete, daß seine Stimme ihn verraten könnte. Auch mit den Urths unterhielt er sich kaum, denn das Sprechen fiel ihm schwer. Manchmal hatte er den Wunsch, den Kampfanzug von seinem Körper zu reißen, um den immer stärker werdenden Druck auf seiner Brust loszuwerden.

Die Urths waren stehengeblieben und warteten, bis Paladin zu ihnen aufgeschlossen hatte.

»Wir müssen uns für die Nacht eine Höhle suchen«, sagte Riyollon.

Rhodan konnte seine Enttäuschung nicht verbergen.

»Weshalb?« fragte er. »Können wir nicht während der Nacht marschieren?«

»Broynlaar hat Karrylspuren entdeckt«, erklärte Riyollon. »Er hält es für besser, wenn wir uns verstecken, denn die Karryls gehen während der Nacht auf Raub aus.«

Ein Karryl war offenbar ein satyatisches Raubtier. Rhodan wollte lieber das Risiko eingehen, einem solchen Wesen zu begegnen, als sich in einer Höhle zu verkriechen, wo er doch keine Ruhe finden würde.

»Ihr braucht die Karryls nicht zu fürchten«, sagte er zu den Urths. »Mit unseren Waffen können wir jeden Angriff abwehren.«

»Die Karryls sind heimtückisch«, sagte Broynlaar. »Man entdeckt sie erst, wenn es zu spät ist. Dann nutzen die besten Waffen nichts.«

»Mein Geisterauge wird jeden Karryl entdecken, bevor wir mit ihm zusammenstoßen«, versicherte Rhodan.

»Wir vertrauen dir«, sagte Riyollon.

Broynlaar schien anderer Meinung zu sein, denn er brummte unzufrieden. Der Marsch wurde fortgesetzt. Der Paladin hielt sich dicht hinter den Urths, weil Rhodan den Siganesen befohlen hatte, sofort einzugreifen, wenn irgendein größeres Tier auftauchen sollte. An Bord der CREST V hatte man die Unterhaltung mitgehört und eine weitere Beobachtungssonde geschickt. Rhodan hoffte, daß zwei Sonden genügten, um sie vor unliebsamen Überraschungen zu schützen.

Rhodan konnte nicht mehr aufrecht auf den Armen des Paladins sitzen, sondern mußte seinen Oberkörper gegen dessen Brust lehnen. In seinem Kopf dröhnte es, und jeder Schritt des Roboters verursachte ihm Schmerzen.

Die Minuten vergingen. Angesichts der doppelten Schwerkraftbelastung kam es Rhodan vor, als wollte die Nacht überhaupt nicht vergehen. Dabei bewegten sich die Urths noch schneller als sonst. Broynlaar hielt unausgesetzt nach Karrylspuren Ausschau.

Als Rhodan wieder auf die leuchtenden Skalen der Armbandmeßgeräte blickte, war die Belastung auf 2,2 Gravos angestiegen.

»Anhalten!« rief er mühevoll.

Paladin blieb abrupt stehen. Die Urths merkten, daß ihnen der Roboter nicht mehr folgte, und kehrten um, um möglichst nahe bei den Fremden zu sein, von denen sie sich einen Schutz gegen die Karryls erhofften.

»Was ist bei dir nicht in Ordnung?« fragte Atlan, der seine Besorgnis nicht länger verbergen konnte. »Du sprichst langsam und schwerfällig, außerdem ist uns aufgefallen, daß du den Paladin nicht mehr verläßt.«

»Die Leistung des Rückentornisters läßt nach«, gestand Rhodan widerwillig. Eine Weile blieb es still, und Rhodan konnte sich vorstellen, daß die Männer an Bord der CREST V sich erst von dem Schock erholen mußten, den diese Nachricht in ihnen auslöste.

»Das ist ausgeschlossen«, sagte Atlan schließlich. »Nach unseren Berechnungen muß er noch mindestens fünfzehn Stunden mit voller Leistung arbeiten.«

»Wahrscheinlich liegt es am Eclisse«, sagte Rhodan.

»Wie hoch ist die Gravitation, die du im Augenblick ertragen mußt?« wollte der Arkonide wissen.

»Etwas über zwei Gravos«, antwortete Rhodan.

»Und sie steigt noch?«

»Ja.«

»Du hättest uns früher informieren sollen«, warf Atlan seinem terranischen Freund vor. »Vielleicht hätten wir inzwischen schon eine Lösung gefunden.«

Rhodan schaltete die Verbindung zum Schiff ab, weil er nicht länger zuhören wollte. Die augenblickliche Lage war sein Problem und konnte nur auf der Oberfläche dieses Planeten gelöst werden.

»Ich kann mich nicht mehr lange auf den Armen des Paladins halten, Major«, sagte Rhodan zu Dephin.

»Das.befürchte ich auch, Sir«, gab Dephin zurück. »Was sollen wir tun?«

»Leider haben wir den Schlitten zurückgelassen«, sagte Rhodan. »Aber vielleicht gelingt es uns, die Urths zum Bau eines primitiven Gefährts zu veranlassen, mit dem sie mich transportieren können. Ich glaube, daß ich im Liegen wesentlich länger durchhalten kann.«

Dephin benutzte Rhodans Translator, um mit den Eingeborenen zu verhandeln. Rhodan war froh, daß der Siganese ihm diese Arbeit abnahm, denn jedes Wort, das er aussprechen mußte, bedeutete eine zusätzliche Belastung für ihn.

»Der Baumeister ist krank«, sagte Dephin zu den Urths. »Wir brauchen einen Schlitten, auf dem wir ihn transportieren können.«

»Sollen wir umkehren und unseren Schlitten holen?« fragte Broynlaar.

Unter anderen Umständen hätte Rhodan über die Naivität des Satyataners gelächelt, jetzt bereitete ihm die Äußerung des Wesens Sorge.

»Dazu ist keine Zeit«, antwortete Dephin. »Seid ihr in der Lage, einen primitiven Schlitten zu bauen, auf den wir den Baumeister legen können?«

Die Urths blickten sich um.

»Es gibt hier nicht viel Material«, sagte Riyollon. »Wir müßten uns weit von dieser Stelle entfernen, um alles zusammenzusuchen, was wir brauchen.«

»Der Schlitten muß nicht sehr groß sein«, sagte Dephin. »Es genügt, wenn der Baumeister Platz darauf findet.«

»Das verstehen wir.« Riyollon wackelte zustimmend mit dem Kopf. »Trotzdem müssen wir wahrscheinlich ein weites Gelände absuchen. Dabei besteht die Gefahr, daß wir von einem Karryl überfallen werden.«

Dephin war ratlos. Die Eingeborenen weigerten sich, ohne Schutz auf Materialsuche zu gehen.

»Ich werde das Material suchen«, entschloß sich Dephin. »Ihr bleibt mit dem Baumeister zurück.«

»Der Baumeister ist krank. Kann er uns helfen, wenn ein Karryl auftaucht?«

»Ja«, erwiderte Rhodan an Dephins Stelle. »Fragen Sie die beiden, was sie brauchen, um einen Schlitten zu bauen.«

Riyollon und Broynlaar erklärten, welches Material sie benötigten. Der Roboter verschwand in der Dunkelheit, blieb aber mit Rhodan in Funkverbindung. Rhodan lag ausgestreckt am Boden und bewegte sich nicht. Er befürchtete, daß die Leistung des Tornisters weiter nachgelassen hatte, aber er warf keinen Blick auf die Meßgeräte, um seinen Verdacht eventuell bestätigt zu sehen. Die beiden Urths blieben dicht bei ihm und unterhielten sich in ihrer ultrahohen Sprache. Sie diskutierten darüber, wie sie den Schlitten am schnellsten und haltbarsten bauen konnten.

»Hier liegt nicht viel von dem Zeug herum, das mir die Satyataner beschrieben haben«, klang Dephins Stimme im Helmgerät Rhodans auf. »Ich muß mich noch weiter von Ihnen entfernen, Sir.«

Rhodan gab seine Zustimmung. Er hoffte, daß nicht ausgerechnet jetzt ein Karryl auftauchte, denn er trug keine Waffen.

Paladin würde schnell zurückkommen, wenn tatsächlich ein Angriff erfolgen sollte, beruhigte sich Rhodan.

Er schaltete den Hyperteil seines Funkgerätes zu, um wieder mit der CREST V in Verbindung zu sein. Sofort vernahm er lautes Stimmengewirr. Offenbar hatte Sergej Chuzijew wieder einen großen Auftritt.

Rhodan konnte sich einen Bericht ersparen, denn die Männer in der Zentrale des Flaggschiffs verfolgten die Geschehnisse über die beiden Sonden. Sie wußten genau, was auf Satyat vorging. Rhodan drehte mühsam den Kopf und blickte in den Himmel. Er konnte nichts erkennen, was einer Sonde ähnlich sah, aber er war sicher, daß eine über ihnen schwebte.

»Wie ich sehe, hast du dich wieder zugeschaltet«, klang Atlans Stimme auf. »Das ist sehr vernünftig.«

»Du brauchst mir nicht zuzureden wie einem kleinen Kind«, sagte Rhodan schroff. »Ich bin noch völlig in Ordnung.«

Atlan ging nicht auf Rhodans Bemerkung ein.

»Wir haben einen Plan«, sagte er. »Es war Waringers Idee. Wir legen einen Ersatztornister in ein Netz. Das Netz lassen wir von vier Sonden auf die Oberfläche Satyats schleppen.«

Rhodan schüttelte den Kopf.

»Die Schaltstation würde auf vier durch ein Netz verbundene Sonden ebenso reagieren wie auf eine zweite Space-Jet«, sagte er.

»Woher wollen Sie das wissen?« schrie Chuzijew dazwischen. »Mit Ihrer Sturköpfigkeit halten Sie uns nur auf.«

»Ausnahmsweise«, fügte Atlan hinzu, »muß ich unserem Freund einmal recht geben.«

»Tu, was du für richtig hältst«, sagte Rhodan unwillig.

Von der CREST aus erfolgte keine Antwort, und Rhodan nahm an, daß der Arkonide den Befehl gab, das gefährliche Experiment zu beginnen.

Rhodans Überlegungen wurden von einem Schreckensschrei unterbrochen. Er drehte den Kopf zur Seite. Die beiden Urths drängten sich gegen ihn.

Ein paar Meter von ihnen entfernt stand ein Karryl.

Auf den ersten Blick unterschied sich das Wesen nicht von einem Urth. Dann sah Rhodan, daß es höher und fester gepanzert war und sich auf sechs stämmigen Beinen bewegte. Sein Kopf war auf der gesamten Breite mit dem Körper verwachsen und ragte nur wenige Zentimeter unter dem Hals hervor. Wenn der Karryl seinen sackähnlichen Rachen aufriß, entblößte er eine Doppelreihe kleiner, spitzer Zähne.

»Major!« rief Rhodan. »Ein Karryl ist aufgetaucht. Kommen Sie zurück.«

»Ich bin in zwei Minuten bei Ihnen«, versprach der Siganese. »Halten Sie aus, Sir!«

Der Karryl bewegte sich auf die kleine Gruppe zu. Dabei stellte Rhodan fest, daß das Wesen schräg lief, ähnlich wie ein Krebs.

Die beiden Satyataner waren vor Entsetzen wie gelähmt. Von ihnen war keine planvolle Gegenreaktion zu erwarten. Unter Aufbietung aller Kräfte gelang es Rhodan, sich auf Knie und Hände zu stützen.

»Flieht!« rief er den Urths zu.

Nur Riyollon reagierte, aber mehr aus einem Instinkt heraus, als aus Überlegung. Er kroch an Rhodan vorbei und zog sich in die Dunkelheit zurück.

Der Karryl hatte Broynlaar erreicht. Rhodan konnte trotz des Halbdunkels deutlich erkennen, wie sich der Rachen des Angreifers über dem Rand von Broynlaars Panzer schloß. Ein heftiges Knacken ertönte, als der Rückenpanzer des Jägers brach. Broynlaar schrie unausgesetzt. Ein Schauer lief Rhodan über den Rücken, wenn er daran dachte, welches Schicksal ihn in wenigen Augenblicken erwartete. Jetzt, da der Karryl dicht neben Broynlaar stand, war zu erkennen, daß er wesentlich größer als der Urth war. Das Tier mußte über ungeheure Kräfte verfügen.

Mit einem Ruck des Vorderkörpers riß der Karryl einen Fetzen aus Broynlaars Panzerung. Rhodan sah hilflos zu. Der Urth zappelte mit seinen Beinen und machte sinnlose Abwehrbewegungen. Wieder packte der Karryl zu, und seine Zähne schlossen sich über dem Körper des Jägers.

Da tauchte Paladin mit mächtigen Sätzen aus der Dunkelheit auf.

»Schnell!« rief Rhodan. »Er hat Broynlaar gepackt.«

Ohne zu zögern, steuerte Dephin den Robotkörper auf den Karryl zu. Rhodan sah, wie der Paladin sich bückte und mit allen vier Armen nach dem Monstrum griff. Der Karryl stieß ein wütendes Schnauben aus und ließ Broynlaar los, um sich dem neuen Gegner zuzuwenden.

Paladin, der Riyollon mühelos hochgehoben hatte, bekam mit dem Karryl Schwierigkeiten. Trotzdem gelang es ihm, den Angreifer ein paar Meter zurückzuschlagen. Inzwischen hatte Waffeningenieur Dart Hulos den Raketenwerfer im Oberteil des Paladin-Schädels ausgefahren. Ein Projektil zischte durch die Luft, schlug im Körper des Karryls ein und zerriß das Tier. Eine flache Explosionswelle breitete sich aus.

»Der Karryl ist tot!« stellte Dephin lakonisch fest.

»Sehen Sie nach, was mit Broynlaar los ist«, sagte Rhodan.

Paladin näherte sich dem Jäger und untersuchte ihn. Inzwischen war auch Riyollon zurückgekommen und begab sich zu Broynlaar.

»Broynlaar ist tot, Sir«, berichtete Dephin.

Rhodan zuckte zusammen. Er schloß seine Augen. Nach Jynx

hatte er nun den zweiten urthschen Begleiter verloren. Er konnte sich vorstellen, wie Riyollon zumute war.

»Riyollon«, begann er langsam. »Ich hätte Broynlaars Tod gern verhindert.«

»Broynlaar wollte immer umkehren«, sagte Riyollon stockend. »Ich habe ihn mehr oder weniger dazu gezwungen, uns weiter zu begleiten.«

Rhodan hob den Kopf.

»Wenn du willst, kannst du umkehren«, sagte er zu dem *Zyopblechenor*. »Weder dir noch deinem Volk wird daraus ein Schaden entstehen.«

Riyollon überlegte einen Augenblick.

»Ich werde bei euch bleiben«, sagte er dann. »Broynlaar und Jynx sollen nicht umsonst gestorben sein.«

»Haben Sie genügend Material gesammelt?« wandte sich Rhodan an Dephin.

»Ja«, sagte der Major. »Ich habe das Paket ein paar Meter von hier entfernt hingeworfen, um gegen den Karryl zu kämpfen. Ich werde es jetzt holen.«

»Dann baue ich einen Schlitten«, sagte Riyollon.

Wenige Augenblicke später begann das Beben.

20.

Das Netz war quadratisch und besaß eine Kantenlänge von zwanzig Metern. An seinen vier Enden war es an den raketenförmigen Sonden befestigt. Die Sonden wurden alle von der gleichen Anlage aus gesteuert, so daß sie die von Bord der CREST V aus eingeleiteten Kursänderungen alle gleichzeitig mitmachten. Im Grunde genommen war es keine schwere Aufgabe, das seltsame Gebilde zu steuern. Trotzdem standen dem Techniker, den man damit betraut hatte, Schweißtropfen auf der Stirn.

Atlan, der hinter dem Mann an der Fernsteueranlage stand, hatte für diese Reaktion volles Verständnis. Jeder Raumfahrer an Bord der CREST kannte die Drohung, die die Pyramide in OLD MAN ausgestoßen hatte.

Atlan hatte gegenüber den anderen Männern klar zu erkennen gegeben, daß er die volle Verantwortung für diesen Versuch übernahm. Er wußte genau, daß Rhodans Leben gefährdet war. Unter diesen Umständen mußte man ein gewisses Risiko eingehen, um den Großadministrator zu retten.

Alle Verantwortlichen hatten sich inzwischen wieder in der Zentrale des Flottenflaggschiffs versammelt, um zu beobachten, was mit den vier Sonden geschehen würde, die den Ersatztornister zu Rhodan bringen sollten.

»Die Formation erreicht jetzt die äußersten Schichten der Atmosphäre, Sir«, berichtete der Techniker.

»Machen Sie weiter!« befahl Atlan.

»Sir, wir registrieren ein Beben!« rief der Ortungsoffizier. »Es hat seinen Ursprung in der Nähe von Rhodans Aufenthaltsort und breitet sich fächerförmig aus.«

Atlan und Kasom wechselten einen bestürzten Blick. War das die Reaktion der Schaltstation auf den Anflug von vier Sonden?

Atlan legte dem Techniker eine Hand auf die Schulter.

»Gehen Sie vorsichtig tiefer.«

»Das Beben wird stärker, Sir!« rief der Mann an der Ortungsanlage. Wie in Gedanken fügte er hinzu: »Ich möchte jetzt nicht dort unten sein.«

Atlan biß sich auf die Unterlippe. Er beugte sich über den Techniker und griff nach einem Schalter an der Steueranlage. Auf dem Bildschirm war zu sehen, wie die Sonden und der Energietornister explodierten.

»Sir!« stieß der Techniker bestürzt hervor. »Sie haben den Vernichtungsschalter betätigt.«

»Ich weiß«, sagte Atlan müde. Sein Gesicht war blaß.

Der Ortungsoffizier stieß einen Seufzer der Erleichterung aus.

»Das Beben klingt ab«, meldete er.

Atlan wandte sich ab. Sie konnten jetzt sicher sein, daß auf Satyat eine Geheimstation der Lemurer existierte. Diese Station reagierte genau, wie die Pyramide in OLD MAN vorhergesagt hatte.

Das bedeutete, daß Perry Rhodan weiterhin auf sich allein gestellt war.

Die erste Erschütterung des Bodens war kaum spürbar, aber bereits die zweite Welle war so stark, daß Rhodan, der flach am Boden lag, heftig durchgeschüttelt wurde.

Der Paladin, der gerade das Baumaterial für den Schlitten vor dem Urth ausbreitete, richtete sich auf. Riyollon stieß einen Warnschrei aus und zog den Kopf ein.

»Ein Beben!« rief Harl Dephin. »Hoffentlich wird es nicht stärker.«

»Ich kann mir denken, wodurch es ausgelöst wurde«, sagte Rhodan. »Man will mir von der CREST V einen neuen Energietornister schicken und hat zu diesem Zweck . . .«

Ein Stoß ließ ihn abbrechen. Er wurde zur Seite geworfen und schlug schwer auf. Wenige Meter von ihm entfernt öffnete sich der Boden. Paladin schwankte auf Rhodan zu und hob ihn auf. Vor Rhodans Augen tanzten rote Kreise, und er nahm die Umgebung nur noch verschwommen wahr.

»Major!« krächzte er. »Der Versuch muß sofort abgebrochen werden.«

Von Dephin kam keine Antwort, und Rhodan ahnte, daß etwas mit der Helmfunkanlage nicht in Ordnung war.

Riyollon war in eine Spalte gerutscht und auf den Rücken gefallen. Er lag hilflos da und zappelte mit den Beinen. Über ihm lag das Material, mit dem er einen Schlitten bauen sollte.

Der Boden bebte so heftig, daß der Paladin sich kaum auf den Beinen halten konnte. Außerdem mußte er ständig kleinen und größeren Bodenöffnungen ausweichen. Das gesamte Land schien sich in Aufruhr zu befinden. Rhodan wußte, daß es keine Fluchtmöglichkeit gab. Etwas Feuchtes lief ihm über das Gesicht. Seine Nase hatte zu bluten begonnen. Wie in Trance hob er den linken Arm. Selbst diese Bewegung bereitete ihm große Schwierigkeiten.

Zweieinhalb Gravos Belastung zeigte das Meßgerät an. Rhodan hoffte, daß er bei Bewußtsein blieb. Der Paladin sprang über einen Riß im Boden und gab sich Mühe, die dabei entstehenden Erschütterungen abzufangen.

Das Beben endete so plötzlich wie es begonnen hatte.

»Es ist vorüber, Sir«, sagte Harl Dephin. »Hoffentlich kommen keine neuen Wellen.«

Rhodan antwortete nicht. In die Erleichterung, daß er Dephin wieder über Helmfunk verstehen konnte, mischte sich seine Sorge um Riyollon. Wenn der Urth während des Bebens ums Leben gekommen war, hatten sie überhaupt keine Chance mehr, die Schaltstation rechtzeitig zu erreichen, denn sie brauchten ihn nach wie vor als Führer.

»Wir müssen nach Riyollon sehen«, sagte er und wunderte sich über den hohlen Klang seiner Stimme.

Paladin trug ihn bis zu dem Loch, in das der Satyataner gefallen war, und legte ihn dort sanft auf den Boden. Rhodan vermied es, irgendwelche Bewegungen zu machen. Bei jedem Atemzug hatte er das Gefühl, als müßte seine Brust zerspringen.

»Da liegt er, Sir!« bemerkte Dephin und ließ einen Handlungsarm des Paladins in Richtung Riyollon deuten.

Langsam drehte Rhodan den Kopf. Riyollon war sehr lebendig und zappelte mit den Beinen. Paladin ließ sich in die Grube sinken und hob den Urth heraus.

Riyollon schnaubte erschöpft, als er wieder auf den Beinen war.

»Wie fühlst du dich?« fragte Rhodan. »Bist du verletzt?«

»Nein«, erwiderte Riyollon leise. Er machte einen apathischen Eindruck. Rhodan nahm an, daß der Urth allmählich an den Fähigkeiten der Fremden zu zweifeln begann. Obwohl Rhodan sich als Baumeister des Inneren Zirkels ausgab, hatte er bei allen Zwischenfällen mehr oder weniger nur die Rolle eines Zuschauers gespielt.

»Das waren die Stimmen der Götter«, sagte Riyollon. »Sie sind nicht damit einverstanden, daß wir nach *Sayn*-Land gehen.«

»Unsinn!« mischte sich Dephin ein. »Das war ein ganz gewöhnliches Beben.«

»Hast du so etwas zum erstenmal erlebt?« fragte Rhodan den Eingeborenen.

»Ja«, sagte Riyollon.

Rhodan setzte sich mit der Zentrale des Flaggschiffs in Verbindung.

»Perry!« stieß Atlan erleichtert hervor. »Ich bin froh, daß ihr das Beben überstanden habt.«

»Was ist mit dem Ersatztornister?« erkundigte sich Rhodan.

Einen Augenblick blieb es still.

»Wir mußten ihn zerstören«, sagte der Arkonide dann. »Es war . . .«

»Du brauchst mir nichts zu erklären«, sagte Rhodan. »Geholfen habt ihr uns mit dieser Aktion jedenfalls nicht.«

»Sollen wir warten, bis du allmählich erstickst?« brauste der Arkonide auf.

Rhodan gab keine Antwort, sondern schaltete ab. Es war unsinnig, den Männern an Bord des Kugelschiffes einen Vorwurf zu machen. Sie hatten versucht, ihm zu helfen, und waren dabei gescheitert. »Riyollon«, wandte er sich an den Urth. »Glaubst du, daß du auch ohne Broynlaars Hilfe einen Schlitten für mich bauen kannst?«

»Ja«, sagte der Satyataner.

Paladin trug die zerstreuten Bauteile zusammen und half dem Satyataner bei der Arbeit. Rhodan bewunderte die Geschicklichkeit, mit der Riyollon zu arbeiten begann. Das Baumaterial bestand aus Flechten, Gräsern und biegsamen Hölzern. Die Flechten waren so zäh, daß Riyollon sie als Schlittenboden verwenden konnte. Mit Hilfe der Gräser verband er die einzelnen Stücke. Aus den Hölzern entstand der Rahmen.

Binnen einer Stunde war das primitive Gerät fertiggestellt.

Rhodan warf einen argwöhnischen Blick darauf.

»Glaubst du, daß er mich aushält?« fragte er.

»Es kommt darauf an, wie weit wir noch marschieren müssen«, entgegnete der Satyataner. »Wenn wir *Sayn*-Land nicht bald erreichen, werde ich noch einen Schlitten bauen müssen, denn dieser hält nicht lange.«

»Also, versuchen wir es«, sagte Rhodan.

Der Paladin legte ihn auf den Schlitten. Riyollon befestigte ein kurzes Zugseil an dem Gefährt.

»Ich werde ziehen«, sagte Dephin.

Riyollon übernahm bereitwillig die Führung.

Das Beben hatte große Verwüstungen angerichtet, und sie mußten jetzt oft große Bodenspalten umgehen. Rhodan wußte, daß ihnen keine andere Wahl blieb, als auch diesen neuen Zeitverlust hinzunehmen.

Er hatte es aufgegeben, auf die Meßgeräte an seinem Arm zu blicken. Nicht nur, daß es ihm immer schwerer fiel, sich zu bewegen, er wollte auch nicht bestätigt sehen, was er vermutete: Die Belastung war inzwischen bestimmt auf drei Gravos angestiegen.

Der primitive Schlitten holperte über die Unebenheiten hinweg. Zwar steuerte Dephin den Paladin nach Möglichkeit über glatten Boden, aber Rhodan, der jetzt die vierfache Schwerkraft ertragen mußte, spürte jede Erschütterung wie einen heftigen Fausthieb. Er hatte bereits ein paarmal die Besinnung verloren.

Der Paladin hatte ihn auf dem Schlitten angeschnallt, damit er nicht herunterrutschte. Rhodan sprach kaum noch mit den Männern in der Zentrale der CREST V. Seine Atemschwierigkeiten wurden immer größer. Die Haut spannte sich wie straffer Gummi über seinen Körper.

Riyollon schien zu fühlen, daß das Leben des fremden Raumfahrers gefährdet war, denn er schlug eine noch schnellere Gangart ein und schonte sich dabei nicht. Er verzichtete auf Pausen und verlangte auch nichts zu essen.

Rhodan nahm den erneuten Wechsel zwischen Tag und Nacht kaum wahr. Ab und zu hörte er Stimmen in seinem Lautsprecher, dann lallte er kaum verständliche Worte. Manchmal glaubte er Atlans Stimme zu vernehmen, die auf ihn einredete und ihm Mut zusprach. Dann wieder hörte er ein paar Flüche, wie sie nur von Chuzijew ausgestoßen werden konnten.

Paladin hielt in regelmäßigen Abständen an. Rhodan ahnte, daß Dephin ihn dann beobachtete, um festzustellen, ob er überhaupt noch am Leben war.

Rhodan verlor sein Zeitgefühl. Er hatte nur noch den Gedanken, dieser Hölle möglichst bald zu entrinnen.

Einmal kam Riyollon zum Schlitten, um ihn zu untersuchen. Der Urth unterhielt sich mit Dephin. Die Prüfung schien zur Zufriedenheit der beiden so verschiedenartigen Wesen auszufallen, denn der Transport ging weiter.

Immer, wenn er völlig bei Bewußtsein war, versuchte Rhodan sich völlig zu entspannen. Das gelang ihm nicht immer, denn sein gemarterter Körper verkrampfte sich unter dem Ansturm der Schmerzen.

Dann kam der Augenblick, da Riyollon neben den Schlitten kroch und seine Greifklaue unter dem Panzer vorschob.

»Dort liegt *Sayn*-Land«, sagte er.

Rhodan konnte den Kopf nicht heben, um zu sehen, in welche Richtung der Satyataner deutete, aber die Worte Riyollons wirkten auf ihn wie eine Zauberformel. Er glaubte daran, daß er bis zum Ziel durchhalten konnte.

Er sah, daß der Paladin neben dem Schlitten war. Er wollte sprechen, brachte aber kein Wort hervor. Dephin, der den Terraner über die Bildschirmgalerie des Paladins beobachtete, wußte aber auch ohne Worte, was Rhodan bewegte.

»Am Horizont ist ein seltsames Gebilde zu sehen«, sagte der Siganese. »Es sieht aus wie ein halbkugelförmiger Berg. Ich nehme an, daß es der Innere Zirkel ist, von dem die Urths sprachen.«

Rhodan vermochte nicht zu antworten.

»Wir sind noch ein paar Kilometer von dieser Stelle entfernt«, fuhr Dephin fort. Paladin bückte sich und drehte behutsam Rhodans Arm herum, damit Dephin die Meßgeräte ablesen konnte.

Rhodan hörte, wie Dephin einen erschrockenen Laut von sich gab.

»Sieben Gravos!« stieß der Siganese hervor. »Das halten Sie nicht mehr lange aus, Sir!«

Wenn ich nur sprechen könnte! dachte Rhodan.

In den letzten Stunden hatte der Luftmangel so zugenommen, daß Rhodan mit seinem Erstickungstod rechnen mußte.

»Haben Sie sich auch nicht getäuscht, Major?« fragte Atlans Stimme im Helmlautsprecher.

»Nein, Sir«, sagte Dephin.

»Das bedeutet, daß die Belastung innerhalb der letzten Stunde schnell gestiegen ist«, sagte der Arkonide. »Die Energie des Projektors scheint verbraucht zu sein. Rhodan kann in diesem Zustand nicht lange leben.«

»Was soll ich tun?« fragte Dephin verzweifelt. »Er atmet kaum noch, ist aber bei Bewußtsein.«

»Sie haben keine Zeit mehr, ihn mit dem Schlitten zur Station zu ziehen«, sagte Atlan. »Bis Sie dort ankommen, ist er erstickt. Sie müssen ihn tragen.«

Es war ein eigenartiges Gefühl, die beiden Männer sprechen zu hören. Rhodan war unfähig, sich an der Unterhaltung zu beteiligen. Jede Entscheidung konnte Leben oder Tod bedeuten.

»Tragen?« wiederholte Dephin. »Das hält er nicht aus.«

»Wir müssen es riskieren«, erwiderte Atlan. »Kümmern Sie sich nicht um den Urth, sondern lassen Sie den Paladin möglichst schnell laufen. Die Station kann sich nur in der Nähe des Berges befinden, den Sie am Horizont sehen.«

Rhodan hörte den Siganesen schlucken.

»Also gut, Sir«, sagte er schließlich. »Ich will es versuchen.«

Rhodan schloß die Augen. Selbst diese winzige Bewegung fiel ihm schwer. Er konnte sich vorstellen, daß er entsetzlich aussah.

Der Paladin beugte sich über ihn und hob ihn auf. Rhodan rang nach Atem. In seinem Kopf schien ein gewaltiger Gong zu dröhnen.

»Halten Sie aus, Sir!« sagte Dephin. »Ich werde mich beeilen.«

Riyollon kam zum Schlitten zurück, um zu fragen, was geschehen war.

»Wir brauchen den Schlitten nicht mehr«, erklärte Dephin. »Ich lege den Rest des Weges mit dem Baumeister auf den Armen zurück.«

»Du bist zu schnell für mich«, sagte der Satyataner. »Ich kann dir nicht folgen.«

»Du kannst nachkommen«, sagte Dephin.

Riyollon begann zu jammern.

»Laßt mich nicht im Stich«, flehte er. »Was soll ich ganz allein in *Sayn*-Land . . .?«

»Wir kümmern uns um dich«, versprach Dephin. »Jetzt haben wir jedoch keine Zeit mehr.«

Mit Perry Rhodan auf den Armen richtete sich der Paladin auf und raste los. Obwohl Riyollon sich Mühe gab, mit dem fremden Riesen Schritt zu halten, war er bald hoffnungslos zurückgefallen. Er hielt an und kauerte sich dicht auf den Boden. Er fühlte sich so einsam wie noch nie in seinem Leben.

Vielleicht war es am besten, wenn er zu seinem Volk zurückkehrte.

Nach einer Weile hatte seine Neugier die Furcht besiegt, und er nahm den Marsch in Richtung des fernen Berges wieder auf.

»Es ist tatsächlich nur ein Berg!« stieß Dephin erstaunt hervor und hielt an.

»Unsere Ortungsgeräte zeigen nichts an«, informierte ihn Drof.

Dephin warf einen Blick auf die Bildschirme. Rhodan war bewußtlos. Dephin war dankbar dafür, denn er hätte es kaum über sich gebracht, ihm diese enttäuschende Nachricht zu übermitteln.

»Warum halten Sie an?« fragte Atlan. »Stimmt etwas nicht?«

»Ich habe das Randgebiet des Berges erreicht«, sagte Dephin.

»Nichts deutet darauf hin, daß es sich um eine lemurische Station handelt.«

»Sie dürfen nicht aufgeben«, sagte der Arkonide. »Umrunden Sie den Berg. Vielleicht entdecken Sie auf der anderen Seite einen Zugang ins Berginnere.«

Dephin wollte dem Lordadmiral nicht sagen, daß Rhodan diese neue Belastung nicht mehr überstehen würde.

»Was sagen die Ortungsgeräte der CREST V?« erkundigte sich der Siganese. »Mit den hochwertigen Anlagen an Bord des Schiffes müßte doch festzustellen sein, was mit diesem Berg los ist.«

»Wenn es sich bei diesem Berg tatsächlich um eine lemurische Geheimstation handelt, ist sie gut abgeschirmt«, sagte Atlan. »Die Ortungsgeräte der CREST V zeigen nichts an.«

Dephin war ratlos. Mit jeder Minute, die verstrich, verringerte sich Rhodans Überlebenschance.

»Vielleicht sollten wir weiter auf den Berg zugehen«, schlug Captain-Spezialist Mirus Tyn vor. »Dann werden wir sehen, was geschieht.«

Dephins Blicke glitten über die Bildschirme. Von Riyollon war noch nichts zu sehen.

Über die Anschlüsse der SERT-Haube gab Dephin die nächsten Befehle an Paladin. Der Roboter setzte sich in Bewegung. Dephins Augen blieben auf die Bildschirmgalerie gerichtet.

Plötzlich glühte der Berg auf.

Sofort ließ Dephin Paladin anhalten.

»Etwas geschieht mit dem Berg!« rief Atlan. Die Stimme des Arkoniden wurde von der Funkanlage des Paladins gedämpft.

»Ich sehe es, Sir«, antwortete Dephin. »Er beginnt zu glühen.«

»Seien Sie vorsichtig!« warnte Atlan. »Gehen Sie vorläufig nicht näher heran. Wir wissen nicht, was geschieht.«

Der gesamte Berg leuchtete jetzt in einem intensiven Grün. Dephins Augen verengten sich. Täuschte er sich, oder begannen sich Felsen und Pflanzen aufzulösen? Die Helligkeit der Strahlung war so stark, daß Dephin kaum erkennen konnte, was sich vor ihm abspielte.

»Die Felsen lösen sich auf«, berichtete Atlan von Bord der CREST aus. »Ich hoffe, daß Sie jetzt bald die eigentliche Station zu sehen bekommen.«

Dephin nickte, ohne sich bewußt zu werden, daß der Arkonide diese Bewegung nicht sehen konnte. Ein Blick auf einen Bildschirm zeigte dem Siganesen, daß Rhodan noch immer ohne Bewußtsein war. Die Atmung des Terraners war kaum noch feststellbar.

Verzweifelt gab Dephin dem Paladin neue Impulse.

»Dephin!« rief Atlan. »Sind Sie verrückt geworden? Sie dürfen noch nicht in Richtung des Berges weitergehen.«

Dephin preßte die Lippen fest zusammen. Atlan konnte nicht wissen, wie es um Perry Rhodan stand. Um das Leben des Großadministrators eventuell noch zu retten, mußte Dephin den Befehl des Lordadmirals mißachten. Er ließ Paladin noch schneller voranstürmen.

»Dephin!« schrie Atlan. »Ich warne Sie. Sie wissen nichts über die Strahlung, die von diesem Berg ausgeht. Vielleicht ist sie tödlich. Ich . . .«

Dephin wurde sofort klar, warum der Arkonide sich unterbrach. Die Leuchtkraft des Berges hatte nachgelassen. Hinter den sich auflösenden Felsen wurde eine halbrunde Stahlkuppel sichtbar. Dephin schätzte, daß sie eine Grundfläche von fünfzig Metern besaß und fünfundzwanzig Meter hoch war.

»Die Station, Sir!« rief er ins Mikrophon. »Vor uns liegt die Station.«

»Ja«, sagte Atlan. »Gehen Sie weiter.«

Paladin raste jetzt mit Höchstgeschwindigkeit auf die Kuppel zu. Als er sie erreichte, waren keine Anzeichen einer Zerstörung zu erkennen. Dephin fragte sich, welch großartige Robotanlage die geschickte Tarnung der Station entfernt haben mochte. Er vermutete, daß Rhodans Gehirnwellenmuster von der Kuppel aus angemessen worden war. Daraufhin war die Kuppel bloßgelegt worden.

Die Kuppel bestand aus Metall. Es waren weder Eingänge noch Erhöhungen zu erkennen. Dephin ließ die Bildschirme nicht aus den Augen. Was, wenn einer der uralten Mechanismen nicht funktionierte und die Kuppel dadurch verschlossen blieb?

»Dart!« rief Dephin.

»Sir?« Die Stimme des Gunners klang blechern.

»Bereiten Sie alles vor, um nötigenfalls gewaltsam eine Öffnung in diese Kuppel zu schießen«, befahl Dephin. »Ich weiß nicht, ob wir einen Eingang finden.«

»Alle Waffen sind einsatzbereit, Major«, antwortete Leutnant-Spezialist Dart Hulos.

Der Paladin ließ den bewußtlosen Rhodan behutsam aus den Armen gleiten und legte ihn neben der Kuppelwand auf den Boden.

»Kein Eingang?« fragte Atlan, der zu ahnen schien, welche Schwierigkeiten sich abzeichneten.

»Ja«, bestätigte Dephin grimmig. »Wir werden uns jedoch Zugang verschaffen.«

»Wir wissen nicht, wie die Robotstation auf ein solches Vorgehen reagiert«, sagte Atlan. »Sie dürfen nur gewaltsam vorgehen, wenn es sonst keine Aussicht auf Erfolg gibt.«

Dephin warf einen Blick auf Rhodan. Die Mentalimpulse, die von den Geräten Paladins registriert wurden, bewiesen, daß immer noch Leben in diesem Mann war.

Dephin ließ den Paladin an der Kuppelwandung entlang rennen. Nirgends war ein Eingang zu sehen. Warum verweigerte man ihnen den Zutritt, nachdem man die Kuppel so bereitwillig freigelegt hatte? Mußten zunächst bestimmte Bedingungen erfüllt werden? Vielleicht hätte ein gesunder Rhodan die Lösung des Rätsels gefunden.

»Wir haben eine Sonde rund um die Station fliegen lassen«, berichtete Atlan. »Nirgends gibt es einen Zugang.«

»Geben Sie mir die Erlaubnis, mit Gewalt einzudringen«, forderte Dephin. »Der Zustand des Großadministrators ist ernst. Er hat die volle Schwerkraft zu ertragen und wird in kürzester Zeit ersticken, wenn ihm nicht geholfen wird.«

Dephin spürte, daß der Arkonide zögerte. Jeder Befehl konnte über Leben und Tod entscheiden.

Dephins Kehle war ausgetrocknet. Er hätte sich am liebsten die SERT- Haube vom Kopf gerissen und den Paladin durch die Fersenschleuse verlassen, um zu Rhodan zu gehen. Aber das war unsinnig. Er durfte sich jetzt nicht von seinen Emotionen leiten lassen.

Paladin war inzwischen zu der Stelle zurückgekehrt, wo Perry Rhodan am Boden lag.

Dephin war sich darüber im klaren, daß es ihnen nicht weiterhalf, wenn er den Roboter ziellos durch die Gegend lenkte. Er mußte irgend etwas unternehmen. Vielleicht waren Dart Hulos' Waffen der letzte Ausweg.

Als Dephin sich anschickte, einen entsprechenden Befehl zu

geben, öffnete sich ein paar Meter neben dem Platz, wo Rhodan lag, eine Stahltür und gab den Blick auf eine Schleusenkammer frei.

Dephin stieß einen krächzenden Triumphschrei aus und ließ den Paladin zu Rhodan gehen. Vorsichtig wurde der Terraner hochgehoben.

Als Paladin in der Schleusenkammer stand und die äußere Tür zuglitt, war Dephin sicher, daß Perry Rhodan gerettet war.

Das Bewußtsein kehrte langsam zurück, und mit ihm kam das Gefühl tiefer Müdigkeit. Irgendwo in Rhodans Gehirn schlug eine Warnglocke an und ließ ihn seine Erschöpfung mit einem Schlag vergessen.

Der Druck, der entsetzliche Druck, der ihn fast umgebracht hatte, war gewichen, normale Schwere herrschte. Ihm war, als hätte sein Körper sich ausgedehnt, als füllten seine Lungen endlich wieder den Brustkorb aus, nachdem sie ihre Tätigkeit fast eingestellt hatten.

Rhodans erster Gedanke war: *Ich trage keinen Kampfanzug mehr*!

Er hob den Kopf und blickte an sich herab.

Er trug nur die einfache Kombination der Solaren Flotte. Er lag am Boden eines riesigen Raumes, der bis auf eine Pyramide vollständig leer war. Es war die gleiche Pyramide, wie Perry Rhodan sie von OLD MAN her kannte.

Neben ihm stand der Paladin.

Ich muß innerhalb der lemurischen Station auf Satyat sein, dachte Rhodan erleichtert. Also haben wir sie doch noch erreicht.

»Ich bin froh, daß Sie wieder bei Bewußtsein sind, Sir«, klang Dephins Stimme auf.

Rhodan blickte sich um.

»Die lemurische Station?«

»Ja, Sir«, sagte Dephin. »Im Innern dieser Kuppel herrscht die gleiche Schwerkraft wie auf der Erde. Ich habe Sie deshalb von Ihrem Anzug befreit.«

Als Rhodan sich erheben wollte, merkte er, wie entkräftet er war. Dephin half ihm auf die Beine.

»Hat sich irgend etwas ereignet, seit wir in der Kuppel sind?« fragte Rhodan.

Dephin verneinte und ließ Paladin auf die Pyramide deuten.

Rhodan ahnte, daß er einige Zeit brauchen würde, um seine

Schwäche zu überwinden. Er konnte nicht verhindern, daß ihm schwindelig wurde, als er auf die Pyramide zuging. Wieder stützte ihn Paladin.

Dephin berichtete, was sich inzwischen zugetragen hatte.

»Die Besatzung der CREST V ist darüber informiert, wo wir uns jetzt aufhalten«, sagte er abschließend. »Ich denke, daß wir jetzt ohne Risiko ein Beiboot auf Satyat landen können.«

Rhodan nickte. Er stand vor der Pyramide. Er ahnte, daß unsichtbare Meßgeräte damit beschäftigt waren, ihn genau zu überprüfen.

Ein paar Minuten später ertönte eine Robotstimme, und Perry Rhodan wurde aufgefordert, jenes Lied zu singen, mit dessen Hilfe er sich schon an Bord von OLD MAN identifiziert hatte.

Rhodan verzog das Gesicht.

»Uns bleibt auch nichts erspart«, sagte er zu den Siganesen im Innern des Paladins.

Dephin kicherte.

»Wir hören nicht zu, Sir«, versprach er.

Rhodan mißachtete die Beteuerungen der Siganesen und begann mit unsicherer Stimme *»I'm forever blowing bubbles«* zu singen.

Er unterbrach sich, weil die Pyramide sich bereits zu öffnen begann, und starrte auf die Pyramide.

»Ich bin überrascht, daß die Automatik das Lied überhaupt erkannt hat«, gestand er Dephin.

»Wir haben uns die Ohren zugehalten, Sir«, erklärte Dephin. »Aus diesem Grund können wir uns kein Urteil erlauben.«

Rhodan sah, wie ein Robotarm aus der offenen Pyramide glitt. In einer Greifklaue wurde Rhodan ein Speicherkristall entgegengestreckt.

Rhodan hielt seine Hand unter die Greifklaue. Der Kristall fiel in seine Hand. Er steckte ihn in die Tasche und trat abwartend zurück. Die Zeremonie erschien ihm, gemessen an dem, was alles auf dem Spiel stand, ungewöhnlich kurz.

Wieder erklang die Robotstimme, die ihn bereits zum Singen des Liedes aufgefordert hatte.

»Wir sind sicher, daß Perry Rhodan im Innern dieser Station steht«, sagte sie. »Aus diesem Grund kann ab sofort ein großes Raumschiff auf Satyat landen, ohne daß etwas geschieht. Alle weiteren Nachrichten sind in dem Speicherkristall enthalten.«

Der Robotarm zog sich zurück, und die Pyramide klappte zu.

»Das war offenbar alles«, stellte Harl Dephin sachlich fest.

»Wo ist mein Kampfanzug?« fragte Perry Rhodan.

»In der Schleusenkammer«, sagte Dephin.

»Es bleibt mir keine andere Wahl, als ihn noch einmal anzulegen«, sagte Rhodan. »Ich werde jedoch warten, bis man mir einen Ersatztornister in die Kuppel gebracht hat.«

»Soll ich Lordadmiral Atlan benachrichtigen?« erkundigte sich Dephin.

»Ja«, sagte Rhodan. »Er soll eine Korvette landen und viel Salz mitbringen.«

Dephin lächelte.

»Die Urths hatte ich fast vergessen«, gestand er.

»Hoffentlich ist Riyollon nichts passiert«, sagte Perry Rhodan. »Inzwischen wird er die Station wohl erreicht haben, wenn er nicht aus Angst umgekehrt ist.«

Zufrieden und satt sah Riyollon zu, wie der Berg der Salzsäcke langsam anwuchs. Drei Roboter waren pausenlos damit beschäftigt, das Salz aus der Korvette zu tragen. Riyollon war vom Paladin an Bord des Beibootes gebracht und dann ins Gebiet seines Volkes geflogen worden.

Riyollon sah den Baumeister auf sich zukommen. Ein Gefühl der Freundschaft durchflutete ihn. Er hatte mit dem Fremden unvergeßliche Abenteuer erlebt. Traurig war nur, daß Jynx und Broynlaar den Tod gefunden hatten.

Rhodan blieb vor den Urths stehen, die sich rasch zusammengefunden oder noch auf die Rückkehr gewartet hatten.

»Mehr Salz können wir im Augenblick nicht entbehren«, sagte er. »Sobald sich jedoch eine Gelegenheit bietet, wird ein Frachtschiff meines Volkes auf Satyat landen und mehr Salz bringen, als ihr jemals in eurem Leben gesehen habt.«

Der temperamentvolle Riyollon stieß einen begeisterten Laut aus.

»Ich muß mich jetzt verabschieden«, sagte Rhodan. »Wir müssen noch viele andere Planeten besuchen.«

Riyollon kroch auf Rhodan zu.

»Kann ich euch begleiten?« fragte er, einem plötzlichen Entschluß folgend.

Rhodan schüttelte den Kopf.
»Du müßtest ständig in einer Hochdruckkabine leben«, sagte er. »Ein so einsames Leben ist nichts für einen jungen Urth. Wenn du bei deinem Volk bleibst, wirst du glücklicher sein.«
Der Baumeister winkte ihnen zu und ging dann zu seinem Himmelsschlitten.

21.

Am 16. Dezember 2436 terranischer Zeitrechnung flog die CREST V in das Scorch-System ein. Es lag im östlichen Randgebiet des galaktischen Zentrums. Die rote Sonne Scorch besaß drei Planeten. Auf dem Kristall, den Perry Rhodan auf Satyat erhalten hatte, wurden diese Welten Logher, Trobos und Scorcher genannt. Die Entfernung des Scorch-Systems von der Erde betrug 53 411 Lichtjahre.

Dieses System, fast neuntausend Lichtjahre von der Sonne Satys entfernt, war Rhodan von den Erbauern OLD MANS als nächstes Ziel seiner Suche gewiesen worden – genauer gesagt, der Planet Trobos.

Dabei war besonders betont worden, daß die Bewohner des Planeten, die in der Nachricht »unsere Freunde« genannt wurden, auf keinen Fall geschädigt werden durften. Falls sie sich feindlich verhielten, sollten sie lediglich mit den Mitteln der Diplomatie befriedet werden dürfen, indem man ihr Vertrauen gewann.

Dies deutete auf eine neue Prüfung hin.

Perry Rhodan beschäftigte beim Einflug in das Scorch-System jedoch noch etwas anderes.

Vor etwa zwei Stunden war von der CREST V ein verstümmelter Funkspruch empfangen worden. Darin teilten Allan D. Mercant und Julian Tifflor über Hyperfunk mit, daß der Freihändler Roi Danton mit seinem Schiff FRANCIS DRAKE zur Kleinen Magellanschen Wolke aufgebrochen sei, um nach dem Verbleib von acht terranischen Explorer-Schiffen zu forschen, die in diesem Raumsektor verschollen waren. Mercant und Tifflor beteuerten in ihrem Funkspruch, daß es ihnen nicht möglich gewesen sei, Roi Danton aufzuhalten.

Trotz aller Sorge um seinen Sohn, brachte Rhodan Verständnis für Rois Verhalten auf. Er an seiner Stelle hätte wahrscheinlich nicht anders gehandelt.

Er bemühte sich, die Gedanken daran jetzt beiseite zu schieben, und konzentrierte sich auf die neue Umgebung.

Der innere Planet, Logher, war eine glutflüssige Welt, die in ein paar Jahrhunderten in ihre Sonne stürzen würde. Trobos, der mittlere Planet, erwies sich nach den ersten Messungen als eine Dschungelwelt mit atembarer Atmosphäre. Die dritte Welt hieß Scorcher, ein Planetengigant von 150 000 Kilometer Durchmesser und mit einer dichten Wasserstoff-Methyl-Ammoniak-Atmosphäre.

»Jene Unbekannten, die den Kristall besprochen haben, hätten sich sparen können, Trobos als Zielplaneten zu nennen«, sagte Atlan. »Nach den bisherigen Messungen kommt keine andere Welt als Träger intelligenten Lebens in Frage. Wir . . .«

Eine Meldung des Leitenden Ingenieurs unterbrach ihn. Hefrichs Stellvertreter meldete in die Zentrale, daß man soeben einen Schwarm verschiedenartiger Sonden abgeschossen hatte, die Trobos untersuchen sollten.

»Jetzt werden wir bald wissen, was auf Trobos los ist«, sagte Atlan.

»Setzen Sie nicht zuviel Vertrauen in diese Sonden«, murmelte Chuzijew. »Ich bin sicher, daß ein paar von uns nach Trobos fliegen müssen, wenn wir herausfinden wollen, was dort wirklich vorgeht.«

Inzwischen hatte Chuzijew eine durchaus glaubhafte Theorie aufgestellt, wie die Männer der GOOD HOPE mit den Lemurern zusammengetroffen waren. Die einunddreißig Besatzungsmitglieder der GOOD HOPE hatten auf ihrer Flucht vor den Halutern den Planeten Satyat erreicht und waren dort auf Lemurer gestoßen, die gekommen waren, um jenes eigenartige Mineral einzusammeln, das die Satyataner Eclisse nannten und das eine ungeheure spezifische Schwere besaß. Die weitere Entwicklung konnte nicht in allen Einzelheiten ergründet werden, aber Rhodan besaß genügend Phantasie, um sich vorstellen zu können, welche Früchte das Bündnis der GOOD-HOPE-Besatzung mit den Lemurern getragen hatte.

»Trobos braucht zwanzig Stunden, um sich einmal um seine Achse zu drehen«, meldete Waringer.

Rhodan nickte.

»Die mittlere Temperatur liegt bei plus achtundvierzig Grad Celsius«, fuhr der Wissenschaftler fort. »Schwerkraft etwa ein Gravo. Die Atmosphäre ist stark mit Wasserdampf gesättigt, besitzt aber einen hohen Sauerstoffgehalt.«

»Jetzt schlagen die Individualtaster aus!« rief Dr. Armond Bysiphere.

»Gucky und ich spüren Mentalimpulse«, berichtete John Marshall. »Auf Trobos müssen Millionen verschiedenartiger Tiere leben.«

»Tiere!« sagte Rhodan. »Wir suchen nach einer Zivilisation. Alles, was wir bis jetzt entdeckt haben, deutet darauf hin, daß Trobos eine Dschungelwelt ist.«

Ein Techniker aus der Ortungszentrale meldete sich über Interkom.

»Wir blenden jetzt die ersten starken Vergrößerungen auf die Bildschirme«, sagte er. »Die Bilder sind erstaunlich, Sir.«

»Fangen Sie an«, sagte Rhodan.

Die Bilder wechselten. Trobos kam so schnell näher, daß man hätte glauben können, die CREST V würde dem Planeten entgegenfallen. Das war jedoch eine optische Täuschung, an die sich die Männer an Bord des Raumschiffes gewöhnt hatten.

»Was ist das?« entfuhr es Rhodan.

Die Ausschnittvergrößerungen, die jetzt von der Oberfläche des Planeten Trobos gezeigt wurden, rechtfertigten seine Überraschung. Trobos sah aus wie eine Kugel, in die jemand zahllose Trichter von konischer Form hineingesteckt hatte. Die weiten Trichteröffnungen wiesen in den Weltraum hinaus, während die spitzen Enden im Boden verankert zu sein schienen.

»Etwas Derartiges habe ich noch nie gesehen!« sagte Chefingenieur Hefrich.

»Da stehen Sie nicht allein«, sagte Atlan. »Das ist für uns alle ein ungewohnter Anblick.«

»Erinnert mich an riesige Sektkelche, die jemand auf Trobos aufgestellt hat«, bemerkte Melbar Kasom.

»Dieser Vergleich konnte nur Ihnen einfallen, Melbar«, sagte Rhodan. »Nun, Professor, was sagen Sie dazu? Lemurische Bauart?«

»Nein«, sagte Chuzijew knapp. Er starrte wie gebannt auf die Bildschirme.

»Über eines müssen wir uns im klaren sein: Diese Gebilde sind nicht natürlichen Ursprungs«, sagte Perry Rhodan. »Jemand hat sie gebaut.«

»Aber zu welchem Zweck?« fragte Atlan. »Wer sollte so verrückt sein, ein paar tausend Trichter zu bauen, wo es doch zahlreiche andere vernünftigere architektonische Möglichkeiten gibt?«

»Vielleicht sind es Wohngebäude?« warf Waringer ein.

Chuzijew fuhr so schnell von seinem Sessel hoch, als hätte er sich in ein Nadelkissen gesetzt.

»Wohngebäude!« rief er höhnisch. »Von einem Wissenschaftler Ihres Ranges hätte ich eine qualifiziertere Äußerung erwartet. Diese Trichter wurden jedenfalls ganz bestimmt nicht von Lemurern gebaut.«

»Also gibt es auf Trobos ein anderes Volk, das eine bedeutende Zivilisation entwickelt hat«, sagte Rhodan. »Anhand der Aufnahmen können wir annehmen, daß jeder dieser Trichter knapp einhundert Kilometer Höhe erreicht und an seiner Öffnung fünf Kilometer breit ist. Wer so etwas baut, muß über die geeigneten Mittel verfügen. Wir gehen noch näher an Trobos heran.«

»Willst du nicht warten, bis die ersten Ergebnisse der Sonden eintreffen?« erkundigte sich Atlan.

Rhodan lächelte.

»Bedenken?« fragte er.

»Ich wage überhaupt nicht mehr, solche zu äußern«, gestand Atlan. »Ich bin mir durchaus darüber im klaren, daß ich der Pessimist vom Dienst bin. Trotzdem . . .«

»Warum sprichst du nicht weiter?«

Statt einer Antwort deutete Atlan auf Gucky, der ein Bild ungewöhnlicher Konzentration bot. Normalerweise hielt es den Mausbiber nicht lange auf einem Platz, aber jetzt saß er zurückgelehnt in seinem kleinen Spezialsessel und preßte beide Pfoten gegen die Stirn.

»Er spürt etwas«, sagte Melbar Kasom.

»Ja«, sagte John Marshall. »Er spürt die Impulse, die auch ich wahrnehmen kann. Impulse von intelligenten Lebewesen.«

»Das hatte ich gehofft«, sagte Rhodan. »Die Trichter sehen nicht so aus, als wären sie vom Verfall bedroht. Sie werden also in Ordnung gehalten. Jene, die sie erbaut haben, müssen noch auf Trobos leben.«

Gucky hob den Kopf.

»Wenn ich die Impulse nur lokalisieren könnte«, sagte er schrill. »Vielleicht bestünde dann eine Möglichkeit, etwas über diese Wesen zu sagen.«

»Da!« rief Chefingenieur Hefrich.

Sein ausgestreckter Arm wies auf den Panoramabildschirm. Dort waren ein Dutzend Trichter zu sehen. Über den Trichtern schwebte ein gerüstähnliches Gebilde von gigantischer Ausdehnung.

»Es bewegt sich!« stellte Rhodan sachlich fest.

»Ja«, stimmte Merlin Akran zu. »Was wir da sehen, befindet sich in einer Umlaufbahn um Trobos. Es scheint sich um ein riesiges Gerüst zu handeln. Jedenfalls sieht es so aus.«

»Trichtergebäude und ein Gerüst, das sich in einer Umlaufbahn befindet«, sagte Atlan. »Ich wünschte, die Zusammenhänge wären erkennbar.«

Chuzijew war stehengeblieben und stützte beide Arme in die Hüften. Ab und zu schüttelte er den Kopf.

»Dort!« sagte Melbar Kasom. »Ein zweites Gerüst.«

Rhodan beobachtete, wie sich das zweite Gebilde ins Blickfeld schob. Es war nicht ganz so groß wie das erste, das sie entdeckt hatten, und auf den ersten Blick sah es aus, als hätte jemand ein Teil davon herausgestanzt. Das lag jedoch an der Zusammensetzung der einzelnen Verbindungsstäbe.

»Das Vorhandensein eines zweiten Gerüsts läßt mich vermuten, daß noch mehr davon den Planeten umkreisen«, sagte Sergej Chuzijew.

»Ich merke, worauf Sie hinauswollen«, sagte Bysiphere. »Sie glauben, daß diese Gerüste einst dazu dienten, OLD MAN zusammenzubauen.«

Chuzijews Augen verengten sich.

»Zügeln Sie Ihre Phantasie«, sagte er. »Es gibt mehrere Gründe, die mich vermuten lassen, daß Trobos nicht der Bauplanet ist.«

»Und warum nicht?« Bysiphere war erregt. »Wir alle wissen, daß OLD MAN nicht komplett auf einem Planeten entstanden sein kann. Niemand hätte dieses Gebilde von der Oberfläche einer Welt aus starten können. OLD MAN wurde im Weltraum zusammengebaut. Wer immer an diesem Projekt beteiligt war, brauchte solche Gerüste.« Er deutete auf den Bildschirm. »Wir alle kennen die technischen Daten von OLD MAN genau. Die einzelnen Sektionen wurden angeflanscht und können sich selbständig machen. Jeder halbwegs technisch begabte Raumkadett wird Ihnen sagen, daß OLD MAN im Weltraum montiert wurde.«

Zu Rhodans Erstaunen gab Chuzijew keine Antwort, sondern stürmte aus der Zentrale. Bysiphere runzelte erstaunt die Stirn.

»Was ist mit ihm? Habe ich ihn beleidigt?«

»Ich glaube nicht, daß er überhaupt zu beleidigen ist«, antwortete Rhodan. »Vielmehr nehme ich an, daß er in seine Kabine geht, um dort einige Berechnungen durchzuführen.«

»Was hältst du davon?« fragte Atlan.

»Was meinst du?«

»Bysipheres Vermutung, daß diese Gerüste zum Bau OLD MANS benutzt wurden, ist nicht ganz von der Hand zu weisen«, sagte Atlan.

Rhodan zögerte mit einer Antwort. Gewiß, alle Hinweise, die sie bisher erhalten hatten, deuteten darauf hin, daß Trobos der Bauplanet war. Aber hatte nicht auch Chuzijew wiederholt davon gesprochen, wie vorsichtig die Lemurer bei allen Projekten zu Werke gegangen waren? Warum sollten sie diese Baugerüste – sofern es Baugerüste waren – für jeden sichtbar in einer Umlaufbahn um Trobos zurückgelassen haben? Warum hatten sie sie nach der Fertigstellung von OLD MAN nicht zerstört? Das wäre doch sicher kein Problem für sie gewesen.

»Du glaubst, daß diese Gerüste eventuell nur eine Tarnung bedeuten könnten, um jemand in die Irre zu führen?« vermutete Atlan.

»Ich glaube weder das eine noch das andere«, gab Rhodan zurück. »Wir müssen weitere Meßergebnisse abwarten. Vor allem interessiert es mich, was die Sonden übermitteln werden.«

»Perry!« rief Gucky plötzlich.

Rhodan fuhr herum.

»Die Impulse, die ich empfange, erinnern mich an etwas«, sagte der Mausbiber aufgeregt.

»Woran?«

»Schwer zu sagen.« Gucky zupfte sich am Ohr. »Ich habe schon einmal ähnliche Impulse registriert.«

»Jetzt, da du es sagst, erinnere ich mich ebenfalls«, sagte John Marshall. »Und ich weiß auch, wo wir solche Impulse empfangen haben.«

»Wo?« fragten Perry und Gucky gleichzeitig.

»Auf OLD MAN!« sagte Marshall.

Gucky klatschte in die Pfoten.

»Natürlich!« bestätigte er. »Ich hätte von selbst darauf kommen müssen. Die Impulse, die wir von Trobos aus empfangen, sind die gleichen wie die der Walkers, die in den Ödsektionen von OLD MAN lebten.«

Rhodan starrte Gucky und den Mutanten ungläubig an.

»Seid ihr sicher?«

»Vollkommen«, sagte Gucky, und Marshall nickte bekräftigend.

»Das würde bedeuten . . .«, setzte Rhodan an.

»Das ist ein neuer Beweis für Bysipheres Vermutung«, sagte Atlan. »An Bord von OLD MAN befanden sich Walkers. Auf Trobos leben offenbar die gleichen Wesen. Also ist OLD MAN hier entstanden.«

»Langsam, langsam.« Rhodan hob abwehrend beide Hände. Er konnte sich noch genau an die Walkers erinnern. Es waren degenerierte Wesen, zwei Meter lange und einen halben Meter dicke Raupen, deren Körper von einem roten Pelz bedeckt waren.

»Die Walkers auf Trobos scheinen weitaus intelligenter zu sein als ihre Abkömmlinge, die auf OLD MAN lebten«, sagte Gucky.

»Hm!« machte Rhodan. »Könnt ihr etwas Bestimmtes erkennen?«

Daran, wie Gucky und der Mutant sich ansahen, konnte Rhodan feststellen, daß etwas nicht stimmte. Er drang jedoch nicht weiter in die beiden, weil er wußte, daß sie sich erst äußern würden, wenn sie ihrer Sache sicher waren.

In diesem Augenblick meldete sich wieder die Ortungszentrale.

»Die ersten Funkbilder der Sonden sind eingetroffen, Sir«, meldete der Diensthabende.

»Ausgezeichnet«, sagte Rhodan. »Übermitteln Sie sie in die Zentrale.«

Gleich darauf zeichneten sich die ersten Aufnahmen auf den Bildschirmen ab. Rhodan war enttäuscht. Sie sahen Nahaufnahmen der Trichter und Teile der Gerüste. Diesen Bildern war nichts zu entnehmen. Sie machten lediglich deutlich, daß um die Trichter dichter Dschungel wucherte, in dem es von verschiedenen Tierarten wimmelte.

Rhodan stellte eine Verbindung zur Ortungszentrale her.

»Wollen Sie uns langweilen?« fragte er den verantwortlichen Techniker. »Es sind auch Sonden in die Atmosphäre geschickt worden. Die Aufnahmen dieser Sonden interessieren uns. Alles andere bekommen wir auch so auf die Bildschirme.«

Zunächst gab der Mann keine Antwort. Dann stieß er einen überraschten Ruf aus.

»Was ist los?« erkundigte sich Rhodan.

»Sir, die Sonden, die wir in die Atmosphäre geschossen haben, reagieren nicht auf den Abrufimpuls.«

»Wie ist das möglich?« fragte Rhodan erstaunt. »Versuchen Sie es noch mal.«

»Schon geschehen, Sir. Die Sonden reagieren nicht. Man könnte glauben, sie . . . sie . . .«

»Was? Heraus mit der Sprache.«

Rhodan kannte die Antwort, bevor sie ausgesprochen wurde.

»Es sieht so aus, als existierten diese Sonden nicht mehr, Sir.«

Als Chuzijew wieder die Zentrale betrat, war er bereits über alle Neuigkeiten informiert. Er hatte über Interkom zugehört und zeigte sich vom Verlust der Sonden keinesfalls überrascht.

»Was wir bisher wissen, hilft uns nicht weiter«, sagte Atlan. »Und wir können auch nur dann mehr herausfinden, wenn wir uns zur Landung entschließen.«

»Sind Sie dafür, daß wir mit der CREST landen?« fragte Merlin Akran.

»Daran ist vorläufig nicht zu denken«, sagte Rhodan, bevor Atlan dem Kommandanten antworten konnte. »Wie Professor Chuzijew kürzlich richtig bemerkte, sind alle Prüfungen, die die Lemurer gemeinsam mit den Männern der GOOD HOPE ausgearbeitet haben, auf mich zugeschnitten.«

Atlan seufzte resignierend.

»Das bedeutet, daß du die Angelegenheit weiter im Alleingang lösen möchtest«, sagte er. »Es genügt dir nicht, was du auf Satyat erlebt hast.«

Rhodan blieb ernst. Die Erinnerung an seine Erlebnisse auf Satyat war noch frisch. Die Warnung, die man den Terranern übermittelt hatte, bezog sich wahrscheinlich auf die Walkers. Die Lemurer wollten nicht, daß diese Wesen von den Menschen angegriffen wurden.

Was aber, wenn die Walkers feindlich eingestellt waren? Nach dem Verlust einiger Sonden mußte man damit rechnen.

Rhodan rief sich den ersten Satz der Botschaft ins Gedächtnis zurück.

Unsere Freunde vom Planeten Trobos dürfen auf keinen Fall geschädigt werden!

Das war fast eine Drohung. Es wurde angedeutet, daß die Terraner mit Schwierigkeiten rechnen mußten, wenn sie gegen die Walkers vorgingen.

Rhodans Gedanken wurden erneut von einer Meldung aus der Ortungszentrale unterbrochen.

»Wir haben einige starke Energieentfaltungen auf der Oberfläche angemessen, Sir«, berichtete einer der Ortungsoffiziere.

»Was?« fragte Rhodan. »Bisher haben wir dort nur Dschungel entdeckt.«

»Ja, natürlich«, bestätigte der Raumfahrer. »Wir konnten die Energiequellen auch nicht lokalisieren. Sie müssen mitten im Dschungel liegen, aber wir haben auch über die Fernortung nur Dschungel und Urmeere entdecken können. Vielleicht gibt es ein paar Stationen unter der Oberfläche.«

Rhodan warf Chuzijew einen fragenden Blick zu, aber der Anthropologe reagierte nicht.

»Wir sind uns darüber im klaren, daß wir nichts herausfinden können, wenn wir Trobos weiterhin umkreisen«, sagte Rhodan. »Natürlich könnten wir weitere Daten sammeln, wenn wir uns die Zeit nähmen, noch ein paar Wochen in diesem Sonnensystem zu bleiben. Jeder weiß, daß wir diese Zeit nicht haben.«

Die Männer blickten Rhodan an. Sie wußten, daß er seine Entscheidung bereits getroffen hatte.

»Ich werde zusammen mit Gucky in einer Space-Jet auf Trobos zu landen versuchen«, sagte Perry.

»Großartig!« rief Gucky. »Endlich findet dieses langweilige Gerede ein Ende.«

Rhodan wandte sich an Chuzijew.

»Sie sind unser Fachmann für lemurische Geschichte«, sagte er. »Ich kann Ihnen nicht befehlen, Gucky und mich zu begleiten, denn Sie sind ein freiwilliger wissenschaftlicher Mitarbeiter.«

Chuzijew bekam große Augen.

»Das wußte ich noch nicht«, knurrte er. »Bisher glaubte ich, man hätte mich entführt.«

»Heißt das, daß Sie uns nicht begleiten werden?«

»Das hat niemand gesagt«, entrüstete sich Chuzijew. »Was wollen Sie ohne mich auf Trobos anfangen? Natürlich begleite ich Sie.«

»Ich schlage vor, daß du noch ein paar Männer oder Harl Dephin und die Thunderbolts mitnimmst«, sagte Atlan.

Rhodan lehnte ab. Die Botschaft auf der Tonspule forderte sie auf, mit den Walkers unter allen Umständen Frieden zu schließen. Je ungefährlicher die Streitmacht aussah, mit der Rhodan auf Trobos ankam, desto größer war die Wahrscheinlichkeit für die Verwirklichung eines solchen Friedens.

Rhodan gab den Befehl, eine Space-Jet einsatzbereit zu machen.

»Haben Sie etwas dagegen, wenn ich einen Teil meiner Ausrüstung mitnehme?« erkundigte sich Chuzijew.

Rhodan sah ihn erstaunt an.

»Ich wußte nicht, daß Sie eine solche besitzen«, sagte er. »Meines Wissens sind Sie ohne jedes Gepäck an Bord gekommen.«

»Das ist richtig«, gab Chuzijew zu. »Aber wozu gibt es an Bord dieses Schiffes Lager? Ich habe mir das beschafft, was ich brauche.«

Rhodan konnte sich vorstellen, wie Chuzijew in die einzelnen Lager eingedrungen war und die Verwalter beschimpft hatte. Wahrscheinlich hatte keiner der Männer gewagt, sich den Wünschen des Anthropologen zu widersetzen.

Chuzijew verließ die Zentrale, um seine Ausrüstung in den Hangar bringen zu lassen.

Rhodan folgte ihm wenig später mit Gucky. Der Mausbiber watschelte pfeifend neben ihm her.

»Es freut mich immer, wenn du bei guter Laune bist«, sagte Rhodan. »Du kannst viel dazu beitragen, auch bei mir für gute Laune zu sorgen, indem du dich auf Trobos so verhältst, wie ich es sage.«

Gucky blickte beleidigt zu dem Terraner auf.

»Du hältst mich wohl für disziplinlos?« fragte er.

»Ja«, sagte Rhodan.

Als sie den Hangar erreichten, waren ein paar Männer damit beschäftigt, eine große Kiste in die Space-Jet zu tragen. Chuzijew stand dabei und beschwor die Männer mit unflätigen Ausdrücken, die nötige Sorgfalt walten zu lassen.

»He!« rief Rhodan und beschleunigte seine Gangart. »Was machen Sie denn da, Professor?«

»Sind Sie blind?« fauchte Chuzijew. »Ich lasse meine Ausrüstung an Bord bringen.«

»Als sie von Ihrer Ausrüstung sprachen, dachte ich an eine Tasche oder an ein Paket«, sagte Rhodan. »Davon, daß Sie ein paar Tonnen Ihrer Utensilien an Bord bringen, war nicht die Rede.«

Die Männer, die den Transport ausführten, benutzten Rhodans Worte als Gelegenheit, die Kiste auf der Gangway abzustellen und sich darauf niederzulassen. Sie blickten von Rhodan zu Chuzijew und warteten gespannt darauf, wie die Debatte enden würde.

»Was erwarten Sie eigentlich von mir?« schrie Chuzijew. Sein Hals schwoll an, und seine Lippen begannen zu beben. »Daß ich mit einer Botanisiertrommel durch den Dschungel von Trobos streife? Mein Herr! Ich bin Anthropologe – vielleicht der beste, der jemals gelebt hat.«

Rhodan ging an ihm vorbei und gab den Männern einen Wink.

»Schaffen Sie die Sachen hier weg«, befahl er. »Sie bleiben hier.«

Chuzijew stürmte an ihm vorbei und warf sich auf die Kiste, die die Männer soeben wieder hochheben wollten.

»Entweder nehmen Sie meine Ausrüstung mit, oder Sie müssen auf meine Begleitung verzichten!« schrie er außer sich.

»Das ist Erpressung!« schaltete sich Gucky ein.

»Laß ihn!« sagte Rhodan zu Gucky. »Er nimmt keine Vernunft an.« Er nickte den Männern zu. »Bringen Sie den Plunder an Bord.«

Befriedigt sah Chuzijew zu, wie die letzte der Kisten in der Schleuse verschwand. Als er am oberen Ende der Gangway stand, drehte er sich noch einmal zu Rhodan und Gucky um.

»Ich hoffe nur, daß uns ein Teil meiner Ausrüstung auf Trobos weiterhelfen wird, dann besitzen Sie vielleicht genügend Anstand, um sich dafür zu entschuldigen, daß Sie sie als Plunder bezeichnet haben.«

22.

Wider Erwarten verhielt Sergej Chuzijew sich während des Fluges nach Trobos manierlich. Er saß zusammengekrümmt in seinem Sessel und schrieb. Dann gab es wieder Minuten, während deren Verlauf er mit geschlossenen Augen dasaß und nachdachte.

Rhodan hütete sich, den Wissenschaftler anzusprechen. Er konzentrierte seine Aufmerksamkeit auf den Bildschirm der Raumortung. Gucky saß weiter hinten und achtete auf die Impulse der intelligenten Walkers, die sein für mentale Störungen so empfindliches Gehirn immer wieder erreichten.

Rhodan konnte jetzt erkennen, daß die Farbe der mysteriösen Trichter grau war. Als die Space-Jet näher kam, konnte Rhodan Verbindungsstreben sehen, die zwischen den einzelnen Trichtern eingesetzt waren und die Aufgabe hatten, diese zu stabilisieren. Gucky behauptete, daß die Mentalimpulse der Walkers fast ausschließlich aus den Trichtern kamen, während der Dschungel Quell animalischer Emotionen war. Rhodan bezweifelte die Aussagen des Mausbibers nicht. Die Walkers schienen ungewöhnliche Aufenthaltsorte zu bevorzugen, das hatte schon ihre Anwesenheit an Bord zweier Plattformen von OLD MAN bewiesen. Vielleicht hatte Waringer sogar recht, und diese Trichter waren die Wohngebäude der Walkers.

Rhodan blickte über die Schulter zurück. Chuzijews Kisten bereiteten ihm keine geringen Sorgen. Nötigenfalls mußte er den Anthropologen mit Gewalt daran hindern, Handlungen zu begehen, die bei den Walkers den Anschein eines Angriffs erwecken konnten. Rhodan wußte nicht genau, was die Kisten enthielten, aber bei Chuzijew mußte man mit allem rechnen.

»Ich glaube, daß die Walkers am Bau von OLD MAN beteiligt waren«, sagte Chuzijew plötzlich.

»Wie kommen Sie darauf?« fragte Rhodan.

»Nun, es spricht doch eine ganze Menge dafür. Nicht nur, daß Walkers auf OLD MAN gefunden wurden und daß sie hier auf

Trobos leben, sondern auch die Form dieser Trichter, die wahrscheinlich von ihnen gebaut wurden, beweist mir, daß die Walkers exzellente Baumeister sind.«

»Ich verstehe«, sagte Rhodan.

»Hinzu kommt, daß sie trotz ihrer plumpen Körperform zwei Arme haben, die in sechsfingrigen Händen enden«, fuhr Chuzijew fort. »Das sind sehr geschickte Hände.«

Er kratzte sich an seinem ungepflegten Bart.

»Natürlich dürfen wir in den Walkers nur ein Hilfsvolk der Lemurer sehen«, erklärte er.

Rhodan war froh, daß er durch das Ausschlagen des Massetasters einer Antwort enthoben wurde. Er deutete auf das Gerät.

»Sehen Sie?« sagte er. »Dort unten im Dschungel ist irgend etwas, das das Gerät zum Ausschlagen bringt.«

Chuzijew beugte sich vor.

»Glauben Sie, daß wir einen Landeplatz finden?« fragte er.

Rhodan zuckte mit den Schultern. Sicher würde es irgendwo eine Lichtung geben. Andernfalls mußte er am Ufer eines Meeres landen, obwohl dort keine Trichtergebäude in der Nähe waren.

»Wie werden die Walkers auf unser Erscheinen reagieren?« fragte Chuzijew.

»Jene, die auf OLD MAN lebten und zuerst von Don Redhorse entdeckt wurden, reagierten äußerst unfreundlich«, sagte Rhodan. »Allerdings handelte es sich bei ihnen um degenerierte Abkömmlinge ihres Volkes. Ich hoffe, daß die Walkers auf Trobos gastfreundlicher sind.«

Chuzijew zupfte an seinem Bart.

»Wenn die Lemurer damit rechneten, daß auf Trobos eines Tages Terraner auftauchen würden – und wenn wir der Botschaft, die wir auf Satyat erhalten haben, glauben können, rechneten sie damit –, müssen sie die Walkers auf unser Erscheinen vorbereitet haben.«

»Das hoffe ich auch«, sagte Rhodan.

Er blickte wieder auf den Bildschirm. Ein paar Kilometer von ihnen entfernt schwebte ein Gerüst. Jetzt war deutlich zu erkennen, daß es sich tatsächlich um ein Gerüst handelte, das aus Metallstreben verschiedenster Profile zusammengefügt war. Es war gut vorstellbar, daß es vor langer Zeit als Baugerüst an der Außenfläche von OLD MAN gehangen hatte.

Rhodan steuerte die Space-Jet in Richtung des Gerüstes, um es aus unmittelbarer Nähe in Augenschein zu nehmen.

»Was halten Sie davon?« wandte er sich an Chuzijew.

»Sie meinen, ob es von Lemurern gebaut wurde?« Chuzijew kicherte. »Jedes raumfahrende Volk kann solche Gerüste bauen. An diesem Gebilde gibt es nichts, was charakteristisch wäre.«

»Das habe ich befürchtet«, sagte Rhodan. Er paßte die Geschwindigkeit des Diskusschiffs der des Gerüstes an. Ein paar Minuten schwebten sie über den Metallverstrebungen dahin.

»Geben Sie's auf!« empfahl Chuzijew. »Hier entdecken wir nichts.«

»Sie haben recht«, stimmte Rhodan zu. »Kümmern wir uns um die Trichter.«

Er änderte den Kurs, und die Space-Jet drang in die von Trichtern bebauten Regionen ein. Die Trichter waren auf ihrer Oberfläche geschlossen.

»Wir könnten auf einem von ihnen landen«, schlug Gucky vor.

»Das riskiere ich nicht«, antwortete Rhodan. »Wir wissen nicht, was die Walkers davon halten, wenn wir uns das Dach eines Trichters als Landeplatz auswählen. Ich werde im Dschungel landen.«

»Ich frage mich, warum man diese Trichter so hoch gebaut hat«, sagte Chuzijew. »Hier oben, am Ende der Gebäude, gibt es doch keine atembare Luft mehr.«

»Auch dafür gibt es sicher eine Erklärung«, meinte Rhodan.

Bisher hatten sie keine Walkers zu sehen bekommen. Rhodan fragte sich, ob die Raupenwesen Geräte besaßen, mit deren Hilfe sie den Anflug der Space-Jet beobachten konnten.

Rhodan konzentrierte sich auf die Steuerung. Er wollte auf keinen Fall mit einer der zahlreichen Verbindungsleitungen zwischen den Trichtern kollidieren und dabei einen Schaden hervorrufen, der sie bei den Walkers von Anfang an in Mißkredit bringen würde.

Die Space-Jet drang tiefer in die mit Wasserdampf gesättigte Atmosphäre ein. Die Sicht wurde schlechter, aber Rhodan konnte noch immer ohne große Schwierigkeiten manövrieren. Sie befanden sich jetzt zwischen zwei Trichtern, die etwa zwanzig Kilometer voneinander entfernt waren.

»Das sind gigantische Bauwerke«, murmelte Chuzijew beeindruckt. »Wer immer sie geschaffen hat, kann stolz darauf sein.«

Rhodan nickte nur. Er hielt ständig nach irgendwelchen Öffnungen Ausschau, aber die Trichter waren offenbar hermetisch abgeschlossen. Das war ein neues Rätsel. Verließen die Walkers ihre Gebäude niemals? Das war unwahrscheinlich, denn irgendwie mußten sie sich doch ernähren und sich mit Rohstoffen versorgen.

»Ich bin jetzt vollkommen sicher, daß die Impulse der Walkers aus den Trichtern kommen«, sagte Gucky.

»Kannst du besonders starke Emotionen erkennen?« fragte Rhodan.

Der Ilt bejahte.

»Ich habe bereits mit Marshall darüber gesprochen, aber da wir nicht sicher waren, haben wir geschwiegen«, sagte er. »Jetzt kann ich sagen, daß die Walkers in einem ständigen Kampf stehen.«

»In einem Kampf?« wiederholte Chuzijew erstaunt. »Wie ist das zu verstehen?«

»Dort unten im Dschungel leben Tausende von verschiedenartigen Bestien, die alle den Walkers nach dem Leben trachten«, erklärte Gucky. »Die Walkers führen einen erbarmungslosen Kampf gegen die Tierwelt dieses Planeten.«

»Erstaunlich!« stieß Chuzijew hervor. »Das ergibt interessante Aspekte. Wir sollten nicht länger warten, sondern sofort mit den Walkers Kontakt aufnehmen.«

Er ging nach hinten, um eine seiner Kisten zu öffnen.

Rhodan überlegte, welche Rückschlüsse aus Guckys Entdeckung gezogen werden konnten. Die Walkers hatten es bisher noch nicht fertiggebracht, die feindliche Tierwelt von Trobos zurückzuschlagen. Die Raupenwesen hatten sich in ihre Trichtergebäude zurückgezogen. Jedes Verlassen eines solchen Gebäudes mußte für die Walkers einen Kampf auf Leben und Tod bedeuten.

Hatten die Walkers vielleicht deshalb so hohe Gebäude errichtet, um der feindlichen Oberfläche des Planeten weitgehend zu entkommen? Bildeten die konischen Erweiterungen der Trichter so etwas wie eine zweite Etage des Lebens auf Trobos?

Ein phantastischer Gedanke, aber nicht von der Hand zu weisen.

Das Leben im Dschungel von Trobos war für die Walkers unerträglich gewesen, also hatten sie sich in höhere Regionen zurückgezogen, wohin ihnen die Tiere nicht folgen konnten.

Das konnte die Erklärung für die seltsamen Gebäude sein.

Rhodans Gedankengänge wurden von einem metallischen Klopfen unterbrochen. Er wandte sich um und sah, daß Chuzijew verschiedene Einzelteile aus der Kiste geholt hatte und sie nun zusammenzubauen begann.

»Was haben Sie da?« erkundigte sich Rhodan. »Eine Bohrmaschine?«

»Richtig«, sagte Chuzijew. »Ich bin erstaunt, daß Sie das Gerät sofort erkannt haben. Es handelt sich um eine von mir entworfene Konstruktion, die ich schon oft am Meeresgrund einsetzte.«

»Uns erwartet ein Dschungel, in dem sich Tausende von verschiedenen Tierarten aufhalten«, unterbrach ihn Rhodan. »Wir haben keine Zeit, dort Löcher in den Boden zu bohren. Wir können froh sein, wenn es uns überhaupt gelingt, die Jet zu verlassen.«

»Ach was!« schnaubte Chuzijew ärgerlich. »Sie sehen viel zu schwarz. Wir werden schon damit fertig. Ich brauche diese Bodenproben. Anhand der Ablagerungen kann ich viel über das Alter des Dschungels sagen.«

»Warten wir ab«, sagte Rhodan. »Wir gehen jetzt noch tiefer und suchen nach einem Landeplatz. Achtet auf die Umgebung. Sechs Augen sehen mehr als zwei.«

Weiter unten waren die Außenflächen der Trichter mit Schlingpflanzen und Pilzgewächsen überwuchert. Die Pflanzen nutzten jeden Quadratzentimeter, den sie erreichen konnten.

»Perry!« rief Gucky. »Dort vor uns!«

Rhodans Kopf fuhr herum. Durch die Kuppel der Space-Jet sah er, daß sich aus den Wipfeln der großen Bäume ganze Schwärme kleinerer Tiere gelöst hatten, die wie fliegende Schlangen aussahen. Jedes der Tiere war etwa dreißig Zentimeter lang und trug auf seinem flachen Kopf ein stachelartiges Horn. Die dreieckigen Flügel der Tiere erinnerten Rhodan an schwarze Segel.

»Das ist ein riesiger Schwarm«, sagte Gucky. »Wir haben sie aufgeschreckt.«

»Sie kommen auf uns zu«, stellte Chuzijew fest.

»Wahrscheinlich sind sie vor Angst halb verrückt«, meinte Gucky.

Sekunden später war der diskusförmige Flugkörper von den Tieren eingekreist. Durch die Kuppel war überhaupt nichts mehr zu erkennen, denn die fliegenden Schlangen flatterten dagegen und sprühten zudem noch mit einer säureartigen Flüssigkeit, die alles verklebte.

Rhodan erhob sich und starrte nach oben.
»Die von den Tieren ausgeschiedene Säure greift das Material der Kuppel an!« rief er.
»Nicht nur das«, sagte Chuzijew, der hinten einen Beobachtungsplatz bezogen hatte. »Sogar dem Terkonitstahl bekommt sie nicht.«
Wie um seine Worte zu bestätigen, begannen die Triebwerke der Space-Jet unregelmäßig zu arbeiten. Rhodans Hände umklammerten die Steuerung.
»Die Triebwerke!« rief Gucky. »Die Düsen werden von der Säure angegriffen.«
Rhodan schaltete den Bildschirm auf Bodenbeobachtung, denn durch die Kuppel war kaum noch etwas zu erkennen. Sie weichte an verschiedenen Stellen auf und bog sich durch.
»Sollten wir nicht aussteigen?« fragte Gucky. »Noch kann ich mit Chuzijew und dir zur CREST zurückspringen.«
Rhodan schüttelte den Kopf. Er wollte noch nicht aufgeben. Auf dem Bildschirm zeigten sich flatternde Schlangen, doch dazwischen konnte Perry die Oberfläche von Trobos sehen.
»Unter uns liegt eine kleine Lichtung!« rief er dem Anthropologen und Gucky zu. »Ich versuche, dort zu landen.«
Eines der Triebwerke fiel aus. Rhodan schaltete auf Antigravprojektoren um, die noch einwandfrei funktionierten. Ein Teil der Kuppel brach durch und fiel neben Chuzijew zu Boden. Durch die Öffnung drang eine Schlange, die jedoch von Gucky mit Hilfe telekinetischer Kraft wieder hinausgeschleudert wurde.
Chuzijew erwies sich als ein Mann der Tat, als er aus seiner Kiste ein biegsames Plastikstück hervorholte und das Leck einigermaßen abdichtete. Dabei warf er Rhodan einen triumphierenden Blick zu, als wollte er sagen: Sieh nur, wozu meine Ausrüstung gut ist!
Ein Knirschen durchlief die Space-Jet, und Rhodan wußte, daß das Beiboot für spätere Einsätze nicht mehr zu gebrauchen sein würde. Literweise lief die gefährliche Säure an der Außenfläche herab und begann den Terkonitstahl zu zersetzen.
Der Bildschirm wurde plötzlich dunkel, und Rhodan begriff, daß die an der Außenfläche der Space-Jet angebrachten Beobachtungsgeräte aufgehört hatten zu funktionieren.
»Ich sehe überhaupt nichts mehr«, rief er Gucky und Chuzijew zu. »Aber ich hoffe, daß ich genau über der Lichtung bin.«

»Warum schießen Sie nicht?« schrie Chuzijew.

»Dazu ist es jetzt zu spät«, gab Rhodan zurück. »Außerdem kann jeder Schuß mit der Bordkanone von den Walkers als kriegerische Handlung ausgelegt werden.«

Ein heftiger Stoß erschütterte die Space-Jet. Rhodan mußte sich festhalten, um nicht aus dem Sessel geschleudert zu werden. Chuzijew, der nicht so schnell reagierte, stürzte in die Kiste, in der sich vor kurzem noch ein Teil seiner Ausrüstung befunden hatte. Die von Chuzijew zusammengebaute Bohrmaschine geriet durch die Schrägstellung der Jet in Bewegung und sauste auf Gucky zu, der sich nur durch einen kurzen Sprung in Sicherheit bringen konnte.

Fluchend kletterte der Anthropologe aus der Kiste.

»Ein schöner Pilot sind Sie!« rief er Rhodan zu. »Sie nehmen wohl überhaupt keine Rücksicht auf . . .«

Die Space-Jet schlug so heftig auf, daß Chuzijew den Halt verlor und abermals in der Kiste untertauchte. Die Kuppel, aufgeweicht durch die Säure, sackte in sich zusammen und breitete sich wie ein Tuch über der Kiste aus. Chuzijew sprang hoch. Das Material beulte sich zwar aus, aber der Wissenschaftler konnte sich nicht befreien. Rhodan hatte seinen Kombistrahler gezogen, um auf eventuell angreifende Flugschlangen zu schießen, doch die kleinen Bestien waren offenbar in den oberen Regionen des Dschungels zurückgeblieben, wo ihr Jagdgebiet war.

Gucky hatte sich vor der herabstürzenden Kuppel in Sicherheit gebracht und ebenfalls seine Waffe gezogen.

Die Space-Jet war gegen einen fünf Meter dicken Baumriesen geprallt und zwischen seinen zum Teil über den Boden ragenden Wurzeln aufgeschlagen. Der Diskus war ein Wrack. Der Dschungel war um die Lichtung herum so dicht, daß Perry von dem nahe gelegenen Trichter nichts sehen konnte.

Als er auf die Stelle zuging, wo Chuzijew unter der Kuppel begraben lag, kletterten sechs affenähnliche Wesen an der Außenfläche des Diskus empor und machten Anstalten, durch die Kuppelöffnung hereinzukommen.

»Kümmere dich um Chuzijew!« rief Gucky. »Das andere erledige ich.«

Er ließ zwei der »Affen« durch die Luft segeln und gegen einen Baum prallen. Zwei anderen setzte er durch gezielte Schüsse den Pelz in Brand. Die übrigen ergriffen daraufhin die Flucht. Gucky postierte sich mit seiner Waffe unmittelbar am Kuppelrand.

Perry packte die eingestürzte Kuppel, die sich bereits wieder zu verhärten begann, und zerrte sie zur Seite. Schließlich gelang es ihm, die Kiste freizulegen.

Chuzijew erhob sich mit hochrotem Kopf.

»Ohne meine Kiste wäre ich jetzt wahrscheinlich tot«, sagte er wütend. »Und Sie wollten sie nicht mitnehmen.«

Rhodan grinste.

»Sie haben die Qualitäten eines Stehaufmännchens«, sagte er anerkennend.

»Unterlassen Sie die albernen Vergleiche!« verlangte der Anthropologe und sprang aus der Kiste. Er blickte aus der offenen Kuppel.

»Dschungel, alles Dschungel!«

»Hatten Sie einen gepflegten Park erwartet?« erkundigte sich Rhodan. »Halten Sie gefälligst Ihre Waffe bereit. Es sind schon ein paar unfreundliche Burschen hier eingedrungen.«

Chuzijew hob die Augenbrauen.

»Walkers?«

»Natürlich nicht. Auf Walkers würden wir nicht schießen.«

Bevor Chuzijew antworten konnte, drang ein ohrenbetäubendes Gebrüll an ihre Ohren. Sie hörten knackende Geräusche, als würden meterdicke Bäume einfach durchgebrochen.

Rhodan und Chuzijew schauten sich an. Der Anthropologe erschauerte.

»Wir sollten zusehen, daß wir möglichst schnell einen Trichter der Walkers erreichen«, schlug er vor.

»Ich könnte euch beide mit einem Teleportersprung dorthin bringen«, erbot sich Gucky.

Rhodan lehnte ab. Wenn sie unverhofft innerhalb eines Trichters auftauchten, würden sie die Walkers erschrecken und beginnende Verhandlungen erschweren.

»Wir müssen versuchen, die Strecke bis zum nächsten Trichter zu Fuß zurückzulegen«, sagte Rhodan. »Es sind im Höchstfall sieben Kilometer.«

Chuzijew knirschte hörbar mit den Zähnen.

»Sieben Kilometer. Das kann in dieser Hölle den Tod bedeuten«, meinte er.

Rhodan überprüfte seine Waffe.

»Wir gehen am besten gleich«, sagte er. »Ich möchte nicht im Dschungel von der Dunkelheit überrascht werden.«

Chuzijew deutete auf seine Kisten.

»Und das hier?«

Rhodan verlor die Geduld.

»Ich habe Sie gewarnt, aber Sie bestanden darauf, dieses Zeug mitzunehmen. Wenn Sie sich stark genug fühlen, laden Sie sich alles auf die Schultern und tragen es zum Trichter. Aber weder Gucky noch ich werden Ihnen dabei helfen. Und wir werden auch nicht Ihretwegen eine langsamere Gangart einschlagen.«

Chuzijew fluchte und begann die Trümmer der Kuppel von seinen Kisten zu räumen.

»Hören Sie, wir werden nicht auf Sie warten!« drohte Rhodan.

»Das ist mir gleichgültig«, erwiderte Chuzijew. »Ich werde auf jeden Fall die wichtigsten Teile meiner Ausrüstung retten.«

»Du mußt ihn bewußtlos schlagen und tragen«, meinte Gucky. »Anders ist er nicht von hier wegzubringen. Es sei denn . . .«

»Was?«

»Es sei denn, du würdest mir gestatten, ihn ein bißchen herumschweben zu lassen.«

Inzwischen hatte Chuzijew eine Kiste geöffnet und ihr einige Geräte entnommen, von deren Vorhandensein an Bord terranischer Raumschiffe Perry Rhodan noch nie gehört hatte. Er belud sich, bis er kaum noch aufrecht stehen konnte, dann nickte er Rhodan und dem Mausbiber gönnerhaft zu.

»Wir können«, sagte er.

»Wie weit, glauben Sie, werden Sie damit kommen?« fragte Rhodan.

»Verdammt! Kümmern Sie sich nicht immer um meine Angelegenheiten.«

Rhodan sah ein, daß jeder weitere Versuch, Chuzijew umstimmen zu wollen, zum Scheitern verurteilt war.

Perry übernahm die Führung. Er kletterte durch die zerstörte Kuppel ins Freie. Gucky schwang sich zu ihm herauf. Sie blickten sich um.

»Sieht nicht sehr einladend aus«, meinte der Mausbiber.

Der Dschungel war eine undurchdringliche Wand aus Pflanzen

verschiedenster Art. Aber die Geräusche bewiesen, daß sich in diesem Chaos Tiere aufhielten. Im Unterholz und auf den Bäumen schienen ununterbrochen Kämpfe stattzufinden. Im Dschungel brüllte, miaute, knurrte, grunzte, knirschte, bellte und trommelte es.

Rhodan ließ sich von der stark angefressenen Außenhülle der Jet herabgleiten.

»Vorsicht!« rief Gucky.

Rhodan hatte die armdicke Schlange, die auf ihn zuschoß, bereits gesehen. Er warf sich zur Seite und trennte den Schlangenkörper mit einem gezielten Schuß auseinander. Beide Teile bewegten sich noch eine Weile, dann kamen sie zuckend zur Ruhe.

Rhodan blickte zu den Bäumen hinauf. Er hatte das Gefühl, von mehreren tausend hungrigen Augen beobachtet zu werden.

»Ich glaube, wir stehen bereits auf der Speisekarte einiger netter Tierchen«, bemerkte Gucky.

Hinter ihnen gab es einen Knall. Chuzijew, der mit seiner Last keinen Halt fand, war ausgerutscht und mit seiner Ausrüstung von der Jet heruntergeschlittert. Neben ihm hatte sich der Boden geöffnet, und ein dunkelbraunes Ding, das wie eine überdimensionale Ameise aussah, zwackte Chuzijew mit einer Kopfzange in den Oberschenkel. Chuzijew schrie auf. Rhodan wagte nicht zu schießen, weil die Gefahr bestand, daß er Chuzijew traf. Der Anthropologe machte den Fehler, mit den Händen nach dem Tier zu greifen, worauf ihm dieses eine dunkelblaue Flüssigkeit ins Gesicht spritzte.

Schließlich befreite Gucky den Wissenschaftler, indem er das Tier mit seinen telekinetischen Kräften zum Rückzug veranlaßte. Chuzijew massierte seinen Oberschenkel und sammelte wortlos seine Ausrüstung ein.

»Wir gehen in diese Richtung«, sagte Rhodan. »Dort scheint der Dschungel nicht so dicht zu sein.« Er zeigte auf die Stelle, wo er in das Unterholz einzudringen gedachte.

Als er die ersten Bäume erreichte, fielen zwei laut schnurrende Tiere auf ihn herab, die versuchten, ihm die Beutel über den Kopf zu stülpen, die auf ihrer Brust festgewachsen waren. Die Angreifer besaßen dreieckige Köpfe, in denen ein Schlitzauge bösartig leuchtete.

Perry fiel zu Boden. Er kam nicht zum Schuß. Einer der Beutel berührte ihn und verursachte starkes Brennen auf der Haut. Die

Tiere schnurrten so laut, daß fast alle anderen Geräusche übertönt wurden. Perry schmetterte einem der Widersacher die Faust gegen den Kopf, der jedoch wie ein Gummiball nachgab. Unerwartet kam eine Liane zu Hilfe. Sie umschlang eines der Tiere und zerrte es davon, obwohl es sich mit seinen acht Krallenbeinen in den Boden stemmte.

Chuzijew erledigte den zweiten Gegner, indem er ein amboßförmiges Gerät auf ihn fallen ließ.

»Es ist plötzlich so ruhig«, bemerkte Gucky.

»Ja«, sagte Rhodan. »Man könnte glauben, alle Tiere hätten sich in ihre Höhlen zurückge . . .«

Ein Brüllen, das wie Gewitterdonner klang, unterbrach ihn. Die beiden Männer und Gucky blickten sich bestürzt an. Der Lärm, der jetzt aus dem Dschungel kam, hörte sich an, als sei eine gigantische Walze im Anrollen, um alles unter sich zu begraben.

»Da kommt etwas«, sagte Chuzijew trocken.

»Wir sollten uns beeilen«, sagte Rhodan.

Sie drangen in das Unterholz ein. Das Vorwärtskommen fiel ihnen nicht leicht, denn verfilztes Gestrüpp, Lianen, Äste, Blätter und fleischfressende Pflanzen bildeten ein fast unüberwindliches Hindernis. Perry hatte keine andere Wahl, als seinen Strahler als Desintegrator einzusetzen. Er hoffte, daß dies später nicht zu Komplikationen führen würde. Die Warnung, keine Waffen zu benutzen, bezog sich Perrys Ansicht nach nur auf die Walkers.

»Nicht so schnell!« rief Chuzijew.

»Ich habe Sie gewarnt«, gab Perry zurück und schoß auf den vorzuckenden Greifarm einer tulpenförmigen Pflanze. »Lassen Sie Ihre Sachen zurück.«

Chuzijew nahm eines seiner Geräte und schleuderte es davon.

Diese Handlung löste eine unerwartete Reaktion aus. Tiere, die nicht sichtbar waren, fühlten sich offenbar angegriffen und ließen einen Geschoßhagel von Früchten verschiedener Größe auf Chuzijew niedergehen. Einige davon zerplatzten beim Aufprall. Chuzijew begann zu toben und seine unsichtbaren Gegner zu verwünschen, aber je lauter er schrie, desto heftiger wurde er unter Beschuß genommen.

Das Gebrüll des unsichtbaren Riesentiers erlöste ihn schließlich. Zuletzt traf ihn noch ein kürbisähnliches Gebilde am Hinterkopf, wo es aufplatzte und wie eine Art Helm liegenblieb. Chuzijew riß es sich vom Kopf und blickte sich wütend um.

Rhodan unterdrückte ein Grinsen.

Chuzijew, um den größten Teil seiner Ausrüstung erleichtert, konnte jetzt das Tempo mithalten.

»Wir können froh sein, daß irgendwo in unserer Nähe dieses Ungeheuer herumtobt«, sagte Gucky. »Es hält andere Angreifer zurück.«

Sie gelangten auf eine winzige Lichtung. Rhodan deutete nach oben.

»Seht ihr den Trichter?« fragte er.

Hoch über ihnen ragte das Oberteil des Bauwerks in den Himmel. Vom Boden aus konnte man erkennen, welch gigantische Bauwerke die Trichter darstellten. Sie gehörten zu den ungewöhnlichsten architektonischen Leistungen, die Perry jemals gesehen hatte.

Sie drangen wieder in den Dschungel ein.

Das Gebrüll entfernte sich. Offenbar hatte das unbekannte Riesentier eine lohnendere Fährte aufgenommen. Rhodan, Gucky und Chuzijew mußten sich noch mehrere Male gegen kleinere Angreifer wehren. Dann endlich sahen sie die Außenwand eines Trichters vor sich.

»Dort!« rief Chuzijew.

Rhodan war stehengeblieben.

»Können Sie einen Eingang erkennen?« fragte er.

Der Wissenschaftler schüttelte betroffen den Kopf. Es sah so aus, als würden die Walkers völlig abgeschlossen von der gefährlichen Umwelt nur in ihren eigenartigen Gebäuden leben. Trotzdem war Perry sicher, daß die Walkers ab und zu herauskamen. Nur hier im Dschungel konnten die Raupenwesen das finden, was sie zum Leben brauchten.

Aber wo war die Stelle, an der man in den Trichter gelangen konnte?

Rhodan wandte den Kopf.

Lautlos, aber in ihrem geschlossenen Vordringen eine tödliche Drohung ausstrahlend, näherte sich eine Gruppe katzenähnlicher Tiere den beiden Männern und Gucky. Rhodan schätzte ihre Zahl auf fünfzig bis sechzig Tiere. Es waren schlanke, etwa einen halben Meter große Wesen mit gebogenen Krallen und scharfen Reißzähnen. Die Augen standen weit auseinander und saßen in runden Köpfen. Geschmeidig glitten die Tiere über die Äste der großen Bäume.

Rhodan griff nach seinem Strahler, obwohl er nicht hoffen konnte, die gesamte Herde mit dieser Waffe aufhalten zu können.

Vor ihnen lag der Trichter, der ihnen Sicherheit vor dem Dschungel bieten konnte.

Aber nirgends gab es einen Eingang, und die Walkers, sofern sie von der Anwesenheit der drei Fremden überhaupt wußten, zeigten sich nicht.

Die Raubkatzen schienen sich ihrer Sache vollkommen sicher zu sein. Sie verursachten bei ihrem Vorgehen keinerlei Geräusche. Geschickt sprangen sie über alle Hindernisse hinweg.

Auch Sergej Chuzijew hatte jetzt seinen Strahler in der Hand.

»Sie kreisen uns ein«, sagte er.

»Noch nicht schießen«, sagte Rhodan. »Jeder Schuß würde sofort einen Angriff auslösen. Ich hoffe noch immer, daß die Walkers eingreifen.«

Gucky hatte inzwischen seinen Platz verlassen und sich bis vor den Trichter zurückgezogen. Wahrscheinlich suchte er nach einem Eingang. Jetzt hörte Perry Rhodan zum erstenmal das leise Miauen, mit dem sich die Raubkatzen verständigten. Ein prächtiges Tier, dessen Muskeln sich unter dem schwarzen Fell abzeichneten, war der Anführer der Gruppe. Rhodan war sicher, daß diese Wesen über eine gewisse Intelligenz verfügten, denn ihr Vorgehen war für Tiere mehr als ungewöhnlich. Ein paar jüngere Katzen, die das Zeichen zum Angriff nicht abwarten konnten und ihre Plätze verlassen wollten, wurden von dem Anführer durch scharfe Pfeiftöne zurückgehalten.

Die Katzen zogen sich im Halbkreis um die beiden Männer zusammen. Es erschien Rhodan merkwürdig, daß sie den Kreis in Richtung des Trichters nicht schlossen. Glaubten sie etwa, daß ihre Opfer nicht in diese Richtung fliehen würden?

»Wir ziehen uns jetzt langsam zum Trichter zurück«, sagte Perry. »Wir dürfen erst schießen, wenn die Biester angreifen.«

Er konnte Chuzijew schlucken hören. Niemand konnte dem Wissenschaftler einen Vorwurf machen, wenn er in einer solchen Situation Angst empfand. Bisher hatte er bewiesen, daß seine Tapferkeit und seine Entschlossenheit durchaus im Verhältnis zu der Lautstärke standen, mit der er andere Menschen von seiner Meinung zu überzeugen pflegte.

Rücken an Rücken bewegten sich die beiden Männer von den Raubkatzen weg. Die Entfernung vergrößerte sich nicht, weil die Tiere nachrückten.

Plötzlich verstand Rhodan, warum ihre Gegner ihnen die Möglichkeit zum Rückzug gaben. Die Tiere waren teuflisch schlau. Wenn ihre auserwählte Beute den Trichter erreicht hatte, war der Fluchtweg versperrt.

»Sie greifen an, wenn wir am Trichter stehen«, sagte Rhodan.

»Warum glauben Sie das?« fragte Chuzijew.

Perry erklärte es ihm.

»Dann sollten wir stehenbleiben«, meinte Chuzijew.

Rhodan mußte trotz der gefährlichen Situation lachen.

»Diese Tiere sind intelligent und durchaus fähig, ihre Taktik blitzschnell zu ändern«, sagte er. »Wir müssen jedoch Zeit gewinnen. Deshalb kommen wir den Plänen unserer Gegner entgegen.«

Chuzijews Stimme klang rauh, als er sagte: »Sie hoffen noch immer, daß die Walkers uns retten?«

Rhodan nickte. Er wollte nicht glauben, daß die Walkers abgeschlossen in den Trichtern lebten und sich nicht darum kümmerten, was außerhalb dieser Gebäude geschah. Perry war sicher, daß neugierige Augen vom Innern des Trichters aus jede ihrer Bewegungen verfolgten.

Die Katzen folgten ihnen beharrlich. Rhodan hatte den Eindruck, daß jetzt auch die erfahreneren Tiere ungeduldig wurden. Sie waren ihrer Beute sicher und wollten nicht länger warten. Der Anführer der Gruppe befand sich jetzt fast unmittelbar über den Köpfen der beiden Männer. Er ließ sie nicht aus den Augen.

Der Angriff erfolgte, als Rhodan und Chuzijew noch fünf Meter von der Außenwand des Trichters entfernt waren.

Wieder wurde Rhodan durch die Art überrascht, wie die Katzen vorgingen. Sie sprangen nicht alle gleichzeitig auf die Männer zu, sondern die Hälfte von ihnen ließ sich zu Boden gleiten und raste in langen Sätzen heran. Die anderen flogen durch die Luft.

Rhodan und Chuzijew eröffneten das Feuer. Das Zischen der Waffen vermischte sich mit dem grellen Miauen getroffener Tiere. Rhodan spürte, wie eine der Kreaturen auf seiner Schulter landete und sich festkrallte. Er ließ sich zu Boden fallen. Als er herumrollte, sah er Chuzijew, der verzweifelt schoß, obwohl er von Katzen eingekreist war. Ein Tier klammerte sich an der Brust des Anthropologen fest und hieb mit seinen Tatzen nach dem Hals des Mannes. Zwei weitere hatten sich in seine Beine verbissen.

Rhodan fühlte einen stechenden Schmerz, als sich lange Zähne in sein Handgelenk bohrten. Es gelang ihm, seine Waffe in die unverletzte Hand zu wechseln.

»Gucky!« schrie er. »Du mußt uns hier wegbringen!«

Er hatte befürchtet, daß sie mit den Waffen nicht viel ausrichten konnten, und so war es auch. Die Tiere waren unglaublich schnell.

Rhodan sah Gucky unmittelbar vor sich materialisieren. Bevor er den Mausbiber jedoch berühren und mit ihm teleportieren konnte, warfen sich drei Raubkatzen auf Gucky. Der Ilt schrie wütend auf und setzte seine telekinetischen Kräfte ein. Die drei Angreifer wirbelten durch die Luft, aber an ihrer Stelle waren sofort andere da, die über ihn herfielen.

Chuzijew war zu Boden gegangen. Er konnte kaum noch einen Schuß abgeben. Zum Glück für die beiden Männer begannen sich die Raubkatzen bereits um ihre Opfer zu streiten. Immer wieder verbissen sie sich ineinander. Zwischen Chuzijew und Rhodan wälzten sich zwei Knäuel ineinander verschlungener Körper über den Boden.

Nur der Anführer der angriffslustigen Dschungelbewohner saß abseits und überblickte aus starren Augen die Szene. Er wartete offenbar, bis der Sieg vollkommen sein würde, um sich dann seinen Anteil zu sichern.

Rhodan zielte auf dieses Tier, aber es wich reaktionsschnell zur Seite. Rhodan war auch zu sehr mit den angreifenden Raubkatzen beschäftigt, um sich auf den Anführer der Gruppe konzentrieren zu können.

Inzwischen war es Gucky noch einmal gelungen, sich von den Tieren frei zu machen. Er stand neben Chuzijew.

»Du mußt nach mir greifen!« rief er dem Anthropologen zu.

Chuzijew schien ihn nicht zu verstehen. Das Gesicht des Wissenschaftlers war blutüberströmt.

In diesem Augenblick ergoß sich eine weiße Flüssigkeit wie ein Sturzbach über die Kämpfenden. Die Katzen schrien auf und verschwanden mit großen Sätzen im Dschungel. Ihr Anführer stieß ein enttäuschtes Knurren aus und zog sich zurück.

Rhodan atmete auf. Er war über und über mit dieser Flüssigkeit bedeckt, aber sie bereitete ihm weder Schmerzen, noch zeigte sie andere nachteilige Wirkungen.

»Sie sind geflohen«, sagte Gucky erleichtert.

»Jemand hat diese Brühe auf uns geschüttet«, stellte Rhodan fest. Er blickte nach oben.

In einer Höhe von fünfzig Metern hatte sich in der Außenwand des Trichters eine quadratische Öffnung gebildet. Rhodan glaubte dort Bewegungen zu erkennen. Was er deutlich sehen konnte, waren zwei sichelförmige Metallbogen, die auf einem Gestell ruhten.

»Die Walkers!« schrie Rhodan. »Sie haben eingegriffen und uns vor den Katzen gerettet.«

Bevor er sich weiter um die Vorgänge hoch über ihren Köpfen kümmern konnte, wurde seine Aufmerksamkeit von Chuzijew beansprucht, der stöhnend zusammenbrach. Er rannte zu dem Wissenschaftler hinüber und beugte sich über ihn. Chuzijew hatte zahlreiche Verletzungen davongetragen.

»Sie haben ihn übel zugerichtet«, sagte Gucky wütend.

»Sicher können ihm die Walkers helfen«, vermutete Rhodan. »Er darf nur nicht soviel Blut verlieren.«

Gucky blickte an sich herab und schloß angewidert die Augen. Sein Fell war von Blut und der schnell trocknenden Flüssigkeit völlig verkrustet.

Und dann kamen sie.

23.

Von der Öffnung im Trichter wurde an dicken Stricken eine Art Plattform herabgelassen, auf der vier Walkers saßen. Sie unterschieden sich erheblich von ihren Artgenossen, die die Terraner auf OLD MAN angetroffen hatten. Sie waren kräftiger und besaßen zwölf dünne Beine. Ihre Spinndrüsen waren stark ausgebildet.

Die Plattform bewegte sich ruckartig nach unten, ein sicheres Zeichen dafür, daß die Maschine, mit der sie herabgelassen wurde, unregelmäßig arbeitete.

»Hallo!« rief Rhodan den Walkers in interkosmo zu. »Versteht ihr uns?«

Die Walkers auf OLD MAN hatten Interkosmo gesprochen, und Perry hoffte, daß diese Sprache auch auf Trobos verstanden wurde.

Die vier Walkers beugten sich über die Plattform. Wenn sie ihre Oberkörper aufrichteten, konnten sie ihre Greifarme frei bewegen. Sie winkten den beiden Männern und Gucky zu.

»Wir verstehen euch!« rief eines der Wesen.

Rhodan sagte zufrieden: »Ich glaube nicht, daß wir jetzt noch Komplikationen zu befürchten haben. Wahrscheinlich werden wir von den Walkers sogar als Nachkommen der Lemurer anerkannt, die sie wie gottähnliche Wesen verehrt haben müssen.«

Die Plattform landete auf dem Boden, und die vier Walkers kamen auf Perry und seine beiden Begleiter zu. Chuzijew war noch immer ohne Bewußtsein. Rhodan hätte ihm gewünscht, daß er ihre Rettung wahrgenommen hätte.

»Perry!« rief Gucky warnend.

»Was ist los, Kleiner?«

»Die Gedanken der Walkers sind alles andere als friedfertig oder freundlich«, warnte der Ilt.

»Unsinn«, widersprach Rhodan. »Du bist überreizt. Du mußt dich auf die Walkers konzentrieren und nicht auf die Tiere im Dschungel.«

»Ich weiß, was ich sage«, erwiderte Gucky beleidigt.

»Wir kommen als Freunde«, sagte Rhodan zu den vier Walkers. Er nannte seinen Namen und stellte auch Gucky vor. Dann deutete er auf den Anthropologen.

»Dieser Mann heißt Sergej Chuzijew. Er ist verletzt. Ich hoffe, daß Sie ihm helfen können.«

Es war unmöglich, den fremdartigen Gesichtern dieser Wesen eine Gefühlsregung zu entnehmen.

»Ich bin Regon«, sagte der Anführer der kleinen Gruppe. »Wenn Sie in Frieden kommen, macht es Ihnen sicher nichts aus, wenn Sie uns Ihre Waffen übergeben.«

»Vorsichtig!« sagte Gucky in Englisch.

»Wir haben keine andere Wahl«, versetzte Perry in der gleichen Sprache. »Erinnere dich an die Botschaft. Wir dürfen die Walkers nur als Freunde behandeln, selbst wenn sie in uns Gegner sehen. Sollte sich dein Verdacht bewahrheiten, müssen wir die Walkers mit Worten und Taten von unseren guten Absichten überzeugen.«

»Ich wäre Ihnen dankbar, wenn Sie wieder jene Sprache benutzen würden, die auch wir verstehen«, sagte Regon scharf. »Darf ich jetzt um Ihre Waffen bitten?«

Rhodan übergab den Walkers seinen Strahler. Gucky kam der Aufforderung nur zögernd nach. Inzwischen hatte einer von Regons Begleitern Chuzijew nach Waffen abgesucht und den Strahler des Anthropologen an sich genommen.

»Dieser Mann ist verletzt«, sagte Perry. »Behandeln Sie ihn etwas sanfter.«

Regon lachte verächtlich. Er brachte eine stabförmige Waffe zum Vorschein, die er bisher unter seinem Pelz verborgen gehalten hatte, und richtete sie auf Rhodan und Gucky.

»Sie sind unsere Gefangenen«, sagte er. »Auf Sie wartet der Tod.«

Rhodan starrte den Walker verständnislos an.

»Ich habe dich gewarnt«, sagte Gucky. »Noch ist Zeit, etwas zu unternehmen.«

»Wage nicht, die Walkers mit deinen Psi-Kräften anzugreifen«, sagte Rhodan.

Gucky senkte den Kopf und schwieg. Zwei der Walkers packten Chuzijew und trugen ihn ohne Rücksichtnahme zur Plattform. Dort ließen sie ihn fallen. Rhodan mußte seinen Ärger gewaltsam unterdrücken. Die Anordnungen der Lemurer ließen ihm keine andere Wahl, als den Walkers mit Diplomatie zu begegnen.

Regon trieb sie mit vorgehaltener Waffe bis zur Plattform. Als sie alle ihre Plätze eingenommen hatten, stieß Regon einen schrillen Pfiff aus, und der primitive Lift glitt nach oben.

Da kam Chuzijew zu sich. Er öffnete die Augen und stöhnte. Dann sah er die Walkers.

»Wir sind gerettet«, seufzte er erleichtert.

Rhodan wagte nicht, dem Wissenschaftler zu sagen, daß die Walkers sie nur vor den Katzen gerettet hatten, um sie zu verhören und dann zu töten.

Als die Plattform sich nach oben bewegte, sah Rhodan, daß die Außenfläche des Gebäudes an jenen Stellen Abnutzungserscheinungen zeigte, wo die Plattform vorbeikam. Das bewies ihm, daß die Walkers keineswegs nur in ihren Trichtern lebten. Ständig waren vielleicht Tausende von Raupenwesen unterwegs, um alle lebenswichtigen Dinge aus dem Dschungel herbeizuschaffen. Die Zahl derer, die bei solchen Expeditionen den Tod fanden, war nicht abzuschätzen.

»Darf ich eine Frage stellen?« wandte er sich an Regon. Er hoffte, daß Höflichkeit half. Das durfte jedoch nicht dazu führen, daß ihn die Walkers für unterwürfig hielten.

»Fragen Sie«, sagte Regon großmütig. »Vielleicht werde ich antworten.«

»Sind diese Trichtergebäude von Ihrem Volk gebaut worden?«

Regon richtete sich stolz auf.

»Natürlich«, sagte er. »Wir haben Jahrhunderte gebraucht, um sie zu vollenden.«

Rhodan hatte keinen Grund, an dieser Auskunft zu zweifeln.

»Sicher würde Sie interessieren, warum wir so hoch gebaut haben«, fuhr Regon fort. Wenn er für die Gefangenen auch keine freundschaftlichen Gefühle empfand, so war er eitel genug, um sich mit ihnen über die Errungenschaften seines Volkes zu unterhalten.

»Lassen Sie mich raten«, sagte Rhodan lächelnd. »Hier im Dschungel kann niemand überleben, auch kein noch so tapferer Walker. Je höher man auf dieser Welt lebt, desto sicherer ist man.«

»Sie sind klug«, sagte Regon. Seine Stimme klang nicht anerkennend, eher verärgert. Rhodan war gewarnt. Es war nicht gut, wenn sie den Walkers ihre Fähigkeiten zeigten. Sie konnten eher mit Gnade rechnen, wenn sie sich unwissend stellten.

»Was wird hier gespielt?« erkundigte sich Chuzijew in englischer Sprache. »Ich dachte, die Walkers seien . . .«

Regon hieb ihm mit der Stabwaffe auf den Kopf, und Chuzijew sank vornüber.

»Ich verstehe«, murmelte er, als er sich mühsam aufrichtete.

Rhodan preßte die Lippen aufeinander. Er mußte sich zur Ruhe zwingen. Wenn er jetzt die Nerven verlor, verdarb er alle Aussichten auf Frieden mit dem Volk der Walkers. Rhodan warf Gucky einen Seitenblick zu. Er kannte den Mausbiber gut genug, um zu erkennen, daß Gucky an sich halten mußte, um Regon nicht zu bestrafen.

Wenn alle Walkers Regons selbstbewußte Arroganz besaßen, würde es sehr schwer werden, mit ihnen ins Gespräch zu kommen.

Der Anthropologe machte seinem Zorn mit einigen Flüchen Luft, auf die Regon jedoch nicht reagierte. Vielleicht deshalb nicht, weil die Plattform vor dem Trichtereingang angekommen war. Rhodan blickte ins Innere des Gebäudes. Was er sah, war eine Ansammlung verschiedenartiger Waffen, die alle dazu dienten, Angriffe gegen den Eingang zurückzuschlagen. Rhodan vermutete, daß solche Angriffe vor allem von jenen geflügelten Schlangen zu erwarten waren, die auch der Space-Jet zum Verhängnis geworden waren.

»Ich glaube, daß Sie und Ihre beiden Freunde klug genug sind, um einzusehen, daß jede Gegenwehr sinnlos ist«, sagte Regon. »Sie würden sich durch unkluge Handlungsweise nur schaden.«

»Wir sind als Freunde gekommen«, sagte Rhodan. »Ich verstehe Ihre Reaktion nicht.«

»Ein Walker hat keine Freunde«, sagte Regon hart.

Das war es also!

Man konnte diesen Wesen ihre Mentalität nicht zum Vorwurf machen. Sie lebten in einer feindlichen Umwelt. Alles, was sich auf Trobos bewegen konnte, kannte nur ein Ziel: Töten!

Wahrscheinlich wurden die Walkers von frühester Jugend an dazu erzogen, in allen anderen Wesen Feinde zu sehen. Das war eine den Umständen nach gerechtfertigte Maßnahme. Nur wer gerüstet war, konnte auf Trobos überleben. Wer kein Walker war, konnte nur ein Feind sein.

»Ich befürchte, die Lemurer haben uns eine unlösbare Aufgabe gestellt«, sagte Chuzijew. »Ich sehe keine Chance, mit diesen Raupenwesen ein Abkommen zu schließen.«

Der Anthropologe hatte aus dem Verhalten der vier Walkers die gleichen Rückschlüsse wie Perry Rhodan gezogen. Als Wissenschaftler erkannte er noch viel deutlicher, wie schwierig es war, mit Intelligenzen zu verhandeln, die noch nie davon gehört hatten, daß es zwischen den Angehörigen verschiedener Völker auch friedliche Beziehungen geben konnte.

»Wenn die Sache aussichtslos wäre, hätten uns die Lemurer nicht hierher geschickt«, sagte Rhodan. »Wir müssen nur einen geeigneten Ansatzpunkt finden.«

Chuzijews blutverschmiertes Gesicht drückte deutlich aus, wie er darüber dachte.

»Hier hilft nur eine Demonstration unserer technischen Möglichkeiten«, sagte jetzt Gucky. »Wenn wir mit der CREST im Tiefflug über die Trichter hinwegrasen, werden die Walkers schnell begreifen, daß wir nicht mit den Bestien zu vergleichen sind, mit denen sie es sonst zu tun haben.«

»Das ist doch hoffentlich nicht dein Ernst?« sagte Rhodan. »Die Lemurer haben uns ausdrücklich vor solchen Maßnahmen gewarnt. Bestimmt nicht ohne Grund.«

»Genug geredet«, mischte sich Regon ein und hob drohend die Waffe. »Wir verlassen jetzt die Plattform.«

Das Innere des Trichters war vollkommen ausgebaut. Auf Gerüsten ruhten verschiedenartige Gebäude und Maschinen. Dazwischen führten viele Schächte nach oben. Rhodan schloß daraus, daß jedes Gebäude in viele Etagen unterteilt war. Er konnte Hunderte von Walkers beobachten, die geschäftig hin und her huschten.

Er sah Raupenwesen, auf deren Rücken durchsichtige Blasen klebten. Diese Arbeiter bewegten sich auf die Schächte zu und waren in die oberen Etagen unterwegs. Andere Walkers warteten neben altertümlich aussehenden Maschinen, die Rhodan für Kompressoren hielt. Die Kompressoren beanspruchten sein Interesse, denn sie wurden dazu benutzt, um von den Walkers gesponnene Netzblasen mit Sauerstoff zu füllen. War eine Blase voll, wurde sie einem Walker auf den Rücken geklebt, der damit sofort den Weg in höhere Etagen antrat.

»Sehen Sie sich das an«, sagte Chuzijew leise zu Rhodan. »Diese großen Blasen, die verschiedene Walkers mit sich herumschleppen, haben sie mit ihren Spinndrüsen hergestellt.«

»Was halten Sie von den Maschinen?« fragte Rhodan.

Die Gelegenheit zu einem Gespräch war günstig, denn Regon war davongegangen, wahrscheinlich, um seine Vorgesetzten von der Gefangennahme der Fremden zu unterrichten. Die drei zurückgebliebenen Walkers beobachteten die Terraner und den Ilt mißtrauisch und hielten ihre Waffen schußbereit. Sie hinderten Rhodan und Chuzijew jedoch nicht am Sprechen.

»Es handelt sich eindeutig um Kompressoren«, sagte Chuzijew. »Sie sehen zwar primitiv aus und werden mit der Hand betrieben, aber ich bin sicher, daß sie lemurischen Ursprungs sind.«

»Vielleicht erinnern sich die Walkers noch an die Lemurer«, hoffte Rhodan. »Dann haben wir den Ansatzpunkt für Verhandlungen, den wir unbedingt brauchen.«

Chuzijew hob die Schultern.

»Sie haben den arroganten Burschen erlebt, der sich Regon nennt«, sagte er. »Er wird diese Kompressoren als Errungenschaft seines Volkes bezeichnen und nur wütend werden, wenn wir behaupten, daß Fremde sie für die Walkers zurückgelassen haben.«

»Was machen die Walkers überhaupt mit den luftgefüllten Blasen?« fragte Gucky dazwischen.

Rhodan deutete nach oben.

»Es gibt nur eine Erklärung«, antwortete er. »In den oberen Etagen brauchen die Walkers Atemluft. Also bringen sie sie in gesponnenen Blasen nach oben. Es würde mich interessieren, wieviel Druck eine solche Blase aushält.«

Regon, der soeben zurückkehrte, hatte Rhodans letzte Worte verstanden.

»Sie wären erstaunt, wenn Sie den Luftdruck in einer Blase messen könnten«, sagte er. »Er ist fünfzigmal höher als normal.«

»Unglaublich!« stieß Chuzijew hervor.

»Ich glaube nicht, daß Regon uns belügt«, sagte Rhodan. »Die gesponnenen Blasen machen einen stabilen Eindruck. Sehen Sie sich doch um. Der größte Teil der Verstrebungen besteht aus gebündelten Spinnfäden. Die Walkers besitzen ein natürliches Baumaterial, das sie geschickt für ihre Zwecke benutzen.«

Nach allem, was Perry Rhodan bisher gesehen hatte, zweifelte er nicht mehr daran, daß die Walkers jene Wesen waren, die den Lemurern und den Männern der GOOD HOPE beim Bau von OLD MAN geholfen hatten. Überall sah man Beweise für die große Geschicklichkeit der Raupenwesen.

»Sie werden vorerst in einen abgeschlossenen Raum gebracht«, sagte Regon. »Später, wenn man Zeit für Sie hat, kommen Sie nach oben.«

Rhodan widersprach nicht, denn das hätte nur härtere Maßnahmen Regons herausgefordert. Im Augenblick schienen die Walkers ihre Tötungsabsichten noch nicht verwirklichen zu wollen.

Gucky und die beiden Männer wurden abgeführt. Bevor man sie in ihr Gefängnis brachte, sah Rhodan eine Gruppe von hundert Walkers, die mit Netzen, Speeren und Beuteln ausgerüstet waren. Am Eingang wurden Vorbereitungen getroffen, diese Bewohner des Trichters mit der Plattform hinabzulassen. Sie würden aufbrechen, um auf die Jagd zu gehen. Die Bewegungen der Expeditionsteilnehmer ließen ihre Entschlossenheit erkennen. Sie wußten, daß sie ihr Leben einsetzen mußten. Viele von ihnen würden nicht zurückkehren.

Die Walkers, die den Trichter verließen, wurden mit Beifall verabschiedet. Rhodan konnte nicht mehr sehen, wie man sie mit der Plattform hinabließ, denn er wurde zusammen mit Chuzijew und Gucky in einen kleinen Raum gestoßen.

Der Raum war völlig leer. Seine Wände waren nicht glatt, sondern mit warzenförmigen Erhöhungen bedeckt. Die Decke wölbte sich nach unten. Von draußen drangen keine Geräusche herein.

Gucky begann seinen Pelz zu reinigen, während Rhodan sich um Chuzijew kümmerte.

»Ich schlage vor, daß ich jetzt zur CREST teleportiere und mit Tako Kakuta und den nötigen Waffen zurückkomme«, sagte Gucky. »Oder hast du etwa vor, deine Friedensbemühungen fortzusetzen?«

»Vorläufig bleibst du hier«, ordnete Rhodan an. »Noch ist unser Leben nicht direkt bedroht. Wenn es ernst werden sollte, kannst du immer noch Hilfe holen.«

Chuzijew, der wieder einen Schwächeanfall erlitten hatte und mit dem Rücken gegen eine Wand lehnte, packte Rhodan am Arm.

»Sie begehen einen Fehler«, sagte er eindringlich. »Mit den Walkers kann man nicht vernünftig sprechen. Versetzen Sie sich einmal in die Situation dieser Wesen. Sie müssen auf einer Höllenwelt leben. Ihr oberster Grundsatz heißt: Was von der Oberfläche dieser Welt kommt, ist schlecht und muß getötet werden.«

»Ich weiß, daß wir eine Mauer von Vorurteilen überwinden müssen«, erwiderte Rhodan. »Aber die Walkers auf Trobos sind hochintelligent. Sie müssen die Zusammenhänge verstehen.«

Chuzijew verzog schmerzlich das Gesicht.

»Sie hören uns überhaupt nicht zu«, sagte er.

Übelkeit übermannte ihn, und er rutschte an der Wand zu Boden, wo er bewegungslos liegenblieb.

»Es geht ihm schlecht«, sagte Gucky erbittert. »Willst du warten, bis er stirbt?«

»Seine Wunden bluten nicht mehr. Er hat auch kein Fieber. Er ist nicht in Lebensgefahr.«

Gucky begann gereizt hin und her zu gehen. In dieser Situation hatte sein Watschelgang nichts Lächerliches.

»Ich möchte, daß du mich verstehst, Kleiner«, sagte Perry. »Die nächsten Stunden werden darüber entscheiden, ob wir bei unseren Nachforschungen weiterkommen oder unverrichteter Dinge wieder abziehen müssen.«

»Schon gut, schon gut«, knurrte der Mausbiber. »Du bist der Chef.«

Es war unverkennbar, daß Gucky mit Rhodans Anordnungen nicht einverstanden war. Nur widerwillig akzeptierte er die Befehle des Terraners. Für Rhodan war es nicht neu, daß der Ilt protestierte, aber selten hatte Gucky so ärgerlich gewirkt.

Rhodan glaubte jedoch, daß er sich auf den Mausbiber verlassen konnte. Obwohl er anderer Ansicht als Rhodan war, würde er nicht eigenmächtig handeln.

Chuzijew beobachtete Rhodan und Gucky unter halbgeschlossenen Lidern.

»Sie machen sich selbst etwas vor«, sagte er mühsam zu Rhodan. »Geben Sie doch auf. Es gibt keinen Frieden mit den Walkers.«

Eine knappe Stunde war verstrichen, als die Tür des Gefängnisses geöffnet wurde. Regon und zwei andere Walkers erschienen mit vorgehaltenen Waffen.

»Wir bringen Sie jetzt nach oben«, sagte Regon. »Unsere Waffen sind schußbereit. Wir benutzen sie, wenn Sie uns einen Grund dazu geben.«

Rhodan half Chuzijew auf die Beine. Sie wurden hinausgeführt. Diesmal hielten sich nur wenige Walkers in der Nähe auf. Sie nahmen kaum Notiz von den drei Fremden. Hier, in unmittelbarer Nähe des Eingangs, war man an den Anblick fremdartiger Wesen gewöhnt. Im Hintergrund der Eingangshalle waren ein paar Walkers damit beschäftigt, gesponnene Blasen mit Luft vollzupumpen.

Die Gefangenen wurden bis zu einem Schacht geführt. Als Rhodan hochblickte, sah er, daß überall an den Innenwänden des Schachtes kokonähnliche Gebilde klebten. Mit ihren Spinndrüsen formten die Walkers Behälter verschiedener Größen und Formen. Rhodan nahm an, daß der größte Teil des riesigen Gebäudes aus Spinnfäden bestand. Jeder Walker war in der Lage, am Tag ein paar Kilometer stabilen Fadens herzustellen. Die Verwendungsmöglichkeiten dieser Fäden waren nahezu unbegrenzt. Trotz ihrer Dehnbarkeit waren sie kaum zu zerreißen. Rhodan erhielt einige Male Gelegenheit, sich von der Zähigkeit der Fäden zu überzeugen. Stellten die Walkers aus den Fäden Behälter und andere geschlossene Gebilde her, benutzten sie eine organische Flüssigkeit als Bindemittel. Die Masse wurde dann stahlhart.

Regon entfernte sich von ihnen und sprach in eine Röhre mit trichterförmigem Ende, die auf der anderen Seite des Schachtes befestigt war. Durch runde Öffnungen in der Wand konnte Rhodan sehen, daß sich an den Schacht große Lagerhallen anschlossen. Das waren die Vorratshallen der Walkers, die in diesem Trichter wohnten. Von hier unten aus wurden die Wohnetagen weiter oben mit den zum Leben notwendigen Dingen versorgt.

Rhodan hoffte, daß weiter oben Walkers lebten, die nicht unmittelbar in den unerbittlichen Existenzkampf verwickelt und daher zugänglicher waren.

Ein rumpelndes Geräusch unterbrach seine Gedanken. Eine Plattform, die den Schacht fast vollständig ausfüllte und an mehreren Dutzend armdicken Stricken hing, wurde zu ihnen herabgelassen.

Regon versetzte Rhodan einen Stoß.

»Aufsteigen!« befahl er.

Rhodan beherrschte sich auch jetzt. Er stützte Chuzijew, der mit seinem blutverschmierten Gesicht und dem verfilzten roten Bart gespenstisch aussah. Der hagere Wissenschaftler schien noch mehr abgemagert zu sein. Seine Augen lagen in tiefen Höhlen.

»Stellen Sie sich drüben auf die Seite«, ordnete Regon an. »Wir nehmen noch Vorräte mit nach oben.«

Mit Säcken beladene Walkers erschienen im Schachteingang. Sie legten ihre Last auf der Plattform ab. Alles ging so schnell und reibungslos, wie Rhodan es von den Walkers erwartet hatte. Schließlich war die Plattform so beladen, daß Rhodan bezweifelte, ob sie ihr Ziel jemals erreichen würde.

Als die Plattform jedoch angehoben wurde, gewann sie schnell an Geschwindigkeit und glitt ohne einen Ruck nach oben. Bereits in der nächsthöheren Etage hielt sie wieder an. Zwei Walkers stiegen zu, die von Regon und den beiden anderen Wächtern ehrerbietig begrüßt wurden. Einer kurzen Unterhaltung zwischen Regon und den neuen Passagieren glaubte Rhodan zu entnehmen, daß es sich bei den beiden um Inspekteure handelte.

Rhodan schätzte, daß sich die Plattform mit einer Geschwindigkeit von fünf Kilometern in der Stunde nach oben bewegte. Sollte man sie auf diese Weise bis in die obersten Etagen bringen, mußten sie mit einer Fahrzeit von zwanzig Stunden rechnen. Es war fraglich, ob Chuzijew so lange ohne ärztliche Hilfe aushielt.

Rhodan hoffte, daß sie nicht bis in die oberen Regionen gebracht wurden. Außerdem rechnete er mit einer schnelleren Fahrt, wenn die Vorräte abgeladen waren.

Rhodan schob dem geschwächten Chuzijew ein paar Nahrungskonzentrate in den Mund.

»Versuchen Sie zu schlafen«, empfahl er dem Anthropologen. »Es kann sein, daß wir eine lange Reise vor uns haben.«

»Ich wünschte, ich könnte Sie verstehen«, sagte Chuzijew.

Er schloß die Augen und war wenige Augenblicke später eingeschlafen. Rhodans Kräfte wurden durch den Zellaktivator regeneriert, so daß er längere Zeit auf Schlaf verzichten konnte. Der Mausbiber benötigte sowieso nicht soviel Ruhe wie ein Mensch.

Als die Plattform wieder anhielt, wurde eine Maschine aufgeladen, so daß kaum noch Platz frei war. Rhodan vermutete, daß es innerhalb dieses Trichters mindestens zwanzig solcher Schächte gab, in denen Plattformen verkehrten. Daneben mußte es noch andere

Beförderungsmöglichkeiten geben, denn allein mit den Plattformen konnte man die Walkers in den oberen Etagen nicht versorgen.

Rhodan bezweifelte, daß die Walkers Ureinwohner dieses Planeten waren. Irgendwann in ferner Vergangenheit war dieses Volk nach Trobos verschlagen worden. Es hatte den Beweis erbracht, daß es auch unter den schlechtesten Bedingungen überleben konnte. Allerdings lag die Vermutung nahe, daß die Lemurer geholfen hatten, den Grundstock für diese eigenartige Zivilisation zu legen.

Von den Räumen außerhalb des Schachtes sah Rhodan nicht viel. Ab und zu glitten sie an einer runden Öffnung vorbei, durch die Rhodan in andere Räume blicken konnte. Er fand jedoch selten Zeit zu einer genaueren Betrachtung.

Auch an den Haltestellen war nicht viel zu sehen. Meistens türmten sich rund um die Plattform so viele Gegenstände, daß Rhodan sie nicht zu überblicken vermochte.

Rhodan versuchte, die Anzahl der Kilometer zu schätzen, die sie zurücklegten. Längst befanden sie sich in einer Zone, wo der Luftdruck künstlich aufrecht erhalten wurde. Es war erstaunlich, wie die Walkers auch dieses Problem gemeistert hatten. In den Luftblasen, die überall hingen, waren Ventile angebracht, durch die ständig Frischluft in die einzelnen Räume gelangte. Durch geschickte Verteilung dieser Luftzellen waren Schleusenräume überflüssig geworden, was den Walkers das Tragen von Sauerstoffgeräten ersparte.

Die Plattform kam wieder zum Stehen. Diesmal befanden sie sich in einer größeren Station. Die Halle, in der der Lift angehalten hatte, war in drei Etagen unterteilt. Bei den Räumen, in die Rhodan Einblick hatte, handelte es sich um Werkstätten, in denen Hunderte von Walkers mit der Herstellung verschiedenster Geräte beschäftigt waren. Das Material dazu erhielten sie über die Plattformen. Es war ein phantastischer Anblick für Rhodan, eine Gruppe von zwanzig Walkers zu sehen, die ihre Spinnfäden auf großen Rollen aufspulten und dann in eine Werkstatt rollten. Als die Spinndrüsen dieser Gruppe leer waren, traten andere Walkers an ihre Stelle. Aber Rhodan hatte jetzt andere Sorgen, als sich damit weiter zu befassen.

Die nächsten Stunden gingen mit quälender Langsamkeit vorüber. Die Plattform hielt fast auf jeder Etage, und jedesmal wurden ein paar Vorratssäcke abgeladen. Ab und zu nahmen sie zwei oder drei Passagiere mit, die von einer Etage in eine höhere wollten.

Die ganze Zeit über kauerte Regon vor den Terranern und Gucky am Boden und hielt seine Waffe schußbereit.

Rhodan entschloß sich, einen neuen Vorstoß zu wagen, um Regons Freundschaft zu gewinnen.

»Sie sind doch sicher müde«, sagte er zu Regon. »Warum legen Sie sich nicht auf die Säcke und schlafen ein bißchen? Wie sollen wir entkommen? Wir können den Lift nicht anhalten.«

Regon krümmte sich vor Mißtrauen zusammen. Seine Hand, in der er die Waffe hielt, begann zu zittern.

»Mich können Sie nicht überlisten«, sagte er. »Ich lasse Sie nicht aus den Augen.«

»Dieses krankhafte Mißtrauen läßt sich nicht beseitigen«, bemerkte Chuzijew. »Am besten lassen Sie den armen Burschen in Ruhe. Er ist sowieso völlig verstört, weil er allein mit drei Wesen sein muß, die aus dem Dschungel kamen.«

Rhodan sah ein, daß er auf diese Weise nichts erreichen konnte. Chuzijew hatte recht. Das Mißtrauen der Walkers gegenüber allen Dschungelbewohnern war viel zu groß, als daß sie sich auf ein Risiko eingelassen hätten.

Je höher der Lift gelangte, desto schlechter wurde die Luft. Rhodan nahm jedoch an, daß dies nur innerhalb des Schachtes so war. In den Hallen und Räumen der verschiedenen oberen Etagen herrschte bestimmt eine erträgliche Atmosphäre.

Rhodan war erleichtert, daß Chuzijew sich so gut hielt. Der Wissenschaftler erklärte, daß er sich auf dem Meeresgrund noch schlimmere Verletzungen zugezogen und sie ohne fremde Hilfe auskuriert hatte. Trotzdem grenzte es fast an ein Wunder, daß er keine Infektion bekam.

Je höher sie kamen, desto stiller wurden die Etagen. Alle lärmerzeugenden Maschinen waren im unteren Teil des Trichters untergebracht. Dort befanden sich auch Werkstätten und Vorratshallen. Hier oben gab es nur ein paar Labors und Räume für kulturelle Veranstaltungen.

Deshalb war Rhodan erstaunt, als auf einer kleinen Etage ein Käfig verladen wurde. Innerhalb des Käfigs hielt sich ein gepanzertes Tier von der Größe eines Löwen auf. Es besaß sechs Beine; vier, auf denen es lief und zwei, mit denen es sich überall festklammern konnte. Sein langer, spitzer Kopf war mit kurzen, fühlerähnlichen

Auswüchsen übersät. Am eindrucksvollsten war der Rachen, der in geöffnetem Zustand zwei Doppelreihen nadelscharfer Zähne erkennen ließ.

Regon reagierte auf das Erscheinen des Käfigs mit erhöhter Wachsamkeit. Die Blicke des Walkers wanderten ständig zwischen den drei Gefangenen und dem Käfig hin und her. Aber auch ohne das Verhalten ihres Wächters hätte Rhodan die Gefährlichkeit des Tieres erkannt, denn es krallte sich immer wieder an den Stäben des Käfigs fest und zerrte daran. Dabei stieß es krächzende Laute aus.

Die Walkers, die den Käfig gebracht hatten, machten die Fahrt nicht mit. Sie erklärten Regon, daß der Käfig sechs Etagen weiter oben erwartet würde. Dort stünde schon ein Abholkommando bereit.

Regon war jetzt der einzige Walker auf der Plattform, und man konnte ihm anmerken, daß ihm das nicht gefiel.

»Wir haben jetzt eine Chance«, sagte Rhodan zu Gucky. »Wir können Regon unsere Freundschaft beweisen.«

»Wie?« fragte der Mausbiber knapp.

»Kannst du das Schloß der Käfigtür erkennen?«

»Ja, natürlich.«

»Öffne es auf telekinetischem Weg«, ordnete Rhodan an.

»Sind Sie verrückt?« brauste Chuzijew auf. »Sie wollen diese Bestie herauslassen, damit sie über uns herfällt?«

Rhodan lächelte.

»Sie wird zuerst über Regon herfallen, denn er steht näher am Käfig als wir«, erklärte er. »Dann werden wir eingreifen und Regon beim Kampf gegen dieses Tier helfen. Das ist ein klarer Freundschaftsbeweis.«

»Ich lehne es ab«, sagte Chuzijew. »Es ist mir zu riskant.«

Rhodan blickte Gucky an.

»Sobald sich der Käfig öffnet, wird Regon zu schießen beginnen«, sagte er. »Sorge dafür, daß er nicht sofort trifft. Ich werde mich dann auf das Tier stürzen. Du mußt darauf achten, daß es mir keine schlimmen Verletzungen zufügt. Bist du schon wieder erholt genug, um so viel telekinetische Kraft aufzubringen?«

»Ich kann es versuchen«, sagte Gucky widerwillig.

»Regon darf nicht auf die Idee kommen, daß wir etwas mit dem Entkommen des Dschungelbewohners zu tun haben.«

Die Plattform war inzwischen an zwei anderen Etagen vorbeigekommen, und Rhodan begann zu befürchten, das Tier könnte nicht rechtzeitig in die Nähe der Käfigtür kommen. Es hatte sich niedergelassen und seinen Kopf auf den Boden gebettet.

»Los!« sagte Rhodan zu Gucky. »Hilf ein bißchen nach, damit es tut, was wir von ihm erwarten.«

»Ruhe jetzt!« rief Regon, der immer nervöser wurde. »Seien Sie endlich still!«

Rhodan warf dem Mausbiber einen eindringlichen Blick zu und hoffte, daß Gucky seinen Befehl ausführen würde.

Plötzlich erhob sich das sechsbeinige Wesen und warf den Kopf zurück. Es stieß ein herausforderndes Gebrüll aus. Sofort wandte Regon seine Aufmerksamkeit dem Tier zu.

Rhodan konzentrierte sich, als er sah, wie die gepanzerte Kreatur mit ihren beiden Vorderbeinen nach der Tür schlug.

Die Käfigtür sprang auf!

Regon stieß einen überraschten Schrei aus und riß die Waffe hoch.

Das Tier, viel zu dumm, um die neue Situation zu begreifen, brauchte ein paar Sekunden, um die Fluchtmöglichkeit zu entdekken. Dann schob es seinen Körper durch den engen Eingang.

Als Regon den ersten Schuß abfeuerte, setzte sich Rhodan in Bewegung. Er war sich dessen bewußt, daß er mit bloßen Händen auf ein Raubtier losgehen mußte. Seine einzige Waffe waren Guckys telekinetische Kräfte.

Von der Geschicklichkeit des Mausbibers hing der Ausgang dieses riskanten Vorgehens ab. Rhodan verließ sich vollkommen auf den Ilt.

Regon wich langsam zum Rand der Plattform zurück. Er hatte dreimal geschossen und seinen Angreifer jedesmal verfehlt. Das Tier brüllte. Aus seinem geöffneten Rachen drang Schaum hervor. Er war verstört und gereizt.

Rhodan stürmte an Regon vorbei, der ihn überhaupt nicht wahrzunehmen schien. Das Tier fuhr herum und wandte sich dem neuen Gegner zu. Rhodan holte tief Luft und warf sich dann mit vor dem Gesicht verschränkten Armen auf die Bestie. Er spürte, wie ihm der Atem des Wesens entgegenschlug. Ein Tatzenhieb streifte seine Schulter. Er griff blindlings zu. Der gepanzerte Hals, den er zu fassen bekam, erschien ihm hart wie Metall. Es war völlig aussichtslos, mit den Händen gegen dieses Tier etwas ausrichten zu wollen.

Aber da war noch Gucky – und der Mausbiber tat das einzig Richtige.

Er drängte Rhodans Widersacher in Richtung des Käfigs zurück und hinderte ihn daran, seine Zähne gegen Rhodan einzusetzen. Trotzdem mußte Rhodan immer wieder blindlings geführten Schlägen der beiden Vorderbeine ausweichen.

Gucky mußte auch auf Regon achten, der völlig die Nerven verloren hatte und immer noch schoß. Es schien ihm gleichgültig zu sein, ob er dabei Rhodan traf.

»Hören Sie auf zu schießen!« schrie Chuzijew dem Walker zu. »Sehen Sie nicht, daß wir Ihnen helfen wollen?«

In Regons Augen ging eine Veränderung vor. Das seltsame Leuchten erlosch. Regon sank nach vorn. Er schien unschlüssig zu sein, was jetzt zu tun war.

Die Plattform setzte ihre Fahrt fort. Es schien kein Alarmsystem zu geben, das bei solchen Zwischenfällen ein sofortiges Anhalten veranlaßte.

Gucky gelang es, das Tier in den Käfig zu manövrieren. Rhodan drängte nach und warf die Tür zu. Er überzeugte sich, daß das Schloß in Ordnung war. Er hatte zwei heftige Schläge erhalten und blutete aus Wunden am Hals und an der Brust. Doch darum kümmerte er sich nicht, denn er wußte, daß der Zellaktivator auch in diesem Fall helfen würde.

»Gut gemacht, Kleiner!« rief er Gucky zu.

Inzwischen hatte Regon seine Fassung zurückgewonnen.

»Gehen Sie an Ihren Platz zurück!« befahl er und winkte mit der Waffe. »Wenn Sie ihn noch einmal verlassen, erschieße ich Sie.«

»Das haben Sie sowieso beinahe fertiggebracht«, sagte Rhodan. »Haben Sie denn nicht gemerkt, daß ich Ihnen helfen wollte?«

»Unsinn«, antwortete Regon. »Sie haben gekämpft, weil Sie und Ihre Gefährten ebenfalls in Lebensgefahr schwebten, nachdem das Tier ausgebrochen war.«

Rhodan und Chuzijew wechselten einen Blick.

»Wie ist es möglich, daß ein intelligentes Wesen solche Denkfehler begeht?« fragte Rhodan enttäuscht.

»Ich habe befürchtet, daß das Experiment so oder ähnlich ausgehen würde«, gestand Chuzijew. »Die Walkers können einfach nicht über ihren Schatten springen. Wir sollten ihnen das nicht zum Vorwurf machen, denn auch der Mensch braucht sehr lange, um mit allen Tabus zu brechen.«

Rhodan ließ sich auf einem Vorratssack nieder und untersuchte seine Wunden.

Gucky kam auf ihn zu.

»Neue Befehle?« fragte der Mausbiber.

Rhodan wußte, worauf Gucky hinauswollte. Der Ilt hielt den Zeitpunkt für gekommen, aus dem Trichter zu verschwinden.

Perry wich den Blicken Guckys aus und schüttelte den Kopf.

»Da haben wir den Beweis, wie stur ein Mensch sein kann«, sagte Gucky zu Chuzijew. »Er ist noch verrückter als die Walkers. Er hat sich vorgenommen, mit diesen Riesenraupen Frieden zu schließen, und er wird nicht davon abgehen, auch wenn er dabei sterben sollte.«

Rhodan antwortete nicht. Es gab nichts, was er darauf hätte erwidern können.

24.

Als der Käfig von der Plattform gehoben wurde, war Regon merklich erleichtert. Er unterhielt sich mit den Walkers, die das gefangene Tier abholten.

Zu Rhodans Überraschung wurde auch Regon abgelöst. An seiner Stelle übernahmen drei andere Walkers die Bewachung der Gefangenen. Dabei sprachen sie kurz von einem gewissen Snogletto, der die Gefangenen sehen wollte, bevor sie getötet würden.

Rhodan wurde sofort hellhörig, doch auf seine Fragen erhielt er keine Antwort.

Das Verhalten der neu auf die Plattform gekommenen Walkers unterschied sich nicht von dem der anderen Raupenwesen, die sie bisher kennengelernt hatten.

Ein Blick auf die Uhr zeigte Rhodan, daß sie jetzt vierzehn Stunden unterwegs waren. Chuzijew schlief ab und zu ein paar Minuten, und auch Gucky war einmal kurz eingeschlafen. Rhodan fühlte sich müde, aber er gab diesem Gefühl nicht nach, weil er jede Phase dieser Fahrt in die oberen Etagen des Trichters miterleben wollte. Außerdem wollte er auf jeden Fall wach sein, wenn sich eine Gelegenheit bieten sollte, den Walkers die Friedensbereitschaft der Terraner zu beweisen.

Wegen ihrer Ernährung brauchten sie sich keine Sorgen zu machen. Die mitgeführten Nahrungskonzentrate, die nicht nur hungerstillend, sondern auch durstlöschend wirkten, reichten noch für ein paar Tage.

Die neu auf die Plattform zugestiegenen Walkers machten einen ausgeruhten Eindruck. Sie unterhielten sich. Rhodan fand heraus, daß ihr Anführer Ropler hieß. Er war dicker als die meisten Walkers und machte einen behäbigen Eindruck. Seine Begleiter waren jung und schienen um die Gunst Roplers zu wetteifern. Dabei gerieten sie oft in Streit und warfen sich gegenseitig mangelnde Intelligenz und Unfähigkeit vor. Sobald Ropler diesen Unsinn satt hatte, brachte er sie durch einen zornigen Zwischenruf zum Verstummen.

Chuzijew, der einen Teil der Unterhaltung ebenfalls mithörte, lächelte Rhodan zu.

»Wenn man ihnen zuhört, könnte man sie für Menschen halten«, sagte der Anthropologe. »Und doch sind sie völlig anders.«

Sie fuhren jetzt zwei Stunden ohne Unterbrechung.

Zum erstenmal vermutete Rhodan, daß die Gerüste, die um Trobos kreisten, nicht zur Montage von OLD MAN, sondern zum Bau der Trichter gedient hatten.

Wer wollte heute noch feststellen, wozu man sie tatsächlich gebraucht hatte?

Wahrscheinlich wußten die Walkers, die heute in den Trichtern lebten, auch nicht, wie man sie gebaut hatte. Es genügte ihnen, daß sie darin sicher waren.

Rhodan war überzeugt, daß es bei den Walkers eine strenge Geburtenkontrolle gab. Jede Bevölkerungsexplosion hätte zu Kriegen innerhalb der Trichter oder der verschiedenen Trichtervölker führen müssen.

Die Zivilisation der Walkers war genau ausgependelt; jeder unerwartet auftretende Störfaktor konnte zu einer Katastrophe führen. Vielleicht ahnten die Walkers das instinktiv und lösten das Problem, das die drei intelligenten Fremden für sie bedeutete, auf die Weise, daß sie sie einfach als Bewohner des Dschungels ansahen.

Für einen Walker gab es keine Möglichkeit, sich ein Zusammenleben mit anderen Lebewesen vorzustellen.

Nach einer weiteren Stunde wurde aus unbekannten Gründen die Plattform gewechselt.

Ropler übernahm die Spitze, dann folgten Rhodan, Gucky und der Wissenschaftler. Den Abschluß bildeten die beiden jungen Walkers, die ihre Waffen auf die Rücken der Gefangenen richteten.

Durch einen Gang gelangten sie zum nächsten Schacht. Rhodan hätte gern etwas von den Räumen gesehen, aber die Türen waren verschlossen. Ab und zu kamen sie an einem an der Decke hängenden Luftsack vorbei, aus dem deutlich hörbar Frischluft strömte.

Sie mußten etwa vier Stunden am Schachtrand warten, bis eine Plattform von unten kam. Auf ihr hielten sich etwa dreißig Walkers auf, die alle der vornehmeren Klasse anzugehören schienen.

Ropler wurde sichtlich demütiger, als er diese Passagiere sah. Er zog sich mit seinen Begleitern und den Gefangenen in eine Ecke der Plattform zurück.

»Eines sage ich Ihnen«, drohte er Rhodan. »Wenn Sie irgendeine Dummheit begehen, sind Sie erledigt.«

»Sie wollen sich nicht blamieren«, erriet Rhodan.

Ropler zischte vor Wut. Es gefiel ihm nicht, daß der Fremde ihn durchschaut hatte.

Die Passagiere beachteten Rhodan und seine beiden Begleiter nicht. Wahrscheinlich galt es in ihren Kreisen als wenig vornehm, sich um Wesen zu kümmern, die von unten kamen.

Das verstärkte Rhodans Hoffnung, bei dem Walker, der Snogletto genannt wurde, mehr Verständnis zu finden, als bei den in den unteren Etagen lebenden Raupenwesen.

»Wir sind jetzt vierundzwanzig Stunden mit der Plattform unterwegs und noch nicht weitergekommen«, beklagte sich Chuzijew.

Rhodan wußte auch ohne die Bemerkung des Anthropologen, daß er allmählich in Zeitdruck kam. Lange würde Atlan an Bord der CREST V nicht mehr untätig bleiben. Die Walkers hatten ihnen fast ihre gesamte Ausrüstung abgenommen, sogar die Sender. Wenn Rhodan Atlan an einem Eingreifen hindern wollte, mußte er Gucky an Bord des Flaggschiffs schicken. Dabei hätte er jedoch die Walkers mit dem Verschwinden eines ihrer Gefangenen konfrontieren müssen, und niemand konnte sagen, wie das ausgehen würde.

Noch hatten sie die Spitze des Trichters nicht erreicht, aber Rhodan war sicher, daß sie sich bereits in jenem Teil befanden, der sich konisch nach oben erweiterte.

Dann endlich hielt die Plattform wieder. Walkers erwarteten die Gefangenen. Ropler und seine beiden Helfer blieben am Schacht zurück.

Unter Aufsicht von zehn Walkers mußten die drei Gefangenen einen korbförmigen Wagen besteigen, der nur oben eine Öffnung besaß. Ein Walker kletterte mit ihnen hinauf und klappte den Deckel zu. Rhodan hörte, wie das Schloß zuschnappte.

»Schade«, sagte er. »Ich hätte mich hier oben gern ein bißchen umgesehen.«

Der Wagen setzte sich in Bewegung. Es war kein Motorengeräusch zu hören. Rhodan, der vor dem Einsteigen ein paar Stricke gesehen hatte, fragte sich, ob dieses Gefährt ebenfalls mit Zugseilen betrieben wurde.

Der Wagen fuhr mit gleichmäßiger Geschwindigkeit. Er war hart gefedert, aber der Boden, über den er rollte, war so glatt, daß es kaum heftige Stöße gab.

Eine halbe Stunde nach dem Start hielt das Fahrzeug wieder an. Rhodan hörte, wie jemand außen am Wagen hochkletterte, dann wurde der Deckel aufgeschlagen. Der runde Kopf eines Walkers wurde sichtbar. »Aussteigen!« befahl das Raupenwesen.

Sie verließen das Fahrzeug. Die Halle, in der sie sich jetzt befanden, war kuppelförmig und durchmaß etwa fünfzig Meter. An der Decke hingen die in dieser Höhe üblichen Luftblasen. Durch die Ventile zischte frische Luft. Überall waren schalenförmige Sitze aufgestellt. Sie gruppierten sich um eine quadratische Erhöhung in der Mitte der Halle, die offenbar eine Art Bühne darstellte.

Hier wurden entweder Vorträge gehalten oder irgendwelche Theaterstücke dargeboten. Vielleicht war es auch eine Musikhalle.

Vier Walkers hatten die Fahrt mitgemacht. Sie hatten auf dem flachen Vorderteil des Fahrzeugs gekauert und es gesteuert. Jetzt wurde der Wagen von einem der Raupenwesen zurückgefahren.

»Dort hinüber!« rief einer der Wächter den Gefangenen zu.

Sie mußten auf eine Tür zugehen, die zwischen zwei Säulen im Hintergrund der Halle lag. Rhodan blickte sich um. Selbst die hier überall aufgehängten Leuchtkörper bestanden aus Spinnfäden.

Neben der Tür mußten Rhodan und seine beiden Begleiter stehenbleiben. Einer der Walkers trat ein und kam wenige Augenblicke später wieder zurück.

»Geht hinein!« ordnete er an.

Rhodan, Chuzijew und Gucky betraten einen mittelgroßen, rechteckigen Raum, in dem abstrakt geformte Möbelstücke aus Spinnfäden an den Wänden standen. Vor der Tür der gegenüberliegenden Seite war eine Liege an der Decke aufgehängt. In der Liege kauerte ein fetter Walker und starrte zu den Gefangenen herüber. Er war nicht bewaffnet und schien auch keine Angst zu haben, daß man ihn greifen könnte.

»Schließen Sie die Tür hinter sich«, sagte er.

Rhodan kam dem Befehl nach. Er wunderte sich, daß keiner der Wächter mit hereingekommen war.

»Haben Sie keine Furcht, daß wir Sie überfallen könnten, Snogletto? Sie sind doch Snogletto, nicht wahr?«

»So nennt man mich«, sagte der Walker. »Was die Furcht betrifft, die ich Ihrer Ansicht nach empfinden müßte, so muß ich Ihnen gestehen, daß ich nur nach außen hin so ruhig wirke. Aber nach allem, was ich von Ihnen gehört habe, schätze ich Sie intelligent genug ein, keinen unsinnigen Angriff zu riskieren. Sie wissen, daß es für Sie kein Entkommen gibt. Warum also sollten Sie Ihre Situation durch einen Angriff auf mich verschlechtern? Außerdem ist noch fraglich, wie ein Kampf zwischen mir und Ihnen ausgehen würde.«

Snogletto war zweifellos der selbstbewußteste Walker, der ihnen bisher begegnet war. Daraus und aus der Art, wie er von seinen Artgenossen behandelt wurde, schloß Rhodan, daß Snogletto in diesem Trichtergebäude eine führende Position einnahm.

»Wir wollen nicht kämpfen«, sagte Rhodan. »Wir sind gekommen, um Ihnen ein Friedensangebot zu unterbreiten.«

Snogletto winkte ab.

»Lassen wir doch diese Schauspielerei«, meinte er. »Sie werden auf jeden Fall getötet. Vielleicht gehen Sie leichter aus dem Leben, wenn Sie vorher die Wahrheit sagen.«

»Hör dir diesen Ignoranten an!« schnaubte Gucky entrüstet.

»Wofür halten Sie uns eigentlich?« wandte er sich an den Walker.

Snogletto kroch von seiner Liege herunter und trat an ein kuppelförmiges Fenster. Vor dem Fenster breitete sich heller Lichtschein aus: die von der Wolkendecke des Planeten Trobos reflektierten Sonnenstrahlen. Rhodan erkannte daran, daß sie sich sehr weit oben im Trichter befanden.

»Wir haben niemals zuvor Wesen Ihrer Art gesehen«, sagte Snogletto. »Sie scheinen intelligenter zu sein als die anderen Dschungelbewohner.«

»Sie glauben also, daß wir aus dem Dschungel kommen.«

»Nein«, sagte Snogletto. »Sie hätten dort keine Überlebenschance. Wie man mir berichtete, waren Sie auf der Flucht und von Raubkatzen eingekreist, als Sie von einem Jagdkommando gerettet wurden.«

»Wenn wir nicht aus dem Dschungel kommen, gehören wir nicht zu den natürlichen Feinden der Walkers«, sagte Rhodan. »Warum geben Sie uns keine Chance, unsere friedlichen Absichten zu beweisen?«

Der Walker wanderte unter dem Fenster hin und her. Er schien nachzudenken. Rhodan glaubte sich vorstellen zu können, was im Kopf des Walkers vor sich ging. Das Raupenwesen suchte nach einer Antwort auf die Fragen, die mit dem Erscheinen der drei Fremden verbunden waren.

Die Haltung Snoglettos bewies, daß die Walkers die Lemurer längst vergessen hatten. Rhodan hatte gehofft, daß es wenigstens Legenden geben würde, die auf die Verbindung zwischen Walkers und Lemurern hinwiesen.

»Ich nehme an, daß Sie Spione sind«, sagte Snogletto. »Sie sollen diesen Trichter auskundschaften, um herauszufinden, wie man ihn erobern kann. Das wird Ihnen jedoch nicht gelingen. Sie werden dieses Gebäude nicht lebend verlassen.«

»Wir kommen von einer anderen Welt, die nicht in diesem Sonnensystem liegt«, sagte Rhodan. »Wir sind mit einem Raumschiff hierher gekommen.«

Snogletto kratzte sich am Kopf.

»Es gehört zu meinen vordringlichen Aufgaben, mein Volk vor Schaden zu bewahren«, sagte er. »Würde ich Ihnen glauben, würden die sich zwischen unseren Völkern entwickelnden Beziehungen einschneidende Veränderungen für unser Leben mit sich bringen.«

Die Worte des Walkers bestätigten den Verdacht, den Perry gehegt hatte.

»Es kommt Ihnen nicht so sehr darauf an, wer wir sind oder was wir vorhaben«, warf er Snogletto vor. »Sie wollen unter allen Umständen den *Status quo* in diesem Trichter erhalten.«

»Nicht nur in diesem Trichter«, verbesserte Snogletto. »Was ich sage, gilt für alle Gebäude auf Trobos. Ich spreche stellvertretend für alle Walkers. Wir haben unsere Zivilisation aufgebaut. Jeder Schritt zurück oder nach vorn kann unser Ende bedeuten.«

Chuzijew trat an Rhodans Seite.

»Was sagen Sie jetzt?« fragte er Rhodan. »Glauben Sie immer noch, daß man mit den Walkers verhandeln kann?«

»Es sieht nicht gut aus«, gab Rhodan zu.

»Nein«, sagte Chuzijew hart. »Im Gegenteil.«

»Verstehen Sie mich richtig«, fuhr Snogletto fort. »Ich bitte Sie nicht um Verständnis für unsere Lage. Ich empfinde auch keine Skrupel, Sie zum Tode zu verurteilen. Wenn ich mich mit Ihnen unterhalte, so bezeugt das lediglich mein Interesse an Ihnen, denn Sie sind immerhin ungewöhnlich.«

Rhodan antwortete nicht. Er begann zu begreifen, daß er bei Snogletto mit seinen Bemühungen auf noch härteren Widerstand stoßen würde, als bei Regon oder einem anderen Walker der unteren Etagen.

»Ich werde über Sie nachdenken«, sagte Snogletto. »Sie bleiben noch ein paar Stunden am Leben, denn es ist möglich, daß ich noch Fragen an Sie richten muß.«

Er schlug mit einer Hand auf ein trommelförmiges Instrument, worauf ein dumpfes Geräusch hörbar wurde. Die Tür öffnete sich, und ein paar bewaffnete Walkers drängten herein. Snogletto winkte ungeduldig.

»Bringt sie weg«, sagte er.

»Sollen wir sie töten?« fragte einer der Wächter.

»Noch nicht«, erwiderte Snogletto. »Bringt sie vorläufig in einen abgeschlossenen Raum. Ich entscheide, wann sie hingerichtet werden.«

Gucky und die beiden Terraner ließen sich widerstandslos aus dem Zimmer führen. Draußen wartete ein Fahrzeug auf sie, mit dem sie in einen anderen Teil dieser Etage gebracht wurden. Man sperrte sie in einen Raum, der mit Einzelteilen verschiedener Maschinen angefüllt war.

Rhodan schaute sich um.

»Mit Friedensbeteuerungen allein kommen wir nicht weiter«, sagte er. »Wir müssen den Walkers beweisen, daß wir Ihnen überlegen sind. Gleichzeitig sollten wir ihnen zeigen, daß wir ihnen bei ihrem Überlebenskampf helfen können.«

»Was hast du vor?« erkundigte sich Gucky.

»Du kannst jetzt an Bord der CREST teleportieren«, sagte Rhodan. »Hefrich soll dafür sorgen, daß man dir ein komplettes Kraftaggregat mit Kompressor zur Verfügung stellt. Sobald die Anlage einsatzbereit ist, bringst du sie mit Tako Kakutas Hilfe hierher.«

»Ist das alles?« fragte der Ilt enttäuscht.

Rhodan zögerte.

»Meinetwegen bring noch ein paar Waffen mit«, sagte er schließlich.

Bereits eine halbe Stunde später kehrte Gucky zurück. Er materialisierte zusammen mit Tako Kakuta. Gucky und Kakuta hatten ein kleines Aggregat mit viel Zubehör dabei, zu dem auch ein Kompressor gehörte.

»Ich habe mir an Bord der CREST die Zeit genommen, zu baden«, berichtete Gucky, während Rhodan das Aggregat untersuchte. Er warf Chuzijew einen Seitenblick zu. »Jetzt ist mein Fell wieder sauber, und ich fühle mich wohler.«

Der Anthropologe zeigte keine Reaktion. Er half Rhodan, die einzelnen Zusatzgeräte an das Aggregat anzuschließen. Gucky verteilte die mitgebrachten Kombistrahler.

»Jetzt können Snoglettos Henker kommen«, sagte er.

Rhodan richtete sich auf.

»Keine Dummheiten!« warnte er. »Wir schießen nur, wenn es nicht anders geht, und selbst dann nur mit Paralysestrahlen. Ich glaube jedoch, daß die Anwesenheit Kakutas und das Vorhandensein der Maschine die Walkers veranlassen wird, Snogletto zu holen.«

Eine weitere Stunde verstrich, dann wurde die Tür zu ihrem Gefängnis aufgerissen. Bewaffnete Walkers kamen herein. Sie stutzten, als sie Tako Kakuta und das Aggregat sahen. Rhodan beobachtete, wie sie sich leise unterhielten. Dann zogen sie sich zurück und schlugen die Tür wieder zu.

Gucky rieb sich die Pfoten. »Sie sind verwirrt«, sagte er. »Jetzt sind sie zu Snogletto unterwegs.«

Die Gefangenen brauchten nicht lange zu warten, bis Snogletto auftauchte. Diesmal war er bewaffnet. In seiner Begleitung befanden sich vier kräftige Walkers.

Snogletto blieb im Eingang stehen und starrte zu den Männern und Gucky herein.

»Woher kommt dieser Mann?« fragte er nach einer Minute des Schweigens und deutete auf den Teleporter.

»Das kann ich Ihnen nicht erklären«, sagte Rhodan. »Aber auf die gleiche Art, wie wir *ihn* hierher gebracht haben, können wir noch Tausende von Männern holen.«

Snogletto hob den Arm.

»Erschießt sie!« rief er seinen Begleitern zu.

Rhodan, der den Fernschalter des Aggregats in der Hand hielt, drückte auf einen Knopf, und eine unsichtbare Energiewand bildete sich vor ihnen. Die Schüsse der Walkers wurden aufgehalten.

»Snogletto!« rief Rhodan. »Hören Sie uns ein paar Minuten zu.«

»Hört auf zu schießen!« befahl der Walker.

Snoglettos Begleiter wichen zurück und senkten die Waffen.

»Ich verspreche Ihnen, daß wir nicht die Absicht haben, diesen oder irgendeinen anderen Trichter zu erobern«, sagte Perry. »Wir bitten nur um die Erlaubnis, mit unserem Raumschiff auf Trobos landen zu dürfen. Wir brauchen diese Erlaubnis aus Gründen, die wir Ihnen nicht erklären können.«

Snogletto deutete auf die Maschine.

»Was ist das?« fragte er. »Eine Waffe?«

»Natürlich nicht«, beruhigte ihn Rhodan. »Ein Geschenk für Ihr Volk.«

Der Walker blickte mißtrauisch auf die Anlage.

»Was sollen wir damit anfangen?«

»Bisher mußten Sie immer gefüllte Luftblasen von unten heraufschaffen lassen, denn der große und schwere Kompressor konnte nur in den unteren Etagen eingesetzt werden. Mit diesem Gerät wird es möglich sein, alle leeren Luftblasen hier oben in kürzester Zeit zu füllen. Dadurch wird auf den Plattformen mehr Platz für Vorräte sein.«

Snogletto gab keine Antwort, und Rhodan benutzte die Gelegenheit, um fortzufahren: »Lassen Sie eine leere Blase bringen, damit ich meine Worte beweisen kann.«

Nach kurzem Zögern schickte Snogletto einen seiner Begleiter davon.

»Warum wollen Sie auf unserer Welt landen?«

»Auf diesem Planeten, wahrscheinlich unter der Oberfläche, gibt es eine Energiestation eines längst untergegangenen Volkes«, sagte Rhodan. »Wir sind die Nachkommen dieses Volkes. Wir befinden uns, ebenso wie Ihr Volk, im Krieg. Davon, ob wir die Energiestation unserer Vorfahren entdecken oder nicht, hängt sehr viel ab.«

Rhodan hoffte, daß seine Worte für Snogletto nicht zu kompliziert waren.

»Wenn Sie erst gelandet sind, werden Sie früher oder später auch die Trichter für sich beanspruchen«, sagte Snogletto finster.

»Denken Sie doch logisch«, sagte Rhodan. »Sie sind intelligent. Ich bin sicher, daß Sie schon herausgefunden haben, daß es leicht für uns wäre, Ihr Volk aus diesem Trichter zu vertreiben. Warum sollten wir uns um Frieden und Freundschaft bemühen, wenn wir an diesem Gebäude interessiert wären? Wir könnten uns den Trichter ohne Schwierigkeiten nehmen, wenn wir ihn haben wollten.«

Bevor Snogletto antworten konnte, erschienen zwei Walkers, die eine leere Luftblase trugen. Sie legten sie wortlos neben dem Aggregat ab.

Rhodan brachte die einzelnen Anschlüsse an und schaltete das Gerät ein. Sekunden später war die Blase gefüllt. Rhodan schloß das Ventil und winkte Snogletto heran.

»Sie können sich davon überzeugen, daß die Luftblase gefüllt ist«, sagte er.

Snogletto ging behutsam vor, als fürchtete er, die Blase könnte ihm unter den Händen explodieren. Auf sein erstauntes Gemurmel hin begannen auch die anderen Walkers mit der Untersuchung des Luftbehälters.

Snogletto öffnete das Ventil. Luft strömte zischend heraus. Snogletto schnüffelte und nickte anerkennend.

»Es funktioniert«, sagte er.

»Das Gerät gehört Ihrem Volk«, sagte Rhodan. »Wir können noch mehr solcher Anlagen liefern. Doch wir verlangen, daß Sie uns entgegenkommen und uns Landeerlaubnis geben. Unsere Untersuchungen werden in ein paar Tagen abgeschlossen sein, dann verlassen wir Trobos wieder.«

»Ich kann nicht allein entscheiden«, sagte Snogletto. »Ich muß mit den Oberen der anderen Trichter sprechen.«

Rhodan war von dem zu erwartenden Zeitverlust nicht begeistert.

»Wie lange wird es dauern, bis wir eine Antwort bekommen?« fragte er.

»Ein paar Stunden«, sagte Snogletto.

»Werden Sie für oder gegen eine Landung stimmen, Snogletto?« erkundigte sich Chuzijew.

»Dafür«, sagte Snogletto.

Dann wandte er sich abrupt um und kroch hinaus.

»Jemand kommt!« rief Gucky nach vier nervenzermürbenden Stunden des Wartens.

Rhodan blickte gebannt auf die Tür.

Sie wurde geöffnet, und ein junger Walker stand im Eingang.

»Snogletto schickt mich«, sagte er und scharrte vor Nervosität mit den Beinen auf dem Boden. »Sie können mit Ihrem Schiff auf dieser Welt landen. Sie dürfen sich jedoch nicht länger als drei Tage hier aufhalten.«

Rhodan war so erleichtert, daß er am liebsten auf den Walker zugeeilt wäre und ihm die Hand gedrückt hätte. Er begnügte sich jedoch mit einem Nicken.

»Bestellen Sie Snogletto unseren Dank«, sagte er. »Wir werden uns an die Bedingungen halten.«

»Sie können jetzt den Trichter verlassen«, sagte der Walker. »Inzwischen wurde die Nachricht verbreitet, daß niemand Sie belästigen oder angreifen darf.«

»In Ordnung«, sagte Rhodan.

Der Walker zog sich zurück.

Rhodan griff nach Guckys Pfote.

»Wir springen zur CREST zurück«, sagte er. »Tako, Sie nehmen den Professor mit.«

Als wenige Minuten später ein paar Walkers erschienen, um sich zu erkundigen, warum die ehemaligen Gefangenen den Raum noch immer nicht verlassen hatten, erlebten sie eine neue Überraschung.

Es war niemand mehr da.

25.

Am 22. Dezember 2436, 8:07 Uhr Erdzeit, landete die CREST V auf dem zweiten Planeten der Sonne Scorch. Mit Schüssen aus den Impulskanonen wurde der Dschungel auf einem Gebiet von zehn Quadratkilometern niedergebrannt. Für dieses Vorgehen war zuvor die Erlaubnis der Walkers eingeholt worden, denn Rhodan wollte vermeiden, daß die Raupenwesen an einen Angriff glaubten.

Die CREST V setzte mit eingeschaltetem normal energetischem Schutzschirm auf, um vor den sofort in großen Schwärmen auftauchenden Flugschlangen sicher zu sein.

Sofort ausgeschleuste Shifts, die im Schutze ihrer HÜ-Schirme über den Dschungel flogen, löschten noch tobende Brände und verhinderten auf diese Weise, daß Trichter der Walkers durch Feuer gefährdet wurden.

Snogletto, der das Erscheinen des Raumschiffs vom Eingang eines Trichters aus beobachtete, beglückwünschte sich zu seiner Weitsicht.

»Stellt euch vor, wir hätten mit diesen Fremden einen Krieg begonnen«, sagte er zu seinen Begleitern. »Stellt euch das einmal vor.«

Sie neigten ihre Köpfe und huldigten auf diese Art seiner Klugheit.

Dr. Armond Bysiphere deutete auf das Meßgerät und nickte Dr. Waringer zu.

»Die Nadel schlägt aus«, sagte er. »Das beweist uns, daß unter der Oberfläche Energieanlagen existieren.«

Rhodan, der zusammen mit Atlan ins Labor der Wissenschaftler gekommen war, beugte sich über das Gerät.

»Der Ausschlag ist sehr schwach«, erkannte er.

Bysiphere nickte.

»Das kann meiner Ansicht nach nur bedeuten, daß nur noch ein Teil der Anlagen unter der Oberfläche dieses Planeten funktioniert«, sagte er.

Chuzijew, der sich ebenfalls im Labor aufhielt, ging unruhig auf und ab. Man hatte ihn zwar dazu veranlassen können, sich nach seinem Abenteuer innerhalb des Trichtergebäudes zu baden, aber er hatte sich energisch dagegen gewehrt, eine neue Uniform anzuziehen oder sich gar zu rasieren.

»Ich glaube immer mehr, daß Trobos nur eine Falle ist«, sagte er. »Dieser Planet sollte Wesen, die nach den Lemurern suchen, in die Irre führen.«

»Andererseits wäre Trobos mit seinen endlosen Dschungeln das geeignete Versteck für die vor den Halutern flüchtenden Lemurer gewesen«, wandte Atlan ein.

Chuzijew hob einen Arm und deutete auf einen Bildschirm, der mit einer Außenbordkamera verbunden war.

»Seit zehn Stunden suchen unsere Shifts den Dschungel ab«, sagte er. »Sie haben keinen Eingang zu unterirdischen Anlagen gefunden und werden auch niemals einen finden.«

»Warum sind Sie so sicher?« fragte Waringer.

»Weil ich die Lemurer kenne«, sagte der Anthropologe. Wenn man ihn so sprechen hörte, konnte man glauben, er würde über ein Volk diskutieren, das noch immer existierte. Vielleicht traf es sogar zu, daß die Lemurer für Chuzijew niemals untergegangen waren. Er hatte sich so intensiv mit ihrer Kultur beschäftigt, daß sie für ihn lebten – zumindest in seiner Phantasie.

»Wir lassen die Oberfläche von Trobos weiterhin absuchen«, sagte Rhodan. »Haben Sie einen Alternativvorschlag, Professor?«

»Nein«, gab Chuzijew zu. »Aber ich habe eine Idee. Eine ganz bestimmte Idee. Lassen Sie mich darüber nachdenken.«

Er stürmte aus dem Labor.

»Was wollen wir tun, wenn alle Shifts ohne Ergebnisse zurückgekehrt sind?« erkundigte sich Atlan.

Rhodan blickte auf die Uhr. Der letzte Shift würde in zwei Stunden in den Hangar zurückkehren. Dann mußte er eine Entscheidung treffen. Doch diese wurde ihm durch etwas völlig Unerwartetes abgenommen, kaum daß die Shifts ohne Neuigkeiten wieder eingeschleust waren.

Urplötzlich gab es Alarm.

Die Alarmanlage terranischer Schiffe war so eingestellt, daß sie auf jede fremde Energieform in ihrer Nähe reagierte.

Als die Warnlampen aufflackerten und das charakteristische Wimmern der Sirenen durch die Zentrale klang, handelte Rhodan blitzschnell. Er schaltete auf Außenbeobachtung. Unmittelbar vor dem Schiff war ein torbogenförmiger Energiering entstanden. Seine Höhe betrug wenigstens vier Kilometer, seine Breite drei Kilometer.

»Ortung, Sir!« überschrie die Stimme des diensthabenden Ortungsoffiziers den allgemeinen Lärm.

»Sprechen Sie!« gab Rhodan zurück.

In Augenblicken wie diesen war er vollkommen gefaßt. Seine Gefühle waren fast vollständig zurückgedrängt, so daß er in der Lage war, schnelle und folgerichtige Entscheidungen zu treffen.

»Unter der Oberfläche von Trobos sind große Energiestationen in Betrieb genommen worden«, informierte ihn der Mann in der Ortungszentrale.

»Kein Wunder«, brummte Merlin Akran. »Um diesen Torbogen aufzubauen, bedarf es einer gigantischen Anlage.«

»Was hältst du davon?« fragte Atlan.

»Das gleiche wie du«, erwiderte Rhodan. »Dieser Torbogen ist ein Transmitter riesigen Ausmaßes. Ich habe schon zu viele davon gesehen, um mich zu täuschen.«

Seine Stimme hob sich.

»Fertigmachen zum Start.«

»Vorbereitungen laufen, Sir!« gab Akran zurück. »Schiff startet in zwei Minuten.«

Das torbogenähnliche Gebilde, das sich über dem Kugelschiff wölbte, begann zu flimmern.

Unsichtbare Kräfte griffen nach der CREST V.

»Traktorstrahlen, Sir!« rief der Ortungsoffizier. »Sie werden immer stärker.«

»Wir sollen durch den Transmitter gerissen werden«, stellte Rhodan gelassen fest. »Wie weit sind Sie, Oberst?«

»Triebwerke laufen an«, erwiderte Akran.

Ein titanischer Kampf zweier Energiestationen begann: die Triebwerke der CREST V gegen die Zugstrahlen des Transmitters. Das Schiff hob langsam vom Boden ab.

»Wir kommen frei!« schrie jemand triumphierend.

Die Freude war nur von kurzer Dauer. Wie Perry befürchtet hatte, gewann das Schiff nicht an Höhe, sondern wurde Meter um Meter auf den Torbogen zugezogen.

»Sir!« schrie Akran. »Ich kann das Schiff nicht halten.«

»Äußerste Schubleistung!« gab Rhodan zurück.

Atlan legte ihm eine Hand auf die Schulter.

»In dieser Höhe?« rief er. »Bist du wahnsinnig?«

Doch Akran, der genau erkannte, wie verzweifelt die Lage war, hatte bereits gehandelt. Die CREST schien sich aufzubäumen. Ein Knirschen durchlief das Schiff.

»Das Schiff wird zerbrechen«, prophezeite Atlan.

Die CREST V sprang trotz ihrer ungeheuren Größe wie ein Gummiball hin und her. Trotz der Andruckneutralisatoren verloren in diesen Sekunden Hunderte von Besatzungsmitgliedern das Bewußtsein oder wurden verletzt.

»Wir kommen nicht weg!« sagte Akran, der vom Sessel aufgesprungen war und sich an den Kontrollhebeln festklammerte.

Auch jetzt, da die gesamte Energie der Generatoren in die Triebwerke umgeleitet wurde, näherte sich die CREST V dem Torbogen.

Rhodan kam nicht mehr dazu, weitere Befehle zu geben. Wie ein Korken, der nach langem Tanz auf der Wasseroberfläche endlich von einem Strudel in die Tiefe gezogen wurde, schoß die CREST durch den Torbogen und entstofflichte.

Der Rematerialisierungsschmerz war kaum spürbar. Das konnte an einer verbesserten Transmittertechnik liegen oder auch der Beweis dafür sein, daß die CREST V nur eine geringe Entfernung zurückgelegt hatte.

Rhodan richtete sich auf. Alle Männer im Schiff waren einsatzbereit, ausgenommen jene, die ernstere Verletzungen erlitten hatten.

Auf den Bildschirmen wurden die Innenwände einer Halle sichtbar, die ungefähr die gleichen Ausmaße wie die CREST V besaß. Wahrscheinlich handelte es sich um eine Transmitterhalle.

»Ich glaube, daß wir nur über eine kurze Strecke befördert wurden«, sagte Dr. Waringer.

»Natürlich«, stimmte Oberst Akran zu. »Meiner Ansicht nach befinden wir uns jetzt unter der Oberfläche des Planeten Trobos.«

Rhodan antwortete nicht. Er dachte angestrengt nach. Hatten sie wirklich den letzten Test bestanden und waren in einer alten lemurischen Station angekommen?

Rhodan wurde das Gefühl nicht los, daß sie einen Fehler begangen hatten. »Ich gehe mit ein paar Männern hinaus und sehe mich um«, sagte er.

»Wenn das hier tatsächlich eine Transmitterhalle ist – und wir haben keinen Grund, daran zu zweifeln –, kann die CREST jeden Augenblick wieder entmaterialisiert werden«, warnte Atlan. »Du gehst ein großes Risiko ein.«

»Ich glaube nicht, daß das Schiff noch einmal über einen Transmitter geschickt wird«, erwiderte Rhodan. »Wäre unser Ziel nicht hier, hätte man uns bestimmt gleich woanders hingebracht.«

Rhodan bestimmte Bysiphere und John Marshall als seine Begleiter.

»Wir gehen ohne Waffen hinaus, legen aber Schutzanzüge mit Flugprojektoren an«, sagte Perry.

Im gleichen Augenblick wurde er von einer Welle heftiger Schmerzen erfaßt und sank auf seinen Sitz zurück. Die Männer rings um ihn krümmten sich und mußten sich festhalten. Ein paar sanken zu Boden.

»Was ist das?« stieß Atlan hervor, der über der Rückenlehne seines Sessels hing.

Aus allen Teilen des Schiffes wurde Alarm gegeben. Rhodan erkannte daran, daß die gesamte Besatzung von dem unheimlichen Angriff betroffen wurde.

»Ich glaube, es sind Vibratorschwingungen, die die Zellkerne angreifen«, sagte Rhodan.

Die Wirkung der unsichtbaren Strahlen war bereits im Abklingen. Gleich darauf ließ sie ganz nach.

Rhodan hörte sich aufatmen. Obwohl er keine Schmerzen mehr empfand, zitterte er noch am ganzen Körper. Um ihn herum richteten sich erschrockene und blasse Männer wieder auf.

»Das möchte ich nicht noch einmal erleben«, sagte Merlin Akran. Er sprach das aus, was alle anderen dachten.

»Der Angriff war eine Warnung«, meinte Chuzijew. »Wir begehen einen Fehler. Wenn wir ihn nicht korrigieren, wird man uns erneut angreifen.«

»Vielleicht wurden wir beschossen, weil wir das Schiff noch nicht verlassen haben«, vermutete Melbar Kasom.

Rhodan war anderer Ansicht. Der Angriff war erfolgt, als Marshall, Bysiphere und er sich bereitgemacht hatten, das Schiff zu verlassen. Der Angriff konnte also durchaus an ihre Adresse gerichtet sein und sie davor warnen, außerhalb der CREST V Untersuchungen anzustellen.

»Wir sollten auf jeden Fall die normalen Schutzschirme einschalten«, schlug Atlan vor. »Sie dürften die Vibratorschwingungen zum größten Teil absorbieren, wenn man uns noch einmal angreift.«

»Ja«, stimmte Rhodan zu. »Schalten Sie die Schutzschirme ein, Oberst.«

Akran betätigte einige Schalthebel und blickte dann fassungslos auf die Kontrollen.

»Keine Reaktion, Sir!« meldete er.

»Was?« brachte Rhodan hervor. »Stellen Sie fest, woran dieser Ausfall liegt.«

Der Epsaler setzte sich über Interkom mit den verschiedenen Maschinenräumen in Verbindung. Er erfuhr, daß die Kernfusion in allen Kraftwerken unterbrochen war. Nur die normalen Energieanlagen liefen noch.

»Wir können also die Schutzschirme nicht einschalten«, sagte Atlan sachlich. »Sollte ein neuer Angriff erfolgen, werden wir ihm ebenso ausgeliefert sein wie dem ersten.«

»Es ist auch sinnlos, wenn wir unter diesen Umständen einen Versuch mit den Triebwerken machen«, sagte Chefingenieur Hefrich. »Sie sind ebenfalls ausgefallen.«

Rhodan rieb sich das Kinn.

»Das alles ist ein Test«, sagte er. »Wir müssen nur herausfinden, was wir falsch gemacht haben.« Er rief Gucky zu sich. »Du mußt einen Versuch riskieren, die CREST mit einer Teleportation zu verlassen. Nur so können wir ergründen, was die Unbekannten von uns erwarten.«

Gucky zögerte keine Sekunde, sondern entmaterialisierte. Fast im gleichen Augenblick lag er schreiend auf dem Boden.

»Er wurde zurückgeschleudert«, sagte Rhodan enttäuscht. »Unsere Anwesenheit ist also außerhalb des Schiffes nicht erwünscht.«

Atlan öffnete den Mund, um zu antworten, doch er brachte nur noch ein krächzendes Geräusch hervor. Ein heftiger Schauer von Vibrationen durchlief das Schiff und fügte den Raumfahrern qualvolle Schmerzen zu. Rhodan, der im Sessel zusammensank, hatte den Eindruck, daß die Wirkung noch stärker als beim ersten Angriff war. Diesmal dauerte der Beschuß fast zwei Minuten. Als er abklang, war Rhodan so erschöpft, daß er heftig nach Atem ringen und sich an den Kontrollhebeln hochziehen mußte.

»Immerhin . . . wissen wir jetzt, daß wir . . . auf keinen Fall das Schiff verlassen dürfen«, sagte er mühevoll.

»Aber was erwartet man von uns?« fragte Atlan.

Rhodan stützte seinen Kopf in beide Hände. Er wünschte, er hätte darauf eine Antwort gewußt.

»Wir sollten uns wehren«, sagte Merlin Akran. »Wenn diese Angriffe noch ein paarmal wiederholt werden, sind wir erledigt. Warum setzen wir nicht unsere Waffen ein?«

»Abgesehen davon, daß nur noch ein Teil davon funktioniert – worauf sollen wir schießen?« fragte Rhodan. »Es hat doch keinen Sinn, wenn wir die Kuppelwände unter Beschuß nehmen. Damit würden wir uns nur selbst schaden.«

Chuzijew trat neben ihn.

»Wir befinden uns in einer lemurischen Transmitterhalle«, sagte er.

Rhodan warf ihm einen erstaunten Blick zu.

»Daß dies eine Transmitterhalle ist, war uns von Anfang an klar«, sagte er. »Warum sind Sie so sicher, daß sie lemurischer Bauart ist?«

Im Gesicht des Anthropologen ging eine Veränderung vor. War es eben noch von den Spuren der Schmerzen gezeichnet gewesen, so zeigte es jetzt jenes für Chuzijew charakteristische überhebliche Lächeln.

»Ich habe die letzten dreißig Jahre fast ausschließlich auf dem Grund des Pazifiks verbracht«, sagte er. »Dabei fand ich die Überreste einer Halle, die dieser genau geglichen haben muß. Die dazugehörige Literatur bewies mir, daß es sich um eine Transmitterhalle handelte, in der die Lemurer unliebsame Gäste abfingen.«

»Warum, bei allen Planeten, haben Sie Ihre Forschungsergebnisse nie veröffentlicht?« fragte Rhodan.

»Ich wollte der wissenschaftlichen Welt ein abgeschlossenes Werk vorlegen.« Der Anthropologe seufzte. »Für jede meiner Behauptungen wollte ich Beweise vorlegen. Dieser Bericht wäre Höhepunkt und Abschluß meines Lebenswerkes gewesen.«

Da Rhodan nur zu gut wußte, daß auf solche melancholischen Äußerungen bei Chuzijew nur allzuoft die übelsten Beschimpfungen folgten, verzichtete er auf eine Antwort.

»Haben Sie eine Idee, wie wir hier herauskommen?« wandte sich Atlan an den Wissenschaftler.

»Ich sagte doch, daß es sich um eine Transmitterhalle handelt«, erwiderte Chuzijew mürrisch. »Aus einer Falle, die die Lemurer errichtet haben, gibt es kein Entkommen.«

Atlan bedachte den kleinen Mann mit einem wütenden Blick.

»Zum Glück sitzen Sie mit in der Falle«, sagte er. »Da können Sie bewundern, auf welche Weise die Lemurer Sie zugrunde richten.«

»Es liegt schließlich an uns, was geschehen wird«, erwiderte Chuzijew ungerührt. »Wir brauchen nur den Test zu bestehen, und alles ist in bester Ordnung.«

Da niemand in der Zentrale einen Vorschlag zu machen hatte, wie man aus der Halle entkommen konnte, sprach Rhodan über Interkom mit der Besatzung. Er wies auf den Ernst der Lage hin.

»Es wird das beste sein, wenn jedes Besatzungsmitglied einen Schutzanzug anlegt«, sagte er abschließend. »Auf diese Weise können wir einen neuen Angriff hoffentlich besser überstehen.«

Seine Anordnung war in wenigen Augenblicken ausgeführt. Auch in der Zentrale zogen die Männer ihre Schutzanzüge an. Sie verständigten sich jetzt über Helmfunk.

Die Station, in der sie sich jetzt befanden, wurde wahrscheinlich von einer Automatik gesteuert, die sich streng an die von den Lemurern programmierten Aufträge hielt. Lebende Wesen hätte man vielleicht zu einer Äußerung ihrer Haltung veranlassen können, doch die Maschine würde nicht vom vorgezeichneten Weg abgehen.

Ein paar Minuten, nachdem die Männer ihre Schutzanzüge angelegt hatten, erfolgte der dritte Angriff.

Die Anzüge nützten wenig, obwohl die Raumfahrer die Individualschutzschirme einschalteten. Die Vibratorschwingungen waren nicht aufzuhalten. Es erwies sich sogar als zusätzliche Belastung, wenn man einen Schutzanzug trug, denn das Gefühl der Atemnot wurde dadurch noch stärker.

Der Beschuß dauerte über fünf Minuten, und die Männer an Bord der CREST V brauchten eine halbe Stunde, um sich davon zu erholen.

»Eines ist klar«, sagte Rhodan, als er seine Stimme wieder unter Kontrolle hatte. »Jeder neue Angriff ist stärker als der vorausgegangene. Wir können uns ausrechnen, wann wir durch den Beschuß getötet werden.«

»Aber man will uns nicht töten«, sagte Atlan. »Wäre das das Ziel der Lemurer, befänden wir uns nicht mehr unter den Lebenden. Man gibt uns immer wieder eine Chance, den Test zu bestehen.«

Was erwartete die Robotstation von ihnen? Es war immer die gleiche Frage, mit der sich Perry Rhodan beschäftigte. Es gab eine Möglichkeit, den Beschuß mit Vibratorschwingungen zu unterbinden und von der Automatik anerkannt zu werden.

Vielleicht war die Lösung sehr einfach.

»Ich habe eine Idee«, sagte Chuzijew gedehnt.

»Worauf warten Sie noch?« Rhodan erhob sich und ging zu dem Anthropologen hinüber. »Los, heraus damit. Wir müssen alles versuchen.«

»Quatsch!« brummte der Wissenschaftler. »Werden Sie nicht aufdringlich. Ich weiß am besten, wann ich meinen Plan verwirklichen kann.«

Rhodan wurde mißtrauisch.

»Erst sprachen Sie von einer Idee, jetzt von einem Plan. Wenn Sie uns noch mehr in Schwierigkeiten bringen, lasse ich Sie in eine Kabine sperren.«

Chuzijews Gesicht rötete sich, das war trotz des Schutzhelms zu erkennen.

»Den Teufel werden Sie tun!« schrie er Rhodan an. Er hieb sich mit einer Faust gegen die magere Brust. »Ich bin der Mann, der Ihnen helfen kann.«

Rhodan wurde über Interkom von verschiedenen Teilen des Schiffes angerufen. Die Offiziere berichteten von der schlechten Verfassung der Besatzung. Sie drängten Rhodan, irgend etwas zu unternehmen, da eine Verschlechterung der derzeitigen Lage sowieso kaum möglich war.

»Bevor wir uns umbringen lassen, schießen wir zurück«, kündigte Rhodan an. Er war sich darüber im klaren, daß eine Verwirklichung dieses Vorhabens ihren Tod bedeuten würde. Er konnte jedoch die Männer verstehen, die sich unter dem Einfluß der Vibratorschwingungen hilflos am Boden krümmten.

Während er noch mit einem Offizier des oberen Poldecks sprach, begann ein neuer Angriff.

Die Schwingungen waren wieder stärker. Rhodan schloß die Augen und umklammerte die Lehnen des Sessels.

Diesmal erledigen sie uns! schoß es durch seinen Kopf.

Mit übermenschlicher Anstrengung richtete er sich auf. Bevor er sich auf diese Weise umbringen ließ, wollte er wenigstens einen letzten Rettungsversuch riskieren. Er konnte vom Kontrollstand der CREST V aus einen Teil der Schiffsgeschütze abfeuern.

Die einzelnen Schalthebel verschwammen vor seinen Augen.

Er mußte sich nach vorn beugen. Seine Hände bewegten sich unsicher auf die Kontrollen zu.

Da hörte er die Stimme von Sergej Chuzijew. Der Anthropologe konnte vor Schmerzen kaum sprechen, aber was er sagte, war deutlich zu verstehen. Rhodan wandte sich um. Er konnte den kleinen Mann wenige Schritte von sich entfernt am Boden liegen sehen. Er hatte seine Hände in eine Karte gekrallt.

»Wir befinden uns auf keinen Fall auf Trobos«, sagte Chuzijew gepreßt. »Es war ein Trugschluß, anzunehmen, daß uns der Transmitter unter die Oberfläche des zweiten Planeten der Sonne Scorch gebracht hat.«

»Was reden Sie da?« fragte Rhodan.

»Ruhe!« rief Chuzijew. »Seien Sie still. Trobos war für die Lemurer nur dazu da, um eventuell auftauchende Feinde irrezuführen. Weder die Gerüste, die um Trobos kreisen, noch die Energiestationen unter der Oberfläche haben einen besonderen Sinn.«

»Und wo befinden wir uns Ihrer Ansicht nach?« fragte Rhodan. Die Schmerzen waren so stark geworden, daß er glaubte, sein gesamter Körper stünde in Flammen. Ein würgendes Gefühl ließ ihn fast ersticken.

»Wir befinden uns unter der Oberfläche des Planeten Scorcher«, sagte Chuzijew.

Rhodan rief sich das Bild des dritten Planeten dieses Systems ins Gedächtnis. Noch während er über das nachdachte, was er über diese Welt wußte, hörte der Beschuß auf. Die Nachwirkungen waren jedoch diesmal so stark, daß keiner der Männer in der Lage war, etwas zu unternehmen.

Scorcher, so erinnerte sich Rhodan, war ein riesiger Planet mit einer giftigen Wasserstoff-Methan-Ammoniak-Atmosphäre. Wie kam Chuzijew auf den Gedanken, daß sie sich auf dieser Welt befanden?

Immerhin, der Beschuß war eingestellt worden, nachdem Chuzijew gesprochen hatte. Konnte das nicht Zufall sein? Rhodan wußte es nicht. Die nächste Stunde würde darüber Aufschluß geben, ob der Anthropologe die richtigen Schlußfolgerungen aus den Geschehnissen gezogen hatte.

Als Rhodan wieder in der Lage war, klare Befehle zu geben, setzte er sich über Interkom mit der Krankenstation des Schiffes in Verbindung.

»Sorgen Sie dafür, daß jedes Besatzungsmitglied eine Injektion erhält, die die Nachwirkungen der Vibration schneller abklingen läßt«, befahl er den Ärzten. »Sie können für diese Aktion alle verfügbaren Medo-Roboter einsetzen, denn ich glaube nicht, daß wir sie vorläufig für andere Zwecke brauchen.«

Inzwischen hatte in der Zentrale eine heftige Diskussion begonnen. Die Männer hatten zwei Parteien gebildet. Jene, die Chuzijew zustimmten, waren in der Minderheit. Zu Rhodans Überraschung gehörte auch Atlan dazu.

»Ich glaube, daß wir uns bei Chuzijew bedanken können«, sagte der Arkonide. »Er hat begriffen, was hier gespielt wurde. Kaum hatte er die Wahrheit ausgesprochen, als die Schwingungen aufhörten.«

Chuzijew sorgte mit seinem cholerischen Temperament dafür, daß die Diskussion schnell in Bahnen geriet, wo Handgreiflichkeiten nur noch eine Frage der Zeit waren. Chuzijew, obwohl klein und mager, schien diese Form der Auseinandersetzung herbeizusehnen, denn er schreckte nicht davor zurück, sogar Kasom Prügel anzubieten.

»Ruhe!« befahl Rhodan. »Chuzijew, wenn Sie hier die Stimmung anheizen wollen, lasse ich Sie arretieren.«

Chuzijew trat vor ihn hin.

»Bitte!« schrie er. »Tun Sie, was Sie wollen. Vergessen Sie jedoch nicht, daß ich Ihnen und der Besatzung dieses Schiffes wahrscheinlich das Leben gerettet habe.«

»Einschließlich Ihres eigenen«, gab Rhodan zurück.

Schneller als Rhodan es unter diesen Umständen vermocht hätte, machte eine tiefe Stimme, die aus allen Empfängern des Schiffes klang, dem Disput ein Ende.

»Perry Rhodan, Sie haben auch diesen Test bestanden«, sagte die Stimme. Rhodan fing einen triumphierenden Blick Chuzijews auf. »Nur Terraner, die mit der Technik und der Mentalität der Ersten Menschheit vertraut sind, konnten auf den richtigen Gedanken kommen. Trobos ist tatsächlich nur eine Täuschung. In Wirklichkeit haben wir, die Lemurer, auf Scorcher nach einer Zuflucht gesucht.«

Chuzijew klatschte in die Hände.

»Ich wußte es, ich wußte es!« schrie er und hüpfte durch die Zentrale.

»Wir gratulieren Ihnen«, sagte Waringer.

Chuzijew hielt inne.

»Gratulieren? Pah! Daß ich nicht lache. Ich verzichte auf alle Worte, weil ich weiß, wie jeder an Bord in Wirklichkeit von mir denkt.«

»Halten Sie jetzt endlich Ihren Mund!« sagte Rhodan schroff. »Wir müssen zu einem Entschluß kommen. Jetzt, da wir nicht mit einem neuen Angriff rechnen müssen, können wir uns in Ruhe darüber unterhalten, was zu tun ist.«

Doch diese Entscheidung nahm ihm schon ein anderer ab.

Aus sämtlichen Lautsprechern an Bord der CREST V drang abermals eine menschliche Stimme. Sie klang anders als vorhin und begann mit den Worten:

»Hier spricht der Erste Technische Offizier des Tenders DINO-drei, Major Gus Barnard. Ich begrüße den Großadministrator des Solaren Imperiums, Perry Rhodan.«

26.

Eine geschlagene Minute lang herrschte jenes abgrundtiefe, alles umhüllende Schweigen, das nur der Schock der vollkommenen Überraschung erzeugt. Die Eröffnung war zu ungeheuerlich, als daß der Verstand sie hätte aufnehmen können, ohne darüber in einen Zustand momentaner Starre zu verfallen.

Gus Barnard – einer der Männer, die auf der Suche nach dem damaligen Flaggschiff CREST III fünfzigtausend Jahre weit in die Vergangenheit verschlagen worden und verschollen waren. Gus Barnard – einer der Leute, die der Zeit mit Hilfe eines ausgedehnten Dilatationsfluges ein Schnippchen zu schlagen gedachten, vom Pfad abgerieten und, als sie erkannten, daß sie niemals mehr in ihre eigene Zeit zurückkehren können würden, mit dem Bau des gewaltigsten Raumschiffes aller Zeiten begannen: OLD MAN.

Gus Barnard – ein Geist, der über Jahrtausende hinwegreichte, um ein terranisches Raumschiff zu empfangen.

Perry Rhodan war sich vom ersten Augenblick darüber im klaren, daß Gus Barnard nach fünfzigtausend Jahren nicht mehr als physiologisches Individuum existierte. Die Annahme lag auf der Hand, daß auch von Barnard nicht mehr übrig war als das Gehirn, das in einer Nährlösung, mit einem Servocomputer gekoppelt, die Jahrtausende seit der Abtrennung vom Restkörper überstanden hatte – ebenso wie die Gehirne Rog Fanthers und seiner Leute, die bis vor kurzem als zentraler Steuermechanismus für den Riesenrobot gedient hatten.

Rhodan war der erste, der sich aus dem Bann der Überraschung löste.

»Barnard!« gellte seine Stimme. »Hier spricht Perry Rhodan. Wo befinden Sie sich? Können Sie mich hören?«

Die Antwort erfolgte sofort:

»Bitte bereiten Sie sich darauf vor, Sir, Ihr Schiff zu verlassen und mit einer Begleitung Ihrer Wahl die Rettungszentrale zu betreten – die letzte lemurische Bastion auf dieser Welt. Ein Bote wird Ihnen den Weg zu mir weisen. Leider funktioniert hier unten längst nicht mehr alles. Scorcher wurde in der Vergangenheit von Gegnern aus dem Weltraum angegriffen und verwüstet. Auch die lemurischen Anlagen wurden betroffen. Mein Bote wird in genau zehn Minuten vor Ihrem Schiff sein und Sie führen. Ich erwarte Sie und Ihre Begleiter, Sir.«

»Major!« rief Rhodan, als die Stimme verstummte. »Major Barnard . . .!«

»Er wird dir erst wieder antworten, wenn du bei ihm bist, in dieser Rettungszentrale«, sagte Atlan. »Was auch immer darunter zu verstehen ist.«

Rhodan stützte sich mit beiden Händen auf ein Pult. Sie waren zu Fäusten geballt. In seinem Gehirn arbeitete es.

»Gus Barnard«, murmelte er, noch immer fassungslos. »Seine Stimme wurde am Ende schwächer.«

Das Schweigen der Besatzung verriet, daß kaum jemand mehr mit einem so schnellen Erfolg ihrer Suche gerechnet hatte. Selbst Chuzijew verschonte Rhodan mit seinen Kommentaren.

Es war keine Einbildung gewesen. Barnards Stimme war am Ende seiner Botschaft schwach und langsam geworden. Die Sorge um den Zustand dieses Mannes, egal, wie er jetzt existierte, ließ Perry keine Minute mehr verlieren. Er bestimmte kurzerhand den Anthropologen, Waringer, Bysiphere und Tako Kakuta als seine Begleiter. Sie legten leichte Schutzanzüge an, ohne die Helme zu schließen. Die Atmosphäre in der Transmitterhalle war gut. Das gleiche durfte somit für die gesamte Anlage erwartet werden.

Noch bevor sie die CREST V in einem Shift verließen, hatte sich in einer der Wände ein Tor gebildet, und ein humanoid geformter Roboter war erschienen. Er wartete, bis die Terraner vor ihm hielten, und bedeutete ihnen dann schweigend, ihm durch das Tor ins Innere der Station zu folgen.

Es ging durch ein schier endlos erscheinendes Labyrinth von Gängen, kleineren Räumen und riesigen Hallen. Alles wirkte wie seit langem verlassen, wie tot. Die Terraner im Shift kamen an Stellen vorbei, wo einst einmal viele dutzend Lemurer an komplizierten Anlagen gearbeitet haben mußten. Es war deprimierend, all dies verlassen zu sehen, und Rhodan atmete innerlich auf, als ihr robotischer Führer nach einer halben Stunde ein großes Portal erreichte, das sich vor ihm öffnete.

Die Fahrt durch den Irrgarten war zu Ende, und die Männer im Shift hielten den Atem an, als der Roboter ihnen das Zeichen gab, ihm weiter zu folgen.

Der Shift glitt durch das hohe Portal. Der Blick, der sich den Männern öffnete, war atemberaubend.

Sie hatten den Mittelpunkt der Rettungszentrale erreicht. Dies war der Schluß, den sie daraus zogen, daß sich der Roboter plötzlich ohne ein weiteres Zeichen vor ihnen auflöste. Hier schlug das Herz des gewaltigen lemurischen Stützpunkts. In der riesigen Halle hinter dem Portal stand die gewaltige Positronik, die die Geschicke des Stützpunkts souverän geleitet hatte, bis die Stoßwellen nuklearer Explosionen während längst vergangener Angriffe auf die Milliarden delikater Zellen ihres gigantischen Körpers einzuwirken begannen und sie eine nach der andern ausschalteten, vernichteten.

Die zentrale Positronik war der technische Höhepunkt der Anlage. Zylindrisch, mit mehr als vierzig Metern Durchmesser, ragte sie annähernd einhundert Meter in die Höhe, mit ihrer leicht gewölbten Abdekkung die hohe Kuppeldecke fast berührend. Eine fugenfreie, wie aus einem Stück gegossene Verkleidung bedeckte den Koloß und schimmerte silbrig im Schein der Fluoreszenzplatten, aus denen die Kuppel bestand. Rings um den Fuß des Zylinders waren Nischen in die Verkleidung eingepreßt. Jede Nische enthielt eine umfangreiche Schaltkonsole, von der aus ein Programmierer der Maschine seine Probleme vorlegen konnte. Die Halle enthielt nichts als den Maschinenkoloß. Der lemurische Architekt hatte den Raum so geschaffen, daß die Maschine ihn beherrschte und nichts den Eindruck ihrer Größe und Macht stören konnte.

Rhodan brachte den Shift am Fuß des Kolosses zum Halten und stieg aus. Die Räume der Rettungszentrale enthielten erwartungsgemäß eine atembare Sauerstoffatmosphäre.

Plötzlich kam aus unsichtbaren Lautsprechern ein Stöhnen. Über einer Nische blinkte es, und Barnards Stimme erklang, leise und gebrochen:

»Ich bin am Ende meiner Kräfte – und es gibt nichts, was Sie tun könnten, um mir zu helfen. Mehr als das – ich lehne jede Hilfe ab. Ich habe mein Ziel erreicht oder werde es erreicht haben, sobald der Großadministrator die Güte hat, sich für mich ein letztes Mal zu identifizieren. Es muß leider sein, Sir. Bitte, treten Sie näher, Sir!«

Perry Rhodan wandte sich zur Seite und trat in die Nische. Er sah, daß die Einbuchtung größer und geräumiger war als alle anderen. Außerdem enthielt sie keine Schaltkonsole, sondern ein einfaches, solides Podest, auf dem ein Tank mit transparenten Wänden stand. Aus den Seiten des Tanks drangen zwei zylindrische Rohre, wahrscheinlich Kabelschächte, die in der Verkleidung der Positronik verschwanden. Die Seitenwände des Tanks waren von beachtlicher Dicke und enthielten ohne Zweifel komplizierte, positronische Geräteanordnungen, die aus dem Innern des Behälters Impulse aufnahmen, um sie zu verarbeiten und an die Maschine weiterzuleiten.

All das nahm Rhodan mit einem flüchtigen Blick wahr. Dann konzentrierte er sich auf den Inhalt des Tanks, und sein Herz stockte einen Augenblick, als er erkannte, was er vor sich hatte.

Der Tank war mit einer rötlichen irisierenden Flüssigkeit gefüllt. Inmitten der Flüssigkeit schwebte ein unregelmäßig geformtes Gebilde, dessen Umrisse infolge des irisierenden Leuchtens verwaschen erschienen. Sie blieben dennoch charakteristisch und erlaubten keinen Zweifel an der Identität des in der Flüssigkeit suspendierten Objekts.

Es war ein Gehirn.

Das Gehirn eines Mannes, der vor fünfzigtausend Jahren durch diese Hallen gegangen war.

Gus Barnards Gehirn.

Alle hörten, was Barnard zu sagen hatte.

»Ich identifiziere Sie hier vor mir definitiv als Perry Rhodan, den Großadministrator des Solaren Imperiums.« Die mechanische Stimme vermochte nicht, die Emotionen wiederzugeben, die Gus Barnards Bewußtsein in diesem Augenblick beseelten; aber Rhodan glaubte sie körperlich zu spüren. Er erschrak vor dem Versuch, sich auszumalen, wie ein Mann empfinden mußte, der Jahrzehntausende lang auf etwas Bestimmtes gewartet hatte und seine Erwartung endlich, endlich erfüllt sieht.

»Mir bleibt nicht viel Zeit«, fuhr die Stimme fort. »Wer weiß, wie lange ich noch in der Lage sein werde, mich Ihnen verständlich zu machen. Deswegen das Wichtigste in Kürze.

Verlassen Sie diese Halle durch das Portal, das dem Eingang gegenüberliegt. Sie gelangen in den sogenannten Saal der Erhaltung. Unmittelbar rechts neben dem Portal befindet sich eine umfangreiche Schaltkonsole. Aktivieren Sie sie. Sie ist automatisch programmiert, so daß Sie keine Möglichkeit haben, Fehler zu machen. In dem Saal befinden sich außerdem einhundert stationäre Hyperfelder, die Ihnen als leuchtende, materielose Säulen erscheinen werden. Jedes dieser Felder enthält in hyperenergetischer Form die Körpermaterie eines lemurischen Wissenschaftlers. Die Schaltkonsole dient dazu, den Rematerialisierungsprozeß einzuleiten und zu steuern, bis das Hyperfeld erlischt und der konservierte Körper in seiner ursprünglichen Form wiedererstanden ist.

Rematerialisieren Sie einen Lemurer nach dem anderen – niemals mehr als einen auf einmal. Der Prozeß ist kompliziert und wenig erprobt. Ich kann für Erfolg nicht garantieren – aber die Statistik steht auf Ihrer Seite.«

Rhodan schauderte bei dem Gedanken, wie mit dem Begriff »Statistik« die Schicksale von Wesen beiseite geworfen wurden, die sich vor Jahrhunderten dem Entstofflichungsprozeß anvertraut hatten in der Hoffnung, nach Ablauf ihrer Wartezeit wieder zum Leben erweckt zu werden.

Aber Barnard war daraus kein Vorwurf zu machen. Sein eigenes Geschick bot ihm keinen Anlaß, über die Schicksale anderer mit Mitgefühl zu sprechen.

Perry Rhodan ließ seine Begleiter bei der Positronik zurück. Sie waren dafür verantwortlich, den Tank und Barnards Gehirn im Auge zu behalten und jede Veränderung unverzüglich an Rhodan zu melden. Rhodan durchquerte die Halle und drang durch das genannte Portal in den Saal der Erhaltung ein.

Der Anblick, den der Saal bot, entsprach Gus Barnards Beschreibung. Der Raum, wesentlich kleiner als die Computerhalle, besaß eine Höhe von knapp zwanzig Metern. Er war leer bis auf die Konsole unmittelbar neben dem Eingang und einhundert säulenähnlichen Gebilden, die aus purem Licht zu bestehen schienen und vom Boden bis zur Decke hinaufragten. Die einzelne Säule hatte einen Durchmesser von etwa zweieinhalb Metern und war völlig durchsichtig. Ihr Inneres schien leer.

Rhodan war sich im klaren darüber, daß das, was er sah, nur der Effekt der Wechselwirkung zwischen der Randzone des Hyperfeldes und der umgebenden Luft war – ein fortwährender Ionisations- und Rekombinationsprozeß, der die Luftmoleküle zum Aussenden sichtbarer Strahlung anregte. Das Hyperfeld selbst und sein Energiegehalt waren unsichtbar.

Aber seine Fähigkeit, die naturwissenschaftlichen Zusammenhänge zu durchschauen, half ihm nicht über die Beklommenheit hinweg, die er empfand, wenn er daran dachte, daß jede dieser Säulen ein Leben enthielt. Suspendiertes Leben zwar, dessen Wiedererweckung davon abhing, ob der Rematerialisierungsprozeß funktionierte oder nicht – aber doch Leben.

Er wandte sich der Konsole zu und bediente einen der einhundert Schalter. Er drehte sich um und versuchte zu erkennen, welche Säule aktiviert worden war; aber es verging eine Minute, bevor sich der erste Effekt zeigte.

Eines der Felder an der linken Seitenwand des Saales begann zu flackern. Die Intensität des Leuchtens wurde unregelmäßig und nahm dabei allmählich ab. Im Innern des Feldes entstanden Materieballungen, die zunächst gasförmigen Charakters zu sein schienen, sich jedoch rasch verdichteten. Die Helligkeitsschwankungen des erlöschenden Feldes wurden jetzt kräftiger. Licht und Dunkel folgten in verwirrender Schnelle aufeinander und verboten den Einblick ins Feldinnere.

Dann – ein letzter Blitz, und das Feld war endgültig erloschen.

Der Anblick, der sich Perry dann bot, war grausig und erschütternd zugleich.

Auf dem glatten Boden des Saales lag eine Hand – eine fünfgliedrige Hand, deren Ansatz sich rasch verjüngte und zu einer dünnen, nabelstrangähnlichen Schnur aus Fleisch und fahler Haut verlief. Die Schnur war etwa einen Meter lang und endete in einem knorpeligen Knoten.

Das war alles.

Vor Tausenden von Jahren hatte ein Mensch sich der leuchtenden Säule anvertraut, ein vollständiger Mensch mit Kopf, Rumpf, Armen und Beinen. Er hatte sich auflösen lassen in der Zuversicht, daß eines Tages der Augenblick kommen werde, in dem er wieder zusammengesetzt werden würde.

Seine Hoffnung war betrogen worden.

Die zweite Säule produzierte die Hälfte eines menschlichen Rumpfes, die dritte formlose Fleischklumpen, die vierte ein Bein ohne Fuß mit einem Hüftgelenk von der Größe eines Kinderkopfes.

Die Zeit im Saal schien stillzustehen, während der Name des Saales blutiger Ironie zum Opfer fiel und ein unausgereiftes Erhaltungsprinzip eine Fehlleistung nach der anderen produzierte. Gus Barnard wurde von Rhodan über die Vorgänge im Saal auf dem laufenden gehalten; aber es gab nichts, was seine fünfzigtausend Jahre alte Ruhe zu erschüttern vermochte.

»Geben Sie die Hoffnung nicht auf«, war alles, was er zu sagen hatte. Rhodan fühlte dennoch Verzweiflung in sich aufsteigen, während Säule um Säule erlosch und aus einer nach der anderen ein grotesk verformtes Bruchstück eines Menschen entstand. Er zwang sich zum Weitermachen. Es war grauenvoll.

Und dann kam die hundertste und letzte Säule an die Reihe.

Die Stille war erschreckend. Jedermann hatte im selben Augenblick die Luft angehalten.

Die letzte, die hundertste Säule erlosch in wildem Flackern.

Da, wo sie eben noch geflackert hatte, stand ein Mann – ein vollkommener Mann!

Aus großen Augen blickte er verwirrt und benommen vor sich hin. Er tat einen Schritt, aber die Muskelsubstanz, vor so kurzem erst wieder aus Elementarbestandteilen zusammengefügt, versagte ihm den Dienst.

Er taumelte und fiel.

Fünf Stunden später.

Von Bord der CREST waren Ärzte gekommen und hatten sich des Lemurers angenommen.

Der Mann hieß Natrin Koczon. Er war ein lemurischer Wissenschaftler und nach den Aussagen der Ärzte »so gesund wie ein Fisch im Wasser«.

Natrin Koczon sprach Interkosmo – ein Beweis dafür, daß er Kontakt mit der Mannschaft der DINO-III gehabt hatte. Es interessierte ihn, zu erfahren, welches Jahr man nach terranischer Zeitrechnung schrieb, und gab anschließend zu verstehen, daß er zehntausend Jahre in entmaterialisiertem Zustand im Innern der Hyperfeldsäule verbracht hatte.

Man schilderte ihm die Lage.

Natrin Koczon, ein weißhaariger, braunhäutiger Mann, den das Alter nicht zu beugen vermochte, war tief betroffen vom Schicksal der übrigen neunundneunzig Lemurer. Dennoch erklärte er sich sofort dazu bereit, die Terraner zu unterstützen.

»Zunächst erscheint es am Platz«, sagte Natrin Koczon, »die Zeitskala zu verdeutlichen. Der Kalender des Solaren Imperiums rechnet, wie ich erfahren habe, nach Christi Geburt. Ich werde mich bemühen, mich dieser Zeitrechnung anzupassen.

Die Großoffensive der Haluter gegen das lemurische Sternenreich begann fünfzigtausendundeinhundert Jahre vor Ihrer Zeitwende. Ihr Raumschiff DINO-III tauchte im Jahr 49 988 vor Christus in unserem Einflußbereich auf.

Dies nur zu Ihrer Orientierung. Was ich zu berichten habe, befaßt sich in Wirklichkeit mit ganz anderen Dingen.

Das lemurische Sternenreich war, wie Sie wissen, in sogenannte Tamanien aufgeteilt. Die Tamräte waren nahezu souveräne Herrscher in ihrem eigenen Bereich, und es war nur natürlich, daß hin und wieder einer oder mehrere von ihnen nicht mit der Zentralregierung übereinstimmten. Solche Fälle wurden in der Regel schnell bereinigt.

Tamrat Scimor bildete eine Ausnahme. Er betrieb seinen Widerstand gegen die Zentralregierung im geheimen, indem er auf einem Planeten des von ihm selbst entdeckten Scorch-Systems eine Forschungsstation und Unterkünfte errichtete und fähige Wissenschaftler dazu brachte, ihm zu folgen und sich auf dem Scorch-Planeten anzusiedeln.

Dies alles geschah, wie ich sagte, noch vor der halutischen Offensive. Als die Haluter angriffen, war Tamrat Scimor ein alter Mann. Er hatte jedoch nichts von seiner Voraussicht verloren. Es war ihm klar, daß das lemurische Reich den Kampf verlieren würde, und er handelte dementsprechend.

Es gelang ihm in einem weitgespannten kostspieligen Unternehmen, mehr als zwei Millionen hochgebildeter Lemurer, zumeist Wissenschaftler, dazu zu überreden, daß sie ihm zu seinem Versteck folgten. Auf dem dritten Planeten dieses Systems erschuf er eine lemurische Kolonie, von der niemand etwas wußte und die daher nicht unbeträchtliche Aussichten hatte, die von den Halutern herbeigeführte Katastrophe zu überleben.

Um Sie nicht zu verwirren, sollte ich an dieser Stelle bemerken, daß der dritte Planet dieses Systems, Scimor, nicht mehr existiert. Er umlief die Sonne Scorch auf einer Bahn, die zwischen den Bahnen von Trobos und Scorcher lag. Ich werde auf sein Schicksal später zurückkommen.

Seit dem Beginn der halutischen Offensive war aller Groll, den Scimor jemals gegen die Zentralregierung gehegt hatte, vergessen. Scimor war einer der größten Lemurer, die die Geschichte kennt. Sein Streben ging nur noch danach, die Haluter von der vollständigen Vernichtung des lemurischen Reiches abzuhalten und das zu retten, was er auf der dritten Welt des Scorch-Systems erschaffen hatte.

Eine Waffe gegen die bisher unverletzlichen Raumschiffe der Haluter wurde entwickelt. Sie kennen sie. Es handelt sich um den Kontrafeld- Strahler. Die Energiequelle des Strahlers war die eigenartige Substanz Eclisse, von der Sie ebenfalls wissen und die in diesem Raumsektor nur auf der Welt Satyat gefunden werden konnte. Scimor betrieb so gut wie keine Raumfahrt, weil jeder Start eines Raumschiffes den Halutern das Versteck verraten mochte. Flüge nach Satyat jedoch wurden andauernd durchgeführt, um ausreichende Mengen an Eclisse zu beschaffen.

Eine der Satyat-Expeditionen traf dort auf ein Raumschiff fremder Bauart. Es handelte sich nicht um ein halutisches Schiff. Die Fremden schienen in Not zu sein. Ihr Fahrzeug war beschädigt. Sie sprachen unsere Sprache und baten um Hilfe.«

Natrin Koczon schwieg eine Weile.

»Sie kennen die Episode«, fuhr er schließlich fort. »Das Raumschiff auf Satyat war ein Beifahrzeug Ihres Flottentenders DINO-III, die GOOD HOPE. Der Gedankenaustausch mit der Besatzung war für unsere Leute ein Schock ersten Ranges. Die Fremden kamen aus der Zukunft, mehr als fünf Jahrzehntausende weit. Was sie zu berichten hatten, machte alle Hoffnungen zunichte, die Tamrat Scimor jemals über die Wiedererrichtung des lemurischen Reiches gehegt haben mochte.

Die Terraner siedelten sich auf Scimor an. Der Namensgeber Scimor selbst war längst gestorben. Die halutische Gefahr war im Abklingen, die Bevölkerung von Scimor im Aufblühen. Sorgfältige Geburtenregelung bewirkte, daß sie nicht über eine Zahl von vier Milliarden hinauswuchs.

Inzwischen hatten unsere Psychophysiker eine Waffe entwickelt, die die Bedrohung durch die Haluter ein für allemal beseitigen würde. Es handelte sich um ein Gerät, dessen Ausstrahlung auf die Gene innerhalb der halutischen Keimzellen einzuwirken und tiefgreifende Mutationen hauptsächlich in der Mentalität der Haluter hervorzurufen vermochte.

Die Richtung, in der wir die Mentalität der Haluter geändert zu sehen wünschten, war klar. Sie waren kriegslüstern und grausam. Wir wollten, daß sie zahm würden.

Im Laufe der Zeit gelang es uns, die Formungsstrahler an Bord halutischer Raumschiffe und schließlich auch auf der Heimatwelt der Haluter zu installieren. Sie wirkten langsam, aber unaufhaltsam. In Ihrer Zeit, entnahmen wir den Schilderungen Ihrer Leute, sind die Haluter ein harmloses Volk, wenn sie auch über eine äußerst hochentwickelte Technik verfügen.

Dann, als alle Gefahr vorüber war, kam Gus Barnard mit seinem Anliegen. Er schilderte die Gefahren, die der Zweiten Menschheit in seiner Zeit drohten. Er schlug vor, daß wir etwas unternähmen, um den Terranern bei ihrem Kampf ums Überleben zu helfen. Gus Barnard war – und ist – ein technisch überaus fähiger Mann. Er kannte die Bauunterlagen Ihrer größten Raumschiffe und wußte, wie die wirkungsvollsten Waffen beschaffen waren.

Er überzeugte uns. Wir begannen, auf Scimors Planet das gewaltigste Raumschiff zu bauen, das die Milchstraße jemals gesehen hatte. Um genauer zu sein – wir fertigten die Einzelteile auf der Oberfläche unserer Welt. Der Zusammenbau erfolgte im freien Raum.

Der Bau erforderte mehr als zwanzigtausend Jahre Ihrer Zeitrechnung. Inzwischen waren die Gehirne der Terraner längst aus ihren alternden Körpern entfernt und konserviert worden. Dreizehn davon wurden an Bord des Riesenschiffs gebracht und bildeten dort eine Art Befehlszentrale. Die übrigen achtzehn blieben auf Scimors Welt zurück und wurden von den Lemurern sorgfältig gepflegt und am Leben erhalten.

Rund zwanzigtausend weitere Jahre lang umlief der Raumgigant Scimors Planet. Dann kam der Zeitpunkt, zu dem er in Marsch gesetzt werden sollte, um nach einer sorgfältig programmierten Sequenz von Linear- und Dilatationsflugetappen genau zu dem Zeitpunkt im Machtbereich des Solaren Imperiums aufzutauchen, in dem er am meisten gebraucht wurde.

Das Zieljahr war zweitausendvierhundertundsechs Ihrer Zeitrechnung. Der Robot sollte Ihnen helfen, die Auseinandersetzung mit den Meistern der Insel zu Ihren Gunsten zu beenden. Das war Gus Barnards vordringliche Sorge gewesen. Wie Sie mir berichten, mußten Sie ohne den Raumgiganten auskommen. Dilatationsflüge sind äußerst schwer zu programmieren. Der Robot traf neunundzwanzig Jahre zu spät am Ziel ein. Wenn man es genau bedenkt, ist unsere Leistung nicht unbedeutend. Ein Fehler von neunundzwanzig Jahren bei einer Gesamtflugzeit von zehntausend – das ist eine Unsicherheit von weniger als einem Drittelprozent.

Lange jedoch bevor der Robotriese in Ihrer Zeit auftauchte, brach das Unheil über Scimor herein. Die Menschen dort hatten sich in langen Jahrtausenden ungestörter Blüte in Sicherheit gewiegt. Der Kosmos schien keine Gefahren mehr zu beherbergen. Man brauchte sich nicht mehr zu fürchten.

Ein halbes Jahr, nachdem der Raumgigant sich auf den Weg gemacht hatte, ereignete sich die Katastrophe. Ich sollte, bevor ich darüber spreche, vielleicht noch einmal in die Vergangenheit zurückblenden. Tamrat Scimor hatte sich zeit seines Lebens vor einer Entdeckung seines Verstecks gefürchtet. Für den schlimmsten aller Fälle hatte er auf dem unwirtlichen Planeten Scorcher ein unterirdisches, mit allen Raffinessen der Technik ausgestattetes Versteck angelegt, in dem die gesamte Bevölkerung seines Planeten Platz finden würde, wenn Not am Mann war.

Scimors Umsicht trug erst lange nach seinem Tod Früchte. Über unserer Welt erschien plötzlich ein Geschwader fremder Raumschiffe. Wir waren nicht wie andere Völker daran gewöhnt, in jedem Fremden automatisch einen Feind zu sehen. Wir versuchten, mit den so überraschend aus dem Hyperraum Aufgetauchten Funkverbindung herzustellen; aber bevor uns das gelang, griffen sie uns an.

Als wir uns zur Wehr zu setzen begannen, war unsere Welt schon zur Hälfte vernichtet. Es spricht für unsere Technik, daß es uns trotzdem gelang, die feindliche Flotte bis auf ein einziges, allerdings riesiges Schiff zu vernichten. Und selbst das Riesenschiff wurde so schwer angeschlagen, daß es nicht mehr in den Hyperraum entweichen konnte.

Scimor fiel dem wütenden Kampf zum Opfer. Er explodierte unter dem Beschuß der feindlichen Schiffe. Das Ende kam so schnell, daß es uns nicht gelang, mehr als sechzigtausend Menschen und Gus Barnards Gehirn mit Hilfe der Transmitterstationen nach Scorcher zu evakuieren. Der Rest, fast vier Milliarden, verging mit dem Planeten, auf dem wir mehr als vierzigtausend Jahre lang einträchtig und in Frieden gelebt hatten.

Das letzte feindliche Schiff landete ebenfalls auf Scorcher. Wir kümmerten uns nicht darum. Das Fahrzeug hatte eine Besatzung von weniger als zehntausend Wesen. Wir waren sicher, daß sie in den Eiswüsten von Scorcher umkommen würden. Das war unser Fehler. So besessen waren wir von dem Gedanken, daß uns auch in Zukunft nur von außen Gefahr drohen könne, daß wir den zweiten Planeten des Systems, Trobos, von Scorcher aus so präparierten, daß er zu einer Falle wurde. Unsere Wissenschaftler veränderten die Erbmerkmale der eingeborenen Tierwelt und verwandelten sie in Bestien. Sie manipulierten die Charakteristiken der Fauna und machten sie zu einer giftigen, lebensgefährlichen Dschungelhölle. Jedermann, der unvoreingenommen ins Scorch-System geriet – auf der Suche nach uns, wohlgemerkt, nach sauerstoffatmenden Intelligenzen –, würde Scorcher, die Methanwelt, von Anfang an außer acht lassen und sich Trobos zuwenden. Auf Trobos würde er eine Umwelt vorfinden, die jeder Besiedlung absolut feindlich war und, bis auf die Walkers, die sich inzwischen auf mehr oder weniger geniale Weise in die Atmosphäre oberhalb der Planetenoberfläche zurückgezogen hatten, keine Spuren intelligenten Lebens enthielt. Wenn er trotzdem noch nicht befriedigt war, würde er schließlich von einer Transmitterstation eingefangen werden, die ihn unverzüglich in eine besonders für diesen Zweck hergerichteten Halle unter der Oberfläche von Scorcher transportierte, wo wir ihn je nach Belieben vernichten oder doch wenigstens so erschrecken konnten, daß er die Rückkehr für alle Zeiten vergaß.

Wie ich höre, sind Sie diesem elaboraten System in die Maschen gegangen und fast vernichtet worden. Sie sind, soweit ich weiß, die einzigen, die sich im Laufe der Jahrtausende in unserer Falle gefangen haben.

Doch gerade Sie wurden ja von Gus Barnard erwartet, und Sie bestanden die Prüfungen.

Der Feind, der gleichzeitig mit uns auf Scorcher gelandet war, stellte die eigentliche Gefahr dar. Es handelte sich um Methanatmer. Scorcher war ihre Sorte von Planet, wenn auch die Temperaturen weit unterhalb des Niveaus lagen, das ihnen behagte.

Sie besiegten die Kälte, indem sie lange, steile Schächte bis in die unmittelbare Umgebung vulkanischer Aktivität vortrieben. Dort schufen sie ihre ersten Wohnhöhlen. Sie schlachteten das notgelandete Riesenschiff aus und hatten somit eine Technik zur Verfügung, die der unseren kaum unterlegen war.

Sie waren das Volk, das Scorcher verwüstete, aber nie drangen sie bis hier unten hin vor. Vor einigen Jahrtausenden rotteten sie sich gegenseitig aus. Aber da war es für uns schon zu spät. Ihre Angriffe hatten uns zermürbt und demoralisiert. Wir waren gerade noch zweihundert Wesen. Unsere Art begann zu degenerieren, unsere Zeit war abgelaufen. Wir beherrschten das Innere eines Planeten mit Hilfe einer Technik, die für Milliarden von uns gedacht war. Wir waren müde. Suspension vermittels hyperenergetischer Felder war eine Methode, die im Verlauf der jüngsten Vergangenheit entwickelt worden war. Die Hälfte von uns entschloß sich, das Experiment zu wagen und sich einem Prozeß zu unterwerfen, der bis dahin keineswegs als sicher betrachtet werden konnte. Die andere Hälfte entschied, ihr Leben zu Ende zu leben, wie es das Geschick bestimmt hatte.«

Natrin Koczon erhob sich und ließ den Blick der großen, dunklen Augen über seine Zuhörer wandern. Er war mit dem leichten Überwurf bekleidet, den die Ärzte ihm verabreicht hatten. Er stand ungeschützt und erhobenen Hauptes.

»Wir sitzen in einer Falle«, begann Koczon von neuem. »In einer Falle, aus der es nach menschlichem Ermessen keinen Ausweg gibt. Bevor die Methanatmer, die aus einem Volk entstammten, das Sie ›Maahks‹ nennen, sich selbst auslöschten, gelang es ihnen mit einer neuen Waffe, jeden Rückzug aus dieser Rettungszentrale unmöglich zu machen. Sie, die Terraner, konnten mit Ihrer CREST V hier materialisiert werden, aber eine Wiederabstrahlung nach Trobos oder in den Weltraum ist unmöglich. Nichts und niemand kann diese Station verlassen. Außerdem sorgt eine Schaltung dafür, daß die gesamte Rettungszentrale sich zu einem bestimmten Zeitpunkt nach Ihrem Erscheinen selbst vernichtet. Diese Fernprogrammierung unserer Positronik durch die Waffe der Methanatmer läßt sich nicht rückgängig machen. Aber«, und dabei lächelte er auf eine Art, die ihn sympathisch machte, »Sie kennen Natrin Koczon schlecht, wenn Sie meinen, er hätte in den letzten Stunden seines Lebens nichts anderes im Sinn, als Ihnen eine lange und mitunter rührende Geschichte zu erzählen. Was ich Ihnen berichtete, könnten Sie leichter und mit größerer Genauigkeit von Kristallen erfahren.

Mir lag nur daran, Ihnen das geschichtliche Bild in groben Umrissen zu beschreiben. Ich verfolgte damit ein bestimmtes Ziel. Wir wissen, daß es aus dem Dilemma, in dem wir uns befinden, keinen räumlichen Ausweg gibt.

Also müssen wir den Ausweg durch die Zeit benutzen.«

Natrin Koczons Plan war schlicht und einfach. Es ging darum, weit genug in die Vergangenheit zurückzukehren, so daß das einzige Maahk-Schiff, das die Schlacht um Scimor überlebt hatte, vernichtet werden konnte, bevor es ihm gelang, auf Scorcher zu landen.

Das Problem der maahkschen Manipulation der Rettungszentrale und der Transmitteranlage wäre damit gelöst. Konnte das Maahk-Schiff nicht auf Scorcher landen, würde es später keine Maahks geben, die von der Besatzung des Schiffes abstammten.

Der wunde Punkt an Koczons Vorschlag war, daß er ein Zeit-Paradoxon heraufbeschwor. Koczon, seines Zeichens Fachmann für Hypertransport- und Zeittransmissionsprobleme, versicherte, daß ein Paradoxon nicht auftreten werde, wenn man nach einem genau festgelegten Fahrplan verfuhr.

Perry Rhodan hatte trotzdem seine Bedenken. Er weigerte sich vorerst, auf Koczons Vorschlag einzugehen, und erbat sich Bedenkzeit.

Jedermann wußte, daß die Entscheidung bald getroffen werden würde. In spätestens dreiundzwanzig Stunden würde sich die Station selbst vernichten. Etliche dutzend Kilometer unter der Oberfläche von Scorcher, war an ein gewaltsames Ausbrechen nicht zu denken. Der Zeittransmitter, den Natrin Koczon zur Verwirklichung seines Planes zu benutzen vorhatte, befand sich nahe dem Mittelpunkt der Zentrale.

27.

26. Dezember des Jahres 2436 . . .

Natrin Koczon schien mit der Funktion des Zeittransmitters bestens vertraut zu sein. Immer wieder sprach er auf Rhodan ein und versuchte ihn zu überreden, das geplante Zeitparadoxon endlich herbeizuführen.

Aber da gab es noch etwas, das Rhodan störte. Es war nicht allein die ungeheure Gefahr, die jede Veränderung der Vergangenheit für die Gegenwart und Zukunft mit sich bringen mußte. Wenn es wirklich gelang, das der Vernichtung entgangene Schiff rechtzeitig so zu zerstören, daß die Maahks niemals auf Scorcher Fuß fassen konnten, sollte eigentlich nicht viel passieren, das für die Völker der Galaxis von Bedeutung war.

Rhodan wollte die Entscheidung nicht allein fällen. Bei ihm hielten sich jetzt nicht nur die meisten Mutanten auf, sondern auch technische Spezialisten und Wissenschaftler. Und einer von ihnen sprach genau das aus, was Rhodan so beunruhigte. Er fragte Natrin Koczon:

»Immer wieder raten Sie uns, mit Hilfe des Zeittransmitters eine Änderung unserer Lage herbeizuführen. Schön und gut, das mag die Rettung bedeuten. Aber wir fragen uns, warum Sie das damals nicht gleich selbst versuchten, Koczon. Als Sie damals der Vernichtung entkamen und sich hier einnisteten, warum kehrten dann nicht einige von Ihnen nur um Tage in die Vergangenheit zurück, um Scimor vor dem drohenden Angriff zu warnen? Damit wäre nicht nur der Untergang des Planeten und Ihres Volkes verhindert worden. Es hätte auch auf Scorcher niemals die Landung eines Maahk-Schiffes gegeben.«

Natrin Koczon schien schon lange auf diese logische Frage gewartet zu haben. Die Antwort fiel ihm sichtlich schwer, und als er endlich zu sprechen begann, kamen die Worte nur langsam und zögernd über seine Lippen:

»Ihre Frage und Ihr Mißtrauen sind berechtigt, das gebe ich zu.

Aber zum Glück habe ich Unterlagen bei mir, die Ihnen beweisen, daß ich die Wahrheit sage. Der Zeittransmitter wurde vor zehntausend Jahren durch die Vernichtung von Scimor so stark beschädigt, daß er nicht mehr funktionsfähig war. Erdbeben erschütterten Scorcher, als Scimor zerplatzte und das Gleichgewicht unseres ganzen Systems gestört wurde. Ich war der letzte Wissenschaftler, der in der Lage war, den Transmitter zu reparieren. Die zerstörten Schaltanlagen mußten in Ordnung gebracht werden, nachdem das Gerät für viele Jahre in völlig unbrauchbarem Zustand hier herumgestanden hatte. Damit Sie mir glauben, gestatten Sie mir, einige Bilddokumente vorzuführen, die ich schon vorbereitet habe. Folgen Sie mir bitte in den Nebenraum, in dem wir leider nicht alle Platz finden. Die Aufzeichnungen werden Sie überzeugen, Perry Rhodan, und dann werden Sie sich endlich entschließen müssen, ob Sie weiterleben oder sterben wollen . . .«

Der Lemurer ging voran. Das eigentliche Zentrum der Rettungszentrale war ja nichts anderes als eine Schaltanlage großen Ausmaßes. Rhodan hatte seine Leute so darin verteilt, daß sie jederzeit erreichbar blieben. Natrin Koczon öffnete die Tür zu einem Raum, der kaum noch Schalt- und Kontrollelemente beherbergte. Bis auf einige Möbelstücke und einen einsatzbereiten Vorführapparat war er leer. Auf einem Tisch lagen Speicherkristalle.

Rhodan sorgte dafür, daß die Mutanten und einige der kritischen Wissenschaftler bei der Vorführung anwesend waren. Waringer, Bysiphere und Professor Chuzijew waren anderweitig damit beschäftigt, die Anlagen der Lemurer zu studieren. Ohne etwas auf Koczons Ausführungen geantwortet zu haben, sah er schweigend zu, wie der Lemurer den Vorführapparat bediente, während es in dem Raum langsam dunkel wurde.

Der in den Kristallen gespeicherte Film war nach dem Angriff der Maahks vom Raum aus gedreht worden. Der Planet Scimor existierte bereits nicht mehr, aber sein plötzliches Fehlen rief auf Scorcher heftige Flutkatastrophen, Vulkanausbrüche und Erdbeben hervor. Mit Zeitraffer wurde sogar bewiesen, daß sich die Umlaufbahn rapide änderte und eine Verkürzung der Rotationsdauer eintrat. Hinzu kam die Verschiebung der Polachse, deren Neigung sich veränderte.

Es war Rhodan und seinen Wissenschaftlern klar, daß derartige

Erschütterungen die empfindlichen und wahrscheinlich gerade wichtigsten Teile des Transmitters beschädigt haben mußten. Ebenso durfte es als ganz natürlich und damit logisch gelten, daß eine Reparatur nicht gerade einfach war.

»Hören Sie, Natrin Koczon, wir glauben Ihnen ja, daß die Anlage beschädigt wurde. Wie aber wollen Sie mir die erstaunliche Tatsache erklären, daß sich dann niemand um eine Reparatur kümmerte? Schließlich mußten die geflohenen und hier mit den Maahks in einen Existenzkampf verwickelten Lemurer doch wissen, was von dem Experiment mit dem Zeittransmitter abhing. Selbst noch fünf oder zehn Jahre nach der Katastrophe hätte ein Paradoxon wahrscheinlich keinerlei Risiko bedeutet, wenn man vorsichtig und verantwortungsbewußt an die Sache herangegangen wäre.«

Der Lemurer hatte inzwischen einen neuen Kristall eingelegt.

»Leider kann ich Ihnen nur einen sehr unvollständigen Bildbericht zeigen, aber ich glaube schon, daß er Ihnen Ihre Frage beantworten wird.« Auf der weißen Vorführfläche erschien die schlanke, hohe Gestalt eines Lemurers in der Robe der Wissenschaftler. »Das ist Nayn Ichtrac, der Konstrukteur des Zeittransmitters. Betrachten Sie ihn genau, Rhodan, denn Sie werden ihm bald begegnen, wenn er auch vor Jahrtausenden von seinem eigenen Volk ermordet wurde. Das geschah unmittelbar nach dem Angriff der Maahks, als der Flüchtlingsstrom einsetzte. Man machte den Wissenschaftler für die Katastrophe verantwortlich.«

Der Film zeigte Nayn Ichtrac bei seiner Arbeit, unterstützt von anderen Wissenschaftlern. Es handelte sich um meist unzusammenhängende Aufnahmen, die plötzlich abrupt abbrachen.

»Was hatte der Konstrukteur des Zeittransmitters mit dem Erscheinen der Maahks zu tun?« wollte Rhodan wissen, obwohl er die Antwort bereits ahnte.

»Die Zeitexperimente, die mit der Konstruktion der Maschine zusammenhingen, strahlten unvorstellbar starke Energieechos aus, die von den leistungsfähigen Instrumenten der Maahks aufgefangen wurden. So fanden sie das Scorch-System und schließlich den Planeten Scimor. Ohne die Experimente Nayn Ichtracs wäre Scimor niemals entdeckt und vernichtet worden. Das ist der Grund, warum man den Wissenschaftler nach der Katastrophe in blinder Wut tötete und sich damit selbst der Möglichkeit beraubte, das Unheil durch eine

Korrektur der Vergangenheit ungeschehen zu machen. Aber wir haben jetzt abermals die Gelegenheit, es nachzuholen.«

»Ja, die haben wir. Aber noch einmal die Frage, Koczon: Warum stand der Zeittransmitter so lange Jahre nutzlos herum, und wieso kamen gerade Sie auf die Idee, ihn zu reparieren? Hätte das niemand von den anderen tun können?«

»Vielleicht, aber es ist mir nicht bekannt, daß es jemand versuchte. Nayn Ichtrac war wohl der einzige Wissenschaftler, der damals das Geheimnis der Konstruktion besaß. In der darauffolgenden Zeit hatten die Lemurer genug damit zu tun, hier unten zu überleben. Meine Eltern waren die letzten fruchtbaren Lemurer, und meine Mutter starb nach der Geburt. Ich erkannte unsere Chance und widmete mein ganzes Leben der Reparatur des Zeittransmitters, bis sie mir gelang. Aber ich war allein und hatte niemanden, der mir geholfen hätte. Es war jedoch unmöglich, das Zeitexperiment allein durchzuführen. Da ich wußte, daß irgendwann in der nahen Zukunft ein Solares Imperium existieren würde, beschloß ich, auf das Eintreffen der Terraner zu warten, die früher oder später kommen mußten. Ich ließ mich, ebenso wie die neunundneunzig anderen Wissenschaftler, in eine Energiekonserve verwandeln, überlebte als einziger und bin damit der letzte Lemurer auf Scorcher. So, und nun glauben Sie mir oder nicht, das ist Ihre Sache. Ich habe nichts mehr zu verlieren, Sie jedoch haben noch alles zu gewinnen.«

Rhodan nickte und sah die Wissenschaftler der CREST fragend an. Sie schienen nun endlich davon überzeugt zu sein, daß Koczon die Wahrheit sprach, das erkannte er an ihren zustimmenden Mienen. Auch Gucky, der die Gedanken des Lemurers überwacht hatte, nickte und rückte näher an Rhodan heran.

»Es ist alles so, wie er erzählt. Keine Lücke, keine Unwahrheit. Du nimmst mich natürlich mit in die Vergangenheit, nicht wahr?«

»Soweit ist es noch nicht. Wir brauchen Zeit für die Vorbereitungen . . .«

»Wir haben im Höchstfall noch zwanzig Stunden. Du hast dich ja längst entschieden, Perry. Worauf also warten wir noch?«

»Hören Sie, Natrin Koczon, können Sie uns dafür garantieren, daß der Zeittransmitter exakt funktioniert? Wir dürfen auf keinen Fall zu früh bei Nayn Ichtrac erscheinen. Die Vernichtung von Scimor dürfen wir auch nicht ungeschehen machen, indem wir vor der Zeit auftauchen. Das könnte zu ungeheuerlichen Komplikationen führen. Einzig und allein das entkommene Maahkschiff wird zerstört, das ist alles, Koczon. Ich glaube, Sie sind meiner Meinung.«

»Der Transmitter arbeitet fehlerfrei, davon bin ich überzeugt. Sollten Sie wider Erwarten einige Stunden zu früh erscheinen, müssen Sie Ichtrac eben etwas hinhalten, bis der Angriff erfolgt. Aber bringen Sie sich in Sicherheit, wenn die Flucht einsetzt. Es könnte sonst passieren, daß man Sie bei Ichtrac findet und ebenfalls ermordet.«

Rhodan lächelte kühl.

»Ein solcher Fall wäre Ihnen doch sicherlich dann aus der Geschichte bekannt – oder nicht?«

Koczon lächelte müde zurück.

»Möglich – oder auch nicht. Jedenfalls kann ich mich nicht daran erinnern.«

Rhodan erwiderte nichts darauf.

»Gucky, Tako Kakuta und André Noir bilden mit mir zusammen das Zeitkommando«, sagte er ruhig in das Schweigen hinein. »Unsere Mediziner und Biologen werden uns nach Koczons Angaben in Lemurer verwandeln. Für Gucky finden wir etwas anderes. Was würden Sie da vorschlagen, Koczon?«

Der Lemurer betrachtete den Mausbiber mit abschätzenden Blikken. Gucky begann sich unbehaglich zu fühlen und watschelte unschlüssig hin und her. Dabei tat er so lässig, als ginge ihn das alles nichts mehr an. Immer dann, wenn es ans Verkleiden ging, wurde die Angelegenheit für ihn mulmig. Und diesmal ganz bestimmt auch.

»Hm«, murmelte der lemurische Wissenschaftler schließlich, »wenn ich mich recht entsinne, gibt es auf dem Dschungelplaneten eine Tierart, die wir damals Pimpiras nannten. Man hatte sie dann auch nach Scimor gebracht, wo sie sich vermehrten. Sie waren zahm und galten als possierliche Haustiere. Sie können behaupten, es handele sich bei Gucky um einen genetisch veränderten Pimpira, das erklärt zugleich die abweichende Körperform.«

Gucky hatte es sich schlimmer vorgestellt.

»Ein Pimpira . . .? Nicht übel, mein Freund. Ist immer noch besser als ein Kaninchen oder sonst was.«

»Stimmt«, gab der Lemurer ihm recht. »Allerdings wurden die genetisch verformten Pimpiras später dann Beutelaffen genannt.«

Gucky wäre ihm fast an die Kehle gesprungen.

»Beutelaffen? Sehe ich wie ein Beutelaffe aus? Wo ist denn der sagenhafte Beutel?«

»Den besaßen nur die ersten Züchtungsexemplare, aber der Name blieb dann. Du mußt dich damit abfinden, Kleiner.«

»Koczon hat recht«, half Rhodan dem Lemurer. »Entweder du wirst ein Pimpira-Beutelaffe, oder du bleibst hier.«

Es blieb Gucky nichts anderes übrig.

Er war damit einverstanden, sich als Beutelaffe auszugeben.

Eine Stunde später war die Verwandlung der drei Terraner beendet.

Ihre Haut hatte die zartbraune Farbe der alten Lemurer erhalten, und zum Glück war es Natrin Koczon gelungen, auch noch gut erhaltene Kleidungsstücke zu besorgen. Es handelte sich um weite violette Roben, die seinerzeit von den Philosophen des Planeten Scimor getragen wurden. Man nannte diese Vertreter der Wissenschaft die »Schweigsamen«. Sie gehörten zu dem sehr einflußreichen Orden der Porylester. In erster Linie betrieben sie eine ausgedehnte wissenschaftliche Humangenetik.

Als sie umgezogen waren, zögerte Rhodan plötzlich.

»Wir sind bereit«, sagte Noir, der den lemurischen Namen Masithar erhalten hatte. »Worauf warten Sie noch?«

Rhodan schüttelte den Kopf.

»Ich weiß nicht, André, ob wir vernünftig handeln. Schön und gut, die Verkleidung, aber was wissen die Lemurer vor zehntausend Jahren, welche Entwicklung ihre Nachkommen durchmachen werden. Wir müssen doch hoch zur Oberfläche, und ohne unsere modernen Kampfanzüge ist das unmöglich. Ich schlage also vor, daß wir sie auf jeden Fall noch zusätzlich anlegen.«

Natrin Koczon erklärte sich ebenfalls damit einverstanden.

»Sie haben natürlich recht, Rhodan. Ohne die Anzüge könnten Sie niemals hoch zur Oberfläche, und gerade das wird im gegebenen Moment unerläßlich sein.« Aus seiner geräumigen Tasche zog er einen länglichen Umschlag und hielt ihn Rhodan hin, der ihn ohne Umschweife nahm. »Ich habe Ihnen eine Botschaft für Nayn Ichtrac geschrieben. Schließlich hat er den Zeittransmitter konstruiert und sollte wissen, daß ihn jemand aus der Zukunft besuchen kommen kann. Ich erkläre ihm alles und bitte ihn, Sie anzuhören und Ihnen zu helfen. Außerdem nehmen Sie ja noch Bild- und Datenträger mit, Rhodan, die Sie Ichtrac vorführen können. Das wird ihn überzeugen. Seinen Tod allerdings dürfen Sie nicht verhindern, auch wenn er Sie darum bitten sollte.«

»Selbstverständlich nicht. Wir werden ihm auch nichts davon sagen. Er könnte dann auf den Gedanken kommen, den Transmitter unmittelbar nach der Katastrophe zu reparieren – und wer weiß, wie es dann hier und jetzt aussähe.«

»Er würde Scimor warnen, wenn Zeit genug bliebe«, fügte Koczon hinzu. »Sie müssen also sehr behutsam zu Werke gehen.«

»Darum nehme ich André Noir mit, meinen Hypno. Ihm wird es im Notfall gelingen, den Wissenschaftler unter unsere Kontrolle zu bringen.«

»Dann vergessen Sie aber auch Ratna Iza Hosessos nicht, den damaligen Kommandanten der Rettungszentrale. Als Oberst besaß er die absolute Befehlsgewalt, selbst über Nayn Ichtrac. Ohne ihn können Sie nichts unternehmen.«

»Wir werden es nicht vergessen«, versprach Rhodan.

Einer der terranischen Wissenschaftler schien etwas auf dem Herzen zu haben. Schon die ganze Zeit stand er in Rhodans Nähe, als wolle er sprechen, aber immer wieder hatte er geschwiegen. Gucky trat zu ihm und stieß ihn in die Seite.

»Nun reden Sie schon, Verehrtester. Ich finde, Ihr Vorschlag ist gar nicht so unvernünftig.«

Gucky hatte als Telepath natürlich schon längst herausgefunden, mit welchen Bedenken sich der Wissenschaftler herumschlug.

»Verzeihen Sie, Sir, aber Sie machen sich solche Sorgen wegen dieser Lemurer. Kann Natrin Koczon Sie denn nicht so gut berechnet in die Vergangenheit schicken, daß Sie, sagen wir mal, drei Stunden vor dem Überall der Maahks in der Rettungszentrale eintreffen? Selbst wenn es mit der hypnotischen Beeinflussung nicht klappen sollte, haben weder Nayn Ichtrac noch Iza Hosessos die Möglichkeit, die gesamte Geschichte umzuwerfen. Drei Stunden sind zuwenig, Scimor zu warnen und in einen wirksamen Verteidigungszustand zu versetzen. Ich weiß, das klingt hart und grausam, aber schließlich handelt es sich ja um Menschen, die schon seit zehntausend Jahren tot sind – von unserer Warte aus gesehen wenigstens. Außerdem haben Sie keine andere Wahl, Sir, wenn Sie nicht das Risiko einer totalen Veränderung der Geschehnisse herbeiführen wollen. Es könnte sogar passieren, daß wir plötzlich alle nicht mehr existieren . . .«

»Sie haben recht, Doktor Dremel, völlig recht. Ihr Vorschlag ist auch gut, und es wird wohl nur von Natrin Koczon abhängen, ob er sich durchführen läßt.«

Der Lemurer sagte selbstsicher:

»Sie können sich darauf verlassen, daß der Transmitter exakt arbeitet. Auch über zehntausend Jahre hinweg. Die Relation zwischen Zeit und der zur Überwindung derselben benötigten Energie ist so genau berechnet, daß kein Irrtum möglich ist. Aber vergessen Sie nicht, Rhodan, daß das Maahkschiff damals zwölftausenddreihundertvierzig Kilometer nordöstlich von hier landete, weil es dort keine Abwehrgeschütze gab.«

»Keine Schwierigkeit«, gab Rhodan zurück. »Ich habe zwei Teleporter dabei.«

Der Lemurer seufzte. »Also gut, dann können wir beginnen. Folgen Sie mir bitte in den Transmitterraum.«

Die Kampfanzüge waren den Schwereverhältnissen auf Scorcher angepaßt. Es handelte sich um Spezialausführungen. In den Kombitaschen waren Mikro-Atombomben untergebracht. Die Bewaffnung bestand aus normalen Kombinationsstrahlern.

Das Zeitkommando mußte am fest bestimmten Landeplatz auf Scorcher auf die Ankunft des beschädigten Schiffes warten und es dort vernichten, so daß kein einziger Maahk überlebte.

Das war die einzige Chance, die späteren Nachkommen der damals Gestrandeten und ihre teuflische Manipulation an der Materietransmitteranlage nicht-existent zu machen.

Der Raum, in dem der Zeittransmitter stand, lag abseits der Zentralanlage. Unterwegs fragte Koczon noch einmal:

»Sie haben die Landekoordinaten im Kopf, Perry Rhodan?«

»Ich werde sie nicht vergessen, Natrin Koczon. Keine Sorge.«

Der Lemurer nickte und ging schneller, um sich wieder an die Spitze zu setzen. Einige Mutanten und terranische Wissenschaftler begleiteten das Zeitkommando, bis sie zu einer stählernen Wand gelangten, die Halt gebot.

Koczon deutete auf die Wand.

»Dahinter steht der Zeittransmitter. Ich werde jetzt den Eingang öffnen. Ich muß Sie jedoch bitten, äußerst vorsichtig zu sein. Berühren Sie nichts. Davon kann unter Umständen das Leben des Zeitkommandos abhängen. Ich habe nichts dagegen, wenn Sie mich bei der Arbeit kontrollieren, aber mischen Sie sich auf keinen Fall ein. Es wäre zu gefährlich.«

Mit einem elektronischen Schlüssel öffnete er die eingelassene Tür, die sich seitwärts in die schwach gewölbte Wand schob.

Die Halle des Zeittransmitters glich einem riesigen Kessel aus Stahl mit einem Durchmesser und auch einer Höhe von achtzig Metern. Eigentlich war die Halle selbst bereits der Transmitter, denn in der Mitte der Rundung, die an eine Arena erinnerte, war nichts zu sehen. Keine Maschine oder Konstruktion, die eine Art Zeitmaschine hätte sein können. An den Wänden jedoch befanden sich die Schaltanlagen, die man leicht auf einem etwas erhöhten Rundgang erreichen konnte.

Koczon deutete in die Arena.

»Sie müssen sich dorthin begeben, denn genau in der Mitte wird das Absolute Nullfeld entstehen, nachdem Sie von der Antigravanlage in die berechnete Höhe gehoben wurden. Aber zuvor werden wir gemeinsam die ersten Einstellungen vornehmen. Folgen Sie mir bitte.«

Das Datum war zuvor genau berechnet und festgelegt worden. Der Angriff der Maahks auf Scimor begann genau um 03.42 Uhr scimorischer Zeitrechnung, am zwölften Tag des dritten Monats. 10118 Terrajahre vor der Jetztzeit. Natrin Koczon hatte weiter berechnet, daß die Rückkehr in die Vergangenheit um Null Uhr dreißig desselben Tages erfolgen müsse. Dann blieben dem Zeitkommando etwas mehr als drei Stunden, ungeschoren aus dem Transmitter zu kommen, die Lemurer von der Wichtigkeit der Korrektur zu überzeugen oder sie hypnotisch zu beeinflussen, die geographische Position auf Scorcher zu erreichen, an der das Schiff landen würde – und es zu vernichten.

Die Terraner beobachteten Koczon, als dieser die Einstellung vornahm. Sie konnten keine Abweichung feststellen, und auch Gucky, der in seiner telepathischen Wachsamkeit nicht nachließ, erhielt keinerlei Informationen, dem Lemurer zu mißtrauen.

Rhodan, Noir, Kakuta und Gucky verließen den Rundgang und

begaben sich in die Mitte der Arena. Ein fünf Meter durchmessender Kreis aus fugenlosem Metall kennzeichnete das Zentrum der Rundfläche und damit den Einflußbereich des Zeittransmitters. Alles, was außerhalb des Kreises lag, wurde nicht von dem Nullfeld erfaßt oder beeinflußt.

Koczon hantierte an den Kontrollen, und bereits Sekunden später spürten die vier Mitglieder des Zeitkommandos, wie sie schwerelos wurden. Mehr noch, es kam ein leichter Auftrieb hinzu, so daß sie den Boden unter den Füßen verloren und langsam der achtzig Meter hohen Kuppeldecke entgegenschwebten.

Das Absolute Nullfeld schien kugelförmig zu sein, aber so genau ließ sich das nicht bestimmen. Schon gar nicht von den terranischen Wissenschaftlern, die den ganzen Vorgang von außen her beobachteten. Sie sahen nur, wie Rhodan, die beiden Männer und Gucky emporgetragen wurden und etwa zehn Meter unter der Kuppeldecke plötzlich anhielten.

Und dann, von einer Sekunde zur anderen, waren sie verschwunden.

Es waren nur Farben, die Rhodan erkennen konnte. Alle nur vorstellbaren Farben, die auf ihn zurasten, als wollten sie ihn in sich aufnehmen. Aber sie rasten nur an ihm vorbei, als stürze er in sie hinein.

Das Unvorstellbare und Unerklärliche war, daß diese Farben aus allen Richtungen auf ihn zukamen. Aber es waren nicht nur Farben. Es waren abstrakte Muster, farbig und plastisch, und einmal glaubte Rhodan sogar eine Melodie hören zu können. Sie klang verweht und sehr leise, kaum wahrnehmbar. Doch auch wie die Farben und Muster schien sie aus weiter Ferne näher zu kommen, vorbeizugleiten und dann irgendwo im Nichts zu versinken.

Rhodan war allein. Noir, Kakuta und Gucky waren verschwunden, als hätte es sie nie gegeben. Rhodan wußte, daß diese drei den gleichen Eindruck hatten. Jeder war für sich allein auf dieser Reise durch die Zeit zurück in die ferne Vergangenheit.

Aber Rhodan konnte denken, richtig und logisch denken. Er war nicht entmaterialisiert im eigentlichen Sinne, wenn er auch in der Jetztzeit nicht mehr existierte.

Er existierte nur noch im Rückstrom der Zeit.

Und er stürzte . . .

Aber er sah dabei noch immer die Wände des Kessels, leicht verschwommen und im Hintergrund der wirbelnden Farben. Alle Farben und Muster schienen aus diesem Kessel zu kommen, der das absolute Nichts verkörperte.

Immer schneller wurden die Bewegungen, immer rasender und wahnsinniger. Alles das hatte Rhodan schon einmal erlebt, als er in die Zeitfalle der Meister der Insel geriet und mehr als fünfzigtausend Jahre in die Vergangenheit geschleudert wurde, aber damals befand er sich in der vertrauten Umgebung seines Schiffes, nicht im Transmitter selbst.

Es gab Unterschiede.

Er vermochte nicht, die Zeitdauer des Sturzes abzuschätzen, er bemerkte nur, daß die Bewegungen plötzlich wieder langsamer wurden.

Er näherte sich dem von Natrin Koczon berechneten Zeitpunkt, und damit begann die ferne Vergangenheit eine Realität zu werden.

Als erster schälte sich André Noir aus dem Farbenwirbel, nahm Gestalt an und schwebte dann neben Rhodan. Sekunden später erschien auch Tako Kakuta, und schließlich Gucky.

Langsam sanken sie nach unten, dem Metallkreis entgegen. Und als ihre Füße festen Boden berührten, standen sie allein in der Zeittransmitterhalle.

Natrin Koczon und die terranischen Wissenschaftler waren verschwunden. Letztere wurden erst in vielen tausend Jahren geboren.

Es war jetzt 7682 vor Christi Geburt nach irdischer Zeitrechnung.

28.

Oberst Iza Hosessos, der militärische Kommandant der Rettungszentrale, war ungehalten. Er hatte durchaus nichts gegen die Zeitexperimente Nayn Ichtracs, denn schließlich war er ein gebildeter Lemurer, aber es paßte ihm nicht, daß der Zeitexperte sich ständig gegen seine Anordnungen auflehnte.

Hosessos saß in seinem Büro und sprach über Bildfunk mit seinem Vorgesetzten auf Scimor.

»Ich weiß, General Tarason, daß es bei Ihnen gerade Mitternacht vorbei ist und ich Sie geweckt habe, aber ich muß mich nach meiner eigenen Diensteinteilung richten. Und wenn Sie nicht bald dafür Sorge tragen, daß dieser Nayn Ichtrac etwas höflicher und gehorsamer wird, dann können Sie sich einen anderen Kommandanten für die Rettungszentrale suchen. Ich komme mir hier höchst überflüssig vor.«

Die Antwort wurde in höflichem, aber bestimmtem Tonfall gegeben:

»Mein lieber Hosessos, regen Sie sich nur nicht auf. Ich verzeihe Ihnen ja, daß Sie mich aus dem Schlaf rissen, aber kommen Sie mir nur nicht mit lächerlichen Beschwerden. Ich kenne Ichtrac sehr gut, und ich weiß, daß er niemals daran denken würde, Ihnen absichtlich Ärger zu bereiten. Aber er ist Wissenschaftler und kein Soldat. Es muß ihm von Natur aus schwerfallen, sich an Ihre Dienstgebräuche zu gewöhnen. Lassen Sie ihn doch gewähren, dann haben Sie auch keinen Ärger. Seine Experimente sind für uns alle von größter Wichtigkeit. Das müssen Sie einsehen.«

»Wichtigkeit!« Der Kommandant schnaufte verächtlich. »Möchte wissen, was daran so wichtig ist, wenn Ichtrac Gegenstände und Menschen in die Vergangenheit schickt. Er stiftet damit doch nur Verwirrung bei unseren Vorfahren und . . .«

»Es wäre zu kompliziert, lieber Oberst, Ihnen erklären zu wollen, was ein Zeitparadoxon ist, aber Sie dürfen mir glauben, daß wir allein aus der Beobachtung der Vergangenheit eine Menge lernen und unsere Lehren ziehen. Einmischen dürfen wir uns natürlich nicht in die damaligen Geschehnisse, und etwas ändern schon gar nicht. Das ist oberstes Gesetz – aber Sie können sich darauf verlassen, daß Ichtrac sich daran hält. Nur unter dieser Bedingung darf er überhaupt arbeiten.«

»Das beruhigt mich ungemein, General.« Iza Hosessos schien in der Tat ruhiger zu werden, nachdem er sich seinen Ärger von der Seele geredet hatte. »Gibt es etwas Neues auf Scimor?«

»Nichts, Oberst. Wann schicken Sie das Kurierschiff?«

»Morgen, General. Und was ich über Ichtrac sagte – nehmen Sie es mir nicht übel. Aber es mußte mal raus, Sie verstehen?«

»Ja, ich verstehe. Behandeln Sie ihn wie einen Zivilisten, und Sie werden sehen, wie gut Sie dann mit ihm auskommen. Er ist nun mal kein Soldat, das kann ich nicht oft genug wiederholen. Und nun möchte ich schlafen.«

»Gute Nacht, General. Das Kurierschiff geht so bald wie möglich ab.«

Der Bildschirm erlosch. Hosessos starrte noch eine Weile auf die matt gewordene Scheibe, dann lehnte er sich zurück und schloß die Augen.

Kommandant eines Stützpunktes, der wohl niemals benötigt werden würde – das war er. Abgeschoben auf ein Nebengleis, nichts weiter.

Und er ahnte in dieser Sekunde noch nicht, wie schnell sich das alles ändern sollte . . .

Nayn Ichtrac, der geniale Konstrukteur des Zeittransmitters, bereitete ein neues Experiment vor. Diesmal beschloß er, sich selbst in die Vergangenheit zurückzuversetzen und mit Hilfe der Automatik nach einer genau berechneten Frist selbständig zurückzukehren – in die Gegenwart. Er wollte einen Zeitpunkt wählen, der weit vor der Landung der ersten Lemurer auf diesem Planeten lag. Da aber der Transmitter nur eine Leistungsfähigkeit von fünfzehntausend Jahren besaß, mußte er eine noch nicht ausprobierte Wiederholschaltung in Kauf nehmen. Er war nicht ganz sicher, ob seine Theorie in dieser Hinsicht stimmte.

Natürlich hätte er auch seinen Assistenten schicken können, aber der Versuch reizte ihn viel zu sehr, als daß er darauf verzichtet hätte, unmittelbar Beteiligter zu sein.

»Sie können sich auf mich verlassen, Nayn Ichtrac«, versicherte Asi Movogt, der erste Assistent des Wissenschaftlers. »Sollte die automatische Wiederholschaltung nicht rechtzeitig einsetzen, werde ich die Kontrollen manuell betätigen. Wir haben alles genau durchgerechnet, und es gibt keinen Fehler.«

»Der Transmitter – vergessen Sie das nicht! – muß seine Energien für die zweite Versetzung aus seiner Relativzukunft nehmen. Genau dasselbe gilt für die dritte und vierte. Aber es muß möglich sein, weil das Gerät ja in dieser Zukunft, also in unserer Gegenwart, real existiert. Wir verstoßen gegen keins der bekannten Naturgesetze.«

Asi Movogt, der die Meßinstrumente keine Sekunde aus den Augen ließ, stutzte plötzlich. Er betrachtete die zitternden Zeiger auf den Skalen genauer, dann wurde er plötzlich blaß und wich zurück. Erschrocken deutete er auf die Kontrollen.

»Was ist das, Meister? Der Transmitter arbeitet . . .«

Nayn Ichtrac hatte das Erschrecken seines engsten Mitarbeiters wohl bemerkte, beherrschte sich aber. Er ahnte bereits, was geschah, aber sein Verstand weigerte sich, das Ungeheuerliche zu fassen. Natürlich hatte er immer damit rechnen müssen, daß eines Tages der Zeittransmitter von Leuten in Betrieb genommen wurde, die heute noch gar nicht existierten. Er hatte immer vor diesem Augenblick Angst gehabt, ohne zu wissen, warum. Aber daß es gerade jetzt geschah, vor dem geplanten Versuch, ärgerte ihn besonders.

Obwohl es ein gutes Zeichen war. Denn würde es niemals geschehen, wäre das der untrügliche Beweis dafür, daß sein Werk in der Zukunft nicht mehr arbeitete.

»Wie kann der Transmitter zu arbeiten beginnen . . .?« fragte Asi Movogt noch einmal. »Niemand hat . . .«

»Doch«, unterbrach ihn der Wissenschaftler. »Jemand hat! Beeilen Sie sich, Movogt. Schicken Sie alle anderen aus dem Transmitterraum und schließen Sie ab. Niemand darf herein. Wir müssen erst wissen, wer uns da einen Besuch abstattet – falls er gerade zu uns kommt. Er kann genausogut an unserer Gegenwart vorbei weiter in die Vergangenheit zurückstoßen. Nun tun Sie schon, was ich Ihnen sage. Für Fragen ist später noch Zeit genug.«

Asi Movogt zögerte nicht mehr länger, als er die ernste Miene seines Chefs sah. Er hatte begriffen, was dieser andeuten wollte, und da er selbst nach Ichtrac der größte Zeitspezialist der Lemurer war, hatte er Verständnis für die Bedenken. So schnell er konnte, lief er, den Befehl auszuführen.

Nayn Ichtrac starrte inzwischen fasziniert auf die Kontrollen und versuchte, einige Berechnungen anzustellen. Es mußte doch möglich sein, die Ankunft des Reisenden aus der Zukunft genau vorzubestimmen, falls dieser überhaupt plante, in der Gegenwart zu materialisieren. Vielleicht wollte er den Konstrukteur des Zeittransmitters kennenlernen, und da das bisher noch nicht geschehen war, konnte es durchaus möglich sein . . .

Natürlich! Dieser Gedanke war logisch.

Der Zeitreisende konnte *nur* zu ihm wollen, und wenn das seine Absicht war, *mußte* er jetzt erscheinen. Dort im Nullfeld, das zwar noch nicht existierte, aber jeden Augenblick entstehen mußte.

Nayn Ichtrac drückte auf einen Knopf. Automatisch fuhren die transparenten Panzerplastscheiben aus der Brüstung des Rundganges und sperrten ihn hermetisch gegen die Nullfeld-Arena ab. Das war eine Vorsichtsmaßnahme, denn Ichtrac hatte alles gut durchdacht, als er den Transmitter baute. Er hatte sogar mit einer Invasion aus der Zukunft gerechnet.

Aber dann waren es nur vier Gestalten, die allmählich unter der Arenakuppel materialisierten und langsam der runden Metallfläche entgegensanken. Drei von ihnen, das erkannte Ichtrac deutlich, waren Lemurer, wenn sie auch über den Roben fremdartige Schutzanzüge trugen. Die vierte Gestalt allerdings konnte kein Lemurer sein, dazu war sie zu klein. Außerdem besaß sie einen dicken, langen Schwanz, der von einem Spezialteil des Schutzanzuges eingehüllt wurde.

Nayn Ichtrac atmete erleichtert auf. Seine Invasionsbefürchtung bewahrheitete sich nicht. Trotzdem blieb er vorsichtig, als das Absolute Nullfeld erlosch und die vier Besucher den Boden berührten. Sie sahen sich suchend um, bis sie ihn entdeckten.

Ohne zu zögern, kamen sie auf ihn zu.

Das erste, was Rhodan auffiel, war das machtvolle Geräusch arbeitender Maschinen. Der Boden unter seinen Füßen vibrierte leicht, und in der Luft hing das Summen ferner Generatoren.

Allein das genügte als Beweis, daß sie in der Vergangenheit angekommen waren. Aber es gab noch andere.

»Eine durchsichtige Schutzwand!« rief Kakuta aus und deutete in Richtung des Rundganges. »Und da steht auch ein Mann.«

Rhodan sah in die angegebene Richtung. Er kannte den Lemurer, der hinter der Scheibe stand und ihm neugierig entgegenblickte, von den Bildern her, die Natrin Koczon vorgeführt hatte.

Das Ziel war erreicht.

»Es ist Nayn Ichtrac, der Konstrukteur des Zeittransmitters. Er muß mit einem Besuch aus der Zukunft gerechnet haben, sonst würde sein Gesicht wesentlich mehr Verblüffung ausdrücken, so aber kann ich höchstens Interesse und Neugier feststellen. Übrigens kommt da noch ein zweiter Mann. Wahrscheinlich ein Mitarbeiter. Bewegt euch vorsichtig, und vergeßt nicht, daß wir die Rolle von Lemurern spielen.«

Die beiden Männer standen hinter der transparenten Schutzscheibe und unterhielten sich. Gucky, dem das Lesen ihrer Gedanken keine Schwierigkeiten bereitete, sagte:

»Der zweite heißt Asi Movogt und ist Ichtracs Assistent. Er hat alle Zugänge abgeschlossen, da Ichtrac zuerst allein mit uns sprechen möchte.«

»Damit kommt er unseren Wünschen entgegen«, stellte Rhodan befriedigt fest und setzte sich in Bewegung. »Wir bleiben zusammen. Und verhaltet euch friedlich. Kein Wort Interkosmo oder Terranisch. Wir sind Lemurer. Ich kann es nicht oft genug wiederholen.«

»Und ich bin ein Beutelaffe!« knurrte Gucky wütend in sich hinein.

Wenige Meter vor der Panzerplastscheibe blieben sie stehen. Rhodan gab durch Zeichen zu verstehen, daß er mit Nayn Ichtrac zu sprechen wünschte. Der Wissenschaftler zögerte einige Augenblicke, dann aber hatte er seinen Entschluß gefaßt. Ihm blieb auch keine andere Wahl, wenn er mehr erfahren wollte. Seinen Ärger über das verpaßte Experiment hatte er längst vergessen.

Die transparente Schutzscheibe versank in der Brüstung.

Rhodan und seine Begleiter stiegen die Stufen empor und standen dann vor dem Mann, der die Geschichte verändert hatte, ohne es jemals zu wollen.

Langsam sagte Rhodan und deutete dabei auf seine Gefährten:

»Dies ist Okliton, der Philosoph vom Orden der Porylester, dem wir alle angehören. Und das dort ist Masithar, der Denker. Ich bin Pasarat. Wir kommen aus der fernen Zukunft, um mit Ihnen zu reden, Nayn Ichtrac.«

»Sie kennen meinen Namen? Er wurde nicht vergessen?« Der Wissenschaftler schien über diese Tatsache so erfreut, daß er fast eine andere wichtige Frage vergessen hätte. Seiner Meinung nach war die Vorstellung der Besucher noch nicht beendet. »Und wer ist das?« erkundigte er sich und deutete skeptisch auf Gucky.

Rhodan klärte ihn auf:

»Ein genetisch veränderter Pimpira, Meister. Im Verlauf der nächsten Jahrhunderte werden sie gute Freunde der Lemurer. Sie sind intelligent, äußerst gelehrig und nur manchmal ein wenig bockig.«

Gucky hätte sich fast verschluckt, aber er nahm sich zusammen. Er grinste Ichtrac freundlich an und zeigte seinen blitzweißen Nagezahn.

»Sehr interessant«, murmelte Ichtrac sichtlich beeindruckt. Aber dann entsann er sich, daß es noch viel interessantere Dinge gab. Er zeigte mit der rechten Hand auf seinen Assistenten: »Mein Mitarbeiter Asi Movogt – aber sicherlich ist auch sein Name, so wie meiner, unsterblich geworden.« Als Rhodan ihm den Gefallen tat und nickte, fuhr er fort: »Wir sind ein Team, und ich glaube, wir haben einiges geleistet. Darf ich Sie bitten, mir in den Wohnraum zu folgen. Die Türen sind verschlossen. Es kann uns niemand stören.«

Es war Rhodan schon jetzt klar, daß die Vermutung des späteren Mörders des Wissenschaftlers stimmte, er habe die Maahks durch seine Zeitexperimente angelockt. Es konnte auch durchaus möglich sein, daß nun seine eigene Reise in die Vergangenheit von den Zweitkonditionierten angemessen und verfolgt wurde, aber das gehörte zu den vielen Risiken, die er eingehen mußte.

An der Wand hing ein Zeitmesser. Mit einem Blick überzeugte sich Rhodan davon, daß Natrin Koczon exakt gearbeitet hatte.

Es war ein Uhr nachts scimorischer Zeitrechnung.

Sie hatten sich nur um eine halbe Stunde verspätet.

Kaum hatten sie Platz genommen, da zog Rhodan den Brief Koczons aus der Tasche und reichte ihn Nayn Ichtrac.

»Lesen Sie das, ehe ich lange Erklärungen abgeben muß. Er enthält alles, was Sie wissen müssen, um uns zu verstehen – uns und unsere Bitte, von der die Weiterexistenz unseres Volkes abhängt. Und fragen Sie erst dann, wenn Sie den Brief gelesen haben. Natrin Koczon ist Ihr Nachfolger und unser größter Wissenschaftler. Er hat den Transmitter wieder repariert.«

Asi Movogt stand auf und stellte sich so hinter seinen Meister, daß er mitlesen konnte.

Bis auf das Geräusch der Maschinen wurde es ganz still in dem Raum. Man hörte nur noch das Atmen der Männer und das erregte Schnaufen Guckys, dem alles viel zu langsam ging.

Als Ichtrac wieder aufsah, war er totenblaß geworden. Er starrte Rhodan und seine Freunde an, als seien sie Geister – was sie im übertragenen Sinne genauso waren wie Ichtrac selbst. Sein Gesicht drückte fassungsloses Entsetzen aus. Und Ratlosigkeit.

Endlich begann er zu sprechen:

»Als ich den Zeittransmitter konstruierte, war ich mir der Gefahr durchaus bewußt, die ich heraufbeschwor. Aber damals schwor ich mir, niemals ein Zeitparadoxon zu verursachen oder auch nur zuzusehen, wie ein anderer es versuchen würde. Was Sie von mir verlangen, ist ungeheuerlich und verstößt gegen meine Grundsätze. Ruhig, bleiben Sie sitzen, ich bin noch nicht fertig mit meinen Argumenten. Dieser Koczon schreibt, daß eine kleine Korrektur der Vergangenheit, und gerade der kommenden Stunden, über das Schicksal der Lemurer entscheidet. Das mag richtig sein, aber ich kann es einfach nicht glauben, daß der Planet Scimor in zwei oder drei Stunden nicht mehr existieren wird. Und wenn ich einer Korrektur zustimmen würde, dann nur jener, daß Scimor jetzt in diesem Augenblick von der drohenden Gefahr unterrichtet wird.« Er lächelte bitter. »Seien Sie beruhigt, ich werde es nicht tun, denn ich weiß, wie sinnlos es wäre. Scimor hat zwar mächtige Verteidigungsanlagen, wie ja auch die Vernichtung der Angreifer beweist, aber zu retten wäre der Planet auf keinen Fall. Aber es könnte ja versucht werden, daß mehr als nur sechzigtausend Lemurer die Rettungszentrale erreichen.«

Rhodan schüttelte den Kopf.

»Das würde nichts an ihrem späteren Schicksal ändern, Nayn Ichtrac. Sie würden genauso degenerieren und von den Maahks bedrängt werden, wie es wirklich geschah. Wir sehen nur eine einzige Möglichkeit, und es ist jene, die auch Koczon vorschlägt: Wir müssen das Maahkschiff vernichten, ehe es sich auf Scorcher etabliert.«

Ichtrac sah Rhodan forschend an.

»Koczon behauptet, es sei die hyperenergetische Strahlung meines Transmitters, der die Maahks anlockte. Gut und schön, aber könnten es nicht gerade jene Impulse gewesen sein – oder gerade sein – die *Sie* mit Ihrer Rückkehr in die Vergangenheit – in meine Gegenwart also – verursachten?«

»Das ist Unsinn, Nayn Ichtrac. Sie versuchen nur, sich vor sich selbst zu rechtfertigen. Sie wissen genausogut wie ich, daß die Gesetze von Ursache und Wirkung nicht umgedreht werden können. Und nun entscheiden Sie sich endlich, ob Sie uns helfen wollen oder nicht.«

Tako Kakuta, der sich jetzt Okliton nannte, griff in seine Tasche und förderte ein schmales Gerät zutage. Daneben legte er einige Mikrokristalle.

»Das Anschauungsmaterial, Pasarat«, sagte er zu Rhodan.

Rhodan zeigte darauf.

»Eine letzte Chance, auch wenn sie wertvolle Zeit in Anspruch nimmt, Ichtrac, aber ich möchte, daß Sie uns aus Überzeugung helfen, nicht, weil wir Sie dazu zwingen. Sehen Sie sich die Aufzeichnungen an. Sie zeigen die Vernichtung Scimors.«

Zuerst wurde der Lemurer blaß, dann glomm Interesse in seinem faltigen Gesicht auf. Wissenschaftliches Interesse. Er würde das zu sehen bekommen, was erst in Stunden geschah.

»Ich möchte es sehen«, sagte er einfach.

Sie blieben im Wohnraum, der sich verdunkelte. Die Wand war hell und weiß, das Bild klar und deutlich. In allen Einzelheiten rollten die künftigen Geschehnisse vor den Augen der beiden entsetzten Lemurer ab. Die Flotte der Maahks erschien über Scimor und griff den Planeten an. Die Abwehrforts erwiderten das Feuer, aber viel zu spät. Ein Schiff der Maahks nach dem anderen verglomm in atomarer Glut, aber auch Scimor hörte auf zu existieren. Und dann folgten Aufnahmen von der Notlandung des feindlichen Schiffes, einer Walze von zweieinhalbtausend Metern Länge und fünfhundert Metern Durchmesser.

Schließlich wurde gezeigt, wie die Maahks und deren mutierte Nachkommen auf Scorcher wüteten.

Als es hell in dem Raum wurde, waren fast zwei Stunden vergangen.

In einer Stunde etwa würde der Angriff beginnen.

Ichtrac saß zusammengesunken und bleich in seinem Sessel. Seinem Assistenten erging es nicht viel besser. Das, was sie gesehen hatten, war keine Fiktion, sondern harte Realität gewesen. Es war wirklich geschehen – oder es würde wirklich geschehen.

Wenn nicht . . .

»Sie haben keine andere Wahl, Ichtrac, als auf unsere Forderungen einzugehen. Sühnen Sie Ihre Schuld, denn, ob Sie es nun einsehen wollen, oder nicht, der Angriff der Maahks geht allein auf Ihr Konto. Versuchen Sie nun wenigstens, einiges ungeschehen zu machen. Ich garantiere Ihnen, es gibt keine Verwicklungen und auch kein Paradoxon. Aber zuerst gebe ich Ihnen die Daten, die Natrin Koczon errechnete. Mit ihrer Hilfe werden Sie den Zeittransmitter so einstellen, daß wir jederzeit und ohne Ihre Hilfe in die Zukunft zurückkehren können. Es ist nur eine Sicherung, denn Koczon hat die Schaltung bereits vorgenommen. Sie könnten sie nicht einmal verhindern, aber Sie können uns die Rückkehr erleichtern, wenn Sie uns helfen.«

Nayn Ichtrac hockte noch immer zusammengesunken im Sessel. Er gab keine Antwort.

»Und noch etwas: Schützen Sie uns vor Iza Hosessos, dem Kommandanten der Rettungszentrale. Er darf auf keinen Fall erfahren, was geschehen wird, denn er würde eine Warnung an Scimor abstrahlen. Ich weiß, wie hart unsere Forderungen klingen, aber gerade Sie werden der erste sein, der Verständnis für sie hat. Natürlich müssen wir mit Hosessos sprechen. Sagen Sie ihm, wir wären aus der Vergangenheit gekommen, um mit Ihnen wissenschaftliche Aspekte durchzudiskutieren. Kein Wort über unsere Mission, verstanden? Sobald der Angriff beginnt, müssen wir an der Oberfläche sein. Danach kehren wir hierher zurück.«

»Es ist zuviel auf einmal«, stöhnte Nayn Ichtrac verzweifelt.

»Entscheiden Sie sich«, forderte Rhodan kühl und bestimmt.

Es wäre vielleicht möglich gewesen, Ichtrac zu überzeugen. Aber Rhodan wußte, daß er zu wenig Zeit hatte. Die Flotte der Maahks war bereits im Anflug. Auf den Bildschirmen ihrer Schiffe stand schon das Scorch-System als Ziel. Später würde ein einziger Blick genügen, um Scimor als den bewohnten Planeten auszumachen. Und ihn würde man angreifen und vernichten.

Nichts war daran zu ändern.

Rhodan warf Noir einen schnellen Blick zu. Der Hypno nickte zurück. Er sah Ichtrac an, und dann ergriff er Besitz von seinem Bewußtsein und Willen. Der lemurische Wissenschaftler bemerkte es nicht mehr, daß er Sekunden später völlig unter dem Einfluß des Mutanten stand.

Ähnlich erging es Asi Movogt. Beide Männer handelten wie zuvor. Rein äußerlich war ihnen nichts anzumerken, aber sie würden nun alles tun, was die Terraner von ihnen verlangten.

»Sie kennen unsere Forderungen, Ichtrac. Sie werden sie erfüllen?«

»Ja, ich werde sie erfüllen.«

Die Antwort kam glatt und ehrlich, und Ichtrac würde sein Leben dafür geben, alles zu tun, was Rhodan wollte. Sein Unterbewußtsein war mit dem Bewußtsein gleichgeschaltet worden, und es entsprach in allen seinen Wünschen dem Willen Rhodans. Wenigstens für eine Weile.

»Dann rufen Sie den Kommandanten Iza Hosessos. Sprechen Sie nur dann mit ihm, wenn wir Ihnen ein entsprechendes Zeichen geben. Begehen Sie jetzt keinen Fehler mehr, Ichtrac, der sich verhängnisvoll auf die Zukunft auswirken könnte. Die Flotte der Maahks greift in fünfundvierzig Minuten an – und wir können es nicht mehr verhindern. Vergessen Sie das nie.«

Ein Hypnoblock konnte zusammenbrechen, das war schon mehrmals geschehen. Noir mußte ständig auf die beiden Lemurer aufpassen und sie unter Kontrolle halten. Wenn er auch noch Hosessos beeinflussen sollte, blieb es nicht aus, daß er Ichtrac und Movogt vernachlässigen würde. Es lag an Kakuta, Rhodan und Gucky, in dieser Zeit besonders auf die beiden zu achten und jeden Fehler rechtzeitig zu erkennen.

Ichtrac stellte den Kontakt mit Hosessos her und bat ihn, allein in die Kontrollstation des Zeittransmitters zu kommen.

Der Kommandant zeigte sich wenig erfreut darüber, daß ein Zivilist ihm eine Forderung stellte.

»Was wollen Sie von mir, Ichtrac? Wenn Sie die Genehmigung für ein neues Experiment benötigen, dann reichen Sie es bitte mit allen wissenschaftlichen Unterlagen bei mir ein. Ich werde es prüfen und dann entscheiden, ob . . .«

»Es handelt sich nicht um ein Experiment, Iza Hosessos«, unterbrach ihn der Wissenschaftler rücksichtslos. Dieses Benehmen entsprach außerdem seinen eigenen unterbewußten Wünschen, die er unter normalen Umständen unterdrückt hätte. Unter der Hypnobeeinflussung verlor er diesbezüglich alle Hemmungen. »Wenn Sie nicht innerhalb der nächsten fünf Minuten hier erscheinen, werde ich Sie holen lassen. Die Zukunft unseres Volkes hängt davon ab.«

»Reden Sie nicht einen solchen Unsinn!« fuhr der Offizier ihn wütend an. »Bis jetzt treffe ich noch hier die Entscheidungen, und wenn ich nicht zu kommen wünsche, dann komme ich nicht. Aber Sie haben Glück, Ichtrac. Ihre Experimente interessieren mich. Also werde ich Ihrer Bitte entsprechen. Ich bin in zwei Minuten dort.«

Ichtrac sah an Rhodan vorbei, als er sagte:

»Er kommt, Pasarat. Haben Sie weitere Wünsche?«

Asi Movogt ließ den Kommandanten in die Kontrollstation, nachdem er sich davon überzeugt hatte, daß der Offizier allein erschienen war. Noir nahm ihn sich sofort vor, damit es keine Komplikationen gab. Rhodan bestand jedoch darauf, daß sowohl Ichtrac wie auch Hosessos eine gewisse mentale Freiheit behielten. Dadurch bestand zwar die Gefahr eigener Entschlüsse, aber Noir konnte seine Kräfte mehr aufteilen und behielt für den Notfall Reserven zurück.

Der Zeitspezialist Ichtrac übernahm es, den Kommandanten aufzuklären, natürlich im Sinne Rhodans:

»Es handelt sich um ein erfolgreich durchgeführtes Experiment, Ratna Hosessos. Die drei Philosophen vom Orden der Porylester wurden aus der Vergangenheit geholt und sind nun hier, um unsere Gegenwart – also ihre eigene Zukunft – zu studieren. Bei dem kleineren Lebewesen handelt es sich um ein Erzeugnis der Humangenetik. Derartige Versuche wurden vordringlich von diesem Orden durchgeführt. Ich möchte Sie nun bitten, diesen vier Personen alle Unterstützung angedeihen zu lassen, die sie verlangen. Sie brauchen in keiner Beziehung Bedenken der Geheimhaltung zu haben, denn schließlich kehren unsere Besucher später wieder in ihre eigene Zeit zurück, und dabei handelt es sich um unsere eigene Vergangenheit. Was kann da schon passieren?«

Mit Noirs Hypnohilfe wurden alle Bedenken des Obersten beseitigt. Schnell war er damit einverstanden, die Fremden zu führen und ihnen die größten Geheimnisse der Rettungsstation zu zeigen. Er redete fast ununterbrochen und mußte mehrmals von Noir energisch gebremst werden.

»Tut mir leid, Perry«, erklärte der Hypno, »aber die Ursache liegt im Unterbewußtsein des Kerls verborgen. Er sitzt, seiner Meinung nach, auf einem verlorenen Posten, auf einem unwichtigen Nebenkommando. Nun treibt ihn natürlich alles, diese Stellung zu rechtfertigen, auch vor sich selbst. Er muß sie wichtiger machen – dabei ahnt er überhaupt nicht, *wie* wichtig sie ist, oder bald sein wird.« Noir sah auf die Uhr. »In zwanzig Minuten etwa.«

Rhodan winkte ab. Er hörte zu, was Hosessos erzählte:

». . . ist es klar, daß wir eine Fluchtmöglichkeit besitzen müssen. Niemand weiß, wie stark die Haluter trotz aller Maßnahmen noch sind. Eines Tages könnten sie zurückkehren, um sich für ihre Niederlage zu rächen. Dabei war es eigentlich keine Niederlage, denn unser

Heimatplanet wurde von den Halutern praktisch unbewohnbar gemacht. Ich bin jedoch davon überzeugt, daß er eines Tages wieder bewohnt sein wird, vielleicht sogar von unseren eigenen Nachkommen, aber das liegt noch in fernster Zukunft. Bis dahin werden auch Sie vergessen haben, daß es einmal eine Zivilisation auf Lemuria gegeben hat. Ihre Forscher werden sich die Köpfe zerbrechen, wenn sie deutliche Hinweise finden, ohne sie erklären zu können. Der Krieg gegen die Haluter war eine Katastrophe, ähnlich einer atomaren Vernichtung. Aber Spuren werden bleiben, nur fragt es sich, ob man sie zu deuten versteht. Doch ich wollte Ihnen ja von ganz anderen Dingen berichten . . . von der Rettungsstation. Wir rechnen immer wieder mit einem Angriff der Haluter. Sie geben sich nie geschlagen. Ihre Lebendigkeit und ihre kämpferische Vitalität lassen das nicht zu. Also werden sie wiederkommen, und sicherlich haben sie erfahren, wohin wir uns geflüchtet haben. Es gibt sogar in Kreisen unserer Wissenschaftler die Theorie, daß gerade die Zeitexperimente unseres Ichtracs hyperenergetische Impulse ausstrahlen, die zum Verräter werden könnten . . .«

»Nun ist es aber genug«, unterbrach Ichtrac energisch, wobei der eigene Wille die Oberhand über die Hypnobeeinflussung gewann. »Sie haben etwas gegen mich, das ist mir klar. Schon lange. Aber Sie werden jetzt den Mund halten und die Herren herumführen. Das ist wichtiger als Ihre unhaltbaren Thesen. Wissenschaftliche Experimente entscheiden sehr oft über die Zukunft eines Volkes.«

»Da hat er absolut recht«, warf Rhodan ein.

Ratna Iza Hosessos verzichtete auf einen Protest.

Inzwischen kehrte Asi Movogt von der Kommunikationsanlage zurück.

»Unsere Mitarbeiter, Meister. Sie verlangen zu wissen, warum sie ausgeschlossen wurden.«

Ichtrac wußte längst, was er zu sagen hatte.

»Lassen Sie sie herein«, befahl er unter dem Hypnoeinfluß André Noirs. »Wir werden ihnen berichten, was geschehen ist. Schließlich haben auch sie ein Recht zu erfahren, wie erfolgreich unser Experiment ist.«

Verstohlen sah Rhodan auf seine Uhr.

Noch fünfzehn Minuten bis zum Angriff der Maahks.

Und noch keine einzige der Warnstationen Scimors hatte etwas von den herannahenden Invasoren gemeldet.

Die Wissenschaftler und Assistenten kamen in den Kontrollraum des Zeittransmitters. Sie bestürmten ihren Herrn und Meister mit Fragen, die dieser in aller Ruhe und Gelassenheit genau im Sinne Rhodans beantwortete, denn Noir war auf der Hut. Er konnte natürlich nicht alle Lemurer einzeln hypnotisch beeinflussen, aber es genügte, wenn er Hosessos, Movogt und vor allen Dingen Ichtrac unter Kontrolle behielt.

Nachdem sie aufgeklärt waren, stürzten sich die übereifrigen Jünger der Wissenschaft auf Rhodan, Noir und Kakuta. Zwei oder drei beschäftigten sich sogar mit Gucky, den sie jedoch nicht direkt anredeten. Niemand nahm an, daß ein »Beutelaffe« sprechen könne.

Rhodan entzog sich bald der Diskussion, warf Noir einen warnenden Blick zu und begab sich mit Ichtrac zu den Kontrollen des Zeittransmitters. Unter seiner Aufsicht stellte der Wissenschaftler das Gerät so ein, daß es automatisch zu arbeiten begann, wenn die vier Personen den Metallkreis betraten. Die Daten stimmten, und es gab keine Panne. Es konnte einfach keine geben, weil die Gegenkon trolle aus der Zukunft von Natrin Koczon vorgenommen wurde.

Sie kehrten zu den übrigen zurück.

Iza Hosessos sagte gerade:

»Darf ich unsere Gäste aus der Vergangenheit bitten, mir zu folgen? Ich möchte ihnen alles zeigen, damit sie sich ein Bild machen können, wie sehr wir für die Zukunft unseres Volkes gesorgt haben.«

Ichtrac gab sein Einverständnis.

»Aber bitte, es wird höchste Zeit. Zu lange schon haben unsere Freunde darauf warten müssen . . .«

Nayn Ichtrac und Asi Movogt blieben mit ihren Kollegen zurück.

Während sich eine heftige wissenschaftliche Diskussion anbahnte, folgten Rhodan, Kakuta, Noir und Gucky mit gemischten Gefühlen dem lemurischen Stabsoffizier, der ihnen etwas zu zeigen beabsichtigte, das für die weiteren Geschehnisse absolut unwichtig zu werden versprach.

Und der Angriff der Maahks würde in genau zehn Minuten beginnen.

Der Kommandant hatte seine Meinung schneller gewechselt, als ein anderer sein Hemd.

»Der Planet Scorcher und diese Rettungsstation sind im Grunde absolut unwichtig«, sagte er, als sie durch einen gewölbten Tunnel in einen Hangar gelangten. »Das ist auch der Grund, warum ich Ihnen eine besondere Gunst gewähren möchte. Sie können sich, wenn Sie wollen, später nach Ihrer Rückkehr nach Scorcher noch immer in aller Ruhe die Station ansehen. Aber ich halte es für wichtiger, Sie studieren die Verhältnisse auf Scimor, dem Hauptplaneten.«

Rhodan hütete sich, eine logische Frage zu stellen. Er hätte zu gern gewußt, warum sich Hosessos keine Gedanken über die Tatsache machte, daß die Philosophen aus der Vergangenheit von Scorcher stammten, nicht aber von Scimor. Aber schließlich war Hosessos ein militärischer Kommandant und ein Offizier, aber kein Denker.

»Wie meinen Sie das?« erkundigte sich Kakuta vorsichtig, als er das Zögern Rhodans bemerkte. Noir hielt sich bereit, um im Notfall eingreifen zu können. »Was soll die Andeutung mit Scimor?«

Hosessos deutete auf die Schiffe, die startbereit im Hangar standen. Eines davon wurde gerade unter eine Drucktube manövriert.

»Ein Kurierschiff. Wir starten sie in regelmäßigen Abständen, um Nachrichten und schriftliche Unterlagen an die Befehlsstellen zu überbringen. Es ist Platz genug vorhanden, auch Sie mitzunehmen, meine Herren. Ich zeige Ihnen die Rettungsstation später, wenn Zeit dazu vorhanden ist. Sicher haben Sie es nicht so eilig, in Ihre Vergangenheit zurückzukehren.«

Es war die Zukunft, aber wie sollte Hosessos das wissen?

Noir warf Rhodan einen fragenden Blick zu. Es wäre nicht sehr schwierig gewesen, Hosessos nun entsprechend zu beeinflussen, aber gerade in diesem Augenblick näherten sich der Gruppe einige Offiziere. Sie grüßten, ein wenig erstaunt und mit fragenden Blicken und erstatteten Routinemeldungen. Hosessos bedankte sich und erklärte kurz, um wen es sich bei den Besuchern handelte. Da jedermann von der Existenz des Zeittransmitters wußte, war niemand sonderlich erstaunt, daß die Experimente des Wissenschaftlers Ichtrac endlich einmal greifbare Ergebnisse zeigten.

»Unsere Besucher haben den Wunsch, sich Scimor anzusehen«, schloß Hosessos seinen kurzen Vortrag. »Das Kurierschiff wird sie mitnehmen. Wann starten Sie, Kommandant?«

Einer der Offiziere deutete zu dem Schiff.

»In wenigen Minuten, Ratna. Es ist alles bereit, und auch die

Kurierpost wurde bereits an Bord gebracht. Wir warten nur noch auf Ihren Befehl.«

»Ist bereits erteilt«, erwiderte Hosessos leutselig. Er nickte Rhodan zu. »Gehen Sie an Bord. Wollen Sie die schweren Spezialanzüge nicht ablegen? Sie würden Sie auf Scimor nur behindern.«

Rhodan wollte es vermeiden, auch nur den geringsten Verdacht zu erwecken. Er stimmte zu, obwohl Noir nicht damit einverstanden zu sein schien. Auch Gucky hätte sich am liebsten gesträubt, denn ohne die Kampfanzüge würden sie niemals zur Oberfläche von Scorcher gelangen können. Aber dann, als Rhodan dem Rat des Kommandanten folgte, blieb ihm keine andere Wahl.

»Wo finden wir unsere Anzüge später wieder?«

Hosessos gab einigen Lemurern einen Befehl, dann beantwortete er Rhodans Frage: »In der Kontrollstation für den Zeittransmitter. Ich lasse sie schon jetzt dorthin bringen.«

Noch fünf Minuten bis zum Angriff. Es wurde höchste Zeit . . .

Sie wurden in das Kurierschiff geleitet und winkten Hosessos noch einmal zu. Dann schloß sich die Luke, und Sekunden später hob sich das kleine Schiff durch die Startröhre senkrecht nach oben.

Der Kommandant des Kurierschiffes interessierte sich sehr für seine Passagiere. Lemurer aus der Vergangenheit waren noch niemals bei ihm zu Gast gewesen. Er hatte den angeblichen Philosophen erlaubt, sich in der Kontrollzentrale des Schiffes aufzuhalten.

Dafür bekam er Gelegenheit, einige Fragen zu stellen.

»Dieser Beutelaffe . . .«, er deutete etwas indigniert auf Gucky, der sprungbereit und mit bösartig funkelnden Augen in einer Ecke des Raumes hockte, » . . . welchen Daseinssinn hat er überhaupt? Ich meine, man züchtet doch nicht einfach solche primitiven Kreaturen, nur um sie dann mit sich herumzuschleppen.«

Rhodan bemühte sich, ernst zu bleiben.

»Natürlich werden solche kostspieligen und zeitraubenden Experimente nicht nur zum Spaß durchgeführt. Ich wundere mich ein wenig, daß Sie keine Kenntnis mehr von ihnen besitzen. Wahrscheinlich gingen alle unsere Erkenntnisse mit der Zeit verloren. Heute scheint es hier keine genetisch veränderten Pimpiras mehr zu geben.«

»Nicht daß ich wüßte«, gab der Kommandant zu.

»Sehen Sie«, fuhr Rhodan todernst fort, »so ein genetisch veränderter Pimpira ist nicht nur possierlich anzusehen, er erfüllt auch einen ganz besonderen Zweck. Mutiert und genetisch verändert, kann ein Pimpira Dinge leisten, die man sich früher nicht einmal im Traum hätte vorstellen können. Wenn Sie bedenken, wie schwierig es ist, seltene Metalle aufzuspüren und ihren Fundort genau zu bestimmen, und wenn Sie sich dann noch vorstellen, daß ein Pimpira wie dieser diesbezüglich keine Schwierigkeiten kennt, dann werden Sie vielleicht verstehen, warum es diese besonderen Züchtungen gibt.«

Der Kommandant vergaß fast, Luft zu holen.

»Wollen Sie damit etwa andeuten, daß das Tier in der Lage ist, Metalle und Elemente aufzuspüren, die tief unter der Oberfläche verborgen liegen?«

»Richtig erraten«, bestätigte Rhodan die Vermutung, auf die seine Behauptung hinzielte. »Das kann der Kleine. Darum wurde er gezüchtet. Sein Spürsinn für diese Kostbarkeiten der Natur erspart unseren Technikern die Notwendigkeit, neue Geräte zu erfinden. Außerdem lernten wir eine ganze Menge über Genetik und Fortpflanzungslehre, ganz abgesehen von den Erkenntnissen über Mutationen.«

Der Kommandant betrachtete Gucky ein wenig nachdenklicher.

»Ich hätte nie geglaubt, daß so ein Vieh zu etwas nütze sein kann . . .«

Weiter kam er nicht. Gucky, der mehrmals die beruhigenden und zugleich warnenden Blicke Rhodans aufgefangen hatte, bemühte sich aufrichtig, gelassen zu bleiben. Schließlich spielte er ein relativ unbedeutendes Tier, das nicht einmal sprechen oder verstehen konnte.

Aber was zuviel war, war zuviel.

Einer der anwesenden Offiziere in der kleinen Kommandozentrale des Kurierschiffes hatte sich plötzlich erhoben, ein wenig zögernd und wie unter einem unsichtbaren Zwang, war auf seinen Kommandanten zugegangen, hatte die Hand erhoben, schwer und hölzern, und ihm eine Ohrfeige verabreicht.

Der Kommandant war völlig erschüttert und sank zurück in seinen Pilotensessel, aus dem er sich halb erhoben hatte. Gucky, der den mutigen Offizier telekinetisch gelenkt hatte, hockte scheinbar teilnahmslos an seinem alten Platz.

Aber genau in diesem Augenblick lief die Frist ab. Der Kommandant kam nicht mehr dazu, seinen Untergebenen zu degradieren.

Der Cheffunker stürzte in den Raum.

»Ein Angriff aus dem All, Kommandant! Die Meldung kam eben durch. Es müssen mehr als zweihundert Schiffe sein, die Scimor überfallen. Wir haben Befehl, sofort nach Scorcher zurückzukehren . . .«

»Haluter!« sagte der Kommandant und wurde bleich. »Sie sind zurückgekommen . . .«

Rhodan hielt es nicht mehr für so wichtig, ihn über seinen Irrtum aufzuklären. Es spielte keine Rolle mehr.

Er nickte Gucky und Kakuta zu.

»Zum Zeittransmitter, aber schnell«, sagte er.

Die beiden Teleporter nahmen Rhodan und Noir bei den Händen, um den notwendigen Kontakt für die Teleportation herzustellen.

Dann entmaterialisierten sie, ohne daß der verwirrte Kommandant es überhaupt bemerkt hätte.

Er hatte jetzt ganz andere Sorgen.

Nayn Ichtrac gab sich keine Mühe, sein Erschrecken über das urplötzliche Auftauchen der Fremden zu verbergen. Er hätte es auch nicht gekonnt, denn diesmal gab es keine Erklärung für ihn.

Und Rhodan hatte keine Zeit, ihm eine zu geben.

»Ihr Zentralplanet Scimor wird von den Maahks angegriffen. Es handelt sich um eine Flotte, die vor den Arkoniden flüchtete und bis hierher gelangte. Damit tritt die Aktion Rettungsstation in Kraft. Die Lemurer werden hierher flüchten, um sich in Sicherheit zu bringen. Ich würde Ihnen raten, das Labor abzusichern, damit niemand eindringen kann.«

»Warum sollte ich das tun? Es wird kein Experiment durchgeführt, und ich habe nichts zu befürchten.«

Rhodan konnte ihm nicht sagen, was geschehen würde. Er hatte nur versucht, dem Wissenschaftler einen Hinweis zu geben. Es war einfach eine Reaktion gewesen, mehr nicht.

Dieser Teil der Vergangenheit durfte nicht korrigiert werden.

Selbst Noir durfte nun nicht mehr eingreifen.

»Schon gut, Ichtrac, es war nur ein Gedanke von mir. Wo sind unsere Spezialanzüge? Wurden sie gebracht?«

»Im Nebenraum. Was haben Sie vor? Wollen Sie in Ihre Zukunft zurückkehren?« Erst jetzt schien er sich an das zu erinnern, was er vorher erfahren hatte. Sein faltiges Gesicht wurde noch älter, als es ohnehin schon war. »Die Maahks! Sie werden hier landen, und in einigen Jahrtausenden . . .«

Rhodan sah ihn scharf an.

»Wir werden dafür sorgen, daß sie *nicht* landen, Ichtrac. Und Sie werden uns dabei helfen. Noch ist kein Alarm gegeben worden, noch weiß auch Hosessos nicht, was geschehen ist. Aber das kann nur noch Minuten dauern, und es ändert auch nichts mehr. Doch der Strom der Flüchtlinge wird bald einsetzen. Sechzigtausend werden es sein. Der Rest der Lemurer in diesem System . . .«

Ohne eine Entgegnung abzuwarten, liefen die drei Männer und Gucky in den bezeichneten Raum und legten in fieberhafter Eile ihre terranischen Kampfanzüge wieder an. Erst jetzt fühlten sie sich sicher und geborgen. Selbst die Giftatmosphäre der Oberfläche würde ihnen nichts mehr anhaben können.

Als sie in den Kontrollraum zurückkehrten, betätigte Nayn Ichtrac gerade einige Kontrollen. Gucky, der in seinen Gedanken las, sagte:

»Keine Sorge, Perry, es ist die Panzerplastverkleidung, die den Zeittransmitter von der Außenwelt isoliert. Damit verhindert Ichtrac, daß jemand dort eindringen kann. Die Einstellung kann auch nicht mehr verändert werden, da die Kontrollen spezialblockiert wurden.«

»Gut so. Dann können wir uns jetzt unserer eigentlichen Aufgabe widmen. Wo steckt Ichtrac?«

»Er verschließt die Eingänge. Zwar hat er noch keine Ahnung, was alles passieren wird, und es würde ihm auch nicht helfen, aber im Unterbewußtsein sieht er vielleicht die Gefahr voraus. Bei einem Zeitspezialisten wäre das auch kein Wunder.«

Asi Movogt kam in den Kontrollraum. Ohne erstaunt zu sein, musterte er die Gäste seines Herrn und Meisters, dann meinte er:

»Soeben wird Vollalarm gegeben. Die ersten Flüchtlinge trafen schon ein und gaben die ersten Berichte ab. Es muß grauenhaft sein . . .«

Das Stampfen der unsichtbaren Maschinerie im Untergrund war stärker geworden. Der Boden der Kontrollzentrale vibrierte. Ichtrac kam aufgeregt hereingestürzt.

»Es sind zweihundertfünfzig Schiffe, unförmige Riesenwalzen mit verheerenden Waffen. Scimor ist verloren, trotz der großartigen Abwehrsysteme.« Er ging zu Rhodan und nahm dessen Arm. »Können Sie wirklich nicht helfen, Pasarat? Es muß doch möglich sein, durch eine geringfügige Änderung ein harmloses Paradoxon herbeizuführen, um wenigstens das Ärgste zu verhüten.«

»Gerade Sie, Ichtrac, sollten wissen, welche Folgen das haben könnte. Es tut mir leid, aber wir dürfen nicht eingreifen.« Rhodan nickte Noir zu. »André, Sie müssen die Beeinflussung erneuern. Auch bei Movogt. Während unserer Abwesenheit darf keine Panne eintreten.«

Noir nahm sich die beiden Lemurer erneut vor und sorgte dafür, daß der Hypnoblock diesmal länger erhalten blieb.

Rhodan hatte inzwischen noch einmal Koczons Berechnungen hervorgeholt und studierte sie aufmerksam. Dann flüsterte er mit Gucky und Kakuta.

Er sah auf die Uhr.

»Es dauert noch zwei Stunden, ehe das beschädigte Schiff der Maahks hier eintrifft und landet. Wir sollten vorher dort sein.«

Die Flotte der Maahks war, aus dem Linearraum auftauchend, im genauen Zielflug auf Scimor vorgestoßen und hatte ohne jede Vorwarnung das vernichtende Feuer auf den Planeten eröffnet. Mit den Impulskanonen konnten die Methanatmer gleich zu Beginn eine Reihe der automatischen Abwehrforts außer Gefecht setzen. Dann, als sich die Lemurer von ihrer Überraschung erholt hatten, handelten sie.

Der Rest der noch intakten Abwehrgeschütze funktionierte einwandfrei und schoß fast die Hälfte der Angreifer ab. Doch die verbliebenen Maahkschiffe genügten, den Planeten Scimor in eine feuerspeiende Hölle zu verwandeln.

Bei den Schiffen der Maahks handelte es sich ausschließlich um die unförmigen Riesenwalzen mit einer Länge von zweitausendfünfhundert Metern. Es wäre auch Rhodan unmöglich gewesen, schon jetzt das Schiff zu bestimmen, das später auf Scorcher notlanden würde. Ihm war jedoch klar, daß nur die Experimente mit dem Zeittransmitter die Flotte in dieses System gelockt hatten. Die Ortsbestimmung war ein wenig ungenau gewesen, sonst hätten die Maahks Scorcher angegriffen, nicht aber Scimor.

Es war unverständlich, wie die sonst so vorsichtigen Lemurer, die sogar interstellaren Funkverkehr vermieden hatten, auf einmal so leichtsinnig geworden waren. Sie hätten wissen müssen, daß ein Zeittransmitter hyperdimensionale Impulse von hoher Sendestärke verursachte. Sie hätten wissen müssen, daß somit eine Entdeckung unvermeidlich war.

Diese Zeitexperimente hätten niemals stattfinden dürfen.

Rhodan und das Zeitkommando legten mit dem ersten Teleportersprung nur eine relativ kleine Strecke zurück. Sie wollten in direkter Sichtverbindung mit der Rettungszentrale bleiben, um die dortigen Geschehnisse weiter beobachten zu können. Auf der Oberfläche selbst war allerdings nicht viel von den gewaltigen Anlagen zu erkennen, die in der Kruste des Planeten verborgen lagen.

»Dort!« rief Kakuta und deutete hinab in die Ebene. Sie selbst standen auf einer sanften Anhöhe, die mit dünnem Ammoniakschnee bedeckt war. »Die automatischen Abwehrgeschütze werden ausgefahren . . .«

Sie sahen es. Überall an Stellen, die vorher völlig harmlos ausgesehen hatten, entstanden regelmäßig geformte Spalten in den Felsböden, und dann wurden die Läufe von Strahlkanonen sichtbar, die sich in den trüben Himmel von Scorcher richteten, obwohl noch kein Gegner geortet wurde. Gleichzeitig flammte über der eigentlichen Rettungsstation ein Energieschirm auf.

»Da haben wir ja Schwein gehabt«, stellte Gucky burschikos fest und zeigte nur zu deutlich, wie froh er über die Tatsache war, wieder sprechen zu dürfen. Er haßte nichts mehr als eine Rolle, bei der er den Mund zu halten hatte. »Durch den Schirm wären wir nicht so leicht hindurchgesprungen.«

Längst arbeiteten alle notwendigen Aggregate ihrer Kampfanzüge. Die Heizanlage wehrte die bittere Kälte ab, die jede Isolierung auf die Dauer durchdringen würde. Die Lufterneuerungsanlage versorgte die drei Männer und Gucky mit Sauerstoff, der in der Atmosphäre von Scorcher nur spurenweise vorkam. Mit Hilfe der Gravitationsregler blieb die Schwerkraft des Riesenplaneten in erträglichen Maßen.

Das Chaos auf der Zentralwelt der Lemurer mußte jetzt vollkommen sein. Zwar explodierte immer wieder ein Schiff der Maahks und löste sich in seine Atome auf, aber auch Scimor begann auseinanderzubrechen. Überall glühten atomare Brände, die nicht mehr eingedämmt werden konnten.

Irgendwo unter der Oberfläche des zum Tode verdammten Planeten existierte in diesem Augenblick noch ein Transmitter. Durch ihn flüchteten die überlebenden Lemurer nach Scorcher. Rhodan kannte einige der Szenen, die sich auf Scimor und Scorcher abspielten, von den Filmen her, die Koczon vorgeführt hatte. Damals hatten sie ihn nicht so sehr berührt, denn die Bilder, die er sah, waren zehntausend Jahre alt gewesen. Doch nun *war* er in dieser Vergangenheit, die plötzlich zur Gegenwart wurde. Er *hätte* die Katastrophe verhindern können, wenn er gewollt hätte.

Handelte er wirklich richtig, wenn er es nicht tat?

Die Schreckensbilder zogen noch einmal wie ein Film vor Rhodans geistigem Auge vorbei . . .

Gewaltige Rauchschwaden begannen Scimor einzuhüllen. Sie umkreisten den Planeten in Rotationsrichtung, wurden aber immer wieder von atomaren Glutausbrüchen auseinandergerissen. Deutlich sichtbar wurde ein glühender Asteroid von mehr als dreihundert Kilometern, der plötzlich, wie von einem Katapult abgeschleudert, in den Raum hinausschoß. Er rotierte nur langsam, und die Reste der Atmosphäre blieben wie ein Kometenschweif zurück. Einige Schiffe der Maahks gerieten in seine Bahn und wurden von der atomaren Glut verschlungen, anderen gelang noch rechtzeitig die Flucht, um in das konzentrierte Vernichtungsfeuer der Gegenpolkanonen der Lemurer zu stürzen.

Das Ende begann sich abzuzeichnen.

Der Planet Scimor verwandelte sich in einen aufflammenden Sonnenball, der sich Minuten später in Millionen Bruchstücke auflöste. Alle Lemurer, die nicht rechtzeitig Scorcher erreicht hatten, waren verloren.

Die Bruchstücke gerieten ohne Ausnahme in eine Bahn, die sie in die rote Sonne Scorch stürzen ließ. Mit steigender Geschwindigkeit rasten sie auf den Stern zu, um ihn Stunden und Tage später zu erreichen. Es blieb nichts, was später einmal davon zeugen würde, daß es in diesem System nicht nur drei, sondern vier Planeten gegeben hatte.

Das Innere der riesigen Walze war mit einer für Menschen giftigen Gasmischung gefüllt. Die Maahks waren Methanatmer. Trotzdem griffen sie immer wieder Sauerstoffwelten an, denn die Arkoniden waren ihre erbittertsten Gegner in dieser Galaxis. Und außer den Arkoniden und ihren Abkömmlingen gab es keine intelligenten Humanoiden. So wenigstens dachten sie.

Der Kommandant des Schiffes machte keine Ausnahme, wenn er der Auffassung war, daß es sich bei dem Planeten Scimor um eine Kolonialwelt der Arkoniden handelte.

Und Welten der Arkoniden wurden vernichtet, wo immer man sie fand.

Dabei konnte man froh sein, diesen kriegerischen und äußerst beweglichen Humanoiden glücklich entwischt zu sein. Bei den zweihundertfünfzig Einheiten, die das Scorch-System angriffen, handelte es sich um eine versprengte Gruppe, von den Arkoniden in die Flucht geschlagen und verfolgt.

Seit Tagen aber zeigten sich die gefürchteten Kugelraumer nicht mehr auf den Bildschirmen der Walzenschiffe. Die Arkoniden hatten die Spur ihrer Todfeinde verloren, nachdem es ihnen gelungen war, sie aus dem Larsaf-Sektor zu vertreiben. Dort war eine blühende Kolonie entstanden, die es zu verteidigen galt.

Der Planet wurde Larsaf III genannt. Und er war schön.

Aber Larsaf III war im Augenblick vergessen. Zufällig waren starke Hyperimpulse aufgefangen worden, die zum Scorch-System führten. Der Befehlshaber der Flottengruppe war davon überzeugt, daß es sich nur um arkonidische Experimente handeln konnte, die in aller Ruhe und außerhalb der Gefahrenzone auf einer Siedlungswelt durchgeführt wurden. Er erkannte die Möglichkeit, sich an den Arkoniden zu rächen.

Er befahl, Scorch III anzugreifen.

Der Kommandant der Walze hatte ein schlechtes Gefühl, als sich die zweihundertfünfzig Schiffe dem System näherten. Alles ging ihm viel zu glatt. Es gab weder die üblichen Wachstationen, noch begegneten sie patrouillierenden Flotteneinheiten, die das System gegen jeden Angriff von außerhalb schützten. Alles sah viel zu sehr nach einer wohlvorbereiteten Falle aus.

Der vierte Planet entpuppte sich als eine riesige Methanwelt, für Maahks geeignet, aber nicht für die Arkoniden. Die Oberfläche zeigte keinerlei Anzeichen einer Besiedlung, wenn auch die empfindlichen Meßinstrumente der Maahks auffällige Metallansammlungen unter der Oberfläche verrieten. Das konnte Zufall sein, aber es konnte auch darauf hindeuten, daß die Sauerstoffatmer selbst in diesem kleinen System in den natürlichen Lebensbereich der Maahks vorgedrungen waren.

Der Kommandant nahm Verbindung mit dem Befehlshaber auf.

»Ich möchte von einem direkten Angriff abraten. Das System sieht mir zu sehr nach einer Falle aus. Wir können keinerlei Unterstützung erwarten, denn wir haben jeden Kontakt mit unseren anderen Einheiten verloren . . .«

»Selbst wenn es eine Falle ist, werden wir angreifen. Sie sind Kommandant Ihres Schiffes, nicht mehr. Halten Sie sich an meine Anordnungen. Es handelt sich um den dritten Planeten. Wir werden ihn angreifen und vernichten.«

»Wir wissen nicht einmal, ob es sich wirklich um Arkoniden handelt . . .«

»Sie atmen Sauerstoff, das steht fest. Und es genügt für uns, sie schon allein deshalb als unsere Todfeinde anzusehen. Sie werden uns bald entdeckt haben . . .«

»Vielleicht ist das schon längst geschehen, und sie warten nur, bis wir weit genug vorgedrungen sind. Ich rate nochmals . . .«

»Erfüllen Sie Ihre Pflicht, mehr verlangt niemand von Ihnen. Und nun Schluß mit der Debatte, Kommandant. Der Angriff beginnt in zehn Zeiteinheiten . . .«

Der Kommandant starrte auf den leeren Bildschirm. Seine Offiziere schwiegen. Selbst wenn sie nicht seiner Meinung waren, so hätten sie es niemals gewagt, ihm das zu zeigen. Die Maahks waren nicht nur ihren Feinden gegenüber hart und grausam.

»Navigator, Kurs mehr nach MB-H-9 verlegen.« Der Kommandant schien sich entschlossen zu haben, dem Schicksal ein wenig unter die Arme zu greifen. »Wir übernehmen Rückendeckung nach links.«

Das war natürlich nur ein Vorwand, wie selbst der Navigator erkennen mußte. Das Schiff scherte aus dem Verband und übernahm die linke Flankendeckung. Dabei blieb es unmerklich zurück.

Und dann kam Scimor in Sicht, der blühende Planet mit der für Maahks giftigen Sauerstoffatmosphäre. Das Feuer wurde eröffnet und von den automatischen Abwehrstellungen erwidert.

Die Schlacht hatte begonnen.

Im ersten Augenblick sah es ganz so aus, als hätte sich der Kommandant geirrt. Die Arkoniden – falls es sich wirklich um Arkoniden handelte – schienen in der Tat völlig überrascht von dem Angriff zu sein. Die schnelle Reaktion der automatischen Verteidigung hatte kaum etwas zu sagen. Sie war immer bereit gewesen und benötigte keine Vorwarnung. Aber *mit* einer Vorwarnung hätte sie aller Wahrscheinlichkeit nach früher gehandelt.

Während der Planet zu brennen begann, wurde die Flottengruppe der Maahks auf die Hälfte reduziert. Das Flaggschiff des Befehlshabers gehörte dazu.

Die Maahks waren plötzlich ohne oberstes Kommando.

Der Kommandant verspürte eine gewisse Art von Befriedigung, als er seine Befürchtungen bewahrheitet sah, aber die Genugtuung kam zu spät. Der Oberbefehlshaber der Flotte war tot. Damit ergab sich eine Situation, in der jeder Kommandant jedes einzelnen Schiffes auf sich selbst angewiesen war. Es war viel zu spät, an einen Stellvertreter zu denken. Doch die Kampfmoral der Maahks hatte damit nichts zu tun. Sie griffen an, auch ohne weitere Instruktionen. Der ursprüngliche Befehl galt noch immer: der Planet mußte vernichtet werden.

»Kurs weiter in der vorher angegebenen Richtung«, befahl der Kommandant seinem Navigator, ohne zu ahnen, daß er damit – vorerst – das Leben seiner Mannschaft und das eigene rettete. »Seitendeckung.«

Das war natürlich ein guter Vorwand, sich abzusetzen. Während die restlichen Schiffe der Maahks wütend angriffen und sich in das vernichtende Feuer der Gegenpolkanonen stürzten und verdampften, kümmerte sich kaum jemand um das Manöver der immer weiter abtreibenden Walze.

Scimor zerplatzte, und die Trümmer begannen ihren Sturz in die Sonne.

Der Kommandant wußte, daß nun kaum noch mit einem Angriff der besiegten Feinde zu rechnen war. Mit Hilfe der Ortergeräte begann er nach den restlichen Einheiten der kleinen Flotte zu suchen, die er inzwischen von den Bildschirmen verloren hatte. Nach einiger Zeit mußte er entsetzt feststellen, daß sein Schiff das einzige war, das noch in diesem System existierte. Sein Ausweichmanöver hatte sich bezahlt gemacht.

Und es machte ihn auch leichtsinnig.

So leichtsinnig, daß die automatische Gegenpolkanone eines vorbeiziehenden Trümmerstücks des ehemaligen Planeten Scimor das Schiff der Maahks unter Feuer nehmen konnte, als es in erreichbare Nähe geriet.

Niemand hatte damit gerechnet. Es gab Tausende solcher Trümmerstücke, und die meisten von ihnen glühten noch wie winzige Sonnen. Aber bei diesem mußte es sich um einen abgesprengten Oberflächenbrocken handeln, der bereits vor dem Atombrand ins All geschleudert worden war.

Ein toter, aber lebensgefährlicher Asteroid.

Der Antrieb fiel sofort aus, als der erste Treffer saß. Es kam noch ein zweiter, und er riß ein großes Leck in den Leib der Walze. Zugleich wurde der Linearantrieb so beschädigt, daß mit einer Reparatur in absehbarer Zeit kaum zu rechnen war.

Der Kommandant reagierte schnell und ließ den Asteroiden verdampfen.

Schnell, und trotzdem zu spät.

Die schwarze Riesenwalze torkelte ziellos durch den Raum. Ganz zufällig geriet sie dabei auf die ehemalige Umlaufbahn von Scimor und nahm den Platz des vernichteten Planeten ein. Der Kommandant sah keine andere Möglichkeit, als die Reparatur- und Wartungsroboter an die Arbeit zu schicken, während das Schiff in freiem Fall um die ferne Sonne fiel, hilflos und jedem Angriff eines eventuellen Gegners preisgegeben.

Aber es erfolgte kein Angriff. Es schien niemanden mehr zu geben, der angreifen konnte.

Später wurde dem Kommandanten gemeldet:

»Der Normal-Unterlichtantrieb ist wieder in Ordnung. Der Linearantrieb ist zerstört. Er kann auf keinen Fall ohne fremde Hilfe repariert werden. Wir empfehlen Landung auf dem vierten Planeten, um genauere Untersuchungen durchführen zu können.«

Damit war die Entscheidung bereits getroffen. Der Kommandant gab dem Navigator den neuen Kurs an und war froh, daß sein Schiff bei dem Überraschungsmanöver des Asteroiden nicht völlig zerstört worden war.

So bestand wenigstens noch eine Überlebenschance.

Stotternd begann der normale Antrieb zu arbeiten. Die Walze ging auf den neuen Kurs und überwand fast schwerfällig die Anziehungskraft der Sonne Scorch. Die Geschwindigkeit des Raumers erhöhte sich allmählich, und dann zeigte der abgerundete Bug genau auf den vierten Planeten, auf dem sich das Schicksal der Überlebenden entscheiden würde.

29.

Die Empfangsstation des Materietransmitters in der Rettungszentrale von Scorcher konnte den Flüchtlingsstrom nicht schnell genug bewältigen. Die Lemurer kamen in solchen Massen an, daß eine Panik entstand. Nur mit Mühe und mit militärischer Gewalt konnte Ratna Iza Hosessos das Schlimmste verhüten.

Und dann, von einer Sekunde zur anderen, blieb der Transmitter leer.

Scimor existierte nicht mehr.

Etwa zur gleichen Zeit, als die ersten Schiffe der Maahks gesichtet und beschossen wurden, alarmierte Regothar seine Freunde. Schon seit Monaten trafen sie sich heimlich an ihrem Versammlungsort, um gegen den großen Wissenschaftler Nayn Ichtrac zu konspirieren. Ihrer Meinung nach konnten seine Experimente mit der Zeit nur dazu führen, daß man auf Scimor aufmerksam wurde. In erster Linie waren es natürlich die Haluter, mit deren Kommen man rechnete.

Als die Maahks angriffen, änderte das an der Situation nichts.

Regothar wartete, bis Ruhe im Saal eintrat. Etwa zweihundert Wissenschaftler, die alles im Stich gelassen hatten, sahen gespannt und voller Erwartung auf ihren Anführer. Er blieb ihre einzige und letzte Hoffnung.

»Freunde, unsere schlimmsten Befürchtungen haben sich bewahrheitet«, begann Regothar in beschwörendem Ton. »Wir wurden entdeckt. Seit Zehntausenden von Jahren ist das nicht geschehen, und wir konnten in Ruhe und Frieden hier in diesem System eine neue Welt aufbauen. Das ist vorbei. Zwar sind es nicht die Haluter, sondern andere Intelligenzen, die uns zu vernichten drohen, aber es steht wohl fest, daß sie die Hyperimpulse des Zeittransmitters auf Scorcher entdeckten und anmaßen. Sie peilten die Koordinaten unseres Systems an, und nun sind sie da, um uns zu vernichten. Wir sind auf einen solchen massiven Angriff nicht vorbereitet, und ich weiß, daß wir verloren sind. Aber noch haben einige von uns die Möglichkeit, nach Scorcher zu flüchten. Nicht umsonst sorgte ich dafür, daß unser Treffpunkt in unmittelbarer Nähe eines Transmitters lag. Ich habe euch hier zusammenkommen lassen, um nun gemeinsam den Fluchtversuch zu unternehmen. Auch andere werden mit uns fliehen, aber sie wissen nicht, was wir planen.«

Er legte eine kurze Kunstpause ein, obwohl die Zeit drängte. Die ersten Geschosse waren längst auf Scimor detoniert und hatten einen unlöschbaren Atombrand hervorgerufen. Als die Versammlung betroffen schwieg, fuhr Regothar fort:

»Rache, meine Brüder, nichts als Rache! Vielleicht verschonen die Angreifer Scorcher, aber dort lebt Nayn Ichtrac, der Urheber des Unglücks. Niemand wollte auf uns hören, als wir warnten. Niemand wollte uns glauben, daß die Zeitexperimente uns verraten würden. Nun haben wir recht behalten, aber es erfüllt uns nicht mit Stolz oder Genugtuung. Doch der Mann, dem wir unseren Untergang zu verdanken haben, soll sterben!«

Diesmal brachen die Zuhörer ihr Schweigen. Frenetisches Geheul erfüllte den Saal, und einige Mordwaffen, bisher unter den Gewändern verborgen, wurden sichtbar. Regothar versuchte, seine Anhänger zu beschwichtigen. Panik würde seinem Plan schaden.

»Ruhe, Freunde, Ruhe! Zuerst müssen wir Scimor verlassen. Ich habe alles vorbereitet. Die Transmitterstation ist in unserer Hand. Wir verwehren niemandem die Flucht, auch wenn er nicht zu uns gehört, aber niemand wird auch uns daran hindern, den Transmitterraum zu betreten. Wir gehen geschlossen. Und wir werden dafür kämpfen, den Verräter, ob freiwillig oder unfreiwillig, zu bestrafen. Er muß sterben . . .«

Das war seine zweite Aufforderung zum Mord. Die Menge war kaum noch zu halten. Aufgeputscht und von dem Gedanken beseelt, im Recht zu sein, brach sie auf, um den Transmitter zu stürmen.

Die Wachtposten waren von der panikerfüllten Masse der andrängenden Flüchtlinge längst hinweggefegt worden. Es herrschte keine Ordnung mehr, und jeder stellte sich gegen jeden. Der Planet Scimor verging im Atomfeuer der Invasoren, aber noch kein einziges Schiff der Maahks hatte Kurs auf Scorcher genommen. Außerdem gab es dort die Rettungszentrale. Selbst wenn Scorcher angegriffen wurde, würden die automatischen Abwehrforts der Rettungszentrale die Feinde vertreiben oder gar vernichten.

Regothar hatte alle Mühe, seinen Anhängern zu folgen. Er rechnete zwar mit Widerstand, aber zu seinem Erstaunen begegneten sie nur anderen Lemurern aller Berufsschichten, die sich zufällig in der Nähe der Transmitterstation aufgehalten hatten. Es waren auch Wissenschaftler dabei, die schnell davon überzeugt wurden, daß die Schuld an dem ganzen Unglück nur einem einzigen Mann zuzuschreiben war: Nayn Ichtrac.

Nayn Ichtrac ahnte die Gefahr mehr, als daß er von ihr gewußt hätte. Das Zeitkommando aus der Zukunft war verschwunden, und die Hypnobehandlung Noirs ließ nach. Auch bei Asi Movogt. Ein Rest blieb, aber er genügte nicht, Rhodans Ratschläge bis ins letzte Detail zu befolgen.

»Stellen Sie die Verbindung zu Hosessos her, Movogt«, befahl Ichtrac. »Und dann versuchen Sie herauszufinden, was mit unseren Leuten ist.«

Movogt sprach einige Minuten mit der Funkverbindungsstelle, dann sagte er:

»Die Flucht von Scimor hat begonnen, wie die Fremden es uns voraussagten. Scimor ist verloren. Hosessos hat alle Hände voll zu tun, eine Panik in der Rettungsstation zu vermeiden. Nur ein Transmitter funktioniert, und mit ihm kommen die Flüchtlinge. Keine Elite, wie geplant, sondern jeder, der sich mit Gewalt den Weg zur Sendestation bahnen konnte. Ich fürchte, Meister, auch unsere Feinde werden dabei sein.«

»Sie meinen Regothar und seine Gruppe?« Nayn Ichtrac zuckte die Schultern und zog die Toga fester um seinen hageren Körper. »Was will er schon, dieser Fanatiker? Kann er seine verrückten Behauptungen denn beweisen?«

»Ist der Angriff nicht Beweis genug?«

»Was soll das heißen? Stehen Sie auf meiner Seite oder nicht?«

»Sie wissen, wo ich stehe, Meister, sonst wäre ich jetzt nicht hier. Aber ich fürchte um das Leben unserer Mitarbeiter, die noch draußen in der Station sind. Wir sollten versuchen, sie in Sicherheit zu bringen. In die Kontrollstation des Transmitters kann niemand eindringen.«

»Stimmt, Movogt. Wir werden versuchen, sie zu holen, ehe der Mob sie findet. In die Zeittransmitterstation kann niemand eindringen, da stimme ich Ihnen zu. Wir sind hier sicher. Außerdem wird Hosessos bald wieder Ruhe und Ordnung hergestellt haben. Und da niemals ein Schiff der Maahks auf Scorcher landen wird, werden wir alle überleben.«

Ichtrac ahnte noch nicht, wie sehr er sich irrte.

Er nahm eine handliche Strahlwaffe aus einem Wandschrank und ging kurz entschlossen zur Tür, die er durch ein Energiegitter abgesichert hatte. Durch einen Knopfdruck schaltete er den Schutzschirm ab und öffnete die Tür.

Die bisherige Stille der Abgeschiedenheit wurde durch das Schreien verzweifelter Menschen jäh unterbrochen. Draußen in den Gängen der Rettungsstation tobte ein fürchterlicher Kampf. Das Militär versuchte, sich des Pöbels zu erwehren, wurde aber zurückgedrängt. Hosessos, der die Pläne der Aufrührer schnell durchschaut hatte, befahl seinen Soldaten, rücksichtsloser vorzugehen. Das Resultat war ein blutiges Gemetzel, bei dem jeder gegen jeden stand.

Ichtrac, der sich keiner Schuld bewußt war, versuchte inzwischen, seine Assistenten zu finden. Er fand einige von ihnen – tot. Sie waren erschossen worden, weil sie sich geweigert hatten, den Aufenthaltsort ihres Vorgesetzten zu verraten. Die Soldaten Hosessos' waren zu spät gekommen.

Aber auch Ichtrac kam zu spät – nämlich zu spät zurück in die Sicherheit seiner Station.

Bevor er sie erreichen konnte, begegnete er Regothar und einigen seiner Anhänger. Sie erkannten ihn sofort, denn zu oft war sein Gesicht auf den Bildschirmen der Videoschirme von Scimor erschienen.

»Das ist er!« Einer der Männer hob seine schußbereite Waffe und richtete sie auf den Zeitwissenschaftler. »Erledigen wir ihn . . .«

Ichtrac sprang vor und stieß den Angreifer beiseite, ehe er einen Schuß abgeben konnte. Daß er selbst auch eine Waffe besaß, vergaß er in der Aufregung. Ehe er die Korridorbiegung erreichen konnte, spürte er plötzlich einen heißen Schmerz in der Hüfte. Er taumelte weiter, bog um die Ecke des Ganges – und war für Sekunden in Sicherheit.

Hinter sich hörte er das Zischen von Strahlschüssen. Das Militär mußte die Attentäter bereits gestellt und an Ort und Stelle bestraft haben. Aber das nützte Ichtrac wenig. Der Energieschuß hatte seinen halben Unterleib verbrannt. Erst jetzt wurde ihm klar, daß er rettungslos verloren war, wenn er nicht sofort entsprechend behandelt wurde.

Mühsam schleppte er sich weiter, und dann holten ihn einige Soldaten der Rettungsstation ein. Sie stützten ihn und brachten ihn bis zur Tür der Kontrollstation des Zeittransmitters. Asi Movogt nahm seinen verwundeten Chef in Empfang.

»Lassen Sie nur, ich kann ihm helfen. Wir haben alle Mittel zur Verfügung. Wenn Sie vielleicht dafür sorgen könnten, daß uns ein Arzt geschickt wird . . .«

»Wir werden Ratna Hosessos entsprechend informieren«, versprach einer der Soldaten.

Dann schloß sich die Tür.

Der später nachdringende Mob kam zu spät.

Oder auch nicht, denn Nayn Ichtrac war zu Tode verwundet und würde den kommenden Tag kaum noch überleben.

Er bat Asi Movogt, ihn zu den Kontrollen des Zeittransmitters zu bringen.

»Jetzt müßte es eigentlich bald soweit sein«, murmelte Gucky und betrachtete seine Uhr so, als könne sie ihm eine Antwort geben. »Ich schlage vor, wir begeben uns an den Tatort.«

»Hochverehrter Pimpira oder Beutelaffe«, dozierte Tako Kakuta todernst und ohne eine Miene zu verziehen. »Darf ich dich darauf aufmerksam machen, daß der Zeitplan bis jetzt auf die Minute genau stimmt? Meiner Rechnung nach kann das Maahkschiff erst in fünfundvierzig Minuten hier auftauchen.«

»Du teleportierendes Nervenbündel, so wörtlich habe ich das nun auch wieder nicht gemeint. Sei doch nicht so pedantisch. Ich wollte doch eigentlich nur andeuten, daß wir uns langsam von hier verdrükken können. Drüben in der Rettungsstation ist inzwischen der Teufel los. Ich habe Ichtracs Gedankenimpulse aufgefangen. Er ist schwer verwundet. Hoffentlich lebt er noch, bis wir alles erledigt haben.«

»Er stirbt ohnehin«, warf Rhodan ein. »Er kann uns auch nicht mehr helfen. Die Zeitkoordinaten sind eingestellt und gesichert. Niemand kann sie ändern . . .«

»Aber ein anderer könnte mit ihnen in die Zukunft reisen«, befürchtete André Noir plötzlich.

»Ich kann dich auch da beruhigen, André«, sagte Rhodan ruhig. »Es sind zwar die Koordinaten eingestellt, aber die Arena mit dem Absoluten Nullfeld liegt unter einer Panzerplastkuppel. Das Feld ist nur durch Teleportation zu erreichen. Anders nicht. Wenigstens so lange, wie die Kontrollstation blockiert bleibt.«

»Hm«, knurrte Gucky skeptisch, hütete sich aber, weiterhin den Pessimisten herauszukehren. Sein Dasein als Beutelaffe war traurig genug. »Hoffentlich bleibt sie das auch . . .«

Rhodan warf einen letzten Blick hinunter in die Ebene, unter der die Rettungsstation verborgen lag, dann nickte er den beiden Teleportern zu.

»Ich denke wie Gucky. Wir sollten von hier verschwinden. Es wird alles so geschehen, wie die Berichte es zeigten – bis zu der Sekunde, in der wir den Ablauf der Geschehnisse durch unser Eingreifen unterbrechen. Von da an verläuft alles anders, und wir wissen noch nicht, wie. Es läßt sich auch kaum voraussagen. Die Maahks werden nicht landen, das ist alles. Was die überlebenden Lemurer daraus machen, ist ihre Angelegenheit. Wir werden es sehen, wenn wir zurückkehren.«

Sie warteten nicht mehr, bis das beschädigte Schiff der Maahks erschien und vergeblich von den Abwehranlagen der Rettungsstation beschossen wurde. Gucky und Kakuta nahmen Rhodan und Noir bei der Hand, und dann standen sie, mehr als zwölftausend Kilometer von der Station entfernt, am Rande eines matt blinkenden Ammoniaksees.

Das Tageslicht hatte sich nicht verändert, obwohl es nach Scorcherzeit vielleicht eine Stunde früher sein mußte. Der See lag in einer flachen Talsenke, die von niedrigen Bergen umgeben war. Die Ufer waren eben und boten auch einem zweitausendfünfhundert Meter langen Schiff genügend Landeraum.

Denn genau hier, neben dem Ammoniaksee, würde das Schiff der Maahks landen – wenn es landen würde.

»Sieht ja fast idyllisch aus«, schwärmte Gucky und stellte die

Heizanlage auf höhere Leistung. »Ein See, ein Tal, Berge – alles, was ein managerkrankes Urlaubsherz sich wünschen kann.«

»Kannst ja mal baden gehen«, schlug Kakuta trocken vor.

Der zum Beutelaffen gestempelte Mausbiber betrachtete die trügerisch schimmernde Oberfläche, auf der sich keine Welle kräuselte. Wie Quecksilber sah die Flüssigkeit aus. Aber das lag wohl in erster Linie an den feinen Nebelschwaden, die über das Tal hinwegzogen und die Sonne abschirmten.

»Ich habe leider keine Zeit«, sagte er.

»Suchen wir uns ein geeignetes Versteck«, schlug Rhodan vor. »Das Schiff muß bald erscheinen. Niemand weiß, wie lange es zur endgültigen Landung benötigte. Habt ihr alles bereit, Tako, Gucky?«

Die beiden Teleporter klopften auf ihre ausgebeulten Spezialtaschen.

»Beste Ware«, versicherte Gucky zuversichtlich. »Mikrobomben mit Zeitzünder, auf drei Minuten eingestellt. Wir müssen uns beeilen, wenn wir die Eier gelegt haben, sonst verbrennen wir uns den Hintern.«

»Dann würdest du wie ein Beutelpavian aussehen«, stellte Noir sachkundig mit einem entsprechenden Blick auf den Mausbiber fest.

Kakuta lachte.

Im gleichen Augenblick flammten am Himmel die ersten Detonationen auf, mehr als fünfzig Kilometer entfernt.

Der Kommandant des havarierten Maahkschiffes rechnete eigentlich nicht damit, auf Scorcher, dem vierten und nun dritten Planeten, Leben vorzufinden. Ziemlich sorglos steuerte er die Methanwelt an, um nach einem geeigneten Landefeld zu suchen.

Um so überraschter mußte er sein, als die automatischen Geschütze zu feuern begannen. Zum Glück funktionierte der Schutzschirm noch, der die ersten Druckwellen ableiten konnte. Trotzdem lagen die Detonationen gefährlich nahe, und der Kommandant gab den Befehl, mit Beschleunigung auszuweichen.

Schon nach wenigen Minuten wurde klar, daß es diese Geschütze nur an einer bestimmten Stelle gab, die ein Gebiet von mehreren Quadratkilometern einschloß. Schon die Anordnung der automatischen Abwehrforts gab dem Kommandanten den entscheidenden Hinweis. Ihm war klar, daß unter der Oberfläche eine große Station der Arkoniden – noch immer glaubte er daran, daß es sich bei den Bewohnern des Systems nur um Arkoniden handeln konnte – verborgen lag.

»Kurs mehr nordöstlich, und dann landen«, befahl er.

Das Walzenschiff donnerte durch die Atmosphäre von Scorcher, etwa achtzig Kilometer über der Oberfläche. Die letzten Atombälle verglühten sehr weit hinter ihm. Es erfolgten keine neuen Explosionen. An einigen Stellen hatte es kleinere Vulkanausbrüche gegeben, aber das spielte nun auch keine Rolle mehr. Der Kommandant würde in der Zeit, die zur Reparatur des Schiffes benötigt wurde, ein Sonderkommando ausschicken, das die Station der Arkoniden angreifen und vernichten mußte.

Ein See, in sanfte Hügel eingebettet, kam in Sicht.

Der Navigator sagte:

»Das linke Ufer ist mehr als fünfzig Kilometer lang und völlig eben. Es würde sich zur Notlandung eignen. Außerdem sind wir hier relativ geschützt. Und der See würde eine angenehme Abwechslung bieten.«

Der Kommandant dachte weniger an die Abwechslung, die Ammoniak einem Methanatmer bieten konnte. Er hatte andere Sorgen.

»Halten Sie den Platz auch für die notwendige Reparatur für geeignet?«

»Natürlich. Und sollte es keine Reparatur mehr geben, weil sie unmöglich ist, finden wir hier alles, was wir zum Überleben benötigen. Ich habe durch die Orter riesige Höhlen festgestellt, die fast den ganzen Hügelring durchziehen.«

Dem Kommandanten war zwar der Gedanke an ein Hierbleiben unangenehm, aber dann dachte er daran, daß sein Schiff das einzige war, das der totalen Vernichtung entgangen war.

»Gut, landen Sie. Glauben Sie, daß wir es schaffen?«

»Wir schaffen es, wenn ich auch nicht garantieren kann, daß es eine glatte Landung wird. Der Antrieb arbeitet unregelmäßig.«

Die Riesenwalze beschrieb einen weiten Bogen, dann setzte sie zur Landung an . . .

»Jetzt!« sagte Rhodan, der mit seinen Spezialortern das Landemanöver des Maahkschiffes beobachtete. »Sie landen. Und geht kein Risiko ein. Es sind durchaus *mehrere* Zeitparadoxa möglich, nicht nur eines. Vernichtet das Schiff, und keine Experimente.«

»Keine Sorge«, versicherte Gucky optimistisch. »Wir springen ins Schiff und legen die Bomben ab. Ich habe keine Lust, mich mit Maahks herumzuschlagen, die schon seit zehntausend Jahren tot sind. Sind sie doch, oder?«

»Ja, sind sie. Aber *jetzt* leben sie noch.«

»Los!« unterbrach Kakuta und sah senkrecht nach oben. »Es ist genau über uns, achtzig Kilometer hoch.«

Die Teleporter nahmen sich bei den Händen, obwohl das in ihrem Fall nicht unbedingt notwendig war. Aber sie würden dann zugleich und an derselben Stelle rematerialisieren.

Gucky und Kakuta teleportierten.

Als sie wieder sehen konnten, beschlugen sofort die Scheiben der Druckhelme. Rauchschwaden wehten ihnen in der giftigen Methanatmosphäre entgegen, und am anderen Ende des Ganges schimmerte unregelmäßig flackerndes Licht.

»Hier können wir auch eine ablegen«, schlug Gucky vor, zog eine der kleinen Bomben aus der Tasche und drückte auf den Zündknopf. »Nun haben wir noch drei Minuten. Höchstens!«

Er warf die Bombe achtlos in den Gang, nahm Kakuta erneut bei der Hand und teleportierte mit ihm einige hundert Meter weiter.

Diesmal rematerialisierten sie in einer Maschinenhalle. Roboter waren damit beschäftigt, aufflackernde Brände zu ersticken. Sie bemerkten die Eindringlinge, unterbrachen sofort ihre Tätigkeit und gingen zum Angriff über.

Gucky warf die zweite Bombe geschickt zwischen mehrere Generatorblöcke, nachdem er den Knopf eingedrückt hatte. Sie fiel so, daß niemand sie mehr rechtzeitig finden und aus dem Schiff bringen konnte.

Erneut teleportierten sie.

Diesmal in die Kommandozentrale, deren Lage beiden Mutanten ja aus früheren – oder späteren – Abenteuern bekannt war. Hier trafen sie auf die Maahks.

Kakuta hatte seine beiden Bomben längst scharfgemacht. Sie würden zugleich mit Guckys erster Bombe detonieren, in genau einhundert Sekunden.

Der Kommandant starrte die beiden Wesen an, die so urplötzlich aus dem Nichts auftauchten. Andere Maahks, die in dem Raum ihren Pflichten nachgingen, blieben stehen und versuchten, eine Erklärung für das Phänomen zu finden.

Und unerbittlich verstrichen die letzten Sekunden.

Der Kommandant bewegte sich plötzlich. Vielleicht hatte er die Bomben gesehen oder einfach seinen Schock überwunden. Er kam auf Kakuta zu.

»Wirf die Dinger endlich!« forderte Gucky ihn auf. »Sie können nichts mehr unternehmen, sie sind verloren. Und ich glaube, sie wissen es. Ein Glück, daß sie ihre Waffen nicht griffbereit haben.«

Kakuta legte die beiden Bomben auf den erstbesten Tisch, der in Reichweite stand. Dann nahm er Guckys Hand.

»Noch zehn Sekunden«, murmelte er mit belegter Stimme.

Es war nie einfach, Lebewesen zu töten. Auch dann nicht, wenn diese Lebewesen bereits seit zehntausend Jahren tot waren.

Gerade als der Kommandant nach Kakuta griff, den er wohl für den gefährlicheren der beiden Eindringlinge hielt, entmaterialisierten die Teleporter.

Die Maahks waren mit den Bomben allein.

Und ihnen blieben noch genau fünf Sekunden . . .

Es geschah gleichzeitig. Gucky und Kakuta rematerialisierten nur zehn Meter von der Stelle entfernt, an der Rhodan und Noir warteten. Der Himmel war noch immer trübe, aber auf Rhodans Helmanzeigen der Ortergeräte zeichnete sich das Schiff der Maahks klar und deutlich ab.

Und dann nicht mehr.

Der Lichtschein der vierfachen Detonation durchdrang die achtzig Kilometer dicke Atmosphäre und war so intensiv, daß Rhodan und seine Freunde die Sichtblenden vor die Helmfenster schoben. Der Himmel selbst schien explodiert zu sein.

Ganz langsam nur verglühte die Atomsonne, bis die Sichtblenden wieder unnötig wurden.

Das Schiff der Maahks existierte nicht mehr.

Das Zeitparadoxon war herbeigeführt worden.

Rhodan atmete unwillkürlich auf.

»Es hat nicht die schlimmsten Folgen«, sagte er sarkastisch. »Wir leben noch, wir sind noch da. Es hätte ja auch sein können, daß wir durch unser Eingreifen Dinge verursachten, die selbst unsere Existenz in Frage stellten. Ehrlich gesagt, ich hatte entsprechende Bedenken, wagte es aber nie, sie auszusprechen.

»Aber gedacht hast du sie«, knurrte Gucky. »Und du hast mir damit eine ganz schöne Angst eingejagt. Die geringste Ursache kann oft zu den größten Folgen führen. Ich entsinne mich da einer Geschichte, die ich mal gelesen habe. Jemand auf der Erde erfand eine Zeitmaschine, mit der er in die Vergangenheit reiste, ganz weit zurück. Versehentlich zertrat er einen Einzeller. Als er in seine Gegenwart zurückkehrte, gab es keine Menschen.«

André Noir schüttelte den Kopf.

»Das ist aber reichlich unlogisch. Und er, der Zeitreisende, existierte noch?«

»Eben, warum? Wenn es keine Menschen mehr gab, durch die Tötung des Einzellers hervorgerufen, konnte es ihn, den Zeitreisenden, ja auch nicht geben. Offensichtlich aber gab es ihn doch.«

Gucky machte eine wegwerfende Handbewegung.

»Dichterische Freiheit, mein Lieber. Natürlich ist es unlogisch. Aber mir hat die Geschichte trotzdem Spaß gemacht. Die Hauptsache ist schließlich, daß uns jetzt nichts passiert ist. Die Lemurer haben sich also nicht vermehrt und sind nicht zur Erde zurückgekehrt, sonst wüßten wir das nämlich. Sie blieben auf Scorcher sitzen – na, wir werden es ja sehen.«

»Dann müssen wir uns beeilen«, schlug Rhodan vor. »Zurück in die Rettungsstation. Ich glaube, Ichtrac wartet auf uns. Vielleicht können wir ihm helfen.«

»Er stirbt«, versicherte Kakuta. »Wir wissen, daß er stirbt.«

Als sie Sekunden später in der gepanzerten Kontrollzentrale des Zeittransmitters rematerialisierten, kam ihnen Asi Movogt aufgeregt entgegen.

»Der Meister – er wurde verwundet. Können Sie etwas für ihn tun?«

Noir, der bei solchen Einzelaktionen stets auch als Arzt fungierte, kümmerte sich sofort um Nayn Ichtrac. Der Wissenschaftler lag zusammengekauert unter den blockierten Kontrollen des Zeittransmitters. Sein Atem ging schwer und keuchend. Er schien furchtbare Schmerzen zu haben.

Noir gab ihm eine Injektion, um wenigstens die Schmerzen zu beseitigen. Dann untersuchte er die Wunde. Er erkannte sofort, daß hier jede Hilfe zu spät kam. Das Schicksal des Zeitspezialisten erfüllte sich.

Daran würde sich nichts ändern.

Noir richtete sich auf.

»Nichts zu machen«, flüsterte er Movogt so leise zu, daß Ichtrac es unmöglich hören konnte. »Er stirbt. Wir könnten selbst in der Zukunft nichts mehr für ihn tun. Die Wunde ist absolut tödlich – ein Wunder, daß er überhaupt so lange ausgehalten hat.«

»Nehmen Sie ihn mit in die Zukunft, versuchen Sie es wenigstens«, bat Asi Movogt eindringlich. »Sie können ihn dann wieder zurückbringen.«

»Unmöglich«, lehnte Rhodan ab. »Die Folgen wären nicht abzusehen. Bald wird das Beben beginnen und den Zeittransmitter für lange Zeit unbrauchbar machen. Selbst wenn wir den Versuch unternähmen, Ichtrac mitzunehmen und ihn retteten, würden wir ihn niemals rechtzeitig zurückbringen können. Und wer weiß, was alles geschähe, lebte er in der Zukunft weiter. Nein, Movogt, es tut mir leid, aber wir können nichts für ihn tun, auch wenn er uns geholfen hat.«

Asi Movogt schien das einzusehen, wenigstens unternahm er keinen Versuch mehr, Rhodan überreden zu wollen.

Rhodan beugte sich zu Ichtrac hinab.

»Können Sie mich verstehen?«

Der Sterbende nickte fast unmerklich.

»Ja, Pasarat. Ist Ihr Vorhaben geglückt?«

»Es ist gelungen. Das Schiff der Maahks wird niemals landen.«

Der Wissenschaftler versuchte zu lächeln.

»Ich bin glücklich, daß ich Ihnen dabei helfen konnte. Nun werden die Lemurer auf Scorcher ein neues Leben beginnen, ungehindert durch die Methanbestien oder andere Gegner. Sie werden eine neue Welt aufbauen.« Er hustete. Seine Stimme wurde undeutlicher. »Sagen Sie mir eins, Pasarat: glauben Sie wirklich, daß ich die Schuld an der Katastrophe trage? Waren es wirklich die Hyperimpulse des Zeittransmitters, welche die Maahks anlockten? Bitte, belügen Sie mich nicht in der Stunde meines Todes. Jetzt kann ich die Wahrheit vertragen – und ich werde leichter sterben, denn einen Teil meiner Schuld habe ich bereits gesühnt.«

Rhodan konnte den alten Mann nicht anlügen.
Schonungslos sagte er ihm noch einmal die Wahrheit.
Lange Zeit schwieg Nayn Ichtrac. Dann lächelte er.
»Ich danke Ihnen, Pasarat, daß Sie ehrlich zu mir sind. Ich werde sterben, aber mein Werk wird weiterleben. Übrigens ist mein Bewußtsein wieder ganz klar. Sie haben mich hypnotisch beeinflußt, als Sie kamen, ich weiß es. Movogt auch. Aber das ist nun vorbei. Wir können beide wieder klar denken, und wir unterstützen Sie noch immer. Grüßen Sie die Zukunft von mir, wenn Sie dort eintreffen. Leider wird niemand mehr versuchen, in meine Vergangenheit zurückzukehren, denn ich müßte es ja wissen. Sie waren mein erster und letzter Besucher aus der Zukunft . . .«
Er hustete abermals und sackte noch mehr in sich zusammen. Dann sagte er zu seinem Assistenten:
»Asi, Sie haben mir stets treu zur Seite gestanden. Tun Sie es auch jetzt, wo Sie bald mein Amt übernehmen werden. Schicken Sie unsere Besucher wieder sicher in ihre Zeit zurück. Sie haben nichts anderes zu tun, als auf den Hauptknopf zu drücken. Vorher entfernen Sie die Terminussperre am Temporalschalter. Aber tun Sie das erst dann, wenn das Nullfeld aktiviert wurde.« Er sah Rhodan an. »Wir lassen die Panzerplastwände bestehen. In Ihrer Gegenwart ist das bedeutungslos, weil Movogt sie nach Ihrem Verschwinden hochläßt. Einverstanden?«
»Einverstanden, Ichtrac. Und nun ruhen Sie sich aus. Noir wird Ihnen noch eine Injektion geben, dann werden Sie nichts mehr spüren.«
»Ich spüre jetzt schon nichts mehr, Pasarat.«
Minuten später bewahrheiteten sich seine Worte.
Er war tot.

Draußen in der Rettungsstation beruhigten sich die Lemurer. Regothar, das Haupt der Anführer, war tot. Tot wie sein Opfer, Nayn Ichtrac. Die meisten Fanatiker wurden in die Enge getrieben und ergaben sich, denn sie hatten ihr Ziel erreicht: Die Ursache der Katastrophe war beseitigt worden.
Aber noch gab es den Zeittransmitter.
Iza Hosessos schaffte Ordnung. Er teilte den geretteten Lemurern ihre Quartiere zu, in denen sie vorerst zu verbleiben hatten. Später,

wenn Ruhe eintrat, würde jeder seine Aufgabe erhalten. Das Volk sollte weiterleben, auch wenn Scimor nicht mehr existierte.

In der Zeittransmitterzentrale sagte Asi Movogt:

»Sie müssen sich beeilen, Pasarat. Von Iza Hosessos kam eben die Meldung durch, daß erste Beben registriert wurden. Das stimmt mit den Berichten überein, die Sie aus der Zukunft mitbrachten. Es kann nicht mehr lange dauern, bis der Transmitter ausfällt, und wenn das früher geschieht, als Sie annehmen, können Sie niemals mehr in Ihre Zeit zurückkehren.«

Rhodan sah auf die Uhr.

»Wir haben noch fünf Stunden Zeit, ehe der Transmitter ausfällt. Die ersten Beben tun ihm nichts, erst der Vulkanausbruch, ganz hier in der Nähe, wird solche Schockwellen auslösen, daß die empfindlichen Teile gestört werden. Selbst Sie, Movogt, werden sie nicht mehr reparieren können – glauben Sie mir. Ich kann Ihren ungläubigen Blick verstehen, aber schließlich kennen wir die Zukunft. Erst Natrin Koczon wird es gelingen, die beschädigten Einzelteile neu nachzukonstruieren und später zu ersetzen. So lange ist der Transmitter außer Betrieb. Unser Transport in die Zukunft ist der letzte – bis wir zu Ihnen in die Vergangenheit zurückkehren. Ein Kreis, und es wird auch Ihnen nicht gelingen, den Anfang des Kreises zu finden. Hat er einen?«

Asi Movogt sah ein wenig ratlos aus, dann zuckte er die Schultern.

»Vielleicht, vielleicht auch nicht. Ichtrac ist tot, und mich wird man auch eines Tages töten, denn die Fanatiker werden sich nicht mit Ichtracs Ermordung zufrieden geben. Vielleicht ist das der Grund, warum der Transmitter nicht mehr repariert wird.«

»Von Ihrem Tod ist uns nichts bekannt«, erklärte Rhodan wahrheitsgemäß. »Vielleicht verlieren Sie nur die Lust, den Transmitter zu reparieren.«

»Außerdem«, sagte Noir, »werden die Mörder Ichtracs und ihre Freunde nichts mehr unternehmen, sobald der Zeittransmitter ausgefallen ist. Sie, Movogt, werden öffentlich bekanntgeben, daß Sie ihn nicht reparieren können, und damit dürfte sich das Problem von selbst erledigt haben.«

Das Geräusch der laufenden Maschinen wurde plötzlich durch ein fernes Grollen überlagert, das aber nur wenige Sekunden dauerte.

»Es fängt schon an«, murmelte Kakuta besorgt.

Gucky hielt den Kopf ganz schief, als lausche er auf etwas. Dann teilte er mit:

»Vor der Transmitterzentrale sind Lemurer, die eindringen wollen. Wenn ihnen das gelingt, Movogt, sind Sie verloren.« Der Lemurer wußte inzwischen, daß auch Gucky sprechen konnte. Es gab keine Geheimnisse mehr. »Noch haben wir Zeit. Perry, unternehmen wir etwas.«

Es war Rhodan anzusehen, wie sehr er die Tatsache bedauerte, noch in der Vergangenheit zu sein. Natürlich wollte er Movogt helfen, aber er befürchtete ein weiteres Zeitparadoxon. Allerdings tauchte Movogts Name später nie mehr auf. Vielleicht war sein persönliches Schicksal für die weitere Entwicklung wirklich ohne jede Bedeutung, dann konnte es nicht schaden, wenn man ihm jetzt half. Sie waren ihm Dank schuldig für die Unterstützung, die er ihnen gegeben hatte.

»Haben Sie Waffen?« fragte er den Zeitwissenschaftler.

Movogt schüttelte den Kopf.

»Ich kann mich nicht verteidigen, obwohl Waffen vorhanden sind. Es widerspricht meiner persönlichen Einstellung.«

»Auch dann nicht, wenn Sie angegriffen werden?«

»Auch dann nicht – es tut mir leid.«

Rhodan überlegte einen Augenblick, dann faßte er einen Entschluß. Er sagte:

»Alle Einstellungen für den Transport in die Zukunft sind vorgenommen und gespeichert. Ich weiß, daß es fast zwei Minuten dauert, ehe nach der Funktion des Antigravfeldes das Nullfeld entsteht. Technisch gesehen ist es also möglich, daß Sie uns in die Zukunft begleiten, Movogt. Ihrem Meister Ichtrac konnten wir aus verschiedenen Gründen diesen Wunsch, der ja von Ihnen stammt, nicht erfüllen. Bei Ihnen ist das anders. Um ehrlich zu sein: Ihr Name wurde vergessen und später nie mehr erwähnt. Es wird kein Paradoxon eintreten, wenn Sie mit uns kommen.«

Asi Movogt starrte Rhodan verwundert an, dann lächelte er.

»Ich bin Ihnen sehr dankbar für Ihren Vorschlag, aber ich kann mein Lebenswerk nicht im Stich lassen. Vielleicht gelingt es mir doch noch, den Transmitter zu reparieren . . .«

»Aber es wird *nicht* geschehen, Movogt. Vielleicht deshalb, *weil* Sie uns begleiten. Ja, ich glaube, so ist es. Also kommen Sie, wir sind hier nicht mehr lange sicher. Haben Sie keine Sorge, es wird Ihnen nichts geschehen, und hier können Sie auch nichts mehr ändern. Ichtrac ist tot, und bald wird der Transmitter zerstört sein.«

Noch zögerte Movogt, obwohl ihm anzusehen war, wie sehr ihn der Vorschlag reizte. Die Vorstellung, zehntausend Jahre in die Zukunft zu reisen, faszinierte ihn. Schließlich nickte er.

»Also gut, ich nehme die Einladung an. Wenn ich die Blockierung aufhebe, haben wir genau zwei Minuten Zeit. Das sollte genügen.«

Hinter ihnen donnerten erste Schläge gegen die Tür, aber so schnell würde man sie nicht beseitigen können. Rhodan hätte nur gern gewußt, ob es sich bei den Angreifern um Regothars Leute oder um reguläre Soldaten Hosessos' handelte, doch im Grunde genommen, war das jetzt alles nicht mehr so wichtig. Wichtig war nur, daß sie rechtzeitig das Absolute Nullfeld erreichten.

Movogt schloß die silberne Spange seiner Toga. Der weite Umhang störte ihn sichtlich, aber er legte ihn nicht ab. Er diente als Zeichen seiner Würde. Und so ganz allmählich wurde er sich der Bedeutung seines Entschlusses, die Fremden in die Zukunft zu begleiten, bewußt. Er würde erfahren, was nun wirklich aus seinem Volk geworden war, nachdem die Maahks nicht auf Scorcher gelandet waren.

Entgegen Ichtracs ursprünglicher Absicht fuhr Movogt die Panzerung ein. Frei und offen lag die Transmitterarena vor Rhodan und dem Zeitkommando.

»Ich hebe die Blockierung auf, sobald Sie den Nullfeld-Kreis betreten haben«, sagte Movogt. »Dann folge ich so schnell wie möglich. Es sollte genügend Zeit dazu sein.«

Rhodan, Noir, Kakuta und Gucky betraten die Arena und gingen die kurze Strecke bis zu dem metallenen Kreis. Genau in seiner Mitte blieben sie stehen und sahen zurück. Movogt nickte ihnen beruhigend zu und legte seine Hand auf die Kontrolltafel. Er zögerte noch einige Sekunden, aber dann drückte er einen deutlich markierten Knopf ein. Gleichzeitig drehte er sich um, sprang in die Arena und lief auf die Wartenden zu, die er genau in dem Augenblick erreichte, in dem das Antigravfeld zu wirken begann.

Zusammen mit den anderen wurde Asi Movogt in die Höhe gehoben, dem Nullfeld entgegen.

Und dann begann der Sturz in den Zeitstrom, diesmal in umgekehrter Richtung. Sie alle fielen in die Zukunft . . .

30.

Dr. Armond Bysiphere, Dr. Waringer und einige andere Wissenschaftler starrten auf die leere Arena des Zeittransmitters. In einem herbeigeschafften Sessel ruhte Natrin Koczon sich von den Anstrengungen des Experimentes aus. Er war in der vergangenen Stunde sichtlich gealtert.

Der letzte Lemurer sah müde aus, als er sagte:

»Sie müßten meinen Berechnungen nach jeden Moment zurückkehren. So leicht läßt sich das nicht bestimmen, da verschiedene Zeitbegriffe mitspielen. Die Relation ist nicht immer in Einklang mit der Gegenwart zu bringen. Warten Sie noch.«

»Wir haben keine andere Wahl«, erwiderte Waringer wütend, obwohl er nur zu genau wußte, daß Koczon alles tat, um ihnen zu helfen. »Aber lange halten wir nicht mehr aus.«

Koczon hob die Hände und ließ sie wieder sinken.

»Wir mußten ernsthaft damit rechnen, daß unser Experiment mißlang.«

Dr. Bysiphere stand auf und ging nervös einige Schritte auf und ab. Dann sah er wieder hinüber zum Mittelpunkt der Arena, wo das Zeitkommando jeden Augenblick auftauchen konnte.

»Von Anfang an war mir die Sache nicht geheuer. Zeitparadoxon . . .! Man kann künstliche Hyperräume schaffen und meinetwegen auch den Ablauf der Zeit beeinflussen, wenigstens bis zu einem gewissen Grad, aber man kann nicht geschehene Dinge ungeschehen machen, ganz wie es einem in den Kram paßt. Das wäre ja fein, wenn jeder Korrekturen an der Vergangenheit vornehmen könnte! Unsere Gegenwart würde sich jeden Augenblick ändern, und es gäbe kaum noch so etwas wie eine Zukunft. Nein, allmählich finde ich mich mit dem Gedanken ab, daß wir vergebens auf Rhodans Rückkehr warten.«

»Alter Pessimist!« sagte Waringer. »Bin ja selbst manchmal einer, aber hinsichtlich des Zeitexperiments bin ich zuversichtlich. Höchstens kommen sie zu spät zurück, weil sie in der Vergangenheit Schwierigkeiten hatten, mit denen wir alle nicht gerechnet hatten.«

Natrin Koczon richtete sich ein wenig auf.

»Warum machen Sie sich unnötige Gedanken? Wir können nichts mehr ändern, wir können nur noch hoffen.« Er seufzte. »Ich spüre, wie ich von Minute zu Minute schwächer werde. Die energetische Konservierung hat meine Energien aufgezehrt. Ich werde nicht mehr lange leben.«

»Unsinn!« fuhr Bysiphere ihn an. »Wir fühlen uns alle nicht besonders wohl hier. Das macht das Warten.«

Er hatte kaum ausgesprochen, als es begann.

Schlagartig flammten überall in der gewaltigen Anlage längst erloschene Kontrollichter wieder auf. Aggregate begannen zu summen. Der Selbstvernichtungscountdown der Rettungszentrale stoppte abrupt.

Waringer hielt den Atem an.

Er ahnte, was das bedeutete.

Ganz allmählich schälten sich die Umrisse zweier Menschen und die Guckys aus den wirbelnden Farben des Zeitstroms. Rhodan wußte, daß sich ihre Reise dem Ende näherte. Nur noch wenige Minuten, dann hatte sich alles entschieden.

Als die Farben und Muster verschwanden und Rhodan begann, langsam auf dem Antigravpolster nach unten zu sinken, Kakuta, Noir und Gucky mit ihm, bemerkte er, daß Asi Movogt fehlte.

»Er ist fort«, piepste Gucky aufgeregt, der Rhodans Gedanken las. »Einfach verschwunden. Wir können ihn doch nicht unterwegs verloren haben!«

»Muß aber so sein«, erwiderte Rhodan ratlos. »Er war bei uns, als das Nullfeld wirksam wurde. Ich begreife nicht . . .«

»Dort!« rief Kakuta plötzlich und deutete neben sich in die leere Luft. »Das ist doch . . .«

Und dann sahen sie es alle.

Dicht neben Kakuta, etwas über Rhodan, schwebte ein länglicher, silberner Gegenstand mit ihnen dem Grund des Transmitterkreises entgegen. Der Gegenstand war etwa zehn Zentimeter lang und leicht gebogen, wie eine Spange . . .

Es *war* eine Spange! Die silberne Togaspange Asi Movogts.

Nun endlich begriff Rhodan, was geschehen war. Noch während sie sanken, erklärte er:

»Die Zukunft . . .! Der Transmitter arbeitet nur in Richtung Vergangenheit und von ihr aus wieder zurück in die Relativzukunft, also die entsprechende Gegenwart. Für Movogt ist unsere Gegenwart aber Realzukunft. In seinem Fall mußte der Zeittransmitter versagen, denn er kann nur etwas in die Gegenwart zurückbringen, das auch vorher in dieser Gegenwart existierte – oder zehntausend Jahre nach der Vergangenheit, in unserem Fall, noch existieren würde. Das ist die Spange Movogts. Sie hätte auch ohne Transmitter die zehntausend Jahre überdauert, aber nicht der Körper Movogts selbst. Nicht einmal seine Knochen.«

Schweigend sanken sie weiter, bis ihre Füße den Boden berührten. Dr. Waringer und Dr. Bysiphere kamen ihnen entgegen, sichtlich erleichtert und trotzdem aufgeregt.

»Gott sei Dank, daß Sie zurück sind«, sagte Dr. Bysiphere. »Sieht so aus, als hätten Sie Erfolg gehabt. Der Selbstvernichtungscountdown hat aufgehört. Er ist nie programmiert worden, und auch die Transmitteranlage wurde nie von Maahks sabotiert. Die CREST kann wieder abgestrahlt werden. Wir sind frei! Sehen Sie, wie sich die Station verändert hat! Das alles haben Sie durch Ihr Eingreifen erreicht.«

»Es genügt«, sagte Kakuta und atmete auf. »Dann können wir jederzeit die Rettungszentrale verlassen. Die Lemurer werden uns kaum daran hindern . . .«

»Welche Lemurer?« erkundigte sich Dr. Waringer ruhig. »Es gibt keine Lemurer mehr auf Scorcher. Jetzt, obwohl die Maahks nicht kamen, müssen sie trotzdem gestorben sein. Wahrscheinlich waren es nur die Feinde, die ihren Zusammenhalt förderten und ihren Lebenswillen stärkten. So hielten sie länger aus. Nun aber landeten keine Maahks auf Scorcher. Die Lemurer degenerierten schneller. So wenigstens denke ich es mir.«

»Das kann doch nicht sein!« widersprach Rhodan. »Natürlich habe ich nicht mit einer blühenden lemurischen Zivilisation gerechnet, aber da die Maahks niemals auftauchten, haben die Lemurer genügend Zeit gehabt, sich an die Verhältnisse auf Scorcher zu gewöhnen. Vielleicht verließen sie die ehemalige Rettungszentrale und siedelten sich woanders an. Wir werden sie finden.«

Es war lebendiger geworden als früher, das stellte auch Rhodan fest. Es liefen robotgesteuerte Maschinen, Heizanlagen, Sauerstofferzeuger und Energieaggregate. Aber einem lebendigen Lemurer war noch niemand begegnet.

Mit belegter Stimme sagte Rhodan:

»Wir werden die Station durchsuchen müssen. Wenn OLD MAN auf Scimor erbaut wurde, so werden sich hoffentlich alle Unterlagen über die Waffe, die wir suchen, hier auf Scorcher befinden. Was ist mit Natrin Koczon?«

»Es geht ihm schlecht, aber er möchte Sie sprechen«, beantwortete Dr. Bysiphere die Frage und deutete in den Hintergrund der Transmitterhalle. »Dort sitzt er und wartet. Ich fürchte, es geht mit ihm zu Ende.«

Ohne eine Entgegnung setzte sich Rhodan in Bewegung und ging zu dem lemurischen Wissenschaftler, der dem Terraner mit einem müden Lächeln entgegensah. Er gab ihm die Hand.

»Ich habe Ihnen zu danken, Koczon. Ohne Ihre Hilfe wäre es uns niemals gelungen, das Experiment durchzuführen. Leider konnten wir nicht verhindern, was nun doch geschehen ist. Die Maahks landeten nie, aber der erwartete Aufschwung Ihres Volkes, Koczon, blieb aus.«

»Leider stimmt das, Rhodan. Wie erlebten Sie die Vergangenheit? War alles so, wie ich Ihnen berichtet hatte?«

»Ja, leider war es so. Ichtrac starb in meinen Armen, von Attentätern tödlich verwundet. Er läßt Ihnen seine besten Grüße durch mich übermitteln. Dann war da noch etwas . . .« Rhodan machte eine kurze Pause, ehe er von Asi Movogt erzählte, dem tapferen Assistenten Ichtracs. »Wir nahmen ihn mit uns, aber er kam niemals in der Gegenwart, die für ihn Zukunft sein mußte, an. Man kann nichts aus der Vergangenheit in die Zukunft holen, das nicht auch ohne Transmitter von selbst in sie hineinwachsen würde. Jedenfalls nicht mit diesem Transmitter und nicht über so weite Zeiträume hinweg. Mit anderen Worten: Nur die silberne Togaspange Movogts rematerialisierte am Ende der Reise.« Er gab sie dem Lemurer. »Hier ist sie, ein Gruß für Sie von Ihren Freunden.«

Koczon nahm die Spange und wog sie in der Hand.

»Sie hätte zehntausend Jahre leicht überdauert – darum also ist sie das einzige, was von Movogt übrigblieb. Verstehen Sie nun, warum sich die Zeit nicht betrügen läßt, auch wenn Zeitreisen möglich sind?«

»Vielleicht, vielleicht auch nicht.« Rhodan sah ihn forschend an. »Wie fühlen Sie sich, Koczon? Wir haben Sie überanstrengt. Sie sollten damit einverstanden sein, daß wir Sie jetzt auf die CREST bringen. Unsere Mediziner . . .«

»Nein, es ist zu spät. Ich fühle, wie das Leben mich verläßt. Die Konservierung hat das Ende zwar aufgehalten, aber nur so lange, wie ich unbewußt weiterexistierte. Jetzt bin ich wach, und ich sterbe. Ich habe nicht mehr viel Zeit, und ich will sie nutzen. Bringen Sie mich zurück in den Archivraum der Station – dorthin, wo ich Ihnen die Berichte zeigte, bevor Sie in die Vergangenheit reisten. Ich habe noch mehr Material.«

Rhodan wagte es nicht, ihn wegen des Kontrafeld-Strahlers zu fragen. Koczon würde selbst davon anfangen, wenn er die diesbezüglichen Informationen besaß.

Sie brachten ihn ins Archiv.

Natrin Koczon bestand darauf, daß Rhodan sich sofort mit ihm in den Vorführraum begab, obwohl er immer schwächer wurde. Eine kurze Untersuchung bestätigte, daß Koczon unter einem krankhaften Zellverfall litt, der nicht mehr aufzuhalten war. Er hatte nur noch wenige Stunden zu leben, und die gedachte der Lemurer zu nutzen.

Als es in dem Raum dunkel wurde und die Bilder projiziert wurden, versanken die Jahrzehntausende.

Fünfzigtausend Jahre.

Zuerst einmal waren es nur Formeln und technisch-wissenschaftliche Daten, die auf der Vorführwand erschienen. Rhodan konnte nicht viel mit ihnen anfangen, aber Bysiphere und Waringer konnten ihr Entzücken kaum noch zügeln. Immer wieder warfen sie Zwischenbemerkungen ein, die davon zeugten, welche Erkenntnisse die beiden Gelehrten in diesen Minuten gewannen. Es würden Impulse sein, für deren Verarbeitung sie Jahre benötigten.

Nach dieser rein technischen Einführung, in der die größten Geheimnisse der alten Lemurer enthalten sein mußten, kamen normale Aufnahmen von Geschehnissen, die fünfzigtausend Jahre zurücklagen.

Die Haluter griffen die Erde an. Aus den Bildern, die in großer

Höhe gemacht worden sein mußten, ging einwandfrei hervor, daß sich die Oberflächengestaltung der Erde inzwischen stark verändert hatte. Der versunkene Kontinent Atlantis war deutlich zu erkennen. Er wurde später ein kosmischer Stützpunkt der Arkoniden und danach vernichtet.

Die Haluter vertrieben die Lemurer von ihrem Heimatplaneten – das alles war festgehalten worden.

Die Zivilisation der Lemurer, die auf Venus und Mars Kolonien besaßen, wurde völlig vernichtet. Sie flohen in den Raum und verließen das Sonnensystem. Dort verloren sich vorerst ihre Spuren.

Die Aufnahmen stammten von der Gruppe um Tamrat Scimor. So erlebten Rhodan und seine Getreuen noch einmal die Absetzbewegungen des klugen Lemurers, lange bevor die Haluter kamen – ein Zeitsprung im Film. Der Planet Scimor entfaltete sich zur vollen Blüte, während die Erde in Feuer und Asche versank. Und dann, eines Tages, landete Major Gus Barnard mit dreißig Terranern auf Scimor.

OLD MAN wurde mit Hilfe der lemurischen Wissenschaftler und Techniker geplant und gebaut. Dreizehn terranische Gehirne übernahmen das Kommando über den Riesenrobot, der etwa zehntausend Jahre vor der Jetztzeit startete. Damit verschwand er aus dem Leben der Lemurer.

Der Untergang von Scimor beendete den Film.

Während die Männer schweigend verharrten, ließ Koczon den Kristall auswechseln. Diesmal handelte es sich nicht um einen Bericht, sondern um eine schier endlose Aneinanderreihung technisch-wissenschaftlicher Daten.

Dr. Bysiphere atmete überrascht ein und hielt die Luft an, als die ersten Formeln und Hinweise auf der Wand erschienen. Waringer, der neben ihm stand, begann mit ruhiger und leiser Stimme zu lesen.

Sonst sprach niemand. Rhodan ahnte, daß Koczon die allerletzten Geheimnisse lüftete.

War die Waffe gegen die Zweitkonditionierten dabei?

Ein Offizier betrat den Raum, näherte sich auf Zehenspitzen Rhodan und gab ihm durch Zeichen zu verstehen, daß er eine wichtige Meldung zu überbringen habe. Rhodan, der die Filmvorführung nicht stören wollte, folgte dem Offizier hinaus auf den Gang.

»Was gibt es, Leutnant?«

»Sir, der Leiter der Biologischen Abteilung hat eben durchgeben lassen, daß die Gehirnkonserve Major Gus Barnards abgestorben ist. Sie gibt keine Lebenszeichen mehr von sich. Dr. Hendricks meinte, die Anstrengung wäre zu groß gewesen, aber auch ohne sie hätte das Gehirn höchstens noch zehn oder zwanzig Jahre leben können. Es hätte nur auf uns gewartet, um uns zu helfen. Nun wäre seine Aufgabe erfüllt, und es sei ganz ruhig und ohne Furcht gestorben.«

Fünfzigtausend Jahre hatte das Gehirn gelebt, und es schien Rhodan, als hätte der Leutnant recht: es hatte die unvorstellbare Zeitdauer nur deshalb überstanden, um Rhodan auf Scorcher die entscheidenden Hinweise zu geben.

»Danke, Leutnant. Ich werde mich später darum kümmern. Sagen Sie Dr. Hendricks, daß er mich an Ort und Stelle erwarten soll. In einer Stunde bin ich bei ihm.«

»Ja, Sir.«

Rhodan wartete, bis der Leutnant verschwunden war, dann kehrte er langsam in den verdunkelten Vorführraum zurück. Seine Augen gewöhnten sich schnell an die Dämmerung, und dann konnte er alle Personen wieder erkennen.

Dr. Bysiphere drehte sich halb um und deutete auf die Wand.

»Sir, das sind sie – die Herstellungsformeln für den Kontrafeld-Strahler. Wir haben das Ziel unserer Suche erreicht. Nun können wir die Waffe bauen, und es wird nicht einmal lange dauern, bis sie vollendet ist.«

»Wir erfanden die Waffe damals zur spät«, flüsterte Koczon, mit letzter Kraft, wie es schien. »Hoffentlich erhalten wenigstens Sie die Unterlagen rechtzeitig.«

»Ich glaube schon«, beruhigte ihn Rhodan sanft.

Neue Daten und Formeln erschienen. Diesmal war es Dr. Waringer, der ihre Bedeutung zuerst erfaßte. Fast entzückt rief er aus:

»Der Psychogen-Regenerator oder Formungsstrahler, die Langzeitwaffe! Damit machen wir aus den Zweitkonditionierten zahme Schoßhündchen. Nun haben wir es geschafft . . .!«

Der Raum erhellte sich.

Alle sahen zu Natrin Koczon, der wie leblos in seinem Sessel saß. Aber er lebte noch. Rhodan stützte ihn.

»Nun ist aber Schluß, Koczon. Sie müssen sich ausruhen und mehr schonen. Ich kann es nicht mehr verantworten, wenn Sie länger . . .«

Aber der Lemurer ließ sich nicht beirren.

»Sie würden es nicht verantworten können, mich jetzt *nicht* reden zu lassen, Perry Rhodan. Wenn ich tot bin, erhalten Sie keine Informationen mehr, es sei denn, Sie finden die Unterlagen durch Zufall. Und ich fürchte, soviel Zeit haben Sie nicht. Ich habe leider auch nicht mehr viel Zeit, darum hören Sie mich an und unterbrechen Sie mich nicht. Ich habe Ihnen noch einige wichtige Mitteilungen zu machen. Bringen Sie mich auf den Gang. Ich zeige Ihnen, wohin es geht.«

Rhodan gab seinen Leuten einen Wink.

Der Raum wurde durch mächtige Stahltüren und jetzt ausgeschaltete Energieschirme gesichert. Er lag tief unter der eigentlichen Rettungszentrale und war völlig leer, aber die gewölbten Wände bestanden aus Dutzenden von Fächern, die mit Elektronenschlössern versehen waren.

Ein Tresorraum modernster Prägung.

Sie hatten Koczon mit seinem Sessel hineingebracht und in der Mitte des runden Raumes abgesetzt. Rhodan blieb neben ihm stehen und betrachtete die Tresorfächer. Er glaubte zu wissen, was sich dahinter befand.

»Wenn Sie jetzt schon die letzten Geheimnisse meines Volkes kennen und noch kennenlernen werden«, begann Koczon, der sich ein wenig erholt zu haben schien, »so will ich Ihnen nun den endgültigen Schlüssel zum Universum überreichen. Er liegt hier, seit Zehntausenden Jahren, bestimmt für unsere Erben und indirekten Nachkommen. Und die Terraner *sind* unsere Nachkommen, denn sie stammen von der Welt, von der wir einst flüchteten.« Er machte eine Atempause. Das Sprechen strengte ihn sichtlich an. »Sie, Dr. Waringer und Dr. Bysiphere, werden zu Erkenntnissen gelangen, für die Sie noch einige hundert oder gar tausend Jahre benötigt hätten. Diese Erkenntnisse können nur einem reifen Volk übergeben werden, einem Volk, das keinen Mißbrauch von seinem Wissen macht. Ich glaube, daß ich keinen Fehler begehe, Ihnen diese Unterlagen zu überlassen.«

Ohne daß Koczon sich von seinem Platz rührte, öffneten sich plötzlich ausnahmslos alle Stahlfächer. Automatisch flammte Licht in ihnen auf, und alle konnten sehen, was in ihnen lag.

Einige der Fächer waren leer, in anderen stapelten sich schriftliche Unterlagen. Auch Speicherkristalle und andere Datenträger wurden sichtbar. Es mußten eine Unmenge von Informationen und Mitteilungen sein, die offen dem Zugriff der Terraner ausgeliefert wurden.

Natrin Koczon begann wieder zu sprechen, sehr leise und fast behutsam:

»Ich kann nicht alles verstehen, was dort an Aufzeichnungen liegt. Spezialisten haben sie entworfen und angefertigt. Dr. Bysiphere, gehen Sie vor . . . ja, dort. Das Fach links von Ihnen . . . richtig. Nehmen Sie die schriftlichen Aufzeichnungen heraus. So, und nun versuchen Sie, einen Blick hineinzuwerfen und mir zu sagen, was Sie sehen . . .«

Bysiphere nahm das Bündel mit fast feierlicher Vorsicht und legte es auf den Boden, da kein Tisch vorhanden war. Rhodan blieb neben Koczon stehen, während es Dr. Waringer sich nicht nehmen ließ, sich neben seinen Kollegen Bysiphere auf den Boden zu legen, um besser sehen zu können.

Zeichnungen, Formeln, Daten, Konstruktionspläne.

Die beiden Männer studierten die Unterlagen mit schweigsamer Verbissenheit. Ab und zu murmelten sie sich etwas zu, nickten – und lasen weiter. Manchmal sahen sie sich fassungslos an, als könnten sie nicht begreifen, was sie plötzlich zu verstehen glaubten.

In dem Raum breitete sich eine unerträgliche Spannung aus. Gucky, der sich im Hintergrund hielt und die Gedanken Koczons und der beiden Wissenschaftler las, räusperte sich diskret, blieb aber auch stumm. Er wußte bereits, welches Geheimnis die Lemurer den Terranern vermacht hatten.

Endlich richtete sich Bysiphere auf, während Waringer weiterlas.

»Der intergalaktische Antrieb – das Dimetranstriebwerk!«

Rhodan zuckte unwillkürlich zusammen, blieb aber äußerlich ruhig und gelassen.

»Was sagen Sie da, Doktor? Der Dimetransantrieb? Die Lemurer wußten davon, besaßen sogar die Unterlagen?« Er sah Koczon fragend an. »Wie ist das möglich, Koczon? Versuchen Sie, mir das zu erklären.«

»Es ist ganz einfach, Perry Rhodan. Während des Krieges um das Solsystem fielen uns solche Antriebe und auch Pläne in die Hand. Wir nahmen sie mit nach Scimor, und hier machten sich unsere fähigsten Wissenschaftler in aller Ruhe daran, das Geheimnis des intergalaktischen Raumantriebs zu erforschen. Die Unterlagen waren ja nun vorhanden. Wir haben viele tausend Jahre daran gearbeitet, fast so lange, wie zum Bau von OLD MAN benötigt wurde. Aber dann war der Antrieb vollendet. Er wurde niemals mehr gebaut, aber die Unterlagen sind vorhanden. Ich kann Ihnen sogar dafür garantieren, daß der ursprüngliche Dimetransantrieb von uns wesentlich verbessert wurde. Ich weiß nicht, wie die Entwicklung weiterging, vielleicht gelang es auch den Halutern, entscheidende Veränderungen vorzunehmen, aber es wird Sache der Terraner sein, mit der Entwicklung Schritt zu halten. Übrigens haben unsere Wissenschaftler damals vermutet, daß dieses Triebwerk nicht ursprünglich von den Halutern stammt, sondern von diesen übernommen wurde. Von wem, das wissen wir nicht.«

Rhodan wußte es, aber er schwieg. Es hätte nur Zeitverlust bedeutet, den sterbenden Lemurer aufklären zu wollen. Was wußte Koczon schon von der Kugelgalaxis M 87 . . .

»Ihr Volk hat Großes geleistet«, sagte er nur. »Wir sind ihm zu stetem Dank verpflichtet. Es ist möglich, daß diese Unterlagen das Kräfteverhältnis entscheidend beeinflussen. Zu unseren Gunsten. Aber wir wollen den Krieg nicht, auch nicht mit den Zweitkonditionierten. Mit dem Dimetranstriebwerk sind wir in der Lage, andere Galaxien in kürzester Zeit zu erreichen. Das Universum schrumpft zusammen. Seine Völker werden sich entsprechend näherrücken. Vor uns liegt eine unglaubliche Zukunft, eine phantastische Entwicklung. Sie kann uns den ewigen Frieden bringen, aber auch den Untergang. Es wird nicht nur auf uns ankommen, was geschieht, aber wir werden unseren Teil dazu beitragen, daß der Weg in den Frieden führt.«

Koczon hatte zugehört, ohne Rhodan zu unterbrechen. Er atmete schwer und langsam. Als er wieder sprach, mußte sich Rhodan zu ihm hinabbeugen, um ihn besser verstehen zu können.

»Das Eclisse, Perry Rhodan, vergessen Sie es nicht. Sie benötigen diesen fünfdimensional strahlenden Stoff zur Herstellung des Kontrafeld-Strahlers. Holen Sie es sich von Satyat, soviel Sie nur wegbringen können. Sie werden es brauchen – wenn Sie den Frieden wollen.«

»Wir werden es nicht vergessen«, versprach Rhodan.

Waringer war aufgestanden und durchstöberte die anderen Stahlfächer. Ab und zu warf er Bysiphere eine Bemerkung zu, die diesen zu wahren Begeisterungsausbrüchen veranlaßte.

Koczon mochte spüren, daß ihm nur noch Minuten blieben. Er wollte sie nutzen.

»Hören Sie, Perry Rhodan, und auch Sie, Bysiphere, Waringer. Ich kenne die Konstruktionspläne des Dimetranstriebwerks nur oberflächlich. Schließlich bin ich kein Spezialist auf diesem Gebiet. Es liegt an Ihnen allein, aus dem Wust der Unterlagen die für Sie wichtigen herauszufinden und auszuwerten. Wie ich Sie kenne, schaffen Sie das.« Er winkte Rhodan wieder näher zu sich heran, und seine Stimme war so leise geworden, daß man sie kaum noch verstehen konnte. »Im obersten Fach links, Rhodan, dort, wo die rote Akte liegt, befinden sich die Pläne zum Bau des Zeittransmitters. Tun Sie damit das, was Sie für richtig halten. Sie gehören Ihnen . . .«

Seine Stimme stockte plötzlich. Rhodan sah, wie der Kopf des alten Lemurers sich seitwärts neigte und dann mit einem Ruck abwärts sank.

Koczon hatte aufgehört zu leben. Schmerzlos, ruhig und mit dem Gefühl, alle seine Pflichten erfüllt zu haben, war er gestorben.

Vorsichtig drückte ihm Rhodan die alten Augen zu.

»Wir werden ihn hier unten zur letzten Ruhe betten«, sagte er.

Er ging zu dem bezeichneten Fach und nahm die rote Akte heraus. Sonst war das Fach leer. Er faltete sie zusammen und schob sie in den Rockausschnitt. Bysiphere, der den Vorgang beobachtet hatte, fragte aufgebracht:

»Was ist das, Sir? Wollen Sie mir nicht zeigen, was das ist?«

»Es ist nichts, Doktor, nichts, was Sie interessieren würde.«

»Aber vielleicht handelt es sich um Zusatzerläuterungen für die anderen Unterlagen.«

»Sicher nicht, Doktor. Lassen Sie das meine Sorge sein. Diese Akte ist privater Natur, wenn Sie so wollen, das letzte Vermächtnis Natrin Koczons. Er hat es mir übergeben, mir allein. Und ich muß entscheiden, was ich damit anfange. Leider kann ich es Ihnen nicht übergeben, Doktor. Damit müssen Sie sich abfinden.«

Bysiphere knurrte etwas Unverständliches, dann ging er zum nächsten Fach und suchte weiter . . .

Stundenlang irrten terranische Suchtrupps durch die riesige Untergrundstadt, die nun keinerlei Beschädigungen mehr aufwies. Aber sie begegneten niemandem und fanden nichts. Sie entdeckten nicht einmal Spuren der ausgestorbenen Lemurer. Im Lauf der Zeit mußten sie völlig unfruchtbar geworden sein. Daran hatte auch das von Rhodan herbeigeführte Zeitparadoxon nichts ändern können.

Atlan bekam die Meldungen gesammelt in die Zentrale der CREST. Er las sie an Ort und Stelle durch, um Rhodan später einen zusammengefaßten Bericht geben zu können. Es war alles so, wie sie von Anfang an vermutet hatten.

Die Lemurer mußten den Mut verloren haben, eine neue Technik und Zivilisation aufzubauen. Sie vegetierten einfach dahin, und es gab auch keine Maahks, die durch ihre Angriffe den Lebenswillen der Lemurer neu hätten anstacheln können. Alle Maschinen und Labors waren in bester Ordnung, aber die Menschen waren und blieben verschwunden.

Ohne ein weiteres Wort hatte Rhodan den Raum verlassen, in dem Koczon gestorben war. Und ohne ein Wort folgte ihm Gucky, der allerdings nun vergeblich versuchte, Rhodans Gedanken zu lesen, der Gedankenblock Rhodans verhinderte das. Er wollte also nicht, daß der Mausbiber von seinem nächsten Vorhaben erfuhr.

»Mal wieder Geheimnisse?« fragte Gucky aufgebracht.

»Du wirst es rechtzeitig erfahren«, vertröstete ihn Rhodan. »Bringe mich auf die CREST zu Atlan.«

Nachdem Atlan seinen Zwischenbericht erstattet hatte, bat Rhodan:

»Gucky, bleibe hier. Ich bin bald zurück. Wir haben noch etwas zu erledigen, und du mußt mir dabei helfen.«

Er sagte nicht, was das war, und Gucky fand es nicht heraus.

Als Rhodan die Kommandozentrale verlassen hatte, fragte Atlan: »Was will er?«

»Keine Ahnung, edler Arkonide, der Meister hat mal wieder Geheimnisse vor mir, seinem besten Freund. Nicht nett, finde ich.«

»Er wird schon damit herausrücken, wenn es an der Zeit ist.«

Damit gaben sie sich zufrieden.

Es dauerte nur eine halbe Stunde, bis Rhodan zurückkehrte. In der Hand trug er einen Spezialbeutel, in dem sich ein schwerer Gegenstand befinden mußte. Er legte ihn nicht auf den Tisch, sondern behielt ihn bei sich.

»Wir werden uns in einigen Stunden abstrahlen lassen, Atlan. Unsere Wissenschaftler haben sich mit der Positronik des Materietransmitters vertraut gemacht. Hole die Suchkommandos zurück. Sie finden nichts. Was zu entdecken war, haben wir bereits entdeckt – und das ist eine ganze Menge. Los, Gucky, zurück in die Rettungszentrale.«

Sie teleportierten.

»Du hast eine Art, einen Menschen neugierig zu machen . . .!« murmelte Gucky vorwurfsvoll, als sie auf dem Korridor standen, der zum Zeittransmitter führte.

»Einen Menschen – ja. Aber du bist ja keiner.«

»Nur eine Redensart, aber ich bin trotzdem neugierig. Willst du mir nicht endlich sagen, was du vorhast?«

»Gehen wir. Gleich wirst du es wissen.«

»Wohin sollen wir gehen?«

»In den Zeittransmitter, wohin sonst?«

Sie trafen auch hier keinen Menschen mehr an. Der Befehl zur Evakuierung der Station war bereits ausgegeben worden. Die Terraner begaben sich auf die CREST.

Rhodan und Gucky gingen die kurze Strecke bis zu dem gesicherten Eingang. Als sie den Transmitterkessel betreten hatten, schloß Rhodan ab. Er schaltete auch den Energieschirm ein, der die Tür absicherte und selbst ein gewaltsames Eindringen in den Zeittransmitter verhinderte.

Ohne ein weiteres Wort ging Rhodan weiter, gefolgt von dem immer noch herumrätselnden Gucky, bis er mitten auf dem Metallkreis stand, über dem die Nullfeldanlage in der Kuppel angebracht war. Rings an den Wänden blitzten die Instrumente und Kontrolltafeln.

Rhodan griff in den Rockausschnitt und holte die Mappe hervor, die er in dem Fach gefunden hatte. Er bückte sich und legte sie auf den Boden. Dann holte er aus dem mitgebrachten Spezialbeutel einen Gegenstand hervor, den Gucky sofort als hochleistungsfähige Atombombe erkannte.

Gleichzeitig löste Rhodan seinen Gedankenblock.

»Sie wird von der CREST aus ferngesteuert, Kleiner. Der Sender steht in meiner Kabine. Ein Zeitzünder war mir zu riskant. Wir können den Zeittransmitter erst dann zerstören, wenn niemand mehr auf Scorcher ist. Die Rettungsstation selbst bleibt erhalten. Sie wird schon jetzt entsprechend geschlossen und abgesichert. Wir werden sie später als Stützpunkt verwenden können.«

»Und du willst den Zeittransmitter zerstören?«

»Ihn und die Konstruktionsunterlagen, Gucky. Sie sind in der roten Mappe. Du weißt, daß ich alle Zeitexperimente für gefährlich halte, und nur notgedrungen ließ ich mich auf das glücklich überstandene ein. Es hätte alles ganz anders kommen können, und du kannst mir glauben, daß wir unwahrscheinliches Glück gehabt haben. Das möchte ich nicht noch einmal riskieren.«

Gucky sah schweigend zu, wie Rhodan die Bombe scharf machte und behutsam auf die rote Mappe legte. In dem relativ engen Raum würde die Explosion genügen, alle Schaltanlagen an den Wänden zu zerschmelzen und für alle Zeiten unbrauchbar zu machen.

Zwei Stunden später waren alle Terraner an Bord der CREST V zurückgekehrt. Nach genau dreißig Minuten folgte die Transmitterpositronik dem von den terranischen Wissenschaftlern eingegebenen Programm und strahlte das Flaggschiff in den Weltraum ab.

Als der Kugelraumer mit ausgeschaltetem Antrieb schwerelos um Scorcher kreiste, ging Rhodan in seine Kabine und holte den kleinen Sender in die Kommandozentrale. Er stellte ihn auf den Tisch, genau unter den Panoramaschirm, auf dem die eisige und tote Landschaft Scorchers vorbeizog. Mit bloßem Auge wäre sie durch die Luken nicht sichtbar gewesen, aber die vollkommene Infrarottechnik machte es möglich, die atmosphärischen Unklarheiten scharf zu durchdringen. Jede Kleinigkeit auf der Oberfläche war deutlich zu erkennen.

Rhodan stand vor dem Schirm, die Hand auf dem Sender.

»Ich werde den Zeittransmitter sprengen. Wir brauchen ihn nicht mehr, und es wäre zu gefährlich, ihn unbewacht zurückzulassen.«

»Er hat uns aus der Klemme geholfen«, erinnerte ihn Atlan.

»Ja, das hat er, aber er muß trotzdem vernichtet werden. Er kann niemandem mehr nützen, aber ich habe darüber nachgedacht, was die Zweitkonditionierten und damit die geheimnisvolle Erste Schwingungsmacht dazu veranlassen könnte, alle Zeitverbrechen zu bestrafen. Sie werden auch unser Experiment hier auf Scorcher angemessen haben und bald eine Untersuchung vornehmen. Schon allein deshalb habe ich mich entschlossen, den Transmitter zu vernichten. Die Schwingungsmacht hat Gründe, allen Zeitexperimenten nachzugehen, und ihre Urheber herauszufinden und zu bestrafen. Ich muß ehrlich zugeben, diese Gründe nicht zu kennen, aber sicherlich haben die Intelligenzen, die hinter der Ersten Schwingungsmacht stecken, alle Veranlassung, so zu handeln, wie sie es tun. Ich will nichts damit zu tun haben. Ich will nicht, daß man uns als ›Zeitverbrecher‹ entlarvt – obwohl wir es in ihrem Sinne nun vielleicht doch wurden. In einem aber stimme ich mit der Ersten Schwingungsmacht überein: Zeitexperimente sind gefährlich und verhängnisvoll.«

»Aber nur dann, wenn Paradoxa hervorgerufen werden – ich meine jetzt wirklich umwälzende Dinge, die eine Zukunft radikal zu verändern vermögen. Das taten wir nicht.«

»Sicher nicht, Atlan, aber können wir die wahren Auswirkungen einer geringfügigen Veränderung wirklich richtig abschätzen? Wer weiß, welche Nebenwirkungen unser kleines Experiment noch zeigen wird . . .«

Oberst Akran deutete auf den Schirm.

»Wir nähern uns nun nach drei Umkreisungen wieder der Position der Rettungsstation, Sir. Sie kommt in wenigen Minuten in Sicht.«

»Danke, Oberst.« Rhodan deutete auf den Panoramaschirm. »Ich glaube nicht, daß wir auf der Oberfläche etwas von der Explosion bemerken, aber die Meßinstrumente werden uns verraten, ob sie stattfand oder nicht. Es ist gleich soweit.«

Der Ammoniaksee, der den Maahks einst als Landeplatz gedient hatte, zog schnell vorbei. Das Gebirge kam in Sicht, dann die Vulkane und Höhlen. Und endlich die Ebene mit den kaum erkennbaren Stellungen der automatischen Abwehrgeschütze.

Rhodan drückte die Sendetaste ein.

Unten auf der Oberfläche geschah nichts, aber die Zeiger der Energietaster schlugen aus und registrierten eine heftige Explosion unter der Oberfläche.

Das war alles.

Der Zeittransmitter existierte nicht mehr. Und mit ihm waren auch die Konstruktionsunterlagen für immer vernichtet worden.

Oberst Akran fragte unbewegt:

»Welchen Kurs befehlen Sie, Sir?«

Rhodan warf Atlan einen Blick des Einverständnisses zu.

»Kurs Satyat«, ordnete Rhodan an. »Wir werden dort Eclisse laden. Anschließend kehren wir nach OLD MAN zurück, ins Solsystem.«

Hoffentlich noch rechtzeitig, dachte er, um das hier gefundene Wissen auszuwerten und in die Praxis umzusetzen.

ENDE

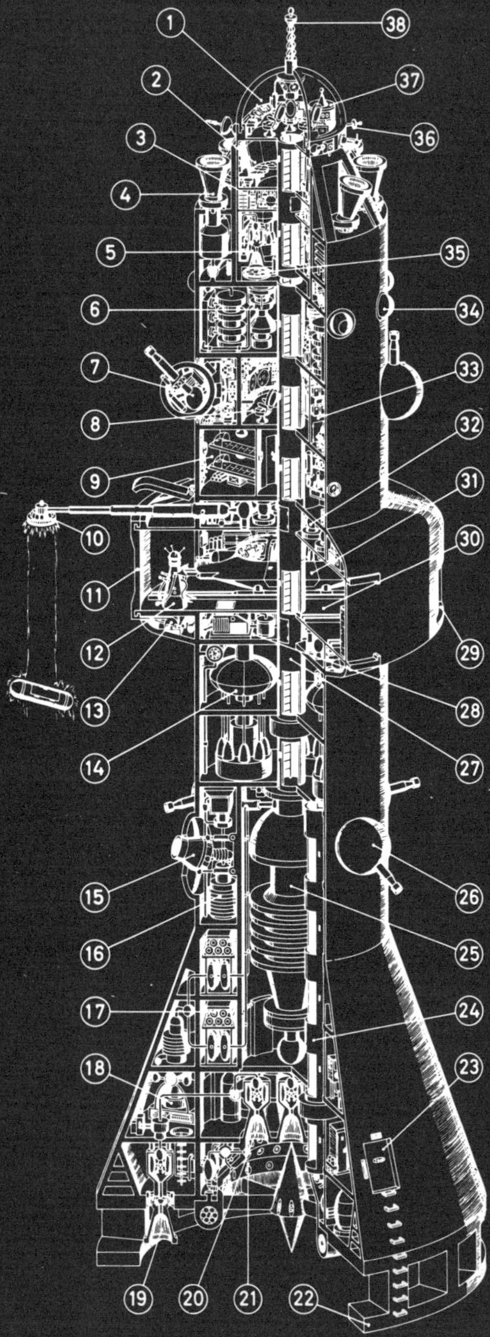

1
2
3
4
5
6
7
8
9
10
11
12
13
14
15
16
17
18
19
20
21
22
23
24
25
26
27
28
29
30
31
32
33
34
35
36
37
38